w

vom selben Autor

Der Schütze

Unhadronische Materie

Bernd Desinger

Arthurs Entführung

Der Doppelweg. Erstes Buch

Roman

Wiesenburg Verlag

Bibliographische Information der Deutschen Nationalbibliothek:

Die Deutsche Nationalbibliothek verzeichnet diese Publikation in der Deutschen Nationalbibliographie; detaillierte bibliographische Daten sind im Internet über http://dnb.d-nb.de abrufbar.

1. Auflage 2012
Wiesenburg Verlag
Postfach 4410 · 97412 Schweinfurt
www.wiesenburgverlag.de

Alle Rechte beim Verlag

Cover Entwurf: Susanne Renner-Desinger

© Wiesenburg Verlag

ISBN 978-3-942063-98-2

Inhaltsverzeichnis

1. Böse Überraschung — 9
2. Der Auftrag — 21
3. Männer, die zum Frühstück bleiben — 31
4. In der Bank — 35
5. Der verlorene Vater — 39
6. Das Video — 43
7. Sigune, Xian und das Halsband — 49
8. Abschiede — 57
9. Im Venner Moor — 61
10. Eine ungewöhnliche Reisebegleitung — 69
11. Das Haus vom Lichtbrunnen — 77
12. Jannifer und Lance gehen nach Amerika — 90
13. Die geheimnisvolle Schöne — 100
14. Das Eifelkloster und der wahnsinnige Heilige — 109
15. Metropolitan Museum und Ultra Violet Velvet — 127
16. Erkundungen — 145
17. Die Kraft der Frauen — 156
18. Am Wasser — 166
19. Gewitter über New York — 182
20. Im Land der Riesen — 191
21. Dichter und Denker — 197
22. Der Überfall — 213
23. Das Bildnis der Mrs. Hammersley — 228
24. Von Jotunheimen nach Barcelona — 242
25. Der Fall in den Brunnen — 256
26. Der seltsame Park — 275
27. Jannifer wird wieder sichtbar — 288
28. Ankunft in Kanada — 295
29. Angebote — 302
30. Im Kraken — 317
31. Der Besuch — 321
32. Wiedersehen in New York — 326
33. Der Kampf bei den Cloisters — 342
34. Ausblicke — 352

1. Böse Überraschung

Eigentlich war Arthur der unscheinbarste der Freunde. Seine Beliebtheit hatte er vor allem dem Umstand zu verdanken, daß er als einziger der Studenten weder in einer der winzigen Parzellen der Wohnheime am Stadtrand noch in einem kleinen Wohngemeinschaftszimmer lebte, sondern in einem recht geräumigen Appartement nicht unweit des Zentrums. Dieses Appartement machte den gesamten 2. Stock eines kleinen Hauses in der Peterstraße aus, etwa 150 Meter südlich der gleichnamigen Kirche. Dieses kleine Haus aus den dreißiger Jahren gehörte einem Onkel Arthurs, der ein angesehener Professor von internationalem Ruf war. Überhaupt bestand nahezu die gesamte Familie Arthurs aus Doktoren und Professoren, die im universitären Korpus tätig waren. Die hiermit verbundenen Segnungen verschafften der Familie nicht nur einen Wohlstand oberhalb des oberen Mittelstandes, sondern durch die zahlreichen Beziehungen im In- und Ausland ein Netzwerk an Versicherungen und Möglichkeiten, von denen normal Sterbliche nur träumen können. So führte jener gönnerhafte Onkel, der Arthur das kleine Haus in der Domstadt überlassen hatte, diesen auch in einen Akademikerclub ein, der in ganz Europa Einrichtungen unterhielt. Dort fanden nicht nur Seminare statt, sondern Stipendiaten, natürlich fast ausnahmslos handverlesen nach bereits vorhandenen Verbindungen zu Mitgliedern, durften hier einige Monate sorgenfrei verbringen. Je nach Gusto mehr der Forschung oder dem Leben zugewandt.

Obgleich sein Appartement und insbesondere dessen großer Wohnraum während des ganzen Studiums ein idealer Treffpunkt gewesen war, und es auch jetzt in der Phase, in denen alle ihr Examen kürzlich hinter sich gebracht hatten, weiterhin diese Funktion erfüllte, wäre es jedoch unrichtig, Arthurs Rolle allein dadurch zu definieren. In der Tat bildete seine Person den Mittelpunkt der Gruppe, die sich für ihre Gespräche und Diskussionen immer um einen für das Zimmer viel zu großen runden Glastisch im Stil der 70er Jahre versammelte. Genaugenommen handelte es sich um eine dunkel getönte Glasplatte, die auf vier wuchtigen rundlichen orangefarbenen Keramikfüßen lag. Man saß oder flegelte sich entweder auf Hockern oder Sitzkissen um den tiefen Tisch herum, einzig Arthur thronte in einem antiken Holzlehnstuhl, der mit dem Rücken zur Wand stand. Der Stuhl war gepolstert und mit Schnitzereien versehen, sicher das teuerste Möbelstück der Wohnung.

Arthurs Redeanteile waren in der Regel geringer als die seiner Freunde, dafür war er jedoch ein aktiver Zuhörer. So gelang es ihm immer wieder, Diskussionsstände zusammenzufassen oder in den nicht seltenen Fällen erhitzter Kontroversen, die Gespräche wieder in ruhigeres Fahrwasser zu bringen. Er strahlte Ruhe aus, gleichzeitig huschten seine wachsamen Augen von einem zum anderen, so als müsse er fortwährend die aktuellen Gefühlslagen seiner Gäste erfassen. Seine Hände waren meist vor dem Bauch verschränkt, die Finger nach oben gerichtet wie zum Gebet. Einem Tick gleich bewegte er dabei den linken Kleinen Finger auf und ab. Dies wirkte insofern merkwürdig, als an der Außenseite des obersten Glieds dieses Fingers ein Muttermal war, das einen wie ein kleines Auge zu verfolgen schien. Trank Arthur Bier, Kaffee, Tee oder sonst was, umfaßte er das entsprechende Trinkgefäß meist mit beiden Händen, wobei er den linken Kleinen Finger abspreizte und jener so sein Eigenleben weiterführen konnte.

Obwohl niemals ausgesprochen, betrachteten die Freunde Arthur als Primus inter Pares, besonders seit er in den Tagen und Wochen nach dem die Welt für immer verändernden 11. September nicht nur räumliches, sondern mit seiner ruhigen und mäßigenden Art gleichsam menschlich-persönliches Refugium für die völlig verstörte Gruppe geboten hatte. Nur ein einziges Mal - und dies lag erst kurze Zeit zurück - hatte er seinerseits die Runde verunsichert, als er sich nämlich geradezu königlich über die tragikomischen Umstände des Freitods eines Kommilitonen amüsiert hatte. Diesen hatte man vor dem Juridicum in der Betonwanne, durch die das Stadtflüßchen Aa an dieser Stelle fließt, gefunden. Wegen eines nicht völlig ungewöhnlichen, jedoch äußerst geringen Pegelstandes war die Wanne im Grunde trocken gewesen, lediglich eine kanalartige Vertiefung von vielleicht 30 mal 40 Zentimeter hatte Wasser geführt. Und genau hier hinein hatte der unglückliche Student seinen Kopf so lange hineingetaucht bis er ertrunken war. Der Rest seines Körpers lag in vollkommen trockener Kleidung erhöht auf dem Wannenboden. Die Freunde hatten das Schicksal des armen, offensichtlich im zweiten Examensanlauf erneut gescheiterten Studiosus - dies ging aus dem von der Polizei gefundenen Abschiedsbrief hervor - zutiefst bedauert. Lange Betrachtungen über Prüfungsstreß, Prüfungsangst, Angst vor dem Scheitern, Angst vor Eltern und Freunden, Unfähigkeit wegen all diesem das Studium zu beenden, Tragik einer falschen und scheinbar unkorrigierbaren Fächerwahl und dergleichen mehr wurden angestellt. Arthur hingegen lachte nicht nur, sondern steigerte sich immer mehr in eine die anderen abstoßende Heiterkeit hinein. Doch dies war, wie gesagt, der einzige Vorfall, bei dem Arthur aus seiner Rolle gefallen war.

Arthurs Wortbeiträge waren stets durchdacht und wurden von ihm druckreif vorgetragen. Auch dies trug ihm einen Respekt vor seiner Person ein, den er durch sein äußeres Erscheinungsbild nicht erreichen konnte. Eher klein und untersetzt mit einem runden Gesicht, das von dunklen Locken umrahmt war, machte er nicht den Eindruck eines Frauentyps. Gleichwohl konnte er sich über einen Mangel an Damenbeziehungen nicht beklagen, allenfalls über einen Mangel an dauerhaften. Es war sogar so, daß er sich Präferenzen leisten konnte, und diese lagen bei attraktiven Mädchen aus Tschechien. Dies war ein merkwürdiger Kontrast zu seinen Studien. Im Hauptfach hatte er Geschichte studiert, daneben Anglistik und Amerikanistik. Sein Forschungsschwerpunkt war dabei der Amerikanische Bürgerkrieg. Die männlichen Kommilitonen konnten seine Erfolge bei den weiblichen nicht ganz nachvollziehen, aber letztendlich werden Männer (gerade solche, die sich besser aussehend wähnen) nie verstehen, welche Gründe Frauen für die Wahl ihrer Partner haben können. Die Geschichte ist voll von Intellektuellen, Schriftstellern, Künstlern, die nicht nur unattraktiv aussahen, sondern darüber hinaus auch noch die Körperpflege vernachlässigten, und nichtsdestotrotz zeitlebens von schönen Frauen umschwärmt und umsorgt wurden.

Die Runde um Arthur war im Kern ein Fünferclub, der gelegentlich um einzelne den Freunden mehr oder weniger nahestehende Gäste ergänzt wurde. Lance Hussel war froh, sich als ‚ehemaliger Wirtschaftsstudent' bezeichnen zu können; stets hatte er zu seinem Fach in großer Distanz gestanden. Eigentlich hatte er immer etwas anderes machen wollen, wobei unklar blieb, was denn genau. Die Subjektwahl war eine Notlösung, von der er sich Wohlstand im späteren Berufsleben erhoffte. Der Halbherzigkeit der Entscheidung entsprachen seine Studienleistungen, obwohl er soeben sein Diplom mit einer von ihm selbst völlig unerwartet guten Note abgelegt hatte.
Im Grunde war der Sohn eines schwarzen Piloten der U.S. Air Force und einer für diese tätigen deutschen Zivilangestellten immer noch auf der Suche, oder besser, mit dem Diplom fühlte er, daß diese recht eigentlich nun erst begann. Vor zwei Jahren hatte Lance seine Freundin Jannifer Schiffer-Nagy in den bis dato nur aus Männern bestehenden Bund eingeführt. Die

schlanke blonde Frau hatte eigentlich Kunstgeschichte, Geschichte und Anglistik studiert, aber sich einmal in einen zweisemestrigen Grundlagenkurs BWL eingetragen, von dessen Absolvierung sie sich erhöhte Chancen auf dem Arbeitsmarkt versprach. Hier hatte sie Lance, der dem entsprechenden Professor assistierte, kennengelernt, und die beiden hatten sich auf Anhieb unsterblich ineinander verliebt.

Falk von Fürstenberg, genannt ‚der Graf‘, stammte aus einem verarmten Zweig des Adelsgeschlechts, was aber seinem Stolz keinen Abbruch tat. In der Regel schwarz gekleidet - was seine blondgewellten Haare umso stärker hervorhob - war der sportlich wirkende Germanist mit dem Nebenfach Geschichte stets um stilvolles Auftreten bemüht.

Eric Leifheit-Alvarez hatte in Trondheim das Licht der Welt erblickt, aber dies nur zufällig, da sich seine Eltern wegen einer Abordnung seines Vaters dort aufhielten. Dieser stammte aus Südspanien, Erics Mutter hingegen kam aus Bonn. Er war großgewachsen und kräftig, die schwarzgelockten Haare fielen um die breiten Schultern. Der Student der Jurisprudenz mit dem Schwerpunkt Internationales Recht war sprachenbegeistert, und diese Leidenschaft hatte ihn vor einigen Jahren in einen Ungarisch-Kurs geführt. Und hier war er auf Jannifer und Lance gestoßen. Jannifer erinnerte sich noch an vieles aus den ersten Jahren ihrer Kindheit, die sie in Budapest verbracht hatte, und verfügte auch über rudimentäre Sprachkenntnisse. Diese hatte sie freilich durch Besuche bei Verwandten und Freunden, die sie in unregelmäßigen Abständen zunächst mit ihren Eltern, später allein durchführte, erhalten können. Sie räumte selbst ein, daß Ungarisch eine diebisch schwere Sprache sei, die sie ohne jene Aufenthalte wohl völlig vergessen hätte. Da ihr die grammatikalischen Strukturen dieser Sprache bis dato nicht wirklich klar waren, hatte sie sich für den Kurs entschieden, und es war ihr ein leichtes gewesen, Lance vom Mitmachen zu überzeugen. So nicht aus Spracheifer, so doch aus Liebe zu ihr, und auch um mehr über ihr Wesen zu erfahren, begleitete er sie gern. Nicht viel prägt einen Menschen so sehr wie die Sprache seiner Umwelt, sollte diese wechseln, und sei es auch nur vorübergehend, trifft dies umso stärker zu. Mehreren Sprachen ausgesetzt zu sein, hatte sich Lance gedacht, schule die Fähigkeit komplexer zu denken und letztendlich auch zu fühlen. Diese Einsicht ebenso wie sein guter Wille halfen indes wenig. Lance mühte sich redlich, hatte aber am Ende der Stunden jeweils eher Kopfschmerzen als Fortschritte vorzuweisen. Er fragte sich schon, ob dies an seinen amerikanischen Genen lag. Der Amerikaner an und für sich schien ja schuldlos an nur in extrem seltenen Fällen kurierbarer Monolingualität zu leiden. Das ganze wurde für ihn auch dadurch nicht leichter, daß Jannifer gute Fortschritte machte und sie dazu noch mit einem maurisch wirkenden Hünen wetteiferte, der angeblich wie er Anfänger war. Ihn hatte es zunächst etwas gestört, daß sie gern mit diesem in den Pausen zusammenstand und die neu gelernten Sachen zu vertiefen suchte. Aber als ihm der arabische Wikinger einmal einen Kaffee spendierte, kam man auch über andere Dinge ins Gespräch, und Lance stellte fest, daß ihm der Sprachstreber im Grunde genommen ganz sympathisch war. Eines Tages jedoch änderte sich alles: zwei Ungarisch-Studenten, durch sämtliche Tests gefallen, waren von ihrem Professor dazu verdonnert worden, noch einmal in den ja eigentlich für Nicht-Fachstudenten angebotenen Kurs zu gehen. Hier spielten sie nun die großen Zampanos, und das Traurige war, daß sich die Lehrerin, aus welchem Grund auch immer, nun ganz auf diese beiden konzentrierte und ihre eigentlichen Schäfchen vergaß. Selbst Jannifer und Eric wurden immer frustrierter. Man zog es schließlich vor, sich statt zum Ungarisch-Lernen zum Biertrinken zu treffen, und hier war Lance endlich wieder im Vorteil, auch wenn er sich seine Erleichterung nicht anmerken ließ und kräftig mit seiner Freundin und dem Hünen über die unmögliche Lehrerin herzog. Als es das nächste Mal eine Verabredung bei Arthur gab, zu der auch Falk erschien, hatten die beiden Eric einfach mitgebracht, und er wurde schnell herzlich aufgenommen.

Dies war umso leichter, als man nach längerem Gespräch ein Interesse oder besser eine Qualität an ihm entdeckte, die auch die anderen miteinander verband: die mehr oder weniger sportliche Betätigung mit einer Fechtwaffe nämlich. Zum Thema für die alten Freunde war diese antiquierte Leidenschaft schon vor etwa anderthalb Jahren geworden, dies aufgrund der Florettstunden von Jannifer, die den Kreis derentwegen oft vor den anderen hatte verlassen müssen. Als Arthur eines Abends darüber eine lustig gemeinte Bemerkung abließ, hatte sich Falk geräuspert und zugegeben, daß er im Besitz eines echten Wilkinson-Säbels sei, so wie er heute noch auf den Rasierklingen des Herstellerhauses abgebildet sei. Sein Urgroßvater habe diesen von einem befreundeten ehemaligen Offizier der Royal Army zum Geschenk erhalten, als Ehrerbietung, aber wohl auch, weil jener ihn nicht mehr in seinem Hause hatte leiden wollen. Auf die alten Tage zum Pazifisten gewandelt, erinnerte ihn die Waffe an all die unschönen Taten, die mit dieser durch ihn vollbracht worden waren. Falks Urgroßvater sah die Dinge unverkrampfter, als der Brite jedoch Jahre später auf einer Familienfeier beim deutschen Freunde noch einmal auf den Sheffield-Stahl angesprochen wurde, äußerte er, leicht angetrunken, da klebe zuviel Blut dran. Nicht nur stockte dadurch die Unterhaltung für einen peinlich langen Zeitraum, vor allem hatte danach niemand mehr etwas mit dem Säbel zu tun haben wollen. Viele Jahrzehnte später hatte Falk ihn auf dem Boden seines Elternhauses entdeckt, und gern gab man ihn fort. Falk hatte mit der Waffe über einen längeren Zeitraum so regelmäßig im Garten trainiert, daß sein Vater dem für den Baumschnitt zuständigen Gärtner kündigen mußte. Indes hatte er nie Unterricht genossen, sondern sich sämtliche Grundlagen vor dem praktischen Ausprobieren aus Büchern angelesen. Nachdem Falk mit seiner Geschichte geendet war, hatte Lance zugegeben, daß er einst aus Begeisterung für die Fechterei mit dem Beitritt in eine Schlagende Verbindung geliebäugelt habe. Er habe auch in der Tat Schritte in diese Richtung unternommen, sei aber fast überall aufgrund seines dunklen Teints, wie er sich ausdrückte, und beziehungsweise oder aufgrund seiner liberalen Ansichten bei den Aufnahmeverfahren durchgefallen. Vielleicht waren seine Eltern auch zu unbetucht oder zu schlecht vernetzt, jedenfalls half ihm sein ganzes BWL-Studium nichts. Lediglich die ‚Hermania' hatte es mit ihm versuchen wollen und ihn zu einer Kennenlern-Feier mit den Alten Herren der Verbindung eingeladen. Diese fuhren standesgemäß in großen Limousinen vor und trugen ihre Arriviertheit vor sich her wie ihre runden Bäuche. Entgeistert habe er miterlebt, wie die jungen Burschenschaftler den prahlerischen Reden der Alten Herren folgten und geradezu anhimmelnd zu diesen aufsahen. Im Verlaufe des Abends füllte man sich schrecklich ab, und irgendwann, als das Bier auszugehen schien, drehte sich ein stolzer Direktor eines mittelständischen Unternehmens um, erspähte Lance und grölte: „Hey Schoko-Fuchs, hol' mal 'ne neue Kiste!". Das reichte, wutschnaubend verließ Lance die Unterkunft der ‚Hermania' auf immer, ohne überhaupt einen Degen auch nur gesehen zu haben. Die Geschichte ging aber insofern weiter, als er vor der Tür auf einen ebenso stark angeschlagenen wie von den Vorgängen angewiderten Iren namens Patrick gestoßen war, mit dem er spontan die Gründung einer alternativen Burschenschaft beschlossen hatte. Weder bei den Sozialistischen Listen noch erst recht bei den Grünen an ihrer Uni hatten sie dafür jedoch Gehör finden können. Eine Schlagende Alternative Verbindung stünde im krassen Kontrast zu ihrem auch nach dem Ende des Kalten Krieges immer noch geltenden Motto ‚Schwerter zu Pflugscharen'. So waren sie zunächst

die einzigen Mitglieder, zogen aber später gemeinsam in eine Studentenetage, in die sie vorübergehend am Fechtsport Interessierte aufnahmen. Dauerhaft blieb es aber eher bei einem Zweikampf zwichen Patrick und Lance. Die anderen Mitbewohner hätten die Sache nicht wirklich seriös betrachtet und das Fechtinteresse lediglich vorgegeben, um auf dem heiß umkämpften Wohnungsmarkt ein Zimmer zu bekommen. Eric dagegen hatte sich schon vor Jahren einer Gruppe angeschlossen, die in ihrer Freizeit das Leben im Mittelalter nachstellte. Mit einigem Aufwand rekonstruierte man Kleidung und Gewänder sowie Gegenstände des Alltags, daneben frönte eine kleinere Abteilung auch Schaukämpfen. In den Sommerferien zog man durch halb Europa, denn überall gab es Mittelalterfeste und Clubs mit ähnlicher Gesinnung. Eric besaß ein monströs großes Schwert, und als er es einmal in der Runde demonstrierte, hatten alle, insbesondere Jannifer, bewundernd zu ihm aufgesehen. Es handelte sich um einen kunstvoll geschmiedeten Beidhänder, der aus einem Fantasy-Film hätte stammen können, und der so schwer war, daß man schon die Kraft und Statur des Deutsch-Spaniers brauchte, um es überhaupt annähernd führen zu können. Die Freunde diskutierten ehrfurchtsvoll, wie es überhaupt irgendjemand, Schaukampf hin oder her, wagen könne, Eric entgegenzutreten. Ein solcher jemand wäre jedenfalls eher blöd denn mutig einzustufen. Hier meldete sich Arthur zu Wort und äußerte, er könne sich sehr gut einen ebenbürtigen Gegner Erics vorstellen. Dieser müsse sich jedoch zwangsläufig in fast allem diametral von ihm unterscheiden. Er denke an einen kleinen, ungeheuer wendigen Mann mit einem viel leichteren Schwert. Nach kurzer Überlegung brummelte die Gruppe Zustimmung, nur Eric schien etwas beleidigt, denn für wendig hielt er sich selbst trotz seiner Erscheinung eben auch. Arthur selbst besaß übrigens keinerlei Hieb- oder Stichwaffen, er meinte einmal, leicht ironisch lächelnd, daß die anderen ihn im Falle eines Falles wohl mit ihrer vereinten Waffenfertigkeit schon schützen würden. Die anderen fanden dies im Stillen ein wenig überheblich, verziehen es aber, da man sich just zu dieser Zeit recht häufig in Arthurs Appartement zusammenfand und seiner Gastfreundschaft teilhaftig wurde. An der Peripherie der Gruppe gab es übrigens auch noch einen Russen, der sich Hans nannte, und eine stille junge Frau namens Sigune Schneider. Beide stießen jeweils nur sehr unregelmäßig zu Treffen des engen Freundeskreises.
Sigune kannte Jannifer aus vorübergehender gemeinsamer Schulzeit in Köln; Hans war durch Falk vorgestellt worden, der ihn in einem fachübergreifen-

den Seminar zum Thema ‚Dostojewski in Deutschland' kennengelernt hatte. Die beiden hatten mit Waffen auch nichts zu schaffen, Sigune allenfalls mit denen einer Frau, Hans jedenfalls nicht mit solchen, bei denen der Körper eingebracht werden mußte.

Es war an einem vergleichsweise warmen Nachmittag in den ersten Frühlingstagen, als sich die Freunde nach vorheriger telefonischer Verabredung aufgemacht hatten, um sich bei Arthur zu treffen. Diesen hatten sie zwar selbst nicht erreichen können, aber das war kein Hinderungsgrund. Denn selbst, wenn sie unangemeldet kamen, stand Arthurs Tür den Freunden (allerdings auch nur diesen) jederzeit offen. Dazu ist zu wissen, daß Arthur zum einen häufig in irgendwelchen Angelegenheiten unterwegs war, er zum anderen aber oft auch einfach zu faul war, ans Telefon zu gehen. Er ließ die Leute dann auf seinen Anrufbeantworter aufsprechen und hob je nach Laune irgendwann ab (etwa mit den Worten: „Soeben komme ich zur Tür herein..." oder „Gerade komme ich aus der Dusche..." - was natürlich nie jemand glaubte) oder ließ es auch sein. Eric kam mit seinem altgedienten 245er Volvo die Wolbecker entlang und hätte beim Abbiegen in die Peterstraße fast Falk angefahren, der mit wehendem Haar und langem schwarzen Mantel auf einem Puch-Rad diese soeben überqueren wollte, um dann den westlichen Bürgersteig bis zu Arthurs Haus hinunterzurollen. Volvo und Fahrrad hatten sicher annähernd dasselbe Baujahr, waren aber, viel auffälliger, in fast derselben Farbe lackiert, einem hellen Metallic-Blau. Jannifer hatte bereits ihren roten Opel-Kombi, dessen hintere Scheiben von innen mehr oder weniger kunstvoll mit schwarzer Folie beklebt waren, unweit des Hauses geparkt. Sie trug eine schwarze Lederhose und eine schwarze ärmellose Weste. Mit verschränkten Armen cool an ihr Auto gelehnt war sie in Gedanken schon bei der Probe ihrer Frauenrockband ‚Männer, die zum Frühstück bleiben', die für den späteren Abend angesagt war. Kaum, daß Eric einen Parkplatz gefunden hatte - es dauerte eine ganze Weile, bis er das für deutsche Innenstadt-Parkplätze nicht geschaffene Gefährt in eine eigentlich zu kleine Lücke zwischen zwei anderen Autos hineinrangiert hatte - bog Lance am südlichen Ende in die Peterstraße. Bald schloß er sein mehr nach Mountain-Bike aussehendes denn tatsächlich geländetaugliches Fahrrad an den Zaun hinter das von Falk, der leicht fluchend mit der Verarbeitung seines Beinah-Unfalls beschäftigt war. „Habt ihr das gesehen? - Unglaublich, der hätte mich fast umgenietet mit seinem alten Schweden!". „Nö, nicht

wirklich", meinte Jannifer. „Ich hab' gar nichts mitgekriegt, komm' ja von da unten", sagte Lance und deutete mit dem Kopf zum Südende der Straße, bevor er sich mit Jannifer einem schmachtenden Begrüßungskuß hingab. Nach wenigen Minuten stand dann auch Eric vor dem Haus Arthurs und mußte zunächst einen Schwall an Beschimpfungen aus der reichen Sammlung, die die Radler für die Autofahrer im Verlauf der letzten einhundert Jahre zusammengetragen hatten, über sich ergehen lassen. Im Gegensatz zu „Rücksichtsloser Blechkistenpilot" schienen „Fahren von den Trollen gelernt" und „Führerschein wohl auf Mallorca beim Eimersaufen gewonnen" bereichernde Neu-Schöpfungen zu sein. Eric beschloß, nicht in den von den frühen Tagen der ersten Automobilisten an ebenfalls über hundert Jahre bis heute ständig fortentwickelten Katalog zur Auseinandersetzung mit gegnerischen Pedaltretern hineinzugreifen, zumal er sich wirklich etwas schuldig fühlte: „Okay, Du hast Recht, und ich meine Ruhe". „Da gibt er's auch noch zu - aber ehrlich gemeint ist es wohl nicht", fauchte Falk. „Jetzt komm' mal runter", meinte Jannifer und warf ihm einen leicht genervten Blick zu, „Du lebst ja schließlich noch!" Lance seufzte: „Das strengt mich zu sehr an, ich muß sitzen." Die Gruppe gab ihm jedoch keine Gelegenheit dazu, sondern schob sich unter allmählich abklingendem Gemaule von Falk der Haustür zu. Erst dabei fiel den Freunden bewußt ein vielleicht achtjähriges Mädchen in einem roten Röckchen auf, das mit seinem Springseil indes schon die ganze Zeit auf dem Bürgersteig gewesen war und sein Gehüpfe nur wegen der lautstarken Auseinandersetzung unterbrochen hatte. Da es nun wieder anfing, durch sein Seil zu springen - die geflochtenen blonden Zöpfe flogen dabei wie Propeller- konnte man beruhigt aufatmen in dem Moment, als man sich wegen seines unerwachsenen Verhaltens gerade meinte schämen zu müssen. Wie immer stand Arthurs Tür den Freunden offen, diesmal allerdings wortwörtlich. Und das war ungewöhnlich, denn in der Regel legte Arthur großen Wert darauf, daß die Haustür stets im Schloß war und bat auch seine Gäste um besondere Beachtung. In den heutigen Zeiten war dies ja auch mehr als nachvollziehbar. Man stutzte also, dies umso mehr, als auf das Klingeln hin er weder den Türöffner bediente noch selbst nach unten kam, was er fast noch häufiger tat.
Die Freunde sahen sich kurz an und traten ein, mit einem forschem „Arhur, wo bist Du!?" ging es die Treppe zu seinem Appartement hinauf. Auch die Wohnungstür stand offen, es roch nach Kaffee. „Wenn's Kaffee gibt, ist ja alles okay...". Eric schob die Tür auf, es war niemand zu sehen. „Vielleicht

holt er ja noch Kuchen", grinste Jannifer, und alle lachten. Denn Arthur war eher für seine Erwartung bekannt, daß Besucher welchen mitbrachten. Aber Ausnahmen bestätigten ja bekanntlich die Regel. „Trotzdem komisch, daß er alle Türen so aufläßt", bemerkte Falk. „Na, warten wir einen Moment", sagte Lance und warf sich auf eines der Sitzkissen. „Gieß' schon mal 'nen Kaffee ein, Mädel", meinte Falk zu Jannifer. „Du hast sie wohl nicht mehr alle", kam es spontan zurück. „Der Herr Graf bequeme sich durchlauchtigst gefälligst selbst und serviere der holden Weiblichkeit!" Falk feixte und schob der Küche zu. Zu seiner Überraschung war nur ein winziger Rest Kaffee in der Kanne der noch eingeschalteten Maschine. Neben derselben standen indes zwei scheinbar kürzlich benutzte Kaffeebecher, beide nicht ganz geleert. „Hmm, komisch...naja, ich mach' dann mal neuen." Während Falk in der Küche herumklapperte und sich bald frischer Kaffeeduft mit abgestandenem mischte, hatten es sich die anderen um den Glastisch herum gemütlich gemacht. Unten fiel die Haustür ins Schloß. „Aha, das ist er wohl", rief Eric. Dem Türgeräusch folgten jedoch keine Schritte auf den Treppenstufen. Die Freunde lauschten einen Moment mit nachdenklichen Mienen. Dann beugte sich Jannifer mit einem Mal vor und nahm mit einem überraschten „Hey!" ein Briefkuvert von der Mitte des Glastisches, das die ganze Zeit dort gelegen hatte, wegen seiner Unauffälligkeit aber keine Beachtung gefunden hatte. Über der normalen Postanschrift Arthurs stand statt seines Familiennamens ‚Freunde', also ‚Arthur Freunde'. Das Kuvert trug eine abgestempelte Marke, jedoch auf der Vorder- und auch auf der Rückseite keinen Absender. Es war bereits geöffnet worden, Arthur mußte vermutet haben, daß der Brief an ihn gerichtet war, vielleicht hatte er sich die Adresse auch gar nicht genau angesehen, zumal er ja aus In- und Ausland relativ viel Post bekam.

„Kaffee ist fertig!" - Falk knallte vier Kaffeebecher auf den Tisch, aus mehreren spratzte das braune Gebräu dabei heraus. „Das ist für uns, oder?" Ungläubig entfaltete Jannifer ein einseitig beschriebenes oder besser bedrucktes Blatt Papier. „Los, lies vor!" tönte es.

„Okay, okay" - Jannifer kam dem Wunsch der anderen sofort nach:

An Arthur Freunde.
Arthur sein in unsere Gewalt. Wenn ihr alles richtig machen, Arthur leben und frei. Wenn ihr falsch machen, Arthur tot. Also kein Polizei, z.B. Wenn Arthur sollen leben, ihr ihn müssen finden. Wie das können? Wo er sein in Welt? Viel Spaß bei suchen!

PS: Nächst Woche, gleich Zeit, neu Briefe, wieder Haus hier, selbe Stell. Vorher nicht kommen, sonst ihr wissen was. Und kein Polizei, kein Bundeswehr.

Trotz des Ernstes der Lage klang es unfreiwillig komisch wie Jannifer versuchte, das fehlerhafte Deutsch Wort für Wort wiederzugeben. Daneben hatte auch die Warnung am Ende vor der Einschaltung der Armee durchaus etwas Belustigendes. Die Freunde Arthurs fanden sich entsprechend wieder in einer merkwürdigen Gefühlsmischung aus Bestürzung und Erheiterung. Dies ließ sie zumindest halbwegs einen klaren Kopf bewahren.
„Arthur ist entführt worden!" stellte Eric fest. „Was Du nicht sagst!" Jannifer, der er das Schreiben aus der Hand genommen hatte, verdrehte die Augen. Eric reichte das Blatt nun an Falk weiter, Lance beugte sich über dessen Schulter. „Also, Germanisten waren das nicht!". Falk nahm einen tiefen Schluck aus seinem Kaffeebecher. „Mühe gemacht haben die sich jedenfalls keine." Während er sprach, bewegte sich Lance vorsichtig zur Wohnungstür und spähte die Treppe hinab. „Früher mußte man die Buchstaben für solche Schreiben aus Zeitungen ausschneiden und schön mit dem Prittstift aufkleben." Die Haustür unten stand merkwürdigerweise weit offen, Sonnenlicht schlug den Aufgang hinauf. „Tja, heute bei Millionen baugleicher Drucker ist das den Aufwand nicht wert, im Gegenteil, gefährlicher."
„Was redet ihr denn da?" Jannifer war jetzt sichtlich genervt. „Überlegt lieber, was wir jetzt tun sollen!" „Ich denke, wir sollten zuerst mal nichts mehr anfassen wegen der Spurensicherung", meinte Eric, nahm noch einen großen Schluck Kaffee und schob seine Tasse dann auf dem Tisch weit von sich weg. „Spurensicherung? Du willst nicht doch etwa die Polizei einschalten?!" Jannifer baute sich vor dem sitzenden Hünen auf, der verdutzt zurückwich.
Lance hatte sich an der Treppenwand entlang nach unten gedrückt und vorsichtig auf die Straße geschaut. Das Mädchen mit den blonden Zöpfen war verschwunden, und auch sonst war weit und breit niemand zu sehen. Lediglich an einem Fenster im 1. Stock des Hauses schräg gegenüber hatte eine Gardine geschwungen, als sei soeben jemand dahinter zur Seite getreten. Als Lance wieder in Arthurs Wohnung zurückkehrte, standen die anderen still beisammen. „Vielleicht sollte einer mal das Mädchen fragen, ob es etwas bemerkt hat", meinte er. „Aber es ist jetzt nicht mehr da."
Da es niemandem mehr behagte, sich ohne den Gastgeber in dessen Wohnung aufzuhalten, die offenbar zum Ausgangspunkt eines an ihm began-

genen Verbrechens geworden war, und in der man zudem, für welchen Fall auch immer, keine wichtigen Spuren verwischen wollte, beschloß man zu gehen und an anderer Stelle die Überlegungen fortzusetzen.

2. Der Auftrag

Man war zunächst ins ‚Rote Sofa' gegangen. Auf Grund der verständlichen Erregung, die sich nun Luft machte, war es jedoch bereits nach der zweiten Runde Bier so laut geworden, daß man der Vernunft gehorchend weiterzog zu Jannifer. Die vorab getroffene Vereinbarung zum möglichst unauffälligen Auftreten wäre in der Kneipe nicht einzuhalten gewesen. Aufgrund der Umstände, gleichwohl aber schweren Herzens rief Jannifer ihre Bandkollegin Squid an und sagte ihre Teilnahme an der heutigen Probe der Truppe ab. Nach dem Grund gefragt, gab sie dummerweise ‚Regelschmerzen' an, was ihr Squid zum einen deshalb nicht abnahm, weil Jannifer damit noch nie gekommen war, zum anderen, weil das nun überhaupt nicht zum coolen Image der ‚Männer, die zum Frühstück bleiben' paßte.

Jannifer's Wohnung war genau genommen nur ein großes Zimmer einer solchen, mit gemeinsamer Bad- und Küchenbenutzung. Der Raum war relativ schlicht ausgestattet, das Mobiliar erkennbar aus Baumärkten und schwedischen Einrichtungshäusern. Dominierend war die große Stereoanlage in einem wenig vertrauenerweckenden Regal nebst zugehörigen Boxen. An einem Regalpfosten baumelte ein Florett. Blickfang daneben war eine abgenutzte Stratocaster-Kopie auf einem Gitarrenständer in der Zimmermitte. Die Wände schmückten wilde, selbstgeschaffene Werke moderner Kunst, dazwischen Photos von Konzertauftritten. An Sitzgelegenheiten gab es das Bett, zwei Stühle an einem Allzwecktisch und den Boden. Auf diesen setzte sich Eric, nachdem das Bett seinem prüfenden Blick nicht standgehalten hatte. Der Einfachheit halber schlossen sich die beiden anderen Männern dem an. „Bier?" Jannifers Frage klang rhetorisch, niemand antwortete. Sie klapperte kurz in der Küche, und kam mit vier Flaschen und einem Öffner zurück.

Etwas beruhigt saß man eine Weile still im Halbdunkel, die einzigen Laute waren das brausende Gegurgele, wenn jemand die Flasche hob und einen Schluck daraus nahm.

„Es bleibt uns wohl nichts anderes übrig, als eine Woche auf die neuen Nachrichten zu warten", brach Eric schließlich das Schweigen. „Glaubst Du denn wirklich, es bestünde unmittelbare Gefahr, wenn wir zur Polizei gingen? Man könnte doch ganz unauffällig..." - weiter kam Falk nicht, denn Jannifer ging wild dazwischen: „Das wär' viel zu riskant, hinterher bringen sie ihn um. Möchtest Du das sehen?" Nein, natürlich nicht. Wer wollte das

schon. Jeder hatte hier seine eigenen grausigen Bilder vor Augen. „Vielleicht werden wir auch beobachtet", warf Lance ein. Sie schwiegen kurz. „Was wollen die Entführer nur?" Jannifer wirkte jetzt nicht nur erschöpft, sondern fast ein wenig verstört. Lance rückte dicht neben sie und legte ihr seinem Arm um die Schultern. „Das wissen wir nicht. Das weiß man oft beim ersten Brief nicht...die wollen einen verunsichern." Jannifer gab Lance einen flüchtigen Kuß. Ihr Lidschatten war verschmiert. Eric leerte seine Flasche: „Zappeln lassen. Man soll selbst schon mal überlegen, was einem der Entführte wohl wert ist."
Als die Freunde auseinandergingen hatten sie vereinbart, sich möglichst jeden Tag, wichtiger aber noch an einer immer wechselnden Stelle zu treffen, nicht zu telefonieren, und wenn, dann in Andeutungen und Verklausulierungen. Auf jeden Fall aber sollte Jannifer das seilspringende Mädchen so vorsichtig wie nur möglich kontaktieren und befragen, Lance gelobte Rückendeckung. Für den nächsten Tag wurde als Treffpunkt der Brunnen vor der Ludgerikirche bestimmt, als Zeitpunkt 19.30 Uhr. Die Diskussion darüber, ob dies eine gute Wahl war oder nicht, war erstaunlich kurz, man war müde, und darüber hinaus in konter-konspirativen Angelegenheiten noch völlig ungeübt.

Lance blieb bei Jannifer, aufgrund vor allem ihrer Aufwühlung und Müdigkeit schliefen sie aber diesmal nur nebeneinander. Am nächsten Morgen blieben sie in einem unruhigen Schlummer noch relativ lange im Bett, feste Termine hatten beide nicht an diesem Vormittag.
Ein ausgiebiges Frühstück und mehrere Becher schwarzen Kaffees brachten die ersehnte Stärkung. Sie planten, ab etwa drei Uhr nach dem Mädchen mit den blonden Zöpfen Ausschau zu halten. Sicher war es vormittags in der Grundschule, dann gab es Mittagessen, danach mußte vielleicht die ein oder andere Hausaufgabe erledigt werden. Das Mädchen sollte zunächst befragt werden, ob es Arthur kenne, dann, ob ihm etwas Besonderes aufgefallen sei. Dabei kam Jannifer darauf, daß es wohl sinnvoll sei, ein Photo von ihm mitzunehmen, und fand nach kurzem Kramen ein passables. Insgeheim fühlten sie sich schon bei dem Gedanken an eine Befragung schlecht, wurde doch die Annäherung eines unbekannten Erwachsenen an ein Kind nicht mehr neutral gesehen. Wie oft hatte man ja von Entführungen und Schlimmerem gehört. Nun, diesmal ging um die Beendigung einer Entführung und um die Verhinderung von Schlimmerem. So beruhigten sie sich und

radelten rechtzeitig los, auf dem letzten Stück näherten sie sich getrennt der Peterstraße.

Jannifer stellte ihr Rad kurz vor der Einmündung der Nordseite ab, Lance stoppte an der Südseite. Glück gehabt! Tatsächlich sprang das Mädchen im roten Rock wieder durch sein Springseil. Jannifer ging den Bürgersteig wie zufällig hinunter, einen Schritt an dem Kind schon vorbei, um sich dann unvermittelt nach ihm umzudrehen. „Na, Du kannst aber toll mit deinem Seilchen springen!" Das Kind wich ob der plötzlichen Annäherung erschreckt zurück und musterte Jannifer argwöhnisch. Diese kam sich selbst wie ein weiblicher Böser Onkel vor, der jeden Moment eine Schokolade hervorzieht. Doch sie überwandt das Gefühl und streckte ihr statt einer Schokolade das Bild Arthurs entgegen.

„Sag' mal, kennst Du diesen Mann?" Das Mädchen schaute auf das Photo. „Das ist doch der Arthur!" „Ach, Du kennst ihn!" Jannifer war überrascht und erfreut. „Der wohnt da." Das Mädchen deutete auf Arthurs Haus. „Und wer bist Du?" „Tja ich, ich bin die, ich meine ich bin die Jenny", sagte Jannifer, und ärgerte sich, daß ihr nicht etwas Besseres eingefallen war, wenigstens ‚Gina' oder so. „So, und ich heiße Annemarie." „Das ist aber ein schöner Name!"

„Ach komm', der ist blöd. Was willst Du denn von mir?" „Sag', Annemarie, ist dir gestern etwas Besonderes aufgefallen, ich meine, hast Du den Arthur gesehen?" Das Mädchen starrte Jannifer an. „Bist Du von der Polizei?" „Nein, ich..." „Schon gut", unterbrach sie das Kind. „Das war schon komisch. Gestern war der Arthur nämlich mit einem Riesen da." „Mit einem Riesen? Du meinst mit einem großen Mann?" „Nein, mit einem Riesen. Mein Vater ist ein großer Mann, aber der ist kein Riese." Jannifer bemühte sich, die Fassung zu bewahren. Offensichtlich fabulierte das Kind. „Ja, was haben Arthur und der Riese denn gemacht?" „Zuerst ist der Riese in sein Haus hineingegangen, und dann später wieder mit dem Arthur heraus. Da stand ich direkt vorm Eingang." „Ja, und dann??" „Ich hatte Angst vor dem Riesen, aber er war sehr freundlich. Er hat sich von hoch oben - das Mädchen machte eine entsprechende ausladende Geste - heruntergebeugt und mir kleine Igel geschenkt." Jetzt mußte sich Jannifer schon sehr beherrschen, fuhr aber nett fort: „Wie süß - lebendige kleine Igel!" „Du Dummerchen, Schokoigel natürlich." Sie griff in die Tasche ihrer Strickweste. „Hier - oh, da sind die Stacheln ja weg!" Das Mädchen streckte Jannifer eine grob angeschmolzene Schokokugel entgegen. „Willst Du?" „Nein,

nein, schon gut. Und der Arthur, war der auch freundlich?" „Weiß nicht, aber er hat, glaub' ich, gelächelt." „Hmm..." Jannifer stockte. „Ich hab' dann noch gefragt, was die beiden, na, was die beiden noch vorhaben." „Ja und??" „Der Riese hat gesagt, er nimmt den Arthur mit zum Zauberland Matur." „Matur?" Die Verblüffung übermannte Jannifer. „Das hab' ich mir genau gemerkt. Im Zauberland Matur soll es die prächtigsten Vögel und die schönsten Frauen geben." „Das hat der Riese gesagt?" „Ja, und dann sind sie gegangen." „Wohin?" „Da rauf und dann um die Ecke. Der Arthur hat sich noch mal umgedreht und gewinkt." Jannifer senkte den Kopf. „Bist Du jetzt traurig?" „Nein, nein, schon okay. Vielen Dank, Annemarie. Das war sehr wichtig." „Eigentlich darf ich ja gar nicht mit Erwachsenen reden. Aber es passiert mir einfach immer."

Jannifer verabschiedete sich von der kleinen Annemarie mit der Andeutung, sie müsse weiter Ausschau halten nach Arthur und käme vielleicht noch mal vorbei. Dann radelte sie mit Lance ins Zentrum zurück, ziellos, man hielt schließlich an einem Café in der Königsstraße. „Das Zauberland Matur", sagte Lance und sog am Strohhalm seines Eiskaffees, „ich faß' es nicht. Überhitzte Phantasie, die Kleine!" Jannifer schwieg und starrte aus dem Fenster auf die vorbeifahrenden Autos und Räder.

Wie vereinbart traf man sich um 19.30 Uhr am Ludgeribrunnen. Die Freunde waren verstört, denn trotz der kreativen Anreicherung wurde die Schilderung des seilchenspringenden Mädchens als weiterer Beweis der eigentlich schon klaren Tatsache einer Entführung Arthurs empfunden. Handlungsfähiger machte sie das nicht. Mit der Selbstverpflichtung, angestrengt über die weitere Vorgehensweise nachzudenken, um alsbald mit intelligenten Vorschlägen aufzuwarten, schieden sie voneinander.

Wirklich Überzeugendes kam indes in den folgenden Tagen nicht zustande, man traf sich noch einmal am Rande des Wochenmarkts auf dem Domplatz, wo Eric statt der Polizei diesmal die Einschaltung des Bundesnachrichtendienstes erwog. Das zur Antwort erschallende Gelächter seiner Freunde war ebenso höhnisch wie herzlich. „Da wär' die Stasi sicher effektiver gewesen", meinte Falk, erschreckte sich aber gleich über das Gesagte. „Na, das wollte wohl niemand, daß die noch irgendetwas zu melden hätten", gab denn Eric auch gleich die moralische Bewertung des Gedankens. „Die Mauer war noch nicht ganz gefallen, da machten sich die Kader schon fit in ‚Wie gründe ich eine GmbH?'. Die gute Vernetzung diente jetzt neuen Ziel-

en..." Lance wollte gerade anheben mit einer Darstellung aus wirtschaftshistorischer Perspektive, hatte er doch hierzu mal eine Hausarbeit geschrieben. „Es geht um Arthurs Leben!" rief Jannifer aufgebracht, „jetzt laßt den Scheiß und kommt mit einer vernünftigen Idee!"
Aber dadurch kam auch keine. Man beschloß, um Arthur in keinem Fall zu gefährden, sich strikt an die Anweisungen der Entführer zu halten. Nach Ablauf der Wochenfrist kam man also wieder vor dem Haus des Opfers zusammen. Die Haustür stand einen Spalt weit auf. Was, wenn einer der Täter noch im Haus wäre? Die Freunde sahen sich beklommen an. „Hallo, ist da jemand?" rief Falk in den Flur. Der Schall verlor sich im Treppenhaus. Wie zufällig glitten ihre Blicke zur Straße zurück, so als wollten sie ihre Fluchtmöglichkeiten einschätzen. Da schob Eric die Tür auf und stapfte mutig nach oben. Lange Sekunden war es still, dann hörte man einen dumpfen Klatsch. Bevor man diesen jedoch hätte angstvoll interpretieren können, dröhnte es von oben: „Die Luft ist rein, kommt hoch!"
Auf dem Glastisch lag ein großer Umschlag ‚An Arthur Freunde', daneben befand sich eine kleine Pappschachtel, wie sie beim Juwelier für Ringe und andere Preziosen verwendet wird.
„Liest Du bitte vor?!" - Jannifer seufzte. Hoffentlich entwickelte sich hier keine Regelmäßigkeit. Sie öffnete den Manila-Umschlag, entnahm ihm ein beschriebenes Blatt und vier zugeklebte längliche Briefkuverts.

An Arthur Freunde.
Erste Probe sein bestanden. Gut so! Jetzt Suche kann beginnen...Jeder nimmt ein Umschläg, darin Auftrag und „Mittel". Arthur leben und gesund. Nur kleine Schmerz, haha, von Trennung. Keine Angst - kein Eil. Arthur gehen gut, aber er warten auf Rettung.
Gleich geht's los!

„Das war's. Hmm - Umschläge verteilen..." Jannifer wollte schon damit beginnen, als Falk mahnte, sie doch erst auf den Tisch zu legen. „Das ist mehr als merkwürdig. Keine Forderung. Was sind ‚Mittel'? Und wie und wo sollen wir suchen?" Eric schüttelte nachdenklich den Kopf. Ob sich das vielleicht doch nur um einen - allerdings sehr üblen - Scherz handelte? „Mach' mal die Box auf!" Jannifer nahm die Schachtel vom Tisch, hielt sie nah vor das Gesicht und nahm behutsam den Deckel ab. Für einen Moment schien es, als betrachte sie angestrengt die Feinheiten eines Schmuckstücks. Dann entfuhr ihr jedoch ein leiser Schrei, sie verkrampfte sich, fing am ganzen Leibe an zu zittern. Die Lippen bebten, sie begann zu schluchzen, ganz merkwürdig glucksend hörte sich das an. Lance war aufgesprungen, hielt sie fest und wand die Schachtel aus ihrer Hand. Eher ungläubig als entsetzt streckte er sie Falk und Eric entgegen. In der Mitte der Wattierung lag das oberste Glied eines Kleinen Fingers, an dessen Außenseite ein Muttermal war, das wie ein kleines Auge schien.

Nun mußten sich die entsetzten Freunde nicht mehr nach der Ernsthaftigkeit der Entführung fragen. Schnell setzte sich der Schock in Wut um. „Diese Schweine", schrie Eric. „Los, die Umschläge her", rief Falk, nahm sie vom Tisch, warf Eric den obersten zu, den nächsten zu Lance, der, besorgt um die in Arthurs Stuhl gesunkene Jannifer, jedoch zu spät reagierte. Sein Brief flog gegen ihre Stirn, und bevor ihr ein eher überraschtes ‚Au!' entfuhr, fiel er mit dem für sie bestimmten letzten Umschlag in ihrem Schoß zusammen. „Aufmachen!" befahl Eric, und riß das ihm verbliebene Kuvert auf. Die anderen zögerten, so als wollten sie zunächst seine Reaktion abwarten. Langsam nahm er ein gefaltetes Blatt heraus, in das zwei Schecks eingelegt waren. „Norwegen, vielleicht", las er stirnrunzelnd. Dann schaute er auf die Schecks und pfiff leicht durch die Zähne: „Je 5.000 Euro!". Er sank auf eines der Sitzkissen am Glastisch. „Welches war denn deiner?", meinte Jannifer zu Lance. „Ist doch egal!" Lance griff einen, kramte ein Taschenmesser aus seiner Hose, mit dem er zuerst säuberlich seinen, dann Jannifers Umschlag öffnete. „America, kann sein, hab' ich". „America, warum nicht?, steht bei mir". In Lance' Umschlag fanden sich vier Schecks über 5.000 Euro, in Jannifers drei. „Jetzt bin ich ja gespannt, wo's für mich hingeht", meinte Falk und öffnete sein Kuvert mit einem Kugelschreiber. „Deutschland, wer weiß". Sein Gesicht wurde lang, auch weil in seinem Umschlag nur ein Scheck über wiederum die gleiche Summe steckte. „Das ist doch nur Zufall, sollen wir losen, wer welchen Umschlag bekommt?" „Ne, das ist schon richtig so", meinte Eric und wunderte sich im gleichen Moment, warum er das sagte. Falks Gesicht wurde noch länger. „Mal langsam, Leute. Was ist denn das für ein Humbug?" Lance richtete sich mit ernster Miene auf. „Arthur ist entführt, und seine Kidnapper wollen nichts anderes, als das wir ihn suchen?" „Und geben uns Geld dafür, statt welches zu fordern!" Eric schüttelte den Kopf. „Es gibt ja auch kein richtiges Ultimatum." „Zum Glück!" Falk fuhr fort: „Man muß sich fragen, ob es sich damit um eine Entführung im eigentlichen Sinne handelt." „Du spinnst doch", meinte Jannifer. „Er ist verschwunden. Jetzt das Fingerstück. Mann, die bringen den um, wenn wir den nicht finden!" „Und was passiert, wenn wir ihn finden? Und wo überhaupt?" Es mißlang Eric, einen beruhigenden Unterton in seine Stimme zu legen. „Und wenn es doch nur Zufall ist, wie wir die Kuverts jetzt verteilt haben?" meinte Jannifer leise. „Sag' ich doch, sag' ich doch!" Falk konnte sich gleichwohl nicht mit seinem Vorschlag durchsetzen, es war erstaunlich, wie niemand außer ihm Geldsumme oder Ort zu tauschen bereit war. Ein wenig begannen sie sich zu schämen, wie rasch sie vom Schock der nun wirklich offensichtlichen Entführung Arthurs in eine andere Richtung abgeleitet worden waren. Falk lenkte schließlich ein. „Okay, vielleicht soll es so sein. Aber wie gehen wir jetzt vor?" Draußen hatte es zu dämmern begonnen. Jannifer zog unter Verrenkungen ein Feuerzeug aus der Tasche ihrer enganliegenden schwarzen Lederhose, zündete zuerst eine große Kerze in der Mitte des Glastisches an, stand dann auf und brachte weitere verstreut in der Wohnung herumstehende Kerzen zum Brennen. „Ich mach' mal die Haustür zu", meinte Eric. Die anderen nickten. Trotz des abgetrennten Fingergliedes waren sie etwas ruhiger als vor einer Woche, niemand befürchtete eine Wiederkehr der Entführer. Diese verfolgten einen Plan, ein Plan demzufolge zumindest jetzt keine unmittelbare Bedrohung für sie zu bestehen schien. Falk erhob sich und öffnete den Kühlschrank. „Hey, Fingerabdrücke", wollte Lance warnen. Unbeeindruckt zog Falk eine Flasche Krombacher aus einem liegenden Stapel heraus, es klirrte und klapperte entsprechend. „Ihr auch? - Wir dürfen ja die Bundeswehr und den BND eh' nicht einschalten…" Jannifer kicherte. „Ja, dann gib' mal her!" Die Freunde schlugen bald die Flaschen aneinander. „Auf Arthur!" „Auf Arthur!" Man trank bedächtig, der ein oder andere mochte an die ‚Sauerländischen Pilswochen' denken, die der Wohnungsinhaber gelegentlich durchgeführt hatte. Aus Respekt hatte sich Jannifer nach dem Anzünden der Kerzen nicht mehr in seinen Stuhl gesetzt, auf den die Freunde nun nachdenklich schauten. „Wenn es ihm nur wirklich gut geht, und er nicht um sein Leben fürchten muß!" „Das ist bestimmt eine grauenhafte Situation!" „Es geht nicht anders, wir müssen ihm helfen!" So gingen die Gedanken durcheinander. „Wie gehen wir nur vor?" meinte Falk schließlich wieder. „Das ist eine Schnitzeljagd ohne Schnitzel." Eric bekam beim letzten Wort seiner Bemerkung Hunger. „Wir müssen den Startpunkt selbst wählen, wissen das Ziel nicht, und nicht einmal, ob es überhaupt eins gibt. Es kann ja nicht in allen drei Ländern gleichzeitig liegen." Lance schüttelte den Kopf und nahm einen tiefen Schluck aus der Flasche. „In den U.S.A. gibt's ja vielleicht sogar zwei", sagte Jannifer. „Wieso das?" Naja, ich hab' 15.000 Euro, Du 20.000. Könnte Ostküste und Westküste sein." Bei der Nennung der Beträge stockte sie leicht, und auch die anderen schauten ehrfürchtig drein. Für sie als Studenten waren das ungeheuer hohe Summen, und selbst Falk hatte noch nie 5.000 Euro gesehen oder gar in der Hand gehabt. „Wieso kommt ihr eigentlich auf U.S.A.?" meinte er, gleichwohl immer noch ein wenig enttäuscht über sein Los. „America könnte ja auch Südamerika heißen. Oder Kanada." Es entbrannte eine kurze Diskussion, mit dem mehrheitlichen Ergebnis, daß ‚America' doch als Synonym für die U.S.A. angenommen werden müßte. „Also, wie gehen wir jetzt vor?" Falk zog sich leicht genervte Blicke zu. Nach einem endlos scheinenden, tatsächlich aber nur recht kurzem Schweigen formulierte Eric: „Ich sage dir, wie wir jetzt vorgehen. Wenn es uns ernst mit Arthurs Rettung ist, dann beginnt jeder mit der Suche in dem Land, das ihm durch das Los zugewiesen wurde. Und zwar so bald wie möglich. Ein Ort muß der Ausgangspunkt sein, und den zu finden bleibt uns selbst überlassen. Es ist nur Intuition, aber ich glaube, daß die Wege, die sich ergeben, und von denen wir noch nicht wissen, wie sie aussehen, tatsächlich zu Arthur führen könnten. Oder zumindest einer von ihnen, denn er kann ja nicht überall sein. Eventuell bekommen wir zwischendurch auch Zeichen." Man hatte vergleichsweise lange zugehört, ohne zu unterbrechen. Vielleicht, weil man sich aufgrund der unsicheren Situation nach jemandem sehnte, der mit einer gewissen Autorität klar etwas vorgab. Oder weil man fühlte, daß hier kein endloses Ausdiskutieren angesagt war. Dennoch fiel Falk hier ein: „Werden wir denn beobachtet?" „Das weiß ich auch nicht, wir wissen eigentlich nichts." „Na, wir wissen, daß wir unser bisheriges Leben jedenfalls aufgeben können", erkannte Lance. „Oder zumindest für längere Zeit unterbrechen müssen. Na, Hauptsache, wir beide können wenigstens zusammen losgehen", fügte Jannifer an, um Festigkeit in der Stimme bemüht. „Ich glaube nicht, daß das geht", sagte Eric gedehnt. Es war nicht so sehr die gewisse Autorität, die er besaß, und die noch niemandem so aufgefallen war, da Arthurs Gewicht bislang alles überstrahlt hatte. Es war der Umstand, daß er wohl Recht hatte. Lance und Jannifer schauten sich flüchtig an, dann zu Boden. „Ich muß jetzt gehen", sagte sie abrupt. „Wir haben Probe." Sie warf ihre blonden Haare zurück, ging langsam los, an Lance vorbei, dessen Arm sie kurz drückte ohne ihn anzusehen, dann die Treppe hinunter. Unten fiel die Tür hinter ihr ins Schloß. Die Männer verharrten einen Augenblick. Dann sagte Falk: „Wir brauchen ein Lebenszeichen von ihm!" „Du hast Recht. Aber wie kommen wir mit den Entführern in Verbindung?" „Vielleicht überwachen sie diesen Ort. Vielleicht werden wir jetzt sogar abgehört." „So ein Blödsinn!" „Und wenn, vielleicht kommen sie aber gelegentlich hier vorbei. Wir sollten ihnen eine Nachricht hinterlassen." „Aber wenn nichts passiert? Wenn niemand kommt?" „Dann haben wir es wenigstens versucht." „Wir müssen uns ohnehin auf die Reisen vorbereiten, ob eine Antwort kommt oder nicht." „Ja, auf die Reisen!" Falk klang leicht zynisch. „Ich nehm' mal meinen Umschlag", sagte er, als man feststellte, daß in Arthurs Drucker kein Papier war und auch sonst nichts herumlag. Er zog den Scheck wieder heraus und hielt ihn jetzt eher wie zufällig gegen das Licht. „Bank von Puerto Rico - ich glaub' es nicht! Da bin ich ja mal gespannt, wie weit ihr reist. Haha!" Ungläubig zogen die anderen ihre Schecks heraus - sie waren vom gleichen Geldinstitut ausgestellt. Die merkwürdige Stimmung, in der sich alle befunden hatten, wurde noch seltsamer. Die trotz oder wegen der Lage Arthurs adrenalinische Spannung im Hinblick auf ein herausforderndes Abenteuer wich der Sorge, daß sich dessen schon sicher geglaubte Finanzierung als ein makabrer Scherz herausstellen könnte. „Jetzt warten wir erst mal ab", versuchte Eric zu beruhigen. „Schreib' jetzt!" Falk zögerte. Keinesfalls wollte er die Kidnapper unter Druck setzen, um Arthur nicht zu gefährden. ‚Bitte geben Sie uns ein Lebenszeichen von Arthur, wenn Sie dies denn gelegentlich einrichten könnten.' „Viel zu gestelzt", meinte Lance. „Das verstehen die wahrscheinlich gar nicht. Germanistenscheiß." „Ach, laß' das jetzt so", sagte Eric. „Setz' noch drunter, daß wir in zwei Wochen wieder vorbeikommen." Er tat es, legte den Umschlag auf die Tischmitte, dann bliesen sie die Kerzen aus. Unten vor dem Haus trennten sich die Freunde, nahmen sich innig in den Arm wie Geheimbündler in einer schwierigen Mission. Sie vereinbarten, sich in einer Woche um 12.00 Uhr am Eingang zum Hauptbahnhof zu treffen. „Sag' Jannifer Bescheid!" Lance nickte. Während sich die anderen rasch entfernten, schlenderte er gedankenversunken zu seinem Fahrrad. Plötzlich durchzuckte es ihn. Arthurs Finger! Er eilte zurück, und nahm das Schächtelchen vom Tisch. So ein Mist! Wohin damit? Nun, zu machen war da ohnehin nichts mehr. Der würde sicher nicht wieder anwachsen. Er wollte ihn in Alkohol konservieren, doch alle Apotheken, an denen er auf seiner Heimfahrt vorbeikam, waren schon geschlossen. In seiner Wohnung nahm er erst mal einen Gin Tonic. Dann noch ein paar

Gin ohne Tonic. Kurz bevor er, immer noch im Mantel, in einem breiten Bettsessel einschlief, holte er das Schächtelchen aus der Tasche, öffnete es beherzt, nahm das Fingerstück mit einem Papiertaschentuch heraus und ließ es in die Ginflasche plumpsen.

3. Männer, die zum Frühstück bleiben

Jannifer war völlig durcheinander. Nach ihrem Abgang aus dem Kreis der Freunde hatte sie noch einen Moment vor Arthurs Haus gewartet. Vielleicht hatte sie darauf gehofft, daß ihr Lance nachkommen möge. Vielleicht auch nicht. Wäre er ihr nachgelaufen, hätte das blöd gewirkt, waschlappenmäßig. Bei den anderen. Bei ihr wahrscheinlich auch. Sie mochte keine Waschlappen. Sie wollte erst heulen, war sich aber nicht sicher, ob das mit ihrer Rolle als Gitarrera der ‚Männer, die zum Frühstück bleiben' zusammenpaßte. Ach, eigentlich scheißegal. Die Nase kribbelte, die Augen wurden etwas feucht. ‚Scheiß Nebel', dachte sie, und tupfte sich etwas ab. Sie stieg in ihren roten Opel-Kombi, der alte Viertakter röchelte kurz beim Anlassen, schnurrte dann aber munter, als es in den Südwesten der Stadt ging. Amerika! Chance und Scheiße! Wie sollte das gehen, alles abbrechen? Die Band, das könnte sie den anderen Mädels doch gar nicht antun. Und die Mutter nähme es ihr wahrscheinlich auch krumm. Der Vater wäre dagegen begeistert, denn er lebte ja seit ihrem sechzehnten Lebensjahr in Amerika. Allerdings in Los Angeles, wo er mittlerweile zum Teilhaber einer Anwaltskanzlei aufgestiegen war. Der Kontakt zu ihm war zwar nicht völlig abgerissen, das Verhältnis aber nicht gerade berauschend. Daß es oft der vernünftige und bessere Weg ist, wenn zwei Erwachsene sich trennen, anstatt sich endlos anzuöden oder gar zu bekriegen, war zwar verstandesmäßig nachzuvollziehen. Half aber selbst einem Teenager kein Stück. Sie fühlte sich vom Vater verlassen, und auch allein gelassen mit der Mutter, die sie liebte, zu der es aber keinen, wie sie fand, notwendigen Gegenpol gab. Trotzdem färbten die negativen Projektionen, die ihre Mutter über die Jahre myriadenfach auf den fernen Ex-Mann abfeuerte nicht ihr Bild von ihm. Im Gegenteil mochte sie ihn in diesen Momenten mehr, vermißte ihn zuweilen schrecklich, und war gleichzeitig stinksauer auf ihn. Ihr um einige Jahre älterer Bruder Fabian hatte hier auch nichts abfedern können, da er zu diesem Zeitpunkt bereits in Hamburg Journalistik studierte. Obwohl sie sich grundsätzlich gut verstanden, war ihre Beziehung doch recht lose.

Jetzt bog sie in die Weseler Straße ein, fuhr diese in südlicher Richtung, kurz vor der Auffahrt zur A1 dann rechts ab. Dummerweise war ihr Vater an der Westküste, und ihr Los schien mehr auf Ostküste zu deuten. Na, sie würde ihn erst mal anrufen. Und Lance? Der wär' mit dabei und doch nicht

da. Na, da würd' man schon sehen. Die verschiedenen Orte könnten ja nah beieinander sein. Man könnte sich sicher treffen. Vielleicht doch zusammen operieren. Sie mußte an Arthur denken und schluckte. ‚Scheiß Nebel', dachte sie, und wischte sich wieder über die Augen.
Im Ortsteil Mecklenbeck war direkt an der Bahnlinie in einem ehemaligen Fabrikgebäude der Proberaum. Ein findiger, oder eher durchtriebener Geschäftsmann hatte einen Trakt des Betriebs mit einer Reihe einfacher Mauern parzelliert, und vermietete die Räume zu völlig übertriebenen Preisen an aufstrebende Rock-, Pop-, HipHop- und sonstige Gruppen. Schon von weitem war der Soundbrei aus verschiedensten Stilrichtungen zu hören, auch wenn die Heavy-Metal-Kapellen nicht ganz erfolglos versuchten, Geräuschhoheit zu demonstrieren. Es ging derart kakophonisch zu, daß auch hoffnungslos untalentierte Sänger oder rhythmisch unbegabte Schlagzeuger nicht weiter auffielen. Jannifer parkte den Kadett auf einem Gemisch aus Matsch und Schotter vor einer Rampe, die das Bewegen von Verstärkern und anderem schweren Gerät etwas erleichterte. Neben ihr standen andere Kombis und Kleinbusse mit eher musealem Charakter. Nur ein weißer Mercedes neueren Baujahrs stach hervor, er gehörte einem der Rapper, er hieß Zack. Genannt ‚Zack the Rapper'. Ja, die standen auf diese Äußerlichkeiten, gehörte gewissermaßen dazu. Sie öffnete das Heck und nahm ihren ramponierten, über und über mit Aufklebern von Bands und Instrumentenherstellern bedeckten Gitarrenkoffer hervor, knallte die Klappe dann wieder zu und schritt gemächlich die Rampe hinauf. Hinter der Stahltür des Proberaums 5 waren die Bandkolleginnen gerade mit ihrem Soundcheck fertig. „One, Two, Check!" keuchte Squid noch mal ins Mikro, The Rip dudelte noch eine Keyboardlinie, Angela, die ihren Namen englisch aussprach, sauste einmal den Precision-Bass rauf und runter. Natürlich auch eine Kopie. Am Schlagzeug saß die rote Sophie, wenn sie richtig gut war, wurde sie von ihren Mitstreiterinnen Ginger genannt. Die Tür flog auf und Jannifer trat ein. „Hey, da bist Du ja, Puppe!" „Was liegt an?" „Weißt Du doch: erst mal 'nen bißchen Warmspielen, dann müssen wir noch mal an ‚Du Arsch hast 'ne Andere' ran!"
Liebevoll nahm Jannifer ihre Stratocaster-Kopie aus dem Koffer und stöpselte sie an den Marshall-Turm. Der war runtergekommen, aber echt und funktionierte noch. Allerdings gehörte er ihr nicht, sondern Harald Blauzahn, dem Gitarristen der Band, die Raum 5 vor den ‚Männern, die zum Frühstück bleiben' gemietet hatte. Er war an Ort und Stelle wegen

eines Drogenvergehens verhaftet worden und verbüßte als Wiederholungstäter eine Haftstrafe im Knast an der Gartenstraße. Sie hatte ihm dorthin geschrieben und um Nutzungserlaubnis gebeten. Harald hatte geantwortet, das sei okay, denn so ein Röhrenverstärker dürfe im übertragenen Sinne ja nicht völlig erkalten. Sie müsse ihm aber versprechen, ‚bloß keinen Scheiß' zu spielen, sich ‚ja nicht außerhalb dessen zu begeben, was man noch als Rock bezeichnen könne'. Sie hatte dies gelobt, und war daher mit Harald Blauzahn und seinem Marshall-Turm im Reinen.

„Kleine, dreh' auf!" - die anderen Rockladies merkten, daß Jannifer etwas abwesend war. „Na, laß' ihn doch erst mal warm werden!" Damit entlockte sie ihrer Strat die ersten Töne, behende glitten ihre Finger über das Griffbrett. ‚Immerhin eine japanische Kopie', dachte sie. Damals hatten japanische Kopien als minderwertig gegolten, heute hatten sie schon fast elitären Ruf. Japan war jetzt Begriff für Qualität, den Schrottbegriff reservierten andere asiatische Nationen. Die Bespielbarkeit war Spitze, der Sound warm, ein tolles Sustain. Nur die Abschirmung war nicht ideal, da waren eben die Amerikaner besser. So hatte die Gitarre eine starke Tendenz zur Rückkoppelung und ein bestimmtes Grundbrummen, was aber schon wieder zu einem sehr eigenen Klangbild führte. Sie selbst fühlte sich an den frühen Brian May von Queen erinnert, der der Legende nach ja seine erste Gitarre zusammen mit seinem Vater selbst gebaut hatte. Das allgemeine Dudeln ging noch eine kurze Zeit weiter, dann rief Squid ihre Mitstreiterinnen zur Ordnung. „Du Arsch hast 'ne Andere!" schrie sie ins Mikrophon. Das Kommando für Sophie, mit einem wilden Sechzehntel-Grundbeat loszutrommeln, über den Angela bald wummernde Bassläufe legte. The Rip war für die gewisse Erkennbarkeit der Harmoniefolgen zuständig, die geschobenen Akkorde waren der in sich ruhende Gegenpol zu den nun kreischenden Einwürfen von Jannifers Strat. Dann kam Squids Einsatz:

Meinst Du denn, ich wär' bekloppt
Tomaten auf den Augen
Die blonden Haare auf dem Rücksitz
Sind nicht von deiner Mama
Und meine, die sind kürzer
Und vor allem schwarz!
Du Arsch!
Du Arsch hast 'ne Andere

‚Du Arsch' und ‚Du Arsch hast 'ne Andere' war der Kehrreim, und wurde aus voller Brust von allen Mädels mitgebrüllt, auch von The Rip, die allerdings kein Mikro hatte und auch keins wollte, da sie ihre Stimme für etwas piepsig und daher uncool hielt, und vielleicht hatte sie damit recht. Das Stück ging unerwartet gut von der Hand, so daß man als nächstes an ein noch auszufeilendes Instrumentalstück ging. Es trug den Arbeitstitel ‚Die Szene ist Amerika', und war für die ‚Männer, die zum Frühstück bleiben' auffällig getragen, von epischer Breite. Ein Teil klang wie die Filmmusik zu einem großen Melodram, ein anderer wie die dunklen Sound-Experimente von Bowie und Eno in ihrer Berliner Zeit. Jannifers Versatzstücke und Melodien glitten ihr gleichsam intuitiv aus den Fingern, so daß ihre Gedanken weit abschweiften. Amerika. Bilder, Gedanken, wirre Gefühle zu diesem besonderen Land, so präsent, und doch nur sekundär erlebt, fuhren durch sie. Sie blickte verstohlen zu ihren Kolleginnen, die hingebungsvoll versunken waren. Sie mußte es den anderen sagen. Und hatte Angst davor.

In der Pause hatte sie dann doch nicht den Mut gefunden, eine erste geplante Andeutung zu machen. Na, sie würde ja nicht gleich morgen abreisen, und es gäbe noch ein paar Proben. Man konnte das ganze ja schonend vorbereiten. Auf der Rückfahrt wurde ihr klar, daß die Band das größte Problem war. Ansonsten würde sie so viel gar nicht abbrechen wie spontan vermutet. Allenfalls würden einige Dinge unterbrochen. Man könnte das ganze ja auch als eine Art erweiterten Urlaub betrachten.
Eigentlich war die Gelegenheit sogar günstig. Ihre Magisterarbeit war soeben fertig geworden und abgegeben. Bei ihrem Thema ‚Disney als der größte Paradigmenwechsel der Kunst des 20. Jahrhunderts' hatte sie anders als ihre Mitkandidaten keinerlei Eile, um das Ergebnis zu wissen. Sie wußte, daß ihre Professoren ihre Meinung nur sehr bedingt bis gar nicht teilten, was ihr aber völlig egal war. Durchfallen würde sie aufgrund ihrer Vorleistungen wohl nicht, und wenn man ihr die Arbeit um die Ohren hauen würde, würde sie es mit Gleichmut hinnehmen. Sie war der sicheren Überzeugung, daß ihr die Kunstgeschichte späterer Zeiten Recht geben würde. Disney und Amerika. Vielleicht ließe sich damit etwas konstruieren.

4. In der Bank

Einige Momente lang hatte Falk vor dem Eingang der Sparkasse in der Ludgeristraße gestanden, dann räusperte er sich und trat in die Schalterhalle. Er, der mit dem kleinsten Geldbetrag ausgestattet werden sollte, war der Erste, der seinen Scheck auf Gültigkeit überprüfen lassen wollte. Die Mitarbeiterin am Schalter begrüßte ihn zunächst freundlich, runzelte aber die Stirn, als sie ‚Bank von Puerto Rico' als das ausstellende Geldinstitut sah. Sie musterte nun Falk, dessen lange gewellte Haare und schwarzer Mantel, eben noch übersehen, nun ihre spontane Skepsis bestärkten. „Einen Moment, bitte", sagte sie nun in einem eher geschäftsmäßigen Ton, in dem ein gesundes Mißtrauen mitschwang. Sie erhob sich, und ging mit dem Scheck in eines der hinteren Bürokubikel. Falk spürte die bohrenden Blicke der hinter ihm Wartenden in seinem Rücken. Es war eine ähnliche Situation wie an der Kasse im Supermarkt, wenn die Scheckkarte nicht funktionierte. Obwohl man selbst genau wußte, daß genügend Geld auf dem Konto war, und es sich nur um einen technischen Defekt handeln konnte, gingen sowohl Kassiererin als auch die anderen Kunden sofort davon aus, daß man es mit einem Habenichts, im schlimmsten Fall gar mit einem Betrüger zu tun habe. Falk brauchte Geld wie kein anderer der Freunde. Einen Tag nach seinem bestandenen Staatsexamen hatte ihn sein Vater angerufen und ihm mitgeteilt, daß er ihm zukünftig keine Unterstützung mehr gewähren könne. Diese war gering genug gewesen, hatte nicht mal zur Finanzierung seiner Zimmermiete ganz gereicht. Dennoch war er dankbar gewesen, da er während der fast eineinhalbjährigen (und wie er fand: viel zu langen) Examenszeit praktisch keine anderen Arbeiten zur Bestreitung seines Lebensunterhaltes hatte übernehmen können. Ihm stand das Wasser förmlich bis zum Hals. Er war froh, daß er noch im Grundstudium den Studiengang von Magister zu Staatsexamen gewechselt hatte. Nicht, daß er je ernsthaft hatte Lehrer werden wollen, aber das ihm zustehende Referendariat würde über zwei Jahre hinweg einen sicheren Broterwerb bedeuten. Der Anspruch auf einen Referendarsplatz blieb nach erfolgreichem Staatsexamen einige Jahre bestehen, der früheste Zeitpunkt zum Beginn für ihn war der Spätherbst. Und diesen Termin wahrzunehmen, hatte sich Falk fest vorgenommen. Es waren nur wenige Monate bis dorthin, eine klare Perspektive also, die den meisten seiner Kommilitonen mit Magisterabschluß nicht gegeben war. „Das ist ja unmöglich, wie lange muß man denn hier noch warten?!"

rief aufgebracht einer der Wartenden in der Schlange, die sich hinter Falk gebildet hatte. Wenn er sich nicht täuschte, handelte es sich allerdings um einen der erst kürzlich hinzugekommenen Kunden. Mit dem kam die Schalterangestellte zurück aus dem hinteren Kubikel, über das ganze Gesicht strahlend. „Alles in Ordnung, Herr von Fürstenberg. Die Auslandsabteilung hat das O.K. gegeben, möchten Sie, daß wir den Betrag Ihrem Konto gutschreiben?" „Geben Sie mir bitte 500 in bar, und tun Sie die restlichen 4.500 auf mein Konto." Mit befriedigtem Grinsen drehte sich Falk kurz zu den hinter ihm Wartenden um. Die Bankangestellte schaute etwas verlegen drein, angesichts der lauten Nennung der Summe, immerhin war es ja nicht ihre Indiskretion. Sie beeilte sich, den Auftrag auszuführen, und verabschiedete Falk danach freundlich.

Es war Mittagszeit, und mit den 500 Euro in der Tasche war er versucht, in ein argentinisches Steakhaus zu gehen. Diesen Luxus hatte er sich schon seit vielen Monaten nicht mehr geleistet, und dennoch verwarf er den Gedanken bald. Er hatte die Schecksumme nicht verdient, es waren Mittel zur Erfüllung eines Auftrags. Andererseits konnte er den Auftrag aber auch nicht erfüllen, wenn er verhungerte. Irgendwie müßte er sich zumindest etwas Gutes tun. So entschied er sich zu einem Halt bei einer Grillstube in der Salzstraße, wo er sich ein saftiges Stück Krustenbraten abschneiden und dazu Pommes frites servieren ließ.

Zurück in seinem Zimmer in der Gertrudenstraße warf sich Falk zunächst aufs Bett und starrte die Decke an. Trotz der Entführung Arthurs und des auch an ihn gerichteten Auftrags, diesen zu finden und ihm so das Leben zu retten, merkte er, wie er innerlich ruhiger wurde. Der Streß des Staatsexamens mit seinen (wie er fand: ungerechtfertigt) vielen Teilprüfungen hatte ihm schwerer zugesetzt, als er zugeben wollte. Das Auseinandergehen seiner letzten Beziehung hingegen, welches er anfänglich auch den Examensumständen zuschreiben wollte, hatte weniger an ihm genagt. Zu seiner Überraschung hatte er sich eher befreit gefühlt. Erst im Nachhinein war ihm klar geworden, daß Doris der dominierende Teil der Beziehung war. Dies war zuletzt schlimmer geworden, und er fragte sich, ob es an seiner Schwächung durch die Prüfungssituation lag, oder aber um eine Wiederholung dessen, was sich bei seinen Eltern abgespielt hatte und immer noch abspielte. Wie auch immer, er war froh, daß es mit Doris aus war, und er ihr gegenüber keinerlei Verpflichtungen verspürte. Er atmete tief durch. Draußen hatte es zu regnen begonnen, gleichwohl beschloss er, eine Runde durch das Kreuzviertel spazieren zu gehen. „Komm', Joseph!" rief er. Joseph war nun nicht etwa ein Hund - das hätte schon der Mietvertrag bzw. die Hausordnung verboten -, sondern ein ausgeblichener roter Stockschirm. Falk besaß ihn seit vielen Jahren und pflegte, allzumal in der regenreichen Westfalen-Metropole, ein inniges persönliches Verhältnis zu ihm. Etwas merkwürdig war die Erscheinung schon, die nun mit aufgespanntem roten Schirm, blonden gewellten Haaren und langem schwarzen Mantel ziellos durch das Kreuzviertel lief. Deutschland also. Noch immer haderte Falk ein wenig mit seinem Los, oder auch damit, daß es überhaupt sein Los sein sollte. Gleichzeitig begann er aber auch, dem Gedanken an ein Suchen und Reisen in Deutschland mehr und mehr an Attraktivität abzugewinnen. Suchen müßte ja zwangsläufig auch Reisen heißen. Doch müßte dieses Reisen, anders als in einem Flächenstaat, in Deutschland sehr kleinteilig vor sich gehen. Reiseberichte aus der Goethe-Zeit und aus der Romantik gingen ihm durch den Kopf. Je mehr er darüber nachdachte, desto mehr wurde ihm klar, daß das Ziel nicht in der möglichst schnellen Überbrückung relativ weiter Distanzen liegen konnte. Wegen des stärker werdenden Regens hatte er kaum bemerkt, daß es dämmerig geworden war. Als er wieder vor dem Haus in der Gertrudenstraße angekommen war, hatte er beschlossen, daß er zu Fuß aufbrechen würde. Am Abend rief er seine Eltern an, zu denen seit der Mitteilung über die Zahlungseinstellung der Kontakt abgebrochen war. Ohne dieses Thema zu tangieren, teilte er dem Vater mit, daß er während der Wartezeit bis zum Beginn des Referendariats für einige Wochen durch Deutschland wandern würde. Der Vater reagierte hoch erfreut, „wie der alte Bundespräsident". Ja, da hatte es mal einen gegeben, der seine gesamte Amtszeit zum Durchwandern der Republik genutzt hatte. An eine andere Leistung konnten sich die Deutschen bei ihm nicht erinnern. Auch Falks Vater war viel und gern gewandert, vor der Pensionierung fast mehr als nachher. Mit dem politischen Tauwetter war er auch durch die ehemaligen deutschen Ostgebiete gestreift. Hochbegeistert hatte er von diesen Wanderungen erzählt und aufs tiefste bedauert, „daß der Russe uns das abgenommen habe". Aber der Vater war kein Revisionist, und wenn Falk einwarf, daß „der scheiß Hitler uns die ganze Suppe eingebrockt habe" wog er seinen Kopf hin und her und nickte schließlich. „Hat er denn keine Arbeit gefunden?" klang die Stimme der Mutter aus dem Hintergrund. Wahrscheinlich war wieder auf Raumlautsprecher gestellt, was Falk auf den Tod nicht abkonnte. „Ich bin schon zu Geld gekommen", rief er laut, um sicher zu sein, daß der Raumlautsprecher am anderen Ende dröhnte, und hatte mit dieser Aussage nicht einmal die Unwahrheit gesagt. „Ich werde mich auch schon noch weiter verdingen", setzte er nach. „Junge, brauchst Du Karten?" fragte der Vater und ließ Bereitwilligkeit anklingen, den Sohn aus seinem unermeßlichen Schatz an Wanderkarten zu versorgen. „Nein danke, ich bin bestens vorbereitet", sagte Falk. „Will er denn nicht noch mal vorbeikommen", scholl von hinten noch einmal die Stimme der Mutter. Er stellte sich vor, wie die hochgewachsene, durch ihre zu einem Dutt zusammengelegten schwarzen Haare noch größer wirkende Frau den häuslichen Raum allein durch ihre Präsenz kontrollierte. Der aufgesetzten Betriebsamkeit hätte es gar nicht bedurft. „Nee, Mama, das geht morgen schon los", sagte Falk überlaut in die Sprechmuschel. „Ja dann ...", schloß die Mutter. „Ja dann ....", schloß sich der Vater an. „Dann alles Gute, Junge und viel Spaß". „Kann ja mal 'ne Karte schreiben!" meldete sich, jetzt von ferner, vielleicht schon auf dem Weg in die Küche, die Mutter. Falk legte ganz behutsam den Hörer zurück auf die Gabel. Dann atmete er noch einmal tief durch.

5. Der verlorene Vater

Der Rundruf von Falk, mit dem er über die Echtheit der Schecks aus Puerto Rico informierte, hatte bei den Freunden ein Wechselbad der Gefühle ausgelöst. Hätten sie schon auf allein durchgeführte Großreisen zurückblicken können oder aber hätten sie über mehr Lebenserfahrung verfügt, so hätten zweifellos die problematischen Aspekte des vor ihnen Liegenden im Vordergrund gestanden. Die Sorge um Arthur, die Möglichkeit oder Unmöglichkeit seiner Befreiung, ein unbekannter Gegner, der sich terroristischen Instrumentariums bediente, waren so zwar in ihren Gedanken präsent, ließen aber hinreichend Raum für die positiven Gesichtspunke ihrer Mission. Zwar gab es in ihrer aller Leben immer wieder mal spannende Momente, aber gerade jetzt, nach bestandenem Examen, war das Leben alles andere als aufregend. Schnell war die Euphorie über das Ende des Studiums, die man lang anhaltend wähnte, einem Gefühl der Leere und Ausgebranntheit gewichen. Bis in die siebziger Jahre des letzten Jahrhunderts waren einem Studienabsolventen derart viele Jobs angeboten worden, daß er in arge Nöte kommen konnte, sich für den richtigen zu entscheiden. In den nächsten Jahrzehnten kehrte sich dies langsam um und statt der fünfzig Arbeitsplätze auf einen frisch gebackenen Akademiker kamen nun fünfzig Graduierte auf eine offene Stelle. Wenn man Glück hatte, gab es schlecht bezahlte Zeitverträge, hatte man Pech, konnte man leicht zum Dauerpraktikanten werden. Einzig Falk hatte eine mittelbare Perspektive. Natürlich wußte auch niemand, was nach abgeschlossenem Referendariat mit ihm passierte. Vielleicht war es gerade diese Limbo-Situation, die den Auftrag auch reizvoll erscheinen ließ. Es galt ein Abenteuer zu bestehen, bei dem es - und das war allen von ihnen klar - nicht nur um Arthur gehen würde. Die ihnen zur Verfügung gestellten Gelder machten sie dazu beweglich und unabhängig, zumindest für eine geraume Zeit.

Eric hatte sich kurz entschlossen in einen Zug nach Bonn gesetzt um seine Mutter zu besuchen. Er hätte natürlich auch mit seinem Volvo fahren können, aber zum einen war er zu sehr durcheinander, und zum anderen schreckte ihn die von Verkehrsstauungen geplagte Strecke durch das Ruhrgebiet und den Kölner Raum ab. Die Mutter wohnte in einem Haus in Godesberg, er fuhr bis zum dortigen Bahnhof, wo er am Ausgang Blumen kaufte und dann das nicht allzuweite Stück zu Fuß zurücklegte. Freudig lief die stattliche

Frau auf sein Klingelzeichen hin zur Tür. Eric überragte sie nur um wenige Zentimeter, fast fühlte er sich vom zärtlichen Zugriff der Mutter erdrückt. Die lebensfrohe Frau hatte der plötzliche Tod ihres Mannes schwer getroffen, sie jedoch nicht aus der Bahn geworfen. Bei allen gesellschaftlichen Anlässen war sie gern dabei, insbesondere im Karneval mischte sie kräftig mit. Gleichwohl brauchte sie den Rückhalt ihrer Kinder, und da seine Schwester Mercedes in Barcelona lebte, und er mithin der einzige in ihrer Nähe war, hatte er es nicht übers Herz gebracht, sich einfach am Telefon zu verabschieden. Erst beim Abendessen erzählte er ihr, daß er auf eine längere Reise gehen müsse. Das Entsetzen in den Augen seiner Mutter wich jedoch ein wenig als er ihr mitteilte, daß seine Reise in das geliebtete Norwegen seiner Jugend und Kindheit gehen würde. Er wolle berufliche Möglichkeiten ausloten, von denen es in Deutschland ja bekanntlich wenige genug gäbe, und alte Freunde besuchen. Die Mutter schluchzte ein wenig, nahm dann aber liebevoll seine Hand und sagte: „Junge, tu, was Du tun mußt. Hier wird auch nichts besser. Aber versprich mir, mich regelmäßig anzurufen und mir zu sagen, was Du so treibst." „Aber klar doch, Mutter", sagte Eric und lächelte.

Lance freute sich wie ein Schneekönig. Nicht nur hatte er - er wagte sich kaum, diesen Gedanken zu denken - mit vier Schecks à fünftausend Euro den Jackpot gezogen, nein, es ging auch in das Land seines Vaters. Er hoffte, daß die Reise helfen würde, die große Wunde ein wenig zu schließen, die sein früher und entsetzlicher Tod gerissen hatte. Lance' Vater war als Leutnant der US Air Force auf dem US-Fliegerhorst Ramstein stationiert gewesen. Allerdings gehörte er nicht zum fliegenden Personal, das ja ohnehin stets nur einen Bruchteil der Airbase-Besatzungen ausmacht, sondern war im Bereich der Bodenkontrolle zuständig. Am 28. August 1988 hatte es einen Flugtag mit vielen spektakulären Ereignissen geben sollen. Gleich die erste Vorführung war hingegen schon die letzte gewesen: Drei Kampfflugzeuge der italienischen Staffel ‚Frecce Tricolori' stießen bereits in den ersten Minuten zusammen. Das Wrack einer der Maschinen stürzte brennend in die große Menschenmenge. Dreihundertfünfzig Menschen wurden schwer verletzt, über siebzig starben. Einer davon war Lance' Vater. Seine Mutter hatte nie etwas von Flugschauen gehalten, und vielleicht nicht zufällig an diesem Tag einen wichtigen Vorsorgetermin. Die Explosionen waren kilometerweit zu hören gewesen, und sie war direkt von der Arztpraxis zur Airbase gefahren. Dorthin gelangte sie aber nicht, da alles von Sicherheitskräften abgesperrt war. Sie fuhr nach Hause, versuchte im Fliegerhorst anzurufen, aber alle Netze waren überlastet. Eine entsetzliche Nacht des Bangen und Wartens folgte. Als am nächsten Morgen eine große Limousine vor ihrer Tür hielt, aus der zwei hohe Offiziere ausstiegen, die umständlich ihre Mützen aufsetzten und sich betretenen Blickes zur Tür bewegten, wußte sie, daß ihre schlimmsten Befürchtungen Wirklichkeit geworden waren. Das Schlimmste war für Lance in diesem Moment, daß sie nicht schrie. Sie war nur aschfahl und hatte riesengroße Augen. Sie setzte sich nach längerer Zeit in eine Ecke des Sofas und blieb einfach da. Sie weinte auch nicht, sie schluckte nur oder versuchte zu schlucken. Ihm wurde eiskalt ums Herz. So als hätte ein Gespenst mit einer Knochenhand nach seinem Herz gefaßt. Verschiedene Verwandte waren gekommen und gegangen, er konnte sich gar nicht mehr genau erinnern, wer da war. Obwohl er selbst kaum einen Bissen herunterbrachte, war seine einzige Sorge, daß die Mutter wieder etwas äße oder ein wenig tränke. Seine um einige Jahre jüngere Schwester Trish ging vergleichsweise tapfer mit der Situation um, zog sich aber etwas zurück und spielte viel mit ihren Puppen. Vielleicht war sie noch zu klein, um das ganze Ausmaß der Tragödie zu begreifen. Und dann war da noch Ben. Ben war auch ein Schwarzer, wohl ebenfalls beim Bodenpersonal, und kannte seinen Vater daher. Ben kümmerte sich liebevoll um Lance' Mutter. Als sie nach einer Weile anfing zu weinen - vielleicht waren sieben Tage vergangen -, atmete Lance ein wenig auf. Er war dreizehn Jahre, und irgendetwas hatte ihm seinen Vater weggerissen. Zwar hatte er immer Spielkameraden gehabt, und es waren ihm glücklicherweise nie auf Grund seiner Hautfarbe rassistische Ressentiments entgegengebracht worden, aber er wußte ja selbst, daß er anders war als die anderen. Und in seiner nächsten Nähe gab es außer ihm und Trish nur einen anderen Farbigen, seinen Vater. Und es war nicht irgendein Vater, sondern ein Vater, der trotz seiner Dienstverpflichtungen jede Möglichkeit wahrnahm, sich um seinen Sohn zu kümmern. Lance hatte nicht nur seinen Vater verloren, sondern auch seinen besten Freund. Normalerweise war es ein Ereignis, wenn ein Mensch starb, gerade in kleineren Orten konzentrierte sich die ganze Gemeinde auf das Schicksal der Hinterbliebenen und die ordentliche Bestattung. Wenn aber so viele starben, und das Ganze in einem unendlichen Chaos stattfindet, geht das einzelne Schicksal verloren. So makaber sich das anhört fand Lance, daß man ihm nicht nur seinen Vater, sondern auch dessen Tod genommen

hatte. Ben also war geblieben. Er wußte nicht, ob seine Mutter ihn vorher schon kannte, oder man sich erst durch die Umstände nach dem Tod seines Vaters kennengelernt hatte. Es war ihm aber auch völlig egal. Ben war ein liebenswerter Mensch, der seiner Mutter stets treu bis zum heutigen Tag zur Seite gestanden hatte. Ihm selbst war es schwer gefallen, die Mutter mit Ben zusammen zu sehen. Doch die beiden wußten dies und gingen sehr sensibel mit der Angelegenheit um. Lange Zeit versuchten sie, nicht in seiner Gegenwart Zärtlichkeiten auszutauschen. Lance schätzte Ben umso mehr, als sich dieser nie bei ihm angebiedert hatte oder seinen neuen Vater spielen wollte. Sehr bald hatte er zu ihm gesagt: "Du brauchst mich nie Daddy zu nennen. Auch nicht Papa oder sonst irgendwas. Sag einfach Ben." Lance hatte einen Kloß im Hals gehabt und nur genickt und Ben war fortgefahren: "Du hattest einen wunderbaren Daddy. Den könnte ich sowieso niemals ersetzen."
Eine Reise nach Amerika mußte er natürlich seiner Mutter und Ben mitteilen, und dies wollte er auch voller Freude tun. Das einzige Problem waren die Umstände seiner plötzlichen Reise. Hier mußte also zunächst einmal eine Notlüge her, die sich ja vielleicht später noch in Wahrheit umwandeln konnte. Sein Schwerpunkt Internationale Wirtschaft sollte zunächst zu einem Praktikum bei einem global tätigen Unternehmen führen. Erleichtert dachte er darüber nach, daß er immer noch neben der deutschen Staatsangehörigkeit auch die amerikanische besaß. Darauf hatte seine Mutter mit den Worten ‚Man weiß nie, was noch kommt' peinlich genau geachtet. Er könnte nun als US-Staatsbürger völlig unproblematisch in das Land seines Vaters reisen. Niemand hatte ihm lästige und unangenehme Fragen zu stellen. Dies sah natürlich bei Jannifer nicht ganz so einfach aus. Zum Glück aber gab es das Visa-Abkommen zwischen Deutschland und den Vereinigten Staaten, dem zufolge sie ja zunächst für drei Monate so gut wie unproblematisch in die USA als Touristin einreisen konnte. Ihr Geld würde ja geraume Zeit ausreichen. Sollte sie später einmal arbeiten müssen, könnte sie sich ja immer noch um das entsprechende Visum kümmern. Ihre völlige Unerfahrenheit in diesen Dingen machte sie sorglos, so daß nur der Abschied von Mutter und Bruder so wie vor allem die Trennung von ihrer Band auf ihr lasteten. Zunächst plante sie eine Zugfahrt nach Köln zu ihrer Mutter. Dort wollte sie auch ihre Freundin Sigune Schneider aufsuchen, die vor kurzem aus Münster nach Köln zurückgezogen war. Noch zweifelte sie aber stark, ob sie ihr die wahren Hintergründe ihrer Reise nennen sollte. Wohl eher nicht.

6. Das Video

„Du, wir müssen gleich los!" Jannifer zupfte Lance am Ärmel, und versuchte sich beschwingt zu geben. Lance reagierte hingegen mürrisch, er hatte den Kopf tief in die Zeitung versenkt. Nach einer unruhigen Nacht hatten die beiden soeben ein einfaches Frühstück beendet, das im wesentlichen aus Marmeladen-Brötchen und Kaffee bestanden hatte. Lance Reaktion war weniger auf den Kaffee zurückzuführen - der schmeckte ihm sogar ausgesprochen gut heute -, auch nicht auf das, was er in der Zeitung geboten bekam, es war eher eine innere Unruhe in Folge nicht erfüllten erotischen Verlangens. Denn nicht zum ersten Mal seit Arthurs Verschwinden hatte Jannifer ihn darum gebeten, sie einfach ‚nur in den Arm' zu nehmen. Ihr war auch klar, daß seine Reaktion nicht an der Zeitungslektüre lag, und fragte mit leicht entschuldigendem Ton: „Du bist doch nicht noch sauer wegen gestern, oder?" Lance brummelte vor sich hin. „Nee nee, ist schon in Ordnung..." Mit dem warf er die Zeitung halb zusammengefaltet in Richtung des Papierkorbs, und setzte die Kaffeetasse zu einem weiteren tiefen Schluck an. Jannifer schlug die Arme um seinen Hals, so daß er den Kaffee fast verschüttete. „He!" rief er. Dann küßten sie sich zärtlich, seine Frustration verflog zumindest ein wenig. Sie schlug ihm auf die Schulter: „Komm, los jetzt!" Es war wieder Donnerstag, etwa viertel vor elf. Und man hatte ja vereinbart, sich um zwölf wieder in Arthurs Wohnung zu treffen. Vielleicht wäre ja tatsächlich ein Lebenszeichen von ihm zu sehen, davon ausgehen konnte man natürlich nicht.

Bald saßen sie auf ihren Rädern und fuhren den Radweg der Friedrich-Ebert-Straße entlang um wenig später zunächst in den Hansa-Ring einzubiegen. Jannifer radelte voraus, Lance mit kurzem Abstand hinter ihr her. Er ertappte sich dabei, wie sein Blick recht fest auf Jannifers Hinterteil gerichtet war, welches sich leicht und ebenmäßig im Rhythmus der Pedaltritte bewegte. Er wandte seine Augen nun aber keinesfalls reuevoll zur Seite, sondern im festen Bewußtsein, daß ihn ja niemand sehen könne, genoß er die Aussicht weiterhin. Seine Angebetete hatte wirklich eine phantastische Figur. Und da er sie ja beileibe nicht nur wegen ihres Körpers liebte, hatte er gerade das Recht darauf, auch diesen zu bewundern.
Die Sache mit Arthur nahm alle seine Freunde mit, und doch schien es, daß Jannifer in besonderer Weise betroffen war. Und jetzt kam die ganze Auf-

regung mit der Reise nach Amerika und deren Vorbereitungen hinzu. Wie gern hätte er das Abenteuer gemeinsam mit ihr begonnen, doch mußte er innerlich Eric Recht geben. Die ganze Ausgangslage, die von den Entführern vorgegeben war, schien einen Einzelweg für jeden der Freunde vorzugeben. Daß der Gedanke daran, sich zum ersten Mal in Amerika aufzuhalten, für sie beunruhigender sein mußte als für ihn, war verständlich. Aber wer waren schon diese Entführer? Alles schien ungreifbar, man konnte nicht wissen, was falsch oder richtig war, ohne überhaupt losgegangen zu sein. Vielleicht könnten ihre Startorte ja nicht zu weit auseinander liegen, in jedem Falle müßte man in möglichst enger und ständiger Verbindung zueinander bleiben. Jetzt waren sie in der Peterstraße angekommen, und vor Arthurs Haus warteten bereits Falk und Eric im davor geparkten Volvo. Jannifer bremste scharf, und schwang im Abspringen ihr Fahrrad in die Gegenrichtung an den Zaun, um es daran anzuschließen. Prüfend fuhr ihr Blick durch die Straße, so als wollte sie nach vielleicht wichtigen Veränderungen oder Anzeichen Ausschau halten. Als sie gemeinsam mit den anderen auf die Haustür zu schritt, wurde ihr jedoch klar, daß sie das Mädchen im roten Rock und den blonden Zöpfen suchte. Wieder stand die Tür einen Spalt auf, und ohne drum gefragt worden zu sein, ging als erster Eric die Treppe mit vorsichtigen Schritten empor. Alles war ganz still. Oben angekommen scharten sich die Freunde um den Glastisch. Und auf dessen Mitte lag in einer einfachen Papphülle eine Videokassette. Auf die Papphülle war in großen Blockbuchstaben geschrieben ‚Arthur Lebenszeichen'. Eric beugte sich vor, um die Kassette in die Hand zu nehmen, hielt aber im letzten Moment inne. „Mmh, Fingerabdrücke?" „Ach, wir können es ja doch nicht der Bundeswehr oder der Stasi geben", flötete Falk. Lance prustete los. Jannifer meinte allerdings: „Ich finde das gar nicht so lustig." Sie schien mit sich zu ringen, richtete den Blick schließlich zu Boden. „Wir haben von all dem doch überhaupt keine Ahnung... Vielleicht können doch irgendwelche Profis, vielleicht dann eben vom BND, doch etwas herausfinden." „Und Arthur eher finden und retten als wir." Falk grinste. „Das ist hier eine Entführung, aber keine normale. Hier wird ein Spiel gespielt, daß der BND nicht lösen kann. Und die Bundeswehr schon gar nicht!" Ein merkwürdiges Schweigen senkte sich über die Gruppe, die Freunde ließen sich langsam auf verschiedenen Sitzmöglichkeiten nieder. Niemand wagte aber, sich in Arthurs Sessel zu setzen. An Jannifers Worten war etwas dran. Was wußten sie schon von Entführungen? Und welche Ab- und Sonderarten es dabei geben mochte. Den Fall wirklich dem

Geheimdienst oder dem Bundeskriminalamt zu übergeben, hätte unter Umständen eine größere Aussicht auf Erfolg, als das ziellose Vorgehen einer Gruppe von Dilettanten auf diesem Metier. Dies hieß dann aber auch, daß ihre Reisen, denen sie doch nun alle mit einer gewissen Abenteuerlust entgegenblickten, erledigt wären. Ging es also nur noch um Arthur, oder war man bereits einen Schritt weiter, nämlich in einer Richtung, wo neben der Sorge um den entführten Freund auch ein Eigennutz sich Platz zu schaffen begonnen hatte? „Also, ich sehe sehr dumm aus", meinte Falk. „Ich habe nämlich meinen Scheck schon eingelöst, und bereits einige Dinge von dem Geld bezahlt." Lance seufzte: „Meine sind auch schon deponiert." Die beiden anderen nickten, offensichtlich war es bei ihnen nicht anders gewesen. Wenn der Scheck einer Bank aus Puerto Rico schon in einem deutschen Kreditinstitut umgewandelt würde, sollte man damit nicht zu lange warten. „Ich lege das Video jetzt ein", sagte Eric. Die anderen nickten, und rückten ein wenig in ihren Kissen und Sitzen zurück, als Eric das Video in einen vorsintflutlich scheinenden VHS-Recorder einlegte, der seinerseits mit einem noch viel vorsintflutlicheren Fernsehgerät verbunden war. Dieser Fernseher war Arthurs ganzer Stolz gewesen, es war eines der ersten Farb-TV-Geräte überhaupt und empfing daher nur sechs verschiedene Stationen. Arthur hatte den VHS-Recorder über ein kompliziertes System von Schaltboxen daran angeschlossen, und zu den sechs Kanälen stets mit einem gewissen Understatement gemeint, mehr brauche man auch nicht. Der Fernseher hatte eine zweiteilige Holzabdeckung, die man bei Betrieb des Fernsehers wie eine Holzvorhanganlage beiseite schieben konnte. Dadurch entstand ein dem Kinoerlebnis ähnelnder Vorgang, und meist nutzte Arthur den Fernseher auch nur zum Schauen von Spielfilmen. Eric schob also die Holzpanelen beiseite, und nachdem die Röhren des Gerätes ihre Betriebstemperatur erreicht hatten, schaltete er den Videorecorder auf Start.

Das Band begann mit Schnee und dann bunten, zuckenden Linien, hinter denen Bilder vermutet werden konnten. Nach einer kurzen Weile ruckten sich jedoch die bunten Verzerrungen zu einem halbwegs stabilen Filmbild zusammen, das allerdings in der Auflösung sehr grobkörnig war. Es war ein starres Kamerabild, in dessen linken unteren Rahmen sich sitzend eine Person in orange-rotem Overall befand, den Kopf von schwarzen Locken umrahmt. Arthur! Neben ihm stand eine gewaltige Masse von Mann, die so groß war, daß der Kopf über den Bildrand hinaus ragte und somit nicht zu sehen war. Oder besser: man konnte gerade noch ein riesiges unrasiertes Kinn entdecken. Die Person war ganz in schwarze Kleidung gehüllt und trug einen breiten Gürtel, in den die Hände, die eher an Schaufeln erinnerten, so gesteckt waren, daß die Daumen zwischen Gürtel und Bauch geklemmt waren. An der Seite baumelte ein großer Gegenstand, wegen der Unschärfe des Bildes schwer zu identifizieren. Es konnte sich um einen Schlagstock handeln, vielleicht aber auch um ein großes Messer oder Schwert. Neben dieser riesigen schwarzen Masse nahm sich Arthur regelrecht schmächtig aus. Hinter Arthurs Kopf an der Wand hing eine Fahne. Auch auf dieser Fahne war ein länglicher Gegenstand abgebildet, der aber wiederum nicht zu identifizieren war. Darunter eine Reihe merkwürdiger Schriftzeichen, deren Erkennbarkeit durch die große Grobkörnigkeit des Bildes völlig verunmöglicht wurde. Arthurs Gesichtsausdruck war eher melancholisch, vielleicht verstört. Dies ließ sich nicht mit Sicherheit sagen. Jetzt hob er ein viereckiges Pappschild hoch, etwa bis in Höhe seines Kinns. Zunächst allerdings in einem solchen Winkel, daß durch die Reflektion eines offensichtlich auf ihn gerichteten Scheinwerfers nichts zu sehen war, was auf dem Karton hätte stehen können. Dafür sah man aber sehr genau die Finger seiner linken Hand, und daß der kleine mit einem überdimensionalen Verband umwickelt war. In seiner Länge und Dicke ging er weit über den Umfang der anderen unversehrten Finger hinaus. Nun hatte Arthur das Schild so gedreht das man lesen konnte was auf ihm stand: ‚Gefangener', darunter zwei nicht genau erkennbare Wörter, dann folgte ‚Matur'. Darunter noch ein Wort, jetzt drehte er die Pappe wieder etwas, so daß man es nur noch erahnen konnte. Vermutlich ‚Rettung'. Jetzt legte er die Pappe wieder mit der Schrift nach vorn zu Boden, so daß man nicht weiter lesen konnte. Plötzlich gab es einen großen Sprung im Film, sein Gesicht erschien jetzt sehr viel größer. Entweder war hier geschnitten worden, oder wahrscheinlicher hatte man das Band einfach kurz angehalten und auf sein Gesicht gezoomt und dann erneut die Aufnahmetaste gedrückt. Trotz der Grobkörnigkeit der Aufnahme konnte man durch diese Großeinstellung Arthurs Züge sehr detailliert betrachten. Merkwürdigerweise machte er einen sehr ruhigen Eindruck, die Augen wanderten jedoch wie suchend hin und her. Dabei war es, als hätten sich seine Lippen zu einem leichten Lächeln verzogen. Die Freunde ließen das schwarze Band noch einen Moment weiter laufen, in der Hoffnung, daß noch weitere Aufnahmen zu sehen sein. Das war aber nicht der Fall. Eric nahm das Band wieder aus dem Gerät, schaltete dasselbe wie auch den Fernseher aus und steckte die Kassette wieder in die Pappschachtel. Die Freunde schwiegen eine geraume Zeit, so als wollten sie sich das eben Gesehene noch einmal vergegenwärtigen, als wollten sie aus der minimalen Information mehr machen, als wirklich möglich war. Eric brach als erster das Schweigen: „Arthur lebt", sagte er konstatierend. Falk seufzte: „Das ist schon mal die Hauptsache. Außerdem sieht man, daß er gefilmt wurde, nachdem man ihm den Finger abgetrennt hatte." Lance meinte: „Das kleine Mädchen hat nicht ganz unrecht. Wenn der Typ neben Arthur sein Enführer ist, handelt es sich ja wirklich um einen Riesen." „Hab' ich auch gedacht", nickte Eric. Alle sahen zu Jannifer, die bis lang noch nichts gesagt hatte. Sie hatte sich wie verschüchtert in ein Kissen zurückgedrückt, und jetzt sahen sie, daß ihr Tränen über die Wangen liefen. „Ich glaube, daß er in großer Not ist", sagte sie tonlos, wischte sich dann mit dem Handrücken über die Nase. Lance rückte zu ihr und gab ihr ein Papiertaschentuch in die Hand. „Wo er bloß wohl ist..." Falk sah sie scharf an und meinte zynisch: „Im Zauberland Matur". „Ob das arabische Schriftzeichen waren?" fragte Lance. „Auf gar keinen Fall", rief Eric. Er hatte sich einmal längere Zeit mit Arabisch beschäftigt und meinte auf der Fahne hinter Arthur keinerlei Ähnlichkeiten erkannt zu haben. „Könnte genauso gut Chinesisch gewesen sein!" Die anderen wiegten ihre Köpfe hin und her. Erkennen hatte man tatsächlich nichts können. Es war also rein hypothetisch. „Also Arthur lebt, zumindest als diese Aufnahme gemacht wurde, und bis auf den Finger sieht er äußerlich noch einigermaßen gut aus", faßte Eric zusammen. „Äußerlich sieht er noch gut aus!" Jannifer sprang aufgebracht auf. „Wer weiß, wie er innerlich aussieht? Wer weiß, in welcher Not er ist? Ob er mit dem Tode bedroht wird? Ihr habt Nerven!!" Lance versuchte sie zu beruhigen, sie schüttelte ihn ab, faßte sich aber langsam wieder. „Los, ins ‚Rote Sofa'", ordnete Falk an. Niemand entgegnete etwas. Eric steckte die Kassette in seine Innentasche, dann verließen sie das Haus und gingen in das benannte Lokal. Sie bestellten nur Bier, nach Essen war ihnen nicht zumute. Trotz des Bandes waren sie viel weniger aufgewühlt als beim letzten Besuch im ‚Roten Sofa'. Es war bis auf einen weiteren Gast, der in einer anderen Ecke saß und die Zeitung las, praktisch leer. Auch der Wirt hinter der Theke hielt sich in angemessener Entfernung auf, so daß sie kaum gedämpft sprechen mußten. Hatte das Band einen ganz entscheidenden Effekt auf sie, dann den, daß ihnen die letzten Zweifel an der Notwendigkeit ihrer Mission genommen wurden. Sie waren fest entschlossen, ihre Reisepläne in die Tat umzusetzen. Für Jannifer und Lance stand noch die schwierige Aufgabe an, ihre Ausgangsorte festzulegen. Dies konnte ihnen niemand abnehmen. Zwar beschlossen sie, sich neue passwortgeschützte E-Mail-Adressen zuzulegen, mit denen sie in mehr oder weniger ständiger Verbindung bleiben wollten, gleichzeitig kam ihnen aber der Gedanke auf, daß es für Notfälle gleichwohl eine Kontaktstelle außerhalb ihres Kreises geben mußte. Nun schien es schwierig zu werden. Doch als Jannifer die allen bekannte Sigune Schneider vorschlug - so diese sich überhaupt zu einer solchen Funktion bereit erklären würde - stimmten die anderen schnell zu. Denn die stille junge Frau, die kürzlich in ihre Heimatstadt Köln zurückgezogen war, schien allen als ein Sinnbild und Garant für Integrität und Zuverlässigkeit. Jannifer sollte sie bei ihrem anstehenden Besuch bei der Mutter entsprechend über die Vorfälle informieren und um ihre Hilfe bitten. Allen war nach Sichtung des Videos klar, daß die Suche umgehend zu erfolgen hatte. Man vereinbarte deshalb kein weiteres gemeinsames Treffen mehr. Draußen vor dem ‚Roten Sofa' nahmen sich alle in die Arme, drückten sich kräftig, küßten sich und wünschten sich den nur best denkbaren Erfolg: die Findung und Rettung von Arthur.

7. Sigune, Xian und das Halsband

So ist das in Köln: Man kommt hin, man ist da, man ist zu Hause – so oder so ähnlich hatte Sigune das einmal in einem Reiseführer über ihre Heimatstadt gelesen. Sie war da, zurückgekehrt, aber fühlte sich doch nicht zu Hause. Über eine Tante, die Immobilienmaklerin war und mehrere Wohnungen in Köln besaß, hatte sie das kleine Appartement bekommen. Es gehörte allerdings nicht der Tante, sondern war nur durch sie vermittelt worden. Wenigstens war die Maklergebühr entfallen. Die Wohnung lag im obersten Stockwerk eines Hauses am Holzmarkt, zwischen Witschgasse und Rheinaustraße. Gewissermaßen gegenüber dem Schokoladenmuseum. Sehr zentral, mit dem Fahrrad konnte man alles erreichen. Und es gab eine interessante Aussicht: zur Rheinseite hin bildeten zwei große spitzwinklig angesetzte Glasscheiben einen erkerartigen Vorbau. So sah sie südlich vom Museum über eine kleine Hafenrinne hinweg zwischen den überall entstehenden Großgebäuden noch einen Teil der Severinsbrücke. Nach Nordosten hin zwischen der Kirche ‚Maria in Lyskirchen' und dem Malakofturm hindurch einen Teil der Deutzer Brücke. Sie mochte die Sicht zwar zu jeder Tageszeit, schätzte aber das nächtliche Panorama am meisten, wenn zahlreiche Lichter am und über dem Wasser strahlten. Sie war ihrer Tante für die Vermittlung der kleinen Wohnung überaus dankbar. Zum einen, weil sie wegen eines Reifendienstes im Nachbarhaus trotz des eleganten Glaserkers bezahlbar war. Zum anderen, weil ihr so auf elegante Weise die Rechtfertigung erspart geblieben war, nicht in die freie Einliegerwohnung bei den Eltern im Stadtteil Buchforst eingezogen zu sein. Auch ohne die Wohnung der Tante hätte sie dies nicht gemacht. Es hatte ihr nach dem Abitur gar nicht schnell genug gehen können, die enge, stark religiös geprägte Welt von Vater und Mutter zu verlassen. Eine Rückkehr in die Stadt aus der man aufgebrochen war, um die Welt zu erobern, hatte immer etwas von einer Niederlage. So sah sie es zumindest. Sie war wieder nach Köln gekommen, weil sie, die soeben erst diplomierte Biologin, dort von einer bekannten Firma einen Arbeitsvertrag angeboten bekommen hatte. Zwar erstmal auf zwei Jahre befristet, aber das war heutzutage schon mal ein guter Anfang. In Münster hätte sie ohnehin nicht bleiben können, so gut das Studium und später das Examen verlaufen war, so entsetzlich waren die Dinge, die ihr in den letzten anderthalb Jahren zugestoßen waren. Jeder Tag in dieser Stadt brachte quälende Erinnerungen. Hier in Köln merkte sie, daß sie vor ihren Erinnerungen nicht fortlaufen konnte. Dennoch war sie ruhiger, allein deshalb, weil sie nicht mehr an jeder Ecke Gespenster sah. Über die Ankündigung von Jannifers Besuch hatte sie sich sehr gefreut, gleichzeitig verspürte sie ein gewisses Unbehagen. Wahrscheinlich war es unvermeidbar, daß wieder die Vorfälle angesprochen wurden, die ihr so sehr die Lebenskraft abgesogen hatten, daß sie sich immer noch unendlich schwach vorkam. Am besten ginge man ins Kino, da könnte nicht zu viel geredet werden. Disco schien attraktiv wegen der ohrenbetäubenden Lautstärke, bei der sich auch niemand unterhalten könnte. Schied aber kategorisch aus. Vielleicht ging man doch irgendwie was essen, vielleicht Pizzeria. Oder ein Kölsch um die Ecke. Wenn die Sache wirklich angesprochen würde, müßte sie eben all ihren Mut zusammennehmen und ihr sagen, daß sie darüber nicht sprechen wolle. Der Aufregung Jannifers am Telefon nach zu urteilen konnte man ja auch erwarten, daß sie viel von sich zu erzählen hätte. Mit diesem Gedanken wurde sie etwas ruhiger, öffnete in der beginnenden Dämmerung das Fenster, und schaute auf die Lichter der Severinsbrücke. Große Frachtschiffe und beleuchtete Dampfer glitten still durch die immer dunkler werdenden Wasser.

Das Telefonat mit dem Vater war sehr gut gewesen. Er hatte sich riesig über die Ankündigung Jannifers gefreut, sie bald in ‚seinem Land', wie er es nannte, begrüßen zu können. Da machte es auch gar nichts, daß seine Tochter in keiner Weise vorhatte, nach Los Angeles zu fliegen. Nach den vielen Jahren in Amerika hatte er sich auch an den typischen Umgang mit Entfernungen assimiliert. Die waren alle relativ, so lange es sich noch um Ziele innerhalb der Staaten handelte. Auf seine Frage, was sie denn eigentlich plane, war Jannifer nicht wirklich vorbereitet gewesen. Aber dennoch schoß blitzschnell aus ihr heraus, daß sie „irgendetwas im Bereich Kunst, gerne Museum" machen wolle. Oder auch ‚Galerie'. Auf jeden Fall wollte sie dem Eindruck entgegentreten, lediglich urlauben zu wollen. Obwohl ihr Vater dafür bedingtes Verständnis gehabt hätte. Bedingt kann man sich dabei als zwei bis drei Wochen vorstellen. Jannifer sagte ihm, so als hätte sie sich dies lang vorher überlegt, daß sie am liebsten in einer der größten Städte im Osten, vornehmlich New York oder Washington aktiv werden wolle. „Ja, hast Du denn schon Kontakte?" meinte der Vater in einem Ton, der die Euphorie seiner Tochter zwar nicht bremsen wollte, gleichzeitig aber mit Überraschung über ihre Naivität angefüllt war. Jannifer hatte gestottert und gemeint, sie wolle sich zunächst einmal umsehen, eben etwas Urlaub machen, in beide Städte gehen, und schauen was sich so ergäbe. Der Vater hatte zunächst herzhaft lachen wollen, zügelte sich aber und blieb einfach nur freundlich. Er wußte, daß er das alles, was er falsch gemacht hatte, nie wieder wirklich gutmachen konnte. Aber etwas könnte er jetzt doch zurückgeben. Hätte Jannifer das fröhliche Zwinkern der Augen im braungebrannten Gesicht ihres Vaters sehen können, wäre es ihr bestimmt ein wenig besser gegangen. Sie fühlte sich wie ein Hund, dem die Ohren herunter hingen. Da paßte der strömende Regen draußen wunderbar dazu. „Ich schau' mal, was ich machen kann...", meinte der Vater geheimnistuerisch. „Wo fliegst Du denn zuerst hin?" „New York", sagte Jannifer, und war selbst überrascht. Gebucht hatte sie natürlich noch nichts.

Als sie jetzt im Zug nach Köln saß, und nur noch eine halbe Stunde vom Hauptbahnhof entfernt war, ging es ihr auf eigentümliche Weise recht gut. Sie freute sich auf das Wiedersehen mit ihrer Mutter, auch wenn es gleichzeitig ein Abschied für längere Zeit war. Dies fühlte sie zumindest innerlich. Dazu freute sie sich auch auf das Treffen mit Signe, wenngleich hier ein schwerer Auftrag neben dem leichten lag. Sie mußte sie in das Verschwinden von Arthur einweihen, und sie bitten, eine unter Umständen heikle Aufgabe zu übernehmen. Es wäre ihr wohler gewesen, wenn außerhalb der engsten Freunde Arthurs niemand sonst hätte eingeschaltet oder informiert werden müssen. Aber es gab keinen anderen Weg, und man konnte aus dem bisherigen Verhalten der Entführer nur hoffend schließen, daß sie es auf niemanden sonst abgesehen hatten. Wie sehr hatte sich die arme Signe verändert! Zwar war sie immer etwas stiller gewesen, was sicher auf ihre Erziehung zurückzuführen war. Sie selbst hatte den religiösen Druck ihres Elternhauses als absurd empfunden, und Signe schwer bedauert. Aber Münster, geographisch nicht weit von Köln, und doch eine andere Welt, in der sie dem Einfluß der Eltern entzogen war, hatte sie positiv verändert. Viele gemeinsame Unternehmungen, Radwanderungen, und gute Gespräche, mal beim Tee, mal beim Bier, hatten eine herzliche und schöne Freundschaft der beiden doch so verschiedenen jungen Frauen begründet.

Vor fast zwei Jahren hatte sich Signe in einen jungen attraktiven Chinesen namens Xian Hu verliebt. Er war Biologe wie sie, aber auch begeisterter Klassikfan. Er schätzte Beethoven und andere deutsche Meister, war aber zugleich sehr interessiert an traditioneller chinesischer Musik. Seine Hingabe zur Tonkunst und seine Wissenschaft standen für ihn dabei nicht im Widerspruch. Vielmehr meinte er, daß allen lebenden Dingen eine Musik innewohne. Je verschiedene Melodien und Rhythmen bestimmten die einzelnen Lebensformen. Xian war ein großer Naturliebhaber, was sicher auch darin begründet war, daß er in seiner Jugend nicht viel mehr als die Stadt Chongqing gesehen hatte. Obwohl es hie und da zwar Grünflächen und Parks gab, die Stadt auch von großen Flüssen umsäumt wurde, die allerdings alles andere als zum Baden oder Naturerleben geeignet waren, handelte es sich um einen gewaltigen Moloch aus Beton und Asphalt. Wenn in studentischen Arbeitsgruppen über das zubetonierte Deutschlands diskutiert wurde, über Autobahnen, die das Land erstickten, und Industrieanlagen, die den natürlichen Lebensraum von Tier und Pflanzen zurückdrängten, lachte Xian immer herzlich, zuweilen sogar heftig, so heftig, daß er prusten mußte und ganz rot wurde. Er fand, daß Deutschland wunderbar grün und schön sei, und Naturflächen ungeahnten Ausmaßes besäße. In denselbigen versuchte er, so wie er auch nur eine gewisse Zeit dafür fand, sich zu ergehen und zu erholen, die Tier- und Pflanzenwelt beim Wandern und Durchstreifen regelrecht in sich aufzunehmen. Signe war anfänglich nur zögernd, aber später immer lieber mit ihm gegangen. Zum einen hatte sie in ihrer Kindheit Köln auch nur selten verlassen, und wenn für Kurzausflüge ins Bergische Land, bei denen dann aber auch jeweils die Erörterungen religiöser Fragen mehr im Vordergrund standen als das Erleben der Natur. Gerade die Natur aber sollte Xian zum Verhängnis werden. Auf seinen ausdrücklichen Wunsch hin hatte er die vorletzte Weihnachtszeit im Bayrischen Wald erleben wollen. Für ausgedehnte Wanderungen im Schnee hatte er sich bereits in einem Münsteraner Freizeitgeschäft gut eingedeckt. Auch Signe hatte hier zukaufen müssen, denn Winter im eigentlichen Sinne waren ihr aus Köln auch nicht gegenwärtig. Sie hatten sich in einem kleinen Gasthof in einem Teil des Bayrischen Waldes, der gewissermaßen schneesicher war, wenn nicht durch seinen Schneereichtum sogar berüchtigt, einquartiert. Die ersten Tage hatte es jedoch nur leise gerieselt, es lag kaum Schnee am Boden. Fast war Xian enttäuscht, und dennoch ging man täglich auf ausgedehnte Spaziergänge. Am siebenundzwanzigsten Dezember aber hatte es stark zu schneien begonnen. Die beiden waren zunächst losgestapft, bald aber wieder gekommen, da sie kaum noch die Hand vor den Augen sahen. Fast waren sie erstarrt vor lauter Flocken, die sich auf Gesicht und Augen legten. Gegen Mittag hatte der Schnee jedoch aufgehört und bald kam strahlend die Sonne heraus. Frohgemut machte man sich von neuem auf den Weg und ging immer tiefer in den verschneiten Wald hinein. Als sie an einer Stelle, wo sich eine breite kreisförmige Lichtung öffnete, Halt gemacht hatten, und einen Tee aus der eigens mitgebrachten Thermosflasche tranken, stand auf einmal wie aus dem Nichts ein großer schwarzgrauer Hund neben ihnen. Xian erschreckte sich furchtbar und vergoß seinen halben Teebecher. Einen Moment lang mußte er gedacht haben, daß es sich um einen Wolf handele. „Sieh mal, was für merkwürdige Zeichen!" Sigune deutete auf das Halsband, und in der Tat waren hier ungewöhnliche Zeichen kunstvoll aufgesetzt. Xian hob die Augenbrauen: „Mandarin ist das nicht, und Kantonesisch auch nicht." „Na, Hieroglyphen aber erst recht nicht", sagte Sigune. „Mmh, sehr interessant." Sie nahm den Hund beim Halsband und zog ihn etwas zu sich heran, um so die Zeichen genauer studieren zu können. Dabei erkannte sie, daß es sich eigentlich um einen recht langen Riemen handelte, der aber mehrfach um den Hals des Tieres gewickelt war. Hinter den Zeichen folgte in kleiner Schrift ein Text. Jetzt wurde sie richtig neugierig und wollte das Halsband lösen.

Mit dem aber riß der Hund sich los, schnaubte auf, warf stolz den Kopf zurück und schoß im rechten Winkel durch den Schnee davon. Schlug dann einen Haken und verschwand im Wald. „Oh, Xian", hatte sie gerufen, „hol' ihn zurück!" Er hatte sie fragend und etwas verständnislos angesehen. „Komm' dafür erfülle ich dir jeden Wunsch. Wirklich jeden!" Da war ein Lächeln über seine Züge gehuscht und seine Augen hatten geleuchtet. Gleichwohl war es ihr, vielleicht auch nur im Nachhinein, so geschienen, als habe gleichzeitig etwas sehr Ernstes in seinem Blick gelegen. Dann hatte er „Klar doch!" gerufen und war mit seinen großen Winterstiefeln schwerfällig dem Hund hinterher in den Wald gerannt. Sigune hatte zunächst gedacht, daß Xian in wenigen Augenblicken zurück sei. Sollte er den Hund nun wirklich nicht fangen, wäre es doch selbstverständlich gewesen, daß er sofort wieder hätte zurückkommen sollen. Sie wartete eine Zeitlang, wartete noch etwas länger. Dann hatte sie angefangen zu rufen, doch es war ihr geschienen, als seien ihre Laute gleich von der verschneiten Wildnis verschluckt worden. Wie zur Stärkung stürzte sie noch einen Becher heißen Tees herunter, und stapfte dann den Spuren Xians und des Hundes hinterher. Kaum im Wald, merkte sie wie dunkel es schon geworden war. Am Anfang war Xians Spur noch leicht zu verfolgen, überall war Schnee von Ästen und Zweigen heruntergestoßen. Schließlich gelangte sie an einen kleinen

Bach, auf dessen anderen Seite sie jedoch nur die Hundespuren und nicht mehr die Stiefelabtritte Xians sehen konnte. Sie ging den Bach entlang, vielleicht etwa zwanzig Meter in beide Richtungen. In der zweiten setzte sich die Spur tatsächlich fort, kehrte dann aber im Bogen wieder zum Bach zurück. Jetzt war es fast ganz dunkel im Wald. Sie war sehr beklommen gewesen und hatte immer wieder laut Xians Namen gerufen, dann gelauscht, aber nichts gehört. Unendlich verzweifelt war sie schließlich zum Weg zurückgegangen, und dann, obgleich schon völlig erschöpft, immer schneller gelaufen.

Sigune wußte nicht mehr, wie sie ins Dorf zurückgekommen war. Die Gastleute hatten die völlig durchfrorene junge Frau zunächst einmal an den großen Holztisch in der Küche gesetzt, und sie mit einem heißen Tee versorgt. Sie solle sich zunächst nicht zu sehr beunruhigen, vielleicht habe der Freund ja einen anderen Weg genommen, sei jedenfalls bestimmt in Kürze wieder im Dorf und würde munter im Gasthaus eintreffen. Diese wohlgemeinten Worte konnten Sigune jedoch wenig beruhigen, wie betäubt sah sie die Zeit dahinfließen. Draußen war es mittlerweile stockfinster und es schneite heftiger. Auf die besorgten Blicke der Gastwirtin schickten sich schließlich ihr Mann und ihr Sohn an, sich auf die Suche zu begeben. Bald sprang draußen in der Scheune ein Traktor an, mit dem die beiden sich der Beschreibung Sigunes entsprechend auf den Weg in den Wald machen wollten. Sigune wollte unter allen Umständen mitkommen, jedoch überzeugte man sie, daß man die Stelle auf Grund der genauen Beschreibung sehr gut finden könne, und sie bei der Suche eher hinderlich sei. Man flößte ihr eine Art Grog ein, und versuchte sie damit zu beruhigen, daß die kundigen Männer ihren Liebsten schon wiederfänden.

Der große Traktor schaffte es mit vergleichsweise geringer Mühe, sich durch den verschneiten Waldweg zu wühlen. In den starken Scheinwerfern stoben die Schneeflocken. An der bezeichneten Lichtung hielten die beiden an und ließen den Motor laufen. So als könnten selbst sie, die hart gesottenen Naturmenschen befürchten, daß der Motor ausgehen und bei diesen Bedingungen nicht wieder anspringen würde. Die Scheinwerfer hatten sie auf die Ecke des Waldes gerichtet, in der Xian verschwunden sein sollte. Sie stapften nun durch den Neuschnee, der zwar vieles verdeckt hatte, aber dennoch hie und da Anzeichen ließ, die davon zeugten, daß sich ein Mensch den Weg in den Wald gebahnt hatte. Bald verloren sie jedoch im Inneren des Waldes jegliche Spur und bewegten sich wieder auf das Licht der

Traktorscheinwerfer zu.

Wie nicht anders zu erwarten, war Sigune völlig außer sich, als die beiden Männer erfolglos wieder die Gaststube betraten. Sie flehte inständig darum, daß man sich mit der Polizei in Verbindung setze und eine Suchaktion starte. Die Gastleute bedeuteten ihr jedoch, daß der nächste Polizeiposten fünfzehn Kilometer entfernt sei und zu dieser Zeit längst nicht mehr besetzt. Dann der nächste Posten in der größten erreichbaren Stadt. Man gab dem Drängen schließlich nach, der Sohn telefonierte mit der entsprechenden Polizeidienststelle. Doch auf Grund der Dunkelheit und der meteorologischen Bedingungen konnte man eine Hilfe erst für den Morgen zusagen. Wenig half es Sigune, die nun auch ans Telefon gebeten wurde, dahingehend gefragt zu werden, ob es andere Gründe für das Verschwinden ihres Freundes als ein bloßes Verlaufen geben könne. Man müsse nun mal allen Möglichkeiten nachgehen, gerade wenn eine Person so frisch erst verschwunden sei. Dafür gebe es zahlreiche Gründe, das wisse man aus der langjährigen Praxis. Am nächsten Morgen war man dann aber sehr schnell gekommen. Es hatte aufgehört zu schneien, ein freundlicher, sonniger Wintertag bahnte sich an. Der Kommissar aus der fünfzehn Kilometer entfernten Kleinstadt war ein freundlicher Mann, der fast dauernd unter seinem breiten Schnurrbart zu lächeln schien. Dennoch bemühte er sich um Ernsthaftigkeit, umso mehr als er sah, in welch gemütsmäßiger Verfassung sich Sigune befand. Mit einem kleinen Team von Mitarbeitern und erneut Vater und Sohn des Gasthauses machte sich die Truppe mit Traktoren und Geländewagen auf in Richtung der Waldlichtung. Diesmal durfte Sigune die Gruppe begleiten. Trotz der hervorragenden Sichtbedingungen war die Suche zunächst weiterhin erfolglos, der Kommissar orderte nun einen Hubschrauber aus der nächstgelegenen Staffel. Dieser war in erstaunlich kurzer Zeit da und beflog das in Frage kommende Areal in verschiedenen Höhen und verbreitete große Hoffnungen unter allen Beteiligten, insbesondere aber unter Sigune. Je länger der Hubschrauber jedoch über das relativ kleine Areal flog, welches von Xian hätte unter diesen Bedingungen durchwandert werden können, desto zaghafter wurde sie. Schließlich drehte der Hubschrauber ab, wurde immer kleiner und verschwand schließlich am Horizont. Der fröhliche Kommissar aus der nahegelegenen Stadt machte nun ein sehr ernstes Gesicht. Sigune sah ihn mit weiten Augen an, und nun mußte er sagen, was er im Kopf hatte, nach der Mitteilung der Hubschrauber-Crew. Der Hubschrauber arbeite mit einer Wärmebildkamera, zusätzlich zu dem was die Piloten am Tag sehen könnten. Leider habe die Wärmebildkamera nichts, aber auch gar nichts aufnehmen können im besagten Areal, was einem menschlichen Körper entspräche. Er sprach nicht aus: ‚einen lebenden menschlichen Körper'. Nach einer Stärkungspause, zu der die Gastmutter belegte Brote und heißen Kaffee gebracht hatte, ging die Suche weiter, an der sich mittlerweile das halbe Dorf beteiligte. Nicht bald darauf wurde Xian entdeckt. Weder von Polizisten, noch von erfahrenen Männern des Dorfes, von denen viele als Jäger den Wald sehr gut kannten. Sondern von zwei Jugendlichen, die ihn gar nicht weit der Stelle fanden, von der er aufgebrochen war. Er lag im Schnee halb verdeckt, von weitem hätte man meinen können, jemand hätte sich aus Müdigkeit auf die Seite gelegt und mit einem Arm dabei aufgestützt. Wäre da nicht der viele Schnee gewesen, der den seitlich liegenden Körper Xians zu über der Hälfte aufgenommen hatte. Signe war starr vor Schreck, als ihr der Kommissar die furchtbare Nachricht überbrachte. Sie meinte, sie hätte schreien müssen, und hatte erwartet, daß ihr die Tränen in Sturzbächen hernieder liefen. Aber nichts geschah von dem. Sie stand einfach nur an einen Traktor gelehnt, der Kiefer klappte auf und nieder. Doch mit einem Mal riß sie sich los und lief dem Wald entgegen, zu der Stelle, wo man ihn gefunden hatte und um die sich jetzt das gesamte Bergungsteam versammelt hatte. Man wollte sie zurückhalten, doch es gelang nicht. Sie durchbrach den Ring der Männer und stürzte sich auf ihren Geliebten, der, von den Umstehenden vom Schnee so befreit erschien, als sei er in der Tat nur in einen tiefen Schlaf gefallen. Doch es war ein ewiger Schlaf. Signe warf sich auf ihn, drückte ihn, küßte ihn, war jedoch nicht in der Lage, seinen Namen zu rufen, zu schreien oder zu weinen. Sie ergriff seine erstarrte rechte Hand, und bemerkte darin einen Gegenstand aus vereistem Stoff. Sie konnte ihn ihr nicht entwinden, zu fest hielt der Erfrorene ihn umklammert. Doch sie ahnte gleich, um was es sich handelte.

8. Abschiede

Falk wähnte sich bestens gerüstet. In den vergangenen Tagen hatte er sich einen großen und bequem zu tragenden Trekking-Rucksack gekauft, in den er wesentliche Reiseutensilien, die man zur Körperpflege benötigte, ebenso packte wie einen Satz halbwegs vorzeigbarer Ausgehkleidung, neben Regenkleidung und Ersatzteilen für sein rustikales Wanderoutfit. Entsprechend waren auch Straßenschuhe verstaut, an den Füßen trug er Trekkingschuhe.

Hans, den er gebeten hatte, ihn ein Stück weit vor die Stadtgrenzen zu fahren, wurde ein wenig ungeduldig angesichts der sich etwas länger hinziehenden Prüfung, ob die Wohnung auch wirklich in einem respektablen Zustand zurückgelassen würde. Nachdem Falk noch einer Nachbarin letzte Instruktionen zur Pflege seiner Blumen und ihm selbst zur Leerung des Briefkastens gegeben hatte, ging es endlich los. Hans steuerte den Lada, der ihm, dem ‚Deutschrussen', schon viel Spott eingetragen hatte, - dabei hatte er ihn sich ausschließlich wegen des günstigen Anschaffungspreises besorgt - auf die Ringstraße. „Also irgendwo aussetzen? Wo denn?" meinte Hans. „Ach, Iwan, ich weiß es nicht. Vielleicht eher irgendwo im Süden." Falk war der einzige, der Hans Iwan nennen durfte. Tatsächlich hieß Hans so. „Na, das hättest Du aber früher sagen können!" Er war nämlich gerade in nordöstliche Richtung eingeschwenkt. Nun drehte er in einem riskanten Manöver, welches ihm das Hupen der in seiner Nähe fahrenden Verkehrsteilnehmer einbrachte. Um 1990 herum war seine Familie aus Kasachstan gekommen. Als er mit ansehen mußte, wie zahlreiche deutschstämmige Familien das Elendstal, wie er sich ausdrückte, verließen, hatte er darüber gesonnen, wie er sich ihnen zugesellen könne. Im ganzen Ort war es Stadtgespräch gewesen, wie viele normale Russen sich hier unter falschem Etikett anschlossen. Das war auch sein Plan gewesen. Er hatte keinerlei deutsche Verwandtschaft, so erfand er eine. Seine Eltern hatten Anfangs große moralische Bedenken gehegt, aber die Aussicht auf ein besseres Leben in Deutschland hatte auch sie schließlich überzeugt, sich leicht veränderte Namen und Geschichten zuzulegen. „Das war 'ne einmalige Gelegenheit", hatte sich Hans damals Falk anvertraut. „Kohls Blut- und Bodennummer war einfach der Hit. Da wäre man ja schwachsinnig gewesen, wenn man da nicht mitgemacht hätte." Er war mit seinen Eltern und Geschwistern auch in keiner Weise aufgefallen, denn die tatsächlichen Deutschrussen in den Auffanglagern hatten die Sprache des gelobten Landes auch nicht besser sprechen können. Wer fleißig war, konnte sie auch recht rasch erlernen. In seinem Kurs war Hans neben einem LKW-Fahrer, der übrigens auch ein voll gefälschter Deutscher war, der Klassenbeste.

Falk fuhr die Weseler Straße hinunter, kurz vor der Autobahnauffahrt bedeutete ihm Falk jedoch, in den Kappenberger Damm einzubiegen. Diesen fuhren sie eine ganze Weile hinunter, bis sie schließlich in die Nähe des Dortmund-Ems-Kanals kamen. Und hier entschied Falk, in direkt südlicher Richtung abzubiegen. Völlig untypisch für die Landschaft und den Baumbestand des Münsterlandes erhob sich bald auf der rechten Seite ein Gebiet, in dem eine Vielzahl offensichtlich abgestorbener Birken ihre starren und kahlen Arme in den Himmel streckten. Das Venner Moor. „Vielleicht hier". Falk hob die linke Hand, um Hans von seinem hohen Tempo herunterzubremsen. Hans kam etwa in der Mitte des neben der Straße liegenden parkplatzähnlichen Schotterstreifens zum Stoppen, er hielt am rechten Rand. „Wirklich hier?" Hans schaute seinen Freund ungläubig an. „Ja... eigentlich hatte ich irgendwo beginnen wollen, wo es münsterländischer nicht sein kann, aber jetzt denke ich: es sollte vielleicht gerade andersherum sein. Ja, laß' mich raus!" Für beide war es eine der merkwürdigsten Abschiedsszenen, die man sich wohl vorstellen kann. Normalerweise bringt man Freunde, die auf Reisen gehen, an einen Bahnhof, einen Flughafen, oder andere gewöhnlichere Orte der Abreise. Aber wie Falk selbst so schätzte auch Hans ungewöhnliche Ideen und Entscheidungen, und so akzeptierte er stillschweigend den Plan seines Freundes. Sie schieden mit einer kurzen, aber kräftigen Umarmung. Falk ging zunächst ohne zurückzuschauen für vielleicht dreißig Meter in das Moorgelände, währenddessen Hans den Wagen drehte, dann aber auf der anderen Straßenseite noch einen Moment hielt. Da wendete sich Falk kurz um, und beide hoben die Hand zu einem letzten Gruß.

Falk hatte für sich den klaren Entschluß gefaßt, auch seine Reise durch Deutschland zu einem Abenteuer zu machen. Dafür war nur ein ganz anderer Ansatz notwendig, als bei einer Fernreise. Deutschland war im Grunde riesengroß, so klein, wie es einem heute schien, war es nur geworden durch die Entwicklung des Automobils, der Straßen, der Eisenbahn und der Flugverbindungen. In früheren Jahrhunderten waren die meisten Menschen nicht über einen Umkreis von dreißig Kilometern um ihren Wohnort hinaus gekommen. Nur Wohlhabende hatten Pferde oder gar Kutschen besessen. Oder es sich leisten können, solchermaßen zu reisen. Sein Plan war schlicht. Er wollte ganz einfach losgehen, in irgendeine Richtung, irgendwohin. Etwas würde sich dann ergeben. Nach Möglichkeit am nächsten Tag nicht da sein, wo man am vorherigen war. Er hoffte, auf dieser Wanderung viel zu lernen, auch über sich selbst. Und gerade dadurch vielleicht den entscheidenden Hinweis auf den Verbleib Arthurs zu finden.

Eric hatte seinen Volvo eingerichtet wie ein kleines Wohnmobil, in dem man fast alles machen konnte, außer zu duschen und auf die Toilette zu gehen. Klapptisch, Klappstühle, Gaskocher, Spülbecken, Trockentücher, es fehlte an nichts. Wenn man die hintere Sitzbank umlegte, hatte man eine hervorragende Liegefläche. Auf einer bequemen Liegematte und im warmen Schlafsack würde er es sich gutgehen lassen. Das Verfahren hatte er schon in der Vergangenheit ausprobiert. Er ruckte nochmals an den Seilen für die Gardinen, die ihm die notwendige Privatheit gaben. Obwohl sein Volvo Kombi hellblau-metallic war und die Gardinen passend in einem ebenfalls hellen Blauton, hatte er sich regelmäßig den Spott seiner Freunde anhören müssen. Er fand, das Erscheinungsbild hatte aber auch gar nichts mit einem Leichenwagen zu tun.

Alle Flüssigkeiten waren aufgefüllt, auch noch ein extra Wasserkanister. Von allen Freunden glaubte Eric am wenigsten, daß es sich bei der Verteilung der Kuverts um einen Zufall gehandelt hatte. Norwegen: das bedeutete für ihn eine Reise zurück in die Vergangenheit. Eine Reise hin zu etwas, das tief in ihm ruhte, und doch verloren schien. Er wußte nicht, ob er nur Positives mit diesem Land im Norden verband. Es war mehr Ahnung als Wissen, daß ihm dort nicht nur Freude, sondern auch großer Schmerz widerfahren sei. Dennoch verspürte er einen starken Sog, und wunderte sich, daß er nicht viel früher und von selbst darüber nachgedacht hatte, noch einmal nach Norwegen zu reisen. Der Ort, wo wir die Zeit unserer Kindheit und Jugend verbringen, oder zumindest deren größten Teil, nimmt einen gewaltigen Teil in unserer Seele ein. So war Eric aufgeregt, auch wenn ihm niemand dies äußerlich angesehen hätte. Er öffnete noch einmal seine Reisetasche, in der er die wichtigsten Unterlagen wie Karten und Reisepaß gesteckt hatte. Alles war an seinem Platz. Auch ein großes Notizbuch hatte er gekauft. Vielleicht würde er die Fahrt in einem Tagebuch dokumentieren. Ohne die Suche nach Arthur hätte er sich umgehend nach einem Job umgesehen. Das wäre bestimmt sehr interessant geworden, man konnte es aber auch auf später aufschieben. Er war absolut überzeugt, daß es nichts Wichtigeres gäbe als die Suche nach Arthur. In den frühen Morgenstunden würde er aufbrechen, um die Verkehrsstoßzeit zu vermeiden beziehungsweise mit Beginn derselben schon weit von Münster entfernt zu sein.

Das gemeinsame Essen mit der Mutter war sehr schön gewesen, die Stimmung heiter. Bis zu dem Moment, als Jannifer es endlich über das Herz brachte, ihr zu sagen, daß sie für längere Zeit nach Amerika gehen würde. Noch schlechter wurde die Stimmung, als sie andeutete, daß ihr Vater ihr dabei wohl gut helfen könne. Aber am Ende siegte doch die Sorge um das Kind und die Sicherstellung aller guten Gedanken und Gefühle für die Reise. So würde es nicht zur zwischenzeitlich befürchteten Situation kommen, daß Jannifer bei Sigune übernachten mußte und nicht zur Mutter zurückkehren würde. Nun aber ging Jannifer mit Sigune durch die Altstadt. Man bummelte an den Schaufenstern entlang, die Stimmung war merkwürdig bedrückt. Sie wurde auch nicht besser, als die beiden in der Auslage einer Buchhandlung eine Zusammenstellung von Büchern und Spielen wie Tarot oder dem Runenlegen erblickten. Beide erschraken, thematisierten das Gesehene aber nicht. Erst nach den ersten zwei Kölsch an einem Tischchen auf dem Fischmarkt wurde es besser. Sie hatten zwar jeder nur ein Kölsch bestellt, aber wie es die Tradition so manchen Kölner Wirtshauses und insbesondere seiner angestellten Kellner ist, wurde ungefragt gleich ein zweites hinzugestellt. Sie schauten auf die bunten Fassaden der schmalen spitzgieblingen Häuser, die im Dämmerlicht mehr und mehr in einen gemeinsamen Grauton verschwammen. Hinter ihnen erhob sich, nun bereits angestrahlt, die mächtige Struktur der romanischen Kirche Groß Sankt Martin. Obwohl Jannifer so behutsam wie möglich von Arthurs Entführung berichtet hatte, war Sigune augenblicklich in tiefste Sorge um ihn geraten. Nur wer selbst einen ihm nahestehenden lieben Menschen verloren hat, kann die existentielle Angst verstehen, die Sigune umtrieb. Selbstverständlich sagte sie zu, die erbetene Koordinationsfunktion für die Freunde Arthurs zu erfüllen. Es dauerte nicht lange, vielleicht war es schon beim vierten Kölsch, als in ihr die Hoffnung entstand, daß ihr diese verantwortungsvolle Aufgabe neue Kraft geben würde. Beide waren satt, doch zu einem ‚halven Hahn' hatte es noch gereicht. Nach dem sechsten Kölsch schied man voneinander, schwermütig, doch voller Liebe und Freundlichkeit.

9. Im Venner Moor

"Na warum fliegst Du denn nicht mit Jannifer zusammen in die USA?" fragte Ben kopfschüttelnd. Lance stotterte, geriet schließlich in eine Notlüge. "Wir haben beschlossen, auch einmal etwas allein zu unternehmen, vielleicht brauchen wir etwas Abstand." Die Mutter nickte leicht mit dem Kopf. Ja, das stand auch in den Magazinen, die sie derzeit las, vielleicht war es bei jungen Leuten heutzutage so. Für sie selbst war die Nähe, möglichst ständige Nähe, zum Partner das Wichtigste. Das war so bei Lance' Vater gewesen, ja, und bei Ben war es jetzt seit vielen Jahren auch so. Die beiden hatten Lance auf das Herzlichste empfangen. Ben, der aus New Orleans stammte, hatte Cajun Style gekocht, was Lance sehr schätzte. Geschwärzter Wels, und die Jambala Zutaten, da konnte man alles von ihm verlangen. Ben überlegte fieberhaft, zu welchen Verwandten er Lance am besten schicken könne. Die Kontakte zu vielen seiner Brüder und Schwestern sowie einer ganzen Heerschar von Nichten, Neffen, Onkeln und Tanten waren im wesentlichen gut. Ganz im Gegensatz zu den Verwandten auf der Seite von Lance' verstorbenem Vater. Diese hatten bald nach dessen Tod sämtliche Beziehungen zur Familie abgebrochen, was Lance den Umgang mit dem ungeheuren Verlust nicht gerade leichter gemacht hatte. Lance meinte, Ben solle sich nicht zu sehr sorgen, er würde das ganze ja wie eine normale Urlaubsreise angehen. Gespart hätte er auch gut, und so sei es überhaupt kein Problem für eine Zeit in einer günstigen Pension oder in einer der billigen Motelketten unterzukommen. So oder so wolle er eher reisen als sich dauerhaft an einem Ort aufhalten. Bei diesem Stichwort stieß Ben einen leisen leichten Schrei aus: "Daß ich daran nicht früher gedacht habe. Meine Cousine Jamima ist doch Geschäftsführerin einer Motor Lodge in Fresno." "Wo ist das denn?" fragte Lance ungläubig. "Na, nicht weit von Bakersfield", strahlte Ben und wählte bereits. Das Gespräch zwischen Jamima und Ben war laut, nicht nur wegen der schlechten Verbindung, sondern wegen der herausbrechenden Herzlichkeit zwischen den beiden Gesprächspartnern, die schon lange nichts mehr von einander gehört hatten. Daher dauerte es auch einige Minuten bis Ben seiner Cousine den Fall geschildert hatte und um Aufnahme seines Stiefsohns bat. Triumphierend legte er schließlich auf. "Ja es geht, Aunt Jamima hat ein kleines Zimmer, das sie dir so gut wie kostenfrei geben kann." Lance wollte nun wirklich nicht unhöflich sein, aber dennoch brachte er heraus, daß er eigentlich gar nicht nach Fresno wolle. Sondern eher nach San Francisco oder Los Angeles, wenn es denn Kalifornien wäre. „Ach, das ist doch alles gar nicht weit weg", meinte Ben. Er war eben Amerikaner, da waren dreihundert Meilen so viel wie für einen Deutschen dreißig Kilometer. Ben mußte noch mit den Hunden raus, und diese Zeit nutzten Lance und seine Mutter weniger für ein langes Gespräch, als für tiefe und etwas traurige Blicke, und immer wiederholte Händedrucke. „Mein Junge, mach es bloß gut. Flieg' bloß vorsichtig." „Ja, Mutter, ich paß' schon auf, ich hab ja die Verantwortung für vierhundert Leute hinter mir", scherzte er. Die Mutter strich ihm über den Kopf. Sie versprach, Trish, die gerade auf einer Klassenfahrt war, aufs herzlichste zu grüßen. Als Ben mit den Hunden zurückgekommen war, ließ man den Abend mit zwei oder drei Runden SoCo ausklingen. „So nennt man das Zeug bei uns", meinte Ben. Es war die typische, aber nicht unangenehme Stimmung des Abschieds, die zwischen angeregter Spannung und einer gewissen Abschiedsmelancholie liegt. Wobei die Extreme durch Ben einerseits und die Mutter andererseits personifiziert wurden.

Sophie wurde heute nicht Ginger genannt. Und The Rip fühlte sich heute etwas schwächlich. Die Vegetarierin, die den anderen stets Vorträge über gesunde Ernährung hielt und in der Bierpause nur Sprudelwasser trank, sah heute noch blasser aus als sonst. Lediglich Squid wirkte gefaßter, das war sie zum einen ihrer Rolle als Bandleaderin schuldig, zum anderen war sie aber auch durch einen Anruf am Nachmittag schon auf die Mitteilung vorbereitet worden. Die Bierpause war ein festes Ritual aller Bands, die auf dem ehemaligen Werksgelände probten. Wahrscheinlich aller irgendwo probenden Bands. Natürlich wurde nicht nur Bier getrunken. Lediglich die Heavy Metal-Jungs mußten Bier trinken, und zwar stets bis an die legale Promille-Grenze oder eher darüber hinaus. Zack the Rapper und seine Jungs hingegen tranken Pepsi Cola, warfen dafür aber jeweils diverse Stimmungsmacher ein, meist jede Woche neue Variationen. Die ‚Männer, die zum Frühstück bleiben' tranken mäßig Bier, zum Teil auch alkoholfreies (was die Heavy Metal-Guys niemals wissen durften!), und im Einzelfall sogar Wasser. Die Bierpause war wichtiges soziales Element und unverzichtbares Instrument der Karriereplanung. Man analysierte das zurückliegend Geleistete bis hin zum ersten Teil des jeweiligen Probeabends und malte die Perspektiven für die Laufbahn als Musikstars aus. Äußerst unbeliebt waren hier realistische Aussagen im Hinblick auf die Erfolgschancen. Sie wurden auch meist nur

von solchen Musikern gemacht, die Naturwissenschaften studierten oder Juristerei. Auch handwerkende Musiker neigten zu bodenständigen Aussagen. Nicht zufällig scherten daher Angehörige dieser Gruppen meist irgendwann aus dem wahren Rock- und Pop-Geschäft aus und stiegen in Tanzcombos ein. „Dem Himmel sei es geklagt", sagte Squid immer wieder, wenn man auf das Thema kam, daß die Tanzmucker zum einen trotz einer desavouierlichen Einstellung Unmengen von Auftrittsmöglichkeiten bekamen, und zum anderen bei diesen Unmengen von Kohle scheffelten.
Amerika. Die Gesichter wurden lang und länger. Wieso sie das nicht vorher gesagt habe. Wo man jetzt, und vor allem so schnell, eine neue Gitarristin finden solle. „Gitarristinnen gibt es wie Sand am Meer", meinte Jannifer mit leichtem Understatement. So als habe sie es nur hören wollen, antwortete darauf The Rip: „Ja, aber keine so gute." „Und keine, die so gut zu uns paßt!" schloß sich Sophie an. „Ich bin ja nicht für immer weg", meinte Jannifer. „Es ist ja eher so, als ob ich auf eine längere Urlaubsreise gehe. Das könnte ja jeder von euch passieren." „Mann, Scheiße, ich kann es ja verstehen", meinte Squid. „So ein Stipendium - das kann man einfach nicht ausschlagen. Da wär' man ja blöd!" „Mädels, ich will euch wirklich nicht dauerhaft im Stich lassen! Mein ganzes Herz ist doch bei den ‚Männern'!" „Du mußt auf jeden Fall sondieren, ob wir irgendwo in Amiland spielen können! Am besten New York oder L.A." Jannifer nickte. Klar, sie würde wirklich alles tun um das mal durchzuchecken. Wie ihr Vater schon erkannt hatte, war sie in Fragen der Einreise und Arbeitsbestimmungen für die USA reichlich unerfahren, um es positiv auszudrücken. „Ich hab' keinen Bock mehr!" The Rip schaltete ihre Keyboards und die Verstärkeranlangen aus, die anderen schlossen sich an. „Komm, laß' uns dicht machen und noch in die Stadt fahren, was trinken", meinte Squid.
Nachdem man noch eine Zeit lang im ‚Schwarzen Adler' gesessen hatte, ging man endlich auseinander, nicht ohne gegenseitige Belobigungen sich auf keinen Fall zu vergessen und die Absprache zu wahren. Jannifer war klar, was es für die Freundinnen bedeuten würde, nun erstmal ohne sie weitermachen zu müssen. Und diese wußten das natürlich auch. Man schied in großer Herzlichkeit, und war doch vollkommen verstört und schockiert.

Es war ein merkwürdiger Ort für den Beginn seiner Reise. Kahle, rindenlose Baumtorsen weigerten sich, ganz in den bruchholzbedeckten Morast einzusinken, aus dem sie entstiegen waren. Tapfer streckten sich ihre Stämme und

Äste in den allerdings strahlend blauen Himmel. Gar nicht typisch münsterländisch, dachte er. Vielleicht paßte es andererseits aber doch zu dieser Landschaft, die nur oberflächlich gleichförmig anmutete, immer wieder mit Überraschungen aufzuwarten. Einige breitere Wege durchzogen das Moor, allerdings auch viele Pfade. In der Dämmerung oder gar im Dunkeln mochte man leicht seinen Tritt verlieren. Des Wanderns nicht wirklich gewohnt, überkam Falk schon bald der Hunger. Er wollte sich das nicht eingestehen, und zog deshalb beim Setzen an eine Ecke neben dem Müsliriegel eine der Landkarten hervor, die er mitgenommen hatte. Ein merkwürdiges Sammelsurium hatte er da zusammengebracht. Für die Ausgangsregion hatte er einen sehr großen Maßstab gewählt, eine der wenigen Karten, die er eigens gekauft hatte. Anderes hatte er geliehen oder in seinen Schränken gefunden. Einige mochten tatsächlich Dauerleihgaben seines Vaters sein, datierten zum Teil Jahrzehnte zurück. Die meisten Straßen würde es sicher noch geben, neu hinzugekommene würde man indes vergeblich suchen. Die Rad- und Wanderkarte Münsterland 1: 50.000 war deutlich größer als ‚Deutschland Mitte', eine ADAC-Karte aus dem Jahr der Wiedervereinigung. Er hatte sie unter anderem deshalb erworben, um sich den Einstieg in seine Wanderung zu erleichtern, zum anderen aber auch aus Begeisterung dafür, welche Ausmaße sein Heimatland offensichtlich doch hatte. Zu seiner Überraschung war die Karte aber nicht groß genug, um auch wirklich alle Wege durchs Moor zu zeigen. Immerhin die wesentlichen Landstraßen der Umgegend waren drauf. Er kaute auf seinem Müsliriegel und hoffte auf den auf der Hülle aufgedruckt versprochenen Energieschub. Da war ihm, als höre er von Ferne ein seltsam klingendes Stimmgewirr näherkommen. Gutturale Laute schienen darunter, und doch schwang Fröhlichkeit mit. Er rückte etwas vor, um an die seine Sicht verdeckenden Büschen vorbeizusehen, und gewahrte eine Gruppe behinderter junger Menschen, die mit ihrem Betreuer geradewegs auf seine Ecke zukamen. Er warf noch einen Blick auf die Karte, um sich der groben Richtung zu vergewissern, und steckte sie weg. Da kamen die jungen Leute schon auf ihn zu, der Betreuer folgte dicht. „Tach!" rief einer. „Tach auch!" ein anderer. „Guten Tag", erwiderte Falk und fand, daß seine Stimme etwas spröde klang. Etwas im Sumpf gluckste, und gleichen liefen mehrere hin. „Guck' mal, ein Frosch?" Einige beugten sich über die Stelle, von der das Geräusch gekommen war. Ein größerer Kerl gab einen gurrenden Laut von sich und machte Zeichen mit den Händen. „Der meint, da lebt nix drin", erklärte ein anderer. Falk

fühlte sich etwas unwohl und begriff, daß es daran lag, weil er nicht wußte, wie er mit diesen Menschen umgehen sollte. Man hatte wenig Gelegenheit, den richtigen Umgang zu lernen. Geistig Behinderte sah man ja selten in der Öffentlichkeit. Die Skandinavier lösten das irgendwie besser. Der Betreuer war neben ihm stehengeblieben und ging jetzt in die Hocke. Ein Mann mittleren Alters mit blondem Bart und lichtem Haupthaar, alternativ gekleidet. „Auf Wanderschaft?" fragte er. „Jaa...", entgegnete Falk gedehnt, „gerade erst aufgebrochen. Und Sie? Sicher gar nicht so einfach, der Job!" Der Betreuer lächelte. Sie schwiegen eine Weile. Die Kinder hatten wohl doch einen Frosch gefunden, und es entbrannte eine Auseinandersetzung, ob man mit ihm spielen oder aber in Ruhe lassen sollte. „Wissen Sie, ich könnte keinen besseren Job haben. Ich habe fünfzehn Jahre in einer Bank gearbeitet. Investment-Broker. Von morgens bis abends dafür gerackert, daß Reiche noch reicher wurden. „Ich hätte gar nichts dagegen, wenn die Reichen reicher würden. Allerdings stört mich, daß die Armen immer ärmer werden!" gab sich Falk klug. Der Sozialarbeiter lächelte. „Ich habe eines Tages gedacht: es kann doch nicht wahr sein, daß ich mich von morgens bis abends nur um Geld kümmere. Das konnte doch nicht mein Leben sein." „Und da konnten Sie noch umsteigen!?" „Zum Glück. Ich sage Ihnen (er nickte dabei zu seiner Gruppe), es ist unglaublich, was ich von diesen Menschen zurückbekomme. Jeder einzelne gibt mir mehr als all meine früheren Anleger zusammen." Sie schwiegen wieder eine Weile und sahen den Jugendlichen zu, die sich darauf geeinigt hatten, den Frosch wieder in den Sumpf zu setzen. „Ich muß weiter", meinte Falk schließlich und erhob sich. „War nett, Sie kennenzulernen." „Ganz meinerseits." „Tschüß dann." „Und alles Gute!" Falk winkte den Kindern zu: „Macht's gut, Jungs!" Man winkte fröhlich zurück. „Wissen Sie eigentlich, wohin Sie gehen?", fragte der Betreuer und sah Falk tief in die Augen. „Ja klar", antwortete dieser und wandte sich um, um mit festem Schritt in die Richtung zu marschieren, aus der die Gruppe gekommen war. Als er außer Sicht und Hörweite gekommen war, verlangsamte er seinen Schritt ein wenig.
Nach einer Weile kam er auf eine Gabelung zu, von deren linkem Zweig eine ungeordnete Gruppe auf ihn zukam. Glatzen, Bomberjacken, Springerstiefel, Bierflaschen. Instinktiv faßte Falk seinen Stockschirm fester. „Ja, wen haben wir denn da?" Der offensichtliche Wortführer grinste. „Wohl ein Wandersmann?" „Oder ein Herumstreuner, ein Penner gar?" meinte ein anderer stirnrunzelnd. „Nee, nee, viel zu gepflegt. Bis auf die Haare allerdings.

Sag, Blondlocke, wohl keine Zeit für den Friseur gehabt?" „Ach, da helfen wir doch gern", dumpfte ein grobschlächtig Erscheinender, und öffnete den Sicherheitsverschluß seiner Messerhülle. Sein Anführer sah das im Augenwinkel und machte eine abwinkende Geste, trat dabei dicht an Falk heran. „Wo willst Du denn hin?" „Ich wandere einfach so drauf los. Habe gerade Ferien und wollte mal Deutschland etwas durchwandern." „So so, das ist ja mal nicht schlecht, die Heimat kennenlernen zu wollen. Oder, Männer?" Die anderen lachten, zwei stießen ihre Bierflaschen zusammen und nahmen einen tiefen Schluck. „Wovon hat man denn so Ferien?" „Ja, ich bin Germanist, Studium also", sagte Falk trocken. Der Anführer trat einen Schritt zurück, und Falk war sich nicht sicher, ob seine Miene von gespielter zu echter Freundlichkeit wechselte. „Da kann er doch Runen lesen!" grölte einer aus dem Hintergrund.

„Na kommt, lassen wir den Schiller mal ziehen. Sag', Schiller, war's da schön, wo Du herkommst? Wir wollen ja genau wie Du das schöne Deutschland durchwandern!" Falk zuckte die Gruppe der Behinderten durch den Kopf. „Nee, Leute", gab er sich cool, „ziemlich ätzend da hinten, langweilig." „Komisch, unsere deutsche Heimat ist doch überall schön." Er feixte. „Wo wir herkommen war's recht hübsch jedenfalls." „Genau!" stimmten mehrere zu. Einer rülpste laut, entschuldigte sich aber mit falscher Höflichkeit sofort. „Na, dann geh' ich mal dahin. Danke für den Tipp!" Beherzt schritt Falk durch die Gruppe in die Richtung aus der sie gekommen war." „Okay Schiller, dann gehen wir mal hier weiter! Und schönes Wandern noch." „Euch auch." „Kommt, Männer!" Die Glatzen schoben los, Falk drehte sich erst nach einer Weile kurz um und konnte beruhigt feststellen, daß sie an der Einmündung vorbei waren und dem Weg zu ihrer Linken folgten.

Es war totenstill, als sich Eric gegen vier Uhr morgens das Treppenhaus hinunterstahl. Das Schließen der Haustür war ihm nie so laut vorgekommen, und nun hallten seine Tritte von den steinernen Stufen. Draußen fiel ein leichter Nieselregen, im alten Volvo, den er am Abend zuvor gepackt hatte, war es kalt. Nun, nicht lange, dann würde die berühmte Schwedenheizung ihren Dienst tun. Mit einem kräftigen Rumms startete der Motor, er schaltete das Scheinwerferlicht ein, und drinnen leuchteten die Armaturen wie in einem Raumschiff. Er fuhr auf den Ring und bog bald auf die A1. Schon war es warm im Wagen, und behaglich lehnte sich Eric zurück. Es durfte nur nicht zu behaglich werden. Er drehte die Heizung etwas zurück und kurbelte das Fenster ein wenig herunter. Seine Gedanken schweiften ab zu seiner jüngeren Schwester Mercedes, die er sehr mochte, und leider schon lange nicht mehr gesehen hatte. Seit vielen Jahren lebte sie in Barcelona mit ihrem Kind. Alleinerziehende Mutter. Der Mann war wirklich ein Arsch gewesen. Irgendwann müßte er sie wieder besuchen. Sie waren sehr eng mit einander gewesen, hatten alles einander anvertraut. Die Mutter hatte das sogar mit Argwohn gesehen, und etwas von ‚Wälsungen' gefaselt. Na, sie hatte keinen Zugang zu ihrer Nähe, und das neidete sie. Ihr Verhältnis war sicher auch ein Schutz gegen die äußere Unsicherheit gewesen. Merkwürdig, wie sich durch die räumliche Distanz Beziehungen veränderten. Sie waren sich immer noch nahe, aber etwas war anders, seit sie ihrem tollen Helden gegen seinen Rat nach Spanien gefolgt war. Er blickte in die Landschaft, über die der leichte Regen einen Grauschleier gezogen hatte. Der Volvo glitt gen Norden, immer geradeaus.

Lance und Jannifer hatten viele Vorbereitungen für ihre Reise gemeinsam in Angriff genommen. Der Kauf von Karten, Infomaterial, Ausrüstungen, der Besuch von Reisebüros, das Surfen auf dem Netz zu allen möglichen amerikabezogenen Themen sah sie intensiver als gewöhnlich zusammen. Bei beiden herrschte große Aufregung im Hinblick auf das vor ihnen liegende Ungewisse. Da Jannifer in ständiger Sorge um Arthur war, ordnete sich bei ihr dem Ziel seiner Rettung alles andere unter. Lance stellte bei kritischer Selbstprüfung fest, daß auch ihm das Finden Arthurs ein wesentlicher Antrieb war, jedoch die Aussicht auf das Abenteuer mindestens ebenso stark auf ihn wirkte. Gleichzeitig sah er der bevorstehenden vorübergehenden räumlichen Trennung von seiner Freundin mißmutig entgegen. Er begehrte sie wie am ersten Tag, sehr hatte er sich an die von ihr auf ihn ausstrahlende, ihn bergende Wärme gewöhnt, an ihre kritischen und geistschärfenden Auseinandersetzungen, aber auch an die Sicherheit und Bequemlichkeit der festen Beziehung. Jannifer beteuerte, daß es ihr ähnlich ginge, gleichwohl schien sie mitunter wie geistesabwesend, den Blick in weite Ferne gerichtet. Lance schien es, als leide sie nicht gleichermaßen wie er. Des nachts klammerte man sich aneinander, mehr sicher als sonst. Zu seinem Bedauern aber wollte bei ihr so recht keine erotische Stimmung mehr aufkommen. „Wenn man Arthur umbringt...", sagte sie, und Lance konnte sich dann nicht einmal stöhnend zur Seite drehen, wollte er nicht den Eindruck erwecken, daß der Freund nicht auch für ihn die höchste

Priorität hatte. Jedoch merkte er, wie er innerlich zunehmend in dem Maße verärgert wurde, wie dessen Verschwinden seine leiblichen Freuden unterband.

10. Eine ungewöhnliche Reisebegleitung

Eric hatte zunächst erwogen, über die Fehmarn-Sund-Brücke und im Bogen über Schweden zu fahren. Zweifelsfrei der schnellere und kostengünstigere Weg. Aber eine innere Stimme befahl ihm, sich der alten Heimat vom Wasser her zu nähern, so wie er auch als Kind mit seinen Eltern gereist war. Daher hatte er vor ein paar Tagen eine Passage nach Bergen gebucht. Es gab kürzere Schiffswege, aber bewußt hatte er sich für einen etwas längeren Transfer entschieden. Die bunte Hafenstadt erschien ihm zudem als besonders guter Anlande- und Ausgangspunkt. So ließ er Hamburg rechts liegen und wechselte auf die A 7. Das Regengebiet hatte er durchfahren, und es dämmerte mit einem schwach goldgelben Himmel, in den feine graue Wolkenbänder gewirbelt waren. Zur Linken erhoben sich davor scharf konturiert die schwarzen Silhouetten von Hafenkränen und Schiffsmasten. Der Volvo fuhr wie von selbst, auch ohne Tempomat. ‚Stalltrieb', dachte Eric, auch wenn ihm klar war, daß ein solcher ja eher nach Göteborg führen mußte. Die Richtung lag ja nicht sehr ab, vielleicht hoffte das Fahrzeug, sein Führer würde von Grena aus dorthin übersetzen. Vielleicht dachte der alte Schwede aber auch ‚Hauptsache Skandinavien' oder er fühlte sich allein deshalb schon gut, weil es immer weiter nach Norden ging. Neumünster, Rendsburg, Schleswig glitten vorbei. Eric nahm allenfalls sehr behutsame Korrekturen an der Lenkung vor. Bei Flensburg ging ihm durch den Sinn, daß seine Punkte in der Verkehrssünderkartei bis auf einen kürzlich für eine Geschwindigkeitsübertretung erhaltenen gelöscht sein müßten. Dann hielt er um zu tanken. Er war sich nicht sicher, ob das Benzin in Dänemark billiger war. In Norwegen floß das Öl zwar nur so aus dem Nordseeboden, aber er wußte nicht, wie sich das dort an der Zapfsäule bemerkbar machte. Sicherheitshalber nahm er auch noch seinen Fünf-Liter-Kanister aus dem Heck. Er hatte gerade den Zapfhahn hineingesteckt, als sich eine junge Frau mit punkigen schwarzen Haaren seitlich zu ihm beugte: „Nicht zu tief, und nicht zuviel Druck!" Sie grinste ihn unverschämt an. „Sonst könnte es herausspritzen, und das wäre jammerschade!" Eric richtete sich verdutzt auf und faßte den Hebel lockerer. „Na, wer kennt sich da denn so gut aus?" Er war über seine Schlagfertigkeit überrascht. „Och, bei Zapfhähnen bin ich Expertin. Paß' auf, voll!" Eric zog den Hahn heraus und hängte ihn an die Säule. Sie streckte ihm die Hand hin. „Ella heiß' ich." „Und Du suchst eine Mitfahrgelegenheit." Eric hatte einen Rucksack an einem Pfeiler am

Ende der Tankstelle erspäht und messerscharf geschlossen, daß es ihrer sein mußte. Zum einen baumelte ein Stofftierchen an einem der Reißverschlüsse. So was gab's nur bei Mädchen. Zum anderen war keine männliche Trampererscheinung zu sehen. „Mann, bist ja ein richtiger Hellseher!" Sie zupfte ihre Jacke zurecht, Military-Style, aber weiblich geschnitten. „Ich muß nach Århus. Mmh...vielleicht auch nach Ålborg." Sie schien gespielt nachdenklich. „Eigentlich scheißegal, aber irgendwo muß ich hin." Eric quälte sich. Die junge Frau war ihm sympathisch, und doch wollte er eigentlich mit sich allein sein. Und wenn es so sein sollte, daß er sie hier traf? „Okay, ich könnte dich vielleicht bis Århus mitnehmen. Vielleicht auch bis Ålborg." „Supi!" schrie sie, sprang an ihm hoch und schlug die Arme um seinen Hals. Angesichts seiner Größe war das gar nicht so einfach. Eric lächelte verlegen. „Gut, dann pack' mal ein." Während er den Kanister dicht machte und verstaute, warf sie ihren Rucksack auf die Ladefläche.

Bald waren sie an der dänischen Grenze. „Hoffen wir mal, daß keine Kontrollen sind. Die Dänen haben mich nämlich mal erwischt." Eric stockte der Atem. „Ja, wie??" „Na, so'n bißchen Gras. Also echt nicht viel." „Und was heißt das?" „Mann, das gab Ärger. Bin da sicher im System." Eric wurde blaß. „Sag' bloß nicht, Du hast jetzt wieder was dabei?" „Hach, so gut wie nichts." Eric wurde noch blasser. Da waren Sie am Kontrollpunkt. Ein dänischer Grenzbeamter winkte sie heran, verlangte die Pässe. Mit bohrenden Blicken spähte er in den Wagen. „Wohin des Wegs?" „Nach Norwegen, hier ist meine Schiffskarte." „Und die junge Dame?" „Eine Bekannte, die bring' ich nach Arhus." „Na, fahren Sie mal eben rechts ran." Der Beamte deutete auf einen etwa vierzig Meter halbrechts voraus liegenden Platz, ging mit den Pässen in die Station. „Schmeiß' das Zeug raus, bist Du wahnsinnig!?" schrie Eric. Ella drehte die Scheibe herunter, und schob so unauffällig wie sie es konnte irgendetwas sehr kleines über die Kante. Eric sah im Rückspiegel, wie der Beamte mit den Pässen auf sie zueilte. „Scheiße, Scheiße, nochmals Scheiße!" Er verfluchte sich. Doch plötzlich hörte er großen Lärm und Schreien. Beim Umdrehen sah er, wie mehrere Beamte ein anderes Fahrzeug umstellt hatten, einer zog seine Dienstwaffe. Ihr Kontrolleur warf ihm regelrecht die Pässe ins Auto. „Fahren Sie, los, schnell!" Schon hatte er sich umgedreht und eilte seinen Kollegen zu Hilfe. Eric fuhr gleichwohl langsam an, gab aber Gas, sowie sie sich ein kleines Stück von der Grenzstation entfernt hatten. „Schwache Nerven, was?" Ella versuchte, überzeugend zu klingen, was ihr aber nicht wirklich gelang. Eric warf ihr einen vernichtenden Blick zu und schwieg. Er wollte sie bei der nächsten Gelegenheit aus dem Wagen werfen, aber er mußte erst weiter von der Grenze weg sein. Das hätte ja um Haaresbreite daneben gehen können. Er kochte innerlich. Da tat es gut, daß die Scheiben noch heruntergekurbelt waren und ein frischer Fahrtwind hereinwehte. Ella starrte mehr schmollend als schuldbewußt vor sich hin, schob dabei ihre dunkelviolett geschminkten Lippen zwischen einem leicht blöd wirkenden Grinsen und einem Kußmund hin und her. „Musik?", fragte sie nach einiger Zeit. Eric schwieg. „Ja, tut mir leid. Echt. Sorry. Je m'excuse." Ella schaltete das Radio ein und drehte an den Knöpfen. Ein Sender kam schließlich klarer herein. ‚Love the one you're with', eine alte Crosby-Stills-Nash & Young - Nummer. Nicht zu fassen. Seine miese Stimmung hellte sich ein wenig auf, aber er schwieg noch immer. Er dachte an seinen alten Kumpel Frank Bartholomäus, einen Philosophie-Doktoranden, den er vor Jahren mal zufällig auf einer Party kennengelernt hatte, und mit dem er sich seitdem in unregelmäßigen Abständen traf, meist weiterhin nur zufällig. Er hatte sich vorgestellt mit „Frank Bartholomäus, wie die Bartholomäus-Nacht." So führte er sich immer ein, die meisten Studenten sahen ihn dann wißbegierig an, weil sie die Bartholomäus-Nacht für eine ihnen noch unbekannte, vermutlich aber ultracoole Mega-Party hielten. Zufällig beschäftigte sich Eric zum Zeitpunkt dieser Treffen mit Frank Bartholomäus oft mit existenziellen Sinnfragen und bedurfte einer Einschätzung von außen, die ihm von jenem mit aufgeklärter Vernunft, nicht selten aber auch mit zynischem Unterton gern gegeben wurde. Der Zufall war ein beliebtes Thema ihrer Konversation, während Eric daran zweifelte, war Frank Bartholomäus von seiner Existenz überzeugt. Von weitem gaben die beiden ein seltsames Paar ab: seine gegenüber dem Hünen noch auffälligere kleine Statur machte der Philosoph mit einem napoleonisch druckvollen Auftritt wett. Körperhaltung und Mimik waren dabei wichtiger als eine eher vernachlässigte Gestik. Eric stand einfach nur da als das, was er war. Ihm ging nicht aus dem Kopf, was wäre, welche Szenarien sich entwickeln würden oder hätten können, wäre man einen minimalen Zeitraum früher oder später irgendwo hingekommen und hätte dadurch einen bestimmten Menschen früher oder gar nicht kennengelernt. Oder früher oder später einen anderen. Und früher oder später eine bestimmte Handlung getan oder unterlassen. Fügung oder Zufall. „Papperlapapp, ganz klar Zufall!" tönte Bartholomäus. Ein anderes Mal meinte Eric, am Beispiel eines Schmetterlings oder gar eines Chamäleons könnte man leicht demonstrieren, daß hier nicht zwanzig, neunzig,

Tausende, auch nicht Hunderttausende, sondern vielmehr Millionen oder gar Milliarden Zufälle am Werke gewesen sein müßten. Dies sei schlechterdings wohl nicht möglich, so daß dies für ihn, Eric, gar zum Gottesbeweis reiche. Dann seien es eben Milliarden von Zufällen, entgegnete der Philosoph, der als überzeugter Atheist vom Gottesbeweis schon gleich gar nichts hören wollte. Es gab ein gewisses Geplänkel, weil Eric ihm vorwarf, er trüge seinen Atheismus vor sich her wie eine Religion. Wieder ein anderes Mal ging es um Zufallsberechnung. Wenn der Zufall wirklich Zufall sei, dann könne man ihn auch nicht berechnen. Genau das aber hätten Pierre de Fermat und Blaise Pascal aber getan, wußte Eric aus einem Zusatzseminar über Versicherungsrecht. „Sie haben die Wahrscheinlichkeit berechnet", hielt Frank Bartholomäus entgegen, war sich aber der Schwäche seines Arguments bewußt. „Sie haben den Zufall berechnet!" schloß Eric triumphierend. Zuletzt hatten sie sich aus den Augen verloren, Bartholomäus hatte ein Angebot bekommen, seine Dissertation in Königsberg zu schreiben, und dies ohne zu zögern angenommen.

Zufall oder nicht, Ella saß jedenfalls jetzt neben ihm auf dem Beifahrersitz. Bei Århus verließ er die Autobahn, obwohl sie ja Ålborg oder sonstwo als alternative Zielorte angegeben hatte. Im Radio lief jetzt ‚Traveling man, love where I can' von Bob Seger. Offensichtlich ein Special zum Thema ‚Liebe unterwegs'. Ella kramte in ihrem Rucksack, den sie von der Ladefläche auf den Rücksitz gewuchtet hatte. „Hunger?" Sie hielt ihm ein Brötchen hin, dick belegt mit Fleischwurstscheiben. Er wollte ablehnen, merkte aber, wie sein Hunger nach der langen Fahrt gleichsam übermächtig wurde. Ohne eine Antwort abzuwarten, klatschte sie das Brötchen auf das Instrumentengehäuse vor ihm und zog ein gleiches für sich aus dem Rucksack, dazu eine Tube Senf und eine mit Tomatenmark. Sie klappte ihr Brötchen auf und drückte je einen kräftigen Strang Senf und Tomatenmark auf die Fleischwurst, quetschte dann den Deckel wieder drauf. „Du auch?" Irgendwie sah das merkwürdig aus, aber auch interessant. Eric nickte. Sie nahm sein Brötchen noch einmal her und unterzog es der gleichen Prozedur, holte dann zwei Cola-Dosen hervor.

Nach dem plötzlichen Ende der Autobahn war er einfach der sich ihr anschließenden Straße gefolgt, irgendwo dann links abgebogen. ‚Frederiks Allee' hieß das hier, er sah ein Schild ‚Rathus' und bog wieder links ab, warum wußte er auch nicht. „Ich halt' mal lieber, brauch' eh 'ne Pause."

„Hm, Thorvaldensgade", las Ella von einem Straßenschild. „Das Tor zum Wald von Thor, urig!" Sie kamen auf ein größeres baum-, busch- und blumenbestandenes Areal zu, offensichtlich ein botanischer Garten, daneben eine Art Freilichtmuseum. „Den Gamle By", las Ella. „Bei den Gammlern, haha, gut!" Eric zog entnervt auf den Parkplatz und riß die Tür auf, stieg aus und ließ sich auf die Bordsteinkante fallen. Ella kam nach, stellte die Cola-Dosen auf den Boden und hielt ihm sein Brötchen hin. „Danke!" Sie begannen zu schmatzen, und schlürften dazwischen Cola. Ella warf den Kopf schräg zurück und schaute ihn keck an. Als Eric sie so ansah, und sie frech ihre rechte Augenbraue hochzog, gepierct von einem Metallzylinder mit zwei kleinen obeliskartigen Enden, mußte er doch lachen. Eigentlich war sie doch ein netter Kerl. „Laß' uns noch ein bißchen die Beine vertreten", meinte sie. Eric schaute auf die Uhr. Ja, er hatte noch jede Menge Zeit. „Okay." Sie gingen zunächst auf den Eingang des Freilichtmuseums zu, stellten anhand eines deutschsprachigen Prospektes fest, daß ‚Den Gamle By' ‚Das alte Dorf' hieß, und mußten wieder lachen. Das Lachen verging ihnen angesichts der hohen Eintrittspreise aber, und sie beschlossen, lieber durch den kostenfreien botanischen Park zu gehen. Ella hakte sich bei Eric unter, er ließ es geschehen. Es war ein schöner, sommerlicher Tag, und verschiedene Däninnen hatten beschlossen, sich nahtlos zu bräunen. Verstohlen ließ Eric seine Blicke ein wenig schweifen, wurde aber dennoch sogleich von Ella ertappt. „Nach was schaust Du denn so?" „Ach, ich gucke mir nur die in der Tat sehr interessanten Pflanzen etwas genauer an." „Ach, die Busenpflanzen!" meinte sie. „In der Tat, sehr interessant." Sie prusteten wieder los, und dann gab ihm Ella ganz schnell einen kleinen Kuß auf den Mund. Sie räusperten sich, gingen weiter, kurz ihre Hände wie zufällig ergreifend, loslassend, wieder ergreifend. Wie von selbst waren sie durch den rundwegartig angelegten Pfad wieder auf den Parkplatz zugekommen. „Ich muß noch mal", sagte er und bewegte sich auf ein nahes Toilettenhäuschen zu. „Okay", meinte sie, und schaute verschmitzt drein. Als er zurückkam, stand Ella nicht mehr an der gleichen Stelle. Vielleicht schon im Auto. Siedendheiß durchzuckte ihn, daß er es gar nicht abgeschlossen hatte. Und der Schlüssel...doch, wenigstens den fühlte er in seiner Tasche. Vielleicht saß sie schon auf dem Beifahrersitz. Da war er am Auto, doch Ella war nicht drin. Sogleich fiel ihm auf, daß ihr Rucksack weg war. Er riß die Beifahrertür auf, öffnete das Handschuhfach. Da war noch der Umschlag der Bank, bang nahm er ihn heraus, ja, er war noch voller Scheine. Mit zittrigen Händen zählte er das Geld. Bei 3.800 Euro hörte er auf, es schien zu stimmen. Wo war Ella? Er warf die Tür zu, diesmal schloß er ab. Lief über den Parkplatz. Zur Straße. Noch einmal in Richtung Freilichtmuseum. An den Anfang des botanischen Gartens. Merkte, wie er immer unruhiger wurde. Fing an, Ellas Namen zu rufen. Verschiedene Parkbesucher und Passanten hielten inne, drehten sich um. Doch Ella blieb verschwunden. Er sah wieder auf die Uhr. Es half nichts, er mußte weiter, wollte er die Fähre nicht verpassen.

Die innere Unruhe hatte sich erst ein wenig gelegt, nachdem das Schiff mehrere Stunden unterwegs war. Das gleichmäßige Stampfen der Maschinen und das Rollen bei leicht bewegter See mochten dazu beigetragen haben. Eric war überrascht von dem, was mit ihm passiert war. Kurz hinter der dänischen Grenze hatte er Ella achtkantig aus dem Wagen werfen wollen, zweihundert Kilometer Fahrt danach und ein Spaziergang in Århus hatten gereicht, um ihn völlig zu verwirren und sich nichts sehnlicher zu wünschen, als daß sie ihn weiter begleitet hätte. Er war sich nicht einmal sicher, ob er sich ein bißchen in Ella verliebt hatte. Mochte sie ihn auch? Oder hatte sie nur mit ihm gespielt? Wenn sie ihn ausnutzen wollte, warum dann nicht für weiteren Transport? Unter Umständen hatte sie selbst nur noch mal austreten müssen. Aber warum war dann der Rucksack weg? Sie konnte gesehen haben, daß der Volvo nicht abgeschlossen war, und ihn aus Sichererheitsgründen mitgenommen haben. Nein, es machte alles keinen Sinn. Er war lange genug herumgelaufen, hatte gerufen, sie hätten sich nicht verpassen können. Sie hätte im schlimmsten Fall einfach nur am Auto warten müssen.

Wie geplant und erwartet, hatte er auf dem Schiff viel Zeit. Er wußte nicht warum, aber er hatte dies auch dazu genutzt, um in aller Ruhe noch einmal das Geld nachzuzählen. Und dabei festgestellt, daß 200 Euro fehlten. Nun war sicher, daß sie sich nicht schicksalshaft verpaßt hatten. Eric nahm es Ella indes kaum krumm, daß sie das Geld genommen hatte. Er hätte ihr gern freiwillig das Doppelte gegeben, wenn sie dafür bei ihm geblieben wäre. Er deutete die Entnahme des Betrags (das Wort ‚Diebstahl' kam ihm gar nicht in den Sinn) sogar als Zeichen ihrer Zuneigung zu ihm, sie hätte ja auch viel mehr oder alles nehmen können. Warum war sie nur verschwunden? Gedankenverloren stand er im Nebel an der Reling, nur wenige Passagiere taten es ihm gleich. Beim Ablegen in Hirtshals war es noch sonnig gewesen, doch kurz darauf waren Wolken aufgezogen, dann hatten sich graue Schwaden über die Wasser geschoben. Das Nebelhorn riß ihn aus seinen Gedanken. Unwissentlich hatte er direkt darunter gestanden, und das enorm laute Tuten stieß durch seinen ganzen Körper, er war fast überzeugt, als sei es imstande, leichtere Personen als ihn selbst über Bord zu drücken. Kurz vor Bergen klarte es ein wenig auf, die Sonne kam hier und da durch, und im Hafen grüßten freundlich die kalenderbekannten bunten Häuser. Das Prozedere des Anlandens lenkte ihn ab, er mußte sich ganz darauf konzentrieren, den Wagen ordentlich vom Schiff durch Einwanderung und Zoll zu fahren. Obwohl er sein unschuldigstes Gesicht und die Sonnenbrille erst gar nicht aufgesetzt hatte, wurde er von den Beamten sogleich über eine Sonderspur in eine Art Garage gewunken. Er drehte sich um, und sah wie eine Familie nach der anderen unbehelligt ins Land der Wikinger einrollte, bevor hinter ihm das Rolltor heruntersauste. Ein junger Mann in Jeans führte einen großen Schäferhund an der Leine, stellte sich als Zolloffizier vor und erzählte irgendetwas von Routinekontrolle. Routine. Eric wußte genau, daß diese Routinekontrolle einzig an seinem Aussehen lag, das von einem Unwissenden leicht nordafrikanisch, besser gleich arabisch eingeschätzt werden konnte. Als der Hund an der rechten Vordertür stehenblieb und schnuffte, kam Erics Blut in Wallung. Was, wenn etwas von dem, was immer Ella bei sich gehabt haben mochte, nicht aus, sondern in den Wagen gefallen war? Sein Herz schlug bis zum Hals, doch er versuchte, sich ruhig zu geben. So sehr wie er sich in dieser Situation über seinen Teint, wie er ihn normalerweise bezeichnete, ärgerte, so froh war er gleichzeitig, daß dieser sein Rotwerden verbarg. Bei weißer Gesichtshaut wäre es um ihn geschehen gewesen. Der Hund trottete weiter. „Alles in Ordnung!" rief der Jeanstyp in akzentfreiem Deutsch. „Gute Fahrt, dann nichts für ungut, und willkommen in Norwegen!" „Ja, ich danke sehr!" sagte Eric vorsichtig zynisch, und fuhr aus der Halle, nachdem man das vordere Tor hochgezogen hatte.

In Bergen hatte er sich nicht lange aufgehalten. Wahrscheinlich war Norwegen nirgendwo so teuer wie hier. Andenkenläden mit Troll- und Lappenfiguren aus China, und Cafépreise, die jede ‚Draußen gibt's nur Kännchen'- gestählte Oma hätten zusammenbrechen lassen, hatten zu schneller Abreise geführt. Vielleicht zwanzig Kilometer hinter der Stadtgrenze steuerte er dann aber einen Campingplatz an. Es begann zu regnen und wurde dämmrig. Dabei das Zelt aufzubauen, war kein schöner Gedanke. Das Zelt! Es durfte doch nicht wahr sein - an alles hatte er gedacht, selbst Heringe und

Spannleinen waren schön im Wagen verstaut. Das Zelt aber lag im Keller zu Hause. Ein Segen, daß ein Volvo ein klares Bekenntnis zum fahrenden Raum bedeutete. Er klappte die Rückbank um, räumte einiges hin und her, breitete dann den Schlafsack aus. Ja, das ging doch, hatte er auch nicht zum ersten Mal gemacht. Von der geöffneten Heckklappe geschützt kochte er auf einem Klapptisch ein Dosengericht, trank dazu kleine Schlücke Rotwein aus einem roten Plastikbecher. Er hatte ein paar Flaschen im Ersatzrad-Fach untergebracht, und sich auf strenge Rationierung eingestellt. Weinkauf war in Norwegen ausgeschlossen. Der Regen brachte eine Scheindunkelheit, ohne ihn wäre es wahrscheinlich noch recht hell gewesen. Eric zog den Tisch ein und schloß die Klappe. Kaum im Sack, fiel er in einen tiefen Schlaf.

11. Das Haus vom Lichtbrunnen

Falk war schon nach kurzer Zeit nicht mehr sicher gewesen, in welche Richtung er sich bewegte. Da er kein festes Ziel hatte, war ihm dies aber auch gleichgültig gewesen. Als er an den Dortmund-Ems-Kanal gestoßen war, hatte er die Orientierung wiedergewonnen und war dessen leicht südwestlichem Verlauf gefolgt. Bald war das Moor verlassen, und der Weg führte nun durch die beim Begriff ‚Münsterland' erwartete Parklandschaft. Man schritt durch Felder, Wiesen und kleine Laubwälder. Obwohl alles flach war, reichte der Blick selten sehr weit. Immer wieder wurde er gehemmt durch Waldstreifen, Buschwerk und Wallhecken. Letztere trennten Felder, dienten der Gemarkung und dem Erosionsschutz. Oft mehrere Meter breit und mit dichtem Gestrüpp aus Haselnuß, Weißdorn und Hainbuchen bewachsen, nicht selten auch mit Reihen knorriger Kopfweiden bestanden, boten sie zahlreichen Tieren Lebensraum, den Vögeln ideale Nistgelegenheiten. Verstreut lagen einzelne Bauernhäuser zwischen den Feldern und Weiden, die Dächer meist mit roten Schindeln, nur selten noch mit Reed gedeckt.

Als er an eine kleine Brücke gekommen war, hatte er den Kanal überquert und war bald auf eine Straße gestoßen, die offenbar auf das Städtchen Senden zuführte. Er war sie ein Stück entlang gelaufen, sich schon lange unterwegs wähnend. Seine Beine waren jedenfalls deutlich langsamer geworden. Der Rucksack war ja auch nicht gerade leicht. In relativ regelmäßigen Abständen schossen Autos an ihm vorbei, er hielt sich am äußersten rechten Fahrbahnrand, und wo immer der Bewuchs es zuließ, ging er auf dem Seitenstreifen. Alle fünfzig Meter stand nach deutscher Landstraßen-Norm ein hüfthoher Leitpfosten mit Reflektoreinsatz, daran konnte er sehen, wie schnell er sich vorwärts bewegte. ‚Eher nichts so schnell', dachte er, und daran, daß er eigentlich auf der anderen Seite gehen sollte. „Links gehen, Gefahr sehen", hatte doch der freundliche ältere Polizist bei der Verkehrserziehung in der Grundschule gesagt. Mit dem näherte sich von hinten das laute, überdreht klingende Tuckern eines offensichtlich für seine Bauart zu schnell fahrenden Traktors. Falk blieb stehen, drehte sich um und sprang vor Schreck zur Seite: ein Ungetüm von einer Zugmaschine kam heran, einen hilflosen offenen Heuwagen hinter sich her reißend, eine Wolke aus Halmen und Staub folgte. Schon war das Gespann vorbei, er hustete und wischte sich die Augen. ‚Typisch Bauer!' fluchte er innerlich. ‚Weltweit das gleiche: die am meisten stöhnen, haben die größten Traktoren - frisieren alles was Räder hat - schütten Heizöl in den Daimler…' Weiter kam er nicht, denn mit lautem Quietschen kam das Gefährt zu einem abrupten Stopp. Der Fahrer kuppelte aus und gab im Leerlauf immer wieder kräftig Zwischengas. Als Falk in Höhe des Führerhauses angelangt war, lehnte sich der Fahrer zu ihm hinaus: „He, ich dachte, Du willst mal die Beine ein wenig ausruhen!" Falk schluckte, er bekam ein schlechtes Gewissen. „Ja, hmm… danke, Sie fahren ja sicher nur bis Senden?" „Nee, ich fahr' in die Baumberge. Wo willst'n hin?" „Ach, eigentlich egal. Ich wandere quer durchs Land." „Komm', steig' auf den Heuwagen. Gib' mir ein Zeichen, wo Du runter willst. Baumberge sind 'nen schöner Flecken – Würd' dich auch ins Führerhaus nehmen, ist aber 'nen bißchen eng hier." Eigentlich wäre Platz genug gewesen, doch der Bauer war recht beleibt. Falk nickte, warf seinen Rucksack mitsamt Stockschirm auf den Anhänger und kletterte unter Dankesbekundungen selbst hinauf. Kurz vor Senden bog das Gespann rechts ab auf die nach Norden führende Bundesstraße 235. Falk ließ sich rückwärts ins Heu fallen und streckte sich erleichtert. Über ihm spannte sich ein blauer Himmel, nur wenige hohe Zirrus-Streifen waren in ihn eingewirkt. Der Traktor knatterte; Felder, Büsche, Wälder zogen vorbei. Schnell, doch nicht so schnell, daß man Blick und Seele nicht in die Landschaft hätte versenken können. Falk jauchzte kurz auf, drehte sich aber sogleich nach allen Seiten um, um sich zu vergewissern, daß ihn niemand, auch nicht der Bauer, gehört hatte. Ein Glücksgefühl durchströmte ihn, er atmete tief durch und nahm einen der trockenen Grashalme in den Mund. Wenngleich nicht ganz so laut, dafür schlechter gefedert, mußte das Reisen zu Goethes Zeiten zugegangen sein. Recht bald überquerten sie die Autobahn, rechts ging es an Bösensell vorbei, bei Tilbeck dann links ab auf Schapdetten zu, kurz vorm Ortseingang jedoch schleuderte das Gespann fast im rechten Winkel auf einen Feldweg. Falk hatte angesichts des überraschenden Manövers seine liebe Not, nicht vom Heuwagen zu fallen. Das Gelände wurde hier hügelig, ein Münsterländer mochte es als gebirgig bezeichnen: sie hatten die Baumberge erreicht. Der Bauer verlangsamte seine Fahrt nur wenig, bald schlug er einen ähnlichen Haken nach links. Falk klammerte sich an einer Metallverstrebung fest, es war ihm jetzt deutlich weniger romantisch zumute. Plötzlich stieg der Fahrer so abrupt auf die Bremse, daß Falk nun fast zwischen Traktor und Anhänger gestürzt wäre. Der Landmann kletterte umständlich aus seiner Kabine heraus und erklärte: „Ich fahr' nur noch nach Nottuln. Wenn Du mitwillst, mußt Du dich tief im Heu vergraben. Die

Landstraße ist schon ab Schapdetten bullengefährlich, wenn Du weißt, was ich mein'. Daher der kleine Umweg. Weiß ja nicht, wo Du hinwillst. Kannst die letzten Kilometer laufen, aber vielleicht willst Du ja die Baumberge erkunden." Im Heu wollte er sich nicht vergraben. Nottuln hörte sich auch nicht rasend attraktiv an. Warum also nicht Baumberge? „Danke Ihnen herzlich für die freundliche Mitnahme." Er warf Rucksack und Stockschirm herunter und rutschte vom Wagen. „Aber ab hier wandere ich wieder!" „War mir ein Vergnügen, also dann, alles Gute!" Der gesprächige Landwirt zog seinen Körper wieder ins Führerhaus, winkte noch kurz freundlich, und trat wieder aufs Gas. In einer Wolke aus Staub und fliegenden Heuhalmen verschwand das Gefährt. ‚Wie ein Spuk', dachte Falk, sich der Kutschen aus Dracula-Filmen erinnernd. Er stand einen Moment stille und lauschte. Sehr schnell verlor sich das Knattern. Er ging nach rechts bergan, der Weg war bis zu einem Parkplatz geteert, ein Restaurant lag zur Linken, dann war er im Wald. Eine Zeitlang kamen ihm überwiegend ältere Spaziergänger entgegen, oder er überholte welche. Manche trugen Stöcke, auf die Metallplättchen genagelt waren mit Motiven all der Orte und Gegenden, die sie schon bewandert hatten. Einige Männer trugen Hüte mit Wanderabzeichen. Falks Erscheinung, in Sonderheit sein ausgeblichener Schirm, trug ihm argwöhnische Blicke ein. Er fühlte sich unwohl, und war froh, als es immer weniger Wanderer wurden. Er bemerkte jetzt, wie es zu dämmern begann. Allzumal im Wald wurde es rasch kühl. Vor dem dunkler werdenden Himmel veränderten die Silhouetten der Bäume ihre Farbe von Grün nach Schwarz. Er ging weiter, an einer Gabelung hielt er sich links, immer auf dem Kamm der hier so genannten Steverberge. Der Hunger fing an sich bemerkbar zu machen. Er witterte einen leichten Duft wie von einem Grill, vermischt mit dem Geruch von Erbsensuppe. War erst das Hungergefühl da, oder erst der Geruch, der es bereits auslöste, bevor er sich dessen bewußt geworden war? Bildete er sich ihn gar nur ein? Nein, da sah er durch die Bäume zur Linken in einiger Entfernung Menschen und Fahrzeuge. Blaue Fahrzeuge. Ohne zu denken schritt er quer durch den Wald auf die Lichtung zu, auf der sie geparkt waren. Eine Abteilung des Technischen Hilfswerks, kurz THW, hatte hier offensichtlich ein Lager aufgeschlagen. Beim Näherkommen sah er auch mehrere rechteckige Zelte. „Ein Wandersmann, sieh' an, sieh' an!" Falk wandte sich in Richtung der ihn anrufenden kräftigen Stimme. Sie gehörte zu einem bärtigen Mann mit Augenklappe, der ein Schiffchen auf dem Kopf trug. „So einen wie dich hatte ich auch mal in der Truppe. Sicher auch so'n Studierter!" Falk wußte nicht, wie er sich verhalten sollte. Der offensichtliche Gruppenführer zwinkerte mit seinem verbliebenen Auge. „Ich wette, Du schiebst mächtig Kohldampf. Komm', iß dich erstmal satt." Er wandte sich zum an einer Gulaschkanone stehenden Koch: „Herbert, füll' dem Jung mal ordentlich auf." „Bier kriegt der aber keins", frotzelte der Koch, um ihm dann doch eine Flasche sauerländischen Pilses zuzuwerfen. Mehrere Männer, ähnlich blau gewandet wie ihre Autos, näherten sich ihm. Einige nickten ihm mit Leidensmiene zu und outeten sich auch als Studenten, die ihren Ersatzdienst ableisteten. „Der Chef ist selbst Studierter. Die anderen sind meist Handwerker oder Arbeiter, aber eigentlich alle echt schwer in Ordnung." Einer der Handwerker kam jetzt auf ihn zu und schlug seine Flasche gegen die seine. „Prösterchen, ich bin der Paul." „Na, ich heiße Falk." „Aha. Falk. Sag' Falk, wie lange willst Du denn heute noch wandern?" Paul zog schelmisch eine Augenbraue hoch. Falk merkte, daß es fast dunkel war. Die Flammen eines in einen Steinkreis gebauten Feuers schlugen hoch und machten den verlegenen Ausdruck auf seinem Gesicht überdeutlich. Hätte er doch im Heu nach Nottuln fahren sollen und in einem Gasthaus übernachten sollen? Oder ob man in dem Restaurant am Parkplatz schlafen konnte? Es blieb sich letztendlich gleich, denn er fühlte, daß er keinen Schritt mehr gehen konnte. Der Rucksack rutschte von seinen Schultern. „Bleib' mal bei uns!" meinte der Chef väterlich. Er streckte ihm die Hand entgegen. „Michael heiß' ich". Er deutete auf die zusammengerollte Iso-Matte an Falks Rucksack. „Darauf kannst Du's dir ja später in dem hinteren Zelt gemütlich machen. Da ist noch Platz." Von dem Angebot sollte er bald Gebrauch machen, denn er war hundemüde. Die Frotzeleien über angeblich mangelhafte Trinkfestigkeit von Studenten ließ er gern über sich ergehen, er wußte es besser, und konnte gespielt unterlegen grinsen. Auf der Matte liegend blieben ihm nur wenige Momente bis zum Einschlafen. Die hastig hereingelöffelte Erbsensuppe aus der Gulaschkanone hatte köstlich geschmeckt, lag nun aber etwas schwer im Magen. Er fand, daß er für seinen ersten Tag schon recht weit gekommen war. Um sich zu bestätigen, suchte er im Rucksack mit der Taschenlampe nach der Karte, fand aber nur ‚Deutschland Mitte'. Inklusive der Traktorfahrt hatte er sich auf dieser nur zwei Zentimeter bewegt. Münster war als gelber Fleck noch bedrohlich nah. Er beschloß, den Weg gleichwohl lang zu finden. Es war wohl alles relativ.

Am nächsten Morgen wachte er sehr früh auf, und entschied, sich gleich davon zu machen. So geräuschlos wie möglich packte er seine Sachen zusammen; einmal schreckte ein THW-Kamerad halb hoch, sah ihn verständnislos und abwesend an, und fiel dann wie ein Stein wieder zurück auf die Luftmatratze. Falk nahm ein Stück Pappe und schrieb mit Holzkohle aus dem erkalteten Feuer in Großbuchstaben ‚DANKE' darauf, und beschwerte dieselbe mit einer leeren Bierflasche auf der Gulaschkanone. Bald war er an eine breitere Strasse gelangt. Über sie hinweg sah er in mittlerer Ferne einen Turm, der wiedergefundenen Rad- und Wanderkarte Münsterland zufolge mußte es der Longinusturm sein, und so gepeilt würde auch diese Straße nach Nottuln führen. Also doch Nottuln. Bald kam er an den Steverbach, wo er sich am Teich einer der zahlreichen Wassermühlen erst einmal gründlich wusch und das Gefühl los wurde, eine wandelnde Grillparty zu sein. Nottuln überraschte ihn mit vielfältigen Spuren der Vergangenheit. Unübersehbar im Ortskern die spätgotische Hallenkirche St. Martin lag, die über die Kirche eines der ältesten Damenstifte gebaut worden war, von dem nur noch der Westturm als Kapelle erhalten war. Auf einer Tafel las Falk, daß hier erst 1978 die Gebeine Heriburgs, der Schwester des Bistumsgründers St. Ludgerus entdeckt worden waren. Er merkte, daß seine Beine schon wieder müde wurden, und als er an einem Fahrradgeschäft mit der Werbung ‚Radverleih' vorbeikam, wurde er schwach. Bevor er eintrat, stellte er den Rucksack an eine Bank auf der anderen Straßenseite. Er mußte eine kleine Kaution hinterlegen, nach dem Personalausweis wurde nicht gefragt. Falk wußte selber nicht, was ihn ritt - so etwas hatte er noch nie zuvor getan- aber er trug einen Phantasienamen in die Verleihliste und zahlte die Gebühr für einen halben Tag. „Mittags haben wir zu, es reicht also bis zwei", meinte der Verleiher. „In Ordnung!" Er wartete, bis der Mann wieder in sein Geschäft gegangen war, wechselte dann auf die andere Straßenseite, schulterte den Rucksack und radelte in der nächstbesten Richtung davon. Gehöfte und Dörfer, eingebettet in sanft geschwungene Weiden und Felder, rollten vorbei. Immer häufiger lagen in der welligen Parklandschaft auch Herrensitze und Wasserschlösser. Falk hatte beschlossen, für längere Zeit gar nicht auf irgendwelche Karten zu schauen, sondern sich einfach nur treiben zu lassen. Mal fuhr er auf asphaltierten breiteren Straßen, dann wieder auf zum Teil rauhen Feldwegen. Das letzte Mal hatte er um halb zwei auf die Uhr geschaut, und schon da gewußt, daß eine pünktliche Rückgabe unmöglich sein würde. Rückgabe! Er hatte doch von vornherein gar nicht daran gedacht.

Er beruhigte sein Gewissen etwas damit, daß er das Rad ja nicht wirklich stehlen würde, er brächte es ja vielleicht zurück oder würde jedenfalls für sein Wiederauffinden sorgen.

Irgendwann war es wieder flacher, und er fand sich in einer Gegend, die sehr isoliert schien. Zuletzt hatte er noch einen Schuppen gesehen, dann gar nichts mehr. Die Waldstücke schienen sich zu vergrößern, und selbst die Felder und Wiesen dehnten sich in einen tiefen und menschenleeren Raum. Die Luft flimmerte, dazu wurde es schwül. Falk fuhr langsamer, sprang schließlich vom Sattel und bremste eher mit den Füßen als durch das Betätigen der Bremshebel. Er schaute sich um, alles wirkte wie gelähmt. Man hörte keinen Vogel, nichts. Doch plötzlich, kaum zehn Meter hinter ihm, rauschte etwas im Gebüsch. Fast schrak Falk ein wenig zusammen, er sah, wie dort etwas Helles, Größeres gleichsam schwebte. Und dann trat eine junge Frau in einem weißen Kleid aus dem Strauchwerk auf den Weg. Falk atmete erleichtert auf. Brünette, schulterlange Haare umrahmten ein blasses ovales Gesicht, in dem die wasserblauen Augen ebenso bemerkenswert waren wie die schmalen ungeschminkten Lippen. Sie kam ein paar Schritte auf ihn zu, blieb dann stehen und hielt mit der rechten Hand einen Wildblumenstrauß wie zum Schutz vor sich. Legte den Kopf ein wenig zurück und sah ihn mit prüfendem Blick an. Nach einiger Zeit entspannte sie sich und sagte: „Du bist ein Guter!" Sie ging jetzt dichter an ihn heran, sah ihn fast keck an. Fast kam sie ihm ein wenig naiv vor, gleichwohl drückten ihre Augen eine gewisse Schwermut aus. „Ich bin Radwanderer", sagte er und fand im gleichen Moment, daß das furchtbar blöd klang. „Irgendwie habe ich mich, glaube ich, verfahren. Also, genau weiß ich nicht mehr, wo ich bin." „Die Gegend heißt hier Nebelberg. Nebel gibt's aber mehr im Herbst. Jetzt im Sommer ist's eher dunstig. Hast Du Durst?" Falk nickte. Dann komm' mal mit. Nicht weit voraus ging nach rechts ein schmaler Pfad ab, der eng von Buschwerk, das ihn zum Teil bogenartig überspannte, umschlossen war. Es war zu eng, um nebeneinander gehen zu können. So schob er das Rad hinter ihr her, und war von der Anmutigkeit ihres leichten Gangs betört. Irgendwann öffnete sich der Tunnel-Pfad in eine Lichtung, dahinter begann eine große Wildwiese, aus der sich zwei große Gebäude erhoben. Eines präsentierte den Giebel, das andere stand quer dazu und grüßte mit einem riesigen rot leuchtenden Dach. Zur bäuerlichen Anlage gehörten noch Scheunen, Speicher und eine Wagenremise. Mittendrin stand ein großer hell gemauerter Brunnen mit einer überdachten Winde. „Das ist das Haus vom Lichtbrunnen.

"Und ich bin die Mathilde." Sie schlug die Augen nieder. „Mathilde Gräfin vom Lichtbrunnen. Aber Mathilde reicht." Falk verneigte sich ehrerbietig. „Gestatten, Falk von Fürstenberg." „Ach komm', Du willst mich hochnehmen. Ich heiß' wirklich so!" „Na, ich auch!" „Wirklich?" Ihre blauen Augen leuchteten. Falk sah sich um, glaubte bald, daß ein Hof für das Münsterland kaum typischer sein konnte. Das Wohn- und Bauernhaus lag zurückgesetzt auf einer Gräfteninsel. Es war allerdings nicht wie oft üblich aus Fachwerk, sondern aus Stein gebaut und verklinkert. „Wer wohnt denn hier so mit dir?" Mathilde schwieg einen Moment, sah ihn wieder prüfend an. „Das ist das Problem. Ich bin hier ziemlich allein. Seit mein Vater die Schweinehaltung aufgegeben hat, na ein paar haben wir noch, die sind echt süß, ist er immer viel unterwegs, so als landwirtschaftlicher Berater. Meine Geschwister sind weggezogen, jetzt haben wir viel Fläche verpachtet. Obstanbau und Milchkühe." Sie zog ihn am Ärmel in die geräumige Küche des Wohnhauses. Goß ihm selbstgemachten Apfelsaft ein, machte ihm ein Schinkenbrot und stellte frische Erdbeeren und Kirschen dazu. „Und deine Mutter?" Mathilde zuckte zusammen. „Die starb, da war ich noch ganz klein." Sie schaute einen Moment aus dem Fenster, wie in die Ferne, dann sah sie Falk angestrengt an. „Einmal die Woche kommen noch die Gärtner, ohne die würd' ich das gar nicht schaffen. Komm', ich zeig' dir den Hof!" Sie führte ihn durch die gewaltigen Anlagen, wunderbar eingerichtete Zimmer mit großen Fenstern, offenen Kaminen, gediegen ausgestatteten Bädern. Auch zu den Schweinen gingen sie noch. Auf dem Weg dorthin bemerkte Falk unweit des Brunnens zwei etwa rabengroße Vögel, deren blaues Gefieder in der Sonne glänzte. Ein auffallend hübsches Pärchen. Er konnte sich nicht erinnern, diese Art schon einmal gesehen zu haben.

Bei den Schweinen im Stall handelte es sich fast ausnahmslos um Jungtiere. Mathilde nahm ein Ferkel heraus und legte es ihm auf den Arm. Es war in der Tat sehr süß. Und quietschvergnügt. Jedenfalls quietschte es. „Vielleicht hat es auch Angst?" „Ach wo!" Mathilde schüttelte den Kopf. Im gleichen Moment wurde Falks größte Befürchtung wahr: das Schweinchen machte ihm auf die Jacke. „Oh Schreck, sofort aus damit!" Sie nahm ihm das Ferkel aus der Hand, setzte es zurück und half ihm, die Jacke auszuziehen. Rollte sie zusammen, lief zum Wohnhaus zurück in den Waschkeller. Er folgte ihr. „Und Du mußt duschen", befahl sie, während sie die Waschmaschine einschaltete. Sie geleitete ihn ins Bad. ‚Eigentlich ein hübsches Mädchen', ging es ihm durch den Kopf, doch Mathilde verzog sich und überließ ihn allein seinen Phantasien. Nach dem Duschen ging er mit feuchten Haaren, die in diesem Zustand noch länger schienen, wieder in die Wohnküche. „Die Jacke ist schon im Trockner!" rief sie fröhlich. Dann setzte sie sich an den Tisch, und jäh verfinsterte sich ihr Ausdruck. „Falk, Du..." „Ja?" „Falk, ich habe Angst. Seit einigen Tagen..." „Jaaa?" „Seit einigen Tagen schleicht abends immer irgendetwas, nein, irgendjemand um das Haus." „Weißt Du denn, wer das ist?" „Nein, aber ich glaube, jemand lauert mir auf." „Ach, das meinst Du doch nicht wirklich!" „Doch, ich glaub', der will mir was tun." „Ja hast Du denn schon die Polizei informiert?" „Ach, die glauben mir doch sowie nicht. Und bis die hier sind..." „Ja, und was soll ich jetzt tun?" „Vielleicht bleibst Du hier und paßt einfach auf mich auf." Falk ging ein Licht auf. Also daher wehte der Wind. Sicher war Mathilde einsam, und so allein da draußen waren die Sinne leichter irritiert, die Phantasie schnell überhitzt. Da kam er ihr recht als eine Art großer Bruder. Die Rolle paßte ihm nicht. „Ist meine Jacke jetzt trocken?" „Jaaa..." Sie stand langsam auf, holte sie. „Kannst Du wirklich nicht bleiben? Wenigstens für eine Nacht?" „Nein, vielen Dank für das Angebot. Aber ich muß weiter." „Warum denn?" „Ich habe einen wichtigen Auftrag" - Falk unterbrach sich selbst, weiter durfte er nicht reden. „Was denn?" Sie sah, daß er nicht reden wollte. „Ja, wenn es gar nicht geht, dann mußt Du wohl weiter." Er stand auf, sie half ihm in die Jacke und dabei, den Rucksack aufzusetzen. Bevor er mit dem Rad wieder in Richtung des Gebüschtunnels schob, hielt sie ihn bei den Schultern, sah ihm klar in die Augen, und küßte ihn kurz auf die Wange. „Ade!" rief sie. „Auf Wiedersehen!" Er fühlte sich mit einem Mal unsäglich schlecht, und je weiter er sich entfernte, desto schlechter. Mathilde hatte noch eine kurze Weile dagestanden und ihm nachgeschaut, dann hatte sie sich umgedreht und war zum Haus zurückgegangen.

Als er auf den Weg kam, stellte er das Fahrrad kurz ab, und ohne zu wissen, warum er dies tat, zog er einen großen Ast an die Böschung, so als wolle er den völlig unauffälligen Eingang zum Gebüschtunnel markieren. Danach hatte er das Rad zuerst geschoben, er wußte selber nicht, warum. Vielleicht hatte er sich so geräuschlos wie möglich entfernen wollen. Das Wort ‚davonstehlen' kam ihm in den Sinn, er verwarf es aber. Von was denn? Er hatte doch keine Verpflichtung zu irgendetwas. Merkwürdig, wie dämmerig es schon wieder geworden war. Die Zeit auf dem Gräftenhof war wie im Fluge vergangen. Dennoch schien es ihm, daß er so lange nun auch wieder nicht dort zugebracht hatte. Er radelte jetzt langsam, die

Räder drehten durch den von kleinen Schottersteinen durchsetzten Staub. Höchstwahrscheinlich gab es diesen Mann, oder dieses etwas, was Mathilde so bedrohlich schien, überhaupt nicht. Er seufzte, und bemühte sich, seine Konzentration auf den Weg zu lenken. Er hätte das Licht schon einschalten können, aber es war ein dynamobetriebenes, was einen gerade auf schwierigerem Untergrund enorm abbremste. Da nahm er plötzlich einen kleinen schwarzen gewundenen Zweig vor sich wahr, nein, er bewegte sich, es war eine Schlange! Fast instinktiv trat er mit voller Kraft in den Rücktritt, das Hinterrad blockierte, rutschte seitlich weg, fast wäre er gestürzt. Staub wirbelte auf. Die Schlange, eine Kreuzotter, wie er jetzt sah, schien selbst von der Kommotion erschreckt. Einen Moment war sie wie erstarrt, dann wandte sie ihren Kopf in seine Richtung. Ihm war, als schaue sie ihn direkt an. Dann setzte sie ihre Traverse des Weges fort und war in Sekunden im Gebüsch verschwunden. Falk hielt inne. Es war völlig still. Er schaute zum Himmel, an dem neben einem fast vollen Mond schon einige Sterne aufgezogen waren. Irgendwo knackte es leise im Unterholz. Er lauschte, kniff die Augen zusammen und versuchte durch die schwarzen Bäume und Sträucher zu spähen. ‚Weiter', dachte er, doch im gleichen Moment war ihm, als höre er einen Schrei, sehr fern und deshalb schwach. Wieder Stille. Nein, nun eindeutig: da rief jemand, schrie, und das nicht nur so, es war ein Hilferuf. Mathilde! Ein Schauer lief über ihn, wäre er ein Tier gewesen, so hätten sich seine Rückenhaare aufgestellt. Seine Lippen bebten. Er riß das Fahrrad herum und stieg in die Pedale. Schottersteinchen spritzten von den Rädern. Er schaltete trotz der größeren Anstrengung den Dynamo ein um nicht zu stürzen. Schatten huschten vorbei. Die Schreie wurden lauter, schließlich konnte er einzelne Worte identifizieren. „Nein, neiiin – laß' mich los, Hilfeee", konnte er identifizieren. Das Herz schlug ihm bis zum Hals. Unmittelbar vor dem Ast, den er als Marker zum Eingang in den Buschtunnel an den Wegrand gelegt hatte, stürzte er. Ein Schlagloch. Ohne zu merken, daß er sich nicht nur die Hose, sondern auch das Knie aufgerissen hatte, sprang er gleich wieder auf, warf das Rad in die Böschung, und rannte mit dem Stockschirm in der Hand den Pfad hinauf. Als er auf das Gehöft zukam, lief er nach rechts in Richtung der jetzt gellenden Schreie. Er konnte keinen Pfad sehen, bahnte sich mit dem Schirm einen Weg durchs Dickicht. Mathilde schrie um ihr Leben. Da sah er sie auf einer kleinen vom Mondlicht erhellten Lichtung. Mathildes zerrissene Kleidung verdeckte kaum ihre Blöße. Über ihr war ein schwerer, untersetzter, ja kleiner Mann, trotz der

Dunkelheit konnte Falk wirre ungepflegte Haare und sehr große Hände ausmachen, mit denen der Unhold seinem Opfer zusetzte. Ohne zu Zögern schwang Falk seinen Schirm wie einen Degen, wie sehr wünschte er sich, er hätte seinen Wilkinson-Säbel in der Hand gehabt. Die Stockspitze traf den Unhold am Hinterkopf, dieser drehte sich und bekam gleich den nächsten Hieb diagonal an seine rechte Schläfe. Mehr überrascht über die Störung als sich wirklich angegriffen fühlend richtete er sich langsam auf. Dies nutzte Falk zu zwei weiteren blitzschnellen Schlägen durchs Gesicht. Er wunderte sich für Sekundenbruchteile, daß er keinerlei Hemmung empfand. Erst jetzt hob der Zwerg langsam die Hände weg von seinem Geschlecht, das er wohl für schützenswerter erachtete, und wo er außerdem vergeblich darum bemüht war, seine Hose zu schließen. Weitere Hiebe prasselten auf ihn nieder, als er die Hände vor sein häßliches Gesicht preßte. Er taumelte, Mathilde kroch zur Seite. Falk setzte mit einem Stich in die Rippen nach. Der Zwerg stieß einen gutturalen Laut aus, hielt sich die Stelle des Treffers, wankte kurz nach vorn, dann nach hinten, wobei sich sein linker Fuß in einem Dornenzweig verfing. Dann schlug er der Länge nach nach hinten. Dabei gab es ein merkwürdig knirschendes Geräusch. „Oh ja!" entfuhr es tief dem Unhold. Dann lag er still. Falk näherte sich vorsichtig, den Schirm vor sich haltend. Er erwartete eine Falle, doch der Zwerg lag regungslos. Das Mondlicht spiegelte sich in seinem gebrochenen Auge. „Ist er tot?" fragte Mathilde. „Es scheint so." Falk kniete sich hinter den Kopf des Gefällten und hielt seinen Schirm mit beiden Händen über dessen Hals, um eine unerwartete Reaktion abwenden zu können. Doch der Unhold atmete nicht mehr. Als Falk sich aufrichtete, faßte er in eine dickliche Flüssigkeit. Jetzt sah er, daß der Zwerg mit dem Kopf auf einen Stein geschlagen war. „Ja, der ist hin." Mathildes Lebensgeister gewannen wieder die Oberhand. Sie richtete sich mühsam auf, suchte sich vergeblich mit der zerrissenen Kleidung zu bedecken. Falk gab ihr seine Jacke, in die sie sogleich schlüpfte. Er wagte nicht, sie zu berühren, doch sie kam auf ihn zu, am ganzen Leibe zitternd. „Halte mich, halt' mich ganz fest! Bitte!" Er nahm sie fest in den Arm. Sie standen eine Weile. Langsam begann Mathilde ruhiger zu atmen. „Ich danke dir. Du hast mich gerettet. Das werde ich dir nie vergessen." Falk hielt sie einfach, strich ihr über das Haar. „Wir müssen das Schwein wegschaffen!" „Das Monster, mit meinen Schweinen hat er nichts gemein!" „Willst Du nicht erst ins Haus?" Sie schüttelte den Kopf. „Ich gehe keinen Schritt ohne dich." Sie überlegten zuerst, die Leiche in der Gräfte am Haus zu versenken, dann, sie ins Silo zu schaffen. Schließlich entschied sich Falk fürs Vergraben. Sie holten eine Leinenplane, auf die sie den Körper des Zwerges legten, so war es einfacher, ihn noch tiefer in den Wald zu ziehen. Im Schein einer Taschenlampe schaufelten sie beide, sicher nicht tief genug, aber ausreichend. Ein Hauch von Triumph lag in Mathildes fleckigem und zerkratztem Gesicht, als sie die Grube zuwarfen. „Und jetzt müssen wir feiern!" Falk reagierte irritiert. „Warum soll man feiern, daß man jemanden getötet hat?" Ihm war jedenfalls ganz und gar nicht nach Feiern zumute. Sie verstreuten Laub und Zweige auf der Grube, nahmen dann die Plane mit zum Haus. „Ich werde sie morgen verbrennen", meinte Mathilde. Falk holte noch seinen Schirm, verwischte dabei auch die Spuren am Ort des Geschehens. Nie hätte Falk geahnt, daß er sobald wieder an der Eckbank in der großen Küche des Bauernhauses sitzen würde. Mathilde war nach oben gegangen, um sich zu duschen und halbwegs wieder herzurichten. Falk war über ihre ungeheure innerliche Kraft erstaunt. Die meisten Menschen würden wohl unter dem Entsetzen des physischen und psychischen Schmerzes in sich zusammensinken. Er stand auf, und lauschte an der Treppe. Mathilde lachte, aber es klang leicht hysterisch. Dann weinte sie auf einmal, schluchzte. Die Dusche wurde abgedreht. „Falk!" rief sie, mit einem seltsamen Gemisch aus Bestimmtheit und Unsicherheit. Er ging die Treppe hinauf, die Tür war nur angelehnt. Er schob sie weiter auf. Da stand Mathilde nackt vor ihm, er schrak zurück. Ihre Haut war hell, umso klarer traten die verschiedenen Blutergüsse und Kratzer auf ihrem sehr schlanken Körper hervor. Sie sah ihn mit ihren tiefen blauen Augen an. „Ich gehöre dir. Du kannst mich nehmen." Falk schritt auf sie zu. „Du bist sehr schön." Er legte ihr großes Badetuch um sie. „Aber das kann ich nicht tun." „Wenn Du das meinst, der Unhold ist nicht ganz zu seinem Ziel gekommen..." Falk atmete erleichtert auf. „Wie gut! Trotzdem - ich kann nicht." Mathilde legte den Kopf schräg. Eine Träne lief ihr aus dem Augenwinkel. „Ich gehöre dir. Und nur dir!" „Das mußt Du nicht. Jeder andere hätte dich in meiner Situation auch gerettet." „Aber nur Du warst da." Sie sank auf den Badewannenrand und schluchzte. Er setzte sich neben sie und legte den Arm um ihre Schulter, sie lehnte ihren Kopf an ihn. Ob er denn neben ihr liegen könne, einfach nur so, in der Nacht. Das hatte er nicht abschlagen können. Er duschte selbst, dann gingen sie ohne Essen zu Bett, tranken aber vorher noch still ein Glas Wein, jeder verloren in seinen Gedanken. Sie war in einem leichten Bademantel, er in Unterwäsche. Bald kroch sie an ihn heran, hielt sich an ihm fest. Der Mond schien ins Zimmer. Sie war eingeschlafen, hatte sich ein wenig zur Seite gedreht, wobei sich der Bademantel geöffnet hatte. Der weiße Körper leuchtete, Falks Blick fiel auf die kleinen, sanft geschwungenen Brüste. Mathilde stöhnte leise im Traum, streckte den Kopf in den Nacken. Die schmalen Lippen waren leicht geöffnet. Er merkte, daß das Mädchen nun doch eine Wirkung auf ihn ausübte, mit der er nicht zurecht kam. Er drehte sich um, starrte an die Wand, und war bald eingeschlafen.

Am nächsten Morgen wurde er von Geklapper in der Küche geweckt, Kaffeeduft zog durchs Bauernhaus. Erst jetzt fiel ihm siedendheiß ein, daß das Leihfahrrad mitsamt seinem Rucksack noch am Feldweg liegen mußte. Sofort war er in der Küche, und sah dort zu seiner Erleichterung den Rucksack auf der Eckbank. „Guten Morgen, mein edler Retter!" Mathilde war in einem frischen weißen Kleid mit roten Tupfern. Sie kam auf ihn zu, drückte ihn innig und gab ihm einen Kuß auf die Wange. Hab' mir gleich gedacht, daß da noch was fehlte, als ich heute aufstand. Ich hab' das Fahrrad auch in den Wald gezogen. Bin ja immer früh auf, ich glaub', es ist noch niemand vorbeigekommen." „Na hoffentlich." Er wollte sich am Knie kratzen und merkte, daß dort ein Pflaster klebte. „Danke!" Er lächelte sie an. „Du mußt trotzdem erst mal weg. Man kann ja nie wissen..." „Und Du? Du solltest zum Arzt!" „Ach wo, mir geht es schon viel besser. Und jetzt wird mich niemand mehr belästigen." „Keiner von beiden erwähnte das Wort ‚Polizei'. Sie hatte augenscheinlich vorher nicht kommen wollen, wenn Mathilde sie wirklich um Hilfe gebeten haben sollte. Wozu jetzt? Endlose Gespräche, ja, Verhöre. Nichts konnte ihnen beiden in irgendeiner Weise nutzen. Wenn man Falk die Notwehr nicht glaubte?" Er zog sich rasch frische Sachen an. Sie aßen schnell, aber nicht zu hastig. Der Schinken schmeckte göttlich, die selbstgemachte Marmelade war ein wunderbarer Abschluß. „Das Fahrrad hat eine Acht, ich weiß nicht, wie weit Du damit kommst." Mathilde brachte ihn zum Buschtunnel, an dessen inneren Anfang das Fahrrad versteckt war. „Ob es dir paßt oder nicht. Ich gehöre dir." Sie wies hinter sich. „Und das alles hier dazu. Ich werde auf dich warten. Kein anderer soll mich haben." Falk schluckte. „Ich melde mich bei dir. Ganz bestimmt." „Ganz bestimmt?" Sie legte ihren Kopf zurück und sah ihn mit ihren hellen klaren Augen an. „Sicher!" Am Weg drückte sie ihn noch einmal, und küßte ihn flüchtig auf den Mund. Er stieg auf und radelte schwerfällig los. Einmal hielt er noch kurz und drehte sich um. Sie winkte. „Ich liebe dich!" Er winkte zurück. Dann trat er wieder in die Pedale. So schieden sie zum zweiten Mal.

12. Jannifer und Lance gehen nach Amerika

Squid war noch einmal vorbeigekommen. Von ihrem vorher vielleicht der Überraschung geschuldetem Verständnis war nichts mehr zu spüren. Sie rastete völlig aus. Die Band aufs Spiel zu setzen. All die gemeinsame Arbeit. Ob sie nicht an die anderen denke. Alle hätten daran geglaubt. Die nächsten Auftritte vor der Tür. Womöglich eine Karriere als Profimusikerinnen. Und nun würde sie alles kaputt machen. In ihrer Rage hatte sie kurz auf Jannifer eingeprügelt, sich dann auf Knien bei ihr entschuldigt. Schließlich hatte man gemeinsam etwas geheult, dann Whisky getrunken, dann ‚The Doors' aufgelegt (warum wußte man nicht, vielleicht lagen sie gerade nur so herum), dann wieder geheult und noch mehr Whisky getrunken. Dann auch endlich etwas gelacht. Bei ‚Moon of Alabama' grölten sie mit: „Please show me the way to the next whisky bar, oh, don't ask why, oh, don't ask why!" Squid sagte: „Brecht", Jannifer entgegnete: „Weill". „Morrison". „The Doors". Sie erfrauten sich. Bei den ‚Männern, die zum Frühstück bleiben' durfte man sich nicht so gehen lassen. Jannifer hatte versprochen, wirklich nicht lange weg zu bleiben, und außerdem, gewissermaßen als Emissärin, vielleicht schon mal ein paar Gigs in Amiland klar zu machen. Squid versprach, die anderen entsprechend zu beruhigen.

Mit Lance war es auch eher streßig gelaufen. Irgendwie hatte er sich Washington in den Kopf gesetzt, wahrscheinlich nur, weil es so nah an New York lag. Jetzt war er erstmal sauer, weil dies nicht klappte, und obwohl absehbar und so vorbesprochen, Jannifer ohne ihn auf die Reise gehen wollte. Vielleicht war er auch etwas neidisch, daß sie vor ihm eine klare Perspektive hatte und sofort tatkräftig umsetzte. Er war zuletzt jedenfalls immer schlechter drauf, meinte, sie schöbe die Konzentration auf die Suche um Arthur nur vor, um Abstand von ihm zu gewinnen. Jannifer hatte beteuert, daß dies nicht so sei, in ihrem tiefsten Innersten aber fühlte sie etwas, daß ihm vielleicht recht gab. Sie liebte ihn, aber die Sorge um Arthur wurde zuweilen schier übermächtig. Zudem wähnte sie sich hilflos, wußte nicht, wo und wie sie mit dieser Suche beginnen sollte. Sie war sich indessen sicher, daß sie wieder mit Lance zusammenstoßen und daß sie auch wieder gut miteinander zurecht kommen würden.

Ihr Vater war in der letzten Zeit sehr bemüht um sie gewesen. Zum ersten Mal seit langer Zeit hatte er das Gefühl, etwas Gutes für seine Tochter tun zu können, oder eher, etwas an ihr gut machen zu dürfen. Jannifer war noch zu jung oder zumindest zu unerfahren um die Bedeutung der Beziehungen ihres Vaters begreifen zu können, die ihr innerhalb kürzester Zeit einen Praktikumsplatz im Metropolitan Museum, das dafür notwendige Visum und eine Unterkunft in Fußnähe verschafften. Ihr Bruder Fabian, mit dem sie noch kurz telefoniert hatte, hatte das wohl schon eher verstanden. Er war ganz begeistert von der außergewöhnlichen Gelegenheit, und wünschte ihr alles erdenklich Gute. Leider hatte er wie immer, seit er Redakteur bei einem Nachrichtenmagazin geworden war, nur wenig Zeit gehabt.

So saß sie im Flugzeug, das, in Frankfurt gestartet, nun fast schon den ganzen Atlantik überquert hatte. Die Flugbegleiter bereiteten bereits alles für die Landung vor, auf den Monitoren wurde das richtige Verhalten beim Durchschreiten des Immigrations-Bereichs demonstriert. Manche Mitreisende schauten gähnend aus dem Fenster. Vielfliegende Geschäftsreisende, Amerikaner oder Greencard-Besitzer. Deutsche Touristen mühten sich durch die von ihnen auszufüllenden grünen Fragebogenkarten. Eine 11jährige fragte ihre Mutter, was es heiße, ob sie in Verbrechen des Naziregimes und seiner Verbündeten involviert gewesen sei. Zwei Teenager forderten sich gegenseitig auf, ihre Geisteskrankheit doch auf dem Formular zu bekennen. Eine alte Dame wandte sich besorgt an die Stewardess, um herauszufinden, ob ihre Herzmittel als Drogen eingestuft werden konnten. Sie wurde mit Mühen beruhigt. „Kreuz' doch mal einfach irgendwo ‚Ja' an, und sieh' was passiert. Zum Beispiel hier!" Einer der Teenager kreuzte auf der Karte des anderen an, daß dieser schon einmal strafrechtlich verurteilt worden sei. „Du Blödmann!" schrie der andere. Eine neue Karte mußte her, wie übrigens bei einem Drittel der Erstflieger. Vor Nervosität verschrieben sich die Leute oder setzten Informationen in falsche Zeilen. Gutmütig verteilten die Flugbegleiter neue Karten, sie waren ja darauf eingerichtet und hatten stapelweise welche an Bord. Jannifer sah aus dem Fenster. Schon kam Land in Sicht, überall von Buchten und Armen durchsetzt. Rhode Island? Sie schaute auf die Landkarte im Flugmagazin. Keine rechte Ahnung. Die Zeit war wie im Fluge vergangen. Wenn man daran dachte, wie lange früher die Menschen übers Meer reisen mußten, und nun war das eine Sache von acht Stunden. Schon recht nah am Beamen. Für sie jedenfalls, oder relativ gesehen, wohl auch insgesamt. Bald setzte der Jet zur Landung auf dem buchtseitigen Runway des John F. Kennedy Airports an. Mit einem Ruck setzten die Räder auf, die Erstflieger klatschten begeistert und anerkennend, freuten sich, daß sie lebendig angekommen waren. Sie hielten es gar nicht für möglich, daß die Piloten ihren Applaus überhaupt nicht hören konnten. Auch nicht, daß diese tagtäglich über ein ganzes Berufsleben hinweg solche Landungen durchführten. Und dabei stets schon aus striktem Eigeninteresse selbst überleben wollten. Jannifer klatschte kurz mit, gab aber auf, als sie die mildtätigen bis genervten Blicke der Geschäftsreisenden, besonders solche über Lesebrillen hinweg gesendete bemerkte. Als sie aus dem Flugzeug stieg und in die Gangway trat, wurde ihr ganz mulmig. Durch ein Fenster sah sie ein Sternenbanner, ein leichter Wind schickte sanfte Wellen durch das Tuch. Amerika. Sie war da. Hörte ein Traum auf, wenn er begann, Wirklichkeit zu werden? ‚Quit dreaming, baby. This is real life'. In der Schlange vor den Schaltern kam ihr die Simple Minds - Nummer in den Sinn. „Aha. German. What do you want in our country?" Sie erklärte dem um Neutralität bemühten Beamten vermutlich indischer Herkunft kurz ihr Praktikumsvorhaben. Dieser wickelte die Prozedur in keinesfalls übereiltem Tempo ab. „Welcome to the United States. Enjoy your stay!" Als er ihr die Papiere in die Hand drückte, sagte er mit verschmitztem Lächeln: „Ik Bruder in Frankfurt. Deutschland good!" Sie hatte ihrem Vater nichts vom wahren Hintergrund der Reise erzählt, er wußte daher auch nicht, daß sie über eine vergleichsweise gute Finanzausstattung für den Anfang verfügte. Gleichwohl hatte sie wie alle aus der Runde beschlossen, sparsam und damit so lange manövrierfähig wie möglich zu sein. Ihr Vater hatte ihr einen der verschiedenen Shuttle-Services empfohlen. Das würde länger dauern, da die Kleinbusse erst alle Terminals und dann in Manhattan ein Hotel nach dem anderen anfahren würden. Er selbst täte sich das natürlich seit langem schon nicht mehr an. Ein freundlicher junger Mann half ihr, an einer Service-Telefonanlage einen Bus zu bestellen. „Super Shuttle. The Blue Van", sagte er, so als würde er von dieser Firma bezahlt. Der Bus war recht schnell da, aber es dauerte eine Weile, bis er an weiteren Terminals endlich mit so vielen Passagieren vollgestopft war, daß der Fahrer die Tour als lohnenswert empfand. Die Anlage von JFK und die Fahrt auf Manhattan zu überraschten sie durch die Masse von häßlichem Beton. Zuerst ging es den Van Wyck-Expressway rauf, sie suchte sich vergeblich zu orientieren. In Höhe einer Ausfahrt, Liberty Street, sah sie eine Reihe der kleinen Häuschen, wie sie für den Stadtteil Queens typisch waren oder vielleicht eher gewesen waren. Auch in Deutschland ausgestrahlte Serien, von denen natürlich niemand wußte, daß sie bis auf vier oder fünf Außenaufnahmen in Los Angeles gedreht wurden, trugen zur Annahme einer Queens-Idylle bei, die es unter Umständen tatsächlich noch irgendwo gab, jedenfalls nicht hier, auch nicht entlang des Long Island-Expressway, in den der Blue Van nun eingebogen war. Sie sah ein Schild ‚Flushing Meadows', und, Nomen est Omen, hier gab es etwas Grün. Sie erinnerte sich an eine sportliche Bedeutung dieses Namens. Riesige Wohnanlagen dominierten bald das Bild, dazwischen auch Lagerhallen und Betriebe mit großen Flachdächern. Es war Spätnachmittag, die Sonne schickte sich zu sinken an und strahlte direkt in den Bus. Rechts lag ein gewaltiger Friedhof, bald links ein weiterer. Und da gab es endlich einen ersten Blick über den East River hinweg auf die berühmte Skyline, die von hier aus allerdings wohl noch niemand photographiert hatte. Es sah jedenfalls anders aus als auf allen ihr bekannten Bildern. Sie hatte gehofft, majestätisch über eine der großen Brücken in das Herz New Yorks einzufahren, stattdessen tauchte der Bus nach Passieren einer Zollstation in den Queens Midtown - Tunnel, und als er aus diesem herauskam war sie schon am Boden von Hochhausschluchten, die jenseits ihrer bisherigen Vorstellungskraft lagen. Die Begeisterung ebbte bald ab, als genau wie am Flughafen das passierte, was ihr Vater angekündigt hatte. Der Bus fuhr kreuz und quer durch Manhattan, an den angesteuerten Hotels stieg meist nur eine Person aus. Obwohl sie sich noch nicht auskannte, war es ihr, als würden bestimmte Kreuzungen mehr als einmal überquert. Ihr Hotel, wo sie zuerst unterkommen konnte, lag an der 81. Straße auf der Westseite. Sie schöpfte Hoffnung, als sich der Shuttle-Bus bis zur 62. hochgearbeitet hatte, begriff aber gar nichts mehr, als er auf einmal wieder nach Süden fuhr. In Höhe der 39. wollte sie völlig verzweifeln. Doch just da bog der Fahrer in dieselbe ein und hielt auf die Westseite zu, kurvte dann dort langsam nach Norden. Sie zwang sich, das ganze sportlich zu sehen. Eine erste Stadtrundfahrt, quasi im Preis inbegriffen. Immerhin hatte sie schon die Carnegie-Hall erspäht, das Haus der Vereinten Nationen, den Bryant-Park, das MoMA und ein Macy's Kaufhaus, dessen Fassade sie wenigstens aus zwei Spielfilmen kannte. Irgendwo hatte es gewaltig bunt geleuchtet. Das konnte nur der Times Square sein, nun, da würde sie, wie überall, schon noch hinkommen. Die Sonne brach immer wieder durch die Schluchten und versuchte ihre positive Einstellung zu unterstützen. Dennoch war sie etwas verschnupft, als sie fast drei Stunden nach der Landung endlich am Hotel Excellent war. Es lag oberhalb des Parks von Naturkundemuseum und Planetarium an der Ecke zur Columbus-Avenue. Obwohl traditionsreich keine der ersten Adressen, und auf Anhieb kaum jemandem bekannt. Seit geraumer Zeit im Umbau, war es bis auf wenige Stockwerke renoviert. Das Zimmer, das ihr Vater ‚für die erste Zeit' organisiert hatte, lag natürlich in diesem Teil. Der Bekannte ihres Vaters empfing sie herzlich, stellte sich als Vince vor, und teilte ihr mit, er könne sie ein paar Tage unauffällig umsonst mitwohnen lassen, danach müsse er aber eine minimale Gebühr erheben. Gegen seinen Willen selbstverständlich, aber wegen der Mitarbeiter und so weiter. Sie verstand nicht alles, was er sagte, aber er machte den Eindruck, sich ehrlich um sie zu bemühen. Er hielt sie noch an, Stillschweigen über den Sonder-Deal zu wahren, und empfahl ihr ‚Ray's Pizza' gleich um die Ecke für den ersten Hunger. Ihr Zimmer lag im 19. Stock, bei der Fahrt nach oben fiel ihr auf, daß es im Fahrstuhl keinen Knopf für den 13. gab. Ihr Zimmer war etwas verwinkelt, bot aber einen wunderbaren Ausblick – so man die milchigen Scheiben etwas hochschob - über den kleinen Park auf die Silhouette der Stadt. Es war wahrlich abgewohnt, aber das war ihr egal. Immerhin war es ein Hotelzimmer, die Bettwäsche war sauber, es gab einen Fernseher, und aus den abenteuerlichen Armaturen kam Wasser. Was wollte man mehr? Sie machte sich frisch, holte sich bei ‚Ray's' ein Pizzastück, und fiel, kaum daß sie es im Zimmer verzehrt hatte, wie ein Stein ins Bett.

Lance war in der Tat mehr als mißmutig. Nachdem alle Freunde, insbesondere aber auch Jannifer ihre Reisen begonnen hatten, wollte er nicht allein zurückbleiben. Die Suche nach Arthur. Er war daran interessiert, ob die anderen irgendein Konzept dafür hatten. Er hatte keins. Er hatte nur ein Konzept in bezug auf Jannifer. Das hieß Washington. Und es funktionierte nicht. Alle Museen, alle Behörden, alle Medien – niemand konnte ihn gebrauchen. Jedenfalls waren sämtliche Praktikanten-, Volontärs- und Studentenjobplätze vergeben. Als hätte sich die Welt gegen ihn verschworen. Vielleicht war wirklich etwas daran, daß einer der beiden Amerika-Reisenden in den Westen sollte. Da es ihn nicht mehr hielt, beschloß er schließlich und nicht ohne eine gewisse Verzweiflung der Empfehlung seines Stiefvaters zu folgen und nach Fresno zu fahren. Wenigstens für den Anfang. Mürrisch schlug er die Zeitung auf und glaubte seinen Augen nicht zu trauen. In einem Artikel über die Städtepartnerschaften Münsters war tatsächlich dieser Ort gelistet. Wie um Himmels Willen kam Münster zu dieser eigentümlichen Beziehung? Er irrte sich nicht, beim nochmaligen Lesen des Artikels stand der Name ‚Fresno' immer noch da. Na, da sollte man doch was raus machen können. Noch in der Nacht buchte er einen Flug über das Internet, nachdem ihm Ben versicherte, er werde das mit seiner Cousine und dem Motel noch mal defintiv regeln.

Auch für Lance war es der erste Flug nach Amerika. Im Gegensatz zu Jannifer war er aber nach Überquerung des Atlantiks etwa noch mal so lange unterwegs, bis er endlich in San Francisco landete, und dann natürlich noch für das letzte Stück in ein Propellerflugzeug umsteigen mußte. Vom Flughafen nahm er ein Taxi zum Motel, wo Aunt Jamima arbeitete und ihm in einem nicht renovierten Raum in der hintersten Ecke des zweiten Stocks, direkt neben Eismaschine und Cola-Automat, einen Unterschlupf gewähren sollte. Sein Stiefvater hatte wirklich alles bestens vorbereitet, und Aunt Jamima fiel ihm voller Freude um den Hals, drückte und herzte ihn wie einen zurückgekehrten Verlorenen Sohn. Dabei war sie gar nicht seine Tante, keine Schwester seines Stiefvaters, sondern eben dessen Cousine zweiten Grades. Aber jeder nannte sie so, und als Managerin des Motels, das zur Kette ‚Super 9' gehörte, bestand sie auf dieser Anrede. Der Name stand so auf dem Schild am Tresen, und auch auf ihrer Weste. Aunt Jamima war eine stattliche Lady, und fast fürchtete Lance, zwischen ihren gewaltigen Busen zu ersticken. Gerade noch rechtzeitig ließ sie aber wieder los, um ihm einen freunddlichen Klaps auf die Schulter zu geben, der ihn ein wenig zum Straucheln brachte. „Junge, Junge, Du hast wahrscheinlich einen wahnsinnigen Hunger nach der langen Reise! Komm'. Ich habe Pfannkuchen gemacht, futter dich erst mal satt." Sie zog ihn in das Office und tischte auf. Lance mußte sich etwas anstrengen, sie zu verstehen. Äußerlich war ihm das nicht anzusehen, aber er verfügte eben über nicht viel mehr als deutsches Schulenglisch, Oxford-Stil. Das etwas darüber hatte er aus amerikanischen Liedern und von seinem Stiefvater. Es bestand immerhin Hoffnung, da recht rasch reinzukommen. Aunt Jamima knallte eine Sirupflasche vor ihm auf den Tisch. „Gieß' ordentlich drüber!" Lance nahm die Flasche in die Hand und stutzte, bemerkte dann, wie ihn seine neue Tante schelmisch aus dem Augenwinkel beäugte. Da war doch auf dem Etikett tatsächlich eine lachende Schwarze, und darunter stand ‚Aunt Jamima'. „Das ist doch... das gibt's doch nicht", entfuhr es ihm. Die Tante lachte schallend, bog sich soweit nach hinten, daß sie fast das Gleichgewicht verloren hätte. „Meine Marke, mein Junge. Meine Firma, haha! – Ich stehe in jedem Diner auf dem Tisch." Sie fing sich ein wenig. „Na, mein Kleiner, wenn das so wär', stünd' ich wohl nicht hier. Aber ein schöner Zufall, nicht wahr." „In der Tat, tolle

Sache!" „Na, ob meine Eltern das kannten, als ich damals im Delta das Licht der Welt erblickte?" Sie begann einen summenden Singsang: „Down on the bayou, my baby, I was born..." Ob er wirklich satt wäre? Essen spielte eine wichtige Rolle im Tagesablauf der neuen Tante. Richtige Verwandte hatte er genaugenommen wenige, wenige jedenfalls, die ihm etwas bedeuteten. Aunt Jamima dagegen war ihm auf Anhieb so sympathisch, daß er sie sofort in sein Herz schloß. Er erklärte sie für sich ohne Umschweife zur Wahlverwandten. Ob er schon schlafen wolle? Nein, müde fühlte er sich nicht. Ob er die Stadt erkunden wolle? Ohne Auto ginge das allerdings nicht wirklich. Wie eigentlich nirgendwo in den USA. In New York gäbe es eine U-Bahn, hätte man ihr erzählt. Mit so etwas sei das dort unter Umständen möglich. Aber nicht in Fresno. Also in Amerika wirklich insgesamt nicht, jedenfalls nicht in Kalifornien. Einzig aus San Francisco, wo sie im Übrigen noch nie gewesen sei, habe ihr ein alter Freund berichtet, daß dort vereinzelt Menschen zu Fuß gingen oder mit Straßenbahnen führen. Ziemlich unglaubhaft, der Typ sei ohnehin ein Schwindler. Jedenfalls in Fresno ginge es auf keinen Fall. Heute abend noch wolle sie rumtelefonieren, ob irgendjemand was wüßte in Bezug auf ein Auto. Jetzt aber war Tageshochzeit, späterer Nachmittag, ein prospektiver Gast nach dem anderen wurde vorstellig. Lance trat nach draußen, es war sehr heiß und trocken. ‚Wüstenmäßig', dachte er. Eine Gruppe von Arbeitern war gerade mit Werkzeug beladenen weißen Pick-Ups angelandet, man grüßte freundlich. Er wollte einen Verlegenheitssatz über das schöne Wetter formulieren, ließ es dann aber, vielleicht, weil er instinktiv fühlte, daß das Wetter hier wohl mehr oder weniger immer so war. Die Luft flimmerte. Er ging ein wenig an der Durchfahrtsstraße entlang. Tankstellen, andere Motels, Autohäuser, Schnellrestaurants. Einige der letzteren waren ihm aus Deutschland vertraut. Die waren ja international vertreten. Andere kannte er noch nicht, waren wohl eher US-spezifisch. ‚Pollo Loco' zum Beispiel. Was das wohl heißen sollte? Einige Autos verlangsamten ihr Tempo, als sie an ihm vorbeifuhren, die Insassen wendeten erstaunt den Kopf. Er blinzelte, und machte schließlich kehrt. Irgendwie wurde er doch etwas müde. Er ließ sich von der Tante, die gerade an die Nachtschicht übergab, den Schlüssel geben, oder besser die Plastikkarte, die er als Türöffner brauchte. Die Vorhänge waren zugezogen, die Klimaanlage lief. Etwas laut, aber es würde schon gehen. Sein Schlaf war ja an und für sich recht gesund. Er wusch sich, putzte die Zähne und schlüpfte unter die Decke. Wie gut das tat. Ob Fresno ein guter Ausgangspunkt für die Suche nach Arthur war? Nur kurz schweiften die Gedanken zum Schicksal des Freundes, dem er zum ersten Mal seit vielen Tagen nicht die Schuld zur Ferne an Jannifer anlasten wollte. Wie es ihr wohl ging? Vielleicht würde er morgen verabredungsgemäß versuchen, bei Sigune in Köln seine neuen Koordinaten durchzugeben. Vielleicht hätte die schon Jannifers Kontaktdaten, dann könnte er ja bei ihr anrufen. Überrascht stellte er fest, daß die Ankunft in Fresno zu einer gewissen Beruhigung führte. Ja, vielleicht war es doch eine richtige Entscheidung, daß sie sich um der Sache Willen für eine bestimmte Zeit räumlich trennten. Er fiel in einen oberflächlichen Schlaf, in den mal die Eismaschine hineindröhnte, mal eine Cola-Dose herunterpolterte. Als er aufwachte, war es noch dunkel, aber er fühlte sich völlig fit. Jetlag. Das mußte es wohl sein. Mist! Er stand eine Zeit am Fenster, gespenstisch wirkte es draußen trotz der tieforangen Lichtkegel. Er las etwas, zwang sich dann wieder unter das Laken. Zwischen losem Schlummer und Wachen wechselte es im Fünf-Minuten-Takt. So schien es ihm jedenfalls. Als es draußen richtig hell war, schlief er endlich fest ein. Dieses Glück war jedoch nur von kurzer Dauer, denn es klopfte kräftig an der Tür. „Lance, dear, wir haben ein Auto für dich. Komm' raus!" „Ich komme!" Im Nu war er auf den Beinen. Unten stand ein freundlicher älterer Schwarzer in einer Latzhose, die eindeutig manche Jahre harten Werkstattlebens hinter sich hatte. „Ray, das ist Lance. Mein Neffe aus Deutschland!" Aunt Jamima klang stolz. „Lance, Ray!" Ray nahm die Schlägermütze herunter und ergriff Lance' Hand mit festem Druck. „Deutschland, sehr gutt! Ik bei die Army in Wiesbaden, you know. Fein Platz. Gutt Zeit in good old Germany. Mann, ik missen." Er lachte, die weißen Zähne blitzten, und die Augen rollten. Er kratzte sich am Ring seiner kurzen grauen Locken, wischte sich über die Stirn. „Ray hat ein richtig amerikanisches Auto für dich!" Sie gingen vor die Tür, und da stand ein reichlich verlebtes riesiges Schiff, nicht unähnlich den Taxen und Polizeiwagen hierzulande. Allerdings war die Grundfarbe ein schmutzig-dunkles Rot. Es gab ein paar Dellen, die Zierleisten waren nur noch bedingt vorhanden. „Gutt Motor. Akt Zylinder. Lauft for immer." Ray startete den Motor, es krachte kurz, aber dann lief die Maschine in der Tat erstaunlich leise. „Akt Zylinder. Was ich sag!" Aunt Jamima erläuterte, daß Ray Spendenfahrzeuge wieder flott machte und den wohltätigen Zwecken zuführte, für die sie gedacht waren. In unregelmäßigen Abständen rechnete er sich selbst dazu und verkaufte eines privat. Aber immer zu fairen Preisen. „Ford Crown Victoria." Ray ließ jedes Wort wie einen Hammer fallen.

„Per Wort 500 Dollar. Was sagst Du?" Aunt Jamima stieß ihm in die Seite. Sie hielt das für einen sehr guten Deal. „Ja, der ist doch sicher durstig?" Ray machte eine abwiegelnde Geste. „Hat ein groß Tank. Sprit ist billig hier." Indem zog ein Abschleppwagen auf den Parkplatz, und Ray rief: „Gib Geld zu Aunt Jamima!" Dann krabbelte er auf den Beifahrersitz des Abschleppwagens, und dieser brauste davon. Aunt Jamima atmete auf. „So, jetzt hast Du ein Auto. Park das mal, und dann aber Frühstück!" Schon die wenigen Meter auf dem Parkplatz überzeugten Lance. Die Schaltung war am Lenker, er hatte sie einen kurzen Moment suchen müssen. Natürlich Automatik, das kannte er gar nicht. Das Auto schwebte mühelos in eine der angezeichneten Parkbuchten. Ohne Wagen ginge es hier wirklich nicht. Also, gekauft. Das Geld würde er Aunt Jamima geben, die sollte das mit Ray regeln. Der Kaffee duftete wunderbar, schmeckte aber nicht ganz so gut. Aber er war okay. Es gab Bagels mit Cream Cheese und Marmelade, Donuts, und verschiedene Frühstücksflocken mit Milch. „Continental!" dröhnte die Tante. „Ganz wie bei euch also!" „Hmm, ja." Er wollte sie nicht verärgern. „Morgen gibt's American, da kannst Du dich richtig satt essen!" Lance hatte sich seinen Scheck der Bank von Puerto Rico bei der Sparkasse Münster deponiert, die Hälfte des Betrags aber jetzt in Traveler Schecks dabei. Er fragte die Tante nach der nächsten Bank, um das Geld für sie zu besorgen, auch wenn sie meinte, daß es damit keine Eile hätte. Das Auto könne sie ja erst mal auf ihren Namen anmelden. Lance brauche einen kalifornischen Führerschein und eine Autoversicherung, daher ginge das im Übrigen gar nicht anders. Außerdem kenne er das Department of Motor Vehicles nicht. Sie zog ihn zu sich heran und flüsterte, so als spräche sie über einen berüchtigten Geheimdienst. „Das DMV ist ein Staat im Staat. Es ist furchtbar mächtig. Es gibt dir deine Existenz und nimmt sie dir." Sie hielt den Zeigefinger vor den Mund, „Schsch!" und drehte sich um, so als wolle sie sich vergewissern, daß sie niemand belausche. Lance hielt das für etwas übertrieben, der einfache Amerikaner war ja bekannt für seine Empfänglichkeit für Verschwörungstheorien. Das Ministerium für Kraftfahrzeuge als orwellsche Herrschaftsinstitution war wohl etwas hergeholt. Er dankte der Tante herzlich, ging noch kurz auf sein Zimmer, und brach dann auf. Aunt Jamima hatte ihn noch mit umfangreichem Karten- und Infomaterial ausgestattet. Aber er solle erst einmal herumfahren. Genau das hatte er vor. Fresno war relativ leicht zu erkunden, und Lance genoß es, in seinem neuen Schlachtschiff, das ihm ein Gefühl äußerster Sicherheit vermittelte, über die Straßen zu gleiten. Bei der ‚Bank of America' hatte er etwas länger warten müssen, eine große Halle mit vielen Schaltern, von denen aber nur zwei besetzt waren. „Das ist deren Markenzeichen", hatte einer in der Reihe hinter ihm gefeixt. Dann war er weiter herumgekurvt und zufällig am Rathaus vorbeigekommen. Spontan kam ihm die Idee, den Bürgermeister aufzusuchen und sich als Münsteraner vorzustellen. Der war aber in einer Sitzung, doch, herzlich gern, meinte sein Vorzimmer, solle er es am nächsten Vormittag wieder versuchen. Städtepartnerschaften lägen dem Mayor sehr am Herzen. Lance fuhr weiter, von unbändiger Lust erfüllt.

Er drehte das Radio auf und begann seine Entdeckungsreise in die Welt der Shopping-Malls, der Highways, der Drive Thrus, der gesprengten Rasen und Grünanlagen, der gepflegten Mittelstandsgegenden und der schlichten und oft heruntergekommenen Viertel der Armen und der Wanderarbeiter.

13. Die geheimnisvolle Schöne

Auf seinem Weg nach Norden war Eric in Vinje nach Gudvangen abgebogen. Es ging an einem kleinen See entlang, dann durch ein enges, von vielen Wassern durchströmtes Tal. In Gudvangen befand sich der südliche Ablegepunkt der Fähre durch den Naeroyfjord. Dieser Appendix des Sognefjords war Norwegens schmalster Fjord, rechts und links stiegen die Felswände fast senkrecht empor. Ehrfurchtsvoll ließ er die gewaltige Naturkathedrale auf sich wirken, folgte fasziniert den schrägen Lichtbahnen, die versuchten, den Wasserspiegel zu erreichen. Bald bog die Fähre steuerbord in den vergleichsweise breiten Sognefjord. Es dauerte dann noch eine ganze Weile bis Kaupanger erreicht war, wo Eric, noch ganz benommen vom prächtigen Panorama, den Volvo wieder auf festen Boden brachte. In Sogndal fuhr er auf die Sognefjell-Straße und kam entlang des nordöstlichsten Ausläufers des größten Fjords in die mächtigen Horunger-Berge. Sie bildeten den Anfang von Jotunheimen, des Landes der Riesen. Mit der ansteigenden Höhe wurde es schnell kühler. Da es trotz der Abendnähe noch taghell war, bog Eric ab auf den Jostedalen-Weg, um sich den Jostedalsbren, dessen fast 2000 Meter hoher Gipfel schon lange auf der linken Seite strahlte, aus der Nähe anzusehen. Europas größtes Gletscherfeld war wie alle anderen auch in den letzten Jahren merklich kleiner geworden, aber es war immer noch von impressiver Gewaltigkeit. Er hielt auf einem Parkplatz, der vermutlich mal sehr nahe an der Zungenspitze gelegen war, nun aber ein ordentliches Stück von ihr entfernt. Verschiedene Marker waren angebracht, die den Rückgang des Gletschers mit Jahreszahlen demonstrerten. Der Schmelzvorgang nahm offensichtlich immer rasanteres Tempo auf. Endlich war er an einem zerklüfteten Bogen angekommen, der sich über dem aus ihm herausschießenden Fluß formte. Wie künstlich wirkte das Türkisblau des Eises. „Habla usted Español?" Eric drehte sich um und gewahrte in seiner unmittelbarer Nähe einen hageren Mann mit Parka und Indiomütze. Offensichtlich ein einheimischer Gletscherführer. „Nee, eher Deutsch." „Auch gut. Kleine Tour genehm?" „Eigentlich führe ich mich immer selbst." Der Norweger sah ihn streng an. „Zu gefährlich hier. Spalten und Risse. Und weiter hinten..." - er nickte in die Ferne, wo Felslandschaft und Gletscher miteinander verschwammen - „...Riesen." Er beugte sich etwas vor und raunte: „Jotunheimen eben." Eric lachte halb verlegen. „Nein, ich muß weiter. Ich will jetzt nicht über den Gletscher wandern." Der Führer wich zurück: „Wissen Sie, wohin Sie gehen?" Eric stutzte. Eine Antwort schuldig bleibend, aber freundlich lächelnd, drehte er sich um und schritt zum Wagen. Bevor er einstieg, zog er sich einen Pullover über. Norwegermuster. Aber das war wirklich Zufall. Er merkte, daß er müde wurde, und wollte eigentlich in der Nähe des Gletschers nächtigen. Nur noch wenige Autos standen auf dem Parkplatz, doch der Führer hielt immer noch nach Kunden Ausschau. Doch mit einem Mal war auch er verschwunden. Eric fuhr ein wenig, bei Gjerda stoppte er und richtete den Volvo für die Nacht ein. Sein Schlaf war unruhig. Er träumte von gestaltlosen Riesen, von Gletscherspalten, und unter dem Eis liegenden reißenden Flüssen. Auch Arthur erschien ihm, in dem orangefarbenen Overall, den er auf dem Video seiner Entführer getragen hatte. Er sah ihn nur still an, forsch, und doch zugleich anklagend. Trotz gut isoliertem Schlafsack fröstelte es ihn ein wenig, und nachdem er vollends aufgewacht war, mußte er sich erst einmal auf dem Campingkocher einen starken Kaffee aufbrühen. Dann ging die Fahrt den gleichen Weg zurück durchs Jostedalen, bis er wieder auf die Sognefjell-Straße stieß und dieser weiter nach Nordosten folgte. Immer höher ging es herauf. ‚1100 m.o.h.' wurde angezeigt, dann ‚1400 m.o.h'. Karge Hochwiesen, belegt mit Steinen und Steinchen aller möglicher Größen, oft von Reisenden zu archaisch wirkenden Türmchen aufgestapelt, vereinzelte kleine Schneefelder. Auf einem Schild las er „Oppland Fylka. Lom Kommune." Hochland klar, Fylka unklar, Gemeinde oder Bezirk Lom wahrscheinlich. Er hielt in der Ausbuchtung kurz hinter Schild, stellte den Motor ab und wanderte ein Stück in die surreal wirkende Landschaft hinein. Das war doch nicht zu fassen! Da kam doch hinter einem Felsvorsprung wieder der gleiche Bergführer hervor, den er Tags zuvor am Gletscher gesehen hatte. „Überraschung!" rief der, als er Eric gewahrte. „Na, im Ernst, das ist ja ein Zufall! - Doch alleine unterwegs?" Jetzt wurde es Eric mulmig. Er schaute zurück zur Straße. Weit und breit kein anderes Auto zu sehen. Der Norweger folgte seinem Blick. „Manchmal kommt da stundenlang keiner." Er sah lauernd zu Eric herüber. „Na, stundenlang ist übertrieben. Aber manchmal kommt es einem so vor." Eric wandte sich nur zögernd um zu dem Mann, den er als Widersacher zu empfinden begann. „Wissen Sie, wo Sie hier sind? Jotunheimen Nasjonalpark. - Eric, Sie suchen bestimmt keinen Riesen? Ich könnte Ihnen vielleicht helfen." Eric erstarrte. „Woher kennen Sie meinen Namen?" Der Führer wurde rot: „Sie...Sie haben ihn doch selbst gesagt." „Nein, das habe ich nicht. „Ja, dann..." Eric bebte: „Und ja dann???" „Ah, jetzt fällt es mir ein. Der Name steht auf einer Tasche, ich meine, in Ihrem Auto." Das konnte stimmen, auf seiner Schlafsackhülle stand mit Filzmarker geschrieben sein Name. Hatte man mal auf einer Gruppenreise gemacht. „Was fällt Ihnen ein, in mein Auto zu starren?" „Hab' ich ja nicht. Hab' nur zufällig reingeschaut, so im Vorbeigehen." „Lassen Sie mich jetzt in Ruhe. Ich brauche keinen Führer, verstehen Sie das??" „Okay, okay, ich geh' ja schon." Der Mann trollte sich davon. Von der Straße dröhnte ein Geräusch heran, ein Wohnmobil quälte sich vorüber. Als Eric wieder dem Bergführer nachsehen wollte, war dieser nirgendwo mehr auszumachen.

Die Straße führte noch weiter herauf, rechts lag der Galdhøpiggen mit fast 2500 Metern. Dann senkte sie sich auf Lom zu etwas ab. In dem kleinen Ort besichtigte er kurz eine tausend Jahre alte Stabkirche, deren Schnitzereien ihn insofern faszinierten, als sie eher heidnischen denn christlichen Ursprungs schienen. Und so seines Erachtens besser in das landschaftliche Umfeld paßten. Von Lom aus ging es am Vagavatnet entlang, der wie ein kleiner Binnenfjord wirkte. Bei Otta beschloß er, früher als am Vortag Lager zu machen. Er steuerte den nächsten Campingplatz an. Es mußte endlich wieder einmal etwas gekocht werden, und wenn es eine seiner mitgebrachten Dosen war.

Der Platz lag unterhalb der Straße, ein steiler Weg führte hinab in das leicht hügelige, mit Bäumen und Buschwerk bestandene Gelände. Nach Westen hin war es durch einen Fluß begrenzt. Markierungen gab es keine, Zelte, Autos und Campingbusse standen, in großzügigen Abständen voneinander, meist in der Nähe von Gebüschen. Ob dies eher zur Verstärkung des Sichtschutzes oder einer Andeutung von Abgrenzung dienen sollte, war nicht klar. Beides wäre nicht notwendig gewesen. So parkte Eric den Volvo einfach irgendwo im rechten Teil des Geländes, sozusagen gebüschlos. Für die Nacht mußte er wenig vorbereiten, da er am Morgen mehr oder weniger alles von der vorherigen so belassen hatte. Er ruckte den Schlafsack ein wenig zurecht, dabei fiel sein Blick auf dessen halb unter der Iso-Matte liegende Hülle. Sich des merkwürdigen norwegischen Bergführers erinnernd, zog er sie hervor. Da stand sein Name in großen Buchstaben drauf, das war nicht von der Hand zu weisen. Aber er fragte sich, ob die Hülle nicht bereits gestern verdeckt gewesen war. Wann konnte der Mann an seinem Wagen vorbeigekommen sein und seinen Namen gelesen haben? Wenn er vielleicht gar nicht zufällig am Gletscher auf ihn gestoßen war? Eine gewisse Verunsicherung wollte sich seiner bemächtigen, deren Abwehr ihm fürs erste nur gelang mit der Annahme einer einfachen und unproblematischen Erklärung. Auch der immer stärker werdende Hunger ließ eine nähere Auseinandersetzung mit der Angelegenheit im Moment nicht zu. Er baute wieder seinen Klapptisch auf und kramte den Gaskocher hervor. Der nahe Fluß rauschte stark, einladend hörte sich das irgendwie an. Trotz Hungers unterbrach er die Vorbereitungen, ließ einfach alles stehen, und strebte dem Wasser zu. Es war grau geworden, im Weitergehen sah er zum ziemlich stark bewölkten Himmel. Das gäbe wohl wieder Regen. Aber bis jetzt war es trocken und hielt sich hoffentlich noch eine Weile. Als er wieder nach vorn schaute, sah er wenige Meter vor ihm eine auf einem großen runden Stein sitzende Frau, die er zuvor nicht bemerkt hatte. Sie hatte ihm den Rücken, über den lange hellblonde Haare flossen, zugewandt und starrte gebannt auf den Fluß. Offensichtlich hatte sie ihn nicht gehört. Er wollte sie keinesfalls erschrecken, deshalb bewegte er sich etwas seitlich weg von ihr und beschloß, sie freundlich anzusprechen. Am besten auf Norwegisch, irgendwie schien sie Norwegerin zu sein. Als er etwas formulieren wollte, wurde ihm mit Schrecken bewußt, daß es mit seinem Norwegisch nicht mehr weit her war. Zu lang lag die Zeit hinter ihm, wo er in diesem Lande gelebt hatte, das ihm jetzt so fremd vorkam, als wäre er niemals dort gewesen. Nun, Trondheim war ja auch nicht Jotunheimen. „God dag, min dame", quälte er sich heraus. Die blonde junge Frau hielt die Augen halbgeschlossen, vielleicht schaute sie gar nicht ins Wasser, sondern war ganz in dessen Rauschen versunken. Sie blieb bewegungslos, hatte ihn wohl nicht gehört. Eric nutzte den Moment, um ihr hübsches Gesicht und den anmutigen Körper im Profil zu bestaunen, bevor er, diesmal deutlich lauter, wiederholte: „God dag, min dame". Die Dame rührte sich indes immer noch nicht. Vermutlich doch keine Norwegerin, es war ihr peinlich, so angesprochen zu werden, weil sie nicht wußte, wie sie darauf reagieren sollte. „Guten Tag, meine Dame. Campen Sie auch hier?" Wieder keine Reaktion. Deutsch also auch Fehlanzeige. Das hätte sie nun wirklich hören müssen. Aber vielleicht verstand sie seine Frage nach dem Campen als tumbe Anmache, auf die sie am besten überhaupt nicht reagierte. So schnell wollte er aber nicht locker lassen, da er sie auf Anhieb nicht nur sehr hübsch, sondern auch sehr sympathisch fand. Das lohnte noch einen weiteren Versuch. Also Englisch jetzt, die Lingua Franca unserer Tage. „Hello, how are you?" Das wirkte, und wie. Die Frau drehte sich ruckartig zu ihm, öffnete wie erschreckt die Augen, wäre fast vom Felsen gerutscht, konnte sich aber gerade noch fangen. Eric wich lachend zurück, und streckte die Hände vor sich wie zum Zeichen, daß er sie nicht erschrekken wollte, und daß sie nichts von ihm zu befürchten hätte. „Hey, hey, hey - well, I'm so sorry! I didn't mean to scare you!" Die junge Frau errötete etwas, und schlug die Augen nieder. Wahrscheinlich war es ihr peinlich, daß sie sich so erschreckt hatte. „You're also staying on this campground?" Sie nickte, schaute etwas zur Seite. ‚Hmm, wohl etwas schüchtern', dachte er. „Are you from England?" Sie schüttelte den Kopf. „America?" Sie schüttelte wieder den Kopf. „I know it, you're Canadian!"". Die hübsche Frau schaute auf den Boden und bewegte den Kopf nur ganz langsam hin und her. Dann wohl doch Norwegerin, und sein Norwegisch war so grottenschlecht geworden, daß es kein Muttersprachler mehr verstand. Und sonst wohl erst recht niemand. Oder er hatte sie einfach zu sehr erschreckt. Oder zu eindringlich angeredet. Wie immer, das war wohl verpatzt. „Well, then...again, I'm sorry. You have a nice evening." Er riß seinen Blick von der schönen Erscheinung, und begann, sich rückwärts von ihr zu entfernen. Da sprang sie auf einmal vor, faßte ihn am rechten Arm, und sah ihn ganz eindringlich an. In ihren wunderbaren blauen Augen lag ein sonderbares Gemisch aus Energie und Wehmut, und jetzt bemerkte er, wie sie sich verzweifelt bemühte, etwas zu sagen, aber nichts herausbrachte. Da begriff er, daß sie nicht sprechen konnte. Sie fuhr mit dem hochgestellten Zeige- und Mittelfinger von rechts nach links über ihren Mund, ließ ihn los, fast ihn wegstoßend, und stürzte davon.

Eric war wie benommen, blieb eine Weile stehen, wo er war. Wie unsensibel von ihm! Hätte er das nicht eher bemerken können? Langsam ging er zum Wagen zurück. Er packte den Kocher wieder ein. Die Lust zum Kochen war ihm vergangen. Das Gesicht der schönen Frau wollte ihm nicht aus dem Kopf gehen. Hatte in ihrem Blick nicht auch etwas Sehnsüchtiges gelegen? Vielleicht war er ihr ja auch gar nicht so unsympathisch. Ach wo, dann wäre sie nicht weggelaufen. Oder? Er fing an, sich zu zermartern, weil er ihr nicht sofort gefolgt war. Dann beruhigte er sich damit, daß das vielleicht noch offensiver gewesen wäre. Der Hunger war immer noch da, und so öffnete er gedankenverloren eine Dose Thunfisch. Er nahm ein paar Bissen, entschied sich dann, das karge Mal mit einem Schluck Bier im Liegen zu vollenden, krabbelte in den Wagen und schloß die Heckklappe. Durch die zunehmende Bewölkung, verstärkt durch die Innenbeleuchtung, schien es draußen schon recht dunkel. ‚Was für ein zauberhaftes Geschöpf', dachte er sehnsüchtig. Er wollte, mußte sie wiedersehen. Irgendwie würde man sich schon verständigen, er war ja nicht auf den Kopf gefallen. Er beschloß, wieder aus dem Volvo zu klettern und eine Runde über den Platz zu drehen. Vielleicht fände er ja ihr Lager. Der Gedanke war noch nicht zuende gedacht, da klopfte es kräftig an der hinteren Seite des Kombis. Diesmal hatte Eric nichts bemerkt, und fuhr nun seinerseits so kräftig zusammen, daß er beinahe den Rest der Thunfischdose über seinem Schlafsack ausgeleert hätte. Er reckte sich halb hoch, und versuchte, den Klopfer ausfindig zu machen. Es war das blonde hübsche Mädchen. Diesmal machte sie keinen verzweifelten Eindruck, sie lächelte und führte mit ihren Händen zwei kreisende Bewegungen in Bauchhöhe aus, machte dann eine einladende Geste. Im Nu war Eric aus dem Wagen und in seinen Schuhen. Er blieb vor ihr stehen, lächelte sie an, und machte dann eine fast übertriebene Verbeugung. Als er sich wieder aufrichtete, zeigte er auf sich und sagte: „Eric". Die junge Frau machte daraufhin nun einen Knicks mit der Andeutung, dabei ihr Kleid zu lupfen. Das wirkte freilich komisch, denn sie trug gar keins, sondern Pullover und Jeans. Dann zog sie mit der linken Hand einen Zettel aus der Hintertasche, hielt ihm ihn unter die Nase, und zeigte dann mit der rechten Hand auf sich. „Åsta", las er, sie nickte und formte parallel mit dem Mund ihren Namen. Dann nahm sie ihn bei der Hand, und gemeinsam liefen sie zur vergleichsweise entlegenen linken Ecke des Platzes, die von einem flackernden Schein erleuchtet war. Vor einem kleinen, sicher nicht mehr ganz neuwertigen Zelt und neben einem mattroten 144er Volvo, auf den sie voller Stolz zeigte, brannte ein Holzfeuer. Eric schaute sich um und stellte fest, daß sich Åsta die höchste Erhebung des Platzes für ihr Lager ausgesucht hatte. In der Ferne erkannte er seinen Wagen. Seine hübsche Gastgeberin hatte Nudeln mit einer für Campingverhältnisse wohlriechenden Sauce gekocht, dazu gab es Fisch. Sie hielt einen Stock hoch, zeigte dann auf das Filet. Stockfisch, aha. Oder ‚Stokkfisk'. Und nun goß Åsta noch Rotwein in allerdings sehr dicke Gläser. Sie prosteten sich zu. Ihr Vorname und das Nummernschild ihres 144er ließen keinen Zweifel zu: sie war wohl Norwegerin. Entsprechend bedankte sich Eric: „Tusen Takk!" Åsta lachte, sie stießen an, aßen vergnügt, spülten danach gleich ab, sahen sich an, lächelten, berührten sich zufällig oder absichtlich häufiger als im Normalfall. Eric war überrascht, wie gut die Kommunikation klappte. Das ganze wurde wahrscheinlich überbewertet. Früher trieben ja auch Völker, die unterschiedliche Sprachen hatten, miteinander Handel. Perfekt war der Dialog bei weitem natürlich nicht. Åsta wiederholte ihre Gesten mit Geduld, und benutzte vermutlich auch vereinfachte Formen für Doofe, das heißt, der Gebärdensprache nicht mächtige wie ihn. Außerdem hatte sie noch einen Schreibblock dabei, auf dem sie kompliziertere Sachen für ihn aufschrieb. So fand er heraus, daß sie noch mit ihrem Vater zusammenlebte, der eigentlich Amerikaner sei, aber vor vielen Jahren schon nach Norwegen gekommen sei. Sie sei hier geboren, im Norden, da lebe sie auch. Wo genau? Das könne er herausfinden, wenn er ein kleines Rätsel löse, das sie ihm geben würde. Jetzt fahre sie jedenfalls mal herum, um das Land etwas näher zu erkunden. Er erzählte ihr, daß er Deutsch-Spanier sei, aber als Kind hier gelebt habe, und nun Freunde und die Stätten seiner Kindheit besuchen wollte. Von seiner Mission erwähnte er nichts, aber vielleicht hatte er einen Moment wirklich gar nicht so sehr daran gedacht. Schließlich war es spät geworden, das Feuer heruntergebrannt, und beide saßen mit angezogenen Knien davor, das heißt, sie waren wie zufällig immer näher aneinandergerutscht. Eric legte den Arm um sie, und sie kuschelte sich an ihn. Ging das zu schnell? Was war jetzt das richtige Verhalten als Edelmann? Schweren Herzens versuchte Eric, sich zu lösen. Åsta sah erschreckt zu ihm auf. „Ich glaube, ich muß jetzt gehen!" Er erhob sich und zupfte seine Kleidung zurecht. Åsta schaute zuerst enttäuscht, schüttelte dann energisch den Kopf. Sie stand ebenfalls auf, zog die verschränkten Arme vor sich zusammen und machte ihm klar, daß ihr kalt sei. Dabei sah sie furchtsam um sich in die Dunkelheit. Ah, Angst hatte sie also auch allein. Da war nun wieder Erics Ritterlichkeit gefragt. Keinesfalls konnte er eine - noch dazu so hübsche Frau - einem solchen Schicksal überlassen. Åsta legte beide Hände wie zum Gebet gefaltet unter die rechte Wange ihres schräggestellten Kopfes und nickte dann mit gespieltem Ernst. Das sollte wohl heißen: „Also wirklich nur schlafen." Eric nickte und stellte die Geste nach. Beide sahen sich ernst nickend an und kletterten in ihr Zelt. Da gab es dann zunächst das Problem, daß im Zelt nur einer, nämlich Åstas Schlafsack vorhanden war. Für Eric begann das nächste, als Åsta ihren Strickpullover über den Kopf abstreifte, und das enganliegende Hemdchen ihn weiterer Betörung aussetzte. Er hoffte auf einen ähnlichen Effekt bei ihr, als er seinen Pullover abstreifte, so schlecht sah er ja nicht aus, hoffte er. Und groß und kräftig war er ja auch. Das mochte Åsta sicher auch an ihm, aber mehr noch gefiel ihr sein Lächeln, seine dunklen Augen, und einfach seine Art. Die Absprache, sich nur zum Schutz vor Kälte und möglicher Gefahr aneinander zu kuscheln, konnte beiderseits nicht einmal wenige Minuten eingehalten werden. Sie begannen zu schmusen, sich zu liebkosen, und ertranken schließlich ineinander. Eric hatte irgendwo mal gehört, wahrscheinlich eher in einem Magazin im Wartezimmer eines Arztes gelesen, daß Männer Frauen nicht sagen sollten, daß sie sie schön fänden. Das könne ihre Position schwächen, die Frauen überheblich machen und was noch. Es war ihm egal. Wiederholt mußte er ihr sagen, daß er sie ungeheuer schön fände, und er hatte nicht das Gefühl, daß sie etwas dagegen gehabt hätte. Sie sah ihn dagegen einfach nur an, mit einem tiefen und zerschmelzenden Blick, der, wenn er ihm ausgesetzt gewesen wäre, den Jostedalsbren gleich noch mal um einige Quadratkilometer verkleinert hätte. Ihre Vereinigung kam ihm wie eine Kernfusion vor. Eric wußte zwar nicht genau, was das war, vom Gefühl her mußte es aber in diese Richtung gehen. So etwas hatte er noch nicht erlebt, und auf dem Gipfel seines Glücksgefühls wußte er, daß sich dies mit keiner anderen je wiederholen würde. Die Zeit stand still. Irgendwann schliefen sie engumschlungen ein.

Am nächsten Morgen kam Eric nur langsam zu sich. Er streckte sich in alle Ecken des kleinen Zeltes, bis ihm auf einmal klar wurde, daß dies gar nicht so einfach gehen könne, wenn Åsta neben ihm läge. Sie war nicht neben ihm. Ein kleiner Schrei entfuhr ihm. Jäh war er hellwach, riß den Reißverschluß des Zeltes auf. Der 144er Volvo war verschwunden. Wieso hatte er nicht das Anlassen des Motors gehört? Jetzt wurde ihm klar, daß sie den Wagen von der Höhe hatte herunterrollen lassen und erst unten gestartet hatte. Nun, sie kam doch bestimmt zurück. Sie konnte doch nicht ihr Zelt und ihre Ausrüstung einfach hier lassen. Doch nicht einfach so gehen. Ganz ohne Abschied nach dieser wunderbaren, einmaligen Nacht. Oh, einmalig? Hoffentlich war das nicht wirklich so! Ein Gefühl des blanken Entsetzens überkam ihm. Am ganzen Leibe zitternd zog er sich an. Sicher würde sie nur etwas holen, zum Frühstück bestimmt, aus dem nahen Otta. Nein, das konnte nicht sein. Sie mußte zurückkommen. Er lief herüber zu seinem Auto. Da war alles unverändert. Oder? Nein, in den Tau auf der Heckscheibe war ein Herz zwischen zwei Tierpfoten gemalt, verbunden mit diesen durch jeweils ein kleines Wellenzeichen. Ob das von ihr war? Eric war außer sich. Mit klopfendem Herzen lief er zurück zum Zelt. Wollte sich beruhigen. Es gelang nicht. Beobachtete unentwegt die Straße. Wie ein Wahnsinniger lief er kreuz und quer über den Platz. Als sie nach zwei

Stunden immer noch nicht zurück war, hielt es ihn nicht mehr. Er sprang in seinen Wagen, und begann sie zu suchen. Zunächst in Otta, wo er an Tankstellen und auf Parkplätzen fragte, ob man ihren mattroten 144er Volvo gesehen hatte. Alle verneinten. Dann fuhr er jeweils eine halbe Stunde in die verschiedenen möglichen Richtungen, jeweils vom Entsetzen getrieben, sie könne in genau in eine der jeweils anderen fahren, und er würde sich weiter von ihr entfernen statt sich ihr zu nähern. Am Nachmittag kehrte er zum Campingplatz zurück. Sie war nicht da. Sie mußte ihn verlassen haben. Vielleicht hatte sie ihm das Zelt schenken wollen, weil er keins hatte. Er ließ das Zelt stehen, schlief in der Nacht in einem Hotel in Otta, um so früh wie möglich die Zeitung zu lesen und Nachrichten zu hören. Keine Unfälle, nichts. Er atmete auf, war aber nicht sorgenfrei. Selbst wenn mit ihr alles in Ordnung war, so hatte sie sich doch entschlossen, ihn nach so kurzer Zeit schon wieder zu verlassen. Er war wie gelähmt. Warum? Er mußte sich wohl damit abfinden. Aber das ging nicht. Er fuhr wieder zum Campingplatz und baute das Zelt ab. Darin schlafen mochte er nicht, aber er wollte auch nicht, daß es jemand anders wegnahm. Er fand den Stock, mit dem sie ihm klar gemacht hatte, daß es sich um ‚Stokkfisk' handelte, steckte ihn senkrecht in den Boden, und heftete einen Zettel daran, den er wegen des Regens in einen durchsichtigen Gefrierbeutel steckte. Auf diesen hatte er auf Englisch und Norwegisch geschrieben: ‚Für Åsta: Habe dein Zelt. Warum bist Du weg? Ich liebe dich.' Und dazu seine Telefonnummer in Deutschland. Und noch die Sigunes in Köln, mit etwas schlechtem Gewissen, da diese ja eigentlich nur dem Austausch in Sachen Arthur dienen sollte. Wenigstens hätte man dort aber theoretisch eine Nachricht hinterlassen können.

14. Das Eifelkloster und der wahnsinnige Heilige

Die Acht im Rad war immer schlimmer geworden, das Fahrverhalten hatte sich von unbequem bis zuletzt unmöglich entwickelt. Falk war aber dennoch, wie er fand, vergleichsweise weit gekommen. Von seinen Karten her befand er sich jetzt ganz in der Nähe des Merfelder Bruchs, ohne daß er mit Bestimmtheit hätte sagen können, welche Wege ihn hierhin geführt hatten. Irgendwie erinnerte er sich daran, daß es in dieser Gegend Wildpferde geben sollte. Mitten in Deutschland war das schon recht überraschend. ‚Wohl eher sogenannte Wildpferde', dachte er, sicher lebten sie in einem eingezäunten Areal. In der Nähe einer Bank lehnte er das Rad an den danebenstehenden Metallabfalleimer. Aus jenem ragte ein Stück Pappe hervor, wie sie oft am Boden von Getränkepackungen zu finden ist. Das kam wie gerufen, er zog einen Filzstift aus seinem Rucksack hervor und schrieb darauf: ‚Radverleih Nottuln'. Das sollte reichen. Er steckte die Pappe gut sichtbar in den Rahmen, versicherte sich noch einmal, daß weit und breit niemand zu sehen war, und marschierte aufs Geratewohl los, er vermutete, in etwa südlicher Richtung. Er meinte, durch einen gewaltigen Park zu gehen. Leichte Nebelschwaden standen in langen Bahnen über den Wiesen, die Laubbaumgruppen waren mächtig und alt. Er schritt auf eine waldartige Verdichtung zu, stolperte über einen am Boden liegenden Zaun. Lichtungen unterbrachen das zuweilen dichtere Buchwerk unter den Bäumen. Als er gerade wieder eine solche erreichte, wich er vor Schreck und Erstaunen zurück. Mitten in der Lichtung stand ein hellbraunes Pferd, wie er sofort wußte, ein Wildpferd. Der Hengst, unschwer als solcher zu erkennen, sah in die entgegengesetzte Richtung, schüttelte stolz seine lange blonde Mähne, reckte dann den Hals und nahm Witterung auf. Falk empfand die Szene als tief mystisch. Da drehte ihm das Pferd den Kopf zu, sah ihn, geriet in völlige Anspannung, ging auf den Hinterbeinen hoch, und wieherte dabei laut. Eine Sekunde befürchtete er, das Tier würde auf ihn zu galoppieren, doch dann warf es sich in einem regelrechten Luftsprung zurück. Nun kam im Hintergrund eine größere Gruppe von Pferden vorbeigedonnert, der Hengst wieherte noch einmal, stieß dann seitlich zur Herde und bewegte sich zur Spitze. Offensichtlich handelte es sich um den Leithengst. So schnell wie der Spuk gekommen war, war er auch schon wieder verschwunden. Falk rieb sich die Augen. Sicherheitshalber wartete er, bis das letzte Hufgetrappel verklungen war.

Irgendwann kam er wieder an einen - diesmal stehenden - Zaun. Er überwand ihn mit Leichtigkeit, ging querfeldein, bis er schließlich an einen Weg gelangte, der wieder von einem Zaun gesäumt wurde. Im Gegensatz zu den vorherigen war dieser hoch und gut befestigt, schien erheblich schwieriger zu überwinden. Dies zu tun hielt er auch insgesamt für keine gute Idee, da in regelmäßigen Abständen Schilder an ihm befestigt waren, die vor Schußwaffengebrauch warnten. Militärischer Sperrbezirk. Es blieb ihm nichts anderes übrig, als dem Weg zu folgen. Der Rucksack drückte schwer, er war froh, daß er Josef dabei hatte, der ohnehin mehr Wanderstab- als Schirmfunktion erfüllte. Er ertappte sich dabei, immer häufiger stehenzubleiben, um kurz zu pausieren. Da gewahrte er eine Staubwolke, die sich ihm langsam näherte. Dann kam ein rauhes Motorengeräusch dazu, und bald erkannte er, daß es sich um einen Bundeswehr-Jeep handelte. Genauer genommen, um Feldjäger. Einer lehnte sich heraus: „Was machen Sie hier?" Falk stockte: „Also, ich wandere." „So, Sie wandern. Da werden Sie aber nicht weit kommen. Hier ist alles Sperrgebiet." „Mm..." Falk zog die ‚Rad- und Wanderkarte Münsterland' hervor und suchte umständlich auf ihr herum. „Haben Sie einen Ausweis dabei?" „Ja, klar..." Falk händigte dem Armeepolizisten seinen Personalausweis aus. Dieser studierte ihn eindringlich. „Okay, wollen wir's mal glauben. Wo wollen Sie denn hin?" Falk meinte, daß es vielleicht keine gute Idee sei, davon zu erzählen, wie er sich treiben lassen wollte, schauen wo er jeweils ankäme, und das Land so für sich entdecken wolle und so weiter. Als er gerade auf die Karte geschaut hatte, war ihm ein Ort an der Autobahn aufgefallen. „Also heute wollte ich in Haltern-Lavesum Quartier machen." „Hmm..., wieso das?" „Das war so als Zielpunkt geplant." Er mühte sich, seiner Stimme Festigkeit zu geben, es gelang wohl zufriedenstellend. Vielleicht taten die Worte Quartier, Zielpunkt und planen ein Übriges. Der Offizier gab ihm seinen Ausweis zurück. „Sie haben richtig Glück heute. Denn da wollen wir gerade hin. Und einen frischen Eindruck machen Sie ja nun nicht mehr. Los, steigen Sie ein! Wir nehmen Sie mit." Jedes Zögern hätte jetzt verdächtig geschienen. Er krabbelte also dankend in den Mercedes-Geländewagen, der Fahrer und ein dritter Soldat grüßten akkurat. „Wo haben Sie denn gedient?" fragte der Sprecher, offensichtlich der höchstrangige und zur Führung offizieller Gespräche berechtigte. Falk überlegte kurz, ob er der Wahrheit entsprechend sagen sollte, daß er Zivildienst im Altenheim gemacht habe, wollte die Lage aber nicht unnötig komplizieren. „Kaserne Schwarzenborn." „Ah ja!" Offensichtlich hatte der Offizier noch nie etwas davon gehört, und schwieg jetzt lieber, um sich keine Blöße zu geben. Falk wußte nicht einmal, ob es eine Kaserne Schwarzenborn wirklich gab, aber es hörte sich zumindest sehr gut an. Und wenn sie jetzt nicht existierte, so hatte es doch vielleicht früher einmal eine dort gegeben. Früher waren ja fast überall irgendwo oder irgendwie Kasernen. Aber mit dem Fall der Mauer war das Ende des Kalten Krieges beschlossen worden, und hernach mußte auch die Bundeswehr sparen und hatte das vor allem in Form von Kasernenschließungen getan. Die ehemaligen Siegermächte machten das gleiche, vielleicht gab es ja auch einen geheim gehaltenen NATO-Beschluß dazu. So war es zu einem regelrechten Kasernensterben gekommen. Haltern-Lavesum war erreicht. In der Ortsmitte ließ man ihn mit militärischem Gruß aussteigen, dann brauste der Jeep davon. Falk sah ihm nach, wie er an der nächsten Kreuzung rechts einbog und verschwand, und lief dann direkt ins nächste Gasthaus. Dort nahm er erstmal im Schankraum Platz, um sich etwas zu erholen. Nach einem Zimmer konnte er noch später fragen. Er hatte schrecklichen Durst, und bestellte gleich einen halben Liter sauerländisches Pils vom Faß. Dann streckte er genüßlich die Füße aus und schaute auf seine Karten. „Wo kommst Du denn her?" fragte einer von drei älteren Männern, die an einem anderen Tisch Skat spielten. „Von Münster." „So weit - das ist ja schon ein ganz schönes Stück!" Tja, so war wohl alles relativ. Wie der Kartenmaßstab ja auch. Auf ‚Deutschland Mitte' war er nurmehr vier Zentimeter vorwärts gekommen, mit wirklich gutem Willen fünf. Das war nun wahrhaft lächerlich und nicht der Rede wert. Man mochte gar nicht daran denken, in welch winzigem Raum auf der Karte er sich bislang erst bewegt hatte. Er nahm einen tiefen Schluck, wischte den Schaum vom Mund, und griff zur ‚Rad- und Wanderkarte Münsterland'. Da sah seine zurückgelegte Strecke etwas besser aus. Das Kompliment der älteren Herren wirkte dazu unterstützend. In früheren Zeiten waren viele Menschen ja kaum übers Nachbardorf hinausgekommen. Nun, er war ja auch gerade erst aufgebrochen. Und hatte auf der anderen Seite doch schon einiges erlebt. Die Begegnung mit Mathilde, und, jetzt kam ihm dies zum ersten Mal wieder richtig in den Sinn, die Tötung des Zwerges, waren gleichsam surreal. Vielleicht hatte er sich gerade deshalb mit letzterem noch gar nicht richtig auseinandergesetzt. Reue empfand er indes immer noch nicht. Der widerliche Mann war ein Vergewaltiger, hätte sie sehr vermutlich nach vollendeter Tat getötet. Nein, da gab es kein Vertun. Er hatte richtig gehandelt. Aber nicht mal in Tötungsabsicht. Das war ja eher ein Unfall. Er studierte die Karte und überlegte, ob er von hier aus zurückfände zum Haus vom Lichtbrunnen. Wohl eher mit Schwierigkeiten. Von Nottuln aus würde er es dagegen sicher wiederfinden. Später. Auf jeden Fall wollte er Mathilde wiedersehen. Nicht, daß er sich verliebt hätte, das war es nicht. Aber irgendein bestimmtes Gefühl hatte sie schon in ihm ausgelöst. Doch jetzt lag erst einmal die Erfüllung seiner Mission an. In Haltern-Lavesum war sie nicht zu erwarten. Hier eine tiefe Mütze Schlaf zu nehmen, und sich in der Behaglichkeit des Gasthauses zu regenerieren, das mußte jedoch sein. „Willst wohl was vom Lande sehen?", sprach ihn da jemand von der Seite an. „Ich wäre froh, wenn ich mal etwas weniger davon sähe. Haha! Bin nämlich gewissermaßen Fernfahrer. Gestatten - Weßmernicht, mein Name. Bayrisch für ‚Keine Ahnung.'" Weßmernicht ließ sich ungefragt auf einen Stuhl am Tische Falks fallen, der seinerseits auf der Bank saß. Er trug einen abgelebten beige-grünen Anzug mit aufgenähten Lederflecken auf den Ellbogen, darunter ein cremefarbenes Polyesterhemd, das über dem leicht rundlichen Bauch spannte, und bei dem der oberste Knopf offen war. Die schütteren rotblonden Haare, mühsam seitlich über eine beginnende Glatze gezogen, standen im krassen Kontrast zu den buschigen Koteletten und Augenbrauen. Hinter dicken Brillengläsern huschten wache Augen, auf der ständigen Suche nach Gelegenheiten. „Ich bin Fuhrunternehmer. Weßmernicht Transporte. Schon lange im Geschäft." „Und was machen Sie da so?" „Ober, ein Bier!" Weßmernicht zog ein Portemonnaie hervor, und aus diesem eine abgegriffene Karte. „Hier, sehen Sie eingetragen im Handelsregister seit 25 Jahren." „Ja, da steht aber doch Autoersatzteil- und Felgenhandel." „Ja, damit ging's los, geben Sie mal wieder her." Schnell steckte der seltsame Spediteur seinen Geldbeutel wieder ein. „Wo wollen Sie denn hin?" fragte er lauernd. Er hatte aus Falks Verhalten geschlossen, daß es diesem, egal wohin er auch wollte, zu langsam ging. „Weit weg sind Sie ja noch nicht von Münster. Was ist denn Ihr nächstes Ziel?" „Na, so ein Stückchen würd' ich erst schon mal gern fortkommen…" „Nichts leichter als das. Seien Sie Gast von ‚Weßmernicht Transporte'!" „Wo geht's denn hin?" „Also nach, umh, ähä, Aachen." „Das ist aber nett! Wann fahren Sie denn los?" Weßmernicht nahm einen guten Schluck aus seinem Bierglas, beugte sich verschwörerisch zu Falk und flüsterte: „In einer Viertelstunde. Warten Sie an der Beifahrertür, es ist der weiße Laster draußen." Der Fuhrunternehmer glitt wieder an den Tisch, von dem er gekommen war, und machte sich an den noch übrigen Nachtisch seines ansonsten verspeisten Menüs. Falk überlegte. Einerseits wäre er gern eine Nacht in die sichere Behaglichkeit des Landgasthauses eingekehrt. Andererseits hatte Weßmernicht Recht. Er fand im Gegensatz zu den älteren Lavesumern nicht, daß er schon weit gekommen sei. Und Aachen hörte ich doch schon mal gut an. Er müßte ja nicht selber fahren, und könnte sich im Laster ausruhen. Weßmernicht bedeutete ihm, er solle doch schon mal hinausgehen. So zahlte Falk und wartete mit Rucksack und seinem Stockschirm Joseph am LKW, den er nicht wegen seiner weißen Farbe - das hätte eher Schwierigkeiten gemacht-, sondern deshalb gleich fand, weil es der einzige war. Nicht bald darauf kam Weßmernicht. Er schloß die Tür des Gasthauses in katzenhafter Weise, um dann auf einmal in einem Tempo, daß man ihm nicht zugetraut hätte, auf den Laster loszuspringen. „Schnell, steigen Sie ein, es ist offen!" Falk kletterte mit seinen Sachen in das Fahrzeug, schon ließ Weßmernicht den Motor an. „Wozu denn die Eile?" „Gleich, gleich!" Schon rollte der LKW los. Falk sah im Rückspiegel, wie sich die Tür des Gasthauses öffnete, und der Wirt wild gestikulierend hinauslief. Der Spediteur zog den Kopf zwischen die Schultern und trat aufs Gas. In wenigen Minuten bog er auf die A 43 nach Süden. Eine Zeitlang herrschte peinliches Schweigen. Dann kam Weßmernichts Kopf wieder langsam hervor, Falk fühlte sich an eine Schildkröte erinnert. „Was hatte der Wirt denn? Haben Sie etwa nicht bezahlt?" „I wo - war ihm wohl nur zu wenig Trinkgeld." Er brummelte etwas von verbranntem Fleisch und schaute verlegen aus dem Fahrerfenster. Falk schluckte. Offensichtlich war der famose Spediteur ein Zechpreller. Aber er mußte diplomatisch bleiben, wollte er es sich mit seinem Gastgeber nicht verderben. „Danke übrigens, daß Sie mich umsonst mitnehmen!" „Ach ja, da haben wir ja noch gar nicht drüber gesprochen. An eine Fahrtkostenbeteiligung war natürlich schon gedacht." Jetzt wurde es unangenehm. „Davon haben Sie eben aber nichts gesagt. Sie sagten: ‚Seien Sie mein Gast'. „Ja, Gast. Noch nie was von ‚Fahrgast' gehört?" „Sie können mich bei der nächsten Gelegenheit wieder rauslassen." „Tja, aber es gibt jetzt keine Gelegenheit. Ich fahre durch." Falk wußte nicht recht, wie er da rauskommen sollte. Am besten, er bot was an, bevor Weßmernicht was forderte. „Also schön, ich gebe Ihnen 20 Euro." Sein Fahrgastgeber prustete los. „Wissen Sie, was ein Zugticket nach Aachen kostet? Also 40 müssen es schon sein." „Das find' ich echt nicht fair." Falk atmete schwer. „Ach, diese Studenten. Will ich gnädig sein, 30, aber subito!" Nervös zog Falk seine Geldbörse heraus. Er griff einen Zwanziger und einen Zehner aus einer Reihe von

Scheinen und bemerkte in diesem Moment, wie Weßmernicht unverblümt in sein Portemonnaie schielte. Er steckte die Noten rasch in die Brusttasche seines Polyesterhemdes. „Jaja, die armen Studenten." Seine Augen huschten hinter den Brillengläsern hin und her. Dann faßte er unter den Sitz und brachte einen Flachmann hervor. Er nahm einen einzigen, aber kräftigen Schluck. „Nur einen Tropfen. Gegen die Nervosität. Bei dem Verkehr heutzutage... Fahrgäste dürfen übrigens auch mal." Falk lehnte den angebotenen Metallbehälter dankend ab. Hoffentlich war der eigentümliche Fuhrunternehmer nicht zu nervös. Längst war man an Recklinghausen vorbei, bald an Gelsenkirchen, hatte dann das Ruhrgebiet durchkreuzt. Da gab es häßliche Ecken, aber auch überraschend viel Grün. Die Erzählungen seines Vaters von Zechen und Hochöfen, von Stahlabstich und feuerrotem Nachthimmel schienen ins Legendenhafte entrückt. Am Kreuz Gevelsberg mündete die A 43 in die A1, wen wunderte es, eine der ältesten Autobahnen des Landes. Sie hatte viele Kurven, die spätere Planer sicher unter allen Umständen vermieden hätten, und die Fahrbahn war trotz zahlloser Reparaturen nicht im Idealzustand. Fast überall war die Geschwindigkeit auf 100 Kilometer pro Stunde begrenzt. Besucher aus anderen Teilen der Welt, in denen von Generation zu Generation Mythen über ein in Deutschland nicht vorhandenes Tempolimit weitergesponnen wurden, wären entsetzt gewesen. Erstaunlich war, daß an einigen Stellen, die den Fahrern besonders gefährlich schienen, die Begrenzung aufgehoben war, um dann an solchen, wo die Fahrbahn eben, gerade und dreispurig verbreitert war, mit im Gebüsch versteckten Schildern wieder Geltung bekam. So war die A1 für die Bezirke, durch die sie verlief, eine attraktive Einnahmequelle. Besorgt verfolgte Falk, wie Weßmernicht einen weiteren tiefen Beruhigungsschluck einnahm. Der Laster zog dabei leicht nach links, überholende Autos hupten. Nach Wuppertal lag rechts Solingen. Falk mußte daran denken, daß diese Stadt im Mittelalter neben Toledo der wichtigste Ort europäischer Schwertproduktion gewesen war. Noch heute war der Name für Messer international Inbegriff von Qualität. Wie es jetzt wohl den Freunden ging? Er mußte lächelnd daran denken, wie sie zufällig herausgefunden hatten, daß sich jeder von ihnen irgendwann oder -wie mal mit der Fechterei beschäftigt hatte. Es war dunkel geworden, und die Lichter des nahen Köln kamen heran. Köln - hier wohnte Sigune. Ob sie schon etwas gehört hatte? Nein, es war noch zu früh, jetzt wollte er sie noch nicht kontaktieren. Weßmernicht folgte weiter der A1, die bei Leverkusen den Rhein überquerte und die Domstadt gewissermaßen links liegen ließ. Bald schwenkte der ehemals weiße Laster in westlicher Richtung auf die A4 ein. ‚Aachen' stand auf den Vorwegweisern, auch ‚Belgien'. Richtig, die Grenze war ja nicht weit. Falk gähnte herzhaft, unterbrach sich dann aber dabei selbst. Ihm fiel schlagartig ein, daß er die Frage des Nachtquartiers noch gar nicht bedacht hatte. Indem betätigte Weßmernicht den Blinker und fuhr von der Autobahn ab. „He, Sie wollen doch nach Aachen! Hier steht aber Düren!" „Sachte, sachte, mein Junge. Ich sagte, so etwa bis Aachen. Und das stimmt ja auch." „Nichts stimmt", rief Falk erregt. „Ich will nach Aachen." „Ja, morgen vielleicht, jetzt muß ich erst nach Hause. Wohn' hier gleich hinter Düren. Ich hab' auch einen Platz für dich zum Schlafen." Er grinste Falk breit an, der sich nicht erinnern konnte, seinem Fahrgastgeber das ‚Du' angeboten zu haben, und dem es vollends mulmig wurde, als hinter dem bald erreichten Düren auf eine unbeleuchtete Landstraße abgebogen wurde. „Wieviel Geld hast Du eigentlich dabei?" Falk schrak zusammen, antwortete nicht. „So, da wären wir…", sagte der Schein-Spediteur bedrohlich, und zog auf den matschigen Vorplatz eines nur von Funzellaternen beleuchten Bauernhofs. Die ganze Anlage machte einen heruntergekommen Eindruck. Dies war für einen kurzen Moment, wie Falk dachte, besser zu sehen durch die Scheinwerfer eines vorbeifahrenden Autos und ein seltsames bläuliches Licht. Der Moment wurde jedoch lang, das Auto hielt nämlich vor dem LKW. Es handelte sich um eine Polizeistreife. „Scheiße, Bullen! Sofort weg mit dir in die Schlafkabine!" Weßmernicht packte Falk am Arm und schleuderte ihn regelrecht hinter den Vorhang, der das Schlafareal vom Führerhaus abtrennte. „Guten Abend, Polizei. Routinekontrolle. Bitte mal alle üblichen Papiere. Führerschein und Fahrzeugschein zuerst!" Ein Lichtschein, offensichtlich von einer Polizeitaschenlampe, strich durch das Führerhaus. Der seltsame Fuhrunternehmer suchte umständlich. Da sagte ein zweiter Polizist, der ihn offensichtlich kurz angeleuchtet hatte. „Weßmernicht, das gibt's doch nicht! Den Führerschein brauchen Sie schon mal nicht mehr zu suchen." „Den haben wir ja", lachte der andere. Los, steigen Sie mal aus! Und zeigen Sie uns Ihre Hände!" Der Spediteur polterte aus der Tür. „Was weht denn da für ein Fähnchen?" „Tippe, Cognac aus dem Aldi." Weßmernicht schwieg. „Weßmernicht, ich weiß es nicht! Wir müssen Sie mitnehmen. Ist Ihnen ja klar. Hotelbett gibt's aber gratis." Lautlos und ohne Widerstand ließ sich der Fahrgastgeber in den Peterwagen stecken. Der Motor wurde angelassen, und schon wollte Falk aufatmen, als auf einmal die Beifahrertür des LKW aufgerissen wurde. Ein Lichtstrahl geisterte herein, und einer der Polizisten machte sich am Handschuhfach zu schaffen. „Na, wenigstens etwas", murmelte er irgendwann. Dann zog er den Schlüssel aus der Zündung, warf die Tür zu und schloß ab. „Um den Rest kümmern wir uns morgen!" rief er seinem Kollegen zu. Dann stieg der Beamte ein, und das Einsatzfahrzeug entfernte sich rasch. Falks Herz schlug bis zum Hals. Er konnte alles gar nicht so schnell verarbeiten, wie es passiert war. Er fühlte sich völlig zerschlagen, und war in wenigen Minuten eingeschlafen.

Es mußte schon relativ spät am Morgen sein, als er aufwachte. Er zog die Vorhänge der Schlafkabine auseinander und spähte hinaus. Schlagartig kam ihm der letzte Satz des einen Polizisten in Erinnerung. Sie könnten jeden Moment ankommen und den LKW untersuchen. Noch war alles friedlich. Der heruntergekommene Bauernhof und die ihn umgebende sanft hüglige Landschaft mit Äckern, Feldern und Wäldchen lagen still unter den Resten eines feinen Nebels. Er atmete kurz durch und schaltete das Radio ein. Der erste Sender, der klar hereinkam, dröhnte ihn mit sakraler Orgelmusik an. Er rechnete zurück. Ja, heute mußte Sonntag sein. Die Polizei würde sich also vermutlich erst am folgenden Tag um die Angelegenheit kümmern. Nun bestätigte ein Moderator den Wochentag und kündigte aus einer live übertragenen Messe nun eine Predigt an, den sechsten Teil einer thematischen Reihe über die 10 Gebote. Falk schaltete um auf einen Rock-Kanal und entspannte sich. Er kramte die Karten hervor, ortete seine Lage und überlegte, wie es weiter gehen sollte. Ohne recht zu wissen, warum, stöberte er etwas im Führerhaus herum, und fand in einer Box zwischen den Sitzen einen Schlüsselbund. Daran waren Haustürschlüssel, zweifelsohne aber auch ein Ersatz-Zündschlüssel für den LKW. Er nahm frische Unterwäsche aus seinem Rucksack und schritt völlig unbekümmert auf den verfallenen Bauernhof zu. Eine innere Stimme sagte ihm, daß dort niemand wohnte. Außer Weßmernicht, und der war nicht da. Einer der Schlüssel paßte, er betrat das Haus, dessen Inneres Spiegel des äußerlichen Zustands war. Es roch miefig, modrig, in der Küche, wo sich ungespültes Geschirr stapelte, stank es. Im Bad war alles schmutzig, und Falk mußte Sorge tragen, wirklich sauberer heraus als herein zu kommen. Wieder im Laster stellte er fest, daß er außer ein paar Müsliriegeln nichts zum Frühstück hatte. Vor allem fehlte Kaffee. Er setzte sich hinter das Lenkrad und kaute. Und dann, als ob jemand anders seine Hand führte, steckte er den Zündschlüssel ins Schloß und drehte ihn um. Nichts passierte. Er ließ ihn kurz so stehen, drehte zurück und wieder vor. Zu seinem Erstaunen sprang der Diesel an, der LKW rüttelte und schüttelte sich, so als wache er auf. Sonntagsruhe und abgelegene Gegend - da konnte man doch wagen, sich ein paar Meter des Weges zu erleichtern. Er besaß keinen LKW-Führerschein, aber bildete sich ein, daß, wenn man es vorsichtig anstellte, so ein Ding auch so fahren könnte. Auf den ersten Blick war das Fahrzeug ja nur groß und hatte deutlich mehr Gänge als ein PKW. Und so zog er in die Fahrbahn. Nicht eine Sekunde meinte er, einen Diebstahl zu begehen. An Weßmernicht konnte man gar keinen begehen. Mit einiger Sicherheit war der famose Spediteur selbst auf unredliche Weise in seinen Besitz gekommen. Außerdem konnte und durfte jener ihn ja gar nicht mehr fahren. Und er selbst wollte ihn lediglich ein Stückchen weit fahren, um ihn dann irgendwo auffällig abzustellen. Also konnte es sich gar nicht um einen Diebstahl handeln. Er fuhr zunächst sehr langsam, in den unteren Gängen. Er erklomm ein paar Hügel und kam auch sicher wieder von ihnen herunter. Bergrunter schien allerdings das größere Problem zu sein. Er befand sich auf der Landstraße 399, wie er feststellte, die von Nord nach Süd durch den Hürtgenwald führte. Dieser war Teil des Naturparks Nordeifel - Hohes Venn, welcher seinerseits im Deutsch-Belgischen Naturpark lag. Bei soviel Naturpark mochte man vergessen, daß hier am Allerseelentag 1944 eine der größten und verlustreichsten Schlachten des Zweiten Weltkriegs stattgefunden hatte. Die U.S. Army hatte mit der deutschen Wehrmacht im seinerzeit vom Regen aufgeweichten, verschlammten Terrain einen zermürbenden Kampf um eine Gegend von zweifelhafter strategischer Bedeutung geführt. Am Ende kostete die Schlacht über 70.000 meist jungen Menschen das Leben, Amerikaner waren etwa genauso viele gefallen wie im gesamten Vietnamkrieg. Dies war wohl auch der Grund, warum dieser Wald bei Amerikanern mehr im Gedächtnis war als bei den Deutschen selbst. Viele ältere Touristen aus den USA, aber auch Kinder hier ums Leben gekommener Soldaten reisten in den Hürtgenwald, um ihrer Angehörigen zu gedenken. Vermutlich war auch der Reisebus, hinter dem er sich jetzt schwitzend um ausreichenden Abstand mühte, voll von Amerika-nern. Neben Menschen aus Amerika, Deutschland und anderen Ländern, die meist in untereinander freundschaftlicher Weise das Gedenken an eine der entsetzlichsten Schlachten des entsetzlichsten aller Kriege pflegten, gab es auch eine Gruppe deutscher und internationaler Waffen- und Militärfanatiker, die auch mehr als ein halbes Jahrhundert später immer noch das schier unerschöpfliche Reservoir der Waldböden nach Relikten durchkämmte. Der Bus vor ihm bog jetzt nach links ab, auf Vossenack zu. Plötzlich stoppte er abrupt, und Falk mußte mit voller Kraft auf die Bremse steigen, um ihn nicht zu rammen. Da gab es eine Gedenkstätte, und gerne hätte Falk sie besucht. Doch es war ihm nicht möglich, den LKW rechtzeitig anzuhalten, und drehen wollte er auch nicht, um jede Auffälligkeit zu vermeiden. Der Motor röhrte laut, Falk merkte, wie die Temperatur im Führerhaus anstieg. Offensichtlich sagte dem LKW die Fahrt im ausschließlich unteren Gangbereich nicht zu. Irgendwann kam er an eine Kreuzung mit einer größeren Straße, die auch als ‚Venn-Route' ausgewiesen war. Es schien ihm zu riskant, auf dieselbe aufzufahren, und überquerte sie lieber. Weiter ging es durch nun ansteigendes Gelände, zu seiner Rechten lag die Rurtalsperre. Die Gegend war malerisch, die Strecke wurde jedoch immer kurvenreicher. Falk wurde sich bewußt, daß er an das Ende seiner LKW-Fahrkünste gekommen war. Der Motor wurde immer lauter, die Temperaturanzeige begann mittlerweile auch, sich bedrohlich weit nach oben zu bewegen. Bei Heimbach bog er schwitzend nach rechts, einen Hügel kam er auf dieser durch bewaldetes Gebiet führenden Straße noch hinauf, in einer großen langgezogenen Kurve herunter krachte es einmal kurz, und der Motor ging aus. Wahrscheinlich war er sogar hinüber. Falk kuppelte aus, und es gelang ihm, den LKW noch auf einen Schotterplatz neben der Fahrbahn zu rollen. Zwei Autos fuhren vorbei, deren Insassen keine Notiz von ihm nahmen. Er zog den Schlüssel ab und warf ihn wieder in die Box zwischen den Sitzen, griff seinen Rucksack und Joseph, und kletterte aus dem Führerhaus. Er schaute sich um, weit und breit niemand zu sehen. Und so begann er der Straße entlang zu wandern, als sei nichts gewesen, und als könne der LKW mit niemandem auf der Welt so wenig zu tun haben wie mit ihm.

Die Straße führte etwas abwärts, dann für geraume Zeit ziemlich gerade bergan. Auf dem Höhenkamm schlug sie einen großen Linksbogen um eine ausgedehnte, offensichtlich klösterliche Anlage. Nicht etwa, weil er einen Polizeiwagen aus der Gegenrichtung herankommen sah, sondern um abzukürzen, lief er an dieser Stelle einfach geradeaus. Er mußte durch eine kleine Baumgruppe bevor er dann eine riesige Wiese überquerte, die sich westlich des Klosterwalls erstreckte. Er hielt sich ziemlich nahe an der Einfassungsmauer, bis diese nach Osten hin zur Straße drehte. Zunächst wollte er ihr weiter folgen, doch dann sah er erneut einen Polizeiwagen, diesmal in die andere Richtung fahren. Vielleicht war es der gleiche von vorhin. Zwar hatte er ja rein gar nichts mit dem abgestellten ehemals weißen Laster zu tun, aber wer weiß, was Weßmernicht über ihn erzählt hatte. Zuzutrauen war dem alles. Es konnte von daher nicht schaden, sich zumindest für gewisse Zeit etwas abseits der Straße zu bewegen. So lief er geradeaus weiter und kam wieder an ein großes Waldstück, an dessen Beginn ein Friedhof lag. Die von den Bäumen geschützten Reihen gleichförmiger Steinkreuze deuteten auf die letzte Ruhestätte von Soldaten hin. Eine Tafel zeigte an, daß es sich um die Toten eines Feldlazaretts handelte, das während des Krieges vorübergehend in dem Kloster eingerichtet worden war. Falk setzte sich auf eine Steinkante und nahm für einen Moment den Rucksack ab. Wie ruhig es hier war. Ein milder Wind fuhr durch die Bäume und Grabkreuze. Er schloß die Augen, lehnte sich zurück und atmete gleichmäßig. Ein Lächeln spielte um seine Lippen. Da raschelte es auf einmal hinter ihm, ein Geräusch, wie es nur ein großes Tier erzeugen konnte. Blitzschnell sprang Falk auf, gleichsam automatisch hatte er dabei den Stockschirm ergriffen und hielt ihn abwehrend vor sich. „Nein, halt, fürchte dich nicht!" rief ihm eine unwirkliche Erscheinung aus dem Buschwerk zu. Sie trug ein schmutziggraues Gewand, darüber ein schwarzes Schulterkleid, beides von einem ledernen Gürtel zusammengehalten. Kopf- und Haupthaar waren unregelmäßig gestutzt, so wie es wohl bei jemandem vorkommen mag, der sich ohne Spiegel rasieren muß. Die Gestalt ruderte wild mit den Armen, gepaart mit ihrem wirren Blick gab sie Falk keinen Anlaß, den Schirm sinken zu lassen. „Bleiben Sie stehen, wo Sie sind. Es könnte sonst üble Folgen für Sie haben!" „Bruder, Bruder, welch' Geist ist in dir!? Erkennst denn auch Du mich nicht?" „Nein, warum sollte ich denn, ich hab' Sie ja schließlich noch nie gesehen!" Die Gestalt hörte zu rudern auf und ermannte sich, stand schließlich vergleichsweise ruhig. „Ich bin's doch. Der Hl. Bernhardus!" „Ja, sowas", tat Falk erstaunt. „Da hab' ich Euch wirklich nicht erkannt." Der seltsame Heilige deutete auf das unten liegende Kloster. „Die da, sie haben keine Ahnung. Sie irren ab vom rechten Wege." „Woher wißt Ihr das denn?" „Ich lebte unter ihnen, doch sie erkannten mich nicht." Er legte den Kopf bedeutungsvoll in den Nacken. „Sie wollten meine Worte nicht hören und trieben mich fort." „So hat man Euch ausgeschlossen?" „Nun, das nicht, doch meines Bleibens ward bei dieser Unverständigkeit nicht länger, und so wählte ich den Weg in die Einsiedelei." Falk ließ den Schirm etwas sinken, und sogleich trat der entsprungene Mönch näher heran. „Schludrig im Einhalten der Regel, selbst die Landwirtschaft haben sie abgegeben. Mit Erbsensuppe und Likör verdienen sie ihren Lebensunterhalt. Bah!" Bei ‚Erbsensuppe' horchte Falk auf, und das Kloster begann ihn trotz der Worte des Hl. Bernhardus anzuziehen wie ein Magnet. Von ihm aus nächst hinter der Mauer lag ein längeres Gebäude mit einem großen über den Dachfirst hinausragenden Giebel in seinem linken Teil, und mit einer auffälligen Reihe von kleineren Spitzgiebeln im rechten, in dem vielleicht das Dormitorium untergebracht war. Schräg dahinter versetzt die Kirche, ihren Turm am fernen Ende. „Schwatzen mit den Leuten in der Gaststätte - und das nennt sich ‚Strengere Observanz'". „Ich stelle mich der Gefahr!" meinte Falk, schwang den Rucksack auf die Schultern und zog auf die Anlage los. „Tu's nicht, mein Sohn! Du wirst es bereuen. La Trappe! Weißt Du, was das heißt? Die Falle, haha!" Mit einem markerschütternden Lachen verschwand Bernhardus im Wald.

Die Erbsensuppe im Restaurant schmeckte köstlich. Falk las, daß sie nach einem von den Mönchen vor über fünfzig Jahren entwickelten Rezept zubereitet worden war. Zum zweiten Mal innerhalb der wenigen Tage seiner Reise sorgte eine Erbsensuppe für seine Stärkung, merkwürdigerweise jeweils gereicht aus dem Kreis einer Männergemeinschaft, wenn sich diese auch gänzlich unterschieden. Kein Wunder, daß Altkanzler Helmut Schmidt dieses Gericht so sehr schätzte. Vielleicht lag es an ihm, daß er bis ins hohe Alter diese geistige Energie und Frische behalten hatte. Trotz Erbsensuppe überkam Falk eine behagliche Müdigkeit, befördert vom schweren Trappistenbier, das allerdings nicht von hier kam, sondern von einer Abtei in Belgien zugeliefert wurde. Er sank am Tisch etwas vor und bemerkte gar nicht, wie er einschlummerte. Eine freundliche Stimme weckte ihn: „Wanderer, Sie sind der letzte Gast. Wir schließen jetzt!" Falk sah auf, und mit Schreck, daß es schon dämmerig war. „Wissen Sie schon, wo Sie heute Nacht schlafen werden? Weit kommen Sie ja nicht mehr, und weit und breit gibt es hier eigentlich nichts." Falk schüttelte langsam den Kopf. Der sympathische ältere Mönch, der ihn ansprach, war ganz ähnlich gekleidet wie der wirre Eremit. Nur, daß sein Habit tadellos war. Mit den nächsten Worten nahm er mit seinem ganzen Körper eine einladende Haltung an. „Wir haben hier auch ein Gästehaus. Es ist eigentlich gedacht für Gäste, die sich für einige Tage in der religiösen und stillen Atmosphäre unserer Abtei spirituell erneuern wollen. Doch seien Sie für eine Nacht herzlich willkommen." „Vielen Dank, Pater, das hilft mir wirklich sehr." Der Pater übergab ihm dem für die Gäste zuständigen Bruder, der ihn in ein kleines, schlicht eingerichtetes Zimmer führte. Bett und Kleiderschrank waren aus demselben hellen Holz gefertigt. An der Wand hing ein größeres einfaches Kreuz. Der Bruder entschuldigte sich mit dem Hinweis, daß er zur Komplet müsse, dem letzten der sieben Stundengebete des Tages. Falk dankte, stellte seinen Rucksack an den Schrankteil, legte die Jacke ab und machte sich erst mal im kleinen Badebereich etwas frisch. Dann trat er ans Fenster. Unten waren mehrere Mönche auf dem Weg zur Kirche. Bald, es war genau halb acht, begann die Komplet. Prägende liturgische Form des Stundengebets ist der Gregorianische Choral, der das Gebet der Mönche trägt. Falk lauschte versunken dem Gesang. Am liebsten wäre er in die Kirche gegangen, doch wagte er nicht, die Mönche zu stören. Er legte sich angezogen aufs Bett. Vieles ging ihm durch den Kopf. Das Leben in einem Kloster, gerade in einem abgeschiedenen, hatte ihn von jeher fasziniert. Dinge wie der Gregorianische Gesang oder eindrucksvolle Habits waren zwar attraktive, aber eher äußerliche Elemente. Die Entsagung von der lauten, wirren Welt, dem Wettrennen um Aufstieg und Erfolg sich zu verweigern, und dafür der Eintritt in ein Leben der Ruhe und Geregeltheit, ein Sieg über sich selbst in der Beschränkung und einer gewissen Perspektivlosigkeit. Nun waren Mönche an und für sich aber vermutlich eben nicht perspektivlos, sondern ihr ganzes Leben war auf Gott beziehungsweise einer für sie optimierten Art des Dienstes an ihm ausgerichtet. Und hier lag genau sein Problem. Es ermangelte ihm an Stärke im Glauben. Dennoch beschloß er, am nächsten Morgen den Abt darum zu bitten, zumindest einige Tage als Gast die Gemeinschaft der Mönche begleiten zu können. Er fand schwer in den Schlaf. Wälzte sich hin und her mit Gedanken und Bildern von dem Entdecken der Entführung Arthurs bis zu seiner Station hier. Bis jetzt hatte er in seiner eigentlichen Mission nichts erreicht. Er hatte völlig unabhängig von derselben einen Menschen gerettet, dafür aber einen anderen töten müssen. Die zwei Entleihungen fahrbarer Untersätze würden Dritte unter Umständen doch als Diebstahl einschätzen. Er fluchte leise und fragte sich, ob es das Kloster war, das so an ihm nagte. Falk schlief kurz ein, wachte aber bald wieder auf und schaute auf seine Uhr. Kurz vor vier. Er hörte ein Geräusch, ein flackernder Schein ließ ihn ans Fenster treten. Ein Mönch eilte mit einer Laterne in die Kirche. Aha, wohl das erste Morgengebet. Es hielt ihn nicht mehr, er schlich sich aus dem Zimmer und drängte sich lautlos in das Gotteshaus, wo er die Vigil vom hinteren Kirchenschiff aus still mitverfolgte. Als sich der Gesang seinem

Ende zu nähern schien, duckte er sich wieder hinaus in die Nacht und machte sich still in sein Zimmer. Endlich fiel er in einen tiefen Schlaf.

Als er aufwachte, war es heller Tag. Er wusch sich, versuchte aber, kein Wasser zu verschwenden, zumal man ihn ja freundlich für eine Nacht aufgenommen hatte. Für eine Nacht. Er merkte, wie der Drang in ihm immer stärker wurde, eine etwas längere Zeit, zumindest ein paar Tage in der Abtei zuzubringen. Sein schwach ausgeprägter Glaube schien ihm immer weniger Gegenargument. Er mußte etwas zur Ruhe kommen, seine Kräfte sammeln und sich fokussieren. Irgendwo hatte er zwar das Gefühl, sein zielloses Wandern durchs Land wäre grundsätzlich kein falscher Weg. Dabei mochte er zufällig auf etwas stoßen, das zu Arthur führte. Das hörte sich zwar unwahrscheinlich an, angesichts fehlender Indizien und Fakten wäre ein geplantes Vorgehen aber auch unlogisch gewesen. Vielleicht verhielt es sich so, daß der Weg zu Arthur gar nicht von einer bestimmten Straße oder einem klar zu bezeichnenden Punkt abging, sondern von einer Situation oder einem Zustand. Metaphysisch betrachtet, also in einer anderen Dimension zu finden sei. Mit Glück würde es zu dieser eine Art Schleuse geben. Wenn die Dinge so lagen, konnte die Schleuse vielleicht überall gefunden werden, vorausgesetzt eine richtige Konstellation notwendiger Faktoren. Er mußte über diese Dinge intensiv nachdenken, und das konnte er auf Fahrrädern mit verbogenen Felgen, in Bundeswehr-Jeeps oder entliehenen LKWs, für die er keinen Führerschein besaß, nicht so richtig. Nach dem reichhaltigen Frühstück, das man für ihn beiseit gestellt hatte - die Mönche hatten schon die Terz hinter sich und waren voll mit ihren jeweiligen Tätigkeiten beschäftigt - suchte er den Abt auf, um sich nach den Bedingungen für eine Verlängerung seines Aufenthaltes zu erkundigen.

Der Abt - es handelte sich um den freundlichen älteren Mann, der ihn in der Gaststätte geweckt hatte - war überrascht, aber als ihm Falk von der Faszination erzählte, die das Klosterleben seit langem auf ihn ausübe, willigte er schnell in eine mehrtägige Beherbergung ein. „Schauen Sie sich einfach mal genauer an, wie wir hier leben. Leben Sie mit uns in der Gemeinschaft!" Er lehnte sich zurück und verschränkte die Hände vorm Bauch. „Vielleicht gefällt es Ihnen ja so gut, daß Sie bei uns bleiben möchten." Falk lächelte demütig, ohne den Kopf zu bewegen. „Die langen Haare könnten Sie übrigens behalten." Falk lächelte wieder, und nickte diesmal. Er dachte an die kahlgeschorenen Köpfe der Mönche, denen er in der Nacht zugehört hatte. Kein Zweifel: nach den vielen Wechselfällen, denen das Kloster in seiner langen Geschichte ausgesetzt war, war die größte Bedrohung jetzt die seit Jahren rückläufige Zahl der Berufungen. „Arbeit, Gebet und Lesung der Schrift bestimmen unser Leben. Was die Arbeit angeht, können Sie im Klausurgarten oder in der Likörfabrik, außerdem auch bei anfallenden Dingen wie Putzen, Kochen und Spülen aushelfen." „Und wie steht es mit der Feldarbeit?" fragte Falk gespielt neutral. „Landwirtschaft betreiben wir heute nicht mehr. - Also, zweite wichtige Basis unserer Lebensform ist das Gebet. Wir folgen dem kanonischen Offizium, sieben gemeinsam in der Kirche verrichtete Gebetszeiten eben, und dazu das ganz private Gebet. Bleibt Ihnen überlassen. Heute vor der Vesper nehme ich übrigens die Beichte ab. Kommen Sie doch um halb fünf vorbei, allerdings nur wenn Sie möchten. Keinerlei Verpflichtung!"

Der für die Gäste zuständige Bruder, Damian sein Name, wies ihn in verschiedene einfache Tätigkeiten ein, bedeutete ihm aber, daß sämtliches der Freiwilligkeit anheim gestellt sei. Dabei lernte Falk wesentliche Teile der klösterlichen Anlage kennen, nach der Einführung wanderte er weiter innerhalb der Mauern umher, um sich mit dem Rest vertraut zu machen. Flüchtig sah er auch zum Kriegerfriedhof hinüber. Es schien ihm, als bewegte sich dort etwas, doch genau war das aus der Ferne nicht auszumachen. Schon schlug es halb fünf, schneller, als er gedacht hatte. An seine letzte Beichte konnte er sich im Ernst nicht mehr erinnern. Dafür aber an all das, was er in Schule und Studium über die Funktionalisierung der Beichte durch die katholische Kirche gelernt hatte. Ablaßbriefe bildeten dabei nur die Spitze des Eisberges. Oder Luther, den es mitsamt der reformierten Kirche ohne herkömmliche Bußverfahren und ihre Abirrungen vielleicht gar nicht gegeben hätte. Gleichwohl ging er in den gotischen Sakralbau, setzte sich aber zunächst nur in die hinteren Reihen. Ein Mönch trat soeben in den Beichtstuhl, auf den von der durch die Fenster der gegenüberliegenden Seite ein breites Licht fiel. Er blieb vergleichsweise nur kurz drinnen, nun, welche große Sünden sollte man hier schon haben? Sicher keine nach allgemeinen Maßstäben, es sei denn, sie lägen in vorklösterlicher Vergangenheit. Eine ältere Frau mit Kopftuch trat nun ein, da dauerte es etwas länger. Die beiden waren die einzigen zur Beichte Erschienenen, und Falk mußte sich überlegen, das Gotteshaus jetzt zu verlassen, oder aber den Beichtstuhl zu betreten. Trotz großen inneren Widerstands entschied er sich zu letzterem. Der Abt grüßte gemäß dem formalen Ablauf, wechselte aber schnell zur

Normalsprache, als er sah, daß Falk dessen nicht mächtig war. Als er fragte, wann seine letzte Beichte gewesen wäre, antwortete Falk: „Pater, peccavi."

Der Abt hatte lange und geduldig zugehört, ihn nach seiner Einschätzung des Geschehenen gefragt, die mangelnde Reue verstanden, und am Ende „Ego te absolvo!" gesagt. Falk war aus dem engen Gestühl getorkelt. Er fühlte sich keinesfalls befreit. Zu aufgewühlt, blieb er Vesper und Komplet fern. Konnte ein dritter einem vergeben, was man an einem zweiten beging? Nur dieser zweite selbst konnte das tun, wenn es ihn jedoch nicht mehr gab - und im Extremfall die Tat gerade dazu geführt hatte -, konnte man sich nur noch selbst vergeben. Oder, anders herum, was man sich selbst nicht vergeben konnte, konnte einem auch kein dritter vergeben. Am Abend studierte er ein wenig den Text des Liedes ‚O Haupt voll Blut und Wunden', den ihm der Abt weniger als Bußübung denn zur Meditation aufgegeben hatte. Es half ihm nicht, allenfalls gelangte er zur Einsicht, daß nur ein - wie hier sprachlich formuliert - tiefster Glaube ein Leben nach dem Konzept des Ordens denkbar machte.

In den nächsten Tagen nahm er an den meisten Gebetszeiten teil, half in der Küche und bei der Likörherstellung. Das Aufstehen zur Vigil fiel ihm schwer, der Rest ging. Am dritten Tag begann er, die Schweigsamkeit der Gemeinschaft, die er zu Beginn faszinierend gefunden hatte, als immer beklemmender zu empfinden. Auch am dritten Tag fragte er den Abt bei einem Zwiegespräch, ob alle seine Ordensleute innerhalb der Klostermauern wären. Sehr gedehnt kam die Antwort, daß es, für den Rest der Gemeinschaft nicht sichtbar, auch Einsiedler gäbe, die in völliger Einsamkeit lebten. Ob er jemanden zufällig getroffen habe? Zum ersten Mal verfinsterte sich die Miene des Klostervorstehers. Falk dachte an Bernhardus, und beschloß, die Begegnung mit ihm nicht zu erwähnen. Am vierten Tag fühlte er sich zwar deutlich ruhiger als bei seiner Ankunft, und alle Abläufe im Kloster gingen, ihn einschließend, gemäß ihrer Regelung vonstatten. Und dennoch wußte er nach der Vesper, daß er von hier aus nicht auf den Weg zu Arthur gelangen würde. Er packte seine Sachen zusammen, verabschiedete sich bei Damian und dem Rest der Brüder und Patres. Als letztes ging er zum Abt. Dieser sah ihn zunächst lange prüfend an, die Milde, die Falk am Anfang bemerkt haben wollte, schien gewichen. Vielleicht war es auch die Enttäuschung, daß sich, wie so oft schon bei einem Gast, keine Berufung entwickeln sollte. „Sie sind auf der Suche. Unser Weg ist wohl nicht der richtige. Für Sie. Wir hoffen, daß es ein richtiger für uns ist." Er beugte sich leicht vor. „Ganz sicher kann man sich nie sein, aber wir müssen auf Gott vertrauen. Wenn wir das tun, gibt es bestimmt auch mehrere Wege. Ich wünsche Ihnen jedenfalls, daß Sie einen richtigen finden. Und scheuen Sie sich nicht, zurückzukommen, wenn Ihnen danach ist. Unsere Klosterpforte wird offenstehen." Falk nickte ehrerbietig. „Sie sind kein Verkehrter. Auch in Ihnen strahlt ein Licht. Bringen Sie es hinaus in die Welt!" Dann schlug er wie zur Beendigung des Gesprächs ein großes Kreuzzeichen. Falk stand auf, verbeugte sich, und ging rückwärts zur Tür. Die alte Milde schien wieder in das Gesicht des Abtes zurückzukehren. „Luceat lux tuus!" rief er ihm nach. Wie am Anfang, so auch am Ende wohnte er noch einmal der Vigil bei. Wieder saß er ganz hinten im Kirchenschiff und lauschte heimlich dem Gesang der Mönche, die im fahlen Schein der Kerzen und Laternen auf beiden Seiten des Ganges einander gegenüberstanden. Auf der steilschrägen Auflage ihrer Bänke lagen die großen und schweren Gesangsbücher, die uralt sein mußten. Die kondensierte Luft, die beim Singen wie kleine Wolken aus den Mündern der Mönche trat, schien den Choral gleichsam schwebend durch die Kirche zu tragen. Falk schlich wieder hinaus, holte seine Sachen aus dem Gästezimmer und ging zur Pforte. Sie war verschlossen. Wie hätte es auch anders um diese Zeit sein können? Er schaute an der Mauer entlang, und überlegte, wo und wie er diese überwinden konnte. Allerdings wollte er sich auch nicht im wahrsten Sinne des Wortes davonstehlen. Da griff ihm jemand in den Arm, er erschreckte sich fürchterlich. Es war Bruder Damian. „Komm', ich laß' dich heraus!" Er öffnete, Falk war dankbar. „Gott sei mit dir. - Paß' auf dich auf - vor allem im Wald." „Wie meinst Du das?" Dann setzte Falk mutig nach: „Wegen Bernhardus?" Bruder Damian zuckte merklich zusammen. „Was ist mit ihm?" „Ein tragischer Fall. Sehr krank der Mann, er hat uns verlassen. Sieh' dich vor!" Damit schob er Falk aus dem Tor. Er sammelte sich kurz, und da es zum einen noch dunkel, er zum anderen noch müde war, er lediglich dem Kloster noch vor Morgengrauen hatte entfliehen wollen, schritt er wieder quer zum Friedhof. Oberhalb der Gräber fand er eine Stelle, wo er seinen Rucksack ablegte und sich neben diesen auf seine Iso-Matte setzte. Bald war er eingeschlafen. Im Traum hörte er den wirren Waldheiligen mit veraltet klingenden Flüchen um sich werfen. Er wachte kurz auf, und sah verduzt, daß es sich um keinen Traum handelte. Der Hl. Bernhardus, wie er sich nannte, stand vor ihm und fuchtelte mit irgendetwas herum, das wie ein antiker Bischofsstab aussah. Falk tastete nach Josef, doch dieses Mal war er zu spät. Es gab ein krachendes Geräusch als der kreisrunde Oberteil des Stabes auf seiner Stirn landete, dann wurde ihm schwarz vor den Augen.

15. Metropolitan Museum und Ultra Violet Velvet

Praktikanten des Metropolitan Museum of Art hatten einen ungeahnten Zugang zu all seinen Bereichen ebenso wie zu anderen Sammlungen und Forschungsbibliotheken in New York. Das Praktikum begann für Universitätsstudenten mit einer einwöchigen Orientierungsphase. Dort bekam man eine Einführung in die kuratorische, erzieherische und operative Struktur des Museums, nahm an Fortbildungen teil und besuchte verschiedene kulturelle Einrichtungen der Stadt. Im eigentlichen Praktikum wurde man dann abhängig von Studienschwerpunkt, Interesse und dem Vorhandensein geeigneter Projekte einer bestimmten Abteilung zugewiesen. Umfangreiche Kenntnisse der Kunstgeschichte waren generelle Voraussetzung. Dazu machte man selbst vorbereitete Führungen und half an der Information aus. Als sie von der großen Zahl von Bewerbungen erfuhr, die das Museum jedes Jahr erhielt - und zwar zu einem Stichtag im Januar - schätzte sie die Verbindungen ihres Vaters und seinen Einsatz für sie umso mehr. Es war erstaunlich, aus welchen Gruppen sich die Praktikantenschar zusammensetzte: manche besuchten noch die High School, andere waren College-Studenten, wieder andere waren im Hauptstudium oder hatten dieses wie sie gerade abgeschlossen. Dazu gab es noch ein paar Doktoranden. Einzelne Praktikanten waren auf speziellen Stipendien da, die durch Stiftungen wohlhabender und -tätiger Individuen ermöglicht wurden. Die Bezahlung divergierte nach Gruppenzugehörigkeit, am schlechtesten ging des den sogenannten Freiwilligen: sie bekamen gar nichts. Und, wen sollte es wundern, war sie natürlich genau in dieser Gruppe. Aber bei wem hätte sie sich darüber beschweren sollen? Bei ihrem Vater sicher nicht. Noch überwog die Dankbarkeit, überhaupt hier zu sein. Und verhungern tat sie ja Dank der Schecks der ‚Bank von Puerto Rico' nicht. Außerdem hätte eine Bezahlung sogar problematisch sein können, da sie über keine Sozialversicherungsnummer verfügte. Und daß diese einer der wichtigsten Schlüssel ins Gelobte Land sein würde, sollte sie noch erfahren. Als die Zuteilungen zu den einzelnen Departments verkündet wurden, und sich die Praktikanten kurz mit Namen vorstellen mußten, kam sie zuletzt dran. „Jannifer ist nachnominiert worden", sagte die Praktikumsleiterin erklärend. „Es wird sich erst in einigen Tagen entscheiden, in welcher Abteilung sie endgültig aufgenommen wird. Zunächst wird sie da eingesetzt, wo gerade Not am Mann ist. Hat ja auch den Vorteil, daß sie gleich verschiedene Bereiche näher kennenlernt! Nicht wahr,

Jannifer?" Jannifer nickte und wurde rot. Einige Mitpraktikantinnen kicherten. Die männlichen Kollegen schwiegen, mancher von ihnen mit einem leicht überheblichen Ausdruck. ‚Nachnominiert' - so etwas Blödes! Springerin sollte sie sein. ‚Na, wartet!', dachte sie. Sie würde es schon allen zeigen. Für den Moment bemühte sie sich, gelassen und selbstbewußt zu wirken. Noch war ihr nicht klar, daß sich ihre Situation vorerst nicht ändern würde.

Sie ertrug es mit Gleichmut, mal ein paar Tage bei der Ägyptischen Kunst untergebracht zu sein, dann im Amerikanischen Flügel, anschließend bei der Europäischen Malerei, danach bei den Musikinstrumenten, im Kostüm-Institut und so fort. Lediglich längere Aufenthalte an der Information störten sie. Dafür gab es mehrere Gründe. Man war unter ständiger Kontrolle von Kollegen, mußte den Besuchern, egal ob diese nett oder nervig waren, immer sein freundlichstes Gesicht entgegenstrecken, gleich ob um 10.00 Uhr morgens oder um fünf am Nachmittag. Oder gar abends um halb Neun an Freitagen und Samstagen. Außerdem war sie neidisch auf ihre Mitpraktikanten, die je nach Gruppenzugehörigkeit maximal zwei Tage pro Woche am Infotresen zu stehen hatten. Auf der anderen Seite hatte die Praktikumsleiterin Recht: sie lernte viele Teile des Museums in relativ kurzer Zeit kennen. Nur in den Bereich Moderne Kunst, ihr Studienschwerpunkt, kam sie nicht. Man konnte an den vielen Wechseln im Hause jedoch bemängeln, daß sie nicht richtig zur Ruhe kam. Und dies wünschte sie sich so sehr, um sich auf Arthur und die Suche nach ihm fokussieren zu können. Deshalb war sie doch in Amerika. Immer, wenn sie an ihn dachte, sah sie zuerst seine schwarzen Locken vor sich, den tiefen Blick seiner braunen Augen, und sein weiches Gesicht. Dann verspürte sie eine große Sehnsucht nach ihm, hoffte inständig, daß er noch lebe, und ihm außer dem Verlust des Fingers nichts geschehen sei. Als zweites sah sie ihn mit seinen ebenso hübschen wie häufig wechselnden Freundinnen. Gedanken verursachen kein Geräusch, doch sie dachte das ‚hübsch' wie ein laut klingendes ‚häßlich'. Aber die meist tschechischen Mädchen waren wirklich hübsch, das war ja das Schlimme. Jedes Mal, wenn sie an dieser Stelle angelangt war, gelang es ihr, sich wieder ihrer jeweiligen Tätigkeit zu widmen.

In den Pausen setzte sie die Erforschung des Museums auf eigene Faust fort. Sie stellte fest, daß sich bei ihren Streifzügen einige Orte oder Kunstgegenstände herauskristallisierten, an denen sie immer wieder und jedes Mal länger verharren mußte, so als bauten diese eine unerklärliche Beziehung zu ihr auf. Einer dieser Orte war der Sackler-Flügel, in dem der Tempel von

Dendur untergebracht war. Diesen hatte die ägyptische Regierung 1965 den Amerikanern geschenkt aus Dankbarkeit für die Unterstützung beim Bau des Assuan-Staudamms und zur Rettung von Kunstschätzen, die ansonsten für immer in den Wassern versunken wären. Nicht jedoch der Tempel, ein 3D-Puzzle, an dem die Archäologen inklusive seiner Präsentation 12 Jahre getüftelt hatten, sondern die der Anlage gegenüberstehenden vier Frauenkörper mit Löwenköpfen zogen sie in ihren Bann. Besonders, seit sie sich in einem merkwürdigen Traum als eine fünfte neben den anderen gesehen hatte. Die überlebensgroßen Statuen aus schwarzem Stein strahlten eine enorme Ruhe und vor allem Macht aus. Weibliche Macht - es gab wohl Verbindungen zum Hatschepsut-Kult. Bei den europäischen Skulpturen war es ein beflügelter nackter Mann, der sich von hinten an eine halb liegende ebenfalls unbekleidete Dame heranmachte. Er legte den linken Arm so fest über ihre Brüste, daß sie gar nicht entkommen konnte. Das hatte sie aber gar nicht vor, im Gegenteil, sie schlug beide Arme hinter sich, um den Kopf des vermeintlichen Übeltäters zu halten und an den ihren zu schmiegen. Die fließenden, dynamischen Formen im Marmor erzählten eine prickelnde, lustvolle Geschichte.

Besonders beeindruckend fand sie drei Frauenporträts von John Singer Sargent, die als Gruppe gehängt noch eine viel größere Wirkung entfalteten, als sie es einzeln getan hätten. Obwohl die Bilder vor über 130 Jahren entstanden waren, wirkten die Frauen ungeheuer modern, geradezu aktuell. Ganz rechts war eine Dame mit weißer Rose, Lady Charlotte Louise Bruckhardt, deren Formen vom dunklen Tüllkleid unterstützt wurden, und deren Blick beim männlichen Geschlecht sicher verführerisch gewirkt hatte und wohl auch heute noch wirken würde. In der Mitte saß auf einem eleganten französischen Sofa Mrs. Hammersley, eine 29jährige Bankiersgattin und modebewußte Londoner Gastgeberin. Ihr gertenschlanker Körper steckte in einem reichen purpurnen Samtkleid, das oben eng anlag, dafür unterhalb der Taille großzügig floß, wobei sich Sargents Meisterschaft im Umgang mit Stoffen zeigte. Ihr Gesichtsausdruck, ja ihre ganze Haltung war offen und einladend. Merkwürdig war, daß im ansonsten perfekten Bild auf der von ihr aus rechten Sofaseite etwas nicht zu stimmen schien. Wahrscheinlich hatte nur ein unordentlich geworfenes Tuch dargestellt werden sollen, tatsächlich wirkte es aber so, als sei das Gemälde dort beschädigt oder habe gar ein Loch.

Historisch hatte das Bild von Mrs. Hammersley Sargents Reputation wiederhergestellt, die er knapp zehn Jahre zuvor mit dem ganz links hängenden Porträt der Madame X ruiniert hatte. Bei jener Frau handelte es sich um Virginie Avegno, die nach dem Tod ihres ersten Mannes den Bankier Gautreau geheiratet hatte, mit ihm nach Paris gegangen war und dort eine gefeierte Schönheit wurde. Sich ihrer erotischen Ausstrahlung voll bewußt schaut sie überlegen zur Seite, ihr attraktiver Körper dagegen provoziert frontal, die weiße Haut kontrastiert mit dem Schwarz des tiefausgeschnittenen Kleides. Die dünnen, kettenartigen Träger drohen jeden Moment herunterzurutschen. Das war für die damalige Gesellschaft zuviel. Das Gemälde wurde ein Skandal, und Sargent mußte gleichsam über Nacht nach England fliehen. Viele Jahre später schrieb er, daß ‚Madame X' sein bestes Werk sei.

Ein Bild eines ganz anderen Künstlers, sich indes jedoch völlig von dem unterscheidend, was man gemeinhin mit seinem Namen verband, war Edvard Munch's ‚Vampir'. Es handelte sich um eine weibliche Untote, die allerdings einen sehr lebendigen Eindruck machte. Das Schema „Typ Dracula begehrt eine blasse, passive Schönheit und beißt sie schließlich, auf daß sie für immer sein Schattendasein teile" wurde hier umgekehrt. Hier schlug eine rassige, schöne und sehr aktive Frau ihre Zähne in den Hals eines gebeugten schwarzhaarigen Mannes. Dies war allerdings nicht dargestellt, man konnte es lediglich vermuten, da ihr Mund vom Schatten seines Halses verdeckt war. Sie umfaßte ihn mit ihren weichen nackten Armen, ihr feuriges Haar floß in langen Strähnen über beide, das von völliger Dunkelheit umgebene Paar gleichsam vereinend. Auch er umarmte sie, drückte sein gesenktes Haupt an ihre Brust, so als wolle er Trost und Schutz bei ihr finden. Trotz der erotischen Ausstrahlung der Vampirin schien dies Motiv im Vordergrund zu stehen. Über der ganzen Szene lag kein wirklicher Schrecken, sondern eher etwas Liebevolles, vielleicht Barmherziges. Der Mann vertraute sich der Macht der Frau an, wie ein Schaf dem Schäfer, der das Tier vielleicht gar liebevoll hält, während er beginnt, es zu schlachten. Das Opfer schien sich aus freien Stücken hinzugeben, so als bäte es um Erlösung. Jannifer fühlte sich an die vielen Männer meist mittleren Alters erinnert - und dachte dabei auch an ihren Vater - die endlose Stunden ihrem Beruf gewidmet hatten, und ihr Leben ständig im roten Bereich führten. Irgendwann und irgendwie waren sie in eine Situation dauernder Überarbeitung gerutscht, aus der sie aus eigener Kraft nicht mehr herauskamen. Die fälligen Hypothekenzahlungen für Eigentumswohnung oder Haus, Abtragungen fürs Auto, Studiengebühren für die Kinder, manchmal dazu noch eine anspruchsvolle Frau, ließen ihnen keine Chance, aus dem ewigen Rattenrennen auszubrechen. Manchmal war der Herzinfarkt das Ende, oder ein Autounfall, den es ohne die Streßlage gar nicht gegeben hätte. Bei ihren Nachforschungen stellte Jannifer fest, daß auch dieses Gemälde einmal einen Skandal ausgelöst hatte. Man hatte es wohl nicht verstanden, so wie sie es sah und wie vielleicht auch Munch es selbst gemeint hatte. Jedenfalls stammte der Titel ‚Vampir' überhaupt nicht von ihm, sondern von irgendeinem späteren Kunstkritiker. Munch hatte das Bild ‚Liebe und Schmerz' genannt. Liebe und Schmerz. Wie sehr hatte sie zunächst gedacht, daß die vorübergehende Trennung von Lance ihr schwer zusetzen würde. Sie räumte sich ein, daß sie in der letzten Zeit vor dem Aufbruch unkonzentriert und fahrig, manchmal gar ein bißchen abweisend gewesen war. Sie hatte das einerseits auf die Nervosität vor der Reise geschoben, andererseits auf die in der Tat große Sorge um Arthur, die sich ihrer offenbar noch mehr bemächtigt hatte als der anderen. Nun mußte sie überrascht, und nicht frei von Selbstvorwürfen feststellen, daß die Entfernung von Lance sie weit weniger plagte als angenommen. Beide hatten vereinbart, möglichst bald nach der Ankunft in den USA ein Handy zu erwerben, Sigune zu kontaktieren und über sie die jeweiligen Telefonnummern in Erfahrung zu bringen. Einmal war sie schon in einen Handy-Laden gegangen, hatte diesen jedoch sofort wieder verlassen, als sie erfuhr, daß sie ohne Sozialversicherungsnummer keinen Vertrag abschließen konnte. Außerdem wären die alle über wenigstens ein Jahr gelaufen. Natürlich hätte sie ein pre-paid-Telefon erwerben können, aber das schien unverhältnismäßig teuer. Auf jeden Fall verschaffte sie sich erst einmal ein paar weitere Handy-freie Tage. Theoretisch hätte Lance ja auch versuchen können, sie im Museum zu erreichen. Immerhin wußte er, wo sie steckte. Na, unter Umständen hatte er es ja versucht, wäre ein Wunder, wenn man sie, dazu noch als Springerin, in diesem Riesenmoloch auf Anhieb aufspüren könnte. Mit etwas schlechtem Gewissen merkte sie, wie sie ihre Freiheit zu genießen begann, es war ihr, als breite sich der Raum um sie herum förmlich aus. An ihren freien Tagen nahm sie sich immer wieder andere Abschnitte und Gegenden der Stadt vor, wobei sie Wert darauf legte, möglichst viel zu erlaufen.

Meist ging sie allein, manchmal zusammen mit Ashanti, einem freundlichen und lustigen Mädchen aus Nigeria, das allerdings schon als Grundschülerin nach New York gekommen war. Ashanti hatte sie gleich am Einführungstag kennengelernt, man hatte sich sogleich verstanden, anschließend noch einen Drink auf der Dachterrasse genommen, und am Ende Adressen und Telefonnummern der Unterkünfte ausgetauscht. Während der Arbeit sah sie sie dann fast nie, denn sie war in der Außenstelle des Museums, den ‚Cloisters', im ziemlich äußersten Nordwesten von Manhattan eingesetzt. Ashanti war chronisch knapp bei Kasse und schimpfte wie ein Rohrspatz auf ihren Onkel, einen angeblichen Prinzen, der in weltweiten E-mail-Aufrufen versuchte, seine Millionen auf die Konten von ausländischen Normalbürgern zu verschieben und ihnen gegen geringe Verwaltungsgebühren dafür fürstliche Entlohnungen gewährte. Jedenfalls behauptete er das. Sie habe ihn mehrfach darauf hingewiesen, daß sie ja auch im Ausland lebe, und außerdem seine Nichte sei. Er habe sie einfach abgewimmelt. Es läge ausschließlich an der Verwaltungsgebühr, die er von ihr als Verwandter nicht erheben könne, ohne die es aber nun mal nicht ginge. So lud Jannifer sie häufig auf ein Wasser, einen Hot Dog oder ein Eis ein. Beide schätzten das nordamerikaweit von Eiswagen verkaufte und überall gleich schmeckende Softeis. Es gab die Geschmacksrichtungen Vanille, Schokolade und gemischt, was man ‚Twist', mancherorts auch ‚Swirl' nannte. Man konnte das Eis noch in einen flüssigen dunklen Schokobezug tauchen lassen. Jannifer nahm immer ‚Twist', Ashanti immer Vanille. Ohne Bezug. Schwarz sei sie schließlich schon selbst, meinte sie, und lachte, daß die weißen Zähne blitzten. Jannifer hatte ein gutes Verhältnis zum Besitzer eines stets gegenüber der Haupttreppe des Museums in der 81. parkenden Eiswagens. Der war Pole und behauptete, direkter Nachfahre des Großfürsten von Litauen und Königs von Polen Jagiello zu sein, dessen Reiterstandbild man gleich südwestlich vom Museum im Central Park sehen könne. Jannifer glaubte ihm unbenommen und bekam dafür manchmal ein Eis geschenkt, oder eine größere Portion als der Normalkunde. Lief der Umsatz auf Hochtouren, gab er beiden Mädchen, wenn sie zu Beginn oder am Ende ihrer Touren zu ihm kamen, eins umsonst, was die anderen Eiskäufer mit Verdruß hinnehmen mußten.

Mal ging es mit dem A-Train zur Station High Street, um von Fulton Landing aus zu Fuß über die Brooklyn Brigde auf Manhattan zuzumarschieren, mal zum Battery Park und von da aus mit dem Schiff zur Freiheitsstatue und nach Ellis Island. Am Times Square ließ sich Jannifer von Ashanti erzählen, wie dieser mal mit dem Dunkelwerden eine unangenehme Gegend gewesen sei. Wie eigentlich weite Teile der Stadt, bevor Giuliani ‚aufgeräumt' habe. Regelrecht unsicher habe man sich gefühlt. Und in den Straßen drumherum, Sexschuppen, Peep-Shows und so weiter. Auch in der 42. Straße, wo sie gern in immer demselben Coffee-Shop eine Pause einlegten. Alles clean heute. Ja, und den Central Park habe man nach Einbruch der Dunkelheit immer mit dem Taxi umfahren, jedenfalls hätte als suizidal gegolten, wer dann da durchspaziert sei. Harlem und die Lower East Side ebenfalls völlig entschärft. In Harlem wohne zum Beweis Bill Clinton. Mal machte man das Rockefeller Center unsicher, mal wanderte man durch Soho. Little Italy gab es nur noch dem Namen nach, es war verschluckt von einer unspektakulären Chinatown. In seltenen Fällen suchte man andere Museen auf, das MoMA, dem ein Umbau bevorstand, das Naturkundemuseum gegenüber vom Hotel Excellent mitsamt dem neuen Hayden Planetarium, oder das Guggenheim. Ziemlich lange schob Jannifer eine Fahrt zum Ground Zero hinaus. Sie wollte die Erinnerungen an 9/11, diesen furchtbarsten Tag der jüngeren Menschheitsgeschichte unterdrücken, nicht an sich heranlassen. Doch es gelang ihr nur bedingt, jedes Mal, wenn sie die auf den U-Bahn-Plänen immer noch verzeichnete Station ‚World Trade Center' sah, stiegen die Bilder der die Gebäude rammenden Flugzeuge, der Explosionen, der entsetzt vor den Rauch und Staubwolken fliehenden, und der in Verzweiflung springenden Menschen in ihr auf. Und schließlich der Einsturz der Türme. Dann zitterte sie am ganzen Leibe, atmete heftig und gepreßt. Dieser Tag, das war ihr schon damals klar gewesen, markierte eine Zeitenwende. Historiker späterer Dekaden oder Jahrhunderte würden dies sicher ähnlich beurteilen. Schließlich fuhr sie doch hin, ohne Ashanti, sie wollte allein sein. Es war ein klarer Tag, der Himmel war strahlend blau, und es wehte ein relativ kühler Wind. Die Größe des Areals war erwartbar, und doch gewaltig. Baufahrzeuge waren emsig daran, die Grundlagen für einen Neubau zu schaffen. Ein Museum würde es geben, und ein Denkmal für all die umgekommenen Feuerwehrleute und Polizisten. Sie wunderte sich über den lebhaften Betrieb in einem Bekleidungsdiscounter direkt an der Nordseite der Grube, aber vielleicht war das auch genau das richtige. Aufhalten ließ sich die Stadt jedenfalls nicht. Sie überquerte noch die West Street und spazierte gegenüber des Financial Center ein wenig am Hudson River entlang, trat kurz in die anliegende kleine Mall, und fuhr dann nach Hause.

Die häufigen Bereichswechsel im Metropolitan Museum waren zwar interessant, aber doch anstrengend. Irgendwie fürchtete sie auch, so überall nur an der Oberfläche zu bleiben und nicht in die Tiefe steigen zu können. Im Amerikanischen Flügel langweilte sie sich sogar ein wenig. Trost fand sie dort immer im Aitken Room durch das beruhigende Blau der Polsterbezüge, Erheiterung durch die Frauenbüste „America" von Hiram Powers. Jene symbolisierte das politische Glaubensbekenntnis ihrer Zeit, fiel Jannifer aber eher dadurch auf, daß der Marmor an der Stelle ihrer entblößten rechten Brust viel glatter, ja glänzend schien im Vergleich zum Rest der Skulptur. Wieviele Männerhände von 1854 bis heute in unbeobachteten Augenblicken wohl darüber gestrichen waren? Sie gluckste beim Gedanken daran, wie freche Teenager, biedere Geschäftsmänner und muntere Greise erst verstohlen um sich schauten, bevor sie zulangten. Geschichte zum Anfassen eben.

An einem Dienstagmorgen wurde sie wieder zum Informationsschalter geschickt, diesmal zum zentralen, und ärgerte sich, daß sie hier schon wieder länger zubringen sollte als die anderen Praktikanten. Gleichwohl beantwortete sie geduldig und freundlich alle Fragen, von denen sich viele wiederholten. Auch viele der Information Suchenden sahen überraschend ähnlich aus. Doch am frühen Nachmittag kam eine sonst selten gestellte Frage. Und auch der Fragesteller war ein eher untypischer Museumsgast. Die nackenlangen schwarzen Haare standen in unregelmäßiger, jedoch offensichtlich gestylter Form vom blassen, ovalen Gesicht ab. Unter den grünbraunen Augen war ein feiner Kajalstrich gezogen. Ob in der Instrumentenabteilung auch eine Auswahl der wichtigsten E-Gitarren zu finden sei? Es ginge da um eine Wette. Während Jannifer den mit schwarzer Jeans und Lederjacke bekleideten jungen Mann von oben bis unten musterte, ging sie im geistigen Auge die Schaukästen des Bereichs mit den Saiteninstrumenten durch. Violinen hingen da, selbst eine Stradivari, Celli, Leiern und Lauten, Instrumente aus Japan und China, und sicher, eine Reihe von klassischen Gitarren und auch ein paar modernere akustische. Aber elektrische Gitarren? Sie glaubte sich an eine, jedoch wirklich nur eine einzige erinnern zu können. „Ja klar haben wir auch elektrische Gitarren", sagte sie. „Wo wären die denn?" Jannifer legte einen Museumsplan auf die Theke und zeigte ihm die Musikabteilung. „Also, da im zweiten Stock ist das. Einfach die Treppe rauf, und dann rechts durch die Europäische Gemäldesammlung, dahinter ist das dann." „Ja, vielen Dank für die Info. Dann schauen wir uns das mal an." Er grinste sie freundlich an, steckte den Plan ein und ging die Treppe hinauf. Sein Rasierwasser roch gut. Hm, er war ja gar nicht rasiert. Hatte er wohl trotzdem aufgelegt. Tja, wenn mehr von solchen Besuchern kämen, könnte man es etwas besser am Infodesk aushalten. Ein bißchen regte sich ihr schlechtes Gewissen, weil sie den Schwarzgekleideten angeflunkert hatte. Aber einen so coolen Typen konnte man doch unmöglich einfach wegschicken. Sie seufzte. Gerade hatte sie zwei älteren kleinen Damen den Weg zur Toilette gewiesen, als der coole Typ wieder vor ihr stand. „Hm", sagte er, und schaute sie mit großen Augen an. „Wie war noch gleich dein Name?" „Ich hab' ihn dir noch gar nicht gesagt. Ich heiße Jannifer", lachte sie. „Curtis, also ich bin Curtis. Jannifer, ich glaub' Du mußt mir persönlich den Weg zeigen. Ich find' das irgendwie nicht." Jannifer schaute sich unsicher zu ihren beiden festangestellten Kollegen an der Information um. „Kann ich kurz dem Herrn helfen? Er sucht nach einem bestimmten Saiteninstrument." Der eine, ein älterer grauhaariger Infomann, schaute genervt, doch die andere, eine ebenso kräftige wie gemütliche schwarze Lady zwinkerte durch ihre dicke Brille. „Sicher Kleines, geh' nur. Wir tun doch alles, um unsere Besucher glücklich zu machen!" Jannifer ging also mit dem an bestimmten Saiteninstrumenten interessierten Besucher los und bemühte sich, einen geschäftsmäßigen Eindruck zu machen. Die Abteilung für Musikinstrumente war meist ziemlich leer. Entweder fanden die meisten Leute sie nicht - sie war in der Tat etwas versteckt - oder sie suchten sie erst gar nicht. Man durfte nicht vergessen, daß das Museum nicht nur von Experten, sondern von vielen Mainstream-Kunstinteressierten betreten wurde, die an Kaffeetischen oder auf Empfängen daheim mit der Sichtung berühmter Gemälde aus der ständigen Sammlung, mehr noch aber noch mit dem Besuch aktueller Sonderausstellungen prahlen konnten. Nicht zu vergessen waren die Heerscharen von Pauschaltouristen, die noch weniger von Kunst verstanden und meist nur in die Ägyptische Abteilung gingen, einen Blick in den Skulpturenhof warfen, und das Chorgitter als Signal verstanden, nun aber schleunigst in den Museums-Shop zu gehen. Viel mehr Zeit hatten sie auch nicht, dann fuhren ihre Busse schon weiter. „Also hier sind die Saiteninstrumente." „Jaja, hier war ich schon. Aber wo sind die elektrischen Gitarren?" Der schlanke junge Mann runzelte die Stirn. Jannifer fuhr verzweifelt mit ihren Augen die Vitrinen ab. Tatsächlich entdeckte sie dabei ein Gerät, auf das Tonabnehmer montiert waren. „Da, wußt' ich's doch!" Sie zog ihn am Ärmel vor die etwas sonderbare Gitarre und schielte schnell aufs Infoschild. „Die ist von Bruce BecVar. Ein Einzelstück mit exotischen Einlagen und Schnitzereien." „Ja, les' ich auch gerade", meinte Curtis trocken. „Der BecVar hat ja mehrere so Einzelstücke gemacht. Auch für ‚The Who' und ‚Led Zeppelin'." „Da kennt sich jemand aus", meinte Jannifer keck und hoffte, daß es ihr irgendwie gelang, den peinlichen Umstand zu überspielen, daß es sich in der Tat offensichtlich um die einzige E-Gitarre der Sammlung handelte. Umsonst. „Sag' mal, ist das alles? Das ist ja nicht zu fassen! Keine Gibson Les Paul, keine Strat, keine Telecaster? Was seid ihr denn für ein Museum. Metropolitan? Daß ich nicht lache - nennt euch doch in ‚Provincial' um! Diesem wichtigen Teil der amerikanischen, nein, der Weltgeschichte, keinen entsprechenden Tribut zu zollen. Nee, nee. Und meine 20 Bucks sind futsch!" Jannifer sah ihn schuldbewußt an. „Tut mir echt leid, aber ich bin nur Praktikantin. Ich werde das gleich bei der nächsten Teambesprechung vorbringen. Ist ja echt unmöglich!" „Na, warum hast Du mir denn etwas anderes erzählt? Wußtest Du es wirklich nicht besser?" Jannifer schluckte und sah ihn treuherzig an. „Ich mag' deinen Akzent. Tippe mal: deutsch." „Ja, das stimmt." Sie bewegten sich dem Ausgang zu. „Sag', stehst du nur auf dieses Kunstzeug hier, oder willst du vielleicht mal guten Rock hören?" „Ja, sicher." Jannifer strahlte, beherrschte sich aber wieder schnell. „Okay. Freitagnacht spiele ich im ‚Ultra Violet Velvet'." Jannifer tat, als überlege sie angestrengt. „Müßte ich einrichten können. Ich kann da sicher was verschieben." „Würd' mich freuen." „Wo ist das denn?" „In Alphabet City." Er nannte ihr die genaue Adresse. „Bis Freitag dann." „Ja, bis Freitag." Lässigen Schrittes verließ er das Museum, und Jannifer kehrte in ihren Infostand zurück. Der ältere Grauhaarige knurrte, daß es auch Zeit wäre. Doch die schwarze Lady zwinkerte wieder durch ihre dicke Brille.

Die nächsten Tage vergingen wie im Fluge. Es störte sie gar nicht, daß sie diesmal fast die ganze Zeit hinter verschlossener Tür in einem Raum an der Nordseite des Amerikanischen Flügels arbeiten mußte. Durch einen mit einer Glasscheibe versehenen länglichen Spalt konnte man in den Treppengang schauen beziehungsweise umgekehrt von diesem herein. Vielleicht war das auch mal zur Verhinderung von unerwünschten Avancen am Arbeitsplatz eingerichtet worden. Von Alphabet City hatte sie bislang noch nichts gehört, und deshalb gleich Ashanti angerufen. „Das ist die Gegend mit den Buchstaben-Avenues, da unten im East Village. Von A bis D. Geht so nördlich von der Houston los. Echt coole Gegend, flippige Läden, scharfe Clubs. In den letzten Jahren sind aber zu viele Yuppies da reingezogen." Sie wollte natürlich wissen, wie Jannifer jetzt darauf käme. Jannifer antwortete: „Ach, nur so." Das nahm ihr Ashanti aber nicht wirklich ab. Am Donnerstag hatte sie etwas früher frei, strich aber noch eine unruhige Runde durchs Museum. Gegen ihre Art nahm sie auf dem Dachgarten einen Likör, und ließ tiefatmend ihren Blick über Park und Stadt schweifen. Nach Osten folgte sie der Reihe der Gebäude an der Fifth Avenue, nach Süden ruhte ihr Blick auf der bekannten Front der Wolkenkratzer, und nach Westen blickte sie über das Glassatteldach mit seinen angerosteten Einfassungen hinweg auf das waldartige Gelände diesseits des Central Parkways, und die wuchtigen Erhebungen der trutzburgartigen Doppelturmbauten dahinter. Es war schwül, unter sich grauweiß aufbauschenden Wolkenmassen wurde die Luft dick. Sie nahm noch einen Cognac, dann wurde sie ruhiger. Wieder mit dem Fahrstuhl unten angelangt, lief sie in das Zwischengeschoß am Südostende. Sie verharrte kurz bei der oberhalb der dorthin führenden Treppe Spiderman-artig an der Wand klebenden Frauenskulptur, ging dann unter ihr hinauf in den Raum mit den Sargent-Bildern. So wie sie den Bereich betrat, wurde ihr klar, daß sie nur wegen eines Bildes gekommen war. Zielstrebig schritt sie auf das Porträt der Mrs. Hammersley zu. Und, nicht wissend, was über sie kam, sagte sie halblaut: „Guten Abend, Frau Hammersley!" Diese antwortete nicht, schien aber zu lächeln. Als Jannifer das Bild zuletzt gesehen hatte, war sie ziemlich sicher gewesen, daß sich die Porträtierte mit der linken Hand am Sofarücken abgestützt hatte, und daß neben ihr eine Kissenrolle lag. Nun saß sie aber ganz in der linken Ecke des Sofas, den linken Unterarm auf dem Schoß liegend, von der Rolle keine Spur. Mit dem rechten Arm dagegen machte sie eine einladende Geste, die Hand wies auf die Stelle in der von ihr aus rechten Sofaseite, wo das Gemälde beschädigt schien. Das vermeintliche Loch wirkte auch irgendwie größer. Beim näheren Hinsehen entpuppte es sich es sich jedoch als Täuschung. Es war wohl einfach eine schlecht oder absichtlich merkwürdig ausgeführte Stelle. Nun beeilte sie sich aber, nach Hause zu kommen.

Freitag hatte sie relativ früh frei, und verbrachte viel Zeit damit, sich auf den Abend vorzubereiten, und das hieß vor allem, sich entsprechend zu stylen. Cool mußte man aussehen, das war ja klar. Es galt, genau den richtigen Ton zu treffen, sich keinesfalls over oder under zu stylen. Make-up trug sie dezenter auf, Kajal zog sie aber auch etwas kräftiger unter die Augen.

Die Haare zurechtgerupft, und dann in ein schwarzes Kleid. Knielang, und nicht zu tief ausgeschnitten. Dazu ein dunkelviolettes Tuch. Man durfte nicht zu früh auftauchen. Als Frau, und dann allein, schon allemal gar nicht. Jetzt dehnte sich die Zeit etwas, und sie schaute noch etwas fern. Endlich konnte es losgehen. Sie brauchte etwas länger, um an der Amsterdam ein Taxi herunterzuwinken. Es war eben Freitagabend, und da waren alle unterwegs. Schließlich fand sie eines, sie nannte die Adresse. Übrigens an der First Avenue, einer vor der A. Nun, das mochte schon als Alphabet City gelten. An der Tür des Clubs stand ein riesiger Ägypter. Sie wußte nicht, wieso sie auf ‚Ägypter' kam, es hätte ja auch ein anderer Araber sein können. Vielleicht hatte diese Vermutung etwas mit dem Museum zu tun. Der Hüne grinste: „Na, Mädchen, dann zeig' mir mal deine I.D. Unter 21 kommt hier keiner rein!" Jannifer wurde es einen kurzen Moment lang siedend heiß. Ihren Paß hatte sie im Safe im ‚Excellent', und ihr Personalausweis mußte in der Hintertasche einer Jeans stecken, die ordentlich auf einem Stuhl in ihrem Zimmer lag. Der ägyptische Hüne grinste sie an: „Nun komm schon, geh' besser gleich, wenn Du's nicht beweisen kannst." Jannifer kramte in ihrer Handtasche, dann in derselben in ihrem Portemonnaie. Zwei andere Besuchswillige streckten dem Türsteher eine Plastikkarte entgegen, die dieser jeweils kurz aber streng mit dem Gesicht der vermeintlichen Inhaber abglich. Er nickte und wies sie in den Club. „Waren das nicht Führerscheine?" fragte sie leicht entgeistert. Der Hüne nickte. „ Sicher Kleines, Führerscheine. Mit was willst Du dich denn sonst ausweisen?" Jannifer atmete auf, denn den Führerschein hatte sie auch dabei. Sie zog ihn aus der Geldbörse und streckte ihn dem unerbittlichen Riesen entgegen. Der drehte den Ausweis dreimal um, grinste dann wieder unverschämt, glich das Foto mit Jannifers Gesicht ab und meinte dann: „Echt cool, Mädchen. Good old Germany! Na endlich haben die auch Vernunft angenommen. Du bist wahrscheinlich zu jung, aber früher schleppten die graue, später dann rosa Papierlappen mit sich herum. Damit haben wir natürlich nie einen reingelassen, hahaha!" Der Ägypter bog sich vor Lachen und drückte Jannifer ihren Führerschein wieder in die Hand. „Dann geh' mal rein, Kleines! Viel Spaß, und treib' es nicht zu doll..." Jannifer war sich unsicher, ob sie nun froh sein sollte, den Türsteher passiert zu haben, oder ob sie einfach nur schrecklich wütend auf ihn sein sollte. Wie immer. Sie betrat das ‚Ultra Violet Velvet' und war überrascht, daß er noch keinen besonders vollen Eindruck machte. Am Ende des schlauchartigen Raumes baute eine Band ihre Anlage auf. Die Musiker, unterstützt von ein oder zwei Freunden, wuchteten Verstärker auf die Bühne und schlossen allerlei Kabelwerk an. Sie schaute angestrengt, doch Curtis konnte sie nicht erkennen. Im selben Moment, in dem sie merkte, wie jemand sich von hinten näherte, hörte sie da aber seine Stimme: „Na super, Jannifer! Toll, daß du es geschafft hast - noch ein wenig früh allerdings..." Er ergriff sie an den Schultern und gab ihr einen Kuß, zunächst auf die linke, dann auf die rechte Wange. „Munich-Style. Aber genauso machen wir es hier in New York auch, und in L.A. ist es ebenso." „Ja wie, und woanders machen es die Leute nicht so?" fragte Jannifer ungläubig. „Na, die Franzosen küssen sich zum Beispiel dreimal. Aber das ist dann ja doch ein bißchen übertrieben! Was willst Du trinken? Ein Bier?" Jannifer nickte. Curtis lief zum Tresen und rief: „Hey Jack, schmeiß' uns mal zwei Coronas! Aber bitte mit Limone!" Er wendete sich leicht lächelnd zu Jannifer: „Weißt Du, Schotter bekommen wir für diesen Auftritt nicht. In New York kann man schon froh sein, wenn man für den Auftritt nicht bezahlen muß. Auch wieder eine Parallele zu L.A.!" Jack reichte ihm die beiden Coronas herüber, in die Flaschenhälse war jeweils ein Limonenschiffchen hineingedrückt. „Und wie trinkt man das jetzt?" fragte Jannifer belustigt. „Einfach so", meinte Curtis. Er zog die Limone aus dem Hals, quetschte etwas an ihr herum, so daß einige Tropfen in die Flasche liefen, schüttelte diese kurz, setzte dann an, nahm einen tiefen Schluck und stopfte danach die Limone wieder in den Hals. „Ah so, ganz einfach", meinte Jannifer und tat es ihm nach. Sie lachten und stießen sich leicht mit den Armen an. „So, jetzt muß ich mich aber um meine Jungs kümmern. Noch ein bißchen Soundcheck und so... Du verstehst." Jannifer nickte. „Klar". Curtis schob zur Bühne, die Musiker unterhielten sich kurz über das Setup, befanden es für okay und machten sich dann an ihren Instrumenten zu schaffen. Um einen guten Soundcheck kam keine Band herum, denn natürlich mußten in jedem Club die Instrumente und Mikrophone an die jeweilige Hausanlage angeschlossen und mit derselben abgestimmt werden. Aber heute ging es recht fix, der Techniker vom ‚Ultra Violet Velvet' verstand sein Handwerk. Jannifer lehnte am Tresen, der über ein gutes Stück vor der rechten Wand des Raumes verlief. Sie verfolgte die Vorbereitungen der Band, schaute aber auch zu Jack herüber, der sich vorübergehend an einem großen, aufgeschlagenen Buch zu schaffen machte. „Ein eindrucksvolles Buch, Jack. Was schreibst Du denn da rein?" Jack wendete sich zu ihr um. „Das ist gewissermaßen mein Auftragsbuch. Oder auch Konzertplaner. Wie Du willst." „Klingt interessant.

Da stehen also alle Bands drin, die bei dir spielen?" „Richtig. Und auch wie. Zum Beispiel Einzel-Gig oder Bill." „Was ist denn ‚Bill'?" „Ach, da werden mehrere zusammengeschnürt. Ein Bekannterer, so als Zugpferd, und dann packe ich ein oder zwei dazu. Schau' hier!" Er drehte das Buch zu ihr. Jannifer las drei Namen, konnte aber nichts damit anfangen. Ein Name war unterstrichen. „‚Cry from Japan' hab' ich schon mal gehört", log sie. „Richtig, die sind derzeit recht angesagt". Er flüsterte ihr zu: „Denen bezahl' ich sogar was." „Und was schreibst Du sonst noch alles dazu?" Sie sah nämlich, daß erheblich mehr in dem Buch stand als Namen und Termine. „Tja, manchmal Besonderheiten, und was die so brauchen. Normalerweise schicken die ja einen Tech-Rider." Jannifer runzelte die Stirn. „Also, die Technik-Anforderungen, nennt man so, das hab' ich komplett in den Akten. Und es gibt natürlich andere Besonderheiten." „Welche denn?" fragte Jannifer unschuldig. „Hm, zum Beispiel, äh, Verbindlichkeiten zwischen Kollegen im Geschäft. Schnappt mir der Jeff in Toronto Band A vor der Nase weg, obwohl er weiß, daß ich schon vor ihm daran gearbeitet habe, ist er mir was schuldig. Zum Beispiel muß er dafür Band B, die er gar nicht haben will, der ich aber auch einen Termin in Kanada avisiert habe, bei sich auftreten lassen. Und sei es auf einem Bill. Oder: Aus L.A. empfiehlt mir Neill Band C. Riesenerfolg, dafür schicke ich ihm einen anderen Erfolgsact. Und so weiter." „Hört sich ja an wie 'ne große Familie." „Ist es auch. Übrigens überschaubar. Dreißig Leute schmeißen hier den Laden in ganz Nordamerika, und natürlich kennen wir uns alle." Mittlerweile hatte sich der Club deutlich gefüllt. Curtis winkte Jannifer zu sich heran und stellte ihr den Rest der Band vor. „Das ist Jannifer aus Germany. Sie arbeitet im Museum und wollte einmal richtig gute Rockmusik hören!" Jannifer stemmte entrüstet die Fäuste in die Hüften: „Nun aber mal langsam. Ich höre sehr viel gute Rockmusik. Spiele nämlich selbst in einer Band!" Die anderen Musiker grinsten vergnügt. „Na, was soll denn das für ein Zeug sein?" meinte der glatzköpfige Schlagzeuger. „So was wie bayrische Dixie Chicks?" „Nein, Mann, wir spielen völlig coolen Rock." „Und wie nennt ihr euch dann?" meinte der Bassist, der mit sehr langen Haaren und zotteligem Bart ein Überbleibsel der frühen Siebziger zu sein schien. „Men who stay for breakfast!" übersetzte Jannifer den Namen ihrer Band, ohne zu wissen, warum sie das tat. „Respekt, hört sich wenigstens cool an. Gib doch Curtis mal 'ne Scheibe mit!" meinte jetzt versöhnlich der Glatzköpfige. Da rief Jack vom Tresen herüber: „Los Jungs, jetzt macht euch mal ans erste Set! Auf geht's!" Curtis legte kurz den Arm um Jannifer, schaute zu ihr herunter und sagte: „Tja, dann wollen wir mal. Ich wünsch' dir gute Unterhaltung!" Die Jungs sprangen auf die Bühne und drehten ihre Instrumente auf. Ein etwas düsterer Teppich aus leicht angezerrten Gitarrenriffs und bedrohlichen Akkorden vom Synthesizer, die nach einem Gemisch aus Orgel und Holzbläsern klangen, wurde durchzogen von einem klagenden Singen der Leadgitarre. Schlagzeug und Bass zeichneten in einem pulsierenden Rhythmus den Rahmen darum. Die Besucher starrten gebannt auf die Bühne, wippten ein wenig mit den Füßen und hielten sich im Übrigen an ihren Bierfläschchen fest. Da brach die Leadgitarre jäh ab, und Curtis begann zu singen.

Night falls upon us
A shadow from above
A giant blackbird has streched out its wings
The air smells like treason
We live without reason
In a state of despair

Nicht alle Stücke von Curtis' Band hatten den gleichen leicht depressiven Anstrich. Gemeinsam war ihnen aber, auch den fetzigeren Nummern, ein gewisser melancholischer Grundton. Die Decke des Clubs war relativ niedrig, und so war es kein Wunder, daß nach relativ kurzer Zeit die Luft geschwängert war von Rauch, Schweiß und einer gewissen Bierfeuchtigkeit. So empfand es zumindest Jannifer, es war, als würde ein Teil des Biers aus den Flaschen gleichsam in der Luft aufgehen. Man hatte sich sehr gut eingeschwungen auf die Band, einige bunte Lichter, die immer wieder durch die Menge fuhren, machten sie zum Teil des Geschehens, ähnlich wie in einer Disco. Angesichts der aufkommenden guten Stimmung war daher sowohl für das Publikum als auch für die Band die obligatorische Pause zwischen den Set-Teilen eine unangenehme Störung. Keine Band kam in der Clubszene hieran jedoch vorbei. Es war ein ehernes Gesetz, denn nur durch eine solche Pause konnten die Clubbesitzer ihren Getränkeverkauf massiv steigern. Stimmungsabbruch hin oder her. Die Band selbst konnte in der Pause relativ unbehelligt ihr Bier trinken und das weitere Vorgehen diskutieren. Curtis und seine Leute hatten noch nicht annähernd einen Status erreicht, der dem der Stars ähnlich gewesen wäre. So wurden sie statt mit Huldigungen von Fans eher mit fachsimpelnden Fragen angesprochen.

Überwiegend von anderen Musikern. Lediglich an Curtis waren verschiedene Mädchen interessiert, was Jannifer, wie sie überraschend feststellte, mit Argwohn beobachtete. Er kam auch noch kurz zu ihr, doch dann war die Pause vorbei und der zweite Teil des Konzerts begann. Es wurde jetzt etwas rockiger und das ‚call and response' zwischen Band und Publikum schien besser zu funktionieren. Jannifer schaute sich um und beobachtete, wie je nachdem manche der Gäste völlig versunken in die Musik waren, andere heftig mittanzten, dritte aber wie mit Scheininstrumenten das Machen der Musik simulierten. Dann wieder ertappte sie sich dabei, wie sie, statt auf alle Mitglieder der Band abwechselnd, ihre Konzentration eigentlich nur auf Curtis lenkte. Der wiederum schien sie im Saal zu suchen, was für ihn ungleich schwerer sein mußte. Denn vor der Bühne waren einige Strahler angebracht, die ihr Licht so warfen, daß man von dort aus das Publikum nur als eine schwarze Masse wahrnehmen konnte. Mit einem Mal war es Jannifer so, als würde sie jemand beobachten. Dieses Gefühl haben die meisten schon einmal erlebt, es läßt sich physikalisch sicher nicht begründen, und doch existiert es. So als würde man die Augen eines anderen im Nacken spüren. Sie drehte sich langsam in die Richtung um, aus der sie den Blick vermutete, und wäre fast vor Überraschung oder eher Schrecken zu Tode erstarrt. War das nicht der Wuschelkopf von Arthur? Die bunten Lichter huschten über die Köpfe in der Menge, und schon im nächsten Moment war sie sich nicht mehr sicher, ob sie ein Phantom gesehen hatte, einen Gast mit einer sehr großen Ähnlichkeit zu Arthur, oder gar diesen selbst. Sie wendete suchend und am ganzen Leibe bebend den Kopf. Da, war er da nicht wieder? Derjenige, der Arthur so zu ähneln schien, bahnte sich jetzt mit kräftigen Schritten den Weg zum Ausgang. Er schob die ihn im Wege Stehenden mit kräftigen Armbewegungen auseinander, was deutliche Kommentare zur Folge hatte. Instinktiv wollte Jannifer folgen, und versuchte ihrerseits sich einen Weg durch die Menge zu bahnen. Dies gelang ihr jedoch erheblich schlechter. Sie schaffte es kaum, vorwärts zu kommen. Schon war der Wuschelkopf am Ausgang und verschwand durch denselben. Jannifer wurde panisch. Mit unendlicher Kraftaufbietung erreichte sie schließlich die Tür. Autos rauschten am Clubgebäude vorbei, hier und da eilten Menschen. Arthur, oder derjenige, der diese große Ähnlichkeit mit ihm besaß, war indes nirgends zu sehen. Sie drehte sich um und wollte den ägyptischen Hünen fragen, ob er vielleicht mitbekommen habe, wohin er gegangen sei. Doch der Türsteher war nicht mehr da. An seiner Stelle stand ein untersetzter Mann mit Vollbart, der vermutlich aus Südamerika stammte. Jannifer sprang auf ihn zu. Der Mann wich zurück: „Sagen sie, Ma'am, geht es ihnen nicht gut?" „Doch, es geht mir sehr gut." „Was haben Sie dann? Suchen Sie jemanden oder irgendetwas?" „Ja, richtig. Haben Sie hier einen Mann etwa dieser Größe herauslaufen sehen? Er hat mittellange, lockige Haare." „Nein, Lady, nicht wirklich. Aber andererseits achte ich auch nur auf die Leute, die hereingehen und nicht auf die, die herauskommen." „Wirklich nicht, versuchen Sie sich zu erinnern?!" „Selbst wenn ich ihn gesehen hätte - und ich sage nicht, daß ich ihn gesehen habe -, wir mischen uns grundsätzlich nicht in Beziehungskram ein. Das hat noch keinem Club, und besonders noch keinem Türsteher gut getan." „Seit wann stehen Sie überhaupt hier?" kreischte Jannifer. „Sie waren eben doch noch gar nicht da! Wo ist denn dieser Ägypter?" „Welcher Ägypter? Ich weiß nicht, was Sie meinen, Ma'am." „Ich meine diesen arabisch wirkenden Riesen!" Der neue Türsteher grinste und wiegte seinen Körper hin und her. „Ach, wir haben Schichtwechsel. Der Yussuf ist jetzt unterwegs zu einem anderen Club. Ich löse ihn immer gegen elf ab." Jannifer wankte zur Tür, und fiel in die Arme von Curtis, der seiner Band ein Solo verordnet hatte. Er hielt sie innig fest und geleitete sie an den Rand der Theke: „Jack, kümmer' dich mal einen Moment um Jannifer. Ich glaube, sie braucht einen Schnaps! Wir spielen noch zwei Stücke, dann sind wir fertig." Und so war es. Curtis Band spielte noch ein Stück, und dann war noch genau Zeit für eine Zugabe. Dann hieß es sofort wieder die Anlage abbauen, da sich für zwölf eine andere Band angesagt hatte, die ihrerseits noch aufbauen und Soundcheck machen mußte. Curtis' Bandkumpel waren überaus verständnisvoll und sagten ihm, es sei völlig okay, wenn er sich um Jannifer kümmerte. Es ginge ihr wohl wirklich nicht gut, meinte Curtis. „Schon klar", sagte der glatzköpfige Schlagzeuger augenzwinkernd. Während die Jungs also die Anlage abbauten, mühte sich Curtis intensiv um Jannifer. Er nahm ihre eiskalten Hände in die seinen und meinte: „Du hast wohl einen weißen Elefanten gesehen, was?" Jannifer nickte. Er sah sie groß an, sie sah ihn groß an. Da merkten sie, daß ihre Köpfe sehr nah aneinander waren. Und auf einmal war es so, als wären sie die einzigen Gäste im ‚Ultra Violet Velvet'. Ihre Augen ruhten tief ineinander, und dann küßten sie sich leidenschaftlich. Die Bandkollegen winkten Jack und den beiden zu, als sie mit ihren Instrumenten und Verstärkern durch die Hintertür den Club verließen. Sie wurden indes von Jannifer und Curtis gar nicht mehr wahrgenommen. Die beiden merkten nicht, wie die Zeit verging, sie merkten nicht, wie die neue Band anfing zu spielen, ihr gesamtes Programm durchführte, und schließlich beendete. Sie registrierten auch kaum, wie Jack ihnen immer wieder neue Getränke hinstellte, wenn die vorherigen geleert waren. Nur einmal schaute Jannifer fragend auf, worauf Jack antwortete: „Geht ja alles aufs Haus." Als sie gegen zwei Uhr den Club verließen, und Curtis im beginnenden Nieselregen ein Taxi herangewunken hatte, in das sie beide eingestiegen waren, fragte er sie, wohin sie gebracht werden wolle. Da schien er ganz Ehrenmann zu sein. Jannifer hatte einfach entgegnet, daß sie Angst davor hätte, jetzt allein zu sein. Damit gab Curtis dem Taxifahrer die Adresse seiner Wohnung.

16. Erkundungen

Als Lance mit dem Vorzimmer des Bürgermeisters einen Termin ausgemacht hatte, war ihm nicht klar gewesen, daß er offensichtlich ein Mißverständnis ausgelöst hatte. Als er jetzt das Bürgermeisterbüro aufsuchte, empfing ihn der Bürgermeister nicht nur allein, sondern hatte um sich herum eine Reihe von Honoratioren der Stadt und anderen Ratsmitgliedern versammelt. Offensichtlich hielt man ihn für einen offiziellen Vertreter der Stadt Münster, der losgeschickt worden war, um einen Gruß des dortigen Bürgermeisters zu überbringen. Ein Segen, daß er sich gut angezogen und auch frisch rasiert hatte. Nun war guter Rat teuer. Aus den fröhlichen offenen Gesichtern sah er, daß es unmöglich gewesen wäre, diese herzlichen Menschen zu enttäuschen. Also entschloß er sich, das Spiel mitzuspielen. Der Bürgermeister von Münster habe ihm mit auf den Weg gegeben, wie wichtig ihm aus der Reihe der Städtepartnerschaften gerade diejenige mit Fresno sei. Die Städte hätten ja zahlreiche Parallelen aufzuweisen. Beide seien Oberzentrum eines wirtschaftlich starken Umlandes, das seinerseits wieder eines starken und steuernden Motors bedürfe. Mit den richtigen Leuten, wie das in Fresno im Stadtrat und in der Person des Bürgermeisters gegeben sei, könnten Visionen entwickelt werden, die eine solche Region stark von schwächeren unterscheide und das Gemeinwohl aller förderten. Der Bürgermeister schaute lächelnd in die Runde, und die Ratsmitglieder machten aus ihrem Stolz über diese Anerkennung keinen Hehl. Vernünftige Leute seien offensichtlich tätig für die Stadt Münster, so der Bürgermeister, der anschließend auf die reichhaltige und lange Geschichte der Westfalenmetropole verwies. Er seufzte, daß hier im Westen alles noch so jung sei und man sich seine Geschichte erst erarbeiten müsse. Ein älteres Ratsmitglied merkte daraufhin an, daß man sich aber sehr um die eigene, wenn auch junge Geschichtstradition mühe. So habe er persönlich dafür gesorgt, daß verschiedene historische Marker aufgestellt worden seien, die unter anderem auf wichtige Siedlerniederlassungen oder besondere Vorfälle und Entwicklungen in der Region Fresno verwiesen. Anschließend wurde Lance eine Medaille sowie eine Urkunde verliehen, und man stieß mit einem Glas guten kalifornischen Sektes an. Champagner nannte man dies, doch diesen Vergleich mochte Lance nicht ziehen. Das behielt er natürlich für sich. Ob es auch deutschen Champagner gäbe, wollte der Bürgermeister wissen. Den gäbe es schon, meinte Lance, aber nicht aus der Gegend um Münster. Außerdem müsse man ihn in

Deutschland ‚Sekt' nennen. Der kalifornische sei seiner Ansicht nach aber besser. Die Honoratioren nickten. Nach einem reichhaltigen Mittagessen, wie man es nur im Westen serviert bekommt, schied man freundlich voneinander. Lance gelobte, die Grüße des Bürgermeisters an seine Kollegen in Münster zu überbringen.

Aunt Jamima war alles andere als begeistert davon zu hören, daß Lance nun erst einmal das Land erkunden wolle. Sie sah darin überhaupt keine Notwendigkeit. Persönlich kenne sie viele, selbst im Motelgewerbe, die die Region Fresno nie im Leben wirklich verlassen hätten. Da sei er eben anders, meinte Lance. Er schlief sich noch einmal richtig aus, und am nächsten Morgen vor der Abfahrt hatte ihm die Tante ein reichhaltiges American Breakfast zubereitet. Pfannkuchen, Würstchen, Speckstreifen, Toast, Früchte - erheblich mehr jedenfalls, als er nur im Ansatz hätte essen können. Die Tante packte ihm ein Proviantpaket zusammen, und stellte auch noch Coladosen und Wasserflaschen dazu. Dann schloß sie ihn in seine Arme und drückte ihn wieder so feste an sich, daß er meinte, an ihrem gewaltigen Busen ersticken zu müssen. Gerade im letzten Moment ließ sie ihn dann aber los, und Tränen kullerten über ihre Backen. „Komm bloß bald wieder, Junge. Fresno ist kein schlechter Platz. Das wirst Du schon sehen." Lance hatte ihr erzählt, daß er vermutlich nach Los Angeles fahren würde. Wenn man schon mal in Kalifornien sei, müsse man das ja wohl unbedingt sehen. Vor allem an Hollywood käme man nun nicht vorbei. Aunt Jamima sah das anders: „Alles Lug und Trug. Außerdem sitzen die Revolver da locker. Junge, Junge, paß' bloß auf dich auf!" Lance versprach es, packte dann schnell seine Sachen in den roten Crown Victoria, warf den Motor an und fuhr winkend vom Hof.

Auf der Kalifornienkarte des Automobilclubs, die ihm seine Wahlverwandte hinterlassen hatte, sah er, daß es gar nicht weit war bis zum Kings Canyon/Sequoia Nationalpark. Diesen Abstecher könne man ja leicht angehen. Feste Pläne hatte er ja ohnehin nicht. Der kleine Umweg über diesen Park der Sierra Nevada lehrte Lance dann zum ersten Mal etwas eindeutiger, was es mit Distanzen in Amerika auf sich hatte. Er fuhr die Landstraße 180 nach Osten, die schon bald im gebirgigen Land anstieg, und sich immer höher auf viertausend Fuß hinaufwand. Im Giant Forest hielt er und wanderte länger in den Park hinein, beeindruckt von den gewaltigen Bäumen und der Großartigkeit der Landschaft. Er erklomm auch den Morro Rock, der sich bereits auf einer Erhebung von 6725 Fuß befand. Ein paar dunkle

Wolken waren aufgezogen, und Lance beeilte sich, wieder herabzusteigen. Ein Gewitter wollte er hier oben nicht erleben. Den Elementen konnte man schlecht irgendwo schwerer ausgesetzt sein als hier. Über die 198 ging es wieder aus dem Park heraus. Als er am Abend in Visalia Stopp machte, war er völlig erschlagen. Es war der erste Ort, wie ihm unterwegs versichert wurde, an dem man eine Pizza ins Hotel bestellen konnte, und deshalb hatte er bis hierhin durchgehalten. Er schaute auf die Karte und stellte fest, daß wenn er jetzt wieder auf den Highway 99 fahren würde, er sich mal gerade sechsunddreißig Meilen südlich von Fresno befand. In Visalia verschlief er das ohnehin karge Motelfrühstück, zum Glück war er ja noch ausreichend eingedeckt mit Vorräten. Die Sonne strahlte ins Motelzimmer, und Lance räkelte sich zufrieden, streckte sich, und beschloß noch eine Weile liegen zu bleiben. Als er über seine bisherige Reise nachdachte, wurde ihm bewußt, daß er Jannifer weniger vermißte, als er es seiner Ansicht nach hätte eigentlich tun sollen. Bislang hatte er sich noch nicht bei Sigune in Köln gemeldet, auch deshalb nicht, weil er telefonisch noch nicht dauerhaft zu erreichen war. Na gut, er hätte ihr ja fürs Erste die Telefonnummer von Aunt Jamimas Hotel in Fresno durchgeben können. Aber er hatte es einfach nicht getan. Jetzt müßte man mal sehen, wie man an ein Mobiltelefon käme. Na, erstmal sehen, wohin es ihn verschlagen würde. In Los Angeles gab es sicher unzählige Handyläden, da würde er sich etwas besorgen. Als er über L.A. nachdachte, kam ihm in den Sinn, daß dort ja Jannifers Vater arbeiten würde. Den konnte man natürlich einmal kontaktieren, vielleicht wüßte dieser eine Möglichkeit, wo und wie man ihn unterbringen könne. Dazu mußte er aber auf jeden Fall erst einmal wieder den Kontakt zu Jannifer herstellen. Natürlich liebte er Jannifer und vermißte sie schon. Nur mußte er eben zugeben, daß das Vermissen nicht ganz so stark wie befürchtet war. Sicher lag dies an all den vielen Eindrücken, die seit seiner Ankunft auf ihn eingestürmt waren. Und er wußte, daß es dabei nicht bleiben würde. Nachdem er gegessen hatte, machte er sich auf den Weg, und fuhr die 99 nach Süden. Im Gegensatz zum gestrigen Erlebnis im Park wurde die Strecke jetzt sehr langweilig. Er hatte das Gefühl, durch ein großes Nichts zu fahren. Vor Bakersfield waren am Straßenrand dann Schilder zu sehen, die davor warnten, Anhalter mitzunehmen. Aha, hier gab es mehrere staatliche Gefängnisse. Er sah indes niemanden, der irgendwo an der Straße gegangen wäre. Beim Abzweig nach Bakersfield machte er Rast in einem Schnellrestaurant, aß einen Burger und bestellte eine Cola im Riesenformat. Das war gerade im Angebot. Dann ging es weiter, es zog sich. Irgendwann stieß die 99 mit dem Interstate 5 zusammen, der dann nach kurzer Zeit aus der endlosen Ebene des St.Joachim-Tals aufstieg in die Berge des Los Padres National Forest. Komisch, auf der Karte hatte das alles gar nicht so schlimm ausgesehen. Aber es war doch schier unglaublich, wie lange das alles dauerte. Na, kein Wunder, wo man praktisch nirgendwo schneller als fünfundsechzig Meilen in der Stunde fahren konnte. Nach einer Ewigkeit ging es endlich auf den Großraum Los Angeles zu. Als er irgendwo einen Wegweiser nach Hollywood, beziehungsweise zum Hollywood Freeway 101 sah, folgte er den dorthin führenden Fahrbahnen. Nach kurzer Zeit sah er eine Ausfahrt zur Hollywood Bowl. Das hörte sich interessant an. Er dachte an all die berühmten Konzerte und Aufführungen, die auf dieser kleinen, eben Schüsselselartigen Anlage stattgefunden hatten und bog, rein dem Namen folgend, hier ab. Schon bald kam er über den Cahuenga Boulevard am Eingang der Bowl vorbei. Halten war hier jedoch unmöglich, und so fuhr er zunächst weiter. Nicht viel später kam er an eine Kreuzung, von der aus südlich alles verstopft zu sein schien, und um sich den Streß zu ersparen, bog er nach rechts in eine Straße, die Franklin hieß. Er fuhr sie ein kleines Stückchen und entdeckte dann auf der rechten Seite ein Hotel. Es sah einfach aus, aber keinesfalls heruntergekommen. Warum sollte er nicht gleich hier fragen, ob es eine Unterkunft für die Nacht gäbe? Lance zog vor das Gebäude und las dessen Namen: ‚Highland Meadows'. Er stieg aus und fragte die Rezeptionistin, ob ein Zimmer frei wäre. „Glück gehabt", meinte die, „es ist gerade noch ein Zimmer zu haben. Wie lange wollen Sie bleiben?" Ohne zu überlegen antworte er: „Zunächst mal drei Tage, vielleicht länger." „Okay, fein, dann tragen Sie mal Ihr Kennzeichen und Ihren Namen hier ein." Lance atmete auf, das ging ja leichter, als er erwartet hatte.

Das ‚Highland Meadows' war kein schlechter Ausgangspunkt für die Erkundung von Los Angeles. In vielen der Zimmer waren Musiker und Schauspieler auf der Durchreise untergebracht, die sich nur temporär in das große Heer der ‚Hollywood Hopefuls' einreihten. Zweifelhafte Bekanntheit hatte es dadurch erlangt, daß ein berühmter Sänger hier aus dem Leben geschieden war. Zugrundegegangen an einer Mischung aus Drogen und nicht verkraftetem Erfolg. Erfolg war bei den jetzigen Gästen nicht zu verkraften, denn er hatte sich noch bei niemandem so richtig eingestellt. Keiner der abgestiegenen Musiker und Schauspieler hätte es sich leisten können, nicht sämtliche irgendwie entfernten Freunde, Bekannten und Verwandten im Großraum anzurufen und auf den bevorstehenden Termin mit ihm oder ihr aufmerksam zu machen. Das ging dann meist so: „Hi, John, ich bin's, ich bin grad in der Stadt und sicher hast Du schon davon gehört, daß ich morgen Abend im XY spiele. Vielleicht hast Du ja Lust vorbeizukommen, bring' gern deine Freunde mit. Nachher trinken wir noch was!" Es war merkwürdig, aus verschiedenen Zimmern männliche und weibliche Stimmen zu hören, die alle mehr oder weniger dieselben Worte entweder an vorhandene Gesprächspartner oder an Anrufbeantworter richteten, in der verzweifelten Hoffnung, daß sich ihr noch kleines Publikum mehren würden.

Das Nächstliegende war die Erforschung Hollywoods, und Lance scheute nicht davor zurück, das volle Touristenprogramm mitzumachen. Grauman's Chinese Theater am Hollywood Boulevard, die Abdrücke von Füßen und Händen diverser Stars, die endlosen Reihen der Sterne, Kuriositätenkabinette und Museen, das Kodak Theater und natürlich die beiden anderen Sid Grauman-Kinos, das El Capitan und das Egyptian. Letzteres hatte man nach dem Erdbeben in 1994 mit viel Liebe und Geld wieder hervorragend restauriert. Die meisten Zeitgenossen wußten gar nicht, daß dieses Theater das ursprüngliche Premierentheater in Hollywood gewesen war. Heute von der American Cinematheque betrieben, war es eine Art exklusives Programmkino. Als Filmfan erkannte er viele Ecken und Winkel wieder, und ließ es sich natürlich auch nicht nehmen, an einer Führung durch die Paramount Studios nördlich von Melrose Avenue teilzunehmen. Mit seinem Crown Victoria machte er ausgedehnte Erkundungsfahrten durch die Villenviertel von Beverly Hills und Bel Air, fuhr bis nach Pacific Palisades und bestaunte das Getty Museum hoch über dem Highway 405, glitt über den Mulholland Drive, und kletterte zum Hollywoodzeichen. Bis ganz dran war schwer zu kommen aufgrund des Gestrüpps, in dem er sicher nicht zu Unrecht Klapperschlangen vermutete, und weil es auch aus Sicherheitsgründen abgesperrt war. Denn über dem Zeichen waren für die Stadt wichtige Kommunikationsanlagen. Er fuhr auch zum Griffith Park und wollte das Observatorium besuchen, welches jedoch noch in einer aufwendigen Umbauphase war. Er sah die Büste von James Dean seitlich auf dem Vorplatz und schüttelte sich. James Dean war eine der wenigen Filmlegenden, bei der er nicht jubelnde Zustimmung vorgeben konnte. Dessen hektische und vor allem weinerliche Art fand er furchtbar abstoßend. Der Griffith Park selbst überraschte ihn mit seinen gewaltigen Ausmaßen und schier endlosen Wanderwegen, und auch dadurch, daß es sich hier eher um einen Wildpark als um einen Stadtpark handelte. Er besuchte neben dem Getty die anderen großen Museen, das LACMA am Wilshire Boulevard, und das Museum of Contemporary Art in Downtown. In Downtown selbst verwunderte ihn die starke Kontrastierung zwischen sündhaft teuren, modern aussehenden Banken und Hotelbauten und völlig heruntergekommen, ehemals wunderbaren alten Hotels und anderen Großgebäuden. In vielen Teilen der Stadt, das galt selbst in gewisser Weise für Hollywood, schockierte ihn das Aufeinandertreffen von Exklusivität und Armut, von Eleganz und Obdachlosigkeit, von höchstem geniemäßigen Kreativpotential und hoffnungsloser seelischer Erkrankung. Niemals hätte er sich vorgestellt, daß das Heer der häufig illegalen Zuwanderer aus Mexiko und Südamerika die Stadt bereits derart bestimmte. Von den gewalttätigen Auseinandersetzungen in South Central erfuhr er vor allem aus der Zeitung, er verspürte keine Lust seinen Crown Victoria in diese Gegend zu lenken. Er dachte, so lange er sich nur in den besseren Vierteln in der Mitte und im Westen der Stadt sowie in der Nähe der von Touristen angesteuerten Zielen aufhalten würde, könne ihm auch nichts geschehen. Obwohl er als der Empfänger der höchsten Eurosumme sich das Leben im Hotel - jedenfalls im eben nicht zur höheren Preisklasse gehörenden ‚Highland Meadows' - hätte leisten können, plante er doch, sich ein Zimmer zu möglichst günstigen Konditionen zu suchen. Überall sah er Apartementkomplexe, die nicht besonders anspruchsvoll erschienen. Preislich waren sie gleichwohl, wie jegliche Form der Unterkunft in Los Angeles, völlig überteuert. Nun, immerhin noch billiger als dauerhaft im Hotel. Seine ersten Versuche eine feste Bleibe zu finden, schlugen jedoch fehl. Wieder war es die fehlende Sozialversicherungsnummer, die einen Mietvertrag schier unmöglich machte. Eine Lösung fand er schließlich dadurch, daß er über Kleinanzeigenblätter und das Internet versuchte, eine Mitwohngelegenheit zu finden. Das ihm logistisch und preismäßig vernünftigste Angebot - außerdem schien der Anbieter einen sehr vernünftigen Eindruck zu machen - war gar nicht weit entfernt von seinem Motel. Es ging nur ein Stückchen östlich von der vom Franklin Boulevard abgehenden Ivar-Straße bergan. Der Anbieter hieß Raymond Nightshade, und gab sich als Drehbuchautor zu erkennen. Offensichtlich einer der seßhaften Hollywood Hopefuls. Angeblich hatte er schon einmal ganz gut verdient durch eine Fernsehserie, sich dann aber mit seiner Frau überworfen und dadurch einen großen

Teil seiner Habe verloren. Allerdings war wohl der Grund, daß diese sein langjähriges Verhältnis mit einer Freundin aufgedeckt hatte, wie Lance später herausfand. Dann gab es ein halbwegs gut bezahltes Filmdrehbuch für eine mittelgroße Produktionsgesellschaft, und in den letzten Wochen und Monaten, wie Raymond aber erst nach mehreren Tagen zugab, gar nichts mehr. Ideal war die Wohnsituation nicht, aber für eine gewisse Zeit ging es. Er hatte ein eigenes Zimmer, denn Raymond brauchte selber nur eins. Nachdem seine Scheidung über die Bühne gegangen sei hätte er ohnehin kaum noch Ausstattung für ein zweites Zimmer gehabt, meinte der Autor. Lance wurde den Eindruck nicht los, daß er nicht nur eine anteilige Miete zahlte, er befürchtete, die komplette Summe aufzubringen. Dennoch war es billiger als im Hotel und er konnte die pfiffig eingerichtete Küche mitbenutzen. Nachdem er es sich also geistig und räumlich ein wenig in der Stadt der Engel zurecht gemacht hatte, kam ihm zum einen sein eigentlicher Auftrag, die Suche nach Arthur, in den Sinn, zum anderen aber, daß es längst überfällig war, mit Jannifer in Kontakt zu treten. Raymond gestattete ihm, das Festnetztelefon - natürlich auch wieder gegen eine Gebührenbeteiligung, was aber in Ordnung war - mitzubenutzen. Er hatte sich zwar auch vor ein paar Tagen endlich ein pre-paid Telefon besorgt, das er aber nicht für Gespräche nach Deutschland nutzen wollte. So nahm er die Gelegenheit des Festnetztelefons dankend wahr, und rief endlich Sigune in Köln an. Er mußte nicht schlecht staunen, daß sich Jannifer bei ihr noch gar nicht gemeldet und auch keine Nummer hinterlassen hatte. Sigune meinte: „Du weißt doch, daß sie Praktikantin im Metropolitan Museum ist. Hast Du es da nicht schon einmal versucht?" „Ja, natürlich", log Lance. „Das muß ja ein riesiger Laden sein, man hat mich immer falsch verbunden, dann brach die Verbindung ab, und so weiter und so fort! Deshalb rufe ich dich ja an!" „Ja, da kann ich dir dann leider aber auch nicht helfen. Ich habe übrigens von keinem außer dir etwas gehört. Auch von Falk und Eric kein Wort." „Nun, ich denke, es werden sich jetzt alle bald bei dir melden." Lance gab ihr seine Festnetznummer und auch die Nummer des pre-paid Handys. Als er aufgelegt hatte, stellte er fest, daß er irgendwie wütend auf Jannifer war. Offensichtlich hatte sie überhaupt noch nicht versucht, mit ihm in Verbindung zu treten. Dann besann er sich aber, denn er hatte sich ja keinesfalls besser verhalten. Es war einfach zu viel passiert. Natürlich vermißte er sie, und wünschte sich auch jetzt bei ihr zu sein. Gleichzeitig wurde ihm mit zunehmend schlechterem Gewissen immer bewußter, daß er keinem Leidensdruck unterlag. Dennoch erschreckte ihn der Gedanke, daß es sich bei ihr genauso verhalten könnte. Na, irgendwie mußte das jetzt wieder auf den richtigen Weg gebracht werden. Wieder dachte er daran, daß ja Jannifers Vater in Los Angeles eine Anwaltskanzlei hatte. Er könnte sich doch frisch, fromm und frei dort melden, und fragen, ob er über eine Kontaktnummer zu seiner Tochter verfüge. Denn er, Lance, habe etliche Male vergeblich versucht, über das Museum etwas in Erfahrung zu bringen. Umsichtiger Weise war er so klug gewesen, vor der Abreise Anschrift und Telefonnummern von Jannifers Vater bei ihr zu erfragen und in sein Adressbuch einzuschreiben. Dort hatte er auch alle anderen Kontakte, die ihm aus dem Kreise seiner Familie in Amerika irgendwo eingefallen waren, notiert. Am nächsten Tag rief er gleich dort an, konnte allerdings nicht mit Jannifers Vater direkt sprechen. Stattdessen vereinbarte sein Vorzimmer einen Termin mit ihm für den späteren Nachmittag. Auch nicht schlecht, dachte Lance. Warum sich nicht einmal vorstellen, als Freund der Tochter und vielleicht - bei diesem Gedanken durchzuckte es ihn ein wenig - irgendwann zukünftiger Schwiegersohn. Er fuhr vom Franklin Boulevard über La Brea auf den Sunset, dem er so lange folgte, bis er von Beverly Glen quer herunterstoßen konnte nach Westwood, wo am Wilshire Boulevard das Bürohaus stand, in dem die Kanzlei lag. Er mußte nur wenige Sekunden warten, dann kam ihm strahlend ein großer, schlanker und braungebrannter Mann mit offenen Armen entgegen. „Sie sind also Lance, sehr schön, daß ich Sie kennenlerne! Seit wann sind Sie in Kalifornien?" Lance erzählte ihm, daß er erst ganz kürzlich angekommen sei und über einen gewissen Umweg soeben nach L.A. gelangt wäre. Jannifers Vater führte ihn einen langen Flur entlang, an dem mehrere offene Büros nebeneinander angelegt waren. In allen standen mächtige dunkle Holzregale, gefüllt mit in teures Leder eingebundenen Sammlungen von Urteilen und Rechtsvorschriften. Das Arbeitszimmer war erwartungsgemäß ebenfalls luxuriös ausgestattet. Keine Minute verging, und Kaffee wurde mit Gebäck auf silbernen Tabletts gereicht. „Na, dann schießen Sie mal los, was haben Sie denn hier im Westen vor?" Jetzt wurde es schwierig. Natürlich war Jannifers Vater nicht eingeweiht und sollte auch nicht eingeweiht werden. Er würde sich mit Sicherheit die Frage stellen, warum Lance nicht auch in New York wäre, um in der Nähe seiner Tochter zu sein. Da fiel ihm die rettende Antwort ein, die er nicht einmal als Notlüge deutete. „Wissen Sie, ich bin ein totaler Filmbuff. Und jetzt nach dem Studium wollte ich mir einmal die Welthauptstadt des bewegten Bildes anschauen. Vielleicht gelingt es mir ja hier irgendwie etwas zu finden, auf dem ich dann später aufbauen kann." Jannifers Vater nickte zustimmend und meinte: „Was meinen Sie denn, für was ich hier Anwalt bin? Wir sind im Film- und Mediengeschäft. Und machen natürlich sehr viele Deals zwischen Amerika und Deutschland." Um ihm zuvorzukommen sagte Lance schnell: "Ich find' das super, daß Jannifer den Platz im Metropolitan Museum gefunden hat. Aber das ist ja jetzt erstmal nur ein Praktikum. Soweit ich das hier sehe, schwappt diese Stadt hier ja auch über mit Kunst." Er dachte an die großen Museen, vor allem aber an die zahllosen, oft erstklassigen Galerien, zu denen sich in einem fortlaufenden Strom ständig neue gesellten. „Da haben Sie sehr Recht. Und was planen Sie jetzt genau?" fragte Jannifers Vater etwas lauernd. Er sah, daß Lance etwas verlegen hin und her rutschte. „Sie können sich das ja mal ein bißchen überlegen. So viel ich weiß, haben Sie Betriebswirtschaft studiert. Ich beschäftige hier ja oft junge Leute für eine vorübergehende Zeit, damit sie Erfahrungen im Geschäft sammeln können." „Und was haben Sie davon?" „Na, wissen Sie, man ist hier in der ständigen Gefahr, seine Muttersprache zu verlieren. Und junge Leute aus Deutschland halten zum einen meine Sprachkenntnisse aktuell, und zum anderen mein Wissen über das Land. Also eine win-win-Situation, wie man hier so schön sagt!" „Ja, hört sich nach einem überzeugenden Konzept an." Jannifers Vater bot ihm an, sich zu überlegen, ob er eine Zeit lang mitarbeiten wolle. Er müsse keineswegs morgen anfangen, aber auf Grund seiner Beziehung zu seiner Tochter sei er gern bereit, auch noch zu einem etwas späteren Zeitpunkt eine positive Entscheidung anzunehmen. Lance dankte, und versprach, sich die Sache gründlich durch den Kopf gehen zu lassen. Dann fragte er ihn, ob er eine Telefonnummer von Jannifer in New York besäße, denn dort habe er etliche Male vergeblich versucht, sie im Museum zu erreichen. Ihr Vater hatte die Stirn gerunzelt, ihm dann aber eine Nummer aufgeschrieben. Es war die Nummer vom Hotel, in dem Jannifer offensichtlich als Dauermieterin untergekommen war. Lance fuhr nach Hause und war ganz in Gedanken. In Höhe des Beverly Centers, das er über den La Cienega Boulevard passierte, wäre er fast mit jemandem zusammengestoßen. Wieder im Appartement zog er sich schnell in sein Zimmer zurück, Raymond nur kurz grüßend. So attraktiv sich die Stelle bei Jannifers Vater anhörte, so sehr scheute er doch davor zurück, unter dessen intensiverer Beobachtung zu stehen.

„Schlappschwanz! Zu meiner Zeit wärst Du nicht weit gekommen. Jedenfalls absolut Kreuzzugs-untauglich!" Falk blinzelte und sah den wirren Alten emsig um eine Feuerstelle herumwirbeln. Es fühlte sich an, als läge er in einem korsettartigen Holzbett. Er versuchte, sich ein wenig aufzurichten. Was schmerzvoll war, aber gelang. Zu seiner Überraschung lag er in einem offensichtlich betagteren Kanu. Ein Blick in die Umgebung sagte ihm, daß er sich an ganz anderer Stelle befand. Der wirre Mönch mußte ihn hierher geschleppt haben, vielleicht in dem Boot, das er irgendwo mal gefunden haben mochte. „Ha, der Kreuzzug! Der hat mir fast das Genick gebrochen. Na, wenn man ehrlich ist, war es der Kinderkreuzzug!" Falk schüttelte den Kopf. Der Alte glaubte tatsächlich, jener berühmte Bernhard von Clairvaux zu sein, bedeutender Zisterzienser und Kirchenlehrer. Und seit 850 Jahren tot. „Der eucharistische Kinderkreuzzug", lachte der Mönch gellend. „So ein Unfug! Ich wollte es nicht - sie haben mich gezwungen. Ich war doch schon alt. Ach, Quatsch, Alter ist keine Ausrede für Versagen. Es macht das Versagen nur noch schlimmer!" Jetzt schien er eine Bewegung im Boot zu bemerken. Gleich griff er wieder seinen nicht ungeschickt geschnitzten Bischofsstab. „Nicht schlagen!" rief Falk schwach. Der Hl.Bernhardus ließ den Stab sinken. „Ich schlage nicht - es war Notwehr". Er trat dicht ans Kanu heran. „Haben sie dir von den Vorbereitungen zu meinem Hochfest erzählt?" „Nein…" „Siehst Du, was ich sagte. Sie verleugnen mich. Ihren wichtigsten Patron!" Falk fürchtete sich noch immer vor dem Einsiedler, der ihm jetzt aber zugleich ein bißchen leid tat. Der Mann mußte unbedingt in ärztliche Behandlung. Dennoch reizte es Falk trotz seiner eigenen Schwäche, etwas Paroli zu bieten: „Mit Euren Predigten habt Ihr doch in ganz Europa einen Sturm der Begeisterung für die Kreuzzüge entfacht. Und Könige überredet, teilzunehmen." „Ach, Konrad, die Flasche, meinst Du?" „Na, da gab's noch mehr!" Bernhardus schweifte ab: „Heute kann das alles nichts mehr werden im Heiligen Land, weil es keine Tempelritter mehr gibt. Das weltliche Rittertum ist verderbt, und nur Krieger im Namen des Christentums sind ehrenwerte Krieger!" „Ja, aber ging nicht der zweite Kreuzzug gründlich daneben, trotz angeblich mönchischer Ritter?" Der sonderbare Heilige machte einen Satz auf Falk zu und schwang bedrohlich seinen Stab: „Willst Du wohl still sein, Wurm?" Falk zuckte zusammen, setzte aber beherzt nach: „Wie sollte man denn heute mit Andersgläubigen umgehen?" Der Hl. Bernhardus wich etwas zurück, senkte den Kopf und brabbelte halb in sich hinein: „Bekehren…und wenn das nicht geht, tja

dann, dann hat man ja wohl keine andere Wahl." „Als was?" Der Einsiedler antwortete nicht, sondern setzte sich gegen einen Baumstamm, das Gesicht halb abgewandt. Es war neblig, und begann zu dämmern. Falk fröstelte. Er erhob sich schwerfällig, und taumelte auf eine Gruppe von Bäumen zu, hinter der er seine Notdurft verrichtete. Dann schwankte er zurück zum Kanu, in das er regelrecht hineinfiel. Er war zu schwach, um sich Sorgen machen zu können, ob sein Zustand an den vielleicht nicht unerheblichen Folgen des Hiebs lag, oder vielleicht an einer Grippe. Er sank in einen tiefen Schlaf. Als er wieder zu sich kam, hatte sich die Umgegend erneut geändert. Er lag immer noch im Kanu, doch dieses stand jetzt im Uferbereich eines Sees. Ein leichter Nieselregen hatte eingesetzt. Bernhardus näherte sich von hinten und warf eine blau-gelb-gescheckte Decke über ihn. „Das wird dich wärmen. Unsere Wege trennen sich hier. Mögen sich gute Menschen ab hier um dich kümmern, ich habe anderes zu tun. Gott sei mit dir!" Indem schob er das Kanu zum Wasser. Plötzlich hielt er jedoch inne, beugte sich herunter, und setzte den Daumen auf Falks Stirn. Erschreckt drehte sich dieser zur Seite, nicht ahnend, daß der wirre Mönch ein Kreuzzeichen aufbringen wollte. „Ich will dich nur segnen!" „Ich will Euren Segen aber nicht!". Als er dies hörte, heulte der Alte auf wie ein waidwundes Tier. Er krümmte sich zusammen und stieß das Boot in den See. Falk machte keine Anstalten, sich zu wehren und blieb reglos liegen. „Das Sterben und Töten um Gottes Willen ist ein himmlisches Verdienst. Soll ich denn als Mittler der rechten Botschaft auf ewig verflucht sein?" Der Einsiedler schrie noch weiter, verschluckte sich dabei. Falk konnte ihn nicht mehr verstehen, zumal sich das Boot auch immer weiter vom Ufer entfernte. Nach einiger Zeit aber er hob den Kopf, drehte ihn zurück und versuchte, den Alten ausfindig zu machen. Der Eremit stand jetzt völlig reglos und starrte ihm nach. Falk hob die Hand wie zum Gruß, ließ sie aber gleich wieder sinken. „Adieu!" Er drehte sich wieder um und lag ganz still.
Unter der schweren Decke wurde ihm trotz des Nieselregens behaglich warm. Das Boot glitt durch das ruhige Wasser. Schön war das. Es mußte toll sein, wenn man so sterben könnte. Falk dachte an Wikingerfürsten, die in ihren Schiffen auf die letzte Reise geschickt worden waren. Doch von irgendwoher fühlte er neue Lebenskraft in sich aufsteigen. Nein, das war nicht sein Ende. Er war nur schrecklich müde. Irgendwo würde das Kanu ankommen. Er schloß die Augen.

17. Die Kraft der Frauen

Tief aufgewühlt hatte Eric wohl oder übel seine Fahrt nach Trondheim fortsetzen müssen. Er folgte weiter der E 6, die bei Dombås nach Norden abbog. Die Gegend war weiterhin von überwältigender Schönheit, doch Eric hatte keine Augen mehr dafür. Er fuhr durch das Dovrefjell und den gleichnamigen Nationalpark, ohne jegliche Anteilnahme an der beeindruckenden Landschaft. Den Gipfel des Snøhetta, mit fast 2300 Metern die höchste Erhebung der Umgegend, ließ er im wahrsten Sinne des Wortes links liegen. Nach dem Abzweig der Straße nach Christiansund begann sich das Gelände deutlich abzusenken. Eric machte eine kurze Pause, nicht weil er etwa müde gewesen wäre, sondern nur, um seine aufgebrachten Nerven etwas zu beruhigen. Er schaute auf die Karte und sah, daß das Gebiet zu seiner Linken Trollheimen hieß, Land der Trolle. Da gab es auch noch Orte, die Trollheimshytta und Trollhätta hieß. Es kam ihm eigentümlich vor, daß die alten Norweger so große Teile ihres Landes nach Riesen und Trollen benannt hatten. Ob dies wirklich ganz grundlos geschehen war? Hatte hier wirklich die kollektive blühende Phantasie einer ganzen Volksgruppe eine Rolle gespielt, oder gab es tatsächlich triftige Gründe, warum die alten Norweger zu dieser Namensfindung gekommen waren? Doch schon waren diese belanglosen Gedanken wieder der Selbstzermarterung ob Åstas Verschwinden gewichen. Wenn sie ihn willentlich verlassen hatte, hatte sie sich dann an ihr Versprechen gehalten, ihm ein Rätsel aufzugeben, das ihn zu ihrer Heimat führen könne? Er dachte wieder an die in den Tau auf seine Heckscheibe gemalten Symbole, das Herz und die Tierpfoten. Wer außer Åsta hätte das tun können? Er versuchte angestrengt, Kombinationen zu basteln. ‚Herzpfoten' machten keinen Sinn, auf englisch übersetzt ‚Heartpaws'auch nicht. Auch das Norwegische ließ keinen vernünftigen Schluß zu: ‚Hjertepoter'.

Mit knapp 700 Metern über dem Meeresspiegel war es vergleichsweise flach geworden als er über Heimdal in Trondheims Süden einfuhr. Er machte an einem Restaurant Halt, wo er sich mit einem einfachen Gericht stärkte. Schneller als erwartet, dafür aber unter höchst merkwürdigen Umständen, hatte er sein erstes Nahziel erreicht. Seine Gemütslage war mehr als durcheinander. Statt der Suche nach Arthur hatte er die Suche nach Åsta im Kopf. Statt eines heimatlichen Gefühls überkam ihn jetzt bei der Weiterfahrt in die

Altstadt ein Gefühl der Beklemmung. Er versuchte, sich an schöne Dinge in seiner Kindheit zu erinnern. Es kamen ihm indes nur wenige in den Sinn. Er dachte an seine Schwester Mercedes, und ihr inniges Verhältnis zueinander. Dies war sicher nicht zuletzt der Isolierung geschuldet, die sie von den anderen Kindern in Trondheim erfahren hatten. Er erinnerte sich an ein großes Ausmaß an Alleinsamkeit. Beim Sport, und dies insbesondere nach der Schule, hatte man ihn oft nicht mitspielen lassen. Dabei war er kräftig und talentiert. Es war seine fremdländische Erscheinung, die ihn zum Außenseiter machte. Man hatte ihm den Spitznamen ‚Der dreizehnte Krieger' gegeben, oder rief kurz ‚Dreizehn' hinter ihm her. Dies war eine Anspielung auf einen Araber, der der Legende nach irgendwann einmal mit einem Wikingertrupp gereist war.

Er blieb an den Hafenanlagen gegenüber dem Bahnhof stehen, stieg aus und atmete die frische Meeresluft ein, die vom Trondheimfjord in die Stadt geweht wurde. 1681 war bei einem der zahlreichen Brände die gesamte Altstadt vernichtet worden. Christian der Fünfte hatte daraufhin eine neue Stadt anlegen lassen nach dem Vorbild von Versailles. Vom Marktplatz aus führten breite Straßen in alle Himmelsrichtungen. Die Altstadt selbst lag auf einer Halbinsel, die bis auf eine schmale Landverbindung im Westen auf allen anderen Seiten vom Fjord oder dem Nidaros-Fluß begrenzt wird. Durch diese günstige Lage und den natürlichen Hafen an der Flußmündung hatte sich Trondheim zu einem der wichtigsten Handelsorte des Landes entwickeln können. Eric stieg wieder in den Volvo, fuhr aber nur ein kurzes Stück, bis er an den Nidaros-Dom kam. Er erinnerte sich aus seiner frühen Schulzeit, daß die Geschichte des Domes so wechselhaft war wie die des ganzen Landes. Ursprünglich auf der Grabstätte des Königs Olav Haraldson errichtet, der im Jahr 1030 gefallen und ein Jahr später heilig gesprochen worden war, war die Kathedrale ständig umgebaut und erweitert worden. Nicht zuletzt deshalb, weil sie im fast regelmäßigem Abstand von 100 Jahren bei Bränden immer wieder schwer beschädigt worden war. Auf Grund fehlender historischer Baupläne beruhte die heutige Rekonstruktion auf Spekulationen. So war der Dom Symbol für seine eigene Situation. Hinter der Fassade seiner norwegischen Vergangenheit gab es wenig Greifbares. Ein Kind war anders gewesen. Es hatte mit völligem Unverständnis darauf reagiert, daß die anderen Kinder Eric aus ihrer Gemeinschaft ausschließen wollten. Dieses Kind, ein schmächtiger Junge mit rötlichen Locken, hätte sich äußerlich nicht mehr vom jungen Eric unterscheiden können. Jener hatte es faszinierend gefunden, wie es Morten, so hieß der Junge, häufig gelungen war, sich trotz seiner sanftmütigen Art bei den anderen durchzusetzen. Morten war ein sensibler und feinfühliger Junge gewesen, der musisch hoch begabt war. Eric erinnerte sich an sein wunderbares Klavierspiel, und kurz bevor er Norwegen in Richtung Deutschland verlassen hatte, hatte ihm Morten anvertraut, daß er auch selbst komponiere. Zum Abschied hatte er ihm eine dieser Kompositionen vorgespielt, und Eric erinnerte sich lebhaft daran, wie die Wärme und Ausstrahlungskraft seiner Persönlichkeit in diesem Stück gleichsam reflektiert wurde. Er hatte Morten nie wiedergesehen, und ihn doch nicht vergessen. Über das Internet hatte er später versucht ihn auszumachen. Und irgendwann Erfolg gehabt. Morten Størsdalen war in Trondheim geblieben, und lehrte heute an der dortigen Musikhochschule Komposition und Klavier. Und Morten war der einzige Mensch, der ihm einfiel, an den er sich jetzt wenden könnte.

Morten Størsdalen staunte nicht schlecht, als er den Anruf von Eric bekam. Gleichwohl fing er sich aber schnell, und die Freude überwog, den vor so vielen Jahren Abgereisten, wo nicht Freund, so doch in vielerlei Hinsicht Seelenverwandten wiedersehen zu können. Man verabredete sich in einem Café, und trotz des großen Zeitraums, in dem sie sich nicht gesehen hatten, fielen sie sich in die Arme. Es hätte zwar endlos viel zu erzählen gegeben, doch beider Art war es nicht, wie ein Wasserfall daherzuplappern. So tauschten sie in eher gemächlich - umsichtigem Tempo erste wichtige Erlebnisse und Geschehnisse seit ihrer Trennung aus. Morten war schon verheiratet und hatte ein Kind. Seine Position am Institut für Musik schien so gut wie dauerhaft gesichert, es sah wohl sehr gut aus in Bezug auf eine baldige feste Professorenstelle. Eric erzählte von seinen Eltern, seiner Schwester in Barcelona, seinem Studium, und seinem Entschluß, nach dessen Ende die alte Heimat Norwegen aufsuchen zu wollen. Arthurs Entführung verschwieg er. Als Eric Morten nach etwa zwei Stunden fragte, ob ihm dieser eine günstige Unterkunft in der Stadt empfehlen könnte, bestand dieser darauf, daß der Besucher aus Deutschland auf jeden Fall zunächst in seinem Gästezimmer bleiben müsse.

In den nächsten Tagen ließ es sich Morten nicht nehmen, so jeweils sein Stundenplan an der Universität dies ermöglichte, Eric wie ein Reiseführer zu betreuen. Er zeigte ihm natürlich voller Stolz das Institut für Musik, und brachte ihn auch zu den verschiedensten Sehenswürdigkeiten. Häufig

wurden sie dabei auch von Mortens quirliger junger Frau Hedda begleitet, deren Energie schier unerschöpflich schien. Freundlich und fröhlich regte sie bald dieses an, bald jenes. Während es Morten mehr um die kulturellen Wichtigkeiten der Stadt ging, drängte es Hedda zu den landschaftlich imposanten Eindrücken und kulinarischen Genüssen. So war sie es zum Beispiel, die die drei auf den Fernsehturm Tyholttårnet und seiner Aussichtsplattform, vor allem aber seinem drehenden Restaurant brachte. Von hier aus hatte man einen umfassenden Überblick über die Stadt und ihre Anlage. Sie fuhren zur kleinen Insel Munkholmen, auf die zur Zeit der Christianisierung Norwegens ein Kloster gebaut worden war, das man allerdings später weniger christlich als Munitionslager und Gefängnis benutzt hatte. Während der deutschen Besatzung im zweiten Weltkrieg hatte Munkholmen gar als Fliegerabwehrzentrum gedient, dessen Reste noch heute in Augenschein zu nehmen waren. Sie fuhren dorthin mit einem Ausflugsboot, und schlossen daran einen Besuch des Nidaros-Doms an. Eric sträubte sich innerlich gegen diesen Besuch, als er das Westportal der Kathedrale sah, fühlte er sich erneut an seine eigene Situation erinnert, die aus Spekulationen und Unerklärlichem konstruiert war. Ausnahmsweise hörte er den Ausführungen Mortens überhaupt nicht zu, sondern versuchte sich durch Konzentration auf das Glasfenster über dem Portal abzulenken. Was immer spekuliert und rekonstruiert war, an dieser Stelle hatten die Meister genau gewußt, was sie getan hatten.
Wie beim Essen, so war Hedda auch bei allen anderen Dingen des praktischen Lebens zuständig. Man konnte nicht unbedingt sagen, daß sie das bestimmende Element der Beziehung war, es war eher so, daß Morten ihr durchaus dankbar war, hier die strategische Führung zu übernehmen. Umso einfacher war es für ihn, sich in seine Welt der Klanggebilde zurückzuziehen. Neben seinem frühen Erfolg als Universitätslehrer hatte er eine nicht unbeeindruckende Karriere als Komponist auf den Weg gebracht.
Obwohl ihr Kind zur Zeit bei der Großmutter in Ferien war, versiegte immer um Punkt neun Uhr abends mit überraschender Plötzlichkeit Heddas Energiestrom, und sie zog sich ins Schlafzimmer zurück. Dann begann jeweils ein intensiver Austausch zwischen Morten und Eric, über all das, was in der Zeit seit ihrer Trennung äußerlich und innerlich mit ihnen geschehen war. Da Morten es sich nicht nehmen ließ, feine Rotweine zu diesen Gesprächen beizusteuern, die in Norwegen sicher ein Vermögen kosten mußten, war es für Eric nur Ehrensache, auch seinen mitgebrachten Wein-

vorrat gänzlich für diese Gesprächsrunden zur Verfügung zu stellen. Eines Abends war Eric dann soweit, Morten von seiner Begegnung mit Åsta zu erzählen, und seiner endlosen Verzweiflung, diese wunderbare, gleichsam außerirdische Erscheinung nach so kurzer Zeit bereits wieder verloren zu haben. Morten war tief gerührt von Erics Beschreibung des Erlebnisses, und ohne es diesem zu sagen, dachte er gleich, daß dies ein gutes Thema für sein nächstes Werk sein könne. Eric bekniete ihn, ob er als Norweger nicht irgendeine Idee hätte, wie und wo man Åsta aufspüren könnte. Er sprach auch die Zeichen auf seiner Heckscheibe an, gab aber zu, daß er sich nicht sicher sein könne, ob diese nun von Åsta oder vielleicht nur von einem Kind, das ebenfalls auf dem Campingplatz übernachtet haben konnte, stammten. Plötzlich war Morten eine Idee gekommen. Vor einigen Monaten nun schon hätten einige seltsame Frauen eine Art Bewegung gestartet, die ihm zumindest etwas kultisch vorkäme. Zentrieren würde sich das Ganze um eine Frau mittleren Alters, die mit einigen Getreuen ein Haus am Parkveien bezogen hätte, und von dort aus Rat- und Trostsuchenden zur Seite stünde. Die Zeitungen hätten das Phänomen als ‚die Kraft der Frauen' bezeichnet, und die Kirche hätte das Ganze mit großem Argwohn verfolgt und täte dies noch. Offensichtlich gäbe es hier Bezüge zu altnordischen Heilerinnen- und Wahrsagerinnentraditionen. Es habe sogar vor zwei Wochen einen kleinen Brandanschlag gegeben, der jedoch sehr glimpflich abgegangen sei und die Frau und ihr Gefolge nicht beeindruckt hätte. Er selber fände das Ganze interessant, insbesondere wenn sich hierbei noch faszinierende Geschichten ergeben könnten, die ihm wiederum Vorlage böten für Libretti seiner künftigen Kompositionen. Denn, so hob er hervor, schriebe er auch die Texte für seine Lieder und die Vokalteile seiner Kammer- und Orchesterstücke stets selbst.

Am Nachmittag des nächsten Tages konnte Eric der Versuchung nicht widerstehen, doch einmal zu dem von Morten beschriebenen Anwesen zu gehen, um herauszufinden, was es mit den Frauen auf sich hatte. Ein milder, aber beständiger Nieselregen fiel, er schlug den Kragen seiner Jacke hoch. Das Haus lag am Parkveien unweit der Kreuzung mit dem Maristuveien, es zu finden war einfach, als ihm Menschen von verschiedenen Seiten aus zustrebten wie angezogen von einem Magneten. Mit anderen bog er in den Hof des großen alten Hauses, dessen Giebel mit aufwendiger Schnitzarbeit verziert waren. Dort saßen auf einer Art Tribüne vielleicht vierzig Personen, die gebannt den Ausführungen einer kräftigen, aber gut gebauten Frau mittleren Alters lauschten. Die Frau hatte schulterlange, schwarzgelockte Haare, die Lippen leuchteten rot. Sie trug eine viel zu kurze Bluse, was den Blick auf einen für das sittliche Empfinden mancher sicher zu großen Teil ihrer Brust und des Bauches freigab, darunter einen weiten, dunkelgrünen Rock. Mochte die Optik auch die Konzentration auf sie steigern, so waren es doch die eindrucksvollen Worte und Gesten, mit denen sie ihr Publikum gefangennahm. Sie streckte den Leuten auf den Bänken der Tribüne ihre rechte Faust entgegen und sagte, daß jeder, dessen geballte Faust sich an die ihre fügte (sie demonstrierte es unter Zuhilfenahme ihrer anderen Hand) von der gewaltigen und wunderbaren „Kraft der Frauen" durchströmt würde. Dann wies sie auf eine offene Tür im Haus und bedeutete den Anwesenden, daß sie bei Interesse ihr folgen, aber jeweils nur einzeln der Reihe nach eintreten sollten.

Kaum gesagt, war sie in dem Eingang verschwunden. Weniger Menschen als erwartet folgten ihr auf der Stelle, vielfach setzte gedämpfte Unterhaltung ein. Dennoch bildete sich eine kleine Schlange vor der geöffneten Türe. Man wartete jeweils ein paar Minuten auf den vorherigen Aspiranten, und so wie dieser, mal benommen, mal euphorisch, aus dem Dunklen wieder ans Tageslicht schritt, trat man selbst hinein. Eric hatte keine Viertelstunde warten müssen, bis er an der Reihe war. Er ging durch einen dunklen Korridor, es dauerte eine Weile, bis sich seine Augen an das schwache Licht gewöhnt hatten. Schließlich hatte er sich zu einem kerzenerleuchteten, höhlenartigen Raum vorgetastet, an dessen hinteren Ende ein weiterer Raum erahnbar war. „Setz' dich", hörte er eine Stimme aus dem Dunkeln, sah aber niemanden. Er ließ sich an einem Holztisch nieder, auf dem eine Kerze stand. Mit lautem Getöse drang auf einmal ein in einen hellgrünen Anzug gekleideter Mann auf ihn zu und fragte, ob er schon dran sei. „Nein", sagte Eric mürrisch, denn er wollte sich auf das nun Kommende gefälligst nur allein einlassen. Der Grüne zog sich in den hinteren Teil des Raumes zurück, als Eric auf einmal, nicht weit von ihm an einer anderen Wand eine nur mit einer Art Bikini bekleidete Frau von vielleicht 23 Jahren bemerkte. Der schwache Kerzenschein ließ sie fast im Raum versinken. Seine Augen, die sich allmählich an die Dunkelheit gewöhnt hatten, musterten die Frau, die seinen Blick selbstbewußt erwiderte. „Die ‚Kraft der Frauen' strömt genauso durch mich. Komm' zu mir, wenn Du sie erfahren willst." Eric wußte überhaupt nicht mehr, was er eigentlich wollte, aber innerlich fühlte er, daß er sich diesem Experiment nun stellen wollte und mußte. Er stand wieder auf, immer noch unglücklich über die Anwesenheit des Grünen. Als hätte die junge Frau dies bemerkt, sagte sie bestimmt: „Vergiß' ihn!" Und dann: „Gib' mir deine Faust!". Eric streckte sie ihr entgegen, und sie preßte die Finger der ihren in die Rillen zwischen seinen. Die Zeit schien still zu stehen. Eric merkte, wie auf einmal, und dann immer stärker werdend, eine große, warme Welle durch seine Faust, durch seinen Arm, durch seinen ganzen Körper floß.

Er wollte der Frau die Geschichte seines Lebens erzählen, doch er wußte, daß ihm soviel Zeit nicht bemessen war. Zu seiner aktuellen Situation hätte er sich nicht gescheut, sein Gelöbnis in bezug auf Arthur zu brechen. Noch wichtiger aber war es ihm, vom Kennenlernen, vor allem aber vom Verlust Åstas zu erzählen. Und einen Rat zu erbitten, wie man sie wiederfinden könne. Doch seine Lippen blieben verschlossen. Die junge Frau schaute sehr tief in seine Augen, er wich dem Blick nicht aus. Und auf einmal wurde ihm klar, daß er gar nicht reden mußte. Sie wußte bereits alles. Bilder, zunächst wild und ungeordnet, zogen durch seinen Sinn. Er sah ein großes, brausendes Wasser, Gischt spritzte auf. Dann trat, wie bei übereinander geblendeten Negativen, immer deutlicher die Figur eines Mannes hervor. Dieser stand starr in einer einsamen Berglandschaft, und jetzt wurde Eric klar, daß es sich um den seltsamen Bergführer handelte.

Eric wuße nicht, wie lange er so gestanden hatte. Irgendwann zog die Magierin ihre Faust zurück, es war, als würde eine Kupplung gewaltsam getrennt. Eric stöhnte auf. „Ich danke dir", sagte er zitternd. „Gern geschehen", meinte die Frau, und wieder ruhte ihr Blick tief in seinen Augen. „Vielleicht sehe ich dich irgendwann wieder, und dann kannst Du mir etwas geben." „Ja?", sagte Eric ungläubig. „Nun gehe deinen Weg", sagte sie. Wie benommen taumelte er durch den Gang, wollte sich noch einmal umdrehen, die junge Frau gerne in den Arm nehmen, drücken, sie vielleicht gar küssen. Dennoch ging er weiter und gelangte ans Tageslicht. Draußen hatten sich Platz und Tribüne weitgehend geleert. Es regnete jetzt stärker, und schweren Schrittes, ermattet von der ihn durchströmenden Kraft, schritt er seiner Unterkunft entgegen.

Am folgenden Abend brannte Morten natürlich darauf, zu erfahren, was Eric im Haus der Frauen erlebt hatte, beziehungsweise, was ihm diese geraten oder empfohlen hatte. Eric war jedoch nicht in der Verfassung, darüber zu reden. Er wollte aber angesichts der großen Gastfreundlichkeit Mortens nicht unhöflich sein und erzählte ihm wenigstens soviel, daß er bei den Frauen sowohl Hinweise zum möglichen Verbleib von Åsta als auch mehr Klarheit über seine Ziele bekommen habe. In jedem Falle habe man ihm geraten, Trondheim umgehend zu verlassen. Dies betrübte Morten sehr. Offensichtlich hatte er in all den Jahren seit ihrem Abschied seinen eigenen Freundeskreis in der Stadt nicht ausufernd ausweiten können. Vielleicht schien es auch ihm so, daß Eric sein einziger Seelenverwandter sei. Und nun müsse er diesen, kaum wiedergewonnen, erneut verlieren. Ob er nicht wenigstens noch einen Tag länger bleiben könne? Hedda habe beim Fischhändler Lachs bestellt und wolle diesen am Abend des nächsten Tages auf besondere Weise zubereiten. Eric konnte nicht ‚nein' sagen, und den nächsten Tag verbrachten die beiden Männer im wesentlichen mit ausgedehnten Spaziergängen. Gesprochen wurde dabei wenig. Der Lachs war in der Tat hervorragend zubereitet, gleichwohl wollte rechte Fröhlichkeit nicht aufkommen. Sogar die quirlige Hedda war ein wenig verstummt. Selbst wenn sie sich darauf freuen mochte, die Wohnung nun wieder für sich zu haben, so hatte doch auch sie sich in kurzer Zeit an den sympathischen Deutsch-Spanier gewöhnt. Hedda empfahl eindringlich nach Schweden zu reisen, wenn er denn schon Norwegen verlassen müsse. Er sollte sich einfach östlich halten und käme dann bald auf der E 75 an die schwedische Grenze. In Schweden sei es immer etwas wärmer und schöner als in Norwegen, wenngleich auch nicht so spektakulär und romantisch. Eric sagte zu, diese Route nehmen zu wollen. Am nächsten Morgen verabschiedete man sich in großer Herzlichkeit, Eric mußte geloben, bald wiederzukommen, und umgekehrt versprachen Morten und Hedda, ihn in Deutschland aufzusuchen, so wie sich eine Gelegenheit ergäbe. Vielleicht in den Semesterferien des nächsten Jahres. Eric belud seinen Volvo, und wurde für die weitere Reise noch mit Marmeladen, Fischdosen und anderen Nahrungsmitteln ausgestattet.

Morten und Hedda standen Arm in Arm und winkten, bis er um die Ecke gebogen war. Eher aus schlechtem Gewissen hielt er sich für ein paar Blocks in östlicher Richtung, bog dann aber nach Süden und verließ die Stadt schließlich wieder über Heimdal.

Es war ihm klargeworden, daß er nicht zufällig mit dem merkwürdigen

Bergführer zusammengetroffen war. Nach den Bildern, die ihm bei der jungen Magierin durch den Kopf gezogen waren, war er zur Überzeugung gelangt, daß er ihn wiedersehen mußte. Und in den flacheren Regionen Schwedens war der Mann sicher nicht zu vermuten, vielmehr konnte man davon ausgehen, daß er sich weiter irgendwo entlang der Straße zwischen Jotunheimen und dem Dovrefjell aufhalten würde. Vermutlich suchte er immer entlang dieser Straße irgendwelche Reisenden als Opfer für seine fragwürdigen Dienste. Bald war Eric also wieder auf der E 6 und fuhr in Gegenrichtung die gleiche Strecke, die er vor knapp einer Woche nach Norden gefahren war. Er mochte zwar nicht glauben, daß die junge Frau Recht hatte mit ihrer Annahme, daß der seltsame Bergführer einen Hinweis auf Åstas Verbleib geben könne, dennoch begann er zunehmend zu fühlen, daß es eine schicksalhafte Verbindung zu ihm gab. Er hatte etwa wieder die Höhe des Snøhetta erreicht, als es ihn schier erschauderte. Tatsächlich ging auf der rechten Seite, ebenfalls in südlicher Fahrtrichtung ein großgewachsener Mann mit Parka und Indiomütze. Obwohl Eric nun eigentlich hätte halten sollen, war er so überrascht, den Bergführer so bald und auf so unkomplizierte Weise wiederzusehen, daß er einfach an ihm vorbei fuhr. Im Rückspiegel sah er, wie der Bergführer auch ihn bemerkt hatte, kurz stehen blieb und starr hinter seinem Wagen hersah. Eric wußte nicht, was er tun sollte. Während er hin und her überlegte, ob er jetzt drehen sollte oder nicht, machte er manchen Kilometer. Gerade wollte er sich zusammennehmen, und das Fahrzeug drehen, als ihm ein leichter Schrei des Entsetzens entfuhr. Da ging wieder vor ihm auf der rechten Seite jemand mit Parka bekleidet, der eine Indiomütze trug. Eric rollte jetzt langsam weiter und sah hinaus. Nein, kein Zweifel, das war der nämliche Bergführer. Auch jener schaute in den Volvo, als habe er ein Gespenst gesehen. Jetzt ging nichts mehr. Eric schnappte nach Luft und hielt am rechten Fahrbahnrand, etwa 30 Meter vor dem Wanderer. Dieser kam gemächlichen Schrittes auf ihn zu. Als er am Fahrzeug angelangt war, machte er ungefragt die rechte Vordertür auf und beugte sich hinein. „Sehen Sie, ich habe Ihnen doch gleich gesagt, daß Sie einen Bergführer brauchen." „Ja, ich..." „Nun, hätten Sie auf mich gehört, hätten Sie sich einige Tage sparen können. Aber es macht ja nichts, dann gehen wir eben jetzt los! Darf ich?" „Ja, klar, bitte steigen Sie ein!" Der seltsame Bergführer setzte sich in den wohltemperierten Wagen und schloß die Tür. Sie fuhren weiter nach Süden und schwiegen längere Zeit. Der Norweger sah starr geradeaus. Seine Indiowollmütze nahm er trotz der Wärme im Wageninneren nicht ab. Irgendwann sagte er: „Fahren Sie ruhig weiter, ich sage Ihnen, wo wir halten müssen!" Der Bergführer merkte, wie Eric überaus nervös wurde, als sie sich Otta näherten. „Sie brauchen nicht auf den Campingplatz zu fahren. Sie werden dort zu keinen neuen Erkenntnissen gelangen." Eric wurde es eiskalt ums Herz, was wußte dieser merkwürdige Mensch? „Es ist entschieden zu warm in Ihrem Wagen. Man bekommt ja Kopfschmerzen. Darf ich?" Eric nickte, als der Bergführer die Heizung ausschaltete. Jetzt waren sie fast wieder an der abgelegenen Stelle, wo der seltsame Mann das letzte Mal wie aus dem Nichts aufgetaucht und ebenso wieder verschwunden war. Da hob er plötzlich die linke Hand und rief: „Langsam!" und deutete dann auf einen kaum als solchen erkennbaren Weg zur Linken. Eric tat wie ihm geheißen und bog von der Straße ab. Sie fuhren ein kleines Stück holprigen Weges, bis dieser nach rechts hinter einen kleineren Hügel ging und größere Steine dort ein Weiterkommen unmöglich machten. „Motor abstellen!" befahl der Bergführer. Eric machte den Motor aus und zog den Zündschlüssel ab. Schwerfällig stieg er aus, der Bergführer an der anderen Seite stand bereits draußen. Eric wurde bewußt, daß der Hügel sein Fahrzeug so verdeckte, daß man es von der Hauptstraße aus auf keinen Fall sehen konnte. „Ziehen Sie sich jetzt Ihre Wanderstiefel und Ihren Parka an! Vergessen Sie nicht, in Ihren Rucksack wärmende Kleidung und Proviant zu packen. Wir werden nun eine gewisse Zeit unterwegs sein."

18. Am Wasser

„Ja, tatsächlich, da liegt doch wer! Hallo, hallo! Hören Sie mich?" Schwerfällig hob Falk den Kopf und blinzelte. Langsam begriff er, daß er bäuchlings auf einem Kiesboden lag, umgeben von verschiedenen Sträuchern und Gebüschen. Er fühlte sich kalt und feucht, seine Füße wähnte er wie von Wasser umspült. „So, er lebt! Da haben Sie aber großes Glück gehabt! Ihr Hund hat Ihnen das Leben gerettet..." Vor ihm stand ein großer schwerer Mann in schwarzen Gummistiefeln und einer blauen Latzhose, unter der er ein braunes Hemd trug. Auf dem Kopf trug er eine Art Baskenmütze, und sog eifrig an einem kleinen Pfeifchen. „Wohl gekentert, was? Sie wissen wahrscheinlich auch nicht, wie lange Sie hier schon liegen. Ein Glück, daß Ihr Hund mich zu Ihnen geführt hat!" Falks Gedanken ordneten sich langsam. Er drehte sich um und sah, daß seine Füße tatsächlich im Wasser lagen. Im Wasser eines recht breiten, aber langsam dahinströmenden Flusses, der in die eine Richtung hin immer noch breiter zu werden schien, vielleicht gar in einen noch größeren Fluß einmündete. Es gelang ihm, seine Beine unter sich zu ziehen und sich in die Hocke zu setzen. Zum Aufstehen aus eigener Kraft war er noch zu schwach. Ein mittelgroßer Hund mit weißem Fell, jedoch mit einem breiten braunrötlichen Streifen auf dem Rücken, kam jetzt fröhlich auf ihn zu gelaufen. Er richtete sich halb vor ihm auf und legte ihm seine Läufe auf die Knie, um ihm dann ins Gesicht zu schlecken. „Na, sehen Sie, da freut sich aber einer, daß Sie noch leben. Kommen Sie, ich helfe Ihnen." Der Mann mit der Latzhose griff Falk unter die Arme und zog ihn mit einem kräftigen Ruck hoch. „Stützen Sie sich auf mich, wir haben es nicht sehr weit zu mir. Meine Frau wird Ihnen erstmal eine heiße Suppe machen. Dann sieht die Welt schon wieder anders aus." Sie bewegten sich vom Ufer weg, an der Böschung zog ihn der Mann hoch wie ein Kind zu der darüber liegenden Straße. Es war tatsächlich nicht weit zur Behausung seines Retters. Nur um zwei, drei Straßenecken ging es noch, dann standen sie vor einem Häuschen in einem Garten voller bunter, blühender Blumen. „Erna, komm mal raus, ich hab' hier einen schiffbrüchigen Camper dabei!" Eine kleine untersetzte Frau kam herbeigelaufen und schlug die Hände über dem Kopf zusammen. „Mein Gott, der ist ja ganz feucht! Ist der im Wasser getrieben?" „Ja, ja, aber jetzt erstmal ins Haus." Der Mann schob Falk auf eine kleine Eckbank in der Küche und bat seine Frau, ihm etwas Heißes zu kochen. „Ich geh' nochmal zum Fluß, denn das Boot, was da weiter unten lag, ist bestimmt seins!" Er sah Falk fragend an. „So ein älteres selbstgebautes Holzkanu, nicht wahr?" Falk nickte. Kaum hatte sich der Mann auf den Weg gemacht, meinte seine Frau zu Falk, daß dieser erst einmal aus der nassen Wäsche heraus müsse. Dabei versuchte sie, sich nicht anmerken zu lassen, daß es ihr nicht nur um die Gesundheit des Gekenterten ging, sondern auch um die starke Beeinträchtigung ihres Geruchssinns. Wer weiß, wie lange dieser junge Herr im Moderwasser gelegen hatte, und wie lange er bereits davor in derselben Kleidung herumgelaufen war. „Sie können ein paar Sachen von meinem Mann leihen, bis Ihre Wäsche gewaschen und wieder trocken ist!" Falk war zu schwach etwas zu erwidern und ließ sich willig das Bad zeigen. Es kostete ihn enorme Anstrengung, die feuchte Kleidung abzulegen. Die heiße Dusche danach wirkte Wunder. Langsam kehrte er unter die Lebenden zurück, und seine Gedanken formten sich wieder klarer. Er bemerkte, daß der Hund mit in das Badezimmer gekommen war. Jetzt saß er da und schaute treu ergeben zu Falk auf. 'Mein Hund!', dachte Falk. Wo war um Himmels Willen dieser Hund hergekommen? Aber da der Mann, der ihn an der Uferstelle gefunden hatte, das Tier für seinen Retter hielt - offensichtlich hatte es ihn ja erst dorthin geführt -, hatte er unter keinen Umständen sagen können, daß es ihm nicht gehörte. Bald saß er in den viel zu weiten Sachen des Mannes und löffelte eine heiße Suppe. Erbsensuppe. „Die Suppe habe ich erst gestern gemacht, ist also noch ganz frisch. Und so schnell hätte ich die jetzt nicht machen können. Guten Appetit!" Es klapperte vor der Tür, der Mann in der Latzhose war zurückgekehrt und hatte das Kanu am Weg zum Haus abgelegt. Auch er nahm sich einen Teller. „Sind Sie denn die ganze Lahn hinuntergefahren?" „Nein", entgegnete Falk, und war von seinen folgenden Worten überrascht: „Ich wollte die Lahn eigentlich hinauffahren. Weiß auch nicht, was mir passiert ist." „Na, vielleicht sind Sie gegen einen Stein gefahren, man sieht ja auch immer noch eine Wunde an Ihrer Stirn." Die Frau schaute besorgt. „Da tu' ich gleich Salbe und ein Pflaster drauf!" Falk sagte darauf nicht mehr viel, und es wurde ihm auch nachgesehen und seiner Schwäche zugeschrieben. Das ältere Ehepaar kümmerte sich die nächsten Tage rührend um ihn. Langsam kam er wieder zu Kräften. Bald fühlte er sich so gestärkt, daß er an Aufbruch dachte. Die liebevollen älteren Leute wollten hiervon zunächst abraten, in kurzer Zeit hatten sie sich sehr an ihn gewöhnt und fürchteten, ihn, der wie ein Sohn in ihr gleichförmiges Leben gekommen war, wieder zu verlieren. Aber es half nichts. Der Tag kam, an dem Falk unterstützt von seinem Retter und

Gastgeber wieder sein Boot zum Fluß trug. Der Hund wich nicht von seiner Seite. Als ihn die Alten fragten, wie er denn heiße, hatte Falk wie automatisch geantwortet „Bernhard". Das sei aber ein schöner Name für einen außergewöhnlich freundlichen und klugen Hund, befanden sie. Falk mußte nun tatsächlich den Fluß hinaufrudern. Und nicht nur, weil er dies gesagt hatte, sondern weil nicht sehr weit in die andere Richtung die Lahn in den Rhein gemündet wäre. Und des Kanufahrens völlig unkundig traute er sich dies beim besten Willen nicht zu. Der Hund kam natürlich mit. So sehr Falk fürchtete, durch das Tier in seiner Bewegungsfreiheit eingeschränkt zu sein, war er doch froh, einen Begleiter zu haben. Die Ereignisse seit seinem Aufbruch aus Münster hatten ihn sehr mitgenommen. Er wußte nicht einmal, wieviel Zeit tatsächlich vergangen war. War er unter Umständen viele Tage am Stück, oder mit Unterbrechungen immer wieder bewußtlos gewesen? Es bereitete ihm Sorge, daß der Hieb mit dem Bischofsstab eine Verletzung in seinem Gehirn bewirkt haben könnte. Dennoch merkte er, wie er innerlich ruhiger wurde. Gegen den Strom zu rudern war etwas anstrengend, bei der geringen Fließgeschwindigkeit der Lahn jedoch leistbar. Er beschloß, die vor ihm liegende Fahrt auf dem Fluß meditativ anzugehen. Sie sollte ihm die Ruhe zurückbringen, derer er jetzt dringend bedurfte. Daß die Lahn einer der beliebtesten Wanderflüsse Deutschlands war, konnte man an den zahlreichen Booten sehen, die ihm entgegenkamen. In seine Richtung fuhren dagegen nur wenige. Die Lahngegend hatte trotz der touristischen Nutzung ihre ursprüngliche Schönheit erhalten können. Bald kam er am Kurort Bad Ems vorbei, und mußte an die Emser Pastillen denken, auch Emser Salz genannt, die ihm seine Großmutter bei Halsbeschwerden immer verordnet hatte. Er passierte Obernhof, den einzigen Weinort an der Lahn, und zahlreiche Burgruinen. Als natürliche Grenze zwischen Taunus und Westerwald schlängelte sich der Fluß ruhig vorbei an zum Teil steil abfallenden und baumbestandenen Berghängen. In Limburg besuchte er den berühmten siebentürmigen Dom und stellte beim Gang durch die romantische Altstadt fest, daß die Lahngegend das Kernland der Volks- und Raiffeisenbanken war.
Friedrich Wilhelm Raiffeisen war genaugenommen der Erfinder der Genossenschaftsbanken. Neben vielen anderen Errungenschaften hatte der Sozialreformer diese Banken als Selbsthilfe für die von Wucherern bedrängten und bedrohten Landwirte geschaffen. Dies war zweifelsohne der wichtigste Beitrag zur Verhinderung einer Verelendung der bäuerlichen Bevölkerung.

Falk machte sein Kanu in der Regel an Campingplätzen fest, wobei er meist eine kleine Liegegebühr bezahlen mußte. Er selbst schlief aber nicht auf Campingplätzen, sondern suchte sich einen Platz in einer kleinen Pension, in die er auch seinen neuen vierbeinigen Freund mit hineinnehmen konnte. Lediglich beim romantischen Städtchen Runkel schlief er eine Nacht in einem Tipi. Ja, tatsächlich stand hier in der deutschen Flußniederung eine kleine Gruppe von Indianerzelten, die allerdings so eingerichtet waren, daß es sich dort ganz angenehm leben ließ. Sicher waren die Originalzelte auch nicht unbehaglich gewesen. Höchstwahrscheinlich behaglicher. Das Tal wurde enger und einsamer und durchfloß vorübergehend fast ausschließlich Waldgebiete. Kurz vor der alten Residenzstadt Weilburg kam er durch den einzigen Schiffahrtstunnel Deutschlands. Er war in der Mitte des vorigen Jahrhunderts entstanden, als man die Lahn zur Schiffahrtsstraße ausgebaut hatte. Obgleich die Reise im Kanu tranquilierend war, hielten ihn die körperlichen Anstrengungen doch recht in Atem, besonders hinter Weilburg, als leichte Stromschnellen und per Hand zu bedienende Schleusen zu überwinden waren. Immerhin fühlte er, wie die Fahrt ihm tatsächlich die erwünschte innere Ruhe brachte. Er merkte, daß auch der weiße Hund mit dem braunrötlichen Streifen auf dem Rücken daran einen nicht unerheblichen Anteil hatte. Obwohl er nur wenig mit dem Tier sprach, pflegten sie einen intensiven Kontakt. Es war Falk so, als kenne er den Hund nicht erst seit ein paar Tagen, sondern seit vielen Jahren. Vordem waren ihm Hundebesitzer stets suspekt vorgekommen. Insbesondere solche, die mit ihren Hunden redeten. Jetzt begann er anzunehmen, daß wohl fast alle Hundehalter mit ihren Schützlingen einen intensiven Dialog betrieben. Wenn ihn der Hund manchmal auf bestimmte Weise ansah, wollte er sich einbilden, daß in ihm eigentlich ein Mensch stecke. Vielleicht hatten die Hindus ja Recht, und Menschen konnten in Tiere metamorphiert werden. Aber dies war ihm nie so sehr in den Sinn gekommen wie bei seinem neuen Gefährten Arthur. Er erinnerte sich daran, daß die Suche nach dem Freund der eigentliche Grund für den Aufbruch auf seine Reise gewesen war. Wie hatte er sich darüber geärgert, daß auf ihn das Los ‚Deutschland' gefallen war! Wenn er auf seine Karten sah - und das tat er jeden Abend - dann registrierte er, wie wenig er bislang davon durchreist hatte. Und dennoch war es ihm, als habe er bereits riesige Gebiete durchstreift. Es bestätigte sich eben, daß wohl doch alles relativ war. In Marburg beschloß er, daß dieser Ort das Ende seiner Kanufahrt bedeuten würde. Er mietete sich in einer Pension der Altstadt ein, und genoß es, die Studenten mit ihren Rucksäcken und Taschen zwischen Seminaren und Vorlesungen die Stadt durcheilen zu sehen. Seltsam. Eben hatte er noch zu dieser Gruppe gehört, und jetzt, doch nur wenige Monate später, schien er ihr unendlich entrückt. Das Kanu konnte er zu einem für ihn überraschend guten Preis an ein Sportgeschäft verkaufen. „So etwas wird doch heute gar nicht mehr gebaut. Klar, abgenutzt, aber doch Spitzenqualität und Handarbeit", hatte der Besitzer gesagt und ihm eine ordentliche Summe gezahlt. Damit sah seine Kasse besser aus als erwartet. Wenn er es genau bedachte, hatte er dadurch noch mehr Geld als zum Zeitpunkt seines Aufbruchs. Er nahm sich vor, in Marburg erst einmal Pause von seiner ziellosen Suche zu machen. Es stieg die Hoffnung in ihm auf, daß er hier eine Idee bekommen sollte, die ihn der Erfüllung seines Auftrages wirklich näherbringen sollte.

Nachdem Lance von Jannifers Vater deren Telefonnummer im Hotel bekommen hatte, gab es endlich keinen Grund mehr, einen Anruf weiter aufzuschieben. Irgendwie kam er sich vor, als ob er etwas inszenierte, als er Raymond zunächst bat, ihn auf dem Internet nach der Telefonnummer des Metropolitan Museums recherchieren zu lassen. Er fand diese schnell und rief zunächst dort an. Es war Freitagnachmittag, und viel schneller als er erwartet hatte, stellte man ihn zur Praktikumsleiterin durch. Da habe er Pech, Jannifer habe sich vor etwa einer halben Stunde ins Wochenende verabschiedet. Nun, dachte Lance, dann probiere ich es eben bei ihr im Hotel. Er rief an, der Portier versuchte durchzustellen, doch niemand ging dran. Eine Nachricht auf dem Band zu hinterlassen, wäre ihm als Erstkontakt nach der längeren Zeit des Nicht-voneinander-Hörens unangemessen erschienen. Sicher wäre sie noch unterwegs, oder würde ein paar Besorgungen machen. Er nahm sich den ‚Calendar' genannten Teil der Los Angeles Times, in dem die Veranstaltungen des Wochenendes gelistet waren. Höchste Zeit, sich endlich einmal einen Film in einem der berühmten Kinos anzuschauen. Er entschied sich für den dritten Teil eines Actiondramas, das in der Vergangenheit Millionen ins Theater gelockt hatte, wissend, daß es sich um nichts Berühmtes würde handeln können. Es ging in erster Linie darum, einmal im Grauman's Chinese Theater gesessen zu haben. Da der Hunger sich bemerkbar machte, bestellte er sich Nachos mit einer Käsesoße, die unter keinen Umständen auf natürliche Weise hatte produziert werden können. Es sah aus und schmeckte wie zähflüssiges Plastik, aber wenigstens war es heiß. Er nahm sich einen Riesenbecher Cola dazu, aus dem einfachen Grunde, weil er vom Preis-Leistungs-Verhältnis die vernünftigste Wahl zu sein schien. Sündhaft teuer war er gleichwohl. Der Film war wie erwartet ohne Überraschungen. Im wesentlichen war der Saal belegt von jungen männlichen Besuchern zwischen 16 und 22, manche, so sie bereits darüber verfügten, hatten eine Freundin zum Mitkommen überredet. Auch vereinzelte ältere Semester waren anzutreffen, offensichtlich Touristen, die gleich ihm einfach einmal nur das Erlebnis haben wollten, in einem derart berühmten Kinotheater zu sitzen. Danach bewegte er sich wieder nach Hause und versuchte erneut, Jannifer im Hotel zu erreichen. Der Portier sagte nun, er habe sie kurz gesehen, wie sie das Hotel betrat. Er versuchte gleich durchzustellen. Wieder dasselbe Ergebnis. Niemand ging ans Telefon. Nun war es doch schon fast halb zwölf. Was sollte Jannifer jetzt zu diesem späten Zeitpunkt noch vorhaben? Sicher war so eine Praktikumswoche alles andere als unanstrengend. Na, vielleicht würde sie ja irgendetwas mit neu gefundenen Freunden unternehmen. Zusehends wurde er aber doch ein wenig nervös und lief unruhig im kleinen Appartement hin und her. Raymond war nicht mehr da, angeblich hatte man ihn auf eine Party mit Filmgrößen und Studiobossen eingeladen. Na, was das wohl für Filmgrößen und Studiobosse sein mochten? Vermutlich eher was im Independent-Bereich. Lance grinste innerlich. Um zwei Uhr morgens war er immer noch wach, aber nicht mehr ganz nüchtern. Er hatte sich an einer Whiskyflasche vergriffen und sich gesagt, daß er diese ja Raymond unschwer ersetzen könne. So fiel es ihm etwas leichter seinen Mut zusammenzunehmen, und noch einmal im Hotel Excellent anzurufen. Jetzt mußte sie ja da sein, und sicher würde sie es ihm verzeihen, wenn er sie so spät wecken würde. Doch wieder ging niemand ans Telefon. Nun, vielleicht war sie ja zurückgekommen und vor Müdigkeit und Erschöpfung gleich eingeschlafen. So tief, daß sie das Telefon nicht hörte. Er seufzte. Nun, er würde es später noch einmal versuchen.

Als er sie am nächsten Morgen gegen elf Uhr noch einmal zu erreichen suchte, und dies wiederum nicht gelang, wurde er von großer Unruhe ergriffen. Es war ihm allerdings nicht klar, ob diese Unruhe einer wirklichen Sorge über ihren Verbleib geschuldet war, oder ob etwas in ihm aufstieg, das einem schleichenden Gift nicht unähnlich war. Schließlich entschied er sich, Sigune in Köln anzurufen. Vielleicht hatte sie etwas Neues gehört. Das war aber leider auch nicht der Fall. Er überspielte Unmut und Unruhe und gab ihr sowohl die Durchwahl der Praktikumsleiterin im Metropolitan Museum als auch die ihres Zimmers im ‚Excellent'. Außer von ihm hatte Sigune weiterhin von niemandem sonst irgendetwas gehört. Sowie er aufgelegt hatte, hörte er ein Rumoren im Bad. Raymond war offensichtlich wieder zu sich gekommen. Als er das Bad verließ und ihn nachlässig grüßte, sah er noch mehr als übernächtigt aus. Er schlug vor, zu einer Art Bistro auf der Franklin Avenue zu gehen, das im französischen Stil geführt wurde und den klangvollen Namen ‚Der Mülleimer' trug. Sie widmeten sich ihren Croissants und dem Kaffee, ohne dabei viel zu reden. Wenigstens kam soviel heraus, daß Raymond auf der Party den Auftrag für ein neues Drehbuch bekommen hatte. Schriftlich war da natürlich noch nichts, aber er war voller Hoffnung. Der Rest des Samstags ging ereignislos dahin. Am Nachmittag war Lance noch kurz zum Runyon Canyon gefahren, um sich ein wenig die Beine zu vertreten. Er ging allerdings nicht sehr viel weiter als bis zu den Fundamenten des ehemaligen Anwesens von Errol Flynn, dann trieb ihn die innere Unrast zurück. Raymond sagte ihm, daß während seiner Abwesenheit Jannifers Vater angerufen habe, mit der Bitte an Lance, sich umgehend unter einer hinterlassenen Mobiltelefonnummer zu melden. Lance wartete fast eine ganze Stunde, bis er sich entschließen konnte, den Rechtsanwalt anzurufen. Er wollte ihn nicht mit seiner Sorge (oder war es eher sein Verdacht?) beunruhigen. Jannifers Vater meinte, Lance habe doch ein Auto. Und da seine sämtlichen Mitarbeiter derzeit an einem eiligen Großauftrag arbeiten würden, könne er niemanden für einen Dienst entbehren, um den er ihn aber bitte. Konkret solle er - natürlich gegen Entlohnung - eine eilige Sendung an einen Klienten in Malibu überbringen, der dort an der ‚Peppermint University' tätig sei. Dieser müsse jene noch morgen, am Sonntag also erhalten. Wolle man nun einen der herkömmlichen Kurierdienste damit betrauen, so sei dies ungeheuer kompliziert, kostenaufwendig und darüber hinaus alles andere als sicher, daß es mit der Zustellung klappe. Man arbeite so oder so den ganzen Sonntag, Lance solle also im Büro vorbeikommen, die Sendung und die Instruktionen zur Zustellung abholen, und dann direkt nach Malibu fahren. Obwohl ihm der Sinn danach überhaupt nicht stand, sagte Lance ohne große Umschweife zu.

Raymond konnte er gerade noch zu einem Bier an der Ecke überreden, dann wollte dieser zurück, um sich gleich mit Verve in sein neues Projekt zu stürzen. Lance ging mit ihm nach Haus, sah sich noch eine Gerichts-TV-Sendung an, und danach die Abendnachrichten. Diese begannen mit einem langen Bericht über eine Auto-Verfolgungsjagd, an deren Ende die Polizei den Übeltäter in einem unblutigen Ende stellte und festnahm. Das ging beileibe nicht immer so glimpflich ab. Daran schloß sich eine mehrminütige Reportage über den Diebstahl von Baseball-Equipment einer Siebtklässler-Mannschaft an, Schüler, Lehrer, Eltern, ein Pfarrer wurden interviewt. Nach einer halben Stunde, von der scheinbar immer gleichen Auto-, Versicherungs-, und Kosmetikwerbung unterbrochen, kamen schließlich für etwa 30 Sekunden internationale Nachrichten. Danach präsentierte eine attraktive Frau einen angesichts der meteorologischen Ereignislosigkeit etwas zu langen Wetterbericht, dem ein kürzerer Inlands-Wirtschaftsteil folgte, bevor die Nachrichten mit einem umfänglichen Sportbericht endeten. Lance ging sofort danach, für seine Verhältnisse viel zu früh, ins Bett und fiel in einen unruhigen Schlaf.

Am nächsten Morgen machte er sich ein einfaches Frühstück, das im wesentlichen aus Kaffee und Cereals mit Milch bestand, dazu ein Toast mit Nougatcreme. Dann fuhr er zur Kanzlei von Jannifers Vater, holte den Umschlag mit den Dokumenten und einen Ausdruck mit der Route zum Adressaten derselben ab. Jannifers Vater freute sich sehr, ihn wiederzusehen, und vergaß natürlich nicht zu fragen, ob er schon etwas von seiner Tochter gehört habe. Hier blieb Lance nichts anderes als eine Notlüge übrig. Ja, man habe sich kurz gesprochen, es gehe ihr sehr gut, man wolle sich bald besuchen. Allerdings sei die Verbindung sehr schlecht gewesen, wahrscheinlich Netzüberlastung. „Ja", meinte Jannifers Vater, „kommt immer wieder vor, daß die Leitungen zwischen New York und L.A. heiß laufen!" Habe er schon häufig genug erlebt. Kein Vergnügen, wenn es um große Deals ginge. Da am Sonntagmorgen noch relativ wenig Verkehr war, beschloß Lance, den Wilshire Boulevard in westlicher Richtung einfach immer weiterzufahren, bis er dessen Ende in Santa Monica erreichte. Dort würde er dann auf den Pacific Coast Highway einschwenken und in nördlicher Richtung nach Malibu weiterfahren. Wie fast immer war der Himmel strahlend blau, doch eine frische Brise vom Meer sorgte dafür, daß es sich nicht ganz so heiß anfühlte. Lance hatte die Scheiben seines Crown Victoria heruntergelassen und genoß den ins Fahrzeug kommenden Fahrtwind. Als er Santa Monica verlassen hatte bewegte er sich an Pacific Palisades vorbei weiter in Richtung Malibu. Mit ungläubigem Staunen registrierte er die schier endlose Anzahl von Anwesen der Reichen und Superreichen. Unvorstellbar, daß es so viele Multimillionäre gab. Vorstellbar allerdings schon, warum sie sich hier niedergelassen hatten. Und dies trotz ständiger Erdbeben- und Waldbrandgefahr.

Lance wollte seine positive Stimmung musikalisch erhöhen und schaltete das Autoradio ein. Die Frequenzen der Sender aus Fresno waren hier natürlich anders belegt. Auf Programmplatz 1 ertönte ein chinesisches Gedudele, eine Frau sang dazu mit ebenso zarter wie selbstbewußter Stimme. Wahrscheinlich ging der Text wie: ‚Frühlingsluft weht. Die Häuser strahlen wie neu. Alle sind auf den Beinen. Mädchen streuen Blumen, denn der Große Vorsitzende besucht die Stadt.' Na, gemein, vielleicht war es auch nur ein normales Liebeslied. Aber meistens ging es ja in diese Richtung. Er schaltete auf Position 2. Hier lief irgendetwas Spanisches. Immer wieder hörte man das Wort ‚Corazon', nach drei Stücken schien es ihm das wichtigste Wort spanischsprachigen Liedgutes. Die kurzzeitige österreichisch-deutsche Präsenz in Mexiko hatte ungeahnte Effekte gezeitigt und zeitigte sie noch. Was kaum jemand wußte, lebte in der Umpah-Musik alpenländische Tradition fort. Und die Biere waren fast ausnahmslos von hervorragender Qualität. Auf dem dritten Programmplatz war irgendein Post-Grunge-Quatsch, auf dem vierten lief Gangsta-Rap. Tiefstes South Central, ‚explicit lyrics'. Er dachte an deutsche HipHop-Gruppen aus dem Taunus oder aus Berlin und schmunzelte innerlich. Selbst wenn man als Mitglied einer solchen meinte, mit der ein oder anderen frauenfeindlichen Nummer den Bürgerschreck zu geben, war das doch Kinderkram. Vielleicht mußte man in seiner Kindheit und Jugend in unfröhlicher Regelmäßigkeit in den Lauf einer 45er geguckt haben, um einen echten L.A.-Rap produzieren zu können. Er mochte die Richtung trotzdem nicht. Der Crown Victoria war tatsächlich schon mit einem CD-Spieler ausgestattet, und so wollte es Lance hiermit probieren. Jannifer hatte ihm ein paar Scheiben mitgegeben, damit er an sie denke. Die erste war ein selbstgebrannter Zusammenschnitt der Mecklenbeck-Proberaum-Allstars. Hatte als gemeinsamer Fundraiser für die Miete funktionieren sollte, klappte aber nicht. So bekam jeder Verwandte, Bekannte oder Freund aus dem Umkreis der Bands eine solche CD als Geburtstags-, Weihnachts- oder sonstiges Geschenk. Es war auch ein beliebtes Partymitbringsel. Die erste Nummer war von Zack the Rapper und seinen Jungs, das war so unerträglich schlecht, daß Lance gleich ganz wütend wurde. So wütend, daß er die CD aus dem Fach nahm und einfach aus dem offenen Fenster warf. Sie wurde von einer Windböe ergriffen, und flog halblinks voraus über den Strand. Dann bewegte sie sich in völlig erratischen Manövern dem Meer entgegen. Der Verkehr war etwas dichter, so daß Lance wieder auf die Straße schauen mußte und nicht mitbekam, wie sich die CD sehr lange auf einer Flugbahn über dem Meer hielt, ehe sie sich langsam absenkte und schließlich in den Wogen eintauchte. Er hätte dies andererseits wegen der Entfernung auch nicht mehr ausmachen können. Irgendwann wurde es etwas dünner besiedelt, zum Ozean hin lagen natürlich immer noch Streifen von Anwesen mit Privatzugängen. Dazwischen aber auch immer wieder öffentlich zugängliche Strände. In den Bergen gab es noch Häuser, jedoch in stärkerer Vereinzelung. Malibu als Gebietskörperschaft war extrem langgestreckt, das mochten gut 40 Kilometer sein. Endlich gab es auf der rechten Straßenseite ein Hinweisschild zur ‚Peppermint University'. Er bog auf einen die Berge nach Norden durchkreuzenden Highway, von dem bald die Zufahrt zur Universität abging. Eine gewaltige Rasenfläche lag vor den Institutsgebäuden. Er diskutierte kurz mit den Parkwächtern, um sich wegen seines Zustellauftrags die Parkgebühr zu ersparen, jedoch vergeblich. Die Rezeption war mit einem jungen Studenten besetzt, der wußte, daß die Adressatin der Dokumente tatsächlich in ihrem Büro war. „Scheint zu arbeiten, sieh' an, sieh' an!" Er ging einen längeren Flurtrakt entlang, bis er an ihr Büro kam. ‚Loren Binoche, Assistant Professor, Medienrecht' stand auf dem Schild. Ohne daß er im Sinne gehabt hätte in irgendeiner Weise zu lauschen, hörte er zwei Frauenstimmen hinter der Tür, lachend, scherzend. Nun, vielleicht eine Sprechstunde. Am Sonntag? Na, vermutlich ein höheres Semester, mit dem die sicher engagierte Professorin in der Ruhe des Wochenendes die Abschlußarbeit oder jedenfalls ein größeres wissenschaftliches Projekt diskutierte. Er klopfte an, und das Reden verstummte sofort. Es raschelte, und nach einer ihm sehr lang vorkommenden Zeit wurde schließlich „Herein!" gerufen. Lance öffnete, und sah hinter einem Schreibtisch eine Frau mit kürzeren hellblonden Haaren und bronzener Hautfarbe sitzen. Dem Schreibtisch gegenüber stand statt eines Stuhls ein rotes Ledersofa, auf dem es sich die andere Frau, offenbar die Studentin, bequem gemacht hatte. Ihre längeren braunen, von helleren Strähnen durchzogenen Haare fielen über eine weiße Rüschenbluse, die recht weit aufgeknöpft war. Auch ihr Teint war dunkler, ähnlich dem seinen. Trotz der Hautfarbe waren ihre Wangen leicht gerötet. „Sie wünschen?" fragte die hinter dem Schreibtisch. Lance regis-trierte, daß beider Frisuren leicht aus der Ordnung schienen, aber viel leicht gehörte das zum Stil an der ‚Peppermint University'. „Ich habe hier eine Sendung für Frau Binoche..." „Ja, das bin ich, geben Sie her!" sagte die Frau hinter dem Schreibtisch und fuhr sich mit der linken Hand durchs Haar. „Und wer sind Sie?" „Ich bin der Bote." „Na, kommen Sie, wie heißen Sie?" „Tja, Lance...", sagte er gedehnt. „Und aus Deutschland, hört man doch gleich am Akzent. Ich bin Michelle. Michelle Waldleben!" stellte sich die junge Frau auf dem Sofa vor. Sie schlug einladend mit der linken Hand neben sich auf das Sofa. „Sicher hast Du Durst! Wasser...oder Eistee könnten wir dir auch anbieten. Lance setzte sich, obschon ein wenig verdutzt. „Eistee hört sich gut an." „Na prima!" Loren Binoche stand auf, und holte eine Karaffe aus einem kleinen Kühlschrank unter der Fensterbank. „Also ich, ich meine: die Dokumente..." „Na, laß' das mal. Entspann' dich. Das ist Kalifornien. Was bringt dich denn hier so hin?" So freundlich die jungen Damen waren, dachte Lance nicht im Traum daran, seine Mission auch nur im Ansatz zu erwähnen. „Na, bin kürzlich mit dem Studium fertig geworden. Und da wollte ich mal ein wenig was erleben." „Ein wenig was erleben, haha!" Loren lachte, und Lance dachte, bei ihr auch bei ihr Formanten eines deutschen Akzents feststellen zu können. „Da hast Du dir die richtige Ecke ausgesucht. Hier kannst Du alles erleben." Lance wollte nicht unhöflich sein, war jedoch so durstig, daß er in großen Zügen fast das ganze Glas leerte. „Sehr erfrischend, dieser Eistee!" „Freut mich, daß er dir gefällt." Loren sah ihn mit großem Augenaufschlag an. „Sag', wann mußt du denn zurück?" Lance dachte an Jannifer. Er könnte natürlich zurück nach Hollywood fahren, und wieder - vermutlich wieder vergeblich - versuchen, sie zu erreichen. „Na, ich hab' keine große Eile. Ist ja Sonntag." „Die richtige Einstellung. Du kennst Malibu ja sicher noch nicht. Warum gehen wir nicht etwas essen, und dann am Strand spazieren?" Loren und Michelle tauschten einen ebenso schnellen wie vielsagenden Blick aus. Trotz des Angebots zog Loren noch einen Drehstuhl heran und setzte sich im rechten Winkel zum Sofa. Ein wenig verlegen wurde Lance jetzt doch zwischen den beiden Frauen, die er doch gerade erst, und dann noch gewissermaßen als Briefträger kennengelernt hatte. „Was war denn so eilig an der Sendung?" fragte er, um die Situation zu überspielen. „Hm, nichts Dramatisches, kleiner Rechtsstreit. Es geht dabei um eine Produktion von mir." „Um eine Produktion?" „Ja, ich bin auch Produzentin." Loren Binoche lachte mit breitem Mund und faßte ihn wie zufällig kurz am Knie. „Von einem Job kann hier keiner leben." Sie machte eine ausladende Geste,

und Michelle nickte beipflichtend. „Bei diesen Kosten. Hast Du im Übrigen sicher schon gehört: hier ist jeder irgendwie Produzent, Schauspieler oder Drehbuchautor. Oft auch alles zusammen." Beide Frauen lachten herzlich, und da ihr Lachen so ansteckend war, lachte Lance mit. „Ich fahr' mal den Computer herunter, und dann kann's losgehen!" Die Damen zupften und ruckten ihre luftige Kleidung zurecht, schminkten sich ihre Lippen, und sprühten Duftnoten aus Fläschchen auf, ohne sich um die Gegenwart des männlichen Besuchers zu scheren. Lance schluckte.
Man beschloß, mit seinem Wagen zu fahren. Die Mädchen stiegen hinten ein, Lance fühlte sich ein wenig wie ein Taxifahrer, unterdrückte den Gedanken aber. „Cool - so sitzt man also, wenn man aufgegriffen oder festgenommen wird", meinte Michelle und dachte offensichtlich daran, daß ein großer Teil der Crown Victorias ja als ‚Police Interceptor' Dienst tat. Der Rest waren Taxis, nur wenige, wie der seine, wurden von Privatleuten gefahren. Sie und Loren stießen sich grinsend an. „Gar nicht so unkomfortabel!" Lance durchzuckte dagegen kurz der Gedanke, ob sein Crown Victoria nicht vielleicht auch eine Geschichte als Polizeieinsatzfahrzeug oder als Taxi hinter sich hatte. Nein, dafür war er noch zu gut in Schuß.
Das Restaurant hieß ‚Portobello', von außen sah es billiger aus als wie sich die Gerichte auf der Karte präsentierten. „Keine Panik", sagte Loren, als sie Lance langes Gesicht bemerkte, „das übernimmt die Universität." Man ließ es sich bei Pasta mit Meeresfrüchten und einem kalifornischen Chardonnay gut gehen. Die Weine hier seien fast so gut wie die aus dem Elsaß, da käme sie eigentlich her. Michelle schaute prüfend ins Glas, das sie gegen das dämmerige Licht hielt. Wenn er, Lance, sich jetzt frage, warum sie nicht so blaß sei, wie man es von einem Mädchen aus dieser Gegend erwarte, dann liege das an ihrem Vater, denn der stamme aus Algerien. „Politisch und religiös allerdings gemäßigt, auch einem guten Schluck nie abgeneigt", fügte sie rasch hinzu. Loren fühlte sich nun bemüßigt, auch ihren Teint zu erklären: „Meine Mutter kommt aus Wedding, mein Vater aus Kreuzberg. Türke. Gastarbeiter, Arbeiterführer, dann Gastwirt. ‚Die Brücke' heißt das Restaurant. Tja, Halbmigranten-Hintergrund. Wie bei Michelle. Deshalb verstehen wir uns ja so gut!"
Zum Strandspaziergang fuhren sie ein wenig nach Norden und stellten den Wagen irgendwo auf dem Seitenstreifen neben der Straße ab. Es war richtig warm geworden, und die Stimmung unter den dreien hatte sich immer weiter aufgeheitert, insbesondere seit auch Lance sich noch überzeugend als

Halbmigrant hatte darstellen können. „Das Modell der Zukunft", meinten alle drei übereinstimmend und lachten. Der Nachmittag wurde ausgelassen, man begann herumzutollen und sich gegenseitig zu necken. Schließlich liefen sie ins Wasser, man bespritzte sich, bewarf sich mit Sand und Algenteilen. Lance ergötzte sich am Anblick der beiden jungen Frauen, wenn sie mit ihren nassen Hemden vor den hereinrollenden Wogen hochsprangen. Da gab es auch ein zunächst sanftes, dann festeres Geschubse, irgendwann lagen alle drei im Wasser, schwammen ein Stück in voller Montur, und sahen begeistert einen Delphinschwarm vorbeiziehen.

Als sie aus dem Wasser stiegen, hatte Lance alle Mühe, seine Augen bei sich zu behalten. Er dachte an ‚Wet-T-Shirt'- Events, zu denen er schon Berichte im Unterhaltungs-TV gesehen hatte. Auch Frank Zappa hatte ja einmal dieses interessante Phänomen amerikanischer Freizeitkultur besungen. Dies war seine ganz private Party. Michelle und Loren grinsten ihn unverschämt an, so sehr er sich auch anstrengte, seine Blicke peripher zu gestalten, wußte er sich ertappt. Indes nahm man es ihm wohl nicht übel, die beiden schienen es ja regelrecht darauf anzulegen. Ob er nun Michelle oder Loren ins hübsche Gesicht sah, beide erwiderten seinen Blick auf intensive Weise. Eine war attraktiver als die andere, und auf merkwürdige Weise schien es ihm, als hegten beide ein Verlangen nach ihm. Man ging zum Auto zurück, sie drängten sich an ihn, und er legte um jede einen Arm. „Jetzt müssen wir aber sofort aus den nassen Sachen, sonst holen wir uns noch was!" Loren begann etwas zu frösteln und schüttelte kurz ihr Haar, Wassertropfen flogen in Lance' Gesicht. Sie merkte das, und versuchte gleich, sie mit der Hand abzuwischen. Die Hand strich länger und fester über seine Wange, als es notwendig gewesen wäre. „Ich schlage vor, wir fahren zu dir", wandte sich Michelle an Loren. Diese nickte. „Klar. Ist ja am nächsten." Die Mädchen kuschelten sich im Fond aneinander, über den Rückspiegel hielt man engen Blickkontakt zu Lance. Sie fuhren den Pacific Coast Highway noch ein Stückchen nach Norden, dann ging es über einen kleinen gewundenen Weg ein bißchen den gleich jenseits der Straße ansteigenden Bergrücken hinauf. Vereinzelt lagen hier villenartige Anwesen, die alle eine unverbaubare Meeressicht hatten. Manche schienen etwas verlebter und schlichter. „Das ist das andere Malibu. Die Superreichen sind direkt am Strand", erklärte Loren. „Aha, hier wohnen also die Armen!" Lance lachte, und die Mädchen grinsten. „Na, zum Teil Altbesitz. Mein Haus gehört meinem Großvater. Und wir sind da!" Lance war sich sicher, daß sie log. Mutter aus Wedding,

Vater erst Gastarbeiter, dann Gastwirt, und Großvater Haus in den Bergen von Malibu. Natürlich. Er stellte den Crown Victoria im Driveway ab, dann liefen sie die Treppe des zum Teil auf Stelzen stehenden Hauses hinauf. „Jetzt aber schnell eine heiße Dusche! Danach gibt's Cocktails!" flötete Michelle. Schon lief sie zum Bad und ließ dabei alle Hüllen fallen. Erschreckt wendete er sich ab, nur um einer grinsenden, ebenfalls völlig entkleideten Loren gegenüberzustehen. Lance schluckte, und merkte, daß er knallrot wurde. „Nun hab' dich nicht so, wir waschen uns doch nur. Das Salz muß schließlich runter." Lance schluckte noch mal. „Also, ich weiß nicht..." Er wollte sagen, daß er eine Freundin habe. Gewissermaßen in festen Händen also. Und daß das wirklich nicht ginge. Er wolle warten und nach den beiden duschen. „Deine Freundin wird schon nichts erfahren. Ist ja a) gar nichts dabei, und weißt Du b) was sie eigentlich gerade macht?" Nein, das wußte Lance wirklich nicht. Er wußte nur, daß er sie die ganze Freitagnacht hindurch und auch am nächsten Tag nicht erreicht hatte. Jetzt erst wurde ihm völlig klar, wie wütend ihn das machte. Sein schlimmer Verdacht war vielleicht gerechtfertigt. Er schluckte nochmal, dann sagte er: „Okay, aber wirklich nur duschen!" „Natürlich, was denn sonst?" Loren nahm ihn an die Hand, und zog ihn ins Bad, wo Michelle in einer großen Wanne schon unter dem heißen Durchstrahl stand.

Als er aufwachte, war es stark dämmerig. Rückgesetzte Lichter erhellten einzelne Winkel des geräumigen Wohnzimmers. Durch die riesige Fensterfront sah er dunkle Abendwolken, auf dem Meer ferne Lichter von Schiffen. Er lag auf einem enorm großen Bett, und begriff auf einmal, daß er nackt war. Vor Schreck wollte er sich aufrichten, dies gelang nur mit Mühen, aber zu seiner Beruhigung sah er, daß er wenigstens eine Unterhose trug. In der nordwestlichen Ecke räkelten sich Michelle und Loren, offensichtlich Zärtlichkeiten austauschend. Auf einem Nierentisch standen mehrere Cocktailgläser, geleert oder nur noch bunte Neigen enthaltend. Er betrachtete sie ungläubig, denn er konnte sich nicht daran erinnern, irgendetwas getrunken zu haben. Er konnte sich genau genommen an gar nichts erinnern. Das letzte klare Bild, das ihm unter Anstrengung in den Sinn kam, war wie er Hand in Hand mit Loren zu Michelle in die Dusche gestiegen war. Dann nur noch Fetzenhaftes, eher im Gefühlsmäßigen Angesiedeltes. Gedämpftes Licht, Wasserschwaden, Haut, feuchte Haare, Wärme, Berührungen. Puzzlestückartige Ausschnitte, die sich nicht zusammenfügten.

Doch zur angenehmen Spannung gesellte sich Panik. Was, wenn während des Duschens, oder vielleicht danach, auf dem Bett, etwas geschehen wäre, das er bereuen könnte? Zwar war er bislang an Cocktails nicht gewöhnt, jedoch an Bier und an den bei Studenten notgedrungen beliebten billigen Rotwein aus dem Discount-Markt, und dies in durchaus größeren Mengen. Man mußte ihm irgendetwas hineingeschüttet haben. Er kam sich vor wie Humphrey Bogart im Malteser Falken. ‚They slipped me a mickey!' Jetzt bemerkten ihn die beiden, lösten sich aus ihrer Umarmung und richteten sich halb auf. „Na, das war ein Spaß! Wie geht's uns denn jetzt?" Lance merkte, wie er aschfahl wurde. „Viel vertragen tust Du ja nicht. Für einen deutschen Jungen jedenfalls." Sie grinsten sich vielsagend an. „Dafür hat er andere Qualitäten", seufzte Michelle und schlüpfte in eine Freizeithose. Loren hatte sich ein Tuch um die Hüften gebunden, und versuchte mit Schwierigkeiten in ein großes langärmeliges Leinenhemd zu schlüpfen. Sie war halb drin verschwunden, flapperte hilflos mit den Ärmeln und kam mit dem Kopf nicht durch den Ausschnitt. „Du kannst gerne heute nacht hierbleiben", dumpfte es aus dem Hemd. ‚Wie ein ungeschicktes kleines Gespenst', dachte Lance, rappelte sich mühsam hoch, und half ihr wie einem Kind zunächst in die Ärmel. Als er ihren Kopf durch den Halsausschnitt gebracht hatte, zog sie ihn an sich und küßte ihn auf den Mund. „Danke, mein Prinz!" Michelle verdrehte die Augen: „Phfff…" Lance ließ sich auf einen der um einen direkt am Fenster stehenden Tisch gruppierten Stühle fallen. „Ich werf' dann mal 'ne Pizza rein. Hunger hat man ja schon wieder." Während Loren in der Küche hantierte, setzte sich Michelle neben ihn und legte ihre Hand auf die seine. „Du machst einen etwas verstörten Eindruck. Hat es dir nicht gefallen?" „Doch, doch", antwortete er langsam und verfluchte sich wegen seiner Totalamnesie. Sie wollte sich an ihn schmiegen, er wich kurz zurück, weil sie immer noch kein Oberteil trug, ließ es dann aber geschehen. „Das können wir gerne wieder tun, es war sehr schön", sagte sie verträumt. Am liebsten wäre er jetzt gefahren, doch er fühlte sich schrecklich müde. Außerdem wußte er nicht, ob und wenn wie weit er über dem legalen Limit lag. „Kuschelparty? Ein bißchen unfair ohne mich!" Loren warf die Pizza und drei Teller auf den Tisch, holte dann noch eine Flasche Wein und Gläser. „Man hätte theoretisch auch was bestellen können, aber das dauert ewig." „Wenn sie uns überhaupt hier oben finden", ergänzte Michelle. „Die Leute hier erzählen von einem Pizza-Lieferanten, der sich einmal nachts völlig verfahren haben und in eine Schlucht gestürzt sein soll. Manchmal sähe man das Leuchtschild seines Autos durch die Berge geistern." „Wann bist Du noch mal hier gelandet? Ich meine, hast Du vielleicht noch mit dem Jetlag zu kämpfen?" Loren klang scheinheilig. „Ach, laß' ihn doch. Jetzt essen wir erst mal was zur Stärkung, ein Schlückchen Rotwein, und dann ab in die Federn!" Bald begab man sich wieder auf das riesige Lager, die Frauen nahmen Lance in ihre Mitte. Er konnte sich nicht wehren, und fiel bald in einen angenehmen Schlaf. Allerdings in einen nicht sehr tiefen. Er hörte, wie Michelle und Loren agitiert redeten, vielleicht in der Küche. Es schien um den Rechtsstreit zu gehen, zu dem er das Dokument von Jannifers Vater überbracht hatte. Michelle warf Loren vor, nur ihren Vorteil gesucht zu haben, und sich dann, und dies als Medienrechtsprofessorin, sich noch übers Ohr habe hauen lassen. Loren konterte, daß sie es nicht nötig habe, sich von einem Naseweis wie Michelle sagen zu lassen, wo es lang gehe. So weit ginge die Freundschaft nicht. Er dämmerte wieder hinweg, und als er erneut zu sich kam, standen die beiden Arm in Arm am Fenster, hatten sich also offensichtlich beruhigt. Kurz darauf krochen sie wieder ins Bett und drückten sich an ihn. Als er am nächsten Morgen aufwachte, wehte frischer Kaffeeduft durch den Raum. Auf dem Tisch war ein Platz für ihn gedeckt, einfaches Brot mit Marmelade und Honig, dazu Cornflakes. ‚Continental' - er dachte an Aunt Jamima und mußte lachen. Er stand auf und sah einen Zettel neben dem Gedeck: ‚Wir mußten los - die Arbeit ruft. Komm' gerne wieder, ruf' aber vorher an, damit wir da sind. Michelle und Loren'. Über ihren Namen hatten die beiden jeweils einen Lippenstift-Kußmund aufgedrückt, darunter stand eine Telefonnummer. Die Dusche vermeidend wusch er sich am Spülstein, zog sich an, frühstückte schnell und räumte zusammen. Dann genoß er noch einmal die wunderbare Aussicht, steckte den Zettel ein und verließ das Haus.

19. Gewitter über New York

Später Juli. Die um diese Zeit für New York typische schwüle Hitze wurde immer unerträglicher. Da Wärme bekanntlich nach oben steigt, schien in Höhe des 19. Stocks alles noch schlimmer. Jannifer ließ die Klimaanlage dennoch ungern laufen, weniger weil sie die Luft unnatürlich herunterkühlte, eher weil sie mit dem kondensierten Wasser den Teppich tränkte anstatt dieses nach außen zu leiten. Im Wechsel schob sie daher die beiden Fenster jeweils so weit es ging nach oben und hoffte auf geringe Kühlung durch den immerhin vorhandenen Luftzug.

Sie hatte eindeutig zuviel Alkohol getrunken. Doch war das Grund, warum sie mit Curtis mitgegangen war? Oder nur eine einfache Entschuldigung für das, was sie auch ohne Alkohol hatte tun wollen? Vom ersten Moment an hatte sie die große Magie gespürt, die der Musiker auf sie ausübte. Doch fühlte sie, daß sie ihm nicht willenlos ausgeliefert war. Nein, sie selbst hatte ihn kennenlernen wollen, beim ihm sein wollen, ja, ihn dann auch küssen und mit ihm schlafen wollen. Wie sanft er trotz seiner Coolness gewesen war! Sie erbebte bei der Erinnerung, wie seine warmen Hände über ihren Körper geglitten waren, wie sie in Zärtlichkeiten ertrunken war. Wie er es verstand, seine Fingerfertigkeit vom Gitarrengriffbrett auf völlig andere Dinge zu übertragen. Sie schloß die Augen, bekam rote Ohren, schämte sich etwas, und grinste doch wegen dieses Vergleichs.

Der Weather Channel hatte seit Tagen Gewitter angesagt, doch die sich aufbauschenden Cumulonimbuswolken verzogen sich stets vor dem erwarteten Knall. Heute sah jedoch alles bedrohlicher aus. In der einsetzenden Dämmerung nahm man eine gleichsam beschleunigte Verdunklung wahr, in Richtung New Jersey wetterleuchtete es bereits kräftig, und jetzt brachen von Westen auch die ersten Sturmböen herein. Die Front schnitt Manhattan zunächst südlich an, der elektrisch leuchtende Himmel bot einen besonderen Hintergrund für die Skyline. Gebannt ließ Jannifer ihren Blick über den schwarzen Park des Museums of Natural History hinweg auf dieselbe schweifen. Die vereinzelten Wohntürme rechts der Columbus Avenue waren wenig prominent beleuchtet, eben nur da, wo die Wohnungsinhaber zu Hause waren. Die erste auffällige Formation, schon am Lincoln Square, waren die angeschrägten und eingegitterte wirkenden Lichtrauten. Nicht viel weiter links, so schien es zumindest, folgte nach eher dunkel massigen Gebäuden ein Guckloch auf einen Teil des Times Square, eine Lichtreihe lief in endlosem Fluß nach oben. Dann das Empire State, und wieder viel näher, die wuchtigen Türme des San Remo, einem der vier alten Doppelturm-Giganten, die das Erscheinungsbild der Upper West Side am dortigen Central Parkway auf entscheidende Weise prägten. Auf den Turmspitzen thronten gewaltige Rundlampen, die gelben Lichter markierten die geographische Mitte ihres Ausblicks. Noch weiter nach links hob sich unter den zahlreichen Hochhäusern, die im Osten sehr viel stärker leuchteten - entweder waren hier schon viel mehr Leute zu Hause, oder aber die Gebäude waren im Besitz von Unternehmen, die das Licht einfach die ganze Nacht auf fast allen Fluren anließen - eines hervor, das nach Süden hin in seiner Spitze abgeschrägt war und demgegenüber auf der Nordseite aus einem gewaltigen Quader grünes Licht emittierte. Das ganze wirkte wie eine gigantische viereckige Orgelpfeife. Noch weiter links wurden die Gebäude auf den East River zu wieder unscheinbarer, so daß die riesige Sonnenkugel im blau bestrahlten Glasquader des neu errichteten Teils des Hayden-Planetariums klar den Blick bestimmte.

Mit Überraschung stellte sie fest, wie einfach es gewesen war, Gedanken an Lance fast vollständig zu verdrängen. Vermutlich wäre sie nicht zu Curtis gegangen, hätte auf jeden Fall nicht mit ihm geschlafen, wenn Lance in New York gewesen wäre. Jetzt meldete sich ihr schlechtes Gewissen. Sie hatte ihn betrogen, das ließ sich wohl nicht wirklich beschönigen. Gleichzeitig fühlte sie, daß dieses schlechte Gewissen nicht ausreichte, die Nacht mit Curtis zu bereuen. War Lance ein schlechter Liebhaber? Eigentlich nicht, oder jedenfalls nicht gewesen. Vielleicht hatte sich nur eine eheähnliche Normalität eingeschlichen. Schrecklich. Daß Ehe immer synonym mit einer irgendwann eintretenden Langeweile sein sollte. Noch wollte sie glauben, daß es davon Ausnahmen geben mußte. Ihr Blick fiel auf einen Zettel mit Curtis' Telefonnummer. „Ruf' mich an, wenn Du magst!" hatte er gesagt. Sehr unverbindlich, und irgendwie tat ihr das gut. Zu keinem Zeitpunkt hatte er ihr den Eindruck vermittelt, daß er etwas von ihr erwartete, daß sie ihm irgendwie verpflichtet wäre. Er ihr umgekehrt aber auch nicht. Wiedersehen wollte sie ihn schon. Mehr? Sie wußte es nicht, und dachte wieder an Lance. Nur eine Frage der Zeit, bis der anrufen würde. Was sollte jetzt nur werden? Sie seufzte.

Angezogen von der eigentümlichen Atmosphäre, deren Mittelpunkt irgendwie das San Remo bildete, fühlte sie sich mit einem Mal gleichsam magisch gezwungen, das Hotel zu verlassen, und eine Runde in der auffrischenden Luft um den Block, oder eher, um mehrere Blocks zu gehen. Sie verließ das Zimmer, stieg in einen der beiden ausnahmsweise schnell kommenden Fahrstühle, und verließ das Hotel nach links. In einer Gangart, die nicht ungemütlich war, aber doch schneller als jene Art von Schlendern, die unerwünschten Männern Gelegenheit zu ungebetenen dummen Kommentaren gibt wie:„Na, wohin noch so spät?" oder „Hübsche Frau, so einsam? Kommen Sie, ich begleite Sie gern!" oder noch deutlich schlimmerem, ging sie den Central Parkway West nach Süden, am San Remo vorbei, bis zum Dakota an der 72. Straße, wo sie kurz mit dem Wärter am Haupteingang über die Kaufpreise der Wohnungen in diesem Hause scherzte. Sie lief durch die 72te weiter in Richtung Columbus Avenue, dachte kurz an ‚Rosemary's Baby', das im Dakota gedreht worden war, auch an John Lennon und Strawberry Fields. Mit dem war sie in der Columbus, und das Wetterleuchten in vollem Umfang über diesem Teil Manhattans. Sie ging schneller, und erreichte das ‚Excellent' mit dem ersten richtigen Blitz, dem ein noch ferner Donner folgte. Kaum im Zimmer 1903 angekommen, brach draußen die Hölle los.

Sie hatte dem Toben der Urgewalten noch lange zugesehen. Durch das ein wenig hochgeschobene Fenster war Regen hereingepeitscht; da sie direkt hinter dem Spalt gesessen hatte, waren Arme, Haare und Gesicht naß geworden. Das T-Shirt hatte sie auswringen müssen. Irgendwann hatte es nachgelassen, und sie war ins Bett gegangen. Sie hatte beim Einschlafen dem weiter fallenden Regen gelauscht, hinter dem das abziehende Grollen immer schwächer geworden war. Dann war sie unendlich tief fortgesunken.

Jedes Mal nach einem Gewitter war die Luft in New York, zumindest um den Central Park, herrlich frisch und klar. Jetzt im Sommer konnte es allerdings schon um die Mittagszeit herum wieder so warm werden, daß man mit Ausnahme sich länger haltender größerer Pfützen in den Wegen oder vollgesogenen Böden unter Buschwerk nichts mehr daraufhin deutete, daß es noch in der Nacht zuvor wolkenbruchartige Regenfälle gegeben hatte. Jannifer hatte den Gang vom Hotel Excellent durch den Park zum Museum intensiv genossen, tief hatte sie die frische Luft in ihre Lungen gesogen. Der

Beginn der Arbeitswoche war mit einem neuerlichen Abteilungswechsel verbunden gewesen. Sie war jetzt den ‚Waffen und Rüstungen' zugewiesen worden. Das zentrale Prunkstück dieser Sammlung waren vier samt ihren zugehörigen Rossen voll überpanzerte Ritter, deren Rüstungen aus den feinsten Schmieden Europas stammten. Jannifer hatte sich nie Gedanken darüber gemacht, ob sie stolz auf ihr Vaterland war. Die dunkeln Phasen seiner Geschichte im letzten Jahrhundert hatten die vielen hellen anderen Epochen derart überschattet, daß solche Gedanken gar nicht erst bei ihr aufgekommen waren. Dennoch war es ein schönes Gefühl für sie zu sehen, daß die Rüstungen aus Deutschland eindeutig die Mercedes' und BMWs des Mittelalters gewesen waren. Auch hinsichtlich der Qualitäten gab es da viele Parallelen. Die Rüstungen mußten funktional und zuverlässig sein, gleichzeitig fungierten technische Ausführung und stilistische Eleganz als Statussymbol. Um die mit verschiedenen Bannern geschmückte Haupthalle herum gruppierten sich Ausstellungsräumlichkeiten, in denen europäische und asiatische Hieb- und Stichwaffen sowie Feuerwaffen abendländischer und später amerikanischer Provenienz sowie Rüstungen aus verschieden Teilen der Erde präsentiert wurden. Jannifer dachte an die vergangene Freitagnacht oder besser den Samstagmorgen zurück. Irgendwie war alles wie ein Traum. Alles war wunderbar und wahnsinnig aufregend gewesen. Sie biß sich auf die Lippe. Irgendwie hatte dieser Curtis sie ganz schön in seinen Bann gezogen. Ein cooler Typ eben. Sie selbst hatte sich als Rocklady ja auch cool gegeben, na ja, zumindest versucht, den Anschein zu erwecken. Es fuchste sie, daß er sich bislang noch nicht wieder bei ihr gemeldet hatte. Natürlich hatte er davon erzählt, wie unglaublich viel er zu tun hätte. Wer hatte das heute schon nicht? Als er gesagt hatte: „Wir hören voneinander", hatte sie geantwortet: „Klar", aber natürlich inständig gehofft, daß dies sehr bald geschehen möge. Tief in ihr stieg die Sorge auf, daß es sich für Curtis nur um einen One-Night-Stand gehandelt haben könne. Nein, das durfte nicht sein. Das war bestimmt nicht so!
Heute kamen mehrere Schulklassen ins Museum, und offensichtlich hatten alle die Waffenabteilung im Visier. Wahrscheinlich war das das Instrument, mit dem Lehrer zumindest dem männlichen Teil der Schüler das Museum schmackhaft gemacht hatten, und jetzt mußte sie zusehen, wie sie mit den Konsequenzen fertig wurde. Sie war dankbar, daß sie ein Frage- und Antwortblatt des Museums zur Abteilung ‚Waffen und Rüstungen' hatte, es half aber auch nur bedingt. Da mußte man zum Beispiel die Frage beantworten,

warum ein einem Turban entfernt ähnlich sehender Helm ‚Turbanhelm' genannt wurde, oder ob ein extrem kunstvoll geschmiedetes und verziertes Schwert wohl jemals im Kampf benutzt wurde oder doch andere Funktionen erfüllte. Dazu gab es noch Informationen, welchem Zweck Rüstungen im Allgemeinen und Besonderen dienten. Während die Mädchen fleißig die Bögen studierten und versuchten die Fragen zu beantworten, waren die Jungs eher interessiert zu wissen, ob die Schwerter und Lanzen tatsächlich in Schlachten eingesetzt worden waren und ob damit Menschen geköpft, erstochen oder sonstwie zu Tode gekommen seien. Es wurde zunehmend anstrengend für Jannifer, dem Ansturm des quirligen Heers junger Museumsbesucher mit der gebotenen Geduld und Besonnenheit entgegenzutreten. Wie dankbar war sie, als sie auf einmal die Praktikumsleiterin in die Halle und direkt auf sie zukommen sah. „Jannifer, geh' schnell ins Büro, ein Anruf für dich! Ich übernehme eben hier...". Sie nickte dankbar, übergab der Praktikumsleiterin die restlichen Aktivitätsbögen und eilte zum Bürotrakt. So ein Schlitzohr, dieser Curtis! Natürlich war ihr das breite Grinsen der Praktikumsleiterin nicht entgangen. Als sie ins Büro kam, wies eine der Praktikantinnen mit Förderstipendium auf den Schreibtisch der Praktikumsleiterin selbst, wo der Hörer neben dem sich dort befindlichen Telefonapparat lag. Sie nahm ihn hoch und schaute zu den anderen im Raum, die sie bis gerade mit ihren Blicken verfolgt hatten, diese aber jetzt so schweifen ließen, als hätten sie nicht das geringste Interesse an der nun kommenden Konversation. Mit etwas gedämpfter Stimme rief sie auf englisch in die Muschel: „Wieso rufst Du mich denn hier an?" „Ja, wieso denn nicht?" kam es etwas überrascht vom anderen Ende der Leitung zurück. Auf deutsch. Jannifer erstarrte zu Stein. „Lance! - Na, endlich", sagte sie gedehnter als ihren Worten eigentlich angemessen. „Ich habe schon versucht, bei Sigune eine Nummer von dir in Erfahrung zu bringen." „Na sowas, als ich neulich mit ihr sprach, hatte sie von dir noch nichts gehört!" „Ich sage ja auch, ich habe versucht, Sigune zu erreichen. Bin irgendwie nie durchgekommen. Die Anlage hier ist auch alt. Und das geht ja alles über Satellit und da ist von New York aus oft alles überlastet..." Es gab ein kurzes Schweigen, dann meinte Lance: „Ja, ja, das stimmt sicher. Habe ja auch schon mehrfach versucht, dich aus L.A. zu erreichen. Hier ist es mit dem Netz dasselbe." „Dazu hört man immer wieder, daß die Landleitungen zwischen L.A. und New York, wenn man das überhaupt noch so nennen kann, oft auch wegen Überlastung blockiert sind!" Wieder gab es einen Moment des Schweigens. Dann begannen sie mit fast gespielter Spontaneität gegenseitig danach zu fragen, wie es ihnen in der letzten Zeit ergangen und was alles passiert sei. Die Tatsache, daß keiner von ihnen ernsthaft versucht hatte, den anderen zu erreichen, Lance jedenfalls bis vor wenigen Tagen nicht, hing zwischen ihnen wie ein großer grauer Schleier. Sie bemühten sich um Beredsamkeit, als sie ihre bisherigen Erlebnisse kurz anschnitten. Noch viel schwerer wogen die allerjüngsten Bekanntschaften. Natürlich erwähnte Jannifer Curtis mit keinem Wort, und auch Lance dachte keine Sekunde daran, Loren und Michelle zu erwähnen. „Ich muß jetzt wirklich aufhören, die anderen gucken schon - ich geb' dir noch meine Nummer vom Hotel, wo ich wohne. Laß' uns mal abends telefonieren!" „Ich hab' deine Hotelnummer schon von Sigune. Ich geb' dir mal die Nummer, wo ich jetzt am besten zu erreichen bin." Jannifer schrieb die Nummer von Raymonds Appartement auf, und man gelobte, sich ab jetzt regelmäßig zu kontaktieren. Jeder hatte einen Kloß im Hals, und merkte, daß es beim anderen genauso war. Daß sie sich nicht versicherten, wie sehr sie sich vermißt hatten oder immer noch liebten, konnten sie damit entschuldigen, daß das Gespräch ja gleichsam im öffentlichen Raum stattfand. Jannifer legte den Hörer langsam und behutsam auf die Gabel. Als sie aufsah, merkte sie, wie alle zu ihr herübergeschaut hatten und jetzt wieder wegblickten. Nur die Praktikantin mit dem Förderstipendium blickte ihr keß ins Gesicht und fragte: „War das dein Freund aus Deutschland?" Ein paar Mitarbeiter kicherten, längst war bekannt, daß es da diesen coolen Rockmusiker gab, dem Jannifer eine Tour der Musikalienabteilung gegeben hatte, woraus sich dann wohl mehr entwickelt hatte. „Was geht dich das denn an?" blökte Jannifer die Stipendiatin an. „Na, na, man wird ja wohl mal fragen dürfen..." Jannifer verließ schnaubend den Raum und warf die Tür hinter sich zu.

Am Donnerstag hatte sie frei, und Ashanti hatte sie gefragt, ob sie sie an diesem Tag nicht endlich einmal in den Cloisters besuchen wolle. Spontan hatte sie zugesagt, sie sehnte sich gerade jetzt nach Abwechselung und Zerstreuung. Es war wunderbares Wetter vorhergesagt, und bei sich dachte sie, wie schön es doch sei, wenn man einen solchen Ausflug nicht allein machen müßte. Es wurmte sie, daß sie von Curtis immer noch nichts gehört hatte. Doch dies war jetzt nun ein hervorragender Anlaß, sich ihrerseits an ihn zu wenden. Vielleicht hatte er ja Lust mitzukommen. Sie wunderte sich, wieso sie der Auffassung war, daß grundsätzlich erst einmal der Mann die Frau anrufen sollte und nicht umgekehrt. Man war doch eine aufgeklärte

Gesellschaft von gleichberechtigten Geschlechtern. Mit diesem Gedanken nahm sie ihren Mut zusammen und rief Curtis an. „Super, Jannifer, daß Du mich anrufst! Das glaubst Du mir jetzt wahrscheinlich nicht, aber ich hatte gerade vor, bei dir anzuklingeln. Morgen muß ich noch was für ein Magazin schreiben, aber dann könnten wir vielleicht essen gehen - na, doch nicht, da muß ich ja noch einmal proben - aber am Donnerstag habe ich eigentlich nichts besonderes vor." „Das trifft sich ja total super, denn da habe ich auch frei. Und gleich einen sehr guten Vorschlag." Curtis ging sofort auf ihren Plan ein. Bei den Cloisters sei er auch noch nie gewesen. Höre sich wahrscheinlich unwahrscheinlich an, aber es sei ja immer so, daß die Locals nie zu den Touristenattraktionen gingen. Bei den Cloisters könne er jetzt aber einmal eine Ausnahme machen, da diese ja etwas ablägen und nicht zur Standardgruppe der Touri-Ziele zählten. Man verabredete sich für den Donnerstagmorgen zunächst zum Frühstück. Jannifer durchzuckte es kurz, als sie eine Frauenstimme im Hintergrund hörte. Curtis bemerkte dies sofort und sagte: „Ich mach' mal das Radio aus." Und dann war die Frauenstimme tatsächlich von einer Sekunde auf die andere verschwunden.

Am Donnerstagmorgen also traf man sich am Hoteleingang, sie küßten sich leidenschaftlich. So leidenschaftlich, daß das Frühstück zunächst vergessen wurde. Stattdessen eilten sie Hand in Hand zum Fahrstuhl, in dem sie auf Jannifers Stock fuhren und sich dort erstmal ganz ihren wallenden Gefühlen hingaben. „Jetzt habe ich aber doch irgendwie Hunger!" stellte Curtis irgendwann fest. Jannifer nickte. Sie richteten sich wieder her und gingen dann tatsächlich frühstücken. Sie beschränkten sich auf Bagels mit Cream Cheese und eine große Tasse Kaffee, nach der sie dann wieder am Hotel vorbei zur U-Bahn Station an der Ecke West 81ste und Central Park West gingen. Dort stiegen sie in den A-Train, und die eigentlich vergleichsweise lange Fahrt bis zur 190sten Straße verging wie im Flug. An jener Station benutzten sie den Fahrstuhlausgang, und gingen von dort den Margaret-Corbin-Drive entlang zum Museum.

Die klosterähnliche Anlage, die ihren Namen vom englischen Wort für Kreuzgänge bekommen hatte, erinnerte in der Tat an ein mittelalterliches Kloster. Hoch über dem Hudson Fluß im Nordwesten Manhattans war sie durch eine Spende von John D. Rockefeller ermöglicht worden, dessen Großzügigkeit die Anschaffung großer Teile der Sammlung ermöglicht hatte. 1938 war das Museum, in dem Teile aus fünf französischen Klöstern sowie aus verschiedenen anderen europäischen Abteien zusammengeführt wurden, eröffnet worden. Die in die Struktur eingebauten Originalteile kamen zu einem großen Teil aus der Sammlung des Bildhauers George Ray Barnard, der diese in Frankreich von Privatleuten und Gemeinden erworben hatte. Dies war eine Spätfolge der französischen Revolution gewesen, in deren Konsequenz zahlreiche Sakralbauten enteignet worden waren. Jannifer wurde herzlich von Ashanti begrüßt: „Das ist also Mister Rock!" Jannifer war verlegen, sie wußte nicht, wie eng sie das Verhältnis zu Curtis aussehen lassen sollte. Natürlich hatte sie Ashanti auch von Lance erzählt. Aber, wie sie jetzt feststellte, bei weitem nicht so intensiv, wie sie es hätte tun sollen. Curtis dagegen hatte keine Probleme, sich vorbehaltlos zu Jannifer zu bekennen. Er legte den rechten Arm um sie und drückte sie eng an sich. Jannifer versuchte, sich etwas zu distanzieren. „Das ist hier ein Museum, wir müssen uns ordentlich benehmen!" sagte sie scherzend. Und löste sich aus der Griffhaltung, nahm ihn aber bei der Hand. Die Ausstellungen wurden im wesentlichen in chronologischer Reihenfolge dargeboten. Es begann mit Kunstwerken aus der Romanik, von denen die frühesten bis auf das Jahr 1000 zurückgingen. Danach schlossen sich gotische Werke an. Während sie als Kunstgeschichtlerin von den vielen Details fasziniert war, war Curtis mehr von der Stimmung gefangengenommen, die die gesamte Anlage in ihm auslöste. Als sie voller Faszination die französischen und italienischen Holzplastiken studierte, die Skulpturen in der Langon-Kapelle, die Muttergottes von der Chorschranke des Straßburger Münsters in der frühgotischen Halle, oder sich in Details der berühmten Tapisserien mit der um 1500 in Brüssel gewirkten Jagd und Gefangennahme des Einhorns vertiefte, oder aber Glasmalereien aus - zu ihrer Überraschung - Boppard am Rhein bestaunte, wandelte Curtis lieber durch die verschiedenen Kreuzgänge. Besonders angetan hatte es ihm derjenige, für den Elemente aus dem Benediktinerkloster Saint Michèle de Cuxa in den Pyrenäen verwendet worden waren. Dessen typischer Kreuzgangsgarten mit sich überschneidenden Wegen um einen zentralen Brunnen, welcher allerdings aus dem Kloster Saint Gianni de Fontaine stammte, ließen ihn unmittelbar eine andere Zeit in einer anderen Welt auf einem anderen Kontinent erlebbar machen. Für die Gärten konnte sich Jannifer in gleicher Weise begeistern. Die die Pfade säumenden Früchte und Kräuter im Cuxagarten begleiteten den Besucher das ganze Jahr hindurch mit immer wechselnden Farben und Formen. Wilde Narzissen, Lilien,

Oliven, Orangen, Jasmin und vieles mehr erfreuten sein Auge. Im Bonnefont-Klosterkräutergarten befand sich eine der meistspezialisierten Kräutersammlungen der Welt. Die Grundlage des Wissens über die mittelalterlichen Gartenpflanzen fußte auf einem Edikt Karls des Großen im 9. Jahrhundert, in dem 89 Arten erwähnt werden, die auf seinen Ländereien wuchsen. Diese Liste war später ergänzt worden anhand von Aufzeichnungen aus verschiedenen Monasterien sowie archäologischer Funde, so daß mehr als 400 Pflanzen in diesem Garten angebaut wurden. Trotz der von Natur und Mensch gemachten Schönheiten waren Jannifer und Curtis irgendwann erschöpft. Und dies umso mehr, weil Ashanti sie mit einem Dauerbombardement von kunst- und kulturgeschichtlichen Fakten überzog. Es bereitete ihr sichtliches Vergnügen, sich als intime Kennerin jedes auch noch so geringen Details der Cloisters zu präsentieren. „Schon gut gemacht, wenn man's nicht wüßte, würde man es echt für ein europäisches Kloster halten!" gab sich Curtis fachmännisch. Jannifer ließ das mal so stehen. Er konnte es ja nicht besser wissen. Aber dennoch, das mußte sie zugeben, bemüht hatte man sich hier wirklich. Ashanti mußte sich jetzt um eine Busladung von Mitgliedern eines historischen Vereins kümmern, Jannifer und Curtis dankten ihr herzlich für die umfassenden Informationen. Die beiden umrundeten die Anlage noch einmal von außen, und mit Curtis gingen Jugendphantasien durch. „Man kann sich so richtig vorstellen, wie hier so Mönche, Kaufleute und Ritter herumgelaufen sind. Super Kulisse für einen Film!" Jannifer nickte lächelnd. Und schmiegte sich jetzt, wo Ashanti außer Sichtweite war, besonders eng an ihn. Den Tryonpark wollten sie noch einmal aufsuchen, und die schönen Aussichten auf den Hudson genießen. Jetzt aber waren sie fix und fertig und froh, als der Shuttlebus kam, der sie zur Haltestelle der Linie M 4 brachte. Mit derselben ging es dann oberirdisch durch Washington Heights und Harlem zurück zum Central Park.

20. Im Land der Riesen

Eric folgte dem merkwürdigen Führer mit einem Abstand von vielleicht zehn Schritten. Sie gingen wortlos für vielleicht eine halbe Stunde, in der karg bewachsenen Landschaft lagen überall verstreut Steine, Geröllhaufen und kleine Felsbrocken. Obwohl es immer noch Sommer war, passierten sie immer wieder kleine verharschte Schneefelder von zunehmend beachtlicheren Ausmaßen. Eric fröstelte ein wenig, hoffte aber, daß er durch den stetigen und von seinem Führer vorgegebenen Schritt bald hinreichend warm werden würde. Als hätte der Norweger Gedanken lesen können, drehte er sich ohne stehenzubleiben um und sagte: „Es wird dir schon gleich warm werden. Vielleicht kommst Du sogar ins Schwitzen!" Vielleicht etwa einen Kilometer voraus schien ein größeres Schneefeld, vermutlich ein Gletscherteil, zu beginnen. Sein Führer hielt schnurstracks darauf zu. Eric fragte sich besorgt, ob seine Wanderschuhe für den Zweck einer Gletscherbegehung ausreichen würden. Als sie es fast erreicht hatten, bemerkte Eric am äußersten linken Rand des Feldes etwas großes Schwarzes. Als sie noch näher kamen, löste sich das große Schwarze in einen in den Farben der norwegischen Rettungswacht lackierten Hubschrauber auf, der soeben mit einem die Stille der Landschaft regelrecht verletzenden Lärm aufstieg und etwa bis zur Mitte des Gletscherfeldes flog. Dort blieb er in einer Höhe von ungefähr 15 Metern über der Oberfläche in der Luft stehen wie ein Insekt. Aus einer geöffneten Tür schien ein Seil oder vielleicht auch eine Leiter herabgelassen zu werden, die aber in der Oberfläche verschwand. Endlich blieb der Bergführer stehen, und Eric war dankbar, es ihm nachtun und kräftig verschnaufen zu können. „Was mag denn da passiert sein?" „Das Übliche. Da ist jemand in eine Gletscherspalte gefallen. Das passiert eben, wenn man meint, ohne einen erfahrenen Führer auf Gletschern spazieren gehen zu können!" „Und werden sie den Mann retten können?" „Die meisten haben Glück. Also Glück insofern, daß jemand gesehen hat, wie sie in einer Spalte verschwanden. Und außerdem, daß jemand ein Mobiltelefon dabei hatte, dessen Signal aus dieser abgelegenen Gegend noch aufgefangen werden konnte." „Na, die Norweger waren doch Vorreiter dieses ganzen Handywahns. Und bei der Größe des Landes sollte man doch davon ausgehen können, daß..." „Mein Lieber, hast Du schon mal aus gebirgigen Gegenden versucht zu telefonieren? Ein Fischen im Trüben, sage ich dir." „Na, mit einem Satellitentelefon..." „Quatsch", fuhr ihm der Führer dazwischen. Wer kann sich das denn leisten? Die meisten Leute, die hier durchreisen, haben jedenfalls keins dabei. Außerdem sind viele natürlich so schlau, niemandem zu sagen, daß sie sich in Richtung eines Gletschers auf den Weg gemacht haben. Um deine Frage zu beantworten: Nein, natürlich wird längst nicht jeder gefunden. Jedenfalls nicht sofort. Und wenn hier..." er deutete in einem großen Halbkreis um sich „…wenn hier jemand nicht sofort gefunden wird, heißt das, daß man ihn nicht mehr lebend findet." Sie schritten weiter und hielten sich rechts fort von der Unglücksstelle. Der Hubschrauber verlor seine Farben und wurde wieder nur zu einem schwarzen Punkt, der allerdings weiter an derselben Stelle in der Luft stand. Der Bergführer schien dem Vorfall keinerlei Bedeutung beizumessen und marschierte weiter. Merkwürdigerweise gelang es Eric nicht, selbst Betroffenheit für den Verunglückten zu empfinden. Vielleicht lag es daran, daß er die ganze Zeit an einen Witz denken mußte, in dem ein schwäbischer Tourist in eine Gletscherspalte geraten war. Als sich nämlich der Hubschrauber genähert hatte, und die Retter mit dem Megaphon hinabriefen: ‚Hier spricht das Rote Kreuz! Hier spricht das Rote Kreuz!' hatte der Schwabe hochgerufen: ‚Mir gäbe nix!'. Er lachte kurz aber herzhaft auf, worauf der Bergführer sich fragend zu ihm umdrehte, den Kopf schüttelte und dann weiter ging. Sie hatten jetzt das entgegengesetzte Ende des Gletscherfeldes erreicht. Unbeirrt ging der Führer nun auf den harschigen vereisten Schnee. Wohl war Eric nicht, als er ihm folgte. In einer Entfernung von vielleicht 500 Metern ragte vor ihnen eine etwa 15 Meter hohe Felsformation aus dem Eis, mit einem Durchmesser von annähernd 60 Metern. Vor Urzeiten hatte der Gletscher diese seltsame Formation offensichtlich regelrecht umflossen. Beim Näherkommen erkannte Eric, daß es sich nicht um einen soliden Felsen handelte, sondern um Felsgruppierungen und einzelne Felsen, durch die der Gletscher wie ein erstarrter Fluß hindurchgeschoben war. So zielstrebig der Führer in die erste Öffnung zwischen den Felsen hineinschritt, so sicher schien es Eric, daß jener hier schon etliche Male gewesen sein mußte. Kaum war auch er durch den natürlichen Eingang in die Felsformation gegangen, als sich der Führer abrupt zu ihm umdrehte. „Du hältst dich am besten jetzt dicht hinter mir, dann wird dir nichts geschehen. Ich bitte dich, dich zu kontrollieren. Das heißt möglichst geräuschlos zu gehen, vor allem aber keine überraschten oder erschreckten Ausrufe zu machen. Also Klappe halten! Wo wir hier jetzt schon mal sind, will ich dir auch sagen, wie ich heiße. Man nennt mich Hauke. Und jetzt folge mir!"

Es ging jetzt in schneller Folge um einen Winkel hier, um eine Ecke da, so daß Eric sich sagte, daß er weder hier herausfinden, noch jemals wieder selbst hineinfinden könne. Und da öffnete sich plötzlich vor ihnen ein großes Felstor, es hatte jedenfalls solche Ausmaße, daß auch ein erheblich größerer Mensch noch hätte mühelos hier eintreten können. Kaum waren sie in der schlauchartigen Höhle, die merkwürdigerweise von einem hellen Schein erleuchtet war, als Eric merkte, wie sich der Boden absenkte. Offensichtlich führte der Weg unter die Gletscheroberfläche. Eric bemerkte erst jetzt, wie die Wände des Tunnels rundum völlig vereist waren. Ob dies allein schon der Grund für die überraschende Helligkeit war? Sie gingen schweigend weiter, und als Eric ein immer lauter werdendes relativ gleichförmiges Klopfen oder vielleicht eher Hämmern hörte, wagte er nicht, Hauke zu fragen. Immer weiter senkte sich der Tunnel ab. Dennoch wurde es kaum dunkler. Dann öffnete sich vor ihnen eine große unterirdische Halle. Der Tunnel endete an deren äußersten rechten unteren Ende. Hauke machte eine Handbewegung, die ihm gebot innezuhalten. Dann bedeutete ihm der Bergführer, daß er sich langsam nähern und neben ihm stehen bleiben solle. Das tat Eric. Als er in die Halle sah, hätte er vor Staunen oder Schreck tatsächlich am liebsten laut losschreien mögen. Aber er gedachte der Worte des Führers und beherrschte sich. Auf dem Boden der Halle befand sich ein merkwürdig angelegtes Spielfeld. Und auf diesem Feld waren Spieler - man konnte auf Anhieb nicht erkennen, ob es sich um zwei Mannschaften handelte - mit einem sonderbaren Ballspiel beschäftigt. Der Ball, der eher aussah wie eine große Kugel aus Lehm und Stroh, von der auch ständig irgendwelche Teile abspritzen, war indes nicht das aufsehenerregendste. Nein, konnte das wirklich wahr sein? Die Spieler waren - Riesen! Keinesfalls handelte es sich hier etwa nur um große Männer. Eric mußte daran denken, was Jannifer von ihrer Begegnung mit dem kleinen Mädchen erzählt hatte. Diese hatte ja behauptet, daß Arthur von einem Riesen entführt worden sei. Und die Frage, ob es sich nicht vielleicht nur um einen großen Mann gehandelt haben könne entschieden verneint. Und diese Spieler waren keine großen Männer. Sie waren nicht nur sehr groß - den einzigen Vergleich zu der Menschenwelt hätte man zu einer amerikanischen Basketballmannschaft ziehen können -, sondern sie wirkten von ihrem gesamten Erscheinungsbild und Habitus völlig anders. Sie hatten dunkle zottelige Haare und Bärte, und wirkten auf eine plumpe Weise muskulös. Ihre Kleidung schien einfach, ähnlich wie die der gemeinen Leute im frühen Mittelalter. Die Hosen waren offensichtlich nur mit Bändern zusammengehalten. Auch an den Jacken schien es keine Knöpfe zu geben. Viele trugen diese Jacken halb geöffnet und hier und da sah man eine fast schon fellartige Brustbehaarung. Die Spieler hatten eine bronzebraune Hautfarbe, die entfernt an die der Nordafrikaner erinnerte. Jetzt gewahrte Eric am Spielfeldrand einen Spieler, der deutlich kleiner war, als der Rest der Riesen. Auch schien seine Hautfarbe deutlich heller zu sein. So leise wie möglich flüsterte er Hauke ins Ohr: „Was ist das denn?" Der Bergführer drehte kaum merklich den Kopf und flüsterte zurück: „Das ist ein Scheinriese. Davon gibt es nur sehr wenige, sie haben aber fast immer einen schweren Stand. Den hier habe ich schon öfter gesehen, er möchte immer mitspielen, aber sie lassen ihn fast nie." „Na, so klein ist der nun auch wieder nicht!" „Ja, aber deutlich kleiner als die anderen. Und außerdem weiß - das reicht!" Hauke legte jetzt den Zeigefinger vor den Mund, um ihm zu bedeuten, daß er jetzt schweigen solle. Einer der Riesen hatte den Erdstrohball jetzt in die ihrer Ecke völlig entgegengesetzte geschleudert, und nun gab es ein großes und lautes Gejohle unter der Spielerschar. Ob dies eine wichtige Entscheidung für das Spiel bedeutete, ob es ein gewinnbringender Schlag oder ein grober Fehler war, der nun etwas wie einen Strafstoß oder zumindest einen Eckball nach sich ziehen würde, war natürlich überhaupt nicht auszumachen. Jedenfalls liefen alle Riesen, auch der ausgeschlossene Scheinriese in jene Ecke. Hauke zog nun Eric am Ärmel und lief am rechten Rand der Halle entlang, hinter der sich ein weiterer Tunnel eröffnete und dem sie in leichtem Laufschritt, aber möglichst geräuschlos folgten. Nun wurde das Hammergeräusch, das Eric beim Betreten des Höhlensystems zuerst gehört hatte, deutlich lauter. Der Gang senkte sich abermals weiter ab, und Eric bemerkte wie ihm zunehmend warm wurde. Geräuschlos öffnete er seinen Parka. Kurz bevor sie die hell erleuchtete Halle erreichten, zog der Führer ihn in einen vor dieser abzweigenden Nebengang, der wieder leicht anstieg. Bald kamen sie an eine Stelle, die sich fensterartig zu der nun unter ihnen liegenden, wenigstens ebenso großen Halle wie der, in der das Spielfeld gelegen hatte, öffnete. Sie drückten sich an den Rand der Öffnung und schauten hinab. Hier waren mehrere Gruppen von Riesen damit beschäftigt, große Drehkreuze zu bewegen. An jedem der vier Balken eines solchen Gerätes standen ein, manchmal auch zwei Riesen. Die Drehkreuze schienen offensichtlich mit gewaltigen Hämmern verbunden zu sein, die indes aber nicht sichtbar, sondern viel leicht in einer weiteren Halle standen. Eric wußte nicht warum, aber die

Tätigkeit der Riesen erschien ihm völlig sinnlos. Vielleicht weil man den Effekt ihrer Arbeit nicht sah. „Was hämmern die denn da?" flüsterte er in Haukes Ohr. „Es muß sich um ein außergewöhnliches Metall handeln, das nicht im Periodensystem der Elemente erfaßt ist, das Du aus der Schule kennst." Hauke deutete in eine der hinteren Ecken der Halle. Und jetzt sah auch Eric, daß es dort Räder gab, an denen sich größere Gruppen von Scheinriesen furchtbar abmühten, ohne jedoch die Drehkreuze wirklich in Bewegung zu halten. „Bei dieser Sache dürfen die Scheinriesen gerne mitmachen, sie müssen sogar viel länger arbeiten als die anderen." Eric dachte an seine Kamera, die schön versteckt unter Schlafsäcken und Luftmatratze im Volvo lag. Dies würde ihm niemand glauben. Nachdem er sich eine Zeitlang über das Vergessen der Kamera aufgeregt hatte, merkte er, wie es ihm immer schwerer fiel, seine Gedanken beieinander und seine Konzentration aufrecht zu erhalten. Anstatt sich minutiös einzuprägen, was die Riesen und die offensichtlich von ihnen unterjochten Scheinriesen hier anstellten, mußte er an seine Studien zum Arbeitsrecht denken. Gerichtsverfahren kamen ihm in den Sinn, wo es um Einhaltung der Arbeitszeiten, Sondervergütungen bei Mehrarbeit und die Einhaltung des Arbeitsschutzes ging. Von Verfahren wegen Benachteiligung bei Bewerbung und Einstellung bis hin zu Kündigungsschutzklagen und Sozialplänen zogen alle möglichen Gebilde durch seinen Sinn. Er kniff sich in die Backe, um sich wieder besser auf das konzentrieren zu können, was sich vor seinen Augen abspielte. An einem der hinteren Drehkreuze machten offensichtlich ein paar Scheinriesen schlapp. Ein ganz in schwarz gekleideter Normalriese, offensichtlich der Aufseher, herrschte die völlig erschöpften Scheinriesen in harschen Worten an. Eric verstand kein Wort, zum einen war es durch die Hammergeräusche zu laut, zum anderen war dies keine ihm bekannte moderne Sprache. Sehr gut möglich allerdings, daß es sich hier um etwas Altnordisches handelte, ähnlich allenfalls dem Isländischen, von dem er aber auch keine Ahnung hatte. Die Scheinriesen, die nicht mehr in der Lage waren, ihre Arbeit am Drehkreuz auszuüben, stolperten durch einen Ausgang an der gegenüberliegenden Wand der Halle. Er sah jetzt wieder zurück zum schwarz gekleideten Aufseherriesen, und fast wäre ihm ein lauter Schrei entfahren. Denn der Aufseherriese hatte sich herniedergebeugt, nicht zu einem Scheinriesen, sondern zu einem Menschen in normaler Größe. Arthur! Konnte da ein Zweifel bestehen? Die leicht untersetze Figur, die lockigen Haare, die weichen Gesichtszüge, nur die Augen konnte man nicht genau erkennen. Aber war nicht auch die Gestik ganz ähnlich? Da erscholl auf einmal ein hoher Pfeifton, und alle Riesen und Scheinriesen hörten abrupt auf, sich an den Drehkreuzen abzumühen. Sie strömten in einem großen Troß alle dem Ausgang zu, in dem eben noch die schwächlichen Scheinriesen verschwunden waren. Als sich das tumultartige Gedränge wieder lichtete, konnte Eric weder den Aufseherriesen noch Arthur, beziehungsweise denjenigen, der ihm so erschreckend ähnlich sah, ausmachen. „Jetzt ist Pause. Wir sollten sehen, daß wir wieder zurückkommen." Eric war sprachlos, und nickte schwerfällig. Er griff zum Boden und nahm einen metallischen Stein auf, den er heimlich in die Tasche steckte. Dennoch vermutete er, daß dies Hauke nicht entgangen war. In seinem Kopf raste es. Ihm wurde heiß, und kalt, und wieder heiß. Sollte er Arthur wirklich gefunden haben? Wenn es sich wirklich um den Freund handelte, wie sollte er ihn je hier herausbringen? Hauke zog ihn mehr den Gang zurück, als daß er selber gehen konnte. Er war völlig verwirrt. Sie schauten vorsichtig in die Spielhalle, doch diese war leer. Offensichtlich war das Spiel zu Ende oder unterbrochen worden. Der Bergführer flüsterte: „Die Riesen haben nur eine Mahlzeit am Tage, und jetzt sind eben alle beim Essen. Laß uns schnell weitergehen!" Als sie den Gang anstiegen, auf dem sie zuerst heruntergekommen waren, merkte Eric, wie ihm schlecht wurde. Er taumelte hin und her, und mußte plötzlich stehen bleiben. Er übergab sich, und erschreckt sprang sein Führer zur Seite. Aber er reichte ihm sofort ein Tuch, Eric wischte sich ab, und richtete sich wieder auf. Sie gingen weiter, doch erneut fühlte er, wie seine Kräfte schwanden. Dann wurde ihm schwarz vor Augen.

21. Dichter und Denker

Falk hatte ein Zimmer unter dem Dach eines historischen Hauses in der Barfüßerstraße gefunden, in das er auch seinen neuen ständigen Begleiter mitnehmen durfte. Damenbesuch dagegen war ab 10 Uhr abends untersagt. Vom Fenster aus konnte er durch die Straße sehen bis zum Markt. Ständig war ein gewisses Treiben zu beobachten, eingesessene Bürger gingen ihren Geschäften nach, Studenten eilten zu ihren Vorlesungen, auch gab es eine Anzahl von Touristen, die die Stadt besuchten. Es hätten sicher mehr sein können, aber für Autofahrer war Marburg erstaunlich schwer zugänglich. Mit der Bahn dagegen, die die Stadt in einer großen Schleife an ihrem oberen Rand halb umfuhr, war sie leichter erreichbar. Er brauchte einige Tage, um sich von den Anstrengungen der Rudertour zu erholen. Seine Oberarme hatten deutlich an Umfang zugenommen, und er stellte eine bis dato unbekannte Kraft in seinen Händen fest. Die Zimmerwirtin versorgte ihn mit gutem Frühstück, und hatte auch Bernhard bald in ihr Herz geschlossen. So ging es ihm rundum gut, bis auf die leichte Beeinträchtigung durch eine Indioband, die in Hörweite Stellung bezogen hatte. Die Musiker waren exakt genauso gekleidet und instrumentiert wie die Andencombo, die immer in der münsterischen Fußgängerzone auftrat. Immer wenn sie ‚El Condor Pasa', eines der vier Stücke ihres Endlosschleifen-Programms spielte, war er sich völlig sicher, daß es sich um dieselbe Band handelte.

Er unternahm ausgiebige Spaziergänge, vor allem zu den verschiedenen Sehenswürdigkeiten. In der Elisabethkirche beeindruckten ihn die harmonischen Proportionen, erstaunt erfuhr er, daß es sich um das erste rein gotische Gotteshaus in Deutschland handelt. Die Deutschordensritter, die sie über dem Grab der Hl. Elisabeth hatten erbauen lassen, konnten nicht ahnen, daß sie ein paar Jahrhunderte später von Gegnern der allein seligmachenden Kirche für sich vereinnahmt wurde. Wahrscheinlich würden sie sich im Grabe herumdrehen. Jene Landgräfin Elisabeth von Thüringen hatte sich die Stadt 1228 als Witwensitz gewählt und ein Hospital errichtet. Hier verausgabte sie sich völlig bei der Pflege der Kranken, was vermutlich zu ihrem frühen Tod mit nur 24 Jahren führte. Nur vier Jahre später wurde sie schon heilig gesprochen, und die aus ganz Europa zum Grab der Heiligen strömenden Pilger trugen maßgeblich zum Aufblühen Marburgs bei. Bis heute hatte die Stadt keine berühmtere Persönlichkeit hervorgebracht, wenn auch an ihrer Universität von den Grimms über Bunsen bis Pasternak manch schillernde Figur studiert hatte. Gern ging er zum mächtigen Schloß der hessischen Landgrafen, von ihrer Gründungsresidenz hatte man einen wunderbaren Ausblick sowohl über das Umland als auch über die Stadt mit ihren engen Gassen und pittoresken Fachwerkhäusern. Außerdem gab es viel Grün für den Hund. Das Rathaus war gleich um die Ecke, ebenso wie die Universität, im Jahre 1527 als erste protestantische vom Landgrafen Philipp gegründet. Das Gebäude, heute ‚Alte Universität' genannt, war indes nur noch eines der zahlreichen über die Stadt verstreuten Hochschule. Schnell lernte er den Spruch, daß viele Städte eine Universität hätten, Marburg aber eine sei. Obwohl der größte Arbeitgeber und Motor der Stadt, hatte sie ihre gesellschaftlich wegweisende Funktion verloren. Kaum vorstellbar, daß hier mal in den späten 60ern und den 70ern ein wesentliches Zentrum politischer Protestbewegung gewesen sein sollte. Na, ähnliches galt wohl auch für Tübingen. Selbst von Berkeley hörte man, daß Studenten und Professoren seit langem in den Schlaf des Gerechten gefallen sein sollten. So lebte man wohl hüben wie drüben von der ruhmreichen Vergangenheit, deren Protagonisten heute alle zum Establishment gehörten. Aus ihren Positionen heraus bastelten sie an ihrer eigenen Verklärung, auch wenn sie sich in ihrem Alltag oft nicht viel anders verhielten, als diejenigen, die sie damals kritisiert hatten. Die aktuelle Studentengeneration und die jüngeren Professoren war alles andere als politisiert. Bei weiten Teilen formten sich politisches Desinteresse, Feigheit und Bequemlichkeit zu einer unangenehmen Mischung für das Gemeinwohl. Er war jedenfalls froh, der Universität entronnen zu sein. Schneller als gedacht begann der Ort ihn zu langweilen, dem ein deutsches Nachrichten-Magazin bei einem Spaßfaktor-Ranking der Uni-Städte nur den 49. Platz eingeräumt hatte. Aber noch genoß er dessen Beschaulichkeit, war auch dankbar, hier langsam wieder zu Kräften zu kommen. Die Kopfschmerzen, die durch den Schlag des wirren Eremiten ausgelöst worden waren, traten immer seltener auf. Ausfallphasen gab es zum Glück überhaupt nicht mehr. Was hätte er darum gegeben zu erfahren, wie er von dem See, der ja wahrscheinlich nicht unweit des Klosters lag - aber selbst das konnte er nicht Bestimmtheit sagen - auf die Lahn geraten war! Abends lag er oft bei einem Gläschen Wein auf dem Bett und studierte seine Karten. Immer noch hatte er den Eindruck, nicht wahnsinnig weit vorwärts gekommen zu sein. Seine Hoffnung, irgendwo auf seiner Reise wie von selbst an eine Stelle zu geraten, die einen

Hinweis auf Arthurs Verbleib geben konnte, hatte sich noch nicht erfüllt. Nachdem er bislang nur ländliche Gegenden durchstreift hatte, und Marburg seinen Anspruch an den Begriff ‚Stadt' nur bedingt einlöste, fühlte er, daß es Zeit für ein großes Kontrastprogramm war. Immer häufiger glitt sein Blick auf den entsprechenden Karten auf Berlin und er überlegte, wie er am sinnhaftesten dorthin gelangte. Mit der Bahn reiste man zweifelsohne am einfachsten und schnellsten dorthin. Aber immer wieder kam ihm die vergleichsweise nahe Kette der thüringischen Perlen vor Augen. Schneller als alle anderen Orte im Osten Deutschlands war es ihnen nach der Wiedervereinigung gelungen, sich wieder besonders herauszuputzen und an alte Glanzzeiten anzuschließen. Besonders Weimar hatte er im Visier. Das wäre etwas, nach all der Lektüre während seiner Studien hier ein wenig auf den Spuren der Klassiker zu wandeln, die Stätten der größten Dichter und Denker aufzusuchen!

Wie in Münster und allen anderen Uni-Städten so gab es zweifelsfrei auch in Marburg zahlreiche Studenten, die zur Reduzierung ihrer Fahrtkosten bei Fahrten von und zum Studienort Mitreisende suchten. Vielleicht könnte man einen Berlin-Fahrer bei Zahlung eines Extrabetrags hier und da, zumindest aber in Weimar zu einem Zwischenstopp überreden.

Blieb nur noch Bernhard. Den mußte man der Mitfahrgelegenheit natürlich auch noch beibringen, vielleicht wieder gegen Aufpreis. Aber in der Bahn wäre er auch nicht umsonst mitgekommen. Er hatte sich am Bahnhof erkundigt und erfahren, daß man einen größeren Hund zwar mitnehmen konnte, dafür aber den gleichen Fahrpreis ‚wie für ein Kind von 6 bis unter 15 Jahren' zahlen mußte. Es blieb sich also gleich. Außerdem mußten größere Hunde einen Maulkorb tragen, und den hatte er nicht. Bernhard war ja völlig ungefährlich. Dazu ärgerte ihn, daß für Hunde trotz Fahrkarte keine Sitzplatzreservierungen getätigt werden konnten. Als er bei einem seiner eher seltenen Spaziergänge auf der anderen Lahnseite, nördlich des alten Gerberviertels Weidenhausen an den Geisteswissenschaften in der Wilhelm-Röpke-Straße vorbeigekommen war, betrat er das Gebäude und fand bald ein Schwarzes Brett. Tatsächlich hingen da mehrere Mitfahrgelegenheiten. Berlin schien allerdings nicht im Angebot zu sein. Na, das meiste wurde heute sowieso online abgewickelt, dann müßte er eben mal in einem Internet-Café herumsurfen.

Unbemerkt hatte sich ihm jemand von hinten genähert, der ihn jetzt mit einer merkwürdigen, wie verstellt klingenden Stimme ansprach. „Wo willst

Du denn hin?" Falk drehte sich um und gewahrte einen um sein Erscheinungsbild wenig bemühten Studenten, der eine Brille mit auffällig dicken Gläsern trug. Er hatte einen für die Außentemperatur eigentlich zu warmen grünen Strickpullover an, dazu eine ausgeblichene Blue Jeans. Das lockige Haupthaar wirkte leicht verfilzt, auch war er schlecht rasiert. „Hm, eigentlich nach Berlin." „Welch' ein Zufall! Genau da muß ich auch hin!" „Tja, ich wollte allerdings über Weimar." „Kein Problem, das liegt ja am Weg." Man wurde sich schnell handelseinig und vereinbarte den kommenden frühen Freitagmorgen als Startzeit. Seine Zimmerwirtin war völlig aus der Fassung über seine plötzliche Abreise, die er mit wichtigen Geschäften begründete. Außerdem sei die Sache mit dem Damenbesuch auf Dauer doch problematisch. Sie habe ihn aber nie mit einer jungen Dame gesehen. „Genau deswegen", hatte er gescherzt. Seine wenigen Sachen waren rasch gepackt, die Wirtin hatte ihm noch schnell einiges gewaschen und gebügelt. Er solle sie in guter Erinnerung behalten.

Mit unerwarteter Pünktlichkeit hatte sich Ferdinand, so der Name des sich als Student der Soziologie ausgebenden Fahrers eingefunden, bereits um 7 Uhr knatterte es vor der Tür. Falk öffnete und gewahrte einen froschgrünen Trabant-Kombi. Daß es auch ein solches Modell gab, war vielen im Westen gar nicht bekannt gewesen. Der Ausdruck ‚Kombi' war indes etwas irreführend, das Fahrzeug mochte in seiner Gesamtlänge nicht viel über die Ladefläche von Erics Volvo hinausgehen. Sein Rucksack war rasch verstaut, größere Schwierigkeiten machte es aber, Bernhard zum Einsteigen zu bewegen. Der Hund fürchtete sich offensichtlich vor dem Geräusch des Zweitakters, mochte den Geruch des Abgases nicht oder beides. Ein solches Fahrzeug war ihm offensichtlich noch nicht untergekommen. Mit gutem Zureden und einem großen Hundekeks gelang es schließlich doch, und sie verließen die Stadt in zunächst nördlicher Richtung über die Pilgrimstraße, vor dem Bahnhof bogen sie auf die B 3. Bald stießen sie auf die Landstraße 62, die zur B 3 wie die Gegenkathete eines Dreiecks in südöstlicher Richtung zur A 5 führte, auf die sie bei Alsfeld auffuhren. Rasch ging es durch das Hessische Bergland, vorbei an Bad Hersfeld, und bald passierten sie bei Herleshausen die ehemalige innerdeutsche Grenze. Abgesehen von der unerschlossenen Weite dieses Gebietes erinnerte nur noch wenig daran, daß es sich hier um einen der wenigen Übergänge in einer der unmenschlichsten Grenzen der Welt gehandelt hatte. Schon lange vor seinem Studium hatte ihm sein Vater von verminten Streifen, Selbstschußanlagen, von Patrouillen mit Schäferhunden an der Leine und Schießbefehl im Kopf erzählt. So etwas hörte sich schrecklich an, blieb aber irgendwie doch Theorie. Erst bei der Fahrt durch das Grenzgebiet erschienen vor Falks geistigem Auge Stacheldrahtzäune, Minenfelder und Wachtürme mit surrealer Wucht. Doch bald wurden die dunklen Gedanken von der Schönheit der Landschaft vertrieben. Zur Rechten erstreckte sich der Thüringer Wald. Über dem Kamm des Gebirges verlief der Rennsteig, früher Stammesgrenze zwischen Thüringen und Franken, und schon seit Goethes Zeiten Wanderweg. Für Momente dachte er, gleich hier auszusteigen und weiterzuwandern, doch das direkt vor ihnen liegende Eisenach übte größeren Reiz auf ihn aus. Ganz kurz könne man hier halten, denn er brauche sowieso eine neue Autokarte, die er sich dort in einem Büro des ADAC abholen könne. Ferdinand erzählte knapp, daß er wegen der Gebrechlichkeit seines Fahrzeugs nämlich kürzlich dem seines Erachtens zu teuren Automobilclub beigetreten sei, der unter anderem mit Jahresgaben in Form von Kartensets geworben habe. Auf Falks Wunsch, die schon bald sichtbare Wartburg zu besuchen, reagierte er aber mit großem Mißmut. Dazu fehle es an der Zeit, wenn man heute nach Berlin kommen wolle und noch an eine Rast in Weimar gedacht sei. Falk redete nun intensiv auf Ferdinand ein, erzählte vom Sängerkrieg auf der Wartburg zwischen Walther von der Vogelweide und Wolfram von Eschenbach. Der Soziologe starrte desinteressiert durch seine dicken Brillengläser. Martin Luther, getarnt als Junker Jörg, habe hier in nur zehn Wochen die Bibel übertragen und damit die erste Grundlage für die Standardisierung der deutschen Sprache geschaffen. Dies interessierte ihn herzlich wenig, er sei ohnehin nicht besonders redselig und schriebe auch nicht gern. Erst als Falk auf das Wartburgfest der mit ihren schwarz-rot-goldenen Flaggen demonstrierenden Studenten verwies und log, daß auch der formende Parteitag der Sozialdemokraten 1869 hier stattgefunden habe, folgte Ferdinand schließlich den Schildern. Am Parkplatz oben wurde er aber wieder nervös. „Also reingehen ist nicht, nur von außen gucken!" „Ja, wenn man doch schon mal hier ist…" versuchte Falk. „Das war hier das Neuschwanstein der DDR, und heute ist es noch schlimmer!" Ferdinand nickte zu den zahlreichen Reisebussen. Falk sah ein, daß es wohl keine Chance gab. Er eilte mit Bernhard kurz in den Innenhof, ließ seinen Blick über das gleiten, was er von der Anlage sehen konnte, und lief zum Trabant zurück. Bald war man wieder auf der Autobahn, die sich durch eine abwechslungsreiche Landschaft mit bewaldeten Hügeln und weiten, fruchtbaren Tälern zog.

Die umliegenden Höhen hielten die rauhen Winde ab und sorgten augenscheinlich für ein mildes Klima. Blumenfelder leuchteten, überall gab es saftige Wiesen, ertragreiche Felder und Obstpflanzungen. Die Erntezeit stand bald bevor. War schon vorher nicht viel geredet worden, so herrschte jetzt mürrisches Schweigen im Auto.
Nach Gotha hätte man ebenso wie nach Erfurt von der Autobahn abfahren müssen. Falk hatte indes keine Lust zu fragen, da er sich die Antwort und den Ton, in dem sie formuliert werden würde, ersparen wollte. Er müßte irgendwann noch einmal in diese Gegend zurückkehren. Sie hatte einen Anspruch auf mehr Zeit. Ihre bedeutenden Städte, vielfach als Stammsitze thüringischer Fürstenfamilien entstanden, waren voll von architektonisch eindrucksvollen Schlössern, Verwaltungsgebäuden und Privathäusern. Museen und Theater waren Teil eines reichhaltigen Kulturangebots.
Bei der Ausfahrt ‚Weimar' bog Ferdinand wortlos ab und fuhr ins Zentrum der Stadt. Die Spannung Falks stieg, endlich gelangte er an die gemeinsame Wirkstätte der großen deutschen Klassiker. Seine Mitfahrgelegenheit würde er mit denen nicht begeistern können. Vielleicht aber damit, daß hier die Gründung der ersten Republik auf deutschem Boden stattgefunden hatte. „Weimarer Republik...", sagte er wie zu sich selbst und beobachtete Ferdinands Reaktion. Es kam zunächst keine, dann: „Das war ja wohl nichts. Weißt Du nicht, wie die Nazis hier gehaust haben? Da war bald nichts mehr mit Demokraten. Du liest doch so viel!" Es hatte keinen Sinn. Mit Ferdinand würde er wohl nie ins Gespräch kommen. „Paß' auf, wir haben schon viel Zeit verloren. Ich halte in der Nähe des Frauenplans, dann kannst Du dir kurz das Goethe-Haus angucken, und dann geht es weiter. „Ja, und Schiller?" „Junge, wir wollten doch nach Berlin, oder nicht? Außerdem möchte ich jetzt das Geld. Hinterher tauchst Du noch unter in deinem Klassik-Quatsch!" Zögerlich bezahlte Falk, na ja, eine Garantie war ja verständlich. „Okay, kann ich denn Bernhard bei dir lassen?" „Klaro, aber jetzt mach' an!" Falk eilte los, löste eine Eintrittskarte und betrat das Haus des Dichterfürsten, heute Stammsitz des Goethe-Nationalmuseums. Er war jedoch voller Unruhe und konnte die Atmosphäre nicht richtig auf sich wirken lassen. Für die ständige Ausstellung zur Weimarer Klassik würde er ohnehin keine Zeit haben. Außerdem bedrängte ihn der Gedanke, nicht zum Schillerhaus gehen zu können. Schiller stand ihm viel näher als Goethe. Ob er vielleicht ganz schnell dorthin hastete? So weit konnten die Stätten ja nicht auseinanderliegen. Ferdinand würde das ja gar nicht mitbekommen.

Die überraschte Kassiererin wies ihm die Richtung, und Falk verließ das Haus am Frauenplan. Er strebte quer über die platzartige Erweiterung zur Brauhausgasse, um von dort zur Schillerstraße zu gelangen. Da bellte ein Hund auf, und noch bevor er zu ihm herübersah, wußte er, daß es sich um Bernhard handelte. Das Tier war an einen eisernen Pfosten gebunden, und sprang vor Freude, ihn zu sehen, auf und nieder. An den Pfosten angelehnt stand sein Rucksack, daneben der Stockschirm. Jetzt war keine Eile mehr notwendig. Mit seinen Mitfahrgelegenheiten hatte er nun wirklich kein Glück. Er ärgerte sich über den Verlust des Geldes, aber das war zu verschmerzen. Der famose Ferdinand würde wohl nichts aus seinem Rucksack genommen haben, der sah unangetastet aus. Ob einen Tag früher oder später in Berlin war ja völlig egal. Statt Schillerhaus suchte er sich jetzt erst einmal eine Unterkunft, und fand diese in Form eines Gasthofes. Er beschloß, sich den Rest des Tages nur noch mit Eß- und Trinkkultur zu beschäftigen. Bernhard wich nicht von seiner Seite. Als er spätabends ins Bett stieg und die Decke über sich zog, war er zufriedener, als er erwartet hatte. Er dachte noch einen Moment an Mathilde, die ihm in den letzten Tagen immer häufiger in den Sinn gekommen war. Wie es ihr wohl gehen mochte?

Das Schiller-Haus hatte schon von außen mit seiner gelbgetünchten Fassade einen freundlicheren Eindruck auf ihn gemacht als Goethes Anwesen am Frauenplan. Nach dem Gang durch das Wohnhaus und das im Neubau dahinter befindliche Museum, bei dem ihn einige Besucher aufgrund seiner offenbar tatsächlich vorhandenen ähnlichen Physiognomie scherzhaft als den Hausherrn angesprochen hatten, fühlte er trotz der anderen Kleinode der Klassik in Weimar den starken Drang, seine Reise fortzusetzen. Der betrügerische Ferdinand - irgendwie war ihm der Typ von vornherein suspekt vorgekommen - hatte in einem Punkt natürlich Recht. Kaum ein anderer Ort war wie Weimar so sehr Ausdruck des deutschen Dilemmas. Nicht weit von den Schaffensstätten der größten Dichter und Denker des Landes lag mit Buchenwald eine Manifestation seiner moralischen Katastrophe. Doch wollte er den Nazis nicht zugeben, daß sie mit diesem gesellschaftlichen Super-GAU die kulturellen und geistigen Errungenschaften vieler Jahrhunderte vernichteten. Gleichwohl würden er und viele nachkommende Generationen mit ihrem Nachlaß leben und umgehen müssen. Wenn etwas tausendjährig war, dann wohl das. Er hatte die deutsche Geschichte geerbt wie ein Haus. Da gab es viele schöne helle und strahlende Zimmer, aber auch eine schreckliche dunkle Kammer, die nicht herauslösbar war und bei der Erbschaft mit übernommen werden mußte.

Er hielt sich noch kurz in einer alten Buchhandlung auf, kaufte jedoch nichts, um sein Tragegewicht nicht zu erhöhen. Als er an einem Geschäft für Tierbedarf vorbeikam, erwarb er den seines Erachtens völlig überflüssigen Maulkorb, ohne den man beim Benutzen öffentlicher Verkehrsmittel nach Vorschrift der jeweiligen Beförderer immer weniger herumzukommen schien. Bernhard sträubte sich im wahrsten Sinne des Wortes gegen diese Beeinträchtigung seines Wohlempfindens, die Falk gleich bei der Busfahrt zum vergleichsweise weit von der Altstadt liegenden Bahnhof testete. Er löste eine Fahrkarte nach Berlin für sich und ‚wie für ein Kind von 6 bis unter 15 Jahren'. Da er noch ein wenig auf den nächsten Zug warten mußte, setzte er sich auf eine Bank. In deren Nähe befand sich ein öffentliches Telefon, auf welchem sein Blick immer wieder hängen blieb. Er erinnerte sich an das Versprechen der Freunde, sich in regelmäßigen Abständen bei Sigune zu melden, um dort Nachricht zur aktuellen Situation und zu Kontaktmöglichkeiten zu hinterlassen. Ein wenig bekam er ein schlechtes Gewissen, auf der anderen Seite wäre er mit Ausnahme Marburgs aber nirgendwo wirklich gut zu erreichen gewesen. Etappenerfolge hatte er auch nicht vorzuweisen. Ob die anderen schon irgendetwas herausgefunden hatten? Es war zu bezweifeln, irgendwie waren sie ja alle in der gleichen Situation und mehr oder weniger vom völligen Zufall abhängig. Die Suche nach der sprichwörtlichen Nadel im Heuhaufen war dagegen ein Kinderspiel. Bei Sigune lief indes nur der Anrufbeantworter. Er sprach kurz auf, daß er sich gerade auf dem Weg von Weimar nach Berlin befinde, es ihm gut gehe, er aber noch nichts in Bezug auf Arthurs Verbleib herausgefunden habe. Er würde sich wieder von Berlin aus melden um zu erfragen, wie es um die anderen stehe. Er war ein klein wenig frustriert, denn er hatte gehofft, direkt mit Sigune sprechen zu können. Dieser Frust verleitete ihn dazu, nun auch bei Hans anzuklingeln. Dieser war zu Hause, und freute sich riesig, von Falk zu hören. Er habe sich schon Sorgen gemacht. Wenn man so allein reise, sei man ja allen möglichen Gefahren ausgesetzt. Die Sicherheitslage des Individuums habe sich ja in Deutschland nicht gerade verbessert. Daß die Zahl der Verbrechen sinke, wäre ja die reinste Augenwischerei. Jedenfalls solange der Anteil der Gewaltverbrechen ständig steige. Gut, daß wenigstens Spätaussiedler in der Statistik völlig unterrepräsentiert seien. Er lachte dröhnend und meinte, Falk solle jedenfalls gut auf sich aufpassen. Der Vereinbarung gemäß habe er übrigens hin und wieder seinen Briefkasten geleert, da sei doch so einiges angekommen, manche Sendungen machten von außen einen irgendwie offiziellen Eindruck. „Ja, was denn zum Beispiel…?" fragte Falk neugierig. Er hatte sich nämlich für Stipendien bei verschiedenen Einrichtungen im Ausland beworben. Da müsse er noch einmal nachschauen. Irgendwas von einer Uni in Kanada, wenn er sich recht erinnerte. Vielleicht wäre es aber auch Australien gewesen. Der Zug fuhr ein, Falk ermächtigte Hans, nach Stipendienbezug aussehende und möglicherweise auf Antwort wartende Briefe zu öffnen, er würde ihn von Berlin aus in Kürze wieder kontaktieren. Dann mußte er einhängen und stieg in den direkt vor ihm haltenden Waggon. „Reservierung nicht notwendig, Sie finden einen Platz", hatte der Schaltermitarbeiter gesagt, und behielt Recht. Nach Leipzig sähe es anders aus. Nun fanden Falk und Bernhard aber sogar ein völlig leeres Abteil, und streckten sich erst einmal bequem aus. An Australien konnte sich Falk nicht erinnern, so viele Stipendien für Geisteswissenschaftler gab es ja nun nicht. In dieser Hinsicht hätte man Physiker oder Chemiker sein müssen, die wußten vor lauter Angeboten wahrscheinlich gar nicht, wofür sie sich entscheiden sollten. Andererseits hatte er wirklich intensiv nach Möglichkeiten für Germanisten und Historiker Ausschau gehalten und manche Bewerbung geschrieben. Aber Australien?

In Leipzig füllte sich der Intercity, in sein Abteil stiegen jedoch nur zwei weitere Personen ein, und das auf den von ihm am weitesten entfernten Plätzen. Vermutlich fürchtete man den Hund gerade wegen des Beißschutzes. „Völlig harmlos, aber so sind die Vorschriften", versuchte er zu beruhigen. Nach nur zweieinhalb Stunden stieg er am Bahnhof Zoo aus. Bevor er sich in irgendeiner Weise auf Berlin einlassen wollte, mußte er aber wieder eine Unterkunft suchen. Mit Hilfe der Touristeninformation fand er ein kleines Hotel in der Nähe vom Savignyplatz. Der Rezeption teilte er mit, eine Woche hielte er sich bestimmt auf. Das letzte Mal, daß er in der Hauptstadt gewesen war, lag schon lange zurück. Genaugenommen kurz nach dem Abitur. Das war nur wenige Jahre nach der Wiedervereinigung, aber immer noch herrschte eine ähnliche Atmosphäre. Vieles war neu entstanden, weiter ausgebaut, verbessert oder restauriert worden. Dennoch wirkten diese impressiven Orte des neuen Berlin mit ihrem architektonischen Glanz und attraktiven Chic wie Inseln. Nach wie vor gab es große Gebiete, die parallel dazu und oft in nächster Nähe im Niedergang begriffen schienen. Immer noch lagen gewaltige Flächen des ehemaligen Grenzstreifens wie eine nicht heilen wollende Wunde mitten in der Stadt. Stumm starrte er in Höhe der Station Gleisdreieck aus einem Fenster der U 2, das nicht völlig zerkratzt war, auf das unter ihm liegende Brachland. Winzige Arbeiter mit ihren Baumaschinen schienen in einem aussichtslosen Kampf mit dem Gelände zu stehen. Am Mendelsohn-Bartholdy-Park stieg er aus und ging zu Fuß zum neuen Potsdamer Platz, um dessen architektonische Gewalt besser auf sich wirken zu lassen. Ein wenig fühlte er sich an Fritz Langs ‚Metropolis' erinnert, und das war vielleicht auch die Absicht der Baumeister gewesen. Das Filmmuseum hätte er gern besucht, doch ließ man ihn mit Hund nicht herein. Er ahnte, daß dies ein allgemeines Problem werden würde. Wenigstens konnte er Bernhard Dank des Maulkorbs überall mit in Busse und Bahnen nehmen. Die großen Museen und Kultureinrichtungen würden ihm jedoch verwehrt bleiben. Und nur des Tiergartens und ähnlicher Auslaufstätten wegen war er nicht nach Berlin gekommen. Er hatte eine Wochenkarte gekauft, aber schon bald drängte sich das Gefühl auf, daß dies vielleicht voreilig gewesen war. Seufzend schaute er zu Bernhard, doch als der treu und ergeben zu ihm aufschaute, dabei den Kopf schräg zur Seite legte, konnte er ihm nicht böse sein. Dann müßte er später noch einmal ohne den Hund wieder kommen. Vielleicht fände sich eine Tierpension oder jemand, der auf ihn aufpaßte. Weggeben konnte er ihn nicht. Nicht unwahrscheinlich, daß er dem Tier sein Leben verdankte. Schon merkwürdig, wie ihre Bekanntschaft zustandegekommen war.

Er fuhr noch zum Alexanderplatz, wo er in einem Medienkaufhaus nach Angeboten stöbern wollte. Wenigstens hier hielt ihn niemand auf, er hatte zuvor schon mit dem Gedanken gespielt, den Hund für ein paar Euro vorübergehend in die Obhut der um den Brunnen versammelten Punker zu übergeben. Nicht wenige besaßen Vierbeiner, und Bernhard hatte in Aussicht auf Spielgefährten schon kräftig an der Leine gezogen. Dann aber war eine alkoholbedingte Streitigkeit ausgebrochen, und Falk hatte lieber einen Bogen um die Gruppe gemacht. Dieser Bogen sollte ihn zur Weltzeituhr führen, und dort glaubte er seinen Augen und Ohren nicht trauen zu können. Direkt unter der Drehskulptur stand die Indioband aus Marburg. Ein Zweifel war ausgeschlossen. Gerade hatte sie mit ‚El Condor Pasa' begonnen.

In der Nacht träumte er von Mathilde, er wachte auf, trank ein Glas Wasser, schaute aus dem Fenster. Er wurde sich bewußt, daß er sie vermißte, und fragte sich, ob er sich wohl ein wenig in sie verliebt haben mochte. Noch wollte er sich das nicht zugestehen, fühlte aber einen immer stärkeren Drang, sie noch einmal im Haus vom Lichtbrunnen aufzusuchen. Was für ein feines Mädchen! Er bekam ein schlechtes Gewissen, sie so schnell nach dem schon für ihn, für sie sicher noch traumatischeren Geschehen allein gelassen zu haben. Er hatte sich nicht einmal ihre Telefonnummer notiert. Er legte sich wieder hin, und im Halbschlaf versuchte er sich zu erinnern, wo das Telefon im Bauernhaus gestanden hatte. Es gelang ihm nicht. Der Rest der Nacht war alles andere als erholsam. Immer wieder kamen ihm Briefe vor Augen, die er öffnen wollte und nicht konnte. Seine Unruhe hielt auch nach dem Aufstehen an, obwohl es ihm nach Dusche und Frühstück etwas besser ging. Er mußte unbedingt herausfinden, was für ein Brief das war, von dem Hans gesprochen hatte. Doch der ging nicht ans Telefon. Bei seinen Überlegungen, wie er am schnellsten nach Münster zurückkäme, fielen ihm die Billigflieger ein. Unter Umständen wäre das kaum teurer als der Zug. Er telefonierte die Gesellschaften durch und fand ein akzeptables Angebot. Einziger Wermutstropfen war, daß er einen Transportbehälter für Bernhard brauchte. Die Rezeptionistin ärgerte sich nur bedingt über seine schnelle Abreise, denn wegen einer in Kürze beginnenden Messe stand das Telefon nicht still. So empfahl sie Falk eine Tierhandlung gleich um die Ecke, wo er eine entsprechende Box fand und erwarb. Vor dem Auschecken versuchte er es noch einmal bei Hans, und jetzt nahm dieser den Hörer ab. „Ja, ich hab' die Post durchgesehen. Wußte gar nicht, daß Du so heiße Verehrerinnen hast. Was da alles abgeht." Er lachte schallend. Sollte Mathilde seine Adresse herausgefunden und ihm geschrieben haben? „Nein, Scherz beiseite. Briefe mit handgeschriebenen Anschriften habe ich nicht aufgemacht." „Was war denn jetzt mit diesem offiziellen Brief, dieser Uni-Sache?" „Da waren mehrere, alles Absagen. Australien war nicht dabei." Hans lauerte. „So ein Mist - gerade habe ich einen Flug nach Münster gebucht!" „Na, das war auch gut so. Also, okay, eine Zusage war dabei." „Ja, was denn?" „Der Ort hört sich so an wie ‚Kitchen' und ist in Kanada. So eine Art Post-Graduierten-Stipendium. Du sollst dich sofort melden!" Falk atmete auf. Also doch die richtige Entscheidung getroffen. Er dankte Hans herzlich, der anbot, ihn am Abend am Flughafen Münster-Osnabrück abzuholen. Falk versprach, sich erkenntlich zu zeigen. „Nicht nötig", wiegelte Hans ab. „Dimitri und Iwan müssen zusammenhalten." Falk wußte auch nicht, warum ihn der Spät-

aussiedler manchmal so nannte, der Name kam ihm wie ein ihre Freundschaft betonendes Kosewort vor, vielleicht war es aber auch nur eine nicht bös gemeinte Retourkutsche dafür, daß er Hans zuweilen mit ‚Iwan' ansprach. Wohlgemerkt als einziger so ansprechen durfte. Bald fuhr er mit dem Taxi nach Tegel, das gönnte er sich jetzt einfach mal vom bislang ja kaum angetasteten Reisegeld. Er hatte auch keine Lust, sich mit großem Rucksack, Hund und Transportbehälter durch die Gegend zu bewegen. Das Einchecken und der Flug verliefen unproblematisch, wenn man davon absieht, daß sich Bernhard mächtig sträubte, als er von seinem Herrchen getrennt werden sollte. Aber Falk gab ihm ein Beruhigungsmittel, das ihm der Berliner Tierhändler noch in die Hand gedrückt hatte, und so hatte der Hund keine andere Wahl, als sich in sein Schicksal zu fügen. Während des Fluges dachte Falk noch einmal angestrengt über den Brief der kanadischen Universität nach. Er erinnerte sich jetzt wieder, sich auf ein interessant klingendes Stipendium einer ihm bis dato dem Namen nach unbekannten Hochschule beworben zu haben. Trotz der Anzahl seiner Bewerbungsschreiben - unübersichtlich war die nun auch wieder nicht - fragte er sich, wie er das hatte vergessen können.
Der treue Hans wartete schon am Flughafen, und bald saßen sie in seinem Auto und fuhren durch den einsetzenden Regen in Richtung Domstadt. „Du warst lange unterwegs. Jetzt beginnt schon bald der Herbst. Bin ja mal gespannt, was Du so alles erlebt hast." Falk war alles andere als in Redelaune, wollte aber nicht unhöflich sein. So erzählte er ein wenig von seiner Kanufahrt auf der Lahn und vom Aufenthalt in Marburg. Er hätte natürlich noch viel mehr erlebt, sei jetzt aber ziemlich erschöpft. Das ließ Hans gelten, aber nicht als Entschuldigung gegen ein Bier um die Ecke bei Falk. In seiner Wohnung im Kreuzviertel stürzte dieser sich als erstes auf den Brief aus Kanada. Er war vom Department of German der University of Kitchener - aus der gleichnamigen Stadt - abgesandt; er sei in die engere Auswahl für ein umfangreich ausgestattetes, zunächst auf ein Jahr befristetes Graduierten-Stipendium gekommen. Sein interdisziplinäres Vorhaben zwischen Germanistik, Geschichte und Film passe voll zu ihrem Trend. Es sei jedoch notwendig, daß er persönlich vor der Kommission vorspräche. Zu den Reisekosten würde ihm ein Anteil zugeschossen, der diese weitgehend abdeckte. Zwei Termine wurden zur Auswahl gestellt, von denen der erste in vier, der zweite in sechs Wochen war. In jedem Falle solle er sich unverzüglich melden und mitteilen, ob er noch grundsätzlich an diesem Stipen-

dium interessiert sei. Da Falk noch nie ein solches Angebot erhalten hatte, vergaß er erst einmal für einen Moment alles andere. Er jauchzte, sprang in die Luft, schlug mit dem Handrücken gegen das Papier, umarmte Hans und tanzte jubelnd durch das Zimmer. Bernhard hüpfte auf und nieder, und mischte lautstark bellend mit. So hatte er sein neues Herrchen noch nicht erlebt. Nur jedes Mal, wenn Falk Hans in die Arme schloß, knurrte er. Die engste Beziehung sollte Falk schließlich mit ihm pflegen.

Man hatte es nicht zu lang werden lassen in der Eckkneipe, und am nächsten Tag versuchte Falk, sich erst einmal zu sammeln. Er hatte sein Zimmer zwar ordentlich hinterlassen, doch nach Auspacken seines Rucksacks war das ein oder andere zu sortieren, darüber hinaus begann er, Stellen zu suchen, an denen irgendwie noch etwas aufzuräumen war. Immer, wenn schwierige Entscheidungen anstanden, oder komplizierte Dinge in seinem Kopf herumgingen, flüchtete er sich in diese scheinbar nicht notwendigen Tätigkeiten. Eine gewisse Nähe zum Appetenzverhalten von Tieren war wahrscheinlich nicht auszuschließen. Als er den leeren Rucksack auf die Schrankwand legte, stieß dieser an etwas Schweres. Falk kletterte auf einen Stuhl und sah, daß es sich um seinen Wilkinson handelte. Es lag schon einige Zeit zurück, daß er ihn das letzte Mal in der Hand gehalten hatte. Er zog den Säbel behutsam aus der Scheide und ließ ihn ein paar Mal in Schwüngen durch das Zimmer sausen. Dabei traf er die äußere Kante der rechten Schrankwandtür. Der oberste Klingenteil ging durch das schwere furnierte Sperrholz wie durch Butter. ‚Mist', dachte er und besah den Schaden. Na, das müßte man hoffentlich mit Holzpaste unauffällig zuschmieren können. Es war wohl wieder etwas Training angesagt. Vielleicht frühmorgens, wenn die anderen Hausbewohner noch schliefen, im kleinen Garten. Dieser war etwas verwahrlost und wurde von niemandem recht benutzt, wobei Falk nicht wußte, was hier Ursache oder Folge war. Er reinigte die Klinge und rieb sie mit einer Schutzpaste ein, bevor er sie wieder in die Scheide zurückführte.

Den ersten Termin in Kitchener in vier Wochen wahrzunehmen unterstrich vielleicht sein Interesse an am Stipendium und könnte sich positiv auf einen Zuschlag ausüben. Sechs Wochen klangen aber sympathischer. Er war noch nie so weit geflogen. Außerdem mußte er unbedingt vorher bei Mathilde vorbei. Das ginge zwar auch innerhalb von vier Wochen. Aber der zweite Termin fände in jedem Fall ja auch statt. Man könnte besser vorbereitet sein. Und zu dem Zeitpunkt hätten die Kommissionsmitglieder die zum ersten Termin Erschienenen vielleicht schon wieder vergessen. Jedenfalls wäre man bei der anschließenden Entscheidung noch präsenter. Schwierig. Er kaufte etwas ein, und rief dann Sigune an. Das sei ja schön, mal von ihm zu hören. Erst kürzlich habe sie erst von Lance, dann von Jannifer gehört. Man ließe sich offensichtlich Zeit mit dem Kontaktieren. Es seien ja schon viele Wochen vergangen. Ob er schon etwas von Eric gehört habe. Er verneinte. Und wo er denn jetzt überhaupt stecke? „In Münster", sagte Falk. Das gäbe es doch wohl nicht. Da reisten die anderen um die Welt, und er hätte noch nicht einmal die Stadt verlassen. Offensichtlich hatte sie seine Nachricht vom Weimarer Bahnsteig nicht abgehört. Einen Moment überlegte Falk, ob er sie in dem Glauben lassen sollte, wollte dann aber doch fair sein. Nein, so sei es nicht. Er habe eine kleine Deutschlandreise gemacht. Wahnsinnig weit sei er nicht gekommen, Ergebnisse habe er auch noch nicht vorzuweisen. Erst gestern Nacht sei er zurückgekehrt, bliebe vermutlich, abgesehen von einer Kurzreise ins Münsterland, aber die nächsten Wochen in der Domstadt. Sigune gab ihm die Telefonnummern von Lance und Jannifer, er notierte sie und gelobte, sich umgehend mit den beiden in Verbindung zu setzen. Falk fragte, wie es ihr denn selbst ginge. Er wollte nicht den Anschein entstehen lassen, daß Sigune ausschließlich als Relaisstation diente. Nicht so gut, wie sie erhofft habe, meinte sie. Dann wurde sie etwas still. Falk wußte, daß die Sache mit Xian sie immer noch sehr bedrückte. Ein Umzug kann in solchen Lagen zwar erleichternd wirken, und dennoch kamen neben den Möbeln auch immer alte Gedanken und Gefühle mit an den neuen Ort. Sie verabschiedeten sich herzlich, und Falk versprach, ab jetzt regelmäßiger anzurufen.

Am nächsten Tag stand er wie geplant früh auf und machte im Garten Fechtübungen. Als letztes zerschlug er ein paar leere Kartons, die er im Keller gefunden hatte. Das klappte alles ganz gut, aber zweifellos mußte er seine Technik wieder verbessern. Es war ja nur der Anfang. Nach dem Frühstück schrieb er an die Universität von Kitchener, daß er sich riesig über die Einladung freue und das Angebot sehr schätze. Kein Stipendium läge ihm so sehr am Herzen wie das ihm von dort in Aussicht gestellte. Leider könne er aber am ersten Termin wegen wichtiger anderer Verpflichtungen nicht teilnehmen, habe sich allerdings schon online nach guten Verbindungen für den zweiten erkundigt. Danach ging er mit Bernhard über den Cherusker-

Ring zum nördlich davon liegenden Wienburgpark, wo er das Tier endlich einmal von der Leine lassen konnte. Bernhard zischte bald hier hin, bald da hin, kam in regelmäßigen Abständen aber immer wieder zu Falk zurück, so als wolle er sich vergewissern, daß sein Herr und Meister noch da sei. Dieser merkte, wie ihn zusehends eine tiefe Unruhe erfüllte. Der Drang, Mathilde aufzusuchen, wurde immer stärker. Dazu belastete ihn die Frage, wie es wohl um Arthur stand. Seine bisherige Suche, wenn man sie denn so nennen wollte, hatte zu nichts geführt. Im Hinblick auf die Hilfe für den Freund hätte er genauso gut zu Hause bleiben können. Gleichwohl wollte er doch die Erlebnisse, auch die problematischen, nicht missen.

Und nun stand die Reise nach Kanada an. Er wußte auch nicht, woher er die Sicherheit nahm, aber irgendwie fühlte er sich so, als habe er das Stipendium schon fest in der Tasche. Kanada würde aber auch heißen, daß er sich nicht mehr in dem ihm zugedachten Land um Arthurs Rettung kümmern konnte. Er erschrak bei dem Gedanken, wie weit der Freund und sein Schicksal schon von ihm lagen. Mitunter hatte er gar nicht mehr daran gedacht! Niemand konnte aber mit Bestimmtheit sagen, daß sein Los tatsächlich ‚Deutschland' war. Die Verteilung war doch reiner Zufall gewesen. An Stelle der anderen hätte er sich auch an deren Los geklammert. Selbst wenn alles seine Richtigkeit gehabt hätte, so meinte er sich zu erinnern, daß die einem zugefallenen Länder nur Startpunkte waren. Wenn man nicht weiterkäme, müßte eine Fortsetzung der Suche anderswo auf der Welt doch statthaft sein. Das ganze kam ihm ohnehin immer absurder vor. Ohne richtige Spuren war eine Suche im Grunde ja gar nicht vorzunehmen, konnte nur ins Blaue gehen, und war damit völlig abhängig von Zufällen. Ein Zurück gab es jetzt auch nicht mehr. Die eigentlich zuständigen Behörden für so etwas würden mit äußerster Verwunderung reagieren, wenn man sich erst jetzt meldete. Läge eine echte Gefährdungssituation für Arthur vor, und davon waren sie ja alle nach Video und Fingerspitze ausgegangen, hätte die sich vermutlich auch nicht verändert. Man steckte also fest. Auf dem Rückweg holte er sich in einer Bäckerei ein Stück Pflaumenkuchen und kochte sich zu Hause einen Kaffee dazu. Es war noch ein recht schöner Tag geworden, und nun tauchten die Strahlen der langsam sinkenden Sonne die seinem Zimmerfenster zugewandten Häuser und Gärten in ein pastellenes Licht. Am Abend versuchte er Lance anzurufen. In Los Angeles war es früher Vormittag, ein Raymond kam ans Telefon und bestätigte, daß ein Lance bei ihm wohne. Er hätte ihn jedoch seit zwei Tagen nicht mehr gesehen. Jannifer erreichte er auch nicht in dem Hotel, wo sie untergebracht war. Wenigstens konnte er eine kurze Nachricht hinterlassen, daß er wieder in Münster war, und in Bezug auf Arthur nichts habe herausfinden können. Er probierte es auch noch im Metropolitan Museum, doch das hatte Ruhetag.

22. Der Überfall

Der Crown Victoria startete mit einem kräftigen Rumms, summte dann aber lammfromm, als Lance den Berg wieder hinabfuhr auf den Pacific Coast Highway. Das Wetter war wie am Vortag, strahlend blauer Himmel, das Meer machte einen einladenden Eindruck. Wind war heute allerdings nicht feststellbar, daher lag es breit und ruhig. Der ‚Stille Ozean' eben, dachte Lance. Obschon Wochentag, war der Highway 1 jetzt gegen elf Uhr nicht sehr dicht befahren, und so konnte er immer wieder seine Augen von der Straße über den Strand hinweg zum spiegelartigen Wasser schweifen lassen. Was für eine eigentümliche Begegnung dies gewesen war! Als einfacher Bote war er gewissermaßen in einem Dienst für seinen Schwiegervater in spe nach Malibu aufgebrochen, und dort in ein höchst merkwürdiges Verhältnis hineingeraten. Beziehungsweise vielleicht sogar Teil eines solchen geworden. Er fragte sich weniger, welche Beziehung Loren und Michelle zueinander hatten, als sich selbst, in welcher Bedeutung er zu ihnen stand. Dies hing ja ganz entscheidend - jedenfalls sah er das so - davon ab, was tatsächlich passiert war in der Nacht. Was die Frauen mit ihm beziehungsweise er mit den Frauen gemacht hatte. Es war aber auch zu entsetzlich: er konnte sich wirklich an gar nichts erinnern, seit er mit den beiden in die Dusche gestiegen war. Was war bis zu seinem Aufwachen auf der Lagerstatt geschehen? Hatte er Jannifer etwa betrogen? Das wüßten nur Loren und Michelle. Selbst wenn es nicht zu erotischen Aktionen gekommen wäre, so könnte er Jannifer wohl kaum je von dem Vorfall erzählen. Andererseits hatten die beiden ja auch irgendwie Recht. Er hatte wirklich keine Ahnung, was Jannifer ihrerseits so trieb. Er scheute davor zurück, sich die Entdeckung zuzugeben, eine leichte Distanzierung zu Jannifer bei sich zu verspüren. Loren und Michelle waren jede auf ihre eigene Weise sehr attraktive Mädchen. Voller Charme und Esprit, humorvoll, klug und anmutig zugleich. Gleichwohl waren sie sehr verschieden voneinander. Und so sehr sie offensichtlich das Talent hatten, gut bis eher sehr gut miteinander auskommen zu können, wenn sie dies nur wollten, so besaßen sie auf der anderen Seite auch das Potential zu einem guten und ausdauernden Streit. Offensichtlich verband sie ein gutes, wenn auch nicht immer einfaches, jedenfalls langjähriges Verhältnis. Zumindest schien das so. Beide waren, wie sein Beispiel zeigte, offen für weitere Partner, oder besser gesagt, weitere Elemente in ihrer Partnerschaft. Als er wieder das Stadtgebiet von Santa Monica erreicht hatte, kam ihm in den Sinn, daß Michelle in gewisser Weise Symbol für das aktuelle Frankreich, Loren dagegen für Deutschland war. Beide Länder hatten sich an einer je spezifischen Einwanderungsproblematik abzuarbeiten. Sowohl Michelle als auch Loren hatten einen Elternteil aus der jeweils größten Einwanderergruppe ihrer jeweiligen Länder. Frankreich und Deutschland hatten heute ein gutes und inniges Verhältnis, jedoch nicht frei von Spannungen und Labilitäten. Argwohn und Neid gab es jedesmal, wenn eines der Länder ein drittes temporär als weiteren wichtigen Partner auswählte. Sofort wurden die vermeintliche Verschiebung von Achsen und die Etablierung neuer Allianzen unterstellt. Dazu war der Wunsch der Politik jeweils größer als der Wille des Volkes. Gleichwohl war es bewundernswert, wie die beiden Länder ihre von alters hergebrachte Erbfeindschaft in eine fruchtbare Partnerschaft nicht nur für sie selbst, sondern vor allem für das maßgeblich von ihnen begründete neue Europa umgewandelt hatten. Er war völlig zwiegespalten. So sehr er auch befürchtete, einen Seitensprung - und dann auch noch einen doppelten - begangen zu haben, so sehr war ihm doch daran gelegen, zu wissen, was passiert und wie es passiert war. Die Ungewißheit machte ihn wahnsinnig. Und fragen hätte er weder Loren noch Michelle können, ohne sein Gesicht zu verlieren. Es war ihm nichts anderes übriggeblieben, als gute Miene zum unbekannten Spiel zu machen.

Jetzt war er im Kern von Santa Monica angelangt und beschloß, eine kleine Pause einzulegen. Er parkte in der Nähe der Third Street Promenade, neben dem berühmten Pier touristisches Zentrum. Er wanderte die Einkaufsstraße hinauf, schaute in das ein oder andere Geschäft und nahm schließlich einen Imbiß in einem Schnellrestaurant. Als er herauskam blieb er kurz vor einem evangelistischen Prediger stehen, der zwischen Straßenkünstlern und Musikern einen Vortrag über die zahlreichen Möglichkeiten hielt, wie man in die Hölle kommen könne. Zur Demonstration nutzte er ein großes buntes Schaubild, auf das er unter Quellenangabe verschiedene Bibelhinweise mit Bezug zur ewigen Verdammnis aufgemalt hatte. Ähnlich einem Bänkelsänger im Mittelalter zeigte er mit einem Stock auf die einzelnen Textstellen und die begleitenden Bilder, deutete dabei den Umstehenden unmißverständlich an, daß sie bereits auf direktem Weg in die Hölle seien, so sie nicht sofort die noch so eben bestehende Chance auf Umkehr ergreifen würden. Das Beste war eine Art Schaufensterpuppe, die in abgetragener Kleidung gehüllt mit dem Gesicht zum Teer vor ihm lag. Sie diente als Beispiel für einen unrettbaren Sünder. Lance ging ebenso kurz wie lustlos noch in weitere Geschäfte und gleich wieder hinaus. In einer kleinen Mall am Anfang der Third Street Promenade versuchte er noch einmal, Jannifer anzurufen. Er ließ es ein paarmal klingeln, legte dann aber erschreckt auf, ohne abzuwarten, ob sie diesmal aufnehmen würde. Was wäre, wenn sie es täte? Er wußte nicht, ob er den Mut und die Contenance haben würde, sich nichts von seinem Besuch bei Loren und Michelle anmerken zu lassen. Er fuhr die Ocean Avenue hinab und dann über die sich parallel anschließende Main Street durch Venice nach Marina Del Rey, wo er den großen Yachthafen bewunderte. Von dort aus gelangte er über den Lincoln Boulevard zur Sepulveda Street, über diese dann in südlicher Richtung am Flughafen vorbei auf den Highway 105. Sein Fahren war nur scheinbar ziellos, es gehörte zu seinem Plan, sich weitere ihm noch unbekannte Teile der Stadt zu erschließen. Und dazu zählte nun einmal auch der nicht gerade problemfreie Südteil der Stadt, durch den er sich jetzt auf der Sicherheit einer mehrspurigen Autobahn in östlicher Richtung bewegte. An der Wilmington Avenue bog er ab und fuhr diese nach Norden, bis er Hinweisschilder zum Watts Tower entdeckte. Er folgte den Schildern und kam bald zu den Türmen in der Nähe der 103. Straße und der an ihr gelegenen Kenneth-Hahn-Station der Metro Rail. Die eigentümlichen miteinander verbundenen Strukturen, von denen die höchste 30 Meter hoch ist, waren vom italienischen Einwanderer Simon Rodia in einem Zeitraum von über 33 Jahren gebaut worden. Lance durchwanderte die eigenartigen Strukturen, die aus Stahlrohren, Stangen und mit Mörtel bedecktem Maschendraht bestanden. Vielfach waren Porzellankacheln und Glasstücke eingelassen, als verzierende Gegenstände funktionierten Bettgestelle, Flaschen, Schrott und Seemuscheln. Viele Stücke hatte Rodia aus der Malibu Pottery mitgebracht, wo er für viele Jahre arbeitete. Nicht alle waren seinerzeit von seinem Werk begeistert, immer wieder trieben Vandalen ihr Unwesen, bis der Erbauer entnervt aufgab und die Stadt für immer verließ. Nur dem Engagement begeisterter Filmleute war es zu verdanken, daß der geplante Abriß durch die Stadt verhindert werden konnte. Lance versuchte, sich in die Gedankenwelt dieses einfachen italienischen Arbeiters hineinzufinden, der diese außergewöhnliche Struktur geschaffen hatte. Er wußte nicht, warum es ihm nicht gelang, sich von der Anlage zu lösen. Viel länger als es der normale Tourist tun würde - so er überhaupt diese Ecke aufsuchte - hielt er sich auf, besuchte auch das naheliegende Kunstzentrum. Er fühlte, daß er seine Gedanken ordnen mußte, so schwer ihm dies auch fallen mochte. Ohne sich dessen bewußt zu werden, lief er einfach zu Fuß los entlang der 107. Straße. Bilder von Jannifer, vor allem aber von Lorens Haus, ihr selbst und Michelle drehten sich wild in seinem Kopf. Er wollte, mußte mit Jannifer in Kontakt treten. Vermißte er sie doch stärker, als er es zwischenzeitlich gemeint hatte? Oder war es sein schlechtes Gewissen? Gleichzeitig spürte er einen starken Sog hin zu Michelle und Loren. Das war ja schon das Unerhörte an sich. Hatte er sich etwa in beide Frauen gleichzeitig verguckt? Mit zunehmendem räumlichen Abstand kamen sie ihm immer weniger real vor. Doch sie waren total real. Und egal, was er bei ihnen gemacht hatte beziehungsweise was mit ihm dort geschehen war, die Atmosphäre hatte ihm sehr gefallen. Es störte ihn auch nicht, daß die beiden offensichtlich untereinander ein intimes Verhältnis unterhielten. Ein Schauer durchfuhr ihn. Dies mußte auf jeden Fall erstmal sein Geheimnis bleiben.

Die Luft war angenehm, fast sanft. Er wußte nicht, was ihn trieb, aber er ging immer weiter, Block für Block. Welch einen Kontrast bildeten die einfachen kleinen Häuser auf beiden Seiten der Straße zu dem, was er vor wenigen Stunden noch in Malibu an Behausungen hatte sehen können. Gruppen von Kindern, auch sehr kleinen, spielten direkt an der Straße, liefen um parkende Autos herum, und niemand schien in sonderlicher Sorge um sie zu sein. Alte Männer saßen auf Korbstühlen auf den vergilbten Rasenflächen, manchmal waren mehrere Nachbarn oder Freunde zusammengekommen. Ebenfalls gestandenere Frauen waren mit Hausarbeiten beschäftigt oder kümmerten sich um die ganz Kleinen, zum Teil im Kinderwagen Liegenden. Eine Generation mittleren Alters war nicht auszumachen. Die Straße schien auf einen Bahnkörper zuzuführen, an dem sie offensichtlich endete. Daher bog Lance schon vorher nach rechts in eine Seitenstraße ab, um im großen Bogen wieder langsam zu seinem Auto zurückzukehren. Es fiel ihm schwer, sich zu konzentrieren, und die nächsten Schritte seines Aufenthaltes zu planen. Lediglich was eine Tätigkeit für Jannifers Vater anging, hatte er einen festen Entschluß gefaßt. Nämlich den, eine solche keinesfalls aufzunehmen. Er würde weiter versuchen, Jannifer anzurufen, vielleicht schon gleich nach seiner Rückkehr. Gleichzeitig fürchtete er sich ein wenig vor dem Gespräch, denn die Nacht bei Michelle und Loren war sicher nicht etwas, über das er berichten könnte. Andererseits, und das war das einzig Tröstliche, wußte er ja gar nicht was geschehen war. Vielleicht war ja überhaupt nichts geschehen, außer daß er die Cocktails nicht vertragen hatte.

Aber die Duscherei? Mmh, man mußte ja nicht alles sagen. Vielleicht konnte so etwas ja wirklich einmal passieren. Er kicherte innerlich, und fragte sich, ob er eher ein Schuft oder verwegen war. Man wußte ja auch in der Tat nicht, warum Jannifer nicht zu erreichen gewesen war. Hoffentlich hatte das nicht schlimmere Gründe als eine ‚harmlose' Duscherei. Mit dem war er an die nächste etwas größere Querstraße gestoßen, die er nun nach rechts beschreiten wollte. Santa Ana Boulevard hieß die, und wich in ihrem Verlauf offensichtlich vom Schachbrettmuster ab, indem sie diagonal das Wohnviertel durchschnitt und wieder auf seinen Ausgangsort zulief. Im sicheren Gefühl, unschwer wieder zurückzufinden, hatte er den Kopf halb gesenkt gehalten. Vielleicht unbewußt, um weniger abgelenkt zu werden und sich stärker konzentrieren zu können. Denn es war ihm wieder sein eigentlicher Auftrag, der ihn überhaupt erst nach Amerika geführt hatte, in den Sinn gekommen. So bemerkte er nicht, oder viel zu spät, wie eine Gruppe von vier jungen Männern ihm direkt entgegenkam. Als er aufschaute, registrierte er sofort, daß dies kein normales Aneinandervorbeigehen werden würde. Die jungen Männer, in weite Hosen und Jacken gekleidet, zum Teil mit blinkenden Ketten behängt, zwei von ihnen trugen Bandanas, warfen sich schnell offensichtlich bedeutungsvolle Blicke zu und tauschten mit den Fingern gemachte Zeichen aus. „Hallo Bruder, können wir dir helfen?" meinte der Kleinste von ihnen. Ein anderer, mit großem blinkenden Goldzahn assistierte: „Sieht so aus, als ob Du dich verlaufen hast!" Jeder schien Rederecht zu haben und so meinte der dritte: „Wir sind immer nett zu Fremden, die zu unserer Nachbarschaft gefunden haben. Nicht wahr, Freunde?" Und so komplettierte der vierte: „Aber eigentlich verirrt sich ja niemand in unsere Nachbarschaft. Jedenfalls verläuft sich niemand. Und warum? Weil niemand in L.A. läuft!" „Genau, und deshalb scheint hier irgendetwas nicht zu stimmen.", meinte der erste gespielt nachdenklich. „Ja, stimmt, aber hilfsbereit wollen wir trotzdem sein." „Klar, und deshalb müssen wir unseren Bruder hier ein wenig für seine Unvorsichtigkeit bestrafen." „Na na, wer spricht denn von bestrafen? Wir wollen ihm helfen, so nett sind wir nun mal. Aber in diesem besonderen Falle muß er eben etwas für diese Hilfe bezahlen." Alle lachten herzlich und beglückwünschten sich gegenseitig zu der ausgezeichneten Erörterung. Lance wurde kreidebleich. „Ich kann euch gerne etwas Geld geben, wenn ihr mir bestätigen könntet, daß dies der richtige Weg zurück zu den Watts Towers ist." Seine Stimme überschlug sich fast dabei. „Du hast Nerven Bruder, uns etwas Geld anbieten, hahaha!" Mit dem packte ihn einer der vier mit der Faust am Hemdkragen und drehte diese so um als wolle er ihn mit dem angewinkelten Arm hochheben. Da gewahrte Lance eine Gruppe von wiederum vier jungen Männern, die auf der anderen Straßenseite, aber ebenfalls in Richtung auf sie zugingen. Den Kopf zu ihnen drehend schrie er: „Da sind meine Freunde. He, guckt mal!" Er hatte nicht erwartet, daß die Männer auf der anderen Straßenseite tatsächlich in irgendeiner Form zu seiner Hilfe kommen würden, und dennoch war es seine einzige Chance, seine Angreifer einen Moment abzulenken. Und diesen einen Moment nutzte er, um seinen Autoschlüssel in den dichten Busch neben dem er stand gleiten zu lassen. Ohne abzuwarten, ob es sich bei den Männern auf der anderen Straßenseite wirklich um Bekannte ihres Opfers handelte, hatten die anderen drei dasselbe blitzschnell umstellt, einer riß ihn am Hals nach hinten, ein anderer, vielleicht auch derselbe, rammte ihm sein Knie in den Rücken, irgendjemand trat ihm von hinten in die Kniekehle. Er sank blitzschnell zusammen wie ein gefällter Baum. Einer hatte ihm die Hände auf den Rücken gedreht, ein anderer - vielleicht auch wieder derselbe - saß auf seinen Beinen. Sein Kopf wurde zurückgerissen, er hörte ein Schnappen und dann sah er direkt vor seinem linken Auge die Schneide eines aufgeklappten Rasiermessers. Einer der Angreifer hockte vor ihm und meinte mit gespielter Anteilnahme: „Wie kann man nur so blauäugig durchs Leben gehen? Oder in deinem Fall, braunäugig. Hoffen wir nur, daß es nicht bald einäugig wird. Aber das wollen wir ja auch nicht." Lance sah mit dem linken Auge - das rechte war durch die messerhaltende Hand verdeckt - gleichsam ober- und unterhalb an der Klinge vorbei auf die langsam vorüberschreitende Gruppe auf der anderen Straßenseite. Sein Mund war frei, und doch dachte er nicht eine Sekunde daran, um Hilfe zu schreien. Als gäbe ihm die lebensbedrohliche Situation außergewöhnliche Fähigkeiten, zoomte er regelrecht in die Gesichter der doch weitentfernten Gruppe. Sein Blick traf besonders den eines hochgewachsenen schlanken schwarzen Mannes. Dieser schaute ihn mit einem Ausdruck von Traurigkeit und Hilflosigkeit an. Dann war die Gruppe aus seinem Sichtfeld. Entscheidend war, daß ihm niemand half, vielleicht auch nicht helfen konnte. Es entzog sich völlig seiner Kenntnis, ob die vier Männer auf der anderen Straßenseite ebenfalls zur ihn überfallenden Bande gehörten, oder rein zufällig zur gleichen Zeit vorbeikamen. Er wußte nicht, ob sie ihm hatten helfen wollen, aber sofort erkannten, daß dies unmöglich sei, wolle man nicht das Augenlicht des Opfers riskieren. „Na Bruder, wo ist denn der Zaster? Wir sind allerdings modern, und nehmen auch Kreditkarten." „Ich...hier im Hemd... und die Hose..." „Na, beweg' dich mal nicht, das könnte ja gefährlich werden! Wir kümmern uns schon darum!" Lance schielte mal unter der Klinge her, mal über ihr. Er merkte, wie er begann, am ganzen Leibe zu zittern. Die Szene aus dem Film ‚Ein Andalusischer Hund' von Buñuel und Dalí zuckte durch seinen Kopf. Ein Mann mit einem Rasiermesser spreizt Unter- und Oberlid des Auges einer Frau auseinander, dann ziehen langgestreckte Wolken vor dem Mond vorbei, dann schneidet die Klinge durch das Auge der Frau. Er merkte, wie ihm schlecht wurde. Mit aller Macht versuchte er das Gefühl zu unterdrücken, denn nur eine leichte ruckartige Bewegung seinerseits hätte sofort seine Pupille mit der Schneide des Rasiermessers in Berührung bringen können. Wie betäubt merkte er, wie ihm einer den Geldbeutel aus der Tasche zog. Ein anderer wühlte in seiner Hemdtasche herum, und zog deren Inhalt heraus. Man nahm das Bargeld und die einzige Kreditkarte, die Lance besaß und sich überdies erst vor kurzem zugelegt hatte, an sich, und warf das Portemonnaie auf den Bürgersteig. „Hey, hat jemand schon mal so etwas gesehen?" „Das sind Traveler Schecks, Stupido!" „Traveler Schecks? Dann kommt der Typ wohl aus dem Ausland...das wird ja alles immer noch merkwürdiger!" „Ach, was soll's, L.A. ist eine internationale Stadt. So international zum Glück, daß Traveler Schecks hier wie echte Knete gehandelt werden. Unser Freund muß nur unterschreiben, nicht wahr?" „Nimm das Messer jetzt mal weg, Dime, der unterschreibt jetzt auch so brav." „Nenn' mich nicht noch einmal bei meinem Namen, Du Arschloch, sonst fehlt dir ein Auge!" schrie das ‚Dime' genannte Bandenmitglied seinen Kumpanen an. Dennoch nahm er das Messer weg, man ließ Lance los, der schwerfällig seine Glieder zusammenzog und weiter zwanghaft ein Übergeben unterdrückte. Er mußte sich hinknien, dann hielt ihm jemand seine Traveler Schecks vor die Nase, drückte ihm einen Kuli in die Hand, und er unterschrieb ohne nachzudenken alle Schecks. Die Bandenmitglieder standen auf, einer klopfte mit der Hand auf die Schulter ihres knienden Opfers. „Bruder, wo Du dich so erkenntlich gegenüber den Bewohnern dieser Nachbarschaft zeigst, wollen wir dir auch eine Antwort nicht schuldig bleiben. Ja, gehe einfach in dieser Richtung weiter, und Du kommst ungefähr wieder zu den Watts Towers." „Moment mal, hast Du da dein Auto geparkt?" „Ich bin ohne Auto da, bin mit der Metro gekommen." „Naja, einen Schlüssel haben wir ja auch nicht gefunden. Wollen wir's mal glauben." „Haben uns jetzt auch schon viel zu lange mit dir abgegeben und uns hier aufgehalten. Dann genieß' mal unsere Stadt weiterhin, hehe!" Die vier rannten im Laufschritt davon und waren bald um die nächste Ecke verschwunden. Lance beugte sich in den Rinnstein, und konnte sich endlich übergeben. Als er sich wieder aufrichtete stand eine ältere schwarze Frau neben ihm und reichte ihm ein Tuch. „Oh Gott, oh Gott, was ist nur mit dieser Stadt und den jungen Männern! Es wird alles immer schlimmer, diese Banden, es ist so schrecklich!" Lance konnte nicht antworten, er nickte aber dankbar und wischte sich ab. „Sie armer, armer Mensch! Sicher sind Sie gar nicht von hier. Hier leben so viele nette Menschen, aber wir kommen alle einfach gar nicht mehr dagegen an. Hätt' Ihnen auch woanders passieren können, aber schlimm ist, daß es fast vor meiner Haustür war! Kann ich irgendetwas für Sie tun?" Lance schüttelte den Kopf. „Danke, Sie sind ein sehr guter Mensch!" Er steckte das leere Portemonnaie wieder ein und tastete am Boden des Busches nach seinem Schlüssel, fand ihn rasch und nahm ihn an sich. „Gut, daß sie den nicht auch noch gefunden haben!" kommentierte die ältere Dame. Lance rappelte sich auf und klopfte den Staub von seinen Beinen. „Alles Gute!" sagte die Lady. Die Polizei zu holen, schlug sie nicht vor. Sicher wäre das nicht nur sinnlos gewesen, sondern hätte für sie selbst lebensgefährlich werden können. „Auch Ihnen alles Gute", sagte Lance und ging los. ‚Auf Wiedersehen' wäre in diesem Fall der falsche Abschiedsgruß gewesen. Lance war wie betäubt, er stolperte vor sich hin, drehte sich jedoch dabei noch ein paar Mal, um sich zu vergewissern, daß ihm niemand der Angreifer folgte. ‚Was soll ich jetzt tun?' fragte er sich. Sollte er selbst die Polizei rufen? Was würde es bringen? Er konnte allerdings keinen klaren Gedanken fassen und taumelte immer weiter vor sich hin. Ob man mit den Traveler Schecks was anfangen konnte, wagte er zu bezweifeln. Andererseits gab es ja genügend korrupte Elemente im Bekanntenkreis der Täter, wo so etwas vielleicht schon ermöglicht werden konnte. Die Kreditkarte würde er noch heute telefonisch sperren lassen. Das Bargeld - blöd, ja - aber soviel war es zum Glück auch wieder nicht gewesen. Glück im Unglück. Er lebte, und hatte anders als das Mädchen im ‚Andalusischen Hund' noch beide Augen. Als er zu seinem Auto kam, drehte er sich zunächst vorsichtig in alle Richtungen um, um sicherzugehen, daß wirklich niemand der Angreifer zu sehen war. Dann schloß er blitzschnell auf, stieg ein und machte sofort die Knöpfchen in den Türen wieder herunter. Startete den Motor, gab Gas und schoß mit quietschenden Reifen davon. Er fuhr links rechts links rechts links, irgendwann war er auf einer großen Straße, vielleicht Manchester. Er fuhr in westlicher Richtung, bis er an die Western Avenue kam. Die Autobahn, obwohl er direkt eine Auffahrt passiert hatte, vermied er. In seinem gefühlsmäßigen Zustand keine gute Idee. Als er auf Western weiter nach Norden kam, und ihm die Gegend wieder bekannter schien, beruhigte er sich langsam. Richtig jedoch erst, nachdem er den Highway 10 überkreuzt hatte. Mittlerweile war es dunkel geworden, und die Schwärze der Umgebung schien gleichsam in und durch seinen Kopf zu dringen. Er fühlte eine entsetzliche Leere. Wenn er nur bloß heil zu Raymonds Appartement in der Ivar Street kommen würde! Er sollte es nicht. Als er, um die großen Boulevards zu vermeiden, nach links in eine kleinere Parallelstraße abbiegen wollte, raste von dort ein Auto, dessen Fahrer ihn offensichtlich nicht gesehen hatte, mit einem derartigen Tempo auf ihn zu, daß er beim Gasgeben das Steuer verriß, von der Fahrbahn abkam, über den Bürgersteig segelte und am Rande eines Parkplatzstreifens in die Ecke eines Gebäudes krachte. Er rangierte sofort zurück, was glücklicherweise möglich war, und stellte den Crown Victoria auf einen der Parkplätze am Gebäude. Benommen blieb er einfach am Steuer sitzen. Glücklich war er erstmal nur darüber, daß sowohl ihm nichts fehlte als daß auch niemand anders zu Schaden gekommen war. Nicht auszudenken, wenn jemand gerade an der Stelle über den Bürgersteig gegangen wäre, durch die er gewissermaßen geflogen war.

Lance saß für Momente ganz still, verharrte wie betäubt. Dann ließ er langsam seinen Blick von links nach rechts an der Gebäudefront entlangstreifen und blieb auf einem großen rechteckigen Leuchtschild haften. ‚Kallahan Funeral Home, Basic Services'. Indem klopfte es am Fenster der Fahrerseite und Lance fuhr erschrocken zusammen. Eine große Gestalt hatte sich heruntergebeugt und starrte prüfend in den Wagen. Immer noch traumatisiert vom Überfall wagte sich Lance kaum, das Seitenfenster zu öffnen. Die Gestalt klopfte noch einmal, und so ließ er doch die Scheibe herunter, lehnte sich jedoch so weit wie möglich fort von ihr. „Fred Kallahan", sagte die hagere Gestalt, „wenn ich mich vorstellen darf. - Da hast Du ja einen ganz schönen Schaden angerichtet, mein Junge." Lance starrte ihn an wie ein Karnickel im Scheinwerferlicht. „Du siehst ja aus, als hättest Du ein Gespenst gesehen. Geht es dir nicht gut?" Lance schluckte und nickte ganz schwach. „So einfach in mein Institut hineinkrachen. Als ob es keine Eingangstür gäbe", meinte die Gestalt jetzt eher schmunzelnd. „Ein kleines

Grüppchen von Passanten war stehengeblieben, unter ihnen auch Wartende an einer direkt an der Kreuzung liegenden Bushaltestelle. Man wartete interessiert auf eine lautstarke Auseinandersetzung, vielleicht auch auf das Eintreffen der Polizei. Nun, vielleicht nicht jeder der Wartenden. Zweifelsohne durften sich ein paar undokumentierte Immigranten unter den Zuschauern befinden. Fred Kallahan spürte die Blicke in seinem Rücken, richtete sich auf und rief der kleinen Menge entgegen: „Alles in Ordnung Leute, mein Neffe mußte eine Abkürzung nehmen, um einen Unfall zu verhindern." Er drehte sich wieder zu Lance: „Nicht wahr?" Lance nickte. Die Gruppe der Schaulustigen löste sich enttäuscht auf. „Komm, wir parken deinen Wagen mal ein paar Parkplätze weiter, am besten auf der anderen Seite des Hauses. Und dann kommst Du mit rein, und kriegst erst einmal einen ordentlichen Kaffee. Kannst mir dann ja erzählen, was hier eigentlich passiert ist." Lance war zwar völlig mulmig zumute, sah aber, daß er keine andere Alternative hatte. Der Beerdigungsunternehmer hätte auch ganz anders reagieren können. Er wollte mal hoffen, daß es sich nicht um einen wirklich schlechten Menschen handelte. Kallahan winkte Lance auf einen Parkplatz im hinteren Teil der Nordfront des Gebäudes, hieß ihn anschließend aus dem Wagen auszusteigen und ihm zu folgen. „Los, hilf mir mal!" Kallahan wuchtete eine Zypresse in einem großen Blumentopf weg von der in der Mitte der Nordseite des Gebäudes liegenden Eingangsfront, und versuchte sie um das Haus herumzurollen. Lance begriff, was der Mann vorhatte und ging ihm mit der ihm noch zur Verfügung gebliebenen Kraft zur Hand. Bald war die Zypresse vor der Ecke des Gebäudes plaziert, die Lance mit dem Crown Victoria touchiert hatte. Er dachte bei sich, daß ein ähnlicher Unfall an einem deutschen Haus vermutlich an diesem kaum festzustellen gewesen wäre, den Crown Victoria jedoch fahrunfähig gemacht hätte. Die Strukturen der meisten Häuser hier, auch des ‚Kallahan Funeral Homes' waren indes so, daß es sich um Holzkonstruktionen handelte, die später mit Putz versiegelt den Eindruck stabiler Steinhäuser erweckten. „Also nochmal, ich bin Fred Kallahan", sagte der schlanke breitschultrige Mann und streckte Lance seine Hand hin. „Mein Name ist Lance", sagte Lance schwach. Sie gingen in das Gebäude und Kallahan führte ihn durch den Eingangsbereich in sein vergleichsweise geräumiges Büro. Dort wies er ihm einen Platz in einem der Sessel zu, in denen normalerweise trauernde Angehörige die Abwicklung der notwendigen Formalitäten und Handlungen mit ihm diskutierten. „Ich hol' dann eben Kaffee", sagte der Beerdigungsunternehmer und verschwand in einer kleinen Kochnische. Lance schaute um sich, im Gebäude waren alle Ausstattungsgegenstände von einer gewissen Schlichtheit. Urnen, Kreuze, Zeichen auch nichtchristlicher Gemeinschaften, Bilder von Palmzweigen und die Skulptur eines Engels mit gesenktem Kopf deuteten auf die Natur des Geschäftes hin. Er wußte nicht, ob Chemiker ihm hier Recht geben konnten oder nicht, aber er fand, daß es in dem Haus nach Tod roch. Da war Fred Kallahan jedoch mit zwei Tassen frisch duftenden Kaffees zurück. „Nun erzähl mal Junge, wie ist das eigentlich passiert?" Lance rutschte im Sessel hin und her. „Sie haben das den Leuten im Grunde schon völlig richtig erklärt." Er beschrieb, wie ihm beim Abbiegen einer die Vorfahrt genommen hatte, und er um eine Kollision zu vermeiden das Steuer verrissen hatte und über den Bürgersteig hinweg in seine Hausecke geflogen war. „Ich kann Ihnen den Schaden ersetzen. Ich muß nur in mein Appartement, und das Geld holen." Kallahan schaute belustigt drein. „Ich kenne Sie doch gar nicht. Was ist, wenn Sie einfach verschwinden und ich Sie nie wiedersehe?" „Sie haben doch mein Kennzeichen." „Ach, Kennzeichen! Das kann doch von sonstwo stammen. Aber warum rufen wir nicht einfach die Polizei? Sie sind ja nicht unter Einfluß von Alkohol oder Drogen." Lance schüttelte den Kopf. „Das lohnt sich doch nicht, an meinem Auto ist ja kein Schaden entstanden, und den an Ihrem Haus bezahl' ich, wie gesagt, gern." Der Beerdigungsunternehmer schaute ihn jetzt etwas lauernd an. „Sind Sie ganz sicher, daß Sie nichts genommen oder getrunken haben?" Erst jetzt erinnerte sich Lance an die letzte Nacht bei Loren und Michelle. Was wäre, wenn die beiden ihm wirklich - und das lag ja nahe - etwas in den Cocktail gemixt hatten? Und dies vielleicht jetzt noch feststellbar wäre? Wenn die Polizei da etwas fände, wäre es mit der Fahrerei vorbei. Und er könnte Arthur - erstaunlich, daß er gerade jetzt wieder an ihn dachte - zu Fuß in Amerika suchen. „Selbst wenn es so ist, daß Sie nichts getrunken oder keine Drogen genommen haben, und der Schaden wirklich eher eine Bagatelle ist, denke ich dennoch, daß man nicht immer alles sofort mit Geld regeln kann." Lance überlegte, ob er den Zusammenprall mit dem Haus vielleicht hätte vermeiden können, wenn er die Cocktails in Malibu nicht getrunken hätte. Man wußte es nicht, und er glaubte es auch eigentlich nicht. Grund war aus seiner Sicht - wenn er sich denn wirklich selbst etwas hätte zuschreiben müssen - sein Schockzustand nach der Attacke durch die Bandenmitglieder. „Ich bin eben im Süden der Stadt überfallen worden", stammelte er. Der Bestatter hatte sicher schon vieles im Leben gesehen und gehört, seine

wettergegerbte Haut machte zudem den Eindruck, daß er lange Jahre im Freien gearbeitet haben mußte. Er sah Lance, der wie ein Häufchen Elend im Sessel zusammengesunken war, mit klarem Blick in die Augen. „Ich glaube Ihnen, Mann, Sie sind ja vollkommen fertig. Wissen Sie was, Sie sollten heute nicht mehr Auto fahren. Ich habe hier in einem Nebenraum ein kleines Reisebett stehen, da können Sie für die Nacht bleiben." Lance wußte nicht, was er sagen sollte. Auf der einen Seite waren es zwar Luftlinie vermutlich nicht mehr als zwei Meilen bis zu seinem Appartement, aber irgendwie traute er sich nicht mehr, heute noch einmal am Verkehr teilzunehmen. Außerdem fürchtete er sich vor Jedermann zu erschrecken. Also nickte er mit einer Andeutung von Dankbarkeit. Kallahan fuhr fort: „Ich meinte das eben übrigens ernst, daß ich Ihr Geld nicht will. Allerdings brauche ich Hilfe. Das mag sich jetzt komisch für Sie anhören, aber so ist es nun mal in diesem Geschäft. Letztendlich fast eines wie alle anderen. Es sind nämlich überraschend mehrere Aufträge eingegangen, und alleine kann ich das kaum bewältigen." Lance schaute ihn ungläubig an. „Sie verstehen mich schon richtig, ich suche jemanden, der mir in den nächsten zwei Tagen etwas zur Hand gehen kann. Wenn Sie das tun, vergessen wir die Kosten für die Wiederherstellung meines Instituts. Und natürlich auch die Sache mit der Polizei."
„Kann ich mal kurz telefonieren?" fragte Lance. „Nur ein Ortsgespräch, ich muß meinem Kumpel sagen, daß ich heute nicht nach Hause komme." Kallahan nickte, und zeigte auf das Telefon. Lance rief Raymond an und teilte ihm kurz mit, daß er am Wochenende eine größere Tour unternommen habe und im Augenblick auswärts übernachten müßte. Er käme aber höchstwahrscheinlich in ein, zwei Tagen wieder nach Hollywood. „Ich selber wohne gleich um die Ecke. Also lasse ich Sie jetzt allein, es gibt ein paar Bücher, falls Sie noch etwas lesen wollen. Natürlich muß ich mich darauf verlassen, daß Sie mir nicht weglaufen. Haben Sie da eine Idee?" Der Beerdigungsunternehmer schaute ihn durchdringend an, und Lance zog schweren Herzens seinen Autoschlüssel heraus und händigte ihm diesen aus. „Vertrauen gegen Vertrauen. Hier ist der Schlüssel vom Institut. Falls Sie sich noch einen Snack holen wollen. Also, ich bin morgen früh um sechs Uhr wieder hier. Und dann müssen wir auch sofort mit der Arbeit anfangen."
„Ja sind denn die Verstorbenen schon hier im Haus?" „Ja natürlich, was dachten Sie denn?" Kallahan deutete auf einen Teil des Gebäudes, der mit zwei großen Holztüren abgeschlossen war. „Dahinter sind die Kühlräume,

daneben dann die Tische, an denen wir die Vorbereitungen unternehmen. Aber das zeige ich Ihnen morgen. Also dann, gute Nacht!" Der Beerdigungsunternehmer schüttelte ihm die Hand, und klopfte ihm auf die Schulter. „Das wird schon wieder, mein Junge. Hauptsache, dir ist nichts passiert. Geldsachen lassen sich immer einfach regeln. Mit dem Leben dagegen ist nicht zu spaßen. Sonst habe nur noch ich etwas zu regeln." Er lächelte, tippte sich an die Stirn und verließ dann das Gebäude. Lance sah ihm durch die Bleiglasfenster der Eingangstüre nach, wie er in seinen Wagen stieg und davonfuhr. Er bekam jetzt tatsächlich Hunger, und überlegte sich einen Snack zu kaufen. Da fiel ihm aber ein, daß er kein Geld mehr hatte. Und auch, daß er den Diebstahl seiner Kreditkarte noch nicht gemeldet hatte. Er griff wieder zum Telefon in Fred Kallahans Büro, wählte die Kreditkartenfirma an und sperrte sein Konto. Dabei erfuhr er, daß schon Beträge von insgesamt 5000 Euro abgebucht waren. Er solle sich aber nicht zu sehr sorgen, er könne davon ausgehen, daß er das Geld wohl wieder bekäme. Man brauche allerdings einen Polizeibericht.
Lance stöberte in der Kochnische herum, und fand schließlich einen Zuckertopf, in dem sich einige Dollarnoten befanden. Er würde sie Fred natürlich umgehend zurückgeben. Als sei er immer noch unter akuter Bedrohung schlich er so unauffällig wie möglich aus dem Institut und fand recht bald eine kleine Imbißbude, an der er sich zwei Hotdogs kaufte. Er aß sie sofort am Stand und ging dann gleich wieder ins Funeral Home zurück. Dann legte er sich auf das Reisebett und starrte an die Decke. Das Licht ließ er an. Normalerweise, dachte er, hätte er sich bestimmt vor der Nähe der Toten gefürchtet. Ein bißchen fürchtete er sie vielleicht immer noch, denn sonst hätte er das Licht nicht angelassen. Doch das wollte er sich nicht zugeben. Einstweilen fürchtete er die Lebenden auch mehr.
Am nächsten Tag wurde er durch Fred geweckt, der um Punkt sechs Uhr geräuschvoll die Tür öffnete. „Ich habe Brot, Wurst und Käse mitgebracht. Wasch dich mal schnell, in der Zeit mache ich Kaffee. Und dann müssen wir auch sofort loslegen!" Lance wusch sich auf der Besuchertoilette, was ihm sehr unwohl war. Allerdings gab es keine andere Möglichkeit. Sie frühstückten zügig, jedoch ohne übertriebene Hast. Fred schien beruhigt, weil er ja eine Hilfe hatte. „Heute siehst Du wieder viel besser aus, Junge. Eine schlimme Sache, so ein Überfall. Leider gibt es immer mehr davon. Vor allem da unten. Sollte man ja auch nicht hinfahren." „Ich habe mir gedacht, daß ich heute doch zur Polizei muß. Die haben ja schon kräftig von meiner

Kreditkarte abgehoben, und da brauche ich etwas für die Versicherung." „Ja, ja, klar, Junge. Aber das mit dem Unfall hier mußt Du ja nicht erwähnen. Komm. Das vergessen wir mal einfach, wie gesagt, mit deiner Hilfe hier ist das dann ja gegessen." Lance nickte. „Du hast Glück, Lance. Alles schöne Tote heute. Einmal Altersschwäche, einmal Herzinfarkt, und einmal Überdosis." „Selbstmord?" „Vermutlich. Schwer zu sagen, aus Versehen oder absichtlich. Im Ergebnis egal. Armes Schwein, noch viel zu jung!" Er reichte Lance eine Schutzkleidung, die dieser sogleich überstreifte. „Ich habe überhaupt keine Ahnung, was Sie hier machen. Wahrscheinlich behindere ich Sie eher, als das ich Ihnen helfe." „Mach' dir da mal keine Gedanken. Du tust einfach das, was ich dir sage, und alles wird sich fügen." Er wirkte optimistisch. „Keine Schußwunden oder Unfallschäden, die ich reparieren muß. Bin schon lange im Geschäft, aber manchmal graust's da auch mir selbst." Fred Kallahan holte die erste Leiche aus dem Kühlfach, es war eine Frau von vielleicht 80 Jahren. Lance bemerkte, wie unglaublich dünn die Haut war. Fast wie Pergament, alles schien durchzuscheinen. „Warum machen Sie diesen Job eigentlich?" „Das hört sich jetzt bestimmt ganz komisch an für dich, mein Junge. Ich habe in meinem Leben viele sinnlose Tätigkeiten ausgeführt. Hier glaube ich zum ersten Mal, etwas Sinnvolles zu machen." „Inwiefern?" Lance runzelte die Stirn. „Wenn ein Mensch stirbt, dann glaubt man, er habe alles verloren. Das Leben eben. Was kann man mehr verlieren? Und da kommt dann die Sache mit der Würde ins Spiel. Man kann unwürdig verschwinden, oder würdevoll. Meine Aufgabe ist es, dem Menschen auf seinem letzten Weg seine Würde zu geben. Meine Tätigkeit ist daher auch selbst sehr würdevoll. Ich würde zum Beispiel keine Musik bei der Arbeit hören, und wenn, sehr getragene klassische - die ich zu Hause nicht höre - auf keinen Fall trinken und essen oder rauchen. Immer wenn ein Toter schön hergerichtet ist, geht es mir gut. Dann habe ich ihm seine Würde gegeben, und eben etwas Sinnvolles gemacht." Lance lernte in den nächsten Tagen nun einiges, von dem er vorher keinerlei Ahnung gehabt hatte. Sie wuschen die Körper, tauschten mittels einer komplizierten Apparatur das Blut gegen konservierende Mittel aus, und balsamierten die Leiber ein. „So sehen sie aus, als wären sie eben nur eingeschlafen." Lance wußte nicht, ob Fred auf seine Arbeit stolz war, vielleicht nicht, aber sie verschaffte ihm große innere Befriedigung. Der Herzinfarkt war vielleicht 45 Jahre alt. Durchtrainiert, von kräftiger Statur, freundliche und feine Züge. Äußerlich deutete nichts darauf hin, daß dieser Mann nicht hätte 90 Jahre werden können. Aber offensichtlich hatte er etwas massiv falsch gemacht. Lance dachte, daß man sich sehr vorsehen müsse, damit einen nicht ein ähnliches Schicksal ereile. Der vermutliche Selbstmord war eine junge Frau mit lockigen blonden Haaren von vielleicht 28 Jahren. Zuerst hatte er gedacht, daß man nicht so reden dürfte, als Fred gesagt hatte, es sei unerheblich, ob es sich um einen Unfall oder tatsächlich eine Selbsttötung handle. In der Tat machte der traurige und verzweifelte Ausdruck im Gesicht der Frau den faktischen Todesgrund unerheblich. Die eigentliche Todesursache war nämlich Einsamkeit, Mangel an Liebe, vermißte Zärtlichkeit. Bei ihr arbeiteten beide besonders still. Danach war Lance völlig erschöpft. Er zog sich schweigend in das Zimmer mit dem Gästebett zurück, setzte sich darauf, und weinte ein bißchen. Fred ließ ihn gehen und stellte keine Fragen. Nach einer Viertelstunde kam er jedoch und meinte, daß bald ein Pfarrer mit den Trauergästen für die alte Frau käme. Für den Herzinfarkt hätten sich nur etwas mehr als eine Stunde später einige Freunde und Kollegen angekündigt. Die jungeFrau hätte offensichtlich niemanden und würde am nächsten Tag von den städtischen Bediensteten abgeholt. Lance hatte Fred die ganze Zeit fragen wollen, warum er an seinem Schild ‚Basic Services' anpreisen würde, wenn das denn das richtige Wort wäre. Als er es endlich tat, hatte Fred direkt geantwortet, daß sich ‚Basic Services' jeder leisten könne, Beerdigungen seien ohnehin teuer genug. Es ginge ihm weniger darum, Todesfälle im Kreise der Superreichen abzuwickeln, sondern die Würde, von der er gesprochen habe, jedem Verstorbenen zu ermöglichen. Lance könne jetzt gehen, er habe seine Schuldigkeit getan. Da er aber äußerst zufrieden mit ihm sei, müsse er ihn fragen, ob er ihn zukünftig noch einmal um Hilfelei-stung bitten könne, dann natürlich bezahlt. Lance zögerte, gab ihm aber schließlich Raymonds Telefonnummer. Er wolle jetzt nicht bei den Feiern und der Abholung der heutigen Toten zugegen sein, aber morgen noch einmal wiederkommen. Wenn niemand sonst zum Begräbnis der jungen Frau käme, wollte er sie auf ihrem letzten Weg begleiten. Das sei eine sehr gute Idee, daran habe er auch selbst gedacht, meinte Fred. Aber er könne leider nicht, da schon wieder neue Fälle angemeldet seien. So schieden sie voneinander. „Du bist ein anständiger Kerl, Lance. Bleib' sauber!" Lance drehte sich noch einmal um und winkte, bevor er fuhr. Am nächsten Tag wartete er draußen, bis die städtischen Bediensteten kamen und den Leichnam der jungen Frau abholten. Er fuhr hinter ihnen her, und begleitete die Unglückliche bis zu ihrer letzten Ruhestätte. Er begann, Fred zu verstehen. Man hatte ihr nicht helfen können. Aber sie hatten ihr ihre Würde gegeben.

23. Das Bildnis der Mrs. Hammersley

Kunst, vor allem neue Kunst, konnte nur existieren durch Leute, die sie dazu machten. Durch Galeristen, Händler und deren ökonomische Motivation. Durch Kritiker, die sich dafür interessierten, aus den richtigen oder den falschen Gründen. Durch Kunstkäufer, die, von Ausnahmen abgesehen, den Hinweisen der erstgenannten Gruppen folgten und sich einbildeten, ihre Entscheidung basiere auf eigener Erkenntnis. Der Begriff ‚Kunstkenner' schloß nicht nur Profis ein, unter ihnen auch die Kunstwissenschaftler - wobei diese Bezeichnung allerdings symptomatisch für die Problematik dieses Berufsstands war- sondern auch den Sammler wie den informierten Amateur. Nicht dazu zählen wollte man den Viertelgebildeten, der sein Minimalwissen meist durch ebenso unerbetene wie laute Kommentierung von Kunstwerken kundtat.

Der Künstler spielte eine wichtige Rolle in dem ganzen, aber längst nicht die wichtigste. Vor allem war nicht allein die Qualität seiner Werke entscheidend, sondern vor allem seine Fähigkeit, sich selbst zu promoten oder jemanden zu finden, der es für ihn tat.

Die höchste Form der Adelung war die Aufnahme in ein renommiertes Museum. Dann hatten es alle am Prozeß Beteiligten, einschließlich des Künstlers selbst geschafft. Museen ihrerseits wiederum lebten von der Anerkennung der Fachwelt, aber auch vom Zustrom der Besucher. Und da konnte man es sich in Zeiten angespannter Haushalte nicht leisten, wählerisch zu sein. Im Gegenteil, man mußte ganz offensiv versuchen, neben Kunstliebhabern auch unspezifisch interessierte Kunden zu gewinnen, wie zum Beispiel Familien oder Reisegruppen. Letztere gehörten aufgrund ihrer Kunstferne und ihres scharweise Auftretens zwar zur anstrengenden Klientel, auf der anderen Seite aber konnte man diesem Phänomen auch etwas Positives abgewinnen. Denn Reisegruppen machten die so notwendige Masse bei den Besucherzahlen. Keinen Menschen interessierte es später, ob sich ein Besucher busterminbedingt nur eine halbe Stunde im Museum aufgehalten hatte oder sich einen ganzen Tag der Kunst ergebend über die Flure gewankt war, bald erschlagen und überladen vom endlosen Strom der Eindrücke. Kunstvereine bildeten ein besonderes Segment. Es gab sie auf allen Ebenen des künstlerischen Verständnisses, aus Metropolen wie aus Kleinstädten, mal mehr, mal weniger facettenreich entsprechend ihrer einzelnen Mitglieder. Manche waren bestens auf die Besuche vorbereitet und führten sich selbst, andere genossen die Führung durch Mitarbeiter des Museums. Nicht immer waren die selbstgeführten Vereine besser als die geführten. In jedem Falle konnte Jannifer ihr Vokabular zur Beschreibung von Kunstwerken beständig erweitern. Was sie noch nicht gehört hatte, nahm sie auf und wandte es sogleich bei der nächsten eigenen Führung an. Sie legte eine Liste mit Verben, Substantiven und Adjektiven an, die sie gleich ins Deutsche übertrug. Bei manchen Ausdrücken mußte sie sich mühen, bei einigen fand sie auf Anhieb gar kein Pendant. ‚Invigorate' war zum Beispiel mit ‚beleben' oder ‚kräftigen' unzureichend wiedergegeben, ‚enthrall' klang als ‚begeistern' oder gar ‚berücken' hohl, eventuell würde hier ‚fesseln' funktionieren. ‚Exalt' war mit ‚erheben' auch irgendwie nichts. Bei ‚nurture' fiel ihr schon gleich gar nichts ein. Nun, das hatte ja Zeit, vielleicht fiele ihr die Übersetzung, einmal nach Deutschland zurückgekehrt, leichter. Mit den meisten Besuchern kam Jannifer gut zurecht, und umgekehrt kam ihre offene und direkte Art gut an. Nur ein ganz bestimmter Typ brachte sie regelmäßig um ihre Beherrschung. Es war dies der einer ihrer stets sehr jungen Tochter die Kunst erklärenden Mutter. Mit einem lautstarken Vortrag, den zumindest alle Besucher des jeweiligen Raumes hören mußten, ob sie wollten oder nicht, wies sie sich als Angehörige der Viertelgebildeten-Gruppe aus. Sie war auffällig gut gekleidet (wobei die Betonung auf „auffällig" lag), entsprechend traten Kosmetik, Parfüm und Hairstyling hervor. Das Mädchen, nie älter als acht Jahre, war dagegen wie eine Modepuppe, in manchen Fällen gar wie eine kleine Schönheitskönigin herausgeputzt. So war es auch heute Nachmittag, als Jannifer wegen einer Erledigung durch die Europäische Malerei mußte. Eine der bezeichneten Mütter hatte mit ihrer Tochter wohl gerade vor ihr den Raum betreten, in dem zwei Werke von van Gogh hingen. „Hier auf diesem Bild kannst Du besonders gut die Pinselführung Vincent van Goghs in der späten Schaffensphase erkennen." Das Mädchen starrte auf das Bild einer einzelnen Zypresse. „Die Farben sind hier ganz dick aufgetragen, pastenähnlich." „ Ja, wie mit Zahnpasta." „Pscht, Charlotte - ja, so ähnlich!" Die Mutter drehte sich grinsend in den Raum, es war unklar, ob sie stolz auf ihre Tochter war oder sich ihrer schämte. „Sehen wir uns mal dieses Bild an!" Die Mutter schob das Kind an den Schultern vor das ‚Weizenfeld mit Zypressen'. „Schau', welche Mischung von Farben Vincent hier verwendet. Fällt dir etwas auf?" fragte sie lauernd. „Das ist bunt, aber die Farben sind gar nicht fröhlich!" „Sehr gut erkannt!" Wieder drehte sich die Mutter halb in den Raum, so als seien die anderen Besucher zahlende Gäste ihres Vortrags. „Dieses Bild hat Vincent im Juni 1889 gemalt, wie das andere auch, kurz nachdem er seinen einjährigen Aufenthalt in der Anstalt von Saint-Rémy antrat. „Was ist eine Anstalt?" Die Mutter kniete sich jetzt, so daß ihr Kopf in gleicher Höhe mit dem ihrer Tochter war und strich ihr übers Haar. „Vincent van Gogh war psychisch krank. Also, immer sehr unruhig und nicht fröhlich!" „So wie der Philipp?" „Ja, nicht ganz, nein, schlimmer. Er mußte ja dann auch bald sterben, und man sieht hier an der Ausführung, daß er das wohl schon ahnte." Charlotte sagte nichts mehr. „Wichtig ist jedenfalls, daß Du nicht die Verwandtschaft zum Expressionismus vergißt." Die Mutter stand auf und zog das Kind in den nächsten Raum, Jannifer wandte sich mit Grausen ab und eilte in der entgegengesetzten Richtung davon.

Über Langeweile konnte sie wirklich nicht klagen, und dennoch fühlte sich ob ihres Springerdaseins zunehmend unwohl. Obwohl die meisten Mitarbeiter sie mochten, fühlte sie sich ohne dauernden Einsatzort minderwertig. Sie begann sich zu fragen, was ihr dieses Allround-Praktikum bei späteren Bewerbungen bringen könnte. In puncto Erfahrung sehr viel, auf dem Papier sähe dagegen der Einsatz in einer einzigen, vielleicht zwei Abteilungen viel besser aus. Nicht, daß man ihr unterstellen würde, sie hätte zwar alles, aber irgendwie auch nichts kennengelernt. Ihre eingetrübte Stimmung wurde nicht besser dadurch, daß ihr immer bewußter wurde, sich ihrer Gefühle zu Curtis auf der einen Seite und zu Lance auf der anderen unsicher zu sein. Sie wollte nicht abstreiten, in der ersten Volleuphorie hervorragend verdrängt zu haben. Die gemeinsame Zeit mit Curtis kam ihr immer wie ein kleines Abenteuer vor, voller Spannung, stets gab es etwas Cooles zu erleben, neue Clubs, interessante Typen. Und der Sex war gut. Auch wenn er immer kurz war, wie ihr jetzt klar wurde, als sie daran dachte. Die Spannung hatte etwas mit dem Unsteten zu tun, das war wohl so. Gleichzeitig fürchtete sie sich aber vor dem Unsteten. Es löste eine Unruhe in ihr aus, die sie sich nicht zugeben wollte und vor allem nicht Curtis gegenüber. „Schon okay", sagte sie immer, wenn er wieder erklärte, warum er in den nächsten Tagen unabkömmlich sei, sich aber so bald wie möglich bei ihr melden würde. Was, wenn nicht nur musikalische Aktivitäten ihn davon abhielten, viel regelmäßiger bei ihr vorbeizuschauen? Noch wollte sie sich nicht fragen, ob sie Curtis liebte, oder sich nur in ihn verliebt hatte. Das war vielleicht nicht dasselbe. Mit Hinblick auf Lance fühlte sie sich nicht überragend. Die sich so schnell ergebende Beziehung zu Curtis sprach vermutlich Bände. Wäre ihr Gefühl für Lance so stark gewesen, wie sie lange Zeit gedacht hatte, wäre die Sache mit Curtis wahrscheinlich nicht passiert. Oder doch? Ohne Frage gab jemand wie Lance mehr Geborgenheit, Sicherheit. Schien zuverlässiger. Schien zuverlässiger? Warum hatte er erst so spät versucht, sie zu erreichen? Intelligent wie er war, hätte er das viel früher schaffen können. Und als sie kürzlich endlich miteinander gesprochen hatten, war irgendetwas merkwürdig gewesen. Nun, sicher auch von ihrer Seite. Erklären konnte man natürlich einiges. Schließlich hatten sie vieles erlebt, New York für sie und Kalifornien für ihn waren natürlich schon ein ziemliches Kontrastprogramm zu Münster. Das mußte erst einmal verarbeitet werden. Und zuletzt hatte zumindest sie den Eindruck, daß ihnen etwas Abstand einmal gut tun würde. Eigentlich auch Quatsch. Formulierte man diesen Gedanken nicht immer, wenn man merkte, daß ein Auseinanderdriften schon begonnen hatte? War dieses Abstandgewinnen recht eigentlich nicht immer der Anfang vom Ende? Sie überlegte, ob sie Paare kannte, die nach dem sogenannten Abstandgewinnen wieder so richtig supergut zusammen gekommen waren. Ihr fiel keins ein.

Ein viel schlechteres Gewissen als gegenüber Lance aber hatte sie gegenüber Arthur. Niemand hatte sie so nötig wie er. Er war der Grund, warum sie überhaupt in Amerika war, und für die Suche nach ihm hatte sie sich bislang nicht gerade besonderer Anstrengung unterzogen. Klar mußte man sich erst einrichten, und die vielen Eindrücke aufnehmen und verarbeiten. Aber war das eine Entschuldigung? Allerdings war es auch schwer, irgendwie einen Anfang zu finden. Indem dachte sie wieder an den Mann im ‚Ultra Viloet Velvet', der die gleichen oder zumindest ähnlichen Haare wie Arthur hatte. Sein Gesicht war nicht zu sehen gewesen, und nachdem sie ihm vergeblich gefolgt war, hatte sie diese Begegnung durch das rauschhafte Erlebnis mit Curtis fast vergessen. Sie mußte unbedingt wieder in den Club, vor allem auch noch mal mit dem hünenhaften Türsteher sprechen. Vielleicht kannte der Ägypter ihn.

Im Verlauf des Nachmittags wurde das Museum ungewöhnlich leer. Sie fragte sich, ob ein Feiertag bevorstand, aber das hätte sie ja wissen müssen. Sie trat an ein Fenster und sah, daß leichter Regen fiel. Das konnte es nun wahrlich nicht sein. Na, da steckte man nicht drin. Sie ging am zentralen Infodesk vorbei. „Erstaunlich ruhig heute Nachmittag!" Die stattliche schwarze Lady hatte Dienst und grinste zu ihr herüber. „Was macht denn dein cooler Schatz?" Tja, gute Frage. Wußte sie auch nicht, was der gerade machte. Von dem nicht gemeinten in Kalifornien vermochte sie es auch nicht zu sagen. Sie lächelte zurück. „Alles okay, Ma'am!" Die Infodame zwinkerte und machte ein Daumen-hoch-Zeichen. Ihre für heute anstehenden Aufgaben hatte sie erledigt, sie überlegte, in der Cafeteria im Amerikanischen Flügel einen der überteuerten Happen einzunehmen und dazu einen Kaffee zu trinken. Auf dem Weg dorthin lief sie der Praktikumsleiterin in die Arme. „Jannifer, Liebes! Wenig los im Augenblick. Weißt Du, wir haben heute alle keine Lust. Kannst nach Hause gehen. Wir sehen uns morgen!" Normalerweise hätte Jannifer gesagt, daß sie gerne noch bliebe, aber heute war sie einfach dankbar und machte keinen Hehl daraus. Den Happen aß sie trotzdem, dann zog sie sich um. Als sie das Museum verlassen wollte, schien es ihr noch leerer, fast schon gespenstisch. Ihr war nicht bewußt, warum sie, statt sich direkt auf den Ausgang zuzubewegen, ihre Schritte zunächst in den Südteil des Gebäudes lenkte. Erst an dessen Ende wurde ihr klar, daß diese Anziehungskraft von Mrs. Hammersley ausging. Schon länger hatte sie ihrem Bildnis keinen Besuch mehr abgestattet. Als sie den Raum mit den Sargent-Porträts im Mittelgeschoß erreichte, fand sie ihn völlig leer. Auch auf dem balkonartigen Galerieteil des darüberliegenden zweiten Stocks bewegte sich niemand.

Mrs. Hammersley saß zurückgelehnt, völlig entspannt, die eine Hand im Schoß, die andere eine einladende Geste andeutend. Sie lächelte, und schien in die rechte Ecke des Sofas zu nicken. Als Jannifer dorthin sah, stellte sie mit leichtem Erschrecken fest, daß sich die unvollendete Stelle erheblich ausgeweitet hatte. Fast konnte man meinen, hier habe sich die Struktur der Leinwand aufgelöst, als läge nur eine milchige Membran vor einem braunen Loch in der Wand dahinter. Sie trat auf das Bild zu und bemerkte, wie das Loch von irgendeiner Lichtquelle beleuchtet war, wenngleich auch nur schwächlich. Es mochte der Anfang eines Ganges sein. Sie blickte zu Mrs. Hammersley, die aus dieser Perspektive entgegen aller Regel noch plastischer wirkte. Ja, die ganze Körperhaltung drückte eine freundliche Einladung aus. Jannifer drehte sich um, spähte die Treppe hinunter, in den Nebenraum, noch einmal hoch zur Balkongalerie. Niemand zu sehen. Dann setzte sie den rechten Fuß auf die Unterseite des Rahmens, zog sich an dessen linken Rand hoch und kletterte durch die Membran. Sie hatte richtig vermutet. Direkt hinter dem Bild führten Stufen einen Gang hinab, der von einem gelblichen Licht matt erleuchtet war. Wahrscheinlich kleine elektrische Birnen, sehen konnten sie hier am Anfang noch keine davon. Sie schaute zurück, die Membran hatte sich wieder geschlossen, war aber von dieser Seite ähnlich opak. Dann stieg sie die relativ lange Treppe hinab, die bald in einen ebenen Tunnel mündete. Dieser war gerade breit genug für eine Person, jedoch so niedrig, daß man nur leicht gebückt durchgehen konnte. Er war hier gänzlich mit hellen Ziegelsteinen ausgemauert. Jannifer schritt angespannt, aber nicht furchtsam voran. Wie weit sie ging, konnte sie nicht sagen, man verlor das Gespür für Entfernung. Bald aber schon gelangte sie an eine nach oben führende Treppe, die erst durch Fels und dann dickes Mauerwerk hindurchstieß. Sie endete vor einer schweren Holztür mit einem altertümlichen Schloß. Am Rahmen war ein Nagel eingeschlagen, an dem ein vom Aussehen dazu passender Schlüssel hing. Sie nahm ihn herab und führte ihn ins Schloß, es brauchte dann doch gewisse Anstrengung, ihn zu drehen und aufzusperren. Als sie die Klinke drückte, wollte sich die Tür gleichwohl noch nicht öffnen lassen. Wahrscheinlich war schon lange niemand mehr hier durchgegangen. Wie auch immer, sie schob sich erst gegen die Tür, als dies nichts nützte, warf sie sich dagegen. Mit einem Knall sprang sie auf. Es war immer noch recht dunkel, aber sie wußte, daß sie draußen war. Offenbar befand sich am Boden eines völlig überwachsenen Schachts. Eine brüchige Steintreppe führte nach oben, sie folgte ihr, nachdem sie die Tür wieder zugesperrt hatte. Den Schlüssel hatte sie zunächst einstecken wollen, aus Angst aber, ihn zu verlieren, legte sie ihn an der Seite der Oberkante des Schachts ab. Dann bahnte sie sich ihren Weg durch das grüne Dickicht, zuerst nur mit dem Kopf herauslugend, bis sie sich versichert hatte, daß sie unbeobachtet war. An Dornen riß sie sich ein paar Löcher in die Kleidung. Darüber ärgerte sie sich so sehr, daß sie die kleinen Kratzer im Gesicht und an den Händen nicht bemerkte. Einmal draußen zerrte sie gleich das Buschwerk zurecht um den Einstieg zu verdecken. Sie befand sich an der Rückseite des Belvedere-Schlößchens, wie sie überrascht feststellte. Erst einmal richtete sie sich auf, streckte sich und atmete tief durch. Der Nieselregen hatte aufgehört, die Sonne kam wieder etwas durch. Sie klopfte ihre Kleidung ab. Niemand war zu sehen. Sie wollte zuerst rechtsherum gehen, kletterte schon am Felsen der Ostseite hoch. Dann sah sie den unter ihr liegenden Turtle Pond, der von hier aus kaum zu umgehen war. Außerdem handelte es sich bei dem Areal um geschütztes Gebiet, und sicher wären ein paar der auf der ihm gegenüber befindlichen Wiese freizeitenden New Yorker solche Naturschutzfanatiker, daß sie gleich Zeter und Mordio schrien. Also linksherum. Sie drückte sich an der mit hellem Granit verblendeten Wand aus Manhattan-Schiefer entlang und klomm hinauf zur Hoffläche, auf die sie sich in einem guten Moment schwang, in dem keine der wenigen Personen hier oben zu ihr hinüberschaute. Sie ging zunächst zum Pavillon am Nordende und schaute zum Museum herüber. Der Gang mußte ihr Geheimnis bleiben. Das durfte man niemandem erzählen. Neben ihr stand ein ernsthaft wirkender junger Mann mit Brille, der bereits auf dem besten Weg zur Glatze war. Sie lächelte ihn freundlich an, aber er reagierte gar nicht. Gedankenverloren sah er zum ‚Great Lawn', dem ‚Großen Rasen'.

‚Na dann eben nicht', dachte sie und drehte sich weg, flötete dabei ein leicht abschätziges „Tschau". Jetzt wandte sich der Mann kurz um, aber er reagierte verduzt, so als starre er ins Leere. Dann blickte er wieder zum Rasen. Jannifer stieg die Treppe an der Westseite der Schloßanlage hinunter und überlegte, ob sie gleich nach Hause gehen sollte. Im Museum mußte sie sich ja nicht mehr abmelden, und weit war es nicht mehr. Sie verspürte indes aber große Lust auf ein Eis, und beschloß, doch einmal zurückzugehen, um den Polen in seinem Wagen zu beehren. Statt auf direktem Wege auf die kleine Brücke zuzugehen, plante sie einen Schlenker an der Statue Jagiellos vorbei zu machen. Wer weiß, vielleicht konnte der Ahnherr günstigen Einfluß auf seinen Nachfahren zwecks Abgabe kostenfreier Eiscreme an sie ausüben. Nicht, daß sie es nötig gehabt hätte, es war eben ein Spiel. Dort, wo es zum Denkmal abging, kamen gerade zwei ältere Damen auf den Hauptweg. Eine führte einen kleinen Terrier an der Leine, der plötzlich auf Jannifer losstürzte. Durch den Ruck brachte er die Frau von ihrer Bahn ab, und sie prallte voll gegen sie. „Au", schrie die Dame, „was ist das denn? Wer rempelt mich denn hier so an!?" Jannifer wollte sich entschuldigen, aber sie war völlig sprachlos. Schließlich hatte die Frau doch sie angerempelt. „Also Heather, jetzt fasse dich!" rief da die andere. „Hier ist niemand außer uns. Und ich war es ganz bestimmt nicht!" „Ja, das sehe ich auch. Und doch schwöre ich, daß ich mit jemandem zusammengestoßen bin." „Na, vielleicht lag es ja an dem Ruck durch Jerry. Du hattest doch schon mal ein Schulterproblem, weil er immer so zieht." „Ich sage dir, da war etwas. Oder jemand!" „Jemand oder etwas. Es ist aber nichts da." Sie schauten zur nächsten Laterne, und obwohl vergleichsweise nah, hatte ein Zusammenstoß mit dieser ganz gewiß nicht stattgefunden. Heather fügte sich wohl oder übel

darein, daß es das Unmögliche wohl nicht geben konnte. „Jerry, du böser Hund!" Das Tier stand immer noch unter völliger Anspannung und starrte in Jannifers Richtung, die sich behutsam ein paar Schritte zurückgezogen hatte. „Wenn Frauchens Schulter kaputt ist, kann sie nicht mehr mit dir in den schönen Park gehen. Nein, nein!" Jerry zeigte jetzt Anzeichen von Betroffenheit und wandte sich leise jaulend zu seiner Besitzerin um. „Na komm' schon her, hast es ja nicht absichtlich gemacht." Sie tätschelte das Tier am Kopf, dann ging man weiter. Jannifer konnte nicht sagen, ob der Hund sie gesehen hatte. Aber die alten Damen mit Sicherheit nicht. Nun schien ihr auch die Reaktion des Fast-Glatzenträgers nachvollziehbar. Wie war das nur möglich!? Es mußte etwas mit dem Gang hinter Mrs. Hammersleys Sofa zu tun haben. Aber konnte sie sich sicher sein? Vielleicht waren die alten Ladies ja nur extrem kurzsichtig. Hören konnte man sie vielleicht aber. Sie beschloß, einige Tests durchzuführen. Sie ging nun doch nicht zu Jagiello, sondern folgte ein paar Meter der Biegung des Hauptwegs. Zwei gut körpergestylte schwule Freunde spielten auf dem Rasen jenseits des Zauns Frisbee. Als der ihr zunächst stehende trotz eines Sprungs die ihm zugeworfene Plastikscheibe verfehlte, faßte sie sich ein Herz und rief halblaut: „He, Du Flasche! Spielst Du immer so mies?" Der Mann drehte sich mit gespielter Erbostheit um und rief: „Mach's doch erstmal besser!" Einen Sekundenbruchteil glaubte sie, er sähe sie, und hätte sich am liebsten in Luft aufgelöst. Doch dann sah sie, wie seine Augen suchend herumirrten. Er wandte sich seinem Partner zu. „Hast Du das gehört, George! Da hat mich jemand ‚Flasche' genannt." „Ja wenn Du doch eine bist. Im Ernst, das hättest Du gerade fangen müssen." „Blödmann - sag' mal, ich glaube, ich höre Stimmen. Siehst Du hier jemanden?" „Nee, nur eine Flasche, die nicht Frisbee spielen kann!" Sein Freund drehte sich noch mal zum Weg, und warf dann kopfschüttelnd das Frisbee zurück.
In Luft aufgelöst. Genau das war sie. Oder nicht? Wie könnte man sonst ihre Stimme hören? Vielleicht handelt es sich nur um ein optisches Phänomen. Denn mit ihr zusammenstoßen konnte man offensichtlich ja auch. Ihr Gehirn ratterte. So konnte sie nicht im Museum weiterarbeiten. Was bloß tun? Bald war sie am Eiswagen. „Bitte ein Twist!" Der Nachfahre Jagiellos schaute aus dem Fenster seines Wagens. „Will mich hier jemand hochnehmen!?" Da wegen des unbeständigen Wetters niemand außer ihr Lust auf ein Eis verspürte, war sie die einzige vor dem Verkaufsmobil. „Nein, ich bin nur unsichtbar! Bitte - ich lege Ihnen Geld auf den Tisch, und dann

reichen Sie mir ein Twist heraus!" „Ja, bin ich denn blöd?" Er starrte angestrengt ins Nichts, und kratzte sich am Kopf. „Aber die Stimme kenne ich doch! Sind Sie das nicht mit dem fröhlichen schwarzen Mädchen?" Jannifer hatte zwei Dollar aus ihrer Tasche gezogen und auf den kleinen Tresen gelegt. Sie wurden sichtbar, sobald sie nicht mehr in ihrer Hand waren. „Ja, Potzblitz!" Er steckte das Geld ein, machte aber keine Anstalten, ein Eis zu zapfen. „Sie glauben doch nicht, daß Sie so davonkommen. Jetzt machen Sie mir ein Twist. Sonst hole ich es mir!" Das wirkte. Der Pole zapfte ein Eis, sogar ein besonders großes. Bevor er es herausreichte, versicherte er sich aller-dings, daß kein neuer Kunde gekommen war und sich auch sonst niemand in der Nähe aufhielt. Jannifer nahm es aus seiner Hand, die er erschreckt zurückzog. So wie sie es in der ihren hielt, war es gleichfalls unsichtbar. Offensichtlich umgab sie ein irgendwie geartetes Kraftfeld. „Mann, sagen Sie, sind Sie tot?" keuchte der Eisverkäufer. „Nein, ich bin quick-lebendig. Und jetzt müssen Sie mir versprechen, niemandem davon zu erzählen." „Das wird schlecht gehen, so etwas erlebt man ja nicht alle Tage." „Überlegen Sie sich das gut! Man wird Sie in die Klapse stecken!" Jannifer merkte, wie sie ungehalten wurde. „Mann, versprechen Sie es mir. Bei den gekreuzten Schwertern Jagiellos!" „Schon gut, schon gut, ich halte dicht." Der Eismann taumelte zurück, wischte sich mit einem Tuch über die Stirn, wankte wieder vor, schob dann schnell das Verkaufsfenster zu. Als Jannifer auf die andere Straßenseite zurückgegangen war, brauste der Eiswagen an ihr vorbei die Fifth Avenue herunter, so als seien alle Dämonen hinter ihm her. Lachend schleckte sie ihr Twist.

Nun war Selbstorganisation angesagt. Um nicht aufzufallen, mußte sie morgen wieder im Museum sein. Um dort auch sichtbar zu sein, gab es wohl keinen anderen Weg als wieder durch den Tunnel zurückzukehren. Das ging nur im Dunkeln, oder allenfalls frühmorgens vor der Öffnung des Museums. Wie konnte sie die Gabe der Unsichtbarkeit in der verbleibenden Zeit am Sinnvollsten nutzen? Sie könnte ja Juwelen stehlen! Nein, davor wich sie ethisch zurück. Kaum war das Eis verdrückt, ging sie allerdings in eins der sündhaft teuren Cafés der Gegend und nahm ein Stück von der teuersten Torte der Auslage. Bald verstärkte sich aber eine Idee, die sie schon seit einiger Zeit im Kopf gehabt, jedoch noch keinen Weg zu ihrer Ausführung gefunden hatte. Ihr Zustand machte das jetzt möglich. Sie stieg in die Buslinie 1, die sie hinunter ins East Village fast bis vor die Tore von Alphabet City brachte. Jetzt mußte sie nur noch warten, bis die ersten Mitarbeiter kamen und das ‚Ultra Violet Velvet' für den Abend vorbereiteten. Sie lief ein bißchen in der Gegend herum, betrat verschiedene Geschäfte. In einer Buchhandlung traute ein Kunde seinen Augen nicht, als ein Buch aus dem Regal auf eine Ablage schwebte, sich von selbst öffnete und sich durchblätterte. Er wollte gerade einen Mitarbeiter darauf hinweisen, als es sich zuklappte und wieder an seine Stelle im Regal flog. In einem Schnellrestaurant gab es eine heftigere Auseinandersetzung unter den Angestellten, weil eine Burger-Mahlzeit, soeben für einen Kunden vorbereitet, auf einmal wieder vom Tablett verschwunden war. Ein Obdachloser sah einen leeren Becher unter den Getränkeautomaten schweben und sich selbsttätig füllen. Mit Diet-Coke, er schüttelte sich, als er dies verfolgte. Er hatte sich auch schon oft mit Bechern, die er meist aus den Mülleimern draußen fischte, selbst an der Maschine bedient, da konnte man nichts gegen haben. Aber ein Becher so ganz ohne Person daran? Nun, er wußte, daß er auch heute mal wieder schon viel zu viel intus hatte, und zuckte daher nur mit den Schultern. In New York war außerdem alles möglich. Jannifer kam nach dem Burger-Mahl am Schaufenster eines Pfandleihhauses vorbei, in dem ein äußerlich wunderbares Florett an einer Schlaufe baumelte. Der Preis auf dem Schildchen war etwas hoch, aber es gefiel ihr auf Anhieb sehr gut. Es sah auch kaum benutzt aus, und herunterhandeln konnte man sicher auch etwas. Mitnehmen war jetzt nicht möglich, sie müßte noch einmal wiederkommen. Als sie wieder auf das ‚Ultra Violet Velvet' zuging, kam ihr aus der anderen Richtung niemand anderes als Jack entgegen. Fast hätte sie ‚Hallo' gerufen, biß sich aber noch im letzten Moment auf die Zunge. Schon zog er den Schlüssel aus der Tasche, sie mußte sich beeilen, um direkt bei ihm zu sein, wenn er die Tür öffnete. Als er dieses tat, gelang es ihr nur so gerade, hinter ihm hineinzuschlüpfen, denn er zog die Tür sofort wieder zu. Dabei stieß sie ans Holz, er merkte einen Widerstand, zog kräftiger, und nun streifte sie ihn beim Ausweichen kurz am Arm. Er erschrak und griff sofort an die berührte Stelle, sie glitt, den Atem anhaltend, lautlos an ihm vorbei. „Ich sollte weniger von dem Zeugs nehmen", brummelte er. „Am besten gar nichts mehr." Er schaltete das Saallicht an und begann dann eine Art Kontrollgang, checkte dieses und jenes, räumte hier oder da herum. Offensichtlich sein tägliches Ritual. Jannifer huschte sofort hinter die Theke und in deren äußerste Ecke. Ja, da lag Jacks großes Buch, mit dem er die Gigs plante und in dem die jeweiligen Verpflichtungen in der Szene notiert waren. Sie schlug es vorsichtig auf, doch konnte nur schlecht lesen.

Die Saalbeleuchtung reichte nicht für die Theke, deren Bereich sie aber mit dem Buch unter keinen Umständen verlassen konnte. Jack hantierte nun irgendwo im Bühnenbereich, und so faßte sie sich ein Herz und schaltete die Thekenbeleuchtung ein. Die Ecke wurde nun nicht strahlend hell, das will man ja an keiner Stelle in einem Club, aber es reichte gut aus. Jacks Einträge waren oft fahrig vorgenommen, einige immer wiederkehrende Formanten im eher druckschriftartigen Schriftbild waren vorhanden, jedoch eine gewisse Ungleichmäßigkeit die Regel. Ein Graphologe hätte vermutlich geschlossen, daß der Schreiber nicht jemand war, der sehr viel in seinem Leben geschrieben hätte, und ihm dazu eine bestimmte Rastlosigkeit attestiert. Jannifer blätterte vorsichtig und sah, daß Empfehlungen für bestimmte Bands meist quer in die trotz des Schriftbildes recht ordentlich geführte Planung geschrieben wurde. Dabei stand auch fast immer der Name des empfehlenden Kollegen, ein gewisser ‚Ronnie' fiel ihr wegen des neben seinem Namen stehenden Rufzeichens auf. Sie blätterte etwas hin und her, und fand heraus, daß die von Ronnie empfohlenen Gruppen irgendwann immer tatsächlich im ‚Ultra Violet Velvet' auftraten. Mit dem hörte sie sich nähernde Schritte, es gelang ihr gerade, das Buch zu schließen und zurückzuweichen, als Jack ihr gegenüber auf der anderen Seite der Theke stand. Er blinzelte. „Das hab' ich doch noch gar nicht angeschaltet!" Er beugte sich vor, knipste das Licht aus, um es nach einem nur kurzen Moment doch wieder anzuschalten. Jetzt fiel ihm das Buch auf. Er nahm es hoch, und Jannifer hielt den Atem an. Doch dann ließ er es wieder an dieselbe Stelle fallen. „Scheiße, ich muß damit aufhören!" Er zapfte sich ein kleines Bier, und warf sich dann in einen der verstreut vor der Theke herumstehenden weinroten Kunstledersessel. Er saß vielleicht sechs, sieben Meter von Jannifer entfernt, schaute aber genau in ihre Richtung. Nahm dann einen tiefen Schluck, seufzte und legte den Kopf in den Nacken. Nun mußte alles schnell gehen. Jannifer öffnete das Buch wieder, nahm einen in der Ecke liegenden schwarzen Kugelschreiber, und machte in Jacks Manier auf der letzten Seite folgenden Eintrag: ‚Männer, die zum Frühstück bleiben' (Men who stay for Breakfast). Ronnie: coole Chicks aus Germany - great musicräumen bei dir ab. Buch' sie jetzt, wo es noch geht.' Darunter schrieb sie die Webseite ihrer Band, schloß den Planer und legte ihn auf die Stelle, auf der ihn Jack fallengelassen hatte. Dieser schaute jetzt wieder herüber, und nahm einen weiteren Schluck aus seinem Glas. Dann stand er auf und bewegte sich auf die Theke zu. „Kein Dope mehr, keine Kurzen. Nur noch Bier." Er leerte das Glas, stellte es auf den Tresen und wollte das Buch greifen, als es kräftig klopfte. Jack drehte sich, ging zur Tür, spähte durchs Guckloch und öffnete. Es waren zwei Bedienstete, die Jack mit ‚Syd' und ‚Alex' anredete, wobei Alex eine Frau war. Jannifer hatte großen Durst, der nicht besser geworden war, als sie Jack beim Trinken zugesehen hatte. Letzte Chance, sich selbst ein Bier zu zapfen, bevor die Kellner die Theke in Beschlag nahmen und bald die ersten Gäste vor den Zapfhähnen stehen würden. Sie füllte sich ein großes Glas, einen Pint mit dem Lager einer Micro-Brewery ab. Die Biere der kleinen Privatbrauerein waren so gut wie immer nach dem Reinheitsgebot gebraut und schmeckten ordentlich. Viele der Braumeister hatten im bayrischen Weihenstephan ihr Handwerk studiert. Jetzt schnell weg von der Theke, damit niemand ein Bier durch die Luft schweben sah! Sie verzog sich in den hintersten Winkel des Clubs, wo sie sich auf der dort stehenden Couch niederließ. Das Bier versteckte sie hinter einer aufgestellten Getränkekarte.

Bald kam die erste Band und begann mit dem Aufbau, ebenso fanden sich die ersten Gäste ein. Es war schon deutlich später, als Jannifer gedacht hatte, und das ‚Ultra Violet Velvet' füllte sich rasch. Vielleicht war die Band ja auch recht bekannt. Aber dann würde sie ja eher erst gegen Mitternacht auftreten. Sie genoß die Möglichkeit, alles aufs Genaueste beobachten zu können, selbst aber nicht gesehen zu werden. Nie hatte sie solchen Anteil an den Gesprächen von Freunden und Liebespaaren genommen, nie so konzentriert zugehört. Dabei fühlte sie sich gar nicht so, als ob sie die Menschen belauschte, sondern so, als wäre sie nur ganz nah bei ihnen. Das Konzert begann, die Musik war fetziger Rock, nichts Originelles, aber die Leute ließen sich mitreißen. Sie bewegte sich jetzt durch die Gäste, je voller es wurde, desto schwieriger war es zunächst, niemanden anzustoßen. Als es noch voller wurde, war es indes wieder leichter, weil sich nun keiner daran störte, ein wenig angerempelt zu werden, zumal dies mit steigendem Alkoholkonsum ständig passierte. Es machte ihr sogar richtig Spaß, wenn ein von ihr Angestoßener sich umdrehte, aber sofort einen anderen als den vermeintlichen Rempler identifizierte, sich aber gleich kritiklos wieder umwandte. Sie kletterte an den Rand der Bühne, und schwang kräftig zu den Rhythmen der Band mit. Als sei sie einer der Musiker ließ sie ihren Blick über das Publikum schweifen. Und dabei fror sie jäh in ihrer Bewegung ein. Unweit des Eingangs stand der riesenhafte Ägypter und neben ihm, kaum mehr als nur halb so groß erscheinend - Arthur. War er es oder war er es nicht? Von der Statur und den mittellangen, lockigen Haaren her schon. Sie kniff die Augen zusammen. Jedenfalls handelte es sich um denjenigen, der diese täuschende Ähnlichkeit mit dem entführten Freund hatte. Aber es kam noch heftiger. Die Tür ging auf, und Curtis trat herein. Und zwar nicht allein! In seinem Arm war eine zierliche, in weiß gekleidete Asiatin mit langen schwarzen Haaren. Die beiden schoben am Ägypter vorbei und zielstrebig auf die Theke zu. Jannifer schrie laut auf. Der Schlagzeuger erschrak darüber so sehr, daß er einen Trommelstock verlor. Er schaute sofort in die Richtung des Schreis, sah aber niemanden. Auch unter den Gästen, besonders unter den nahe der Bühne stehenden, machte sich Momente lang Panik breit. Jeder dachte bei solchen Gelegenheiten, daß jemand ein Messer oder eine Pistole gezogen hatte. Die Band drosselte Tempo und Lautstärke, drehte aber wieder voll auf, als man beruhigt feststellen konnte, daß keine Gewalttat geschehen war oder bevorstand. Jannifer war von der Bühne ist Publikum gesprungen und bahnte sich schubsend ihren Weg. So sehr sie wissen mußte und wollte, ob der Begleiter des Ägypters Arthur war, so war doch ihre Verletzung größer. Sie drang zur Theke vor und schrie Curtis auf Deutsch an: „Du Schwein!" Dann versetzte sie ihm eine schallende Ohrfeige, die ihn fast aus dem Gleichgewicht brachte. „Oh Gott, was war das denn?" rief die zierliche Asiatin. „Ja, weiß ich auch nicht. Wer kann das denn gewesen sein?" Jannifer bebte vor Wut, sie merkte an Curtis' Reaktion genau, daß er ihre Stimme erkannt hatte, aber natürlich völlig unfähig war, darauf zu reagieren. Ihre Augen füllten sich mit Tränen, sie wandte sich ab und taumelte auf ihr anderes Ziel zu. Da stand der Ägypter wie ein Turm, doch sein Begleiter hatte sich entfernt. Das war ja zu erwarten gewesen! Jannifer wollte ihn fragen, wo er geblieben war, doch dann wurde ihr wieder bewußt, daß sie ja unsichtbar war. Sie kämpfte sich suchend durch den Raum, überprüfte sogar die Männertoilette, doch er blieb verschwunden. Als sie von dort zurückkam, waren auch Curtis und seine Asiatin nicht mehr zu sehen. Was hatte sie zu verlieren? Sie ging wieder zum Ägypter, der jetzt in Höhe der Tür am Fenster stand und stieg auf die dortige Heizungsabdeckung. Dann flüsterte sie ihm ins Ohr: „Wo ist Arthur?" Der Hüne erschrak, nicht nur weil er niemanden sah, sondern weil kein normaler Mensch ihm etwas ins Ohr flüstern konnte. Er mußte von einem Geist ausgehen, oder von einem Gehirnschaden. Mit rechten Dingen konnte das nicht zugehen, und entsprechend wurde der baumstarke Mann kreidebleich. Und so antwortete er mit Entsetzen in der Stimme, aber auf Arabisch! Jannifer befahl:

„Antworte mir auf Englisch!" Doch der Riese war in völlige Panik geraten, er redete schnell, vermutlich wirr, aber ausschließlich arabisch. Dann hielt er sich mit beiden Händen die Ohren zu und verließ fluchtartig den Club. Jannifer rutschte keuchend vom Sims herunter, setzte sich, sprang wieder auf als Alex vorbeikam, tippte ihr mit der linken Hand auf die Schulter, nahm ihr mit der rechten eine Flasche Bier vom Tablett, drehte sich zum Fenster, trank in heftigen Schlucken, ließ sich wieder auf das Sims fallen, leerte die Flasche, sprang wieder auf und taumelte hinaus. Es regnete jetzt in Strömen, so daß niemandem ihre in Bächen laufenden Tränen aufgefallen wären. Aber sie war ja so oder so unsichtbar.

24. Von Jotunheimen nach Barcelona

Es war wie ein Aufwachen aus tiefer Bewußtlosigkeit. Zuerst merkte er, wie er gleichmäßig atmete. Dann, daß ihm angenehm warm war. Ein süßlich-muffiger Geruch hing vor seiner Nase. Dieser mochte von der kuscheligen Wolldecke, in die er gewickelt war, ausgehen. Vielleicht aber auch vom darüber liegenden Federbett. Er streckte sich und öffnete die Augen, zunächst nur schlitzartig. Er befand sich in einem abgedunkelten Raum, vor den beiden Fenstern waren die Rollos heruntergezogen worden. Als sich seine Augen an das Dämmerlicht gewöhnt hatten, stellte er fest, daß es außer dem Bett, in dem er lag, nicht viel mehr als einen schlichten Waschtisch sowie ein Holztischchen mit zugehörigem Stuhl gab. Alles einfache Bauernmöbel. Eric wußte nicht, wie lange er geschlafen hatte, und wie er in dieses Zimmer gekommen war.

Mühsam rappelte er sich hoch, wankte zu einem der Fenster und schaute hinter dem Rollo durch nach draußen. Er blickte auf eine Wiese, deren leichte Verwilderung absichtlich wirkte. Im Abstand von vielleicht zehn Metern wurde sie parallel zum Haus von einem schmalen Weg durchschnitten. Jenseits des Wegs gab es ein größeres Areal mit roten Blumen, die von weitem wie Tulpen wirkten, aber unmöglich welche sein konnten. Zur linken wie zur rechten Seite stand ein größerer Baum Und hinter dem linken Baum stand ein metallicblau lackierter Kombi. Sein Volvo. Eric kniff die Augen zusammen, rieb sie sich. Als er sie wieder öffnete schrak er zusammen. Draußen vor dem Fenster stand ein Mann mit einer Indiomütze auf dem Kopf und starrte ihn an. Im nächsten Moment hatte Hauke die Tür geöffnet und trat ein. Eric hob den rechten Unterarm, um sich vor dem grell hereinschlagenden Licht zu schützen. „Sieh an, sieh an! Also wieder unter den Lebenden!" Der Bergführer schob Eric wieder zum Bett, ließ dann an einem der Fenster das Rollo wieder herauf, kehrte zurück und setzte sich neben ihn auf die Bettkante. „Du hattest hohes Fieber. Warst regelrecht im Delirium." Er sah ihn prüfend an, und legte dann kurz seine Eric eiskalt vorkommende Hand auf die Stirn. „Eindeutig besser!" „Wo…sind wir… denn hier?" Nur langsam kamen die Worte aus seinem Mund, in dem die Zunge wie ein welkes Blatt lag. Hauke stand auf, nahm eine Flasche hinter dem Waschtisch hervor und goß Eric ein Glas Wasser ein. „Hier! Trink erstmal!" Eric schluckte schwer. Das Wasser tat gut. „Mit dir war nichts mehr los. In den Bergen hätte ich dich unmöglich zurücklassen können. Eine Ein lieferung in das nächste Krankenhaus wäre wohl auch nichts gewesen." Eric nickte schwach und dankbar. „Da fielen mir diese Häuser ein. Vermutlich in ganz anderer Richtung als deinem Wunsch entsprechend, aber ein guter Unterschlupf. „Wo sind wir denn hier?" wiederholte Eric etwas flüssiger. „Wir sind hier nicht weit von Lillehammer. Von der Anhöhe drüben kannst Du es schon sehen. Nur ein wenig abseits von der E 6, über die wir uns durchs schöne Gudbrandsdalen hierhin geschlängelt haben." Der Bergführer verstand sofort Erics skeptischen Blick. „Richtig, wir sind auf dem Weg hierhin wieder durch Otta gekommen. Aber Du warst wie ohnmächtig." „Und dann?" „Ich bin auf deinen Campingplatz gefahren. Und habe etwas für dich!" Hauke griff in die Innentasche seines Parkas und holte einen durchsichtigen Gefrierbeutel hervor, in dem ein Zettel steckte. „Mein Zettel! Warum hast Du ihn weggenommen?" Er wollte schreien, doch ihm fehlte die Kraft. „Sieh' ihn dir erst mal genau an!" Eric nahm das Papier mit zitternden Händen aus dem Beutel. Tatsächlich, es war nicht das von ihm hinterlassene. In der Mitte dieses Zettels stand nur ein einziger Buchstabe: ‚Å'. Er wußte nicht, ob er weinen oder lachen sollte. Åsta lebte auf jeden Fall noch, und war offensichtlich doch noch einmal zum Platz zurückgekehrt. Aber warum so spät? Und wie hätte er wissen können, daß, und vor allem wann sie zurückgekommen wäre? Vielleicht hätte er doch nur noch länger warten müssen. Wer wußte auch, warum sie weggeblieben war? „Hadere nicht mit dir. Da war nichts, was Du tun konntest. Sie hat auf jeden Fall deinen Zettel. Dies ist ihr Zeichen an dich." „Was weißt Du von meinem Zettel?" wollte Eric hervorbrechen. „Sachte, nur das, was Du mir selbst gesagt hast." Eric konnte sich nicht erinnern, Hauke auch nur irgendetwas von Åsta erzählt zu haben. Aber zum einen wußte er nicht, was er im Fieberwahn von sich gegeben hatte. Zum anderen kamen ihm wieder die Worte der jungen Frau in jenem Haus am Parkveien in Trondheim in den Sinn. Vielleicht gab es eine schicksalhafte Beziehung zwischen ihm und dem merkwürdigen Bergführer. „Der Beutel hing an einem Stock, der senkrecht im Boden steckte." „Jaja, es ist gut." Eric wurde wieder müde und legte sich halb zurück. „Ich mache jetzt etwas zu essen. Ruh' dich noch aus, wenn es morgen besser geht, kannst Du ja weiterreisen." Kurz darauf wurde der Volvo angelassen, Eric sprang erschreckt hoch. Wenn Hauke nun nicht wiederkäme? Doch, das würde er, sonst hätte er ja vorher schon die Gelegenheit nutzen können. Eric trat vor die Tür und stellte fest, daß das Haus, in dem er geschlafen hatte, nur eines in einer Reihe von insgesamt vieren war. Die Häuser waren alle in einer unterschiedlichen Farbe gestrichen, seines war grau mit grün abgesetzten Eckpfosten und Türrahmen. Das zur Rechten war karmesin mit blauen Elementen. Die zur Linken waren orangerot mit dunkelbraunen Absetzungen, und gelb mit weißen Akzenten. Das wirklich bemerkenswerte an diesen Häusern aber war, daß auf ihren Dächern die gleiche Wildwiese wuchs wie auf der Erde vor ihnen. Wären nicht die spitzen Giebel gewesen, hätte man aus der Ferne kaum um das Oben und Unten wissen können, oder ob die Welt auf den Kopf gestellt war. Weit und breit war niemand zu sehen, lediglich eine schwarze Katze strich durch die Wiese. Er hörte auch keine Geräusche. Ob tatsächlich niemand hier wohnte? Das Gudbrandstal war bekannt für einen gewissen Wohlstand, und auch diese Häuser deuteten ja in keiner Weise auf einen irgendwie gearteten Niedergang hin. Im Gegenteil fiel eine modern erscheinende Laterne vor dem Haus auf, die vor noch nicht langer Zeit installiert zu sein schien. Aber die Bewohner konnten ja schlecht alle zur gleichen Zeit auf Urlaub sein. Er ging wieder ins Haus und ruhte noch kurz, machte sich dann aber frisch. Bald hörte er wieder seinen Volvo. Hauke kam ins Haus und stellte eine große Papiertüte auf den Tisch. In irgendeinem Dorfladen hatte er frisches Brot, Butter, Wurst und Käse besorgt, dazu eine Flasche Wein. „Wein? Das hat ja sicher ein Vermögen gekostet!" „Es ging. War ja auch dein Geld." Stimmte, sein Geld lag ja immer noch im Handschuhfach. „Danke fürs Holen. Und für alles überhaupt!" Hauke nickte. Eric langte kräftig zu, hatte er doch tagelang offenbar nichts gegessen. Dann genoß man den Wein. Erst nach einer Weile sagte der Bergführer: „Wir werden uns jetzt längere Zeit nicht mehr sehen. Und was Åsta angeht: Du wirst sie wieder treffen. Doch nicht jetzt. Sei geduldig!" „Wie kann ich denn geduldig sein? Sie ist die wunderbarste Frau, die mir je begegnet ist. Ich liebe sie!" „ Das glaube ich dir. Aber Du kannst es nicht erzwingen. Wenn Du sie jetzt suchst, wirst Du sie nicht finden." Eric sank in sich zusammen. „Was soll ich bloß tun? Ich vermisse sie so!" „Du mußt gehen, um zurückkommen zu können."

Sie saßen schweigend und tranken den Rest des Weins. Draußen dämmerte es, und vor dem Haus schaltete sich die Laterne ein. „Wenn ich dich fragen würde, ob Du bezeugen könntest, daß unter dem Gletscher Riesen leben...", hob Eric zögernd an. „...würde ich das selbstverständlich nicht tun", fürrte Hauke fort. „Vielleicht solltest Du das auch niemandem erzählen und es für dich behalten." Eric dachte nach. Der Bergführer hatte Recht. Man konnte das keinem erzählen, ohne für verrückt erklärt zu werden. Er über-

legte, ob er Hauke wegen Arthur fragen sollte, beschloß aber, es lieber zu lassen. „Wenn ich wieder in diese Gegend käme, würdest Du mich noch einmal zu den Riesen leiten?" „Warum nicht?" „Wenn Du nicht wieder ohnmächtig wirst. Man muß höllisch aufpassen, um nicht von ihnen entdeckt zu werden." „Wie könnte ich dich denn finden?" „Wie hast Du mich denn das letzte Mal gefunden?" grinste Hauke.
In Erics Kopf wirbelte es hin und her. Er war bald ins Bett gegangen und sofort eingeschlafen. Am Morgen war es sehr still gewesen, und er war nicht überrascht, als er den Bergführer nicht mehr sah. Er hatte ihn vor dem Einschlafen noch gefragt, ob er ihn mitnehmen könne, doch zur Antwort erhalten, daß es südlich von Lillehammer keine Berge gäbe und folglich dort auch niemand zu führen sei. Der Volvo war genauso, wie er ihn zuletzt bewußt verlassen hatte. Lediglich lag quer über den Sachen auf der Ladefläche die Schlafsackhülle, auf der sein mit Filzmarker geschriebener Name stand. Die Wanderstiefel standen hinten rechts. Sein Parka befand sich auf dem Beifahrersitz. Als er ihn sah, erinnerte er sich an das merkwürdige Metallstück, das er in der Höhle unter dem Gletscher eingesteckt hatte. Er tastete danach, doch es war nicht mehr in der Tasche. Hauke mußte es an sich genommen haben. Vom Geld im Handschuhfach schien dagegen über das von ihm bewußt verbrauchte sowie Ellas Entnahme hinausgehend nichts zu fehlen.
Er richtete das Bett so als wolle er es wieder benutzen. Zumindest hinterließ er einen ordentlichen Eindruck. Selbst wenn niemand mehr in das Haus käme, so fühlte er, daß er diese Geste schuldig war. Und sei es dem Bett selbst gegenüber, weil er hier wieder zu Kräften gekommen war.
Bald hatte er die E 6 erreicht und kam durch Lillehammer, dessen touristische Attraktionen ihn nicht interessierten. Bei Moelv bog die Straße nach links ab und folgte dem östlichen Ufer des Mjøsa-Sees, ab Hamar und auf Oslo zu war sie dann überwiegend autobahnmäßig ausgebaut.
Eric fühlte, wie er völlig aus dem Gleichgewicht gebracht worden war. Es war ihm, als habe er eine innere Verletzung, mitten in sich eine rohe Wunde. Nie hatte er so sehr einer Führung bedurft. Er wußte einfach nicht mehr weiter. Fast wäre Oslo an ihm vorbeigeglitten wie Castrop-Rauxel. Nach den berühmten Museen auf der Halbinsel Bygdøy stand ihm nicht der Sinn, an der Karl-Johansgate hielt er in der Nähe des Schloßparks nur zur Suche nach einem Snack. Es regnete in Strömen. Er war sich nicht sicher, ob er den Rat Haukes beherzigen und Norwegen erst einmal verlassen, oder

aber umkehren und seine Suche fortsetzen sollte. Manchmal kamen ihm sämtliche Erlebnisse seit seiner Ankunft in der alten Heimat ungeheuer real vor, dann wieder wie seltsam verzerrt und unwirklich. Dann wieder verschwammen die Grenzen zwischen Realem und Unwirklichen. In seiner Verzweiflung stellte er in Frage, ob er überhaupt bei Morten und dessen Frau gewesen sei. Mit aller Härte gegen sich führte er daher einen Selbsttest durch und rief bei Morten an. Hedda war am Apparat, und er wurde blaß, als sie zunächst noch einmal nachfragte, wer es sei, der da anriefe. Doch dann freute sie sich sehr, wieder von ihm zu hören. Man habe ja doch ein paar sehr schöne Tage gemeinsam erlebt, Morten schwärme immer noch davon. Wie es denn in Schweden gewesen sei. Eric log, daß es ihm recht gut gefallen habe. An Norwegen hinge sein Herz aber doch mehr. Daher habe er sich auch entschieden, über Oslo zurückzufahren, wo er sich gerade aufhalte. Na, wenn das kein Zufall wäre, meinte Hedda. Just am Abend würde Morten nämlich ein Konzert geben. Sein neues Stück ‚Sjøbeve' würde in der König-Olav-Gedächtnishalle aufgeführt, er selbst dirigiere. Sie würde sogleich dafür sorgen, daß ihm noch eine Karte am Eingang zurückgelegt würde. Vielleicht könne sie Morten ja noch telefonisch erreichen, und er könne sich dann mit ihm nach dem Konzert noch treffen. Oder für den nächsten Tag verabreden.

Eric fühlte, daß er keine Chance hatte, obwohl ihm alles andere als nach einer musikalischen Aufführung zumute war. Zuerst mußte er sich also eine Unterkunft in Oslo suchen. Er entschloß sich, in das nächstbeste Hotel einzuchecken, der Preis war ihm diesmal egal. Der Parkwächter sah streng in seinen Volvo, als er in die Tiefgarage einfuhr. Kaum im in Braungold gehaltenen Zimmer angelangt, stellte sich unter die Dusche. Er blieb lange Zeit mit verschränkten Armen still stehen, so als wollte er, daß das Wasser etwas von ihm abspüle. Oder im Gegenteil etwas zurückbrächte, was er verloren glaubte. Dann trocknete er sich ab, fönte sich, und suchte in seinem Adressbuch die Telefonnummer von Frank Bartholomäus heraus. Er seufzte beim Gedanken daran, was ihm das Hotel wohl für ein Gespräch nach Königsberg in Rechnung stellen würde. Doch in seiner Hilflosigkeit sah er keinen anderen Anker als den streitbaren Philosophie-Doktoranden. Auch wenn er über nichts, was ihn bewegte, sprechen könnte, so wäre er nur froh, überhaupt seine Stimme hören zu können. So war beim Wählen die größte Sorge, daß er gar nicht da sein möge. Es knisterte, dann antwortete eine herbe Frauenstimme auf Russisch. „Battolomejus, da!" Es knisterte wieder, dann meldete sich der ehemalige Kommilitone. „Ja, wenn das mal keine Überraschung ist. Eric Leifheit-Alvarez! Willst Du mich besuchen?" Stimmt, das hatte Eric ja gelobt, und tatsächlich irgendwie vor. Natürlich derzeit alles andere als realistisch. „Nein. Nur mal hören, wie's so geht in der Exklave." Er fand, daß seine Stimme völlig unsicher klang. Jedenfalls im Vergleich zur napoleonischen Schneidigkeit der Worte seines Gesprächspartners. „Man kann hier ausgezeichnet denken. Also genau das richtige für mich. Habe hier neue Impulse bekommen…" Er drehte sich weg, schien die Muschel halb zuzuhalten: „Elena, laß' das jetzt mal eben, ich telefoniere mit einem Freund!... So, da bin ich wieder. Ähem. - Der Umzug hierhin war goldrichtig. Der Ort ist zweifelsohne verantwortlich für eine thematische Verschiebung meiner Dissertation." „Na, an was arbeitest Du denn jetzt?" „Die Illusion des Verstehens! - Wir verstehen nämlich gar nichts, denken aber immerzu, daß wir es doch tun. Wissenschaftler sind besonders anfällig für diesen Irrglauben - Und Du?" „Ich bin in Oslo", sagte Eric dumpf. „Kristiania, sieh' an! Gibt's denn von da keinen Dampfer hierüber?" „Habe leider keine Zeit." „Wieso das denn nicht? Etwa schon einen Job, Du Jura-Yuppie?" „Nee, ich habe meiner Schwester versprochen, sie zu besuchen." Eric erschrak über seine Antwort. „Ja, da wolltest Du doch schon vor Monaten hin. Wieso bist Du dann jetzt in Norwegen?" Eric schwieg einen Moment. „So richtig verstehe ich das auch nicht. Ich mache mir allerdings keine Illusionen darüber, daß ich irgendetwas verstehe." Frank Bartholomäus lachte ebenso scharf wie kurz auf. „Hör' mal, mein Lieber, Du hörst dich nicht gut an. Willst Du nicht doch vorbeikommen?" „Nee, jetzt geht es wirklich nicht. Dauert ja wahrscheinlich auch endlos mit dem Visum." „Einfach ist es nicht, aber auch nicht unmöglich. - He Alter, willst Du mir nicht sagen, was Du nicht verstehst? Du weißt ja, ich bin Spezialist. Vielleicht hole ich mir hier noch den Doktor-Grad im Nicht-Verstehen!" Eric merkte, wie es ihm immer schwerer fiel, sich zu konzentrieren. „Danke Frank, das würd' jetzt zu weit führen. Aber ob Du das jetzt verstehst oder nicht, Du hast mir schon ein wenig geholfen!" Der Philosoph bezweifelte das, wiederholte seine Einladung. Eric dankte, dann legten beide den Hörer sehr langsam auf.

Am Abholschalter der König-Olav-Gedächtnishalle war wie von Hedda angekündigt eine Karte hinterlegt. „Ein Super-Platz, Sie haben wohl gute

Beziehungen!" Eric fragte, ob er in die Garderobe könne, er kenne den Musiker. Davon stünde auf dem Umschlag nichts, der Meister müsse ungestört sein, um sich auf das Konzert vorbereiten zu können. Sie wolle mal nachfragen, ob er in einen der Räume könnte, in denen sich die Orchester-Mitglieder einstimmen würden. Vielleicht könnten diese vermitteln. Tatsächlich ging dies, es dauerte ja auch noch fast eine halbe Stunde bis zum Konzertbeginn. Die Dame am Schalter wies Eric den Weg zu einem Proberaum, in dem sich vorwiegend Holzbläser aufhielten. Hier kam er sich allerdings völlig verloren vor. Man beachtete ihn gar nicht, warf ihm allenfalls einen kurzen abfälligen Blick zu. Ein Stuhl war auch nicht frei. Da keiner der Musiker sein Instrument absetzte, wagte Eric nicht einmal die Frage nach Morten zu stellen. Er blieb neben einer etwas drallen Klarinettistin stehen, die ein tiefausgeschnittenes grünglänzendes Kleid anhatte. Auffällig war auch ihre Brille im Stil der 50er Jahre. Sie sah schräg zu ihm auf, befeuchtete dabei das Mundstück ihres Instruments. Ohne ihn aus den Augen zu lassen, schob sie die Klarinette langsam hin und her, und ließ die Zunge um das Blatt kreisen. Schließlich legte sie das Instrument wie erschöpft über ihren Schoß, und streckte ihm mit gespielter Unschuld die Hand entgegen. „Svanhildur Sigurdsdottir, Klarinette!" „Eric Leifheit-Alvarez, Bass!" Er spielte überhaupt kein Instrument, hielt es aber für ratsam, sich irgendwie als Musikerkollege auszugeben. Immerhin hatte er ja eine tiefe Stimme, also war das nicht ganz gelogen. „Das ist ja phantastisch. Aber bei diesem Stück sind Sie gar nicht dabei, oder kommen Sie als Ersatz?" „Nein, nein, ich kenne den Komponisten, und hoffte, ihn kurz begrüßen zu können!" „Hm, so kurz vor dem Konzert ist das natürlich etwas schwierig. Danach könnte ich Sie leichter zu ihm führen." Sie hielt die Klarinette senkrecht vor sich und schaute prüfend auf das Mundstück. „Können Sie es nicht wenigstens versuchen?" Svanhildur wendete die Klarinette wie ein Instrumentenbauer, Eric hatte jedoch den Eindruck, daß sie dabei in Wirklichkeit auf seinen Schoß starrte. Konnte natürlich an der Brille liegen. „Na gut, passen Sie auf das gute Stück auf!" Sie stand auf, grinste ihn keck an, und schob in Richtung einer in die Wand eingelassenen Holztür davon.

Svanhildur hatte nichts erreichen können. Sie habe dem Meister nicht einmal melden können, daß dort ein Freund auf ihn warte. Wer weiß, vielleicht hatte Morten ähnliche Eindrücke im Umgang mit ihr gewonnen, vielleicht saß er wirklich abgeschottet in seiner Garderobe, ganz verinnerlicht in das zu dirigierende Werk. So sah Eric den Freund erst im Moment, als dieser das Podium betrat. Vermutlich auch von Scheinwerfern geblendet, nickte er nur kurz ins Publikum, drehte sich dem Orchester zu, schlug kurz mit dem Taktstock ans Pult, und nahm dann beide Arme hoch. Einen kurzen Moment noch war es völlig still, dann begannen aus unendlicher Tiefe Streicher heranzuschweben. ‚Sjøbeve' begann mit einer musikalischen Ruhe vor dem Sturm, unter fortgehendem Aufwirbeln wurde aber allmählich eine kakophonische Katastrophe erreicht, die an einen Weltenuntergang gemahnen ließ. Irgendwann legten sich die Wogen, und die Musik bekam den Charakter einer Endlosigkeit, immer schwächer werdend entschwand sie gleichsam in das Nichts, aus dem sie gekommen war. Eric hatte sich zurückgelehnt und die Augen geschlossen. Bilder seiner Reise zogen vorbei, doch war dies fern von einer Reflexion. Schon ein solcher Versuch hätte ihn nur überfordern können. Und doch stellte sich zum ersten Mal seit längerer Zeit eine gewisse Ruhe ein. Seltsam. Er hatte gegenüber Frank Bartholomäus nicht die Unwahrheit gesprochen. Allerdings war ihm nur durch das Telefonat mit dem Philosophen ein Besuch bei seiner Schwester Mercedes in den Sinn gekommen, und damit eine Möglichkeit, seiner verfahrenen Situation zu entkommen. Eine tiefgreifende Lösung erhoffte er sich zwar nicht, aber zumindest einen erhellenden Perspektivwechsel. Was hätte er sonst machen können? Der sonderbare Bergführer hatte wohl Recht. Er würde Norwegen verlassen müssen, um Klarheit bezüglich der weiteren Vorgehensweise zu erzielen. Eine Rückkehr nach Deutschland, allzumal nach Münster, würde ihn nur an den Anfang zurückbringen. Hier konnte er nur die Pferde wechseln. Vielleicht würden in Spanien Dinge klarer, die er jetzt nicht greifen konnte. Außerdem stimmte es, daß er seit langem geplant hatte, Mercedes und seinen Neffen zu besuchen. Immer war es dieses ‚Ja, so wie sich die Gelegenheit ergibt, komme ich gerne vorbei und bleibe ein paar Wochen bei euch'. Nur ergab sich die Gelegenheit natürlich nie. Jetzt konnte sie, sollte sie sich ergeben.

Nach dem Konzert war vor dem Konzert. Unter verhalten rauschendem Applaus - Eric war sich nicht sicher, ob dies die nordische Art war, oder ob das ‚Sjøbeve' nur einen Teil der Besucher begeistert hatte - verbeugte sich Morten, hieß den ersten Geiger aufstehen, dann das ganze Orchester. Und war verschwunden. Die Menge strömte den Ausgängen entgegen, und Erics Platz in der Mitte einer der ersten Reihen vor der Bühne erwies sich nun als Nachteil. Als er endlich im Foyer war, wußte er sich nicht anders zu helfen, als wieder zur Garderobe der Holzbläser zu gehen. Diese waren schon dabei, ihre Instrumente einzupacken. Svanhildur konnte er zunächst nicht entdecken, doch da öffnete sich wieder die nämliche Holztür, und sie trat herein. Es würde jetzt im Restaurant ‚Ibsens Möwe' gefeiert, ob er sie nicht begleiten wollte. Morten sei allerdings schon gegangen, sie sei wiederum zu spät gekommen, um ihm die Kunde von der Anwesenheit des Freundes zu überbringen. In welchem Hotel er denn untergebracht wäre, wollte Eric wissen. Das sei eben das Problem, er sei gleich komplett abgereist. Sie hielt ihren Kleidsaum mit beiden Händen und schwenkte die Hüften langsam hin und her. Der Meister habe sich trotz des großen Erfolgs nicht so gut gefühlt, außerdem müsse er sich wohl um familiäre Angelegenheiten kümmern. Ob er wirklich nicht mitkommen wolle. Sie leckte sich mit der Zunge über die Oberlippe. Eric dachte an Åsta. Nein, er sei zu müde. Das Restaurant wäre ‚Ibsens Möwe'. Das habe er verstanden. Nur für den Fall, wäre bedauerlich, wenn er nicht dabei wäre. Aus ihrer Sicht bestimmt, aber vermutlich auch aus seiner. Immerhin sei sie eine der größten Holzbläserinnen, die der Norden je hervorgebracht habe. Das könne er gerne im Internet nachrecherchieren. Er solle es sich noch überlegen, eventuell später dazustoßen. Eric sagte: „Ja", und dachte ‚Nein'. Sie verbeugten sich altmodisch voreinander, dann wankte er wie trunken zum Hotel. Während er einschlief dachte er, daß es wohl so sein sollte, Morten nicht gesprochen zu haben.

Die Rückreise nach Münster war ereignislos, etwas anstrengend, da sich der noch auf See einsetzende Regen hielt. Kaum angekommen buchte er über das Internet einen Flug nach Barcelona. Dann sah er seine Post durch, reagierte, wo dies unmittelbar erforderlich war. Wirklich wichtiges gab es nicht. Er überlegte, sich mit Hans auf ein Bier zu treffen. Aber er hätte dann vielleicht über Dinge reden müssen, über die er nicht reden wollte. So warf er ihm nur einen Zettel in den Briefkasten, daß er von Norwegen zurückkommend gleich weiter nach Spanien reiste und ihn leider nicht angetroffen habe. Soviel hatte er ja ohnehin nicht mit ihm zu tun, der Russe war ja eher Falks Kumpel. Auch mit Signue wollte er sich nicht kurzschließen, in Münster könnte man ihn ja ohnehin nicht erreichen, und es ging ja um die Durchgabe funktionierender Kontakte. Die Abmachung wäre eher einzuhalten, wenn er sich aus Barcelona meldete. Dort plante er jedenfalls länger an einem Ort zu bleiben.

Erst im Flugzeug wurde ihm klar, daß er Mercedes vielleicht hätte anrufen und seinen Besuch ankündigen sollen. Unter Umständen käme er ungelegen. Na, auch kein Problem. Er könnte immer ins Hotel gehen oder zur Not wieder abreisen. Insgeheim aber wußte er, daß sie sich freuen würde. Das Zentrum Katalaniens zeigte sich von seiner besten Seite. Bei der Landung begrüßten ihn ein stahlblauer Himmel, und am Ausgang des Flughafens der Fahrer eines Konferenz-Shuttles. Ob er auch Teilnehmer sei, wurde er gefragt. Irgendwie sei jeder Teilnehmer an irgendetwas, hatte er auf Katalanisch geantwortet. Das wäre das beste, was er seit langem gehört habe, lachte der Fahrer. In welchem Hotel er denn untergebracht sei. Eric meinte, in einer besonderen Pension in der Tenor Viñas, einer Seitenstraße zum Platz Francesc Macia, in der er immer absteige. Sicher ein Geheimtipp. So sei es. Der Fahrer fuhr ihn zügig an das benannte Ziel, und ließ es sich angesichts des stattlichen Trinkgelds nicht nehmen, den Koffer noch selbst aus dem Kofferraum zu heben. Er sähe gar kein Schild der Pension. Eben. Geheimtipp. Der Fahrer nickte und brauste davon. Da stand Eric nun vor dem großen siebenstöckigen Haus und schaute an dessen Jugendstil-artiger Fassade empor. In der obersten Etage befand sich ein Balkon, in dessen blumenbekränzter Brüstung zwei Säulen eingelassen waren. Die Haustür war verschlossen, durch ein bleiverglastes Fensterchen konnte er sehen, daß der Porteria-Bereich nicht besetzt war. So drückte er die Klingel zur Wohnung ‚Atico 1b'. Einen Moment befürchtete er, seine Schwester könne umgezogen sein. Allerdings konnte nur größte wirtschaftliche Not jemanden dazu veranlassen, eine derart prachtvolle Wohnlage aufzugeben. Nichts geschah. So wartete er eine Weile, bis er es noch einmal versuchte. Wieder nichts. „Eric?!" Eine wohlvertraute Stimme erklang von der anderen Straßenseite hinter ihm. „Das darf doch nicht wahr sein!" Er drehte sich um, da stand Mercedes, auf beiden Armen eine große Einkaufstüte, aus der irgendwelches Gemüse herausragte, neben ihr ein Junge mit leuchtenden Augen. Sein Neffe. „Mercedes!" Er lief über die Straße, und wäre fast in ein Auto hineingerannt, was hupend um ihn herumkurvte. Sie stellte die Tüte nicht ab, sie ließ sie einfach fallen. Orangen rollten heraus, die der Dreikäsehoch soeben einfangen konnte, bevor sie den Rinnstein erreichten. Sie fielen sich in die Arme, preßten sich aneinander, bedeckten ihre Gesichter mit Küssen. „Ich habe dich so vermißt", weinte Mercedes vor Freude. „Ich dich erst mal. Aber es ging erst jetzt. Und da kam ich, so schnell ich konnte." Mercedes kniete sich. „Kennst Du noch deinen Onkel,

Carlos V.?" Carlos V. schaute ungläubig, aber auch mit leichter Bewunderung zu Eric auf. „Der Wikinger?" „Na, was sagst Du denn da für einen Unsinn! Dein Onkel Eric!" „Warum nennst Du ihn denn Carlos V.?" „Ach, Carlos heißen hier doch viele, und schließlich ist dein Neffe ein ganz besonderer junger Mann." Sie gingen in die Wohnung, fielen sich wieder in die Arme. „Es ist so schön, daß Du da bist. Sicher gibt es viel zu erzählen." Eric nickte, dachte aber, daß er zuerst nur ihr zuhören wollte. Falls er überhaupt viel von sich erzählte. Mercedes war so aufgeregt, daß sie gar nicht sitzen bleiben konnte. Sie hatte zwar beiden einen Freixenet negro eingegossen, mußte sich aber dann bei der Vorbereitung des Abendessens abreagieren. Eine schöne Frau, dachte Eric. „Hast Du denn einen neuen Lover?" Mercedes schaute verlegen zur Seite, reckte den Kopf, um sicherzustellen, daß Carlos V. nicht in der Nähe war. „Es gibt da einen. Aber ich bin so unsicher. Weiß nicht, ob das Festes werden könnte." Verständlicherweise hatte sie Angst. „Weiß auch nicht, ob das mit ihm klappen könnte." Sie nickte in Richtung des Kinderzimmers. Ihr Sohn war ihr das wichtigste, und doch stand ihr nach der großen Enttäuschung die Sehnsucht nach Liebe, Leidenschaft, aber auch Geborgenheit auf der Stirn geschrieben.

Wie es bei Geschwistern und manchmal sehr guten Freunden ist, brauchte es nicht lange, bis man sich so fühlte, als habe man sich nur kurze Zeit nicht gesehen. Befreit vom Zwang, die bekannte Stadt touristisch erkunden zu müssen, konnte man ganz normal leben. Statt Gaudis Kathedrale Sagrada Familia, Barrio Gótico oder Tapas in La Rambla kauften sie zusammen ein, kochten gemeinsam, chauffierten Carlos V. zum oder vom Kindergarten oder spielten mit ihm. Abends saßen sie bei einem Glas Wein auf dem Balkon mit der wunderbaren Aussicht über den Turó-Park. Mercedes schlug sich tapfer. Wie anders nicht zu erwarten, war es nicht einfach, ihre Pflichten als alleinerziehende Mutter mit ihrem Job im soziologischen Institut der Universität zu vereinbaren. Ihr Ex-Mann hatte sie nach Strich und Faden betrogen, am gemeinsamen Kind hatte er keinerlei Interesse. Bezüglich der Höhe der Alimentezahlung führte sie noch einen Prozeß. Es ging Eric auf, daß er anfänglich kaum etwas zu sich selbst gesagt hatte, im Gegenteil ermunterte er sie, immer weitere Details ihres Alltags zu beschreiben. Irgendwann war aber auch Mercedes klar geworden, daß dies zumindest Teil einer Strategie war, über sich selbst zu schweigen. So berichtete er schließlich von der Reise nach Norwegen; der Begebenheit mit Ella, dem Treffen und dem Verlust von Åsta, und der Verzweiflung seitdem. Auch vom Besuch bei Morton erzählte er. Den eigentlichen Grund der Reise, die Entführung Arthurs und der Auftrag, ihn zu finden, verschwieg er. Er stand im Wort, auch wenn er sich ein wenig schämte, denn er wußte, daß seine Schwester nie etwas weitergeben würde, was er ihr unter dem Siegel der Verschwiegenheit anvertrauen würde. Dies konnte andererseits immer noch ergänzt werden. Wenn er Arthur jetzt erwähnen würde, ließe es sich wohl kaum vermeiden, von dem Erlebnis in Jotunheimen zu berichten. Und hier müßte selbst Mercedes an seinem Verstand zweifeln. Die Geschichte mit Åsta reichte indes schon, um große Betroffenheit bei ihr auszulösen. Um wieder klar denken zu können, und vielleicht eine Lösung zu erarbeiten, müsse er sich erst einmal völlig frei im Kopf machen. Er sei offensichtlich unter großer Anspannung, und seine Gedanken kreisten zwanghaft immer um das gleiche. Ob ihm etwas einfiele, was ihm ein solches Aufräumen ermöglichen könne? Er dachte angestrengt nach fand zunächst zu keiner Antwort. Die kam einen Tag später während eines Spaziergangs am Strand. „Weißt Du, damals in den Mittelaltergruppen, bei den Schaukämpfen, da ist immer alles von mir abgefallen. Da mußt Du dich total konzentrieren, Du bezahlst bitter dafür, wenn Du es nicht tust." Mercedes nickte, das leuchtete ihr ein. „Wenn man etwas macht, wo man sich so fokussieren muß, daß kein Raum für etwas anderes bleibt, kann das nur reinigende Wirkung haben." Sein Beidhänder war natürlich in Münster, hinten im Kleiderschrank. Aber mit einem Mal verspürte er gewaltige Lust, das Schwert wieder in die Hände zu nehmen, und es sich seiner Kunst erinnernd zu führen. „Hm, was können wir da denn tun?" Mercedes dachte angestrengt nach, warf zu Hause dann ihren Computer an und surfte auf dem Internet. Eric hatte eine Zeitlang neben ihr gesessen, es dann aber vorgezogen, ein wenig mit Carlos V. zu spielen. Plötzlich ertönte ein Schrei aus der Wäschekammer, in der seine Schwester den PC aufgebaut hatte, „Komm' her! Das gibt es doch nicht. ‚Die Ritter der Höheren Ordnung', wie sie sich nennen, gastieren am nächsten Wochenende im Montjuic. Da mußt Du hin!" Der Montjuic war der Wehrberg Barcelonas über der Küste. Dort gab es noch das alte Kastell, das auch ein Militärmuseum beherbergte, dahinter, bis hin zum Olympiastadion, aber große Grünflächen. Hier planten ‚Die Ritter der Höheren Ordnung' offensichtlich ein Mittelalterwochenende durchzuführen, mit Marketenderbuden, Turnieren, Schaukämpfen und allerlei Kurzweil. „Hier ist auch eine Kontaktnummer. Versprich mir, daß Du dich auf jeden Fall dort meldest. Ein kühner Recke

wie Du ist doch überall gefragt!" Ihre Worte taten ihm gut. Er versprach, ‚Die Ritter der Höheren Ordnung' zu kontaktieren, sorgte sich aber insgeheim, daß diese Gruppe vielleicht religiös oder politisch Verbrämtem anhängen könne.
Zum Glück hatte er sich getäuscht. ‚Die Ritter der Höheren Ordnung' war ein bunt zusammengewürfelter Haufen, es gab weder eine religiöse noch eine nationalistische Agenda. Dennoch verband die Mitglieder, die zwar überwiegend aus Spanien, zum Teil aber auch aus anderen europäischen Ländern stammten, ein gleichsam höfischer Ehrenkodex. Es gab sogar ein marokkanisches Mitglied. Sicher nicht aus Rücksicht auf ihn spielte die Befreiung Jerusalems überhaupt keine Rolle. Ziel aller ‚Ritter' war ein vorbildhaftes und tugendsames Leben. Eric stieß wie selten in seiner Erinnerung auf keinerlei Vorbehalte. Zur Demonstration seines Könnens gab man ihm ein Flammberge-Landsknechtsschwert, dessen gewaltige Klinge wellenförmig geschliffen war. Obwohl er sich selbst nach der langen Zeit des Pausierens völlig ungelenk vorkam, beeindruckte er die Mitglieder der Gemeinschaft. Ja, er könne gern zum Training kommen, und auch an den Schaukämpfen teilnehmen. Man ginge danach ins feindliche Kastilien, meinte man scherzhaft, nach Madrid eben. Und danach zum alten, aber kleinen Rivalen Portugal. Das müsse er sich erst noch überlegen. Auf jeden Fall sei er aber erstmal in Barcelona mit von der Partie. Es war unglaublich, wie sehr die Annahme seiner Schwester Bestätigung fand. Die Schaukämpfe befreiten ihn tatsächlich für Momente von seiner schweren Last.

Im vergleichsweise kleinen Wohnzimmer hatte Mercedes mit mehreren weißen Schaffellen eine Kuschelecke eingerichtet. Die aneinandergenähten Felle lagen nicht nur am Boden jenes Winkels, es waren auch welche an der Wand und an der Unterseite eines kleinen in den Raum gebauten Baldachins befestigt. „Mein Eisbärfell", scherzte sie. Es umgab einen ein wunderbares Gefühl der Geborgenheit, sobald man sich in dieser Ecke niederließ. Eric und seine Schwester lagen zurückgelehnt dicht nebeneinander und schlürften Rioja. „Paß' bloß auf, daß Du nichts verschüttest. Ist immer ätzend, das herauszubekommen." „Man sollte hier vielleicht nur Weißwein trinken." „Ja, vielleicht. - Weißt Du noch, wie wir als Kinder gezeltet haben? Ziemlich ähnlich. Ich habe mich immer so sicher gefühlt, wenn Du neben mir warst. Da konnte es regnen oder donnern, merkwürdige Geräusche oder Laute von Tieren waren mir dann ganz egal. Warum kannst Du nicht hierbleiben?" Eric dachte an Åsta. Und an Arthur. Seine Schwester tat ihm leid. Aber er konnte ihr nicht wirklich helfen. Dies schmerzte ihn umso mehr, als er bei ihr zum ersten Mal seit längerer Zeit etwas Ruhe und Stabilität erfahren hatte. Mercedes brauchte einen anständigen Mann. Vielleicht konnte er wenigstens sicherstellen, daß ihr neuer Freund ein Guter war. Bevor er wieder aufbrechen müßte.

25. Der Fall in den Brunnen

Nur einige wenige Tage hatte Falk morgens im Garten mit seinem Erbstück trainiert, dann beschwerten sich die ersten Nachbarn. Er habe sie wohl nicht mehr alle, anscheinend zu viele ‚Mantel- und Degen'-Filme gesehen, das sei viel zu gefährlich, und überhaupt. Man könne auch die Polizei rufen. Ob dazu der Vermieter wisse, daß er entgegen Hausordnung und Mietvertrag einen Hund halte? Neben den nun vorübergehend einzustellenden Übungen hatte er sich tagsüber Gedanken gemacht, wie er am besten zu Mathilde käme, denn dies ließ sich nicht mehr aufhalten. Er hatte das Gefühl, daß er irgendetwas zerstören würde, wenn er direkt mit dem Auto dahin führe beziehungsweise sich fahren ließe. Allerdings ginge das angesichts des Verbots auf vielen der von ihm benutzten Feld- und Waldwege wohl gar nicht. Beim Studium der ‚Rad- und Wanderkarte Münsterland' konnte er sich auch nicht hundertprozentig an die Lage des Guts vom Lichtbrunnen erinnern. Vielleicht wäre etwas Sucherei notwendig. Zu Fuß war man zu langsam. Also wieder Fahrrad? Am besten fände er von Nottuln dorthin, natürlich wollte er diesmal keins leihen, sondern sein eigenes benutzen. Aber keinesfalls die ganze Strecke von Münster aus fahren! Dummerweise konnte man Nottuln nicht mit dem Zug erreichen. Die nächsten Bahnhöfe zur vermutlichen Lage von Mathildes Hof befanden sich in Appelhülsen und Buldern. Ihn von dort aus direkt zu suchen, wäre wohl zu gewagt. Schweren Herzens beschloß er, mit der Regionalbahn nach Appelhülsen zu fahren, und von dort nach Nottuln zu fahren, lieber den Umweg in Kauf nehmend als die Gefahr des Sich-Verirrens. Falk mußte nur die Reifen aufpumpen, ansonsten war mit dem Fahrrad alles in Ordnung. Er entschied, fast nichts mitzunehmen. Regendichte Kleidung, feste Schuhe, die Karte, eine kleine Taschenlampe und einen Miniaturkulturbeutel, in den nicht viel mehr als Zahnpasta und -bürste paßte. Den Schirm ließ er da. Wie sehr hatte er das letzte Mal bedauert, nicht statt seiner den Säbel dabei gehabt zu haben. Wer wußte, was diesmal passierte! Er wickelte die Waffe in eine längliche Stofftasche, die mit einem Tragegurt versehen war. So konnte er sie sich einfach über den Rücken hängen, ohne daß er dadurch behindert würde oder Aufsehen erregte. Blieb Bernhard. Im Zug wäre die Mitnahme unproblematisch. Aber er war zu groß für den Fahrradkorb und würde wahrscheinlich schnell ermüden, jedenfalls entlang der Bundesstraße nach Nottuln. Hans bot an, ihn in Pflege zu nehmen, und fast hätte er schon zugestimmt. Die beiden kämen bestimmt miteinander zurecht. Doch dann hatte Bernhard, sein Schicksal ahnend, ihn kläglich angesehen, so als wollte er sagen: „Was, Du läßt hier deinen besten Kumpel zurück?!" Also kam der Hund mit. Dann würde er eben an der Bundesstraße nicht so schnell fahren und ein paar Pausen machen. Vor der Abreise versuchte er noch einmal, die Amerikareisenden zu kontaktieren. Und dieses Mal hatte er mit Jannifer Glück. Sie war hocherfreut, von ihm zu hören. Das Praktikum sei spannend und abwechselnd, sie bekäme wirklich viel mit. Auch neue nette Leute habe sie kennengelernt. Mit Arthur nichts Konkretes. Sie habe nur jemanden von weitem gesehen, der ihm ungeheuer ähnele. So sehr, daß es ihr durch und durch gegangen sei. Aber diese Person sei ihr entwischt. Sie würde weiter die Stelle der Sichtung checken, merkwürdig sei es schon gewesen. Lance ginge es auch gut, er müsse sich wohl keine Sorgen machen. Das Leben in Amerika sei viel schneller und abwechslungsreicher als in Deutschland, daher wäre man auch etwas schwieriger zu erreichen. In den großen Städten jedenfalls ginge ohne Termin meist nichts. Mal so einfach irgendwo bei jemanden vorbeigehen so wie in Deutschland sei unüblich. Sie wollte wissen, ob er jetzt nach seiner Rückkehr einfach dort bleiben wolle. Das nicht, er habe Pläne, die aber noch nicht ganz ausgereift seien. Von Kanada wollte erst einmal nichts erzählen, bevor die Sache sicher war. Auch sein Nahziel verschwieg er. Herzlich verabschiedete man sich, gegenseitig gelobend, weiterhin alles erdenklich Mögliche zum Finden von Arthur tun zu wollen.

Am nächsten Morgen stand er zeitig auf. Er nahm ein ausgiebiges Frühstück ein mit dem Ziel, für längere Zeit nicht an Essen denken zu müssen. Daher machte er sich auch lediglich ein kleines Proviantbrot, was er ebenso wie etwas Trockennahrung für den Hund noch unproblematisch in seiner Bauchtasche unterbringen konnte. Er steckte noch zwei kleine Wasserflaschen in seine Jacke, dann konnte es losgehen. Er radelte er über die Promenade zum Bahnhof, den Hund an der Leine neben sich herführend. Das klappte erstaunlich gut, obwohl er es noch nie ausprobiert hatte. Im Zug betrachtete er seinen treuen Begleiter nachdenklich, und dieser schaute ergeben zu ihm auf. Das Tier war wirklich sehr intelligent. Es war ganz erstaunlich, welche Kommandos es beherrschte. Sitz, Platz, Bleib, Steh, bei Fuß, Hol, eben die ganze Palette. Er gab nach Wunsch die linke oder die rechte Pfote, machte Männchen in verschiedenen Höhen und Ausdrucksstufen, wählte aus mehreren Gegenständen genau den bezeichneten und brachte ihn her, ging auf

Zuruf schneller oder langsamer, bellte oder hört abrupt damit auf. Erst von Hans, der als Kind in seiner alten Heimat wohl immer von Hunden umgeben gewesen war, hatte er erfahren, daß Bernhard eindeutig eine gute Erziehung erhalten haben mußte und offenbar eine prägend lange Zeit mit seinem letzten Besitzer zusammen war. Vermutlich habe ihn dieser selbst trainiert. Wieso er dann weg von ihm sei, hatte Falk gefragt. Nun, es käme immer wieder mal vor, daß sich Herrchen und Hund verlören. Bei der Weiterfahrt auf dem Rastplatz vergessen mitzunehmen. Einem Hasen nachgelaufen. Der alte Besitzer könnte krank geworden sein, einen Unfall gehabt haben. Oder wäre gar tot. Alles denkbar.

Die Bahnstation in Appelhülsen lag am südlichen Ende des Ortes, den er entsprechend erst durchfahren mußte. Dann ging die Bundestrasse 67 in einer wie mit dem Lineal gezogenen geraden Linie nach Nordwesten. Von der Anschlußstelle zur überquerten A 2 aus waren es noch fast fünf Kilometer allein bis Nottuln. Falk bemühte sich, langsam zu fahren, und der Hund schlug sich tapfer. Aber es war klar, daß man dies nicht durchhalten konnte. Der Weg würde lang werden. Irgendwann stieg er ab und schob. Bernhard trottete neben ihm her, so als wolle er sich nichts anmerken lassen. Falk machte eine kleine Pause und gab ihm etwas zu trinken. Dann radelte er wieder etwas schneller, Bernhard hielt zuerst mit, gab aber dann auf. So schob er wieder, pausierte erneut. Ein hohes Durchschnittstempo war das nicht. Da fiel Falk etwas Buntes im Straßengraben auf, wie ein mit verschiedenfarbigem Tuch bespanntes Gerüst. Beim Näherkommen sah er, daß es sich um einen Fahrradanhänger für den Transport von Kindern handelte, wie er gern in umweltbewußten und häufig dazu alternativ lebenden Familien eingesetzt wurde. Mit dem Umweltbewußtsein der ehemaligen Besitzer schien es jedoch nicht weit her zu sein. Der stark ramponierte Anhänger war einfach wild entsorgt worden. Der Stoff war ausgeblichen und eingerissen, die Deichsel verbogen, das Gestell rostig. Aber immerhin waren beide Räder noch dran und drehten sich, das eine allerdings deutlich schwerer als das andere. Wenn das keine Lösung wäre! Er zog den Anhänger auf die Straße, Bernhard schnuffelte dran, und zog sich zurück. Ganz geheuer war ihm das Gerät nicht. Und wer weiß, wie es, nach geraumer Zeit im Graben, für seine empfindliche Nase riechen mußte. Aber intelligent wie er war, befürchtete er gleich, daß dies merkwürdige Ding etwas mit ihm zu tun haben sollte. Eine Kupplung besaß Falk nicht an seinem Rad. Not macht jedoch erfinderisch, und so band er die Deichsel mit seinem Gürtel an den Gepäckträger. Zum

Glück trug er eine eng anliegende Jeans, so daß der Gürtel eher nur ein modisches Accessoire bedeutete. Bernhard war zunächst störrisch, fügte sich dann aber in sein Schicksal und stieg in den Anhänger. Man konnte beileibe nicht sagen, daß nun ein hohes Tempo erreicht worden wäre, aber zumindest ging es unter Klappern, Stoßen und Quietschen jetzt ohne Unterbrechungen vorwärts. In Nottuln zog Falk trotz strahlenden Sonnenscheins seine Kapuze tief ins Gesicht. Er kam wieder am Fahrradverleih vorbei, zum Glück hielt sich der Inhaber wohl in den hinteren Gefilden seines Geschäfts auf. Ein langes Stahlseil war jetzt durch die Rahmen der draußen stehenden Leihfahrräder gezogen und mit einem Schloß gesichert. Er folgte der nächstbesten Straße und war sich sicher, daß es dieselbe war wie beim letzten Mal. Nach einer Weile erst schlug er die Kapuze zurück und atmete tief durch. Bernhard hatte sich mit den Geräuschen und dem unruhigen Lauf seines Anhängers mittlerweile abgefunden und begann die Fahrt offensichtlich zu genießen. Er saß, und schaute aufmerksam durch die zerknitterten Folienfenster und die Löcher im Stoff. Gekonnt balancierte er die Unwucht aus, es schien, als benutze er neben seinen Schultern auch seine Ohren dazu. Wieder ging es durch sanft geschwungene Weiden und Felder, kamen sie an Gehöften und Dörfer vorbei. Asphaltierte breitere Straßen wechselten mit für den öffentlichen Verkehr gesperrten Landwirtschaftswegen ab. Hier und da lag auch wieder ein Herrensitz oder ein Wasserschloß. Je länger er jedoch fuhr, desto unsicherer wurde er sich, ob es noch dieselben Ortschaften oder Anlagen waren, die er beim ersten Mal passiert hatte. Gerade auf den holprigen Feldwegen wurde es immer mühseliger, gegen das Schlagen des Anhängers und das schwergängige Rad auf dessen einen Seite anzukommen. Bernhard hatte längst den Gefallen an der neuen Erfahrung verloren. Er lag auf dem Bauch, versuchte, den Halt nicht zu verlieren, und sah im Übrigen so aus, als wäre er seekrank. Obwohl die Gegend irgendwann wieder flacher geworden war, wurde es nicht leichter. Das defekte Anhängerrad drehte sich immer schwerer, Falk schwitzte unter seiner Outdoor-Jacke, und seine Knie schmerzten. Gerade als er überlegte, wie es jetzt weitergehen sollte, wurde ihm eine Entscheidung abgenommen: es gab einen Knall, und das blockierende Rad sprang vom Anhänger ab. Es war regelrecht abgebrochen. Durch das Aufschlagen der des Anhängers auf dem Boden gab es einen fürchterlichen Ruck, Falk konnte so gerade einen Sturz vermeiden. Bernhard jaulte erschreckte auf, kam zum Glück jedoch auch ohne Blessuren davon. Falk nahm ihn aus dem Bruchgefährt, und dankbar schleckte ihm der Hund durchs Gesicht. Sie setzen sich an Ort und Stelle auf den Boden, Falk gab Bernhard etwas Futter und Wasser. Dann nahm er sich sein Brot. Das Frühstück hatte doch nicht so lange vorgehalten wie erhofft. Wie lange sie wohl schon unterwegs waren? Er schaute auf seine Uhr, doch die war stehengeblieben. Der Himmel war wie eine milchige Kuppel, hinter der der Stand der Sonne nicht auszumachen war. Während er kaute, schaute er sich um. Die Felder und Wiesen dehnten sich in einen tiefen Raum. In der Richtung, aus der er gekommen war, sah er in der Ferne etwas liegen, was ein Bauernhaus sein konnte. Ansonsten schien die Gegend menschenleer. Die Luft flimmerte, dazu wurde es schwül. Er mußte sich zugeben, daß er völlig die Orientierung verloren hatte. Er band den Anhänger ab und schnallte sich den Gürtel wieder um, dessen modische Wirkung nun stark beeinträchtigt war. Zuerst wollte er den Bruchsulky in den Graben neben dem Feldweg stoßen, zerrte ihn dann aber hinter einen Busch und bedeckte ihn mit Ästen und Zweigen. So verschandelte er wenigstens die Natur nicht. Ein schlechtes Gewissen wollte er sich nicht machen. Schließlich hatte ja nicht er den Anhänger weggeworfen, sondern nur den Ort der von anderen vorgenommen Untat verlagert.

Er stand einen Moment unschlüssig und strich Bernhard über Kopf und Rücken. Der breite braunrötliche Streifen im ansonsten weißen Fell war schon außergewöhnlich. Lediglich in Gesicht und Ohren war mehr vom gleichen Ton. Vorher hätte er auf so etwas nicht geachtet, aber seit Bernhard bei ihm war, hatte er keinen anderen Hund mit einer auch nur annähernd ähnlichen Färbung gesehen.

„Los, lauf' vor!" Der Hund konnte nicht falscher gehen als er. Bernhard drehte sich über die Schulter zu ihm, sah ihn offenherzig an, und setzte sich dann langsam in Bewegung. Falk folgte ihm, das Fahrrad zunächst schiebend. Irgendwann kamen sie an eine Wegkreuzung. Bernhard blieb stehen, schnupperte hier und da, hielt die Nase etwas in die Luft, und folgte dann dem nach links abgehenden Weg. Er verfiel nun in einen Trab, und Falk stieg wieder auf. Ihm war, als hätte er ein nagelneues Fahrrad, so leicht erschien ihm das Treten. An der nächsten Gabelung hielt sich der Hund rechts. Nur einige Male noch wurde er kurzzeitig langsamer, so als wolle er jeden Zweifel an seiner Witterung ausschließen. Dann lief er in einem gleichmäßigen Tempo, seiner Sache offensichtlich völlig sicher.

Bald kamen sie in ein großes Mischwaldgebiet. Das diesig-grelle Licht über den Feldern wurde hier durch die Bäume etwas gebrochen, es war auch spürbar kühler. Hund und Herrchen genossen dies wie eine Erfrischung. Bald fand Falk, daß dies durchaus der Wald sein konnte, in dem das Haus vom Lichtbrunnen lag. Angestrengt spähte er nach dem Ast aus, den er vor einigen Wochen zur Markierung des Laubganges zurechtgelegt hatte. Allmählich begann der Wald schon wieder etwas lichter zu werden, und Falk fragte sich, ob es tatsächlich der richtige Weg sein könnte. Da sprang Bernhard auf einmal wie von der Tarantel gestochen mit allen vier Beinen gleich-zeitig in Luft, zuckte nach der Landung zurück, bellte laut auf und wollte vorschießen. „Halt! Hiiieer hin!" befahl Falk. Zum ersten Mal hatte der Hund große Mühe, ihm zu gehorchen. Sein Herrchen sprang vom Rad und auf ihn zu, ergriff ihn am Halsband um ihn festzuhalten und zu tadeln. Mitten auf dem Weg befand sich eine Kreuzotter. Von weitem hätte er sie wie beim letzten Mal für einen Ast halten können. Wie beim letzten Mal! Konnte dies ein Zufall sein? Wahrscheinlich war es doch der richtige Weg. Bernhard jaulte verhalten, quälte sich. Nachdem er seinen Schrecken überwunden hatte, hätte er diesem kriechenden Holzstück zu gern gezeigt, wo es langgeht. Die Schlange starrte den Hund an, und dann konnte sich Falk des Eindrucks nicht erwehren, daß sie plötzlich auch zu ihm schaute. Mit dem hatte sie sich allerdings schon wieder in Bewegung gesetzt, glitt ins Gebüsch am linken Wegesrand und war verschwunden. Falk hielt Bernhard noch eine kurze Zeitlang fest, damit er nicht der Kreuzotter folgte. Denn anders als jener war er sich nicht sicher, für wen ein solches Duell die übleren Konsequenzen haben konnte. Während der Hund sich langsam beruhigte, betrachtete Falk die Spur der Schlange. Dabei fielen ihm die Schottersteinchen im Wegstaub auf. „Bernhard, das ist der richtige Weg. Aber wir sind am Eingang schon vorbei! Komm'!" Sie drehten um, Falk stieg auf, radelte aber extrem langsam, um Wald und Gebüsch an der jetzt linken Wegseite so genau wie möglich absuchen zu können. Bernhard trottete aufgrund der erfahrenen Maßregelung etwas mißmutig neben ihm her, brach dann aber plötzlich vor und sprang bellend an einem verdorrten kleinen Baumstamm auf und nieder. „Pscht!" rief Falk und stieg ab. Der tote Stamm erwies sich als der Ast, den er zur Wegmarkierung neben den Eingang gelegt hatte. Gelegt eben. Und jetzt hatte ihn jemand senkrecht in die Erde gesteckt. Direkt daneben ging der schmale Pfad ab, der bald tunnelartig durch enges Buschwerk führte. Falk bahnte sich mit dem Rad voran, anfangs mußte er immer wieder kleine Zweige aus dem Weg biegen, dann wurde es zur Lichtung hin besser. Hoffentlich war es kein schlechtes Zeichen, daß der

Tunnel-Pfad ein wenig zugewachsen war. Jedenfalls war er wohl in der jüngsten Vergangenheit nicht regelmäßig benutzt worden. Bernhard folgte ihm, verharrte jedoch plötzlich und stellte die Ohren auf. Und da erscholl ein Jubelschrei: „Falk! - Ich wußte es!" Mathilde kam ihm mit fliehendem Kleid entgegengerannt. Eine Schüssel mit Kräutern, die sie in der Nähe gesammelt hatte, warf sie im hohen Bogen zur Seite. „Mein Retter!" Sie prallte mit ihm so sehr zusammen, daß Falk das Fahrrad zur Seite fallen ließ; Bernhard konnte sich nur durch einen Sprung retten. Sie schlang die Arme um seinen Hals und küßte ihn auf den Mund, wich aber sofort erschreckt zurück, so als dürfe sie dies nicht tun. Dann schaute sie ihn mit ihren wasserblauen Augen eindringlich an, und nun war es, als zögen Magneten ihre Münder gegenseitig an. Mathilde öffnete ihre schmalen Lippen, Falk konnte und wollte nicht widerstehen. Der Hund knurrte, es paßte ihm gar nicht, daß hier jemand womöglich ein innigeres Verhältnis zu seinem Herrn und Meister haben könnte als er selbst. „Bist Du wohl brav! Das ist die Mathilde. An die wirst Du dich gewöhnen müssen!" Mathilde strahlte Falk an. „Ich habe dich so vermißt!" „Na, ich dich auch. Sonst wäre ich ja nicht wieder hier." „Ach, es hat aber so lange gedauert. Eine Ewigkeit!" Sie schmiegte sich an ihn, er hielt sie fest in seinen Armen. Bernhard knurrte zwar nicht mehr, rutsche aber im Sitz, den er eingenommen hatte, unglücklich hin und her. „Wen haben wir denn hier?" Mathilde kniete sich vor den Hund und strich ihm über den Kopf. Er ließ es mit leichtem Widerwillen geschehen. „Das ist Bernhard. Er ist mir auf meiner Reise zugelaufen. Das heißt, er war auf einmal da." „Das hört sich ja interessant an!" Falk erzählte von seinem Kanuunfall, und daß er dem Hund vermutlich sein Leben verdanke. Wie er selbst in das Kanu gekommen war, erwähnte er nicht. Zum Glück fragte Mathilde nicht weiter. „Zu einem tapferen Herrchen gehört eben auch ein mutiger Hund. Und ein kluger Hund sucht sich sein Herrchen eben selbst aus!" So als habe er dies verstanden, legte Bernhard stolz den Kopf in den Nacken, roch dann an der ihm hingehaltenen Hand und schleckte kurz drüber. Ganz war er mit dieser Person noch nicht im Reinen, aber sie schien jedenfalls ganz in Ordnung zu sein. Mathilde richtete sich auf, warf die Haare zurück und nahm Falk bei der Hand. „Kommt', ihr beiden habt bestimmt Hunger." „Warte, mein Fahrrad!" „Ach, stell' es einfach an einen Baum. Das kommt hier nicht weg. Jedenfalls: nicht mehr." Falk nahm das Rad hoch und schob es gleichwohl am Lenker neben sich her. Sie schritten über die große Wildwiese auf den Hof vom Lichtbrunnen zu. Mathilde senkte für einen Augenblick den Kopf, so als gingen ihr die Schrecknisse der damaligen Nacht wieder durch den Sinn. „Ich hatte ein richtig schlechtes Gewissen, daß ich dich damals so rasch allein gelassen habe." „Das ist schon in Ordnung. Du hattest mich gerettet, und ich war sicher. Ich konnte ja nicht erwarten, daß Du wegen mir alles stehen- und liegenlassen würdest. Du hattest ja auch deinen Auftrag. Hast Du ihn ausführen können?" Nun war es an Falk, den Kopf zu senken. „Nein. Ich war lange unterwegs. Ich habe viel Zeit für eine eigentlich recht kurze Strecke gebraucht. Dabei habe ich zwar allerlei erlebt, bin aber der Lösung nicht ein Stück näher gekommen.- Aber Du, hast Du dich wirklich sicher gefühlt? Ich habe mir Sorgen um dich und deinen Nachtschlaf gemacht." „Nein, alles war in Ordnung bis auf ein merkwürdiges bauchloses Wesen!" Sie lachte. „Na, was erzählst Du denn da für Geschichten!" „Ja, der Bauchlose war ein wahrer Teufelsgenosse. Sein Kopf war so groß, daß ihn kaum zwei Männer hätten tragen können. Beine und Arme waren direkt daran gewachsen. Also eben bauchlos. Er trug einen kleinen Steinkopf vor sich her, den er seinem Opfer entgegenhielt. Bei dessen Anblick erstarrte man zu Tode, und dann saugte einem der Bauchlose das Blut aus." „Na, Du scheinst ihm ja entkommen zu sein. Was für eine Horrorgeschichte!" „Okay, es war nur ein Alptraum. Aber vielleicht kennst Du das, wenn Träume einem scheinen wie die Wirklichkeit. Nein, im Ernst, alles war ruhig hier." Sie hatten das Bauernhaus erreicht und gingen in die gemütliche Küche. „Leg' erstmal ab. Viel hast Du ja nicht dabei." „Ja, ich wollte heute ja auch nur zu dir fahren!" Mathilde lächelte ihn an. „Was ist denn da in der Tasche auf deinem Rücken?" „Ach, ein Erbstück, mit dem man sich im Zweifelsfall besser wehren kann als mit einem Schirm." Obwohl er nicht mehr dazu sagte, nickte Mathilde wissend und schaute fast ein wenig schelmisch drein. Sie gab ihm wieder einen Becher von dem wunderbaren selbstgemachten Apfelsaft, stellte Graubrot, Schinken und Käse auf den Tisch, legte dazu ein paar Birnen. Dem Hund holte sie Wasser und gab ihm einen Knochen. Der Knochen ließ sie gleich in dessen Ansehen weiter steigen. „Ich wollte dich auch anrufen, aber in der Eile hatte ich vergessen, mit deine Nummer zu notieren." „Willst Du vielleicht lieber Wein als Saft? Ich habe sehr guten Spätburgunder!" Falk ließ seinen Blick durch die Küche schweifen. Hier stand kein Telefon. Im Flur hatte er auch keins gesehen. Vielleicht stand es im Wohnzimmer. „Hauptsache, Du bist jetzt hier!" Sie holte eine Flasche von dem Spätburgunder aus dem Schrank und goß ihm ein Glas ein, nahm sich selbst auch eins. „Was macht dein Vater?" „Lange nicht gesehen", seufzte sie. „Er hat einen größeren Auftrag im Ausland bekommen, schrieb er zuletzt. Eine gute Gelegenheit, aber das hielte ihn wochenlang dort fest." Draußen wurde es allmählich dunkel, und Mathilde warf etwas Kohle in den Ofen. In dessen Nähe legte sie eine große Wolldecke für den Hund. Dann rückte sie zu Falk auf die Holzbank, sie kuschelten sich aneinander, hielten und streichelten gegenseitig ihre Gesichter, küßten sich. „Vielleicht war ich ja auch zu forsch..." Er lächelte und schüttelte den Kopf. Als die sanften Zärtlichkeiten immer intensiver wurden, nahm Mathilde Falk bei der Hand und führte ihn nach oben in ihr Schlafzimmer. Bernhard schaute kurz von seinem Platz auf und überlegte, ob er dies dulden solle. Machen könne man wahrscheinlich nichts, und dann wäre es wohl besser, wenn er das nicht aus nächster Nähe mitkriegen würde. Außerdem könne er sein Herrchen in der Nähe zur Tür wohl besser beschützen. Na, von ihm aus diese andere Person auch. Sein Meister hatte ja wohl einen Narren an ihr gefressen. Wenn das mal bloß nicht für ihn abträglich würde. Er legte seinen Kopf auf den Boden, seufzte tief, und war im nächsten Moment eingeschlafen.

Es begannen wunderbare Tage. Morgens wurde ausgiebig gefrühstückt, dann versorgte man die Schweine, unternahm ausgiebige Spaziergänge. Da der Gärtner offenbar noch unregelmäßiger kam als früher, half Falk Mathilde, den Garten wieder auf Vordermann zu bringen, war aber bemüht, ihm sein wildes Aussehen zu lassen. Sie verbot ihm auch, den Eingang zum Buschtunnel freizuschneiden. Das wäre grad recht so, daß den vom Waldweg aus nicht gleich jeder fände. Es gäbe ja noch die Anfahrt zur Rückseite des Hofes. Tatsächlich ging von dort ein breiterer Weg ab, der sich aber bald zwischen Waldstücken und Feldern verlor. In das nächste Dorf wollte Mathilde aber nicht. „Wozu? Wir haben doch alles hier!" Sie fände die Leute dort seltsam und meinte, nicht ohne Not dorthin gehen zu müssen. Die Nächte waren voller Zärtlichkeit, und ihre Liebe mit allen körperlichen Freuden schien rein. Falk wußte, daß er der erste Mann war, mit dem Mathilde geschlafen hatte. Fast war er sich sicher, daß er auch der erste war, den sie je geküßt hatte. Zum Glück stellte sie ihm keine Fragen zu seiner Vergangenheit, aber im Vergleich zu vielen seiner Bekannten kam er sich auch noch recht unschuldig vor. Außer der Arbeit auf dem Hof, den kulinarischen und körperlichen Genüssen blieb auch manchmal Zeit für Sport und Spiel. Mathilde liebte es, Tennis zu spielen, oder das, was sie darunter verstand. Sie hatte zwei Schläger, die bestimmt einmal sehr teuer gewesen waren. Fast erinnerte ihn das lackierte Holz an das seines Kanus. Für die leuchtendgelben Bälle habe sie sich entschieden, weil diese am besten wiederzufinden seien, wenn sie in Garten, Hecken oder den angrenzenden Wald verschlagen würden. Sie spielten immer auf der den Ställen zugewandten Seite des Brunnens, in Ermangelung eines Netzes bildete eine von diesem gedachte Linie die Feldmitte. Eigentlich erinnerte Falk ihre Spielweise mehr an Badminton. Anders habe sie es aber nicht gelernt, und auch mit ihren Geschwistern immer so gespielt. Nach deren Wegzug habe sie allerdings immer allein gegen die Scheunenwand spielen müssen, was ihre Technik vermutlich nicht verbessert habe.

Immer vor dem Spiel mußte Bernhard ins Haus gebracht werden, weil er sonst unablässig hinter dem Ball hergesprungen wäre. Hieran mußte Falk noch mit ihm arbeiten. Dann war noch das auffällig hübsche Vogelpärchen zu verscheuchen, es hielt sich aus unerfindlichen Gründen gern in der Nähe des Brunnens auf. Oft bequemten sich die Tiere aber auch von selbst davon. Es war wirklich eigentümlich, wie stark ihr blauschwarzes Gefieder glänzte. An wolkenlosen Tagen, wenn die Sonne besondere Kraft hatte, schien es flächig zu werden und wirkte wie ein Spiegel. Fast hätte sich Falk darüber erschreckt, doch soviel Schönheit konnte wohl nicht gefährlich sein. Mathilde war nicht entgangen, daß ihr Liebster diese Vögel wohl nicht kannte. „Das sind Babiane. Sehr praktisch, wenn man sich kämmen muß und seinen Spiegel vergessen haben sollte." Sie lachte.
Einige Bälle flogen hin und her; Falk mußte schon einräumen, daß Mathilde nicht untalentiert war. Sie ließ ihn ganz schön laufen, mehr jedenfalls als er sie. Er machte auch keinen Hehl daraus, entgegen seiner Erscheinung eigentlich nicht übermäßig sportlich zu sein. Fahrradfahren, Wandern, und allenfalls noch das erst in jüngster Zeit aus der Vergessenheit zurückgeholte Säbelschwingen. Das war's dann auch schon. Im Traum wäre ihm nicht eingefallen, einem Sportverein oder gar einem Fitnessclub beizutreten. Da schoß wieder einer von Mathildes Bällen heran, allerdings in einem weiten Winkel weg von ihm. Er holte aus, sprang, erreichte ihn so gerade noch, traf ihn allerdings nur mit dem Rahmen. Die hellgelbe Filzkugel sprang von der Kante senkrecht in die Höhe, schien für einen Augenblick in der Luft stehenzubleiben, und senkte sich dann in einer Bogenlampe an der überdachten Winde vorbei mitten in den Brunnen. Am Boden liegend konnte

Falk dem nur noch verdutzt zusehen. Mathilde ließ ihren Schläger fallen, schlug sich die Hände vors Gesicht und bog sich vor Lachen zurück. „Vielleicht hättest Du auch besser mit einer Scheunenwand trainieren sollen!" „Haha!" Falk richtete sich leicht verärgert auf und klopfte den Staub von der Hose. „Den hol' ich dir natürlich wieder!" „Ach wo, laß' mal, wir haben doch genug davon!" „Nein, das ist Ehrensache!" Mathilde seufzte. Man würde ihn wohl nicht aufhalten können. Sie beugten sich beide über den Brunnenrand und sahen hinab. „Wohl ein ziemlicher tiefer Wasserstand." „Hat auch wenig geregnet dieses Jahr." Das stimmte. In die Steinwand waren eiserne Sprossen eingelassen. Sie waren alt und rostig, machten aber insgesamt noch einen stabilen Eindruck. Außerdem waren die Abstände zwischen ihnen kurz. Selbst wenn eine nicht halten sollte, konnte man gleich auf die nächste ausweichen. „Tja, dann krabbele ich mal eben herunter", sagte Falk und stieg vorsichtig über den Rand. Mathilde hielt ihn am Arm fest, bis er selbst an den Sprossen Halt gefunden hatte. Der Wasserstand war wirklich arg tief. Er kletterte los, und bald wirkte das von der Winde und ihrem Dach halb verdeckte Loch, durch das er Stücke des Himmels sah, kaum größer als eine Münze. Mathilde hielt besorgt den Kopf über den Schacht, die Haare hingen herab. Dadurch wurden die Lichtverhältnisse auch nicht besser, es war aber schön, daß sie so besorgt um ihn war. Da hörte er ein plumpsendes Geräusch und erschreckte sich. Er war dem Wasser wohl nahe, aber in dieser Tiefe konnte es doch keine Frösche geben. Falk bekam es mit der Angst zu tun und kletterte schnell wieder herauf, ohne den Brunnen aber zu verlassen. „Mathilde, hole mir bitte die Tasche, die ich mitgebracht habe." Sie eilte sofort los, und war im Nu zurück. Er legte sich mit dem Bauch über den Brunnenrand, nahm den Säbel heraus, und hängte ihn an seinen Gürtel. „Wofür brauchst Du den denn? Hast Du ein Gespenst gesehen?" „Nein, aber vielleicht eins gehört. Hast Du eine Taschenlampe?" „Ja, aber irgendwo im Stall. Ich weiß jetzt auch nicht, wo die ist. Vielleicht eine Laterne?" „Nein, laß' mal gut sein. Vielleicht war es nur Einbildung. Ich war ja schon fast am Wasser. Na, mit dem Säbel kann ich immerhin besser nach dem Ball tasten als mit der bloßen Hand." Sie küßte ihn, und dann stieg er abermals die Stufen hinab. Als er etwa in gleicher Höhe wie zuvor war, lauschte er angestrengt. Diesmal war nichts zu hören. Dann wollte er den Säbel aus der Scheide ziehen, doch der klemmte ein wenig. Er lehnte sich gegen den Schacht, hielt die Scheide mit der einen Hand fest, und ruckte mit der anderen am Griff. Da gab die Klinge nach, doch er verlor das Gleich gewicht. Blitzschnell griff er nach einer der Sprossen, doch er verfehlte sie! Mit einem lauten Klatsch fiel er ins Wasser.

Falk war vollständig untergetaucht, kam jedoch wild um sich platschend sofort wieder an die Oberfläche. Das Wasser war kalt und brackig. Er ergriff eine Sprosse und zog sich im Nu wieder hoch. Der Wilkinson war noch an seinem Platz. Trotz des Schocks wollte Falk den Ball finden, konnte aber nichts sehen. Er klemmte den rechten Ellenbogen um eine Sprosse, bevor er so gesichert den Säbel ganz herauszog. Er rührte kurz damit im Wasser herum, stieß aber nur an kleine Zweige und Laubreste. Da ihm kalt wurde, beschloß er sich erst einmal zu duschen, und später mit Licht herabzusteigen. Mathilde hatte wohl Recht. Einen solchen Aufwand war der Ball nicht wert. Es war jetzt ein wenig heller im Schacht, er sah, daß sie sich nicht mehr darüber beugte. Allen Ernstes hatte er vergessen zu rufen, daß alles in Ordnung sei. Vermutlich war sie deshalb in Panik geraten und losgelaufen, um Hilfe zu holen. Als er den Brunnenrand fast erreicht hatte, kam ihm alles viel heller vor als zuvor. Er meinte auch, der Weg nach oben sei kürzer gewesen, so als habe sich der Wasserstand erhöht. Sein Gehirn arbeitete langsam, wohl durch den Sturz ins kalte Wasser, doch dann begriff er, daß die Winde und ihr Überdach nicht mehr da waren. Das dagegen noch vorhandene Seil hing an der Spitze eines Querbaums. Sich ganz darauf konzentrierend sah er beim Heraussteigen, daß dieser mittig auf einem oben gespaltenen Pfosten ruhte. Dieser war neben dem Brunnen in den mit Grasflecken besetzten Sandboden eingelassen. Er schaute sich um, und glaubte seinen Augen nicht zu trauen. Das Haus vom Lichtbrunnen war verschwunden, auch der es umgebende Wald. Stattdessen öffnete sich ringsherum eine weite flache Landschaft. Einzelne Kühe und Pferde weideten in der baumarmen Steppe. Über den endlosen blauen Himmel zogen verschieden große Schönwetterwolken. Etwas entfernt beschäftigten sich einige Frauen und Männer mit Tieren, andere schienen mit Sensen und Harken dabei, Heu zu machen. Die Frauen arbeiteten in bunten Hemden und weißen Schürzen, trugen dazu ein Kopftuch. Die Männer hatten dunkle Hosen und meist hellere Hemden, alle trugen Hüte. Nicht weit vom Brunnen stand ein schlichtes Holzhaus. Falk verstand nicht, was mit ihm passiert war, und wie es passiert war. Er trug noch die gleiche Kleidung wie zuvor, auch der Säbel baumelte noch am Gürtel. Die Stirn runzelnd ging er zu dem Haus, bei jedem Schritt quackte das Wasser in seinen Schuhen. Als vor der Tür angekommen war, flog diese auf, und eine junge Frau mit einem Korb feuchter Wäsche wäre fast direkt in ihn hineingelaufen. „Hoppla! - Aki vagy ha te?" Was van - val dir átpasszíroz?" Falk verstand nichts. Außer ‚hoppla', und vielleicht hieß das letzte Wort ‚passiert'. Vielleicht auch nicht. Jedenfalls klang das ganze irgendwie Ungarisch. Er antwortete mit dem einzigen, was er in dieser Sprache konnte: „Én köszöntések sűrű!". Das sagte nämlich Jannifer manchmal, wenn man sich irgendwo traf, und es hieß ‚Ich grüße dich!' Die junge Frau stellte den Korb beiseite, stemmte die Hände in die Hüften und lachte, daß die weißen Zähne hinter den rot geschminkten Lippen blitzten. Die Mähne dunkelbrauner Locken fiel über die weiße Bluse. Im weit geöffneten Ausschnitt trug sie ein großes Kreuz. „Te vagy egyetlen egy sem magyar!" ‚Magyar' hieß ‚Ungar', oder ‚Ungarn', aber der Rest? Sie musterte ihn von oben bis unten. „Egy török vagy te is nem!" ‚Török', hmm, vielleicht war das ‚Türke'? Im wahrsten Sinne des Wortes stand er da wie ein begossener Pudel. Es hatte keinen Sinn. „Ich spreche kein Ungarisch. Ich bin Deutscher!" Sie musterte ihn von oben bis unten. „Ach Deutsch! Sehr gut. Ein klein wenig ich spreche das! Warum bist Du so naß?" Er überlegte kurz und fand, es wäre keine gute Idee, wenn er ihr jetzt erzählte, daß er im Brunnen nach Mathildes Tennisball gesucht habe und dabei ins Wasser gefallen sei. „Ich kam in der Gegend vorbei und sah diesen Brunnen. Hatte ziemlichen Durst, und als ich mir mit dem Eimer etwas Wasser hochziehen wollte..." „...hast Du dich zu weit vorgebeugt und bist Du reingefallen!" „Ja, genau so war's!" Sie lachte wieder. ‚Ganz schön hübsch', dachte Falk, und wunderte sich, daß sie ihn nicht auf den Säbel ansprach. Er mußte doch aussehen wie jemand, der nicht alle Tassen im Schrank hatte. „Komm' mal herein. Du kannst ein paar Sachen von meinem Bruder haben, bis deine trocken sind." „Na, hat der denn nichts dagegen?" „Ach, das merkt er nicht, der ist ja wieder im Grenzgebiet unterwegs." Vermutlich ein Grenzschützer also. Bei einer gemeinsamen Grenze mit der Ukraine, Rumänien, der Slowakei, Serbien und Kroatien gab es sicher immer einiges zu tun. Die Grenze nach Österreich war vermutlich unproblematischer. Vermutlich. Er hielt den Säbel an die Hose gepreßt, wissend, daß er ihn doch nicht verbergen konnte. „Willst Du mir den solange geben, bis Du dich umgezogen hast?" Nett, daß sie ihn so freundlich behandelte. Wahrscheinlich hielt sie ihn für voll debil. „Ich warte dann draußen!" Er dankte für die trockenen Sachen, und zog sich schnell um. Jetzt sah er so ähnlich aus wie die Männer auf der Weide, nur der Hut fehlte noch. Er brachte die nassen Sachen heraus, und das Mädchen hängte sie neben der Wäsche auf die Leine. „Ibolya heiße ich". Sie streckte ihm die Hand hin. „Falk". „Kommt ihr Deutschen gern nach Ungarn?" Wahrscheinlich hatte sie sagen wollen: „Ihr Deutschen kommt gern nach Ungarn." Sie mußte ja wissen, wie gern seine Landsleute ihr Land besuchten. Zu Zeiten der kommunistischen Herrschaft noch war man in Scharen aus der DDR hierhin gefahren, um am Plattensee und anderen Orten zu urlauben. Auch aus der alten Bundesrepublik kam man gereist. Nach der Wiedervereinigung wohl dann stärker von dort. Nicht zu vergessen war die entscheidende Rolle, die Ungarn für das Ende des real existierenden Sozialismus, den Zusammenbruch des Ostblocks gespielt hatte. Die genehmigte Ausreise von Touristen aus der DDR, die sich zuvor auf das Gelände der deutschen Botschaft in Budapest geflüchtet hatten, war das Fanal für den Fall der Berliner Mauer im engeren und den des Eisernen Vorhangs im weiteren Sinne gewesen. „Wir Deutsche sind euch sehr dankbar für alles." „Ja, wir Ungarn haben große Opfer gebracht für das freie Europa." Sie reichte ihm den Säbel zurück. „Und tun das noch. - Jetzt wärm' dich erstmal weiter auf. Vater wird sich freuen, dich später beim Abendessen zu sehen. Er hat Seit an Seit mit einem Deutschen gekämpft, auf den er große Stücke hält." Was das nun wieder zu bedeuten hatte? Wahrscheinlich hatte das irgendetwas mit dem Balkankrieg zu tun. Ibolya war losgegangen, um ihrer Familie noch etwas beim Heumachen zu helfen. Offensichtlich waren die Menschen in dieser Gegend immer noch recht arm. Undenkbar, daß in Deutschland und seinen westlichen Nachbarländern selbst für die leichteste landwirtschaftliche Arbeit keine Maschinen eingesetzt worden wären. Wenn man vielleicht von ein paar kleinen Bergbauern absieht. Niemand melkte auch Kühe mehr mit der Hand. Die Holländer hatten gerade eine Art Selbstmelkmaschine erfunden, auf die die Kuh trat, wenn ihr danach war, und dann abgezapft wurde, ohne daß weit und breit ein Mensch zu sehen war. Na, ob das dem Milchvieh wirklich besser gefiel? Jedenfalls steigerte es wohl den Profit der Bauern. Er ging wieder ins Haus, setzte sich an den rohen Holztisch und ließ seinen Blick durch die Stube schweifen. Die kleinen Fenster ließen genug Licht einfallen, daß der Raum angenehm erhellt war. An der Wand hing ein schlichtes Holzkreuz, darüber ein vertrocknetes Grün. Ansonsten bildeten zwei altmodische wirkende Gemälde den einzigen Schmuck. Wie war er nur hierhin gekommen? Das war ja zum Verzweifeln! Bald hörte er draußen Lärmen, die Kunde von der Ankunft des merkwürdigen Deutschen hatte wohl zum Ende des heutigen Arbeitstages geführt. Na, das war dann wohl der Vorteil,

wenn man in quasi prä-industriellen Gegenden lebte. Ibolyas Vater und Mutter, gefolgt von ihr selbst und einigen näheren oder ferneren Verwandten, stürmten in das Haus und überschütteten Falk mit einem Schwall von Grüßen und Fragen, die er samt und sonders nicht verstand. Hilfesuchend wandte er sich an die schöne junge Frau. „Meine Eltern freuen sich, dich als Gast in ihrem Haus zu beherbergen. Mein Vater war vor Jahren mit einem Deutschen in Zenta, dann in Sarajevo. Jürgen hieße der, und er habe ihm sein Leben zu verdanken. In Sarajevo habe der Deutsche auch auf den Kommandanten eingeredet, um das schlimmste zu verhindern. Was aber leider nur bedingten Erfolg gehabt habe." „Dieser entsetzliche Balkankrieg." Ibolya nickte. Um die Lage nicht zu verkomplizieren, wollte er gar nicht danach fragen, wie der Mann überhaupt in diesen Wahnsinn hineingeraten war, in diese Schande des modernen Europas. Große Pokale aus derbem Glas wurden auf den Tisch gehauen und mit dunkel blinkendem Rotwein gefüllt. „Zum Glück hat sich die Lage ja weitgehend entspannt", ließ Falk übersetzen. Man nickte. Sicher sei man sich vor neuen kriegerischen Handlungen aber nie. Er fragte nach der NATO. Wer das denn sei? Davon habe man noch nie etwas gehört. Wenn es die denn gäbe, hätte sie ihre Aufgabe jedenfalls schlecht, falsch oder zu spät gemacht. Mittlerweile kochte ein wunderbar duftendes Essen auf dem Herd, schon vorher begann man, Scheiben von einer himmlischen Salami abzuschneiden und zu verteilen. Wie man hier, sehr viel näher an diesem Land, denn darüber dächte, daß die Türken nach Europa wollten? Der Rauch aus den Pfeifen der Männer schien bei dieser Frage gleichsam in der Luft stehenzubleiben. Wenn dies je zugelassen würde, bedeute dies den Untergang des Christlichen Abendlandes. Jedenfalls würde man den Boden mit Leib und Leben verteidigen. Und wieder mit Eugen losziehen. In der erhitzten Stimmung wollte Falk nun nicht fragen, wer Eugen war. Eben war doch noch von einem Jürgen gesprochen worden. Vielleicht war dieser der Kommandant? Daß der Dialog über den EU-Beitritt der Türkei hier vielleicht erhitzter geführt wurde, war ja verstehbar. Aber ein wenig übertrieben fand er das Gebaren seiner Gastgeber doch. Er ließ es lieber, und lenkte das Gespräch auf die wunderbar aussehenden Pferde, die er auf der Weide gesehen habe. Bereitwillig wurde dieses neue Thema aufgegriffen, und bald begann ein Schmausen mit Suppen, Braten, Käsen und Salaten, daß es eine Wonne war. Voll von köstlichen Speisen und gutem Wein verabschiedete man sich spät in die Nacht.
Am frühen Morgen wurde er durch lautes Geschrei und Hufgetrappel

geweckt. „Schnell, schnell!" Ibolya rüttelte an seinem Arm. „Wir müssen weg - die Türken fallen ein!" „Jetzt mal langsam. Ihr seid ja ganz schön hysterisch." Wahrscheinlich kamen ein paar türkische Gastarbeiter oder solche, die vergessen hatten zurückzukehren, auf Urlaubsreise vorbei. Er erhob sich schwerfällig und zog seine Sachen vom Vortag wieder an, die hereingeholt und über dem Kamin getrocknet waren. Die Leihhose hatte er als arg kratzig empfunden. Ibolya schaute ihn böse an. „Hier, nimm' deinen Säbel, schnell!" Sie zog ihn kurz zu sich heran, küßte ihn auf die Wange, und schob ihn dann aus der Tür. Menschen liefen angstvoll durch die Wiesen. Einige warfen sich zwischen besonders hohen Grasstreifen und Buschwerk auf den Boden, vergeblich hoffend, so unentdeckbar zu sein. Nach Osten hin war der Himmel schwarz. Er hörte Kanonendonner. Was um Himmels Willen sollte das bedeuten? Eine Gruppe von Reitern zog in mittlerer Entfernung vorbei. Vorweg ritt ein riesiger Kerl auf einem gewaltigen schwarzen Pferd, neben ihm saß auf einem Schimmel ein im Gegensatz zu ihm klein und untersetzt wirkender Mann. Falk mußte unwillkürlich an Don Quixote und Sancho Pansa denken. Jetzt drehte der kleinere der beiden seinen Lokkenkopf herüber, und Falk entfuhr ein kleiner Schrei. Wenn es nicht völlig unmöglich gewesen wäre, hätte man den Reiter für Arthur halten können! Irrsinn! Eine Gruppe von Leuten, alte Männer, Frauen mit Kindern an den Händen und auf den Armen, stürmte zwischen Haus und Brunnen durch. Da sprengte ein Reiter mit langen braunen Haaren von der Seite heran. Er trug eine etwas altertümliche Uniform, und hatte einen gezogenen Säbel in der Hand. „Ibolya!" Sie kam herausgerannt. „Ferenc!" Sie schrien heiser in ihrer Muttersprache. Ferenc mußte der Bruder bei den Grenztruppen sein. „Hilf' uns, Deutscher!" rief sie. Da beugte sich Ferenc herab, hielt ihm seinen Arm entgegen. Zweifellos wollte er, daß Falk hinter ihm aufs Pferd stiege. War die Welt denn völlig verrückt geworden? Da gab es keine Chance, wollte er nicht als Feigling gelten. Er zog sich auf das Pferd, und Ferenc gab die Sporen. Indem schlug ein Geschoß in unmittelbarer Nähe ein, es krachte, Menschen kreischten. Das Tier scheute, bäumte sich auf, trat wild mit den Vorderhufen in die Luft. Da verlor Falk den Halt, rutschte nach hinten und fiel in einer Rolle herab. Nicht auf den Boden wie er erwartet hatte. Ihm wurde schwarz vor Augen, dann gab es einen Klatsch. Er war in den Brunnen gestürzt. Diesmal war es ihm, als sei er eine ziemliche Weile im Wasser gewesen und tauche nur sehr langsam auf. Zuerst kam der Kopf über die Wasseroberfläche, er öffnete die zugekniffenen Augen, schüttelte den Kopf wie in Zeitlupe, und prustete dabei aus Mund und Nase. Er gewöhnte sich allmählich an die Dunkelheit. Er erkannte, daß sich irgendetwas in einer Vertiefung in der Brunnenwand bewegte. Das Irgendetwas tat jetzt einen verhaltenen Quaker und sprang ins Wasser. Ein kleiner brauner Frosch hatte ihn also so erschreckt. Offensichtlich konnte man als Amphibium doch ganz gut hier unter leben. Nahrung kam jedenfalls frei Haus. Vielleicht war er allerdings nicht freiwillig hier, sondern ebenso wie er aus Versehen hineingefallen. Da trieb etwas Helles von der anderen Seite heran. Es war der gelbe Tennisball. Ungläubig schaute Falk, wie dieser sich vor seiner Nase drehte. Dann schnellte seine rechte Hand hervor und packte ihn.

„Hey Falk, ist alles in Ordnung mit dir? Hallo!" Er schaute hoch, Mathilde beugte ihren Kopf suchend über den Brunnenschacht. Falk ergriff eine Sprosse, zog sich ein wenig aus dem Wasser. „Alles in Ordnung. Ich komme jetzt!" Er fühlte sich wie ein alter Mann. Schwerfällig wie ein Angetrunkener kletterte er Sprosse um Sprosse hoch. Oben zog ihn Mathilde über den Brunnenrand. „Du bist ja völlig durchfroren. Du Armer!" Zitternd hielt er ihr den Tennisball entgegen. „Na, Du bist mir ein Held! Super!" Sie lachte und zwickte ihn auf dem Weg zum Haus in die Seite. „Daß Du mir so einen Quatsch aber nicht nochmal machst! Wegen eines billigen Tennisballs!" Sie schüttelte den Kopf. „Wie…wie lange war ich…denn da unten?" stammelte Falk. „Eigentlich nur ein paar Minuten. Aber ich habe furchtbare Angst bekommen, als Du nichts mehr gesagt hast!" Mathilde ließ ihm eine heiße Wanne ein, brachte ihm eine Art Grog. Danach trocknete sie ihn neckisch ab, doch er war noch zu benommen für eine angemessene Reaktion. In eine dicke Decke gehüllt setzte er sich vor das Kaminfeuer im Wohnzimmer, statt Grog verlangte er nur noch einfachen Tee. Bald war er eingeschlafen, und Mathilde strich ihm kopfschüttelnd über das Haar.

Am nächsten Morgen war es Mathilde, als habe der Fall in den Brunnen eine Veränderung bei Falk ausgelöst. Vielleicht war es noch der Schock und die erlebte Unterkühlung, aber sie fühlte, daß da noch etwas anderes in seinem Kopf vor sich ging. Sein unerfüllter Auftrag, der ihm trotz der Liebe zu ihr sicher nicht aus dem Sinn entschwunden wäre. Oder seine berufliche Zukunft. Schwermütig hatte sie gesehen, wie er am Morgen allein mit Bernhard auf eine kleine Runde gegangen war. Wenn er sie nur nicht vergessen würde, und immer wieder zu ihr zurückkäme. Beim Frühstück bemühte sich Falk um Normalität, obwohl er innerlich bis in die Grundfeste erschüttert war. Mathilde mußte glauben, sein Verhalten habe mit ihr zu tun. Aber es war unmöglich, ihr von seinen Erlebnissen zu berichten. Diese konnten auch nicht gemeinsam mit anderen verarbeitet werden. Allenfalls mit einem Psychotherapeuten. Jegliches Gefühl für Zeit und Raum hatte er verloren. Er erinnerte sich an das Stipendienangebot aus Kitchener. Höchste Zeit, daß er sich um die Reise kümmerte. Er schaute aus dem Fenster, es wehte ein böiger Wind, und die ersten Blätter fielen.

„Du mußt wieder aufbrechen!" Mathilde versuchte ein freundliches Lächeln, doch sie hatte einen Kloß im Hals. Falk lächelte gequält zurück, und deutete ein leises Nicken an. „Dieses Mal wird es eine weite Reise. Doch ich bin bald wieder zurück." Mathilde wollte freudig aufspringen, doch wurde sofort wieder in ihrem Gefühl gedämpft. „Dort erfahre ich, ob ich nicht viel später wieder dorthin gehe, und dann für längere Zeit." „Meldest Du dich, wenn Du wieder zurückgekommen bist?" „Auf jeden Fall." Beide rührten traurig in ihren Tassen, und auch der Hund merkte, daß die Stimmung nicht mehr so fröhlich war wie zuvor. „Ich werde dich nicht festhalten. Ich kann es auch gar nicht. Aber ich bin auf immer Dein!" Falk schluckte, er fühlte, wie Tränen in ihm aufsteigen wollte, und versuchte dies zu unterdrücken. „Auch Du hast einen Platz tief in meinem Herz!" Ein Dialog wie in einer Seifenoper. Aber es war ernst gemeint. Er mußte jetzt erst einmal mit sich selbst ins Reine kommen. Zuviel hatte er in der jüngsten Vergangenheit erlebt, was noch nicht durchgearbeitet war. Der wirre Eremit, der sich für den Hl. Bernhardus hielt, hatte ihn durch den Schlag mit seinem Bischofsstab vielleicht schwerer verletzt, als er sich zugeben wollte. Unter Umständen hatte er eine kleine Gehirnblutung erlitten, und Teile seiner grauen Zellen arbeiteten nicht mehr oder nicht mehr so, wie es sich gehörte. Eigentlich sollte er sich untersuchen lassen, doch er fürchtete sich vor der Diagnose. Er fühlte sich zu jung für eine solche Schädigung, an die er nicht wirklich glauben wollte. Auf der anderen Seite konnte er doch präzise denken und analysieren, war dazu körperlich gut beieinander. Er brauchte Zeit für sich und fragte sich zugleich, ob er davon nicht zuletzt schon genug gehabt hatte. Arm in Arm unternahmen sie einen letzten großen Spaziergang. Der Hund versuchte gute Miene zum bösen Spiel zu machen, und konnte durch seine Sprünge und Kunststücke wenigstens kurzzeitig für etwas Erheiterung sorgen. Abends gingen sie mit einem Glas Wein früh ins Bett, redeten wenig, hielten sich fest. „Ich bin immer so allein. Es war so schön mit dir!"

Falk drückte Mathilde fest an sich.
Um alles nicht noch schlimmer zu machen, brach er gleich am frühen Morgen auf. Mathilde hatte zum Abschied dasselbe weiße Kleid angezogen, das sie trug, als er gekommen war. Sie brachte ihn zum Gebüschtunnel, wo sein Blick auf die Schüssel fiel, die immer noch an der gleichen Stelle lag, wo Mathilde sie hingeworfen hatte, als sie sein Kommen bemerkte. Welk und verdorrt waren die Kräuter zusammengefallen. Sie schaute ihn tief mit ihren wasserblauen Augen an, in denen die Tränen am Rand des Überlaufens standen. Dann küßten sie sich lange, es war ein salziger Kuß. „Sag' mir nur, daß ich auf dich warten kann..." „Ich komme wieder, ich verspreche es dir!" Bernhard jaulte, verflixt, längst hatte er sie auch in sein Herz geschlossen. Sie war letztlich doch sehr nett. Falk schob los in den Tunnel, drehte sich noch einmal um, beide hoben kurz die Hände. Dann war er mitsamt Hund und Fahrrad verschwunden. Mathilde kam nicht bis zum Weg mit, damit sie ihm nicht nachschauen mußte.

26. Der seltsame Park

Der Polizeibericht für die Banken und Kreditkartenfirmen war unproblematisch. Der L.A.P.D. Officer gab sich rasch zufrieden mit den Erklärungen, die Lance zu seinem späten Vorsprechen gab. Diese Traumatisierungen kenne er. Besonders schade, daß ihm das als Tourist passiert wäre. Eigentlich sei er ja auch Amerikaner, hatte Lance gemeint. Nun, aber kein Angeleno. Er müsse halt noch lernen, wo man spazierengehen könne und wo nicht. Generell sei Spazierengehen in Los Angeles keine sinnvolle Angelegenheit. Man mache sich eher verdächtig. Ja, in den Parks, da ginge das schon. Den Griffith Park könne er empfehlen. Viele Wege, und schön wild. Er sei da letztens wegen einer Mordsache gewesen, aber die hätte mit dem Park an sich ja nichts zu tun gehabt. Leichen-Dumping eben, das käme überall mal vor.

Lance fuhr zurück zu Raymond, der ziemlich ratlos war, was er mit seinem Untermieter anstellen sollte, um ihn wieder aufzumuntern. „Also, was dir so richtig fehlt, scheint mir ein Ausflug in die Natur zu sein. Kannst Du eigentlich angeln?" Lance verneinte. Angler in Deutschland waren ihm immer ein wenig suspekt vorgekommen. Wie sie da im strömenden Regen unbeweglich unter großen grünen Schirmen saßen, meist an kleinen rechteckigen Teichen, zuweilen auch an Talsperren, machten sie immer einen etwas depressiven Eindruck.

Er glaubte, daß die meisten vor ihren Ehefrauen flüchteten. In jedem Fall kauzige Eigenbrötler, die am normalen Leben keine rechte Freude zu haben schienen. Dies sei in Amerika ganz anders, meinte Raymond. Sowohl in den USA als auch in Kanada, wie er von Verwandten wisse, sei Angeln einfach Teil normaler Freizeitaktivitäten jeder Familie. Wenn man also Campen ginge, sei die Mitnahme von Angelgerät ebenso selbstverständlich wie die von Wanderschuhen oder Badehosen. Für einen Angelschein müsse man sich auch nicht lästigen und langwierigen Prüfungen unterziehen, sondern einfach einmal im Jahr eine bestimmte Gebühr zahlen. Kinder seien davon allerdings ausgenommen. Gleichwohl würden sie von ihren Eltern schon das richtige Auswerfen und Einholen gezeigt bekommen, sowie sie gerade halbwegs das Laufen erlernt hätten. Also grundsätzlich eine ganz andere Nummer. Wie es der Zufall wolle, sei sein Cousin Kevin seit einigen Tagen in der Stadt, und dieser sei geradezu ein Angelfanatiker. Gerade jetzt plane er einen Trip nach Nordkalifornien, er wolle im Sacramento River Lachse fischen. Er ginge da immer an eine bestimmte Stelle, und das dürfe ihn, Lance, interessieren, die Goethe Park hieße. Er selbst würde am liebsten auch mitkommen, aber die Arbeiten an seinem neuen Drehbuch ließen ihm leider keine Chance dazu. Lance meinte, daß er sich das noch einmal überlegen müsse. Grundsätzlich fühle er keinerlei Drang zu dieser Aktivität, auch wenn Raymond mit seinen Ausführungen zum amerikanischen Freizeitverhalten sicher Recht habe. Außerdem kenne er diesen Kevin ja gar nicht. Vielleicht käme man überhaupt nicht miteinander zurecht. Was das Kennenlernen anginge, wäre dies kein Problem. Heute abend nämlich würde er mit ihm in den Club ‚Foxy Lady' am Sunset Strip gehen, wo Count Litewell ein Live-Konzert geben würde. Da solle er doch gleich mitkommen, übrigens auch eine prima Gelegenheit, sich ein wenig abzulenken. Die Musik sei echt scharf, so eine Art Rock-Fusion, da käme man ganz von selbst auf weniger düstere Gedanken. Aber jetzt müsse er erst wieder weiterarbeiten.

Lance verließ das Gebäude am obersten Ende der Ivar Street und setzte sich auf die den Weg hoch über der Franklin Avenue begrenzende Leitplanke. Sein Blick schweifte über den Hollywood Freeway und die Abfahrt zur Gower Street hinweg zum Argyle Castle, einem Hotel- und Wohnungskomplex. Raymond hatte schon Recht. Irgendetwas mußte passieren. Der Überfall hatte ihn tiefer getroffen, als er sich anfangs eingestehen wollte. Er war sich bewußt, daß er mit einem ständigen Gefühl der Unsicherheit lebte. Laute Geräusche erschreckten ihn, zum Beispiel das Schlagen einer Wagentür. Aber auch quietschende Reifen, lautes Bremsen, Hupen und sich rasch nähernde Autos. Selbst lautes Sprechen oder Lachen beunruhigten ihn.

Er wußte nicht, ob ihm heute abend wirklich nach einem Rockkonzert war. Eigentlich sehnte er sich mehr nach Stille. Aber egal, wofür er sich später entschied, er hatte jetzt erst einmal ausreichend Zeit, etwas anderes zu unternehmen. Es wäre also kein Problem, irgendwo hinzufahren, wo man zumindest ein Stück Abgeschiedenheit erleben könnte. Der Griffith Park kam ihm in den Sinn, den er nur einmal durchfahren hatte auf seinem Weg zum Observatorium. Leichter konnte man der Stadt nicht entfliehen als durch einen Besuch des mitten in ihr gelegenen Wildparks enormer Ausmaße. Irgendwo hatte er einmal gelesen, daß es sich um den größten innerstädtischen Park überhaupt handeln sollte. So stieg er in seinen ganz in der

Nähe geparkten Crown Victoria und fuhr die Franklin Avenue entlang, bis diese auf Western Avenue stieß. Dort bog er links ab, folgte dem Verlauf der Straße, die nach der Kurve am American Film Institute Los Feliz Boulevard hieß, und nahm gleich die nächste Straße zur Linken. Diese trug den Namen Ferndell, und er fuhr sie vielleicht 600 Meter, bevor er irgendwo an der Straße seinen Wagen abstellte. Die Sonne schien, ein strahlend blauer wolkenloser Himmel spannte sich. Planlos betrat er einen der Wege, die sich hier durch den Park nach oben schlängelten. Da es vollkommen windstill war, hörte man nichts anderes als die eigenen Schritte und ein gelegentliches Knacken und Rascheln im Unterholz, welches von den dort lebenden Tieren ausgelöst wurde. Falk ertappte sich dabei, wie er suchend im Umkreis um sich herumschaute, ob dort andere Menschen zu sehen seien, die ihm unter Umständen gefährlich werden konnten. Es war jedoch nur ein älterer Spaziergänger sowie eine Joggerin zu entdecken. Er atmete tief durch. Dann ging er gemächlichen Schrittes, blieb zwischendurch immer wieder stehen, schloß die Augen und ließ die Stille auf sich wirken. Natürlich wäre es nicht unmöglich gewesen, daß er auch hier im Griffith Park auf unangenehme Zeitgenossen gestoßen wäre, aber irgendwie mußte man das wohl in Kauf nehmen. Man konnte sich ja jetzt nicht in seiner Wohnung verstecken. Ein gewisses Restrisiko gab es schließlich immer. Selbst wenn man rund um die Uhr in seinem Haus bliebe, könnte unter Umständen ein Einbrecher in dasselbe eindringen.

Da es ihm immer wärmer wurde, streifte er seine Jacke ab und band sie mit den Ärmeln um den Bauch. An jeder Biegung gab es etwas Neues zu sehen und zu entdecken. Er war beeindruckt von der Vielfalt der Pflanzen und auch der Tierwelt. Sogar einen Kojoten sah er vorbeistreifen. Berglöwen und Klapperschlangen, vor denen ein Schild am Beginn des Weges gewarnt hatte, konnte er indes nicht ausmachen. Er hätte auch keinen gesteigerten Wert darauf gelegt. Nach einer Weile war er an einen Abzweig gekommen, der zu einer Art verbreiterten Plattform unterhalb des Observatoriums führte. Hier standen zwei Bänke, von denen man eine wunderbare Aussicht über die ganze Stadt bis hin zum Pazifik hatte. Jenen konnte man heute allerdings nur erahnen, da auf Grund der Windstille Santa Monica schon völlig im Dunst verschwunden war. Er setzte sich auf eine der Bänke und ließ seinen Blick über die unter ihm liegende Stadt schweifen. Vereinzelt huschten Eidechsen über den Wall, der die halbkreisförmige Plattform begrenzte. Menschen schienen sie kaum zu fürchten, denn immer wie der hielten einige ganz dicht in der Nähe seiner Bank und sonnten sich. Gerade, als Lance sich erheben wollte um weiterzugehen, sah er in seinem linken Augenwinkel, daß am Ende der Bank eine recht große Eidechse saß. Er wandte den Kopf und erkannte sofort, daß dem etwa 20 cm großen Tier der Schwanz fehlte. Es war ja allgemein bekannt, daß Eidechsen in bedrohlichen Situationen ihren Schwanz abwerfen konnten, um Feinde damit von sich abzulenken. Wie dies genau funktionierte, davon hatte man allerdings keine richtige Vorstellung. Wenn er auf die zerklüftete und blutige Abbruchstelle schaute, konnte er sich nur vorstellen, daß es sich um eine äußerst schmerzhafte Angelegenheit handeln mußte. Aber vielleicht hatte dieses bestimmte Exemplar seinen Schwanz ja gar nicht freiwillig abgestoßen, sondern war durch die Attacke eines Tieres oder durch einen Unfall so zugerichtet worden. Die Eidechse wandte ihm den Kopf zu, es war, als schaue sie ihn in einer Mischung aus Kühnheit und Bittstellung an. Die Wunde sah wirklich nicht gut aus, und vermutlich litt das Tier große Schmerzen. Es überwand vielleicht seine natürliche Angst vor dem Menschen in der Hoffnung, daß ihm durch diesen geholfen werden konnte. Na, ob ein Reptil wirklich so komplex denken konnte? Lance wandte sich der Eidechse sehr langsam zu, um sie nicht zu erschrecken. „Na, wer bist Du denn?" Wenn das Tier dies mit sich machen ließe, könnte er es ja mitnehmen und bei einem Tierarzt vorbeibringen. Die Wunde säubern und verarzten dürfte schon nicht die Welt kosten. „Was ist denn wohl mit dir passiert?" Die beruhigende Stimme von Lance verfehlte ihre Wirkung nicht. Die Eidechse faßte ein gewisses Zutrauen und bewegte sich in langsamen Schritten auf ihn zu. Als sie direkt neben seinem Oberschenkel war, schob Lance ganz langsam seine rechte Hand auf sie zu. Sie schaute angestrengt auf die Hand, und ihr Körper war unter völliger Spannung, so als würde sie bei der kleinsten falschen Bewegung wie ein Pfeil davonschießen. Lance ließ seine Hand vor dem Kopf des Tieres zunächst liegen. Angst, gebissen zu werden, hatte er seltsamerweise nicht. Er spürte den Atem des Tieres auf seinem Handrücken, und war überrascht, wie warm dieser war. Jedenfalls deutlich wärmer als die Außentemperatur, ja, fast fühlte es sich heiß an. Ganz vorsichtig schob er jetzt die Hand unter den Bauch des Tieres und umfaßte ganz zärtlich dessen Körper. Dann nahm er das Tier hoch und hielt es vor sein Gesicht. Die Eidechse ließ das Ganze ohne Gegenwehr mit sich geschehen. Sie starrte ihm direkt ins Gesicht, und er spürte den heißen Atem auf seiner Nase. Da öffnete die Eidechse den Mund, Lance konnte die feine Zunge erkennen, und merkte wie der Luftstrom aus dem Hals des Tieres noch heißer wurde. Im nächsten Moment hätte Lance das Tier vor Überraschung und Schreck fast fallen lassen. Denn es begann zu sprechen: „Halt mich weiter weg. Ich könnte dich sonst mit meinem Atem verbrennen!" Lance entfuhr ein kleiner Schrei des Entsetzens. Offensichtlich wurde er jetzt wahnsinnig. „Ich heiße Fetan. Ich brauche deine Hilfe. Den meisten Menschen ist nicht zu trauen, aber ich glaube, daß Du in Ordnung bist." „Ja was soll ich denn machen?" rief Lance laut, und erschreckte sich im gleichen Moment darüber. Er drehte schnell den Kopf, um sicherzustellen, daß ihn niemand gehört hatte. Soweit war niemand zu sehen, nur eine andere Joggerin lief jetzt den gleichen Weg hinauf, den auch er gekommen war. „Wie Du siehst, habe ich eine üble Wunde. Die muß behandelt werden, sonst werde ich sterben!" Die Joggerin hielt ein Musikabspielgerät in der Hand, von dem ein Kabel zu zwei Stöpseln in ihren Ohren führte. Dennoch antwortete Lance jetzt nur noch mit halblauter Stimme. „Wie kann ich das tun? Soll ich dich zu einem Tierarzt bringen?" „Nein, mir kann nur ein ganz bestimmter Arzt helfen." „Wer wäre denn das?" Die Eidechse sah ihm prüfend in die Augen, so als wolle sie sich noch einmal vergewissern, daß diesem Menschen wirklich zu trauen sei. „Du mußt zu Dr. Waterman gehen." „Ist das ein Tierarzt in Los Angeles?" Fetan bewegte langsam den Kopf hin und her. „Nein, das ist ein Arzt für Allgemeinmedizin in Beverly Hills. Geh' unter irgendeinem Vorwand dorthin, sag' Du hast Magenprobleme oder irgendetwas." „Ja und wie finde ich den?" Die Eidechse sah ihn ungläubig an. „Na, ruf' die Auskunft an. Oder check' das Internet!" Lance hörte, wie sich langsamer werdende Laufschritte näherten. Er nahm die Eidechse und legte sie auf seinen Bauch, zurrte mit der anderen Hand seine Jacke darüber. Die Joggerin blieb direkt neben ihm stehen. Es handelte sich um eine junge Asiatin in weißem T-Shirt und kurzer schwarzer Laufhose. Sie zog sich die Stöpsel aus den Ohren und schüttelte ihre langen bläulich glänzenden Haare. „Was für ein wunderbarer Tag heute, findest Du nicht?" „Ja, absolut", antwortete Lance gedehnt. Er kam sich etwas dämlich vor, wie er einen Arm unter seiner Jacke auf dem Bauch hatte, aber er konnte keinesfalls riskieren, daß das Mädchen die Eidechse sehen würde. Sie würde ihn mit Sicherheit für einen Psychopathen halten. „Mann, was habe ich für einen Durst. Doof, heute einfach mein Wasser vergessen. Hast Du da welches unter der Jacke?" Lance schüttelte den Kopf. „Leider leer!" Das Mädchen legte den Kopf zur Seite. „Macht doch nichts, kann ich die leere Flasche haben? Dann fülle ich sie mir am

nächsten Kran unten wieder auf." Obwohl er das Mädchen wirklich sehr nett fand, antwortete Lance mürrisch. „Geht leider nicht. Die brauche ich selber noch." Die Laune der jungen Frau verfinsterte sich drastisch. „Na dann eben nicht. Schönen Tag noch!" Sie stampfte auf, steckte sich die Ohrstöpsel wieder in die Ohren und lief los. „Dir auch!".
Lance hatte die Eidechse in einen Ärmel seiner Jacke gesteckt und damit den Weg zurück zum Auto getragen. Zurück in seiner Wohnung hatte er ihr einen Schuhkarton ausgepolstert und sie mit ihrem Einverständnis darin auf ein Tischchen neben das Fenster gestellt. In den Deckel hatte er mehrere große Löcher gemacht, wollte die Box jedoch nur für Transportzwecke benutzen sowie während seiner Abwesenheiten, obgleich Zimmerbetritte durch Raymond derzeit nicht zu erwarten waren. Die Praxis von Dr. Waterman hatte er sehr schnell ausfindig gemacht, sie befand sich in einem Medical Building an der Bedford Street. Wie vereinbart besorgte sich Lance einen Termin, durch Dramatisierung seiner Situation konnte er schon am Nachmittag vorbeischauen. Zum Glück war Raymond wirklich derart beschäftigt, daß er weder sein Erscheinen, noch sein erneutes Verlassen des Hauses überhaupt zur Kenntnis genommen hatte.
Leider mußte Lance doch noch eine Zeit im Wartezimmer zubringen und fühlte sich von den Blicken der mitwartenden Patienten regelrecht durchbohrt. Zu gerne hätte man gewußt, was er in dem durchlöcherten Schuhkarton auf seinen Knien mit sich führte. Zumindest hielten ihn alle wohl für verrückt. Endlich hatte er ins Behandlungszimmer treten können. Dr. Waterman war ein freundlicher älterer Herr, dessen Augen lebendig durch kleine randlose Brillengläser funkelten. „Was führt Sie zu mir?" Während er dies fragte, hatte er jedoch schon den Schuhkarton fixiert. „Drückt Ihnen der Bauch, oder das, was in dieser Kiste ist?" Lance seufzte. Hoffentlich käme es jetzt nicht zum Debakel, das im glimpflichsten Fall mit einer Überweisung zum Nervenarzt ausgehen würde. Er nahm sich ein Herz und hob an. „Ich weiß, Sie sind ein Allgemeinmediziner. Doch mein Problem ist tatsächlich in dieser Schuhbox. Ich habe darin eine verletzte Eidechse." Er pausierte, um die Reaktion von Dr. Waterman abzuwarten. Doch statt zu fragen, warum er nicht zum Tierarzt gegangen sei, öffnete der Arzt den Karton. „Ach du liebes bißchen! Das sieht ja gar nicht gut aus - ich hoffe, das kriegen wir aber trotzdem wieder in Ordnung." „Ja, ist das denn wirklich in Ordnung, wenn ich Ihnen hier eine Eidechse bringe? Sie müssen mich doch für verrückt halten." Dr. Waterman schmunzelte. „Normalerweise

schon. Aber ein Tierarzt könnte Fetan nicht helfen." Lance lächelte und seine Spannung löste sich mit einem Mal völlig in Luft auf. Er war nicht verrückt. Aber das war ja unerhört! Das konnte es doch gar nicht geben! Eine Eidechse, die sprechen konnte. Und einem Arzt in Beverly Hills persönlich bekannt war. „Wie können Sie ihm denn helfen?" Da meldete sich, etwas dumpf klingend, Fetan aus seinem Schuhkarton. „Er hat eine Wundersalbe." Lance sah Dr. Waterman fragend an. „Eine Wundersalbe? Ich verstehe hier überhaupt nichts mehr!" Dr. Waterman lächelte wieder und bedeutete Lance und Fetan einen Moment zu warten. Dann machte er sich an einem Schränkchen in einer Ecke des Praxiszimmers zu schaffen, suchte dort offenbar nach einer bestimmten Medizin. Bald war er wieder zurück. Aus einem antik aussehenden Steinguttöpfchen nahm er mit einem Holzspachtel eine salbenähnliche Masse, die er auf der Wunde auftrug. „Vielleicht reicht das schon, aber ich gebe Ihnen noch etwas mit, dann können Sie nochmal dasselbe machen, aber nur wenn es sich nicht bessert." „Was ist denn das für eine Wundersalbe? Woher haben Sie die denn?" Dr. Waterman lächelte wieder und zwinkerte ihn durch seine randlose Brille an. „Sie stellen Fragen! Die Salbe ist von der Meerkönigin, die Herrin über die Meerwunder ist." Er schüttelte belustigt den Kopf. Nun dachte Lance seinerseits, daß Dr. Waterman völlig durchgedreht sein müsse. Das konnte man doch alles keinem Menschen erzählen. „Was bin ich Ihnen schuldig, Herr Doktor?" Dr. Waterman lächelte wieder. „Das geht aufs Haus. Kümmern Sie sich gut um Fetan, er wird es Ihnen danken!" Lance ging zum Auto zurück und stellte den Schuhkarton auf den Beifahrersitz. Als er nach Hollywood zurückfuhr, klang ein dumpfes „Danke" aus der Box.

Das Konzert im ‚Foxy Lady' war einigermaßen in Ordnung gewesen. Als sich Raymond nach anfänglichen Schimpftiraden über die völlig überzogenen Parkpreise etwas abgeregt hatte, hatte man sich endlich auf die Musik konzentrieren können. Sein Fall war es jedoch nicht ganz gewesen, was Count Litewell und seine Gruppe, die sich ‚Martell' nannte, dargeboten hatte. Sie selbst bewarben das als ‚Musik der Zukunft', für ihn klang das ganze aber mehr nach Siebziger-Jahre-Retro. Das Besondere am Abend war eben, daß Kevin Count Litewell persönlich kannte, und man im Anschluß an das Konzert noch gemeinsam mit den Musikern an der Bar einen heben konnte. Persönliche Bekanntschaften mit Stars und Halbstars zählten nirgendwo soviel wie in der Stadt der Traumfabrik. Lance focht so etwas allerdings in keiner Weise an, und zum Glück sah er, daß es sich bei Count

Litewell um einen ziemlich auf dem Boden gebliebenen Musiker handelte. Vielleicht war er auch selbstkritisch genug, seinen aktuellen Star-Wert realistisch einzuschätzen. Seinem Charisma, besonders auf der Bühne, tat dies aber keinen Abbruch. Wesentlich interessanter als Count Litewell fand Lance hingegen Raymonds Cousin. Kevin war eine Person, die einen vom ersten Augenblick an faszinieren konnte. Sein Wesen war von großer Wechselhaftigkeit geprägt. Mal sprühten seine Augen vor Energie, und er erzählte minutenlang ohne Unterbrechung auf geistreiche und packende Art von seinen Erlebnissen oder zukünftigen Plänen. Dann wieder war er plötzlich sehr schweigsam, und seine Augen schienen sich auf irgendetwas in weiter Ferne liegendes zu konzentrieren, das den anderen verborgen blieb. Trotz markanter Züge lag etwas Weiches in seinem Gesicht. Seine blonden Haare waren leicht dandymäßig gestylt, er wirkte dabei sehr jungenhaft. Es handelte sich um die Sorte von Mann, die sowohl die Blicke ihrer Geschlechtsgenossen als auch die der Damenwelt auf sich zogen. Raymond habe ihn schon über das Angelinteresse seines Wohnungsgenossen informiert. Lachsfischen im Sacramento sei auch eine Riesensache. Er wisse noch nicht ganz genau, ob er ginge, würde sich das aber sehr bald definitiv überlegen. Spätestens zum Monatsanfang müsse wieder zurück in New York sein. Einen Nachtclub könne man nicht zu lange aus den Augen lassen. Beim Wort ‚New York' spitzte Lance die Ohren. Er dachte an Jannifer und daran, wie es ihr wohl im Augenblick gehen mochte. Nicht eine Sekunde hatte ihn das nagende Gefühl verlassen, daß es einen anderen in ihrem Leben geben würde. Wie sonst hätte es so schnell zu dieser merkwürdigen Entfernung zwischen ihnen kommen können? Na ja, schuldlos war er sicher auch nicht. Er durfte gar nicht an die Nacht mit Michelle und Loren denken. Andererseits war aber noch nichts bewiesen. Vielleicht war er ja wirklich unschuldig. Na ja, nicht völlig. Die Duscherei hätte er Jannifer wirklich nur schlecht verkaufen können. Ob er noch zuhöre, hatte Kevin gefragt. Ja ja, er sei ganz Ohr, hatte er zur Antwort gegeben. Es sei ja doch furchtbar laut im ‚Foxy Lady', außerdem sei er ziemlich müde. In der Tat war Mitternacht längst überschritten. Vielleicht solle man sich doch erst noch ein wenig besser kennenlernen, bevor man unter Umständen zum Lachsfang aufbräche. Lance hatte keine Einwände. Kevin schlug vor, sich doch am nächsten Tag im Kenneth Hahn Park zu treffen und ein wenig spazierenzugehen. Wo der denn wäre? Na, La Cienega runter, auf dem Weg zum Flughafen, in Culver City. Das sei ein ziemlich schräger Platz, so eine Oase mitten im Industrieland. Da wo die Ölfelder wären. Man einigte sich schließlich doch auf zwölf Uhr mittags, um noch vor der Rush-Hour wieder zurück in die Stadt kommen zu können.

Am nächsten Morgen schlief Lance weniger lang als er gedacht hatte. Fetan ging es ein wenig besser, die Salbe zeigte offensichtlich erste Wirkung. Jedenfalls war die Wunde nicht mehr blutig, sondern hatte begonnen sich zu verkrusten. Mit schwacher Stimme dankte er Lance für seine Hilfe. Diesen Beistand habe er ihm nicht umsonst geleistet. Lance hatte den Schuhkarton mit einem Geschirrtuch und Wattebäuschen gepolstert, was der Eidechse sichtlich gefiel. Er hatte ihr auch vorgeschlagen, ein Terrarium zu kaufen, hierfür aber nur Protest geerntet. Er sei doch kein Zooausstellungsstück, was er sich denn vorstelle? Wegen der Wärme brauche er sich keine Sorgen zu machen. Schließlich habe das Zimmer ja Südseite, und er solle ihn immer nur recht schön in die Sonne stellen. Allerdings auch nicht zu direkt. Um kurz nach elf schickte sich Lance an, das Haus zu verlassen. Fetan wollte wissen, wo es hinginge. Als er ‚Kenneth Hahn Park' hörte, zuckte er merklich zusammen. Dies sei ein seltsamer Ort. Lance solle sich vorsehen. Wenige Minuten vor zwölf Uhr zog Lance mit seinem Crown Victoria vom La Cienega Boulevard in die Ausfahrt zum Kenneth Hahn Park. Er wußte nicht, ob er als der erste Besucher des Tages kam, oder ob nur gerade jetzt niemand außer ihm da war. Jedenfalls war sein Auto das einzige auf dem gesamten Parkplatz. Er stellte den Motor ab und stieg aus. In gemächlichen Schritten ging er zum Anfang des in den Park führenden Hauptweges und wanderte an dieser Stelle auf und ab, immer wieder stehenbleibend und nach Kevin Ausschau haltend. Er war sich natürlich bewußt, daß er überdeutlich pünktlich erschienen war. Meist kam man ja in Los Angeles leicht zu spät zu Verabredungen. Es war indes auch die einzige Stadt Nordamerikas, in der einem unumwunden die Ausrede geglaubt wurde, man habe sich wegen des Verkehrs verspätet. Dies passierte schließlich allen fast täglich. Daß man vielleicht auch hätte viel früher aufbrechen können um einen Termin garantiert einzuhalten, war kein Thema. Es war merkwürdig schwül, und eine Dunstglocke lag über der gesamten Stadt.
In der Tat eine merkwürdige Gegend, in der dieser Park angelegt war. Halbkreisförmig war er von einem großen Ölfeld umgeben, in dem zahllose Pferdeköpfe und andere Bohranlagen das schwarze Gold nach oben förderten. Plötzlich hörte er hinter sich das laute Geräusch eines Motorrads heran-

nahen. Er drehte sich um und gewahrte einen von Kopf bis Fuß in Rot gekleideten Fahrer auf einer schweren schwarzen Maschine. Der Fahrer, dessen Gesicht man wegen eines goldverspiegelten Visiers nicht erkennen konnte, hob zum Gruß die Hand. Klar, das mußte Kevin sein. Niemand hatte ja etwas davon gesagt, daß er mit einem Auto kommen würde.

Der Motorradfahrer gab ein wenig Gas und drehte einen Halbkreis vor dem beschrankten Eingang in den Park. Lance' Blick fiel auf das Kennzeichen des Motorrads. Wie überall in Nordamerika gegen Aufpreis möglich, hatte sich der Besitzer der Maschine statt für die reguläre Zahlen- und Buchstabenkombination für ein individuelles Schild entschieden. ‚Rroazz' stand da, und sollte wohl lautmalerisch auf das kraftvolle Geräusch des Gefährts verweisen. Es handelte sich um ein vom Staat New York ausgegebenes Kennzeichen. Kevin stammte ja aus New York, also bestand noch weniger Zweifel, daß es sich bei dem Fahrer um niemand anderen als ihn handelte. Der Rotgekleidete bedeutete Lance, er möge die Schranke öffnen. Tatsächlich war dies völlig unproblematisch möglich, da an derselben kein Schloß angebracht war. Allerdings hielt es Lance für überhaupt keine gute Idee, einfach mit einem Privatfahrzeug in den öffentlichen Park zu fahren. Gleichwohl drückte er den Balken nach oben, es war ihm, als habe er keine Wahl, als der Bitte des roten Reiters Folge zu leisten. Kevin nickte dankend, machte eine Handbewegung zum Crown Victoria und warf den Kopf schräg nach vorn voraus. Offensichtlich wollte er, daß Lance mit seinem Crown Victoria hinter ihm herfuhr. Das war nun wirklich unangenehm. Was mochte er im Schilde führen? Man hätte doch auch zu Fuß in den Park gehen können. Er schaute sich verlegen um. Niemand war zu sehen. Wenn sie hier von einem Park Ranger entdeckt würden, könnte das übelste Konsequenzen haben. Daran war ihm nun wirklich nicht gelegen. Wie schon beim Öffnen der Schranke fühlte er sich jedoch auch jetzt völlig machtlos. Es war gleichsam, als müsse er Kevins Wunsch entsprechen, ob er wolle oder nicht. Das schwarze Motorrad zog langsam an, blieb dann wieder stehen, der Fahrer drehte am Gasgriff. Lance ging in stetigen Schritten, jedoch ohne zu laufen, zu seinem Crown Victoria, stieg ein und ließ den Motor an. Mit dem fuhr auch das Motorrad langsam wieder los, und Lance folgte ihm in den Park. Er war kaum unter der geöffneten Schranke hindurchgefahren, als er auf einmal merkte, wie es sich ringsherum fast schlagartig verfinsterte. Nur der Himmel hoch über ihm, durch einen kreisförmigen Ausschnitt zu sehen, war weiterhin blau. Die Verdunkelung wurde durch einen schwarzen Nebel ausgelöst, der offensichtlich von den Ölfeldern der den Park umgebenen Baldwin Hills aufstieg. Offenbar gab es einen Defekt an einer oder vielleicht mehrerer der Ölförderanlagen. Er konnte sich selbst nicht erklären, wie es dazu kam, aber offensichtlich wurde Rohöl gleichsam versprüht und vermischte sich mit den vom Pazifik hereinziehenden schweren Nebelschwaden. Am liebsten wäre er sofort umgedreht und zurückgefahren, doch er folgte dem roten Motorradfahrer, der jetzt gerade in den Pechnebel hineinfuhr. Für einen Moment schien er wie verschluckt, doch dank des leuchtenden Rots seiner Kleidung konnte er ihn, wenngleich mit großer Anstrengung, weiterhin ausfindig machen. Nun war er selbst völlig in die schwarze Wand eingetaucht. Er schaltete die Scheinwerfer an, doch das Licht wurde völlig von den Ölschwaden aufgesaugt. Die Nebelscheinwerfer, die der Crown Victoria besaß, warfen zwar ein schwaches Streulicht zur Seite. Das half aber auch nichts. Doch bevor er in Panik verfallen konnte, war der Ring des Pechnebels bereits passiert. Auf der anderen Seite war es sonnig und er sah Kevin in einem Abstand von vielleicht 40 Metern vorausfahren. Zu seiner Überraschung hatte sich der Park hier in eine flächenmäßige Dimension ausgeweitet, die er von der Karte her für unmöglich gehalten hätte. Die Landschaft war leicht geschwungen und mit Feldern und grünen Wiesen bestanden. Das Gras der Wiesen war nicht besonders hoch, jedoch für südkalifornische Verhältnisse wirkte alles sehr grün und frisch. Offensichtlich wurde ordentlich bewässert. Das nächste, was ihm auffiel, war die Abwesenheit jeglicher anderer Fahrzeuge außer Kevins Motorrad und seinem Crown Victoria eben. Er sah weit und breit auch keinen Menschen. Plötzlich gab der rote Reiter Gas, und mit einem ‚Rroazz'- Sound jagte die Maschine davon. Lance war schleierhaft, was das nun sollte. Kevin konnte ihn ja wohl unmöglich herausfordern, nun auf gleiche Weise mit dem betagten Crown Victoria hinter ihm herzurasen. ‚Na, er wird hier nur etwas Show-off machen, und gleich wieder zurückkehren', dachte er. Er beschloß jedenfalls, ihm nicht weiter zu folgen. Da sah er auf einer Wiese zur rechten Seite, vielleicht 150 Meter vom Weg entfernt, ein weißes Zelt stehen. Es schien wie eine der beliebten größeren Gazebo-Überdachungen, wie sie bei Gartenparties benutzt werden, um dort Speisen und Getränke zu servieren. Lance stellte den Wagen ab und schritt langsam zu dem Zelt, in dem zu seiner Überraschung tatsächlich ein Buffet aufgebaut war. Er schaute kurz zurück und sah, wie der Pechnebel immer noch ringförmig um den zurückliegenden Teil des Parks umschloß. Von fern hörte er Feuerwehr-Sirenen. Offensichtlich war man bereits dabei, den Unfall unter Kontrolle zu bringen. Die Speisen und Getränke sahen überaus attraktiv aus und waren offensichtlich unberührt. Lance überkam große Lust, von ihnen zu nehmen. Gleichzeitig mußte er mit dem Gefühl kämpfen, das jeder hat, der als erster in ein Buffet hineingreift. Da hörte er wieder Motorradgeräusche, wandte den Kopf und sah, daß es sich nicht um Kevin und seine Maschine handelte, sondern um gleich vier Geländemotorräder. Die Fahrer waren alle in Schwarz gekleidet. Sie näherten sich quer über die Wiese, gleichsam in einer Formation. Hoffentlich ging von ihnen keine Gefahr aus! Wieder überkam Lance große Angst. Um einer möglichen Gefahr zu begegnen, winkte er den Fahrern freundlich aber bestimmt zu. Sie erwiderten seinen Gruß jedoch nicht. Kurz vor dem Zelt drehte die Gruppe ab und fuhr wieder zurück zum Hauptweg, überkreuzte diesen aber und verlor sich dann zwischen Wiesen und Büschen. Lance beschloß, die Speisen und Getränke nicht anzurühren. Aufs Seltsamste bewegt von diesem Vorkommnis, ging er langsam zu seinem Wagen zurück und stieg ein. Obwohl er zunächst direkt zum Parkausgang zurückfahren wollte, beschloß er, einmal im Wagen sitzend, dem Weg doch noch ein wenig zu folgen. Vielleicht würde ihm ja der rote Fahrer auf dem schwarzen Motorrad wieder begegnen. Er fuhr ein Stück, bis er auf seiner rechten Seite eine Gruppe von braungebrannten Landarbeitern sah, die sich um eine Maisanpflanzung kümmerten. Sie waren hell gekleidet und trugen einfache Strohhüte. Vereinzelt flogen größere, blauschwarz glänzende Vögel über das Maisfeld. Die Arbeiter versuchten, sie mit ihren Rechen oder anderen Geräten zu vertreiben, oder schüttelten einfach ihre Fäuste nach ihnen, dabei unverständliche Flüche ausstoßend. Lance kam zu einem langsamen Stopp, stieg aus und bewegte sich auf die Gruppe zu. „Sagt, habt ihr jemanden hier vorbeikommen sehen, in roter Kleidung, auf einem schwarzen Motorrad?" Die Landmänner unterbrachen ihre Arbeit, richteten sich langsam mit gesenktem Kopf auf. Sie verharrten in einer seltsamen Mischung aus Angst und Ehrfurcht. Dann sagte der Älteste in einem merkwürdig klingenden Akzent: „Ja, das ist der Herr Roaz." „Ah, der Herr Roaz. Wer ist denn das?" „Dem Herrn Roaz gehört das ganze Land Corntine." Er machte eine ausladende Bewegung mit dem Arm über das ganze ihn umgebende Land. „Und wo wohnt der Herr Roaz?" Der ältere Mann senkte den Blick. „Das wissen wir nicht. Er ist überall und nirgends." „Kommt, laßt uns weiterarbeiten!" rief einer der weiter hinten stehenden

Arbeiter. "Na, trotzdem vielen Dank." Lance ging zum Wagen zurück, stieg ein und fuhr wiederum ein Stück weiter. Zu seiner Linken kam er bald an ein kleines Wäldchen, in dem eine Gruppe von Arbeitern damit beschäftigt war, Äste größerer Bäume abzusägen und die Forstung durch das Fällen einzelner Bäume auszulichten. Lance stoppte erneut und sprach auch diese Arbeiter an. Der Wald gehöre dem Herrn Roaz, wie überhaupt das ganze Land Corntine hier. Bei dem roten Reiter auf dem schwarzen Roß habe es sich eindeutig um ihn gehandelt. Nun müßten sie aber weiterarbeiten. Lance gab die Hoffnung auf, den Motorradfahrer noch zu entdecken, wendete den Crown Victoria und fuhr zum Parkausgang zurück.

Auf dem Rückweg passierte er nur noch die letzten Überbleibsel des Pechnebels, der sich im wesentlichen aufgelöst hatte. Offensichtlich hatte die Feuerwehr das Leck abdichten können. Als er durch die geöffnete Schranke wieder auf den Parkplatz fuhr, kamen ihm zwei Autos entgegen, deren Fahrer ihn mit großen Augen anstarrten.

27. Jannifer wird wieder sichtbar

Es war eine furchtbare Nacht gewesen. Stockfinster, und der Regen hatte nicht aufhören wollen, derart auf die Stadt herabzustürzen, als wolle er sie wegspülen. Es war natürlich kein Gedanke daran gewesen, durch den Gang unter dem Belvedere zurück ins Museum zu gelangen. Außerdem war dies ja längst geschlossen, und sie wäre dort nicht mehr hinausgelangt. So war sie mit dem Nachtbus gleich zum ‚Excellent' gefahren. Es war ihr merkwürdig vorgekommen, daß man sich abtrocknen mußte, selbst wenn man unsichtbar war. Mal mit den Fäusten aufs Kopfkissen trommelnd, mal einfach nur schluchzend war sie schließlich eingeschlafen. Am nächsten Morgen wurde ihr erst wieder bewußt, daß sie unsichtbar war, als sie nach dem Aufstehen in den Spiegel schaute. Sicher war dies an diesem Tag ein Segen. Beim Gedanken daran, wie sie wohl aussehen mußte mit verwaschenem Make-up und strähnigen Haaren, mußte sie dann doch einen Moment lachen, weil sie sich diesen Anblick ersparen konnte. Die aufgestaute Enttäuschung und Frustration mußte sich Luft verschaffen, und so beschloß sie, erst einmal um das nicht weit vom Hotel entfernte Reservoir im Central Park zu joggen. Die Laufrichtung für die Jogger war vorgegeben, ohne Umschweife lief sie jedoch entgegengesetzt los. Es waren bereits recht viele Sportenthusiasten unterwegs, allerdings nicht so viele, daß man ihnen nicht mit Leichtigkeit hätte ausweichen können. Gleichwohl provozierte Jannifer die ein oder andere leichte Kollision. Die betroffenen Jogger rieben sich die Schultern, fluchten, glaubten sich dem Wahnsinn nahe wegen ihrer durchaus hörbaren Schritte, es blieb ihnen letztendlich jedoch nichts anderes übrig, als schließlich achselzuckend weiterzulaufen. Wem wollte man auch schon davon erzählen? So sehr ihr der höchstwahrscheinliche Aufenthalt von Arthur im ‚Ultra Violet Velvet' tiefe Unruhe bereitete, so war doch das Erscheinen von Curtis mit seiner asiatischen Liebhaberin das Ereignis, was sie um ein vielfaches mehr schockiert und aus der Fassung gebracht hatte. Dieser unglaubliche Schuft! Zwar hatte er ihr nie ewige Treue geschworen, eigentlich auch gar keinen Zweifel daran gelassen, daß es ihm an nicht viel mehr als einer losen, wenn nicht oberflächlichen Beziehung gelegen war, und doch hatte sie an mehr glauben wollen. Sie mußte gar nicht besonders lange nachdenken, um sich einzugestehen, daß sie sich von Kopf bis Fuß in den Musiker verliebt hatte. So sehr, und sie erschreckte sich bei dem Gedanken, daß Lance weitgehend aus ihrer aktuellen Gefühlswelt ausgeblendet war. Als sie ihre Runde um das

Reservoir fast beendet hatte, startete dort soeben ein offensichtlich über alle Maßen mit sich selbst zufriedener Endzwanziger. Die Augen träumerisch fast geschlossen, in die über Ohrstöpsel gehörte Musik versunken, streckte er seinen Dreitagebart der aufgehenden Sonne entgegen. Jannifer war so aufgebracht über diese Selbstzufriedenheit jenes Joggers, der so ganz das Gegenteil ihres aktuellen Empfindens war, daß sie ihn bewußt voll anrempelte. Und zwar so brutal, daß der ach so lebensbejahende Läufer im hohen Bogen in das Gebüsch neben dem Weg segelte. Ohne auf seine Schreie und Flüche zu achten sprintete Jannifer los, voller Angst entdeckt zu werden. Was natürlich gar nicht hätte passieren können. Im Hotel nahm sie eine heiße Dusche, föhnte sich, und trug Make-up auf. Allerdings nur überaus dezent, wenn man sich nicht sah, konnte das ja leicht in einer Katastrophe ausarten.

Dann machte sie sich auf zur versteckten Treppe hinter dem Belvedere, fand dort den Schlüssel am gleichen Ort, wo sie ihn abgelegt hatte. Bald war sie durch den Gang wieder an die Stelle gelangt, wo er hinter dem Bild der Mrs. Hammersley endete. Sie spähte durch das wie mit einem opaken Schleier verhangene Loch in den Ausstellungsraum, in dem sich ein einzelner Besucher aufhielt. Jetzt schaute er auf das Bild, doch nahm offensichtlich die unfertige Stelle nicht als Öffnung wahr. Er schaute direkt in ihre Richtung, aber offensichtlich fiel ihm nichts auf. Oder doch? Jetzt machte er einige Schritte auf das Bild zu. Jannifer hielt den Atem an. Doch dann drehte er sich plötzlich auf dem Absatz um und verließ den Raum. Jannifer wartete noch eine Weile, bis sie sich absolut sicher war, keine Schritte zu hören und niemanden, auch nicht in der Galerie darüber, sehen zu können. Dann stieg sie beherzt durch das Bild und war wieder im Museum. Schnell drehte sie sich einmal um sich selbst, sehr gut, tatsächlich war niemand da. Dann lief sie die Treppe am Südwest-Ende hinunter und ging durch die parkseitigen Räume zum Verwaltungsbereich. Mit einem Seufzer der Erleichterung sah sie in den Spiegeln der nachgestellten Wohnräume, daß sie wieder sichtbar war. Auf einer der Damentoiletten überprüfte sie noch schnell ihr Make-up und den Sitz ihrer Frisur, bevor sie in den Bürotrakt trat. Direkt hinter der Tür, so als hätte sie auf sie gewartet, stand ihre Praktikumsleiterin. „Jannifer, gut daß Sie da sind, ich muß mit Ihnen reden!" Jannifer schaute an ihr vorbei und sah auf dem Wandkalender, daß nicht ein, sondern zwei Tage vergangen waren, seit sie das Museum durch das Bild der Mrs. Hammersley verlassen hatte. Ob sie wie ohnmächtig mehr als 24

Stunden geschlafen hatte? Wie auch immer, offensichtlich stand das Ende ihres Praktikums zu befürchten. Sie folgte ihrer Chefin in deren mit Glasscheiben abgetrenntes Büro, die Tür wurde verschlossen. „Setz dich, Jannifer. Du hast dich ja bislang sehr engagiert hier im Museum..." Jannifer schluckte. „Ich weiß, ich habe da etwas nicht richtig gemacht..." Die Praktikumsleiterin schaute etwas streng, lächelte dann aber. „Wir haben da folgende Situation: Im Rahmen eines Großprojektes brauchen wir einen Mitarbeiter, der einen guten Überblick über die verschiedenen Bereiche des Museums hat. Und wegen der auszustellenden Kunst auch jemanden, der nach Möglichkeit über Deutschkenntnisse verfügt." Jannifers Erstarrung löste sich ein wenig. „Um es kurz zu machen, wir wollten Sie fragen, ob Sie für die nächsten drei - vielleicht werden es auch sechs - Monate richtig für uns arbeiten wollen." „Ja, aber ich habe doch gar keine Arbeitsgenehmigung." Die Praktikumsleiterin lachte. „Das lassen Sie mal unsere Sorge sein. Also, wie steht's?" Die überraschende Wendung machte Jannifer geradezu sprachlos. Sie brauchte einige Momente um sich zu fassen. Beruflich wäre das natürlich grandios. Irgendwie hatte sie dazu das gute Gefühl, in dieser Zeit das Geheimnis um Arthur lüften zu können. Auch wenn sie an Lance derzeit gar nicht denken mochte, so konnte sie zumindest ihre Beziehung mit Curtis klären, und falls dies im positiven Sinne nicht gelänge, furchtbar mit ihm abrechnen. „Ich nehme an. Und ich danke Ihnen, daß Sie ein so großes Vertrauen in mich haben. Ich werde mich bemühen, es nicht zu enttäuschen!" Ihre Chefin sprang auf, gab ihr die Hand und sagte: „Das werden wir heute mittag mit einem Glas Schampus im Dachcafé feiern!" Dann trat sie mit Jannifer heraus und teilte den anwesenden Mitarbeitern und Praktikanten die gute Nachricht mit, daß Jannifer ihnen noch für einige Zeit in dieser anspruchsvollen neuen Position erhalten bleiben werde würde. Alle klatschten, manche voller Mitfreude und Begeisterung, andere, vor allem ein paar der Co-Praktikanten, notgedrungenermaßen. Einige hätten ihr am liebsten den Hals umgedreht, insbesondere diejenigen der Praktikanten, die am Anfang verächtlich auf ‚die Springerin' herabgesehen hatten. An diesem Tag arbeitete Jannifer besonders engagiert, und hätte das Museum am liebsten gar nicht verlassen. Als es dennoch geschlossen wurde, und sie keine andere Wahl hatte, als zu gehen, fuhr sie gleich wieder nach Alphabet City und suchte den Pfandleiher auf, in dessen Fenster sie das Florett gesehen hatte. Es hing noch da, und der Inhaber machte ihr einen guten Preis. Dann fuhr sie mit der Neuerwerbung zurück zum Hotel, wo sie

sich gleich ausgiebig diversen Fechtübungen hingab. Danach suchte sie auf dem Internet nach einem Fechtclub und wurde sehr bald fündig. So sehr sie ein kraftvolles neues Lebensgefühl durchströmte, so zerknirscht war sie immer noch in Bezug auf Curtis. Dann klingelte ihr Handy und sie sah im Display, daß es seine Nummer war. Hin und hergerissen entschied sie sich schließlich, den Anruf nicht anzunehmen. Da sollte er schon selbst sehen, was er davon hatte, sie wegen dieser Tusse sitzenzulassen. Sie goß sich ein Glas Wein ein, setzte sich ans geöffnete Fenster und schaute herunter auf den kleinen Park hinter dem Naturkundemuseum. Das Verhalten von Curtis war zwar völlig daneben, aber dies, so beschloß sie, könnte und sollte ihren Aufenthalt in New York nicht verderben. Das wäre ja noch schöner!
Das Handy klingelte wieder. Und wieder war es Curtis' Nummer in der Anzeige. Und wieder nahm sie den Anruf nicht entgegen. Nach einer halben Stunde klingelte es erneut. Sie schaute auf die Anzeige - nun, das war eine andere Nummer, die sie nicht kannte. Auch nicht die von Lance, wie sie erleichtert feststellte. Ob Curtis ein anderes Telefon benutzte? Keine Ahnung. Da es nicht aufhörte zu klingeln, ging sie schließlich dran. Es war Jack aus dem ‚Ultra Violet Velvet'. Er habe da einen Eintrag in seinem Veranstaltungsplaner gesehen mit einer deutschen Band, von der er noch gar nichts gehört habe. Offensichtlich eine Empfehlung von Ronnie, einem Kumpel aus dem Geschäft. Der habe sich aber nicht wirklich daran erinnern können, ihm diesen Tipp gegeben zu haben. Offensichtlich würde man in der Branche seinen Kopf zu sehr mit Alk und Drogen benebeln. Na, für ihn sei Schluß damit. Er tränke ab jetzt nur noch Bier. Die Empfehlung sei indes berechtigt gewesen. Ronnie und er hätten mal die Webseite gecheckt, und sich ein paar der Songs heruntergeladen. Das sei ja ultra cool. Und jetzt käme der Hammer: Es handele sich ja offensichtlich um ihre Band, die „Men who stay for breakfast". Es täte ihm leid, daß er sich nicht schon vorher damit beschäftigt habe. Und offensichtlich das Ganze nicht so ernst genommen habe. Aber Ronnie und er hätten sich eines besseren belehren lassen. Wahrscheinlich käme die Empfehlung letztendlich von Jeff aus Toronto. Sei jedenfalls anzunehmen. Wie auch immer, man hätte Spaß, die ‚German Chicks' mal einzuladen. Das könne ja vielleicht auch eine nette Clubtour durch die Region werden. Ob sie mal eine CD zur Verführung stellen könnte? Jannifer traute ihren Ohren nicht. „Jack, sei ehrlich, Du willst mich jetzt nicht auf den Arm nehmen?" „Mann, Mädel, ich bin ein viel beschäftigter Mann. Für so etwas hätte ich keine Zeit. Also wärt ihr dabei,

dann sag' mir rasch Bescheid!" „Klar! Ich muß aber zuerst unseren Kalender checken!" Sie versprach, umgehend eine CD vorbeizubringen. Schließlich hatte sie ja auf Grund des klaren Auftrags von Squid eine Reihe von Demo-CDs im Gepäck. Man verabredete sich für den nächsten Abend. Jannifer wußte nicht, wie ihr geschah. Zwei derart großartige Nachrichten an einem einzigen Tag! Das kraftvolle neue Lebensgefühl wurde noch gewaltiger. Sie wurde regelrecht euphorisch, warf eine CD ihrer eigenen Musik in die Boom Box, und drehte so laut auf, wie man es in einem Hotelzimmer für eine vorübergehende Zeit nur tun kann. Die Weinflasche war bald geleert.

Die Ereignisse überschlugen sich. Besser hätte es, zumindest in arbeits- und musikmäßiger Hinsicht, nicht laufen können. Die Beschaffung eines Arbeitsvisums für sie beim Metropolitan Museum war bereits eingeleitet, und sie begann sich anhand der von der nun bald ehemaligen Praktikumsleiterin gegebenen Darstellungen mit ihrem neuen Arbeitsthema vertraut zu machen. Daneben erlebte sie die Begeisterung von Jack und seinen Kumpels aus Los Angeles, Toronto und andernorts für ihre Musikclips als großen Erfolg. Solchen Profis zu gefallen bedeutete ihr noch erheblich mehr als der zustimmende Jubel der Fans bei ihren Konzerten in Deutschland. Selbst wenn diese Anerkennung keine finanzielle Einnahme bedeutete, war sie nur als großartig einzustufen. Es wurde keine Zeit verloren. Squid brachte sofort per Express zusätzliche DVDs und Infomaterial, deren Texte noch rasch ins Englische übersetzt worden waren, auf den Weg zu den drei Clubmanagern. Die DVDs, die auch einen Clip aus einer Lifeshow enthielten, rissen die alten Rockhasen regelrecht vom Hocker. Bald kam die von den ‚Männern, die zum Frühstück bleiben' ernsthaft nie erwartete Anfrage, wann denn die Band für eine Kurztour in Nordamerika gebucht werden könnte. Obwohl es ihnen schwer fiel, beschlossen Jannifer und Squid nach stundenlangen Überseetelefonaten, eine Möglichkeit erst in fünf bis sechs Wochen zu erkennen zu geben. Sonst könne es ja so aussehen, als hätten sie nichts anderes zu tun. Jack und seine Freunde ließen sich zähneknirschend darauf ein. Ein paar Tage später rief Jack jedoch schon wieder bei Jannifer an. Ob es den Mädels nicht möglich wäre, am übernächsten Wochenende vorbeizukommen. Er hätte die CD Allan Backwater vorgespielt, dem bekannten britischen Superstar, der allerdings seit vielen Jahren schon in Amerika wohnte. Allan Backwater sei völlig begeistert von der Musik der ‚Men who stay for breakfast'. Und er feiere eben in knapp 14 Tagen seinen 60. Geburtstag. Entweder in seinem Anwesen in Manhattan an der Upper West Side, oder aber in Malibu in seinem Strandhaus. Na, Malibu wäre wohl ein Scherz, auch wenn es das Strandhaus gäbe. Ginge schon logistisch nicht, es würde sicher New York. Der Meister hätte sich überlegt, daß die Girls aus Deutschland doch eine wahre Sensation wären. Da es sich ja um eine Privatfeier handele, bräuchte man sich auch wegen Arbeitsgenehmigung und so weiter keine Gedanken zu machen. Instrumente würden gestellt. Wieder liefen die Drähte zwischen Deutschland und New York heiß. Wer das denn alles bezahle, wollte Squid im Auftrag der in der Heimat verbliebenen Bandmitglieder wissen. Davon hatte Jack nichts gesagt. Jannifer kontaktierte ihn, und er meinte, er könne sich vorstellen, daß dies wohl von Allan übernommen werde. Sicherheitshalber wollte er noch einmal nachfragen. Schon am nächsten Tag kam die Antwort. Klar, alles ginge auf Backwaters Rechnung. Der erst kürzlich zum Ritter geschlagene Star hätte auch gemeint, wenn dies die Sache denn erleichtere, seien auch noch ein paar Tickets mehr drin für liebe Freunde und Partner der Musiker. Es sollten sich ja schließlich alle wohlfühlen, da wolle er sich nicht von der kleinlichen Seite zeigen. Wie gern wären Squid und Jannifer beim nächsten Telefonat in einem Raum gewesen! So hüpfte jede für sich, den Telefonhörer am Ohr, Jubelschreie ausstoßend, durch ihr jeweiliges Zimmer. Irgendwie hieß das zwar noch gar nichts, irgendwie aber auch doch. Schließlich würde nicht jeder eingeladen, um auf Allan Backwaters 60. Geburtstag die Partyband zu geben. Am nächsten Tag rief Jack wieder an. Diesmal ging es weder um die Tour noch um den Auftritt bei Allan Backwater. Nein, er riefe im Auftrag eines gewissen Rocksängers an. Dieser sei todunglücklich, weil er sie nicht mehr treffen, ja nicht einmal mehr mit ihr sprechen könne. Dabei beruhe alles auf einem Mißverständnis. Jener Musiker vermute, man habe ihn vielleicht mit der Toningenieurin seiner aktuellen Aufnahme gesehen. Das Verhältnis zu Azumi Yamamoto, die auch erfolgreich Bands manage, sei indes rein beruflicher Natur. Okay, man sei sich seit langem auf platonische Weise eng verbunden. Aber wirklich nicht mehr als das. Im Auftrage jenes Musikers sollte er sie auf das Dringlichste ersuchen, denselben wieder zu kontaktieren, auf daß er in einem Gespräch, gerne in ihrem Lieblingslokal, die Situation erklären könne. Wer war sie, daß sie angesichts der Jubelsituation durch die Verlängerung des Aufenthaltes im Museum einerseits, andererseits durch die sich unter Umständen gerade richtig abhebende Musikkarriere, jetzt nicht ihrem Herzen einen Ruck geben konnte? Im Gegenteil, sie war ja aufs Äußerste erleichtert, daß sich ihr schlimmer Verdacht nicht erhärtete, sondern so angenehm aufgelöst wurde. Sie seufzte tief und jauchzte im gleichen Moment auf. So konnte es wirklich besser nicht laufen. Doch plötzlich schob sich, wenn auch nur blaß konturiert, und ohne daß sie darum gebeten hätte, das Bild von Lance in ihren Kopf. Im gleichen Moment schellte das Telefon.

28. Ankunft in Kanada

Mit den Vorbereitungen für sein Vorstellungsgespräch war er erstaunlich gut vorangekommen. Zu seinem eigenen Erstaunen fühlte er sich in keinster Weise unter Druck. Immerhin hatten ihm die Professoren der University of Kitchener aus einer größeren Gruppe von Bewerbern bereits vorausgewählt. Das war schon einmal ein gutes Zeichen. Zum anderen sagte er sich, daß er im schlechtesten Falle zumindest einmal kostengünstig in Kanada gewesen sei und durch die Reise in jedem Fall um einige Erfahrungen bereichert werden würde. Die Zeit bis zur Abreise, insbesondere die letzten Tage, war immer schneller dahingeschmolzen. Daß die Trennung von Bernhard eine der größten Herausforderungen im Zusammenhang mit dem Flug nach Kanada werden würde, hatte er sich nicht träumen lassen. Irgendwie erstaunlich, in welch kurzer Zeit der ihm zugelaufene Hund sein engster und treuester Begleiter geworden war. Früher hatte er über Leute, meist über ältere, offensichtlich alleinstehende Damen, geschmunzelt, die mit ihrem Hund in aller Öffentlichkeit redeten. Dabei hatte er sich in letzter Zeit immer häufiger dabei ertappt, wie er selbst mal versunken halblaut, dann aber wieder ganz offen und direkt mit dem Hund gesprochen hatte. Das Eigentümliche war, daß er oft das Gefühl hatte, das Tier verstünde ihn. Zumindest nicht minder gut als seine menschlichen Bekannten. Ein Stein war ihm vom Herzen gefallen, als Hans sich bereiterklärt hatte, für die Zeit des Aufenthaltes in Kanada die Betreuung für Bernhard zu übernehmen. Man hatte sich zuletzt mehrfach getroffen, und der Hund hatte an dem Deutsch-Russen offensichtlich nichts auszusetzen, mochte ihn offenbar sogar. Da er ein intelligentes Tier war, hatte er sicher sofort gemerkt, daß Hans Erfahrung im Umgang mit Hunden haben mußte. Vielleicht roch er das sogar noch. Der Geruchssinn von Hunden war ja schließlich phänomenal, dem menschlichen um ein Vielhundertfaches überlegen. Obgleich Bernhard fast alles zu verstehen schien, war sich Falk nicht sicher, ob er verstand, daß sein Herrchen in 14 Tagen wieder zurück sein würde. Angesichts seiner Intelligenz verstand er es vielleicht tatsächlich, Falk war sich aber unsicher, ob er das glauben sollte.
Auch Sigune hatte er über die Entwicklungen und die anstehende Reise informiert. Er gelobte, ihr sofort nach seiner Ankunft seine neuen Koordinaten, insbesondere seine telefonische Erreichbarkeit durchzugeben. Dann hatte er auf einmal im Flugzeug gesessen. Es war sein erster Transatlantik-

flug, und obschon er nicht nervös war, war er von einer inneren Aufgeregtheit ergriffen. Von Frankfurt startend überquerte der Airbus den Kanal, die britischen Inseln, und flog dann in einem großen Bogen unterhalb Islands und der Südspitze Grönlands vorbei auf Labrador zu. Fasziniert hatte er diesen Teil der nördlichen Welt unter sich hergleiten sehen, und sich glücklich geschätzt, noch einen Fensterplatz bekommen zu haben. War das, was man von Grönland sehen konnte, erwartbar eine Landschaft aus Schnee und Eis, so war er überrascht, als auch der Nordosten Kanadas sich bereits im Winterkleid präsentierte. Toronto, das noch als Stadt im eher östlichen Kanada gesehen wurde, hätte seiner Ansicht nach nun schnell erreicht werden müssen. Tatsächlich dauerte es nach Eintritt in den kanadischen Luftraum aber noch über zwei Stunden, bis die Maschine endlich auf dem Lester B. Pearson Airport aufsetzte. Südontario präsentierte sich schneefrei, nach dem Weg über die Waldländer Quebecs und Nordost-Ontarios, die schließlich rollenden Hügeln und ausgiebigen Äckern und Feldern gewichen waren, in einer hellen bunt-herbstlichen Weise. Indian Summer offensichtlich. Während das Flugzeug am Gate anlegte, schaute er aus seinem Fenster auf eine Gruppe von Kanadaflaggen, die im Wind knatterten. Vor einem stahlblauen Himmel kam das leuchtende Rot der Ahornblätter auf weißem Grund besonders gut zur Geltung. Der Durchgang durch die Immigrationsabteilung war unproblematisch, auch beim Zoll hielt ihn niemand auf. Theoretisch hätte er mit einem Kleinflugzeug weiter zum Flughafen Waterloo-Wellington fliegen können, auf Grund der geringen Entfernung war ihm dies aber nicht sinnhaft erschienen. Stattdessen hatte er beschlossen, einen Wagen zu mieten, und zumindest schon mal ein kleines Stück Kanadas im wahrsten Sinne des Wortes zu erfahren. Mit Sicherheit war dies auch der einfachere und streßfreiere Weg. Vom Lester B. Pearson-Airport fuhr er direkt auf den südlich an ihm vorbeiführenden MacDonald-Cartier-Freeway, der die Nummer 401 trug. Der Flughafen lag am westlichen Ende der Metropolfläche von Toronto, allmählich wichen kleinere und größere Industriegebiete einer eher agrarisch geprägten Landschaft. Bei Cambridge mußte er den 401 verlassen, von hier aus führte eine autobahnähnliche Verbindung in fast direkt nördlicher Richtung auf Kitchener zu. Schade, daß es keine University of Cambridge gab, die ihn hätte einladen können. Belustigt dachte er daran, wie seine Bekannten darauf reagieren würden, wenn er von einer Tätigkeit in Cambridge berichten würde. Die University of Kitchener hatte sich um alles gekümmert, vorab war ihm eine Unterkunft in

Aussicht gestellt worden, und nachdem er sich bei der Verwaltung gemeldet hatte, wies man ihm tatsächlich umgehend ein Einzimmer-Appartement in der Sunview Street zu, die praktisch in Fußnähe zum Campus lag. Die Wohnung - es handelte sich eher um ein Zimmer mit Bad und Kitchenette-Teil - war sehr spartanisch eingerichtet. Für einen winzigen Moment fühlte er sich an seine Zelle im Eifelkloster erinnert. Er dachte keine Sekunde daran, sich auszuruhen, um einem drastischen Jetlag-Effekt zu entgehen. Da konnte man wahrscheinlich sowieso alles nur falsch machen. Voller Tatendrang erkundete er gleich das Universitätsgelände und nahm inkognito schon einmal das Gebäude in Augenschein, wo er am übernächsten Tag vorsprechen mußte. Er kaufte sich in einem Supermarkt ein paar Kleinigkeiten, plante aber nicht, sich irgendetwas zu kochen. Zur Entkomplizierung der Dinge hatte er schon im Vorhinein beschlossen, zumindest einmal, möglichst abends in einem Restaurant, eine warme Mahlzeit einzunehmen. In seiner ersten Nacht schlief er gut, wachte zwar zweimal auf, aber jeweils nur für wenige Minuten. Am nächsten Tag teilte er zunächst Signe seine Adresse und die Nummer seines im Zimmer vorhandenen Telefonanschlusses mit. Diese wußte zu berichten, daß Lance soeben nach New York gereist sei, er habe ihr eine entsprechende Andeutung auf dem Anrufbeantworter hinterlassen. Leider sei sie für ein paar Tage nicht zu Hause gewesen. Vermutlich sei Lance dann ja jetzt unter der Anschrift Jannifers zu erreichen. Eric halte sich übrigens in Barcelona bei seiner Schwester auf.
Nach dem Frühstück ging Falk noch einmal intensiv durch seine Papiere, bis er sich gegen Mittag wirklich ausreichend vorbereitet fühlte. Es sollte schon schiefgehen. Dann fuhr er ins Zentrum und besorgte sich von der Tourist-Information erst einmal umfangreiches Material über den Ort. Der historische Überblick führte noch weiter den ihm mittlerweile bekannten Einfluß der deutschen Einwanderer auf den Ort aus, der bis zum ersten Weltkrieg ‚Berlin' geheißen hatte. Und dann hatte man ihm den Namen eines britischen Generals gegeben. Große Erkundungsziele setzte er sich nicht für den Nachmittag, beschloß stattdessen nur ein wenig durch den unweit gelegenen Park und die angenehmen, ordentlich wirkenden Wohnviertel zu spazieren. Die Leute waren zwar geschäftig, die ganze Atmosphäre wirkte jedoch eher kleinstädtisch streßfrei. Man nahm sich die Zeit, einander zu grüßen, und oft für ein kurzes freundliches Wort.

Die Sunview Street befand sich in einem kleinen Wohnviertel, das trotz direkter Lage zum Campus, und nach Norden hin in unmittelbarer Nähe einer Industrieansiedlung Vorortcharakter besaß. Es handelte sich um eine der typischen gepflegten Mittelstandsgegenden, bei Grundstücken recht gleicher Ausdehnung Rasen vor und hinter den zweistöckigen Häusern, ein oder mehrere betagte Laubbäume, meist einen Driveway zur Garage. Höchstwahrscheinlich lebten hier zahlreiche Hochschulmitarbeiter mit ihren Familien. An der University Avenue, die das kleine Viertel in seinem südlichen Teil durchschnitt, ging Falk links, um sich gleich an der nächsten Kreuzung wieder nach Norden zu wenden. Die Sonne schien freundlich durch die bunten Blätter, und er sog genußvoll die frischkalte Luft in seine Lungen. Der Herbst, obwohl kalendermäßig eben erst begonnen, schien erheblich weiter als in Deutschland. Es war relativ ruhig, man hörte kein Rufen oder Getümmel von Kindern, obwohl vereinzeltes Spielzeug oder Schaukelanlagen auf deren grundsätzliches Vorhandensein hindeuteten. Ein Sport-Utility-Vehicle, oder kurz SUV, wie man die ebenso beliebten wie spritfressenden Promeniergeländewagen nannte, fuhr forsch an ihm vorbei, bremste dann etwa in der Hälfte der Straße und zog in eine der Garagenzufahrten. Eine Frau mit fast hüftlangen blonden Haaren sprang an der Fahrerseite heraus, und öffnete gleich die Heckklappe. Sie trug halbhohe schwarze Stiefel, enganliegende Blue Jeans und einen weißen Pullover. Jetzt beugte sie sich in den Ladebereich. Als Falk sie fast erreicht hatte, richtete sie sich wieder auf. In beiden Armen nun große Papiereinkaufstüten verlor sie dabei fast das Gleichgewicht und wäre um Haaresbreite mit ihm zusammengeprallt. „Sorry!" rief sie ihn keck an. Er schaute überrascht zurück, denn aus der Distanz hätte die Frau für erheblich jünger gehalten als sie offensichtlich war. Wie alt sie tatsächlich war, war schwer auszumachen. Er vermutete aber in jedem Falle um die Fünfzig. Er lächelte und ging weiter. Es imponierte ihm, wie gut sich die forsche Fahrerin gehalten hatte, dem Anschein nach ohne Lifting und Botox. Den jugendlich funkelnden Blick hatte man sicher erst recht nicht operativ rekonstruieren können. „Ach herrjeh!" klang es da hinter ihm her. „Junger Mann, würden Sie so freundlich sein und mir eben zu Hilfe kommen?" „Ja, gern, was ist denn das Problem?" Vielleicht war es in Kanada ja noch üblich, daß man auch fremden schwerbepackten Menschen sofort ungefragt zur Hand ging. Hoffentlich hatte er keinen Fauxpas begangen. „Könnten Sie mir eben die Haustüre aufsperren?" „Aber herzlich gern, wenn Sie mir nur sagen, wo der Schlüssel ist!" „Ach, das ist mir jetzt furchtbar peinlich, aber er ist in meiner Hosentasche." „Hinten?" Falk schluckte. „Nein, vorne." Sie drehte ihm seitlich die Hüfte zu und hob die Tüten darüber hoch. „Soll ich Ihnen nicht lieber eine Tüte abnehmen?" „Nein, dann fällt alles raus!" „Meinen Sie wirklich??" „Ja, sonst würde ich es doch nicht sagen! Los jetzt!" Falk stellte sich hinter sie, damit sie das Gleichgewicht nicht verlor, und schob vorsichtig seine flache Hand in die Tasche. Der Schlüssel befand sich am Boden der Tasche, und da die Hose so eng anlag, bedurfte es einiger Anstrengung, bis Falk ihn hervorgebracht hatte. Die Frau versuchte, ihn dabei mit leicht schlangenartigen Bewegungen zu unterstützen. „Sie sind ein Held! - Schnell, jetzt die Türe auf!" Falk sprang die fünf Treppenstufen zum leicht zurückgesetzten Eingang empor. Er bemerkte, daß er etwas heftiger atmete, und wähnte eine leichte Röte auf seinem Gesicht. Die Gerettete kam ihm nach, er hielt ihr die Tür auf. „Jetzt lassen Sie mich Ihnen doch etwas abnehmen!" Noch im Eingang ergriff er die Tüten aus ihrem rechten Arm, folgte ihr ins Haus, und zeitgleich stellten sie den Einkauf auf dem Küchentisch ab. „Das war sehr nett von Ihnen. Ich bin Linda!" „Falk!" Er streckte ihr die Hand entgegen, sie schüttelte sie unmerklich und zog ihn heran, ihm klar in die Augen sehend. „Dafür haben Sie sich eine kleine Belohnung verdient, Falk!" „Das ist doch nicht nötig…" „Das lassen Sie mal meine Sache sein." Sie führte ihn ins Wohnzimmer und wies ihm einen Couchsessel an. „Warten Sie einen Moment, ich bin gleich zurück." Linda verschwand, irgendwo wurde dezente klassische Musik angestellt. Die Haustür fiel ins Schloß. Eigentlich müßte er noch einmal über seine Notizen für den morgigen Vortrag gehen, dachte er. Und, daß er keine Belohnung brauchte, denn irgendwie war die Schlüsselsuche ja ganz unterhaltsam gewesen. Da betrat Linda den Raum. Sie trug nichts anderes als ein durchsichtiges Negligé am Körper, in der linken Hand eine Flasche Sekt, in der rechten zwei Gläser und einen Geldschein. Sie plazierte alles auf dem Wohnzimmertischchen, setzte sich auf das Sofa ihm gegenüber und strich ihre hellblonden Haare zurück. „Sie meinen jetzt, Sie könnten zwischen den drei Dingen wählen - können Sie aber nicht! Sie kriegen alles drei, das Geld, den Sekt, und mich!" Falk versuchte, sich völlig neutral zu geben, obwohl ihn die durch die spärliche Verdeckung eher noch aufregenderen Formen längst verwirrt hatten. Er sah, daß es sich bei der Banknote um einen 100-Dollar-Schein handelte. Er schob ihn weit von sich. „Das Geld nehme ich auf keinen Fall an!" „Daran erkennt man den Kavalier! Einen Sekt trinkst Du aber schon mit mir?!" Das konnte Falk schlecht ablehnen. Linda versuchte unbeholfen, die Flasche zu öffnen. Er half ihr, und ihre Hände legten sich wie ganz der Aufgabe geschuldet umeinander. „Gemeinsam geht es besser!" „Wie so vieles im Leben!" Linda lachte, als er die Gläser füllte. Dann zog sie ihn neben sich aufs Sofa. „Von deinem Akzent denke ich mal, daß Du Austauschstudent aus Deutschland bist!" „Ja, so ungefähr!" Falk sah keine Veranlassung, sich über den Grund seines Aufenthalts auszulassen. „In Deutschland trinkt man ja Brüderschaft, habe ich gehört!" Sie hakte ihren Arm mit dem Glas unter den seinen, sie prosteten sich zu und stießen an. Dann drückte sie ihm unvermittelt einen breiten Kuß auf den Mund, nahm ihm das Glas aus der Hand, stellte es auf den Tisch, schob ihn zurück und setzte sich auf seinen Schoß. „So, ich bin ganz dein", hauchte sie. „Mach' mit mir, was Du willst!"

Es hatte schon zu dämmern begonnen, als Falk sich auf den kurzen Heimweg zu seinem Appartement machte. Linda hatte noch hinter der Gardine gestanden und ihm eine Kußhand zugeworfen. Was war nur geschehen? Er rieb sich die Augen. Eigentlich hatte nicht er etwas mit Linda, sondern sie etwas mit ihm gemacht. Irgendwie war er schon völlig überrannt worden. Übermannt. Oder eher überfraut. Falk war sich über seine Gefühle alles andere als im klaren. Auf der einen Seite hatte die Sache einen Riesenspaß gemacht. Auf der anderen Seite fühlte er sich irgendwie hohl und leer. „Keine Verpflichtung zu gar nichts, es geht nur ums Abenteuer", hatte sich Linda gewählt ausgedrückt. Als Soziologie-Professorin, als die sie sich zu erkennen gegeben hatte, konnte sie das. Er hatte immer gedacht, daß es schön sein müßte, Sex mal als reine Triebbefriedigung ohne jedwede Art von Verantwortung oder tieferem Empfinden erleben zu können. Jetzt wurde er unsicher. Das verstärkte sich später beim Durchgehen seiner Vorbereitungen, als ihm Mathildes Bild vor die Augen zog. Die körperliche Liebe mit ihr war irgendwie untrennbar von seinem seelischen Gefühl für sie. Obwohl er sich auch Mathilde gegenüber nicht wirklich zu etwas verpflichtet hatte - jedenfalls hatte sie nichts von ihm verlangt - oder doch??? - fühlte er sich ein wenig schlecht. Er meinte nicht, sie wirklich betrogen zu haben, fragte sich aber, ob er sich dabei etwas vormachte. Als er sich schließlich mit wirren Gefühlen auskleidete, merkte er, daß ihm Linda doch den Geldschein in die Hose gesteckt hatte. In die gleiche Tasche, wo er bei ihr den Schlüssel herausgefischt hatte. Und er fühlte sich noch elendiger. Hoffentlich sah Linda das Geld nicht als Bezahlung für das Schäferstündchen an. Nein, er würde ihr den Schein umgehend zurückgeben, und sie ordentlich zur Rede stellen. So ging es nicht.

29. Angebote

Wieder zurück in Raymonds Wohnung an der Ivar Straße war Lance nicht schlecht erstaunt, dort Kevin anzutreffen. „Hey, wo warst Du? Wir waren doch verabredet!" Kevin grinste verlegen. „Oder warst Du etwa der Typ auf dem schwarzen Motorrad?" Kevin schüttelte den Kopf. „Sorry, ich hatte mich leicht verspätet, und bin dann überhaupt nicht in den Park reingekommen. Die Feuerwehr hatte die Zufahrt gesperrt. Irgend so ein Ölunfall. Die Luft war völlig verdreckt, so schwarz und klebrig. Ich dachte, Du wärest wieder zurückgefahren. Zu dumm, wir hätten unsere Handynummern austauschen sollen!" Lance nickte. Nun war er etwas verlegen. Er konnte ja schlecht erklären, daß er einem Motorradfahrer folgend durch den Pechnebel hindurchgefahren und diesen suchend im Park herumgekutscht war. „Ja zu blöd, ich war zwar vorher da, wurde dann aber auch von der Feuerwehr weggeschickt." „Na, da kann man eben nichts machen. Dann laß' uns doch in den ‚Mülleimer' gehen, da können wir uns schließlich auch unterhalten." Lance nickte. Gesagt, getan, und die beiden schlenderten die Franklin Avenue entlang zu der französischen Bistro-Bar. Lance bestellte einen Kaffee, Kevin nahm ein Bier. „Noch etwas früh, aber ich habe Durst!" Er wisse wirklich nicht mehr, ob er noch Zeit für die Angeltour habe. Sein Druck, nach New York zurückzukehren, würde zunehmend größer. Er sei dort eben Manager des Clubs ‚Kraken', und da könne man leider nicht zu lange wegbleiben. Der Laden würde zwar gerade wunderbar brummen, darin bestünde aber auch eine Gefahr. Eine zu lange Abwesenheit könnte von einem seiner Mitarbeiter benutzt werden, um sich dem dubiosen chinesischen Besitzer anzudienen und ihm vielleicht gar seinen Job abspenstig zu machen. Er suche übrigens gerade nach einem zuverlässigen Assistenten. Zwar wolle er nicht gleich mit der Tür ins Haus fallen, aber er habe schon beim ersten Treffen gedacht, daß Lance wunderbar in den ‚Kraken' hineinpassen würde. Also nur als Aushilfe, für eine vorübergehende Zeit. Aber man wisse natürlich nie, wie sich die Dinge entwickeln würden. Lance runzelte die Stirn. Für ein einfaches Angelwochenende hatte Kevin darauf bestanden, ihn erst einmal sehr genau persönlich kennenlernen zu müssen. Für eine Tätigkeit als sein Assistent in der Bar schien diese persönliche Kenntnis offensichtlich nicht vonnöten. Was denn überhaupt für ihn dabei heraussspränge? Ganz sehe er es nicht als sein Ziel an, sich die Nächte in einem verrauchten Club um die Ohren zu schlagen, und das mit Leuten, mit denen er vermutlich überhaupt nichts zu tun haben wolle. Das solle er mal alles nicht so negativ sehen. Die Knete, die man an einer solchen Bude machen könne, sei unglaublich. Da seien leicht ein paar Hundert Dollar pro Nacht als Trinkgeld drin. Ob das hieße, daß es kein Grundgehalt gäbe? Die meisten wären zwar dankbar, wenn sie nur für das Trinkgeld dort arbeiten dürften, aber, nein, nein, er bekäme schon ein Basissalär. Außerdem verschaffe einem die Tätigkeit in einem solchen Club eine große Menschenkenntnis und eine tiefe Einsicht in das Leben an und für sich. Kurzum, eine unerschöpfliche Quelle an kondensierten Erfahrungen. Er wisse ja nicht, ob Lance künstlerisch tätig sei, oder dies zu irgendeinem bestimmten Zeitpunkt beabsichtige. Von den Erlebnissen, die er im ‚Kraken' innerhalb weniger Wochen haben würde, könne er jedenfalls mit Sicherheit ein ganzes Leben zehren. Wieso er denn gerade ihm dieses wunderbare Angebot mache? Es sei doch viel leichter, jemanden in New York direkt anzustellen. Na, er müsse wissen, daß das ganze Clubgeschäft eine Frage des Vertrauens sei. Und irgendwie habe er bei ihm ein gutes Gefühl. Zunächst sei er eindeutig kein Junkie. Zum anderen stamme er offensichtlich aus geordneten deutschen Verhältnissen. Dann habe Raymond sich gewissermaßen für ihn verbürgt. Lance lachte. Geordnete deutsche Verhältnisse. Und Raymond hätte sich bestimmt für ihn verbürgt, weil er hoffte, daß trotz seines nur vorübergehenden Aufenthaltes in New York die Miete weiter gezahlt würde, und er gleichwohl die Wohnung ganz für sich hätte. Und frei von jeglicher Störung an seinem Durchbruchsprojekt arbeiten könne. Da er davon ausgehen mußte, daß Lance nicht mit dem Auto nach New York fahren würde, spekulierte er vermutlich zusätzlich darauf, während seiner Abwesenheit den Crown Victoria benutzen zu dürfen. „Ja, warum eigentlich nicht?" Lance war selbst überrascht von den Worten, die er da sprach. Kevin sprang auf und strahlte über das ganze Gesicht. „Super, Mann, sehr gut! Du wirst sehen, Du wirst es nicht bereuen!" Lance war sich da nicht so sicher. Aber zum einen war ihm klar geworden, daß er Los Angeles zumindest vorübergehend verlassen müßte. Der Schock durch den Überfall in Watts wirkte stärker auf ihn, als er sich das anfänglich hatte zugestehen wollen. Außerdem hatte er das Gefühl, Jannifer treffen zu müssen, sich mit ihr zu konfrontieren. Nie hätte er gedacht, daß er in vergleichsweise so kurzer Zeit im Hinblick auf sie dermaßen verunsichert werden könnte. Verunsichert durch ihr Verhalten, aber auch durch sein eigenes. „Jetzt aber ein Bier auch für dich!" rief Kevin und bedeutete dem Kellner, zwei Flaschen zu bringen. Sie stießen an und tranken in kräftigen Schlucken. Das mit dem Angeln müsse er sich, wie gesagt, noch einmal überlegen. Er wolle heute abend wieder mit New York telefonieren, und dann eine Entscheidung treffen. Ein, zwei Tage wären vielleicht doch drin. Man könnte ja nach Sacramento fliegen, und da einen Wagen leihen. Dann verlöre man nicht soviel Zeit mit der Kutscherei. Er musterte Lance von oben bis unten. Zunächst einmal müsse man ihm noch etwas Gescheites zum Anziehen kaufen. Tagsüber sei das ja okay, aber abends könne man mit solch uncoolen Klamotten keinesfalls im ‚Kraken' aufkreuzen. Kevin hatte ihn an die Melrose Avenue geschleppt, wo sich Modegeschäft an Modegeschäft reihte, mal mehr, mal weniger alternativ. Lance haßte es, Kleidung zu kaufen. Er hielt dies für eine der sinnlosesten Aktivitäten überhaupt. Kevin hingegen blühte dabei völlig auf. Nur weil seine Lustlosigkeit übergroß zu werden drohte, ließ sich Lance im vielleicht fünften Geschäft einen silberfarbenen Trainingsanzug aufschwatzen, der entfernt an einen Raumanzug erinnerte. Eine legere Version, die Astronauten vielleicht in ihrer Freizeit an Bord tragen würden. „Cool. Darf ich vorstellen, neu im ‚Kraken', ‚Major Tom'. Er gehört jetzt zur Crew!" Kevin feixte. „Bitte, bitte nicht!" Man nahm noch zwei T-Shirts mit Aufdrucken von Antiqua-Schriften, die etwas ‚gothic' wirkten. Lance schaute mißmutig drein. Am Abend verkroch er sich in sein Zimmer. Er wollte mit niemandem sprechen, brauchte etwas Zeit zum Nachdenken. War es richtig, was er jetzt tat? Im Nebenzimmer telefonierte Kevin lange und lautstark. Raymond klopfte ein paarmal an die Wand. Irgendwann polterte er los, daß die Lautstärke unerträglich sei. Er könne sich nicht konzentrieren.

Lance sah seine Post durch. Das meiste Werbungen diverser Firmen, er wunderte sich, wie schnell man an seine Adresse gekommen war. Doch da entdeckte er einen Brief mit handgeschriebener Anschrift. Ein Absender war nicht angegeben. Er öffnete den Umschlag, in dem sich ein ebenfalls handgeschriebener Brief befand. Er wußte nicht, ob er sich freuen oder erschrecken sollte. Die Zeilen stammten von Loren und Michelle. Was für ein wunderbarer Abend das gewesen sei! Es verginge kaum ein Tag, an dem sie nicht an ihn dächten oder über ihn sprächen. Leider hätten sie seine Telefonnummer verlegt. Aber die Adresse hätte er ihnen ja gegeben. Komisch, daran konnte sich Lance überhaupt nicht erinnern. Mochte sein, oder auch nicht. Vielleicht hatten sie einfach seine Sachen durchsucht. Ob man sich nicht wiedertreffen könne? Sie würden dies Mal auch selbst etwas kochen. Davon verstünden sie eine ganze Menge. Weine vom Feinsten gäbe es auch.

Er solle sich doch bitte, bitte melden. Darunter waren mehrere Telefonnummern niedergeschrieben, sowohl Handys als auch Festnetzverbindungen. Das Beste aber war, daß das Schreiben mit zwei roten Lippenstiftmündern gleichsam besiegelt war. Lance seufzte. Ein leichter Schauer der Erregung durchfuhr ihn. Er malte sich ein erneutes Zusammensein mit den beiden aus, und wußte im Innersten, daß es auf jeden Fall dazu kommen würde. Er wußte nur nicht, wann.
Es war still geworden, Kevin hatte sein Telefonat offensichtlich beendet. Bald klopfte es an seiner Tür. Er machte auf, und Kevin trat ein. „Ja, Junge, diesmal wird das nichts mit der Angelei. Ich muß unbedingt zurück nach New York. Aber aufgeschoben ist ja bekanntlich nicht aufgehoben. Da können wir ja auch mal ganz schnell von New York aus hinfliegen." Lance schaute ihn ungläubig an. „Na, das wäre doch wohl zu aufwendig!" „Ach, papperlapapp, das kostet doch fast nichts!" Lance kommentierte dies nicht. Als Manager eines gutlaufenden Clubs bewegte er sich vermutlich in ganz anderen finanziellen Dimensionen, als sie für ihn als erst kürzlich Examinierten vorstellbar waren.

Wegen verschiedener Erledigungen, die Kevin noch unternehmen mußte, hatten sie beschlossen, getrennt zum Flughafen zu fahren. In überschwenglicher Dankbarkeit nahm Raymond den Schlüssel vom Crown Victoria entgegen, zum Einfahren wollte er es sich nicht nehmen lassen, Lance nach LAX zu bringen. Dieser wagte gar nicht zu fragen, ob Raymond ihm die Miete für die Zeit seines Aufenthalts in New York erlassen könnte. Er wußte ja, daß der zukünftige Star am Scriptwriter-Himmel derzeit kein Einkommen hatte. Wenn das wirklich mit dem Trinkgeld so gut im ‚Kraken' laufen sollte, brauchte er ja auch akut nicht sehr viel Geld. Als sie von der Ivar Street auf den Hollywood Boulevard bogen, fiel Lance' Blick auf ein an der Ecke geparktes schwarzes Motorrad. Es sah der Maschine des seltsamen ‚Rroazz' sehr ähnlich, er konnte sich aber auch täuschen. Das Kennzeichen war auf die Schnelle nicht klar erkennbar gewesen.

Es hatte Verspätungen gegeben. Tatsächlich hatte das Department mehrere Kandidaten zum Vorstellungsgespräch eingeladen, erstaunlich, was man sich das kosten ließ. Offensichtlich wollte man wirklich sicherstellen, den besten zu bekommen. Falk sah eine Liste an der Tür zum Prüfungsraum, auf der sein Name als drittletzter gelistet war. Kurz vor Beginn seines eigentlichen

Interviewtermins hörte er, daß immer noch ein anderer Bewerber im Zimmer war. Er wartete auf der gegenüberliegenden Seite des Ganges. Neben ihm saß ein dunkelhaariger, bärtiger Mann, der ihn argwöhnisch musterte. „Zuerst bin ich jetzt dran", sagte er, ohne zu grüßen oder sich vorzustellen. Falk antwortete nicht. Die Tür ging auf, und eine Kandidatin vermutlich chinesischer Herkunft verabschiedete sich mit vielen Knicksen und Verbeugungen von den Professoren, nickte dann kurz ihren männlichen Konkurrenten zu und tippelte schnell den Gang hinab. Die Interviewer riefen gleich seinen Nebenmann auf, der ihnen in hektischer Anspannung folgte. ‚Wenn die sich für so einen entscheiden, wäre es ohnehin hier nicht das richtige für mich', dachte er und lehnte sich beruhigt zurück. Seltsam, er verspürte überhaupt keinen Streß. Aber er hatte ja auch nichts zu verlieren. Wenn es klappen würde, wäre es eine wunderbare Gelegenheit, wenn nicht, hätte er zumindest die außergewöhnliche Erfahrung eines Vorstellungsgesprächs in Kanada gehabt, und dazu ein klein wenig von dem Land gesehen, in das er sonst nie gekommen wäre. Nach überraschend kurzer Zeit ging die Tür schon wieder auf, und sein mürrischer Mitbewerber trat heraus. „Wir rufen Sie dann an...", scholl es hinter ihm her. Niemand begleitete ihn hinaus. „Jaja, rufen Sie uns nicht an, wir rufen Sie an", keifte er in sich hinein. Falk nur kurz mit einem verächtlichen Blick streifend entfernte er sich rasch. Die Doppeltüren am Ende des Ganges schlugen laut. Dann erschien ein Professor mit grundfreundlichem Gesicht, auf das aber ein kurzer Schatten geflogen war. Er schaute seufzend den Flur hinab, bevor er sich Falk zuwandte. „Herr von Fürstenberg? Darf ich bitten? Ich heiße Mike Berenstein." Aha, das war der ‚Department-Chair'. Im Prüfungszimmer befanden sich noch ein weiterer männlicher Professor, Clark Jackson, sowie eine junge Frau namens Elenor, die sich als wissenschaftliche Hilfskraft vorstellte. Der Abteilungsleiter lächelte unverbindlich: „Dann schießen Sie mal los!"
Falk erklärte kurz, warum er sich beworben hatte und machte ein paar knappe Angaben zu seinem bisherigen Werdegang. Dann beschrieb er sein Forschungsvorhaben in scheinbar nüchterner Form, markierte die wesentlichen Eckpunkte, ohne aber zu sehr ins Detail zu gehen. Von seinen vor ihm liegenden Unterlagen völlig gelöst, wirkte er ebenso begeistert wie überzeugt von seinem Projekt. Dies hatte einen mitreißenden Effekt auf das Auswahl-Team, zumindest meinte er, dies feststellen zu können. Als er geendet hatte, warfen sich die Hochschullehrer kurze, aber vielsagende Blicke zu. „Vielen Dank, Herr von Fürstenberg. - Wir werden morgen unsere Ent-

scheidung treffen. Wie können wir Sie danach erreichen?" „Danach?" Der Chair wandte sich kurz zu seinen Kollegen um und blickte ihn dann wieder an. „Sagen wir: übermorgen vormittags." Falk gab ihm die Telefonnummer seines Appartements, fragte seinerseits aber nicht nach einer Kontaktnummer. Man verabschiedete sich freundlich, um Unverbindlichkeit bemüht. Auf dem Gang wartete jetzt eine kräftige Frau mit dicken Gretl-Zöpfen. „Die letzte Kandidatin, kommen Sie herein!" Merkwürdig, es hatte doch noch ein Name auf der Liste gestanden. Na, vielleicht abgesagt.
Wieder draußen spürte Falk große Erleichterung und atmete tief durch. Fast war das zu glatt gegangen. Man würde sehen. Jedenfalls hatte er sein Bestes gegeben. Er umschritt einen großen Bogen, war irgendwann wieder in der University Avenue, jedoch noch ein gutes Stück vom Abzweig der Sunview Street entfernt. Vor ihm lag nach Süden der Park, der nur in Teilen als solcher zu bezeichnen war. Jedenfalls aus deutscher Perspektive. Große Areale bestanden aus Sportanlagen wie Baseballfeldern und einem Football-Stadion. Es gab aber auch Gebäude mit historischer Bedeutung wie ein altes Schulhaus, eine Farm und eine Mühle. Ein zu dieser Jahreszeit allerdings abgeblühter viktorianischer Garten und ein Vielzweckteich trugen zum Flair der Anlage bei, die er an ihrem Ostende wieder verließ. Er lief die ihn dort begrenzende Albert Street nach Norden, und dann nach links in die University Avenue. Ohne nachzudenken ging er in die Parallelstraße vor der Sunview. Er hielt Ausschau nach dem SUV. Linda schien indes nicht oder noch nicht zu Hause sein. Vielleicht würde er es später noch einmal versuchen. In seiner Unterkunft angelangt, machte er sich einen Kaffee, und rief dann Sigune an. Er hatte die Zeitverschiebung völlig vergessen, die Kölnerin kam brummend ans Telefon. So gab er ihr unter Entschuldigungen nur kurz seine aktuellen Koordinaten durch, dann hängte sie ein, wohl eher schläfrig als böse.

Abends hatte er sich noch einmal auf den Weg gemacht. Doch Linda war immer noch nicht da. Nun, sie hatten sich ja nicht verabredet. Vielleicht eine Spätvorlesung. Er versuchte, in einem Supermarkt ein paar Flaschen Bier zu kaufen, wurde dort aber auf den „Beer Store" verwiesen und erhielt eine entsprechende Wegbeschreibung. Ob er auch die zum „Liquor Store" wolle, denn da müsse er hin, falls es ihm nach einer Flasche Wein gelüste. Also nicht nur bei wirklich scharfen Sachen. So sei das eben in Ontario. Immerhin bekäme man alles, nur etwas umständlich. Und die Provinz verdiene gut dabei. Im Beer Store hatte es sogar deutsches Bier gegeben, aber wie immer auf Reisen entschied er sich für ein lokales Produkt.

Er ging wieder bei Linda vorbei, doch es war immer noch alles dunkel. Na, dann eben nicht. Irgendwie wurmte es ihn, daß er sie nicht sehen konnte. Das ontarische Bier, er hatte sich für eines entschieden, das nur aus natürlichen Stoffen gebraut war, war gar nicht schlecht gewesen, und so hatte er ein bißchen mit sich selbst gefeiert und entsprechend gut geschlafen. Die Kopfschmerzen am nächsten Morgen waren ungewöhnlich stark. Das konnte nicht am Bier liegen, zumal es sich um ein reines Getränk handelte, und er soviel nun auch wieder nicht getrunken hatte. Zum Glück hatte er ausreichend Schmerztabletten mitgenommen. Er schaute in den Spiegel, und erschrak sich ein wenig. Hatte er sich zuviel zugemutet? Beim Duschen kam ihm wieder der seltsame Heilige beim Kloster in den Sinn. Wieder wuchs die Angst, daß er durch den Schlag mit dem bischofsstabsartigen Stock doch eine schwerwiegendere Verletzung erlitten haben könnte. Hoffentlich gäbe es nicht erneut Ausfälle. Mit Schrecken dachte er wieder daran, daß er nicht die geringste Ahnung hatte, wie er aus der Eifel an den Lahnstrand geraten war. Trotzdem zwang er sich, ruhig zu bleiben. Vielleicht war doch etwas in dem Bier, was er nicht vertrug. Konnte ja durchaus natürlich sein. Selbstverständlich war nicht alles Natürliche auch für jeden Menschen gleich gut. Er beschloß, wieder an die Luft zu gehen, diesmal, wenn der Kopfschmerz entsprechend nachließe, Kitchener etwas weiträumiger zu erkunden. Linda war immer noch nicht zu Hause oder schon wieder weg.

Er hatte sich ein wenig mit öffentlichen Verkehrsmitteln vertraut gemacht, fuhr zunächst ins kleine, aber aparte Zentrum, bald jedoch stieg er in eine Linie, die die Stadt etwas großräumiger umfahren sollte. Er wollte die ganze Fahrtstrecke mitmachen, um so einen gewissen Überblick zu gewinnen. Irgendwo im Südosten der Stadt sah er aber von einer Haltestelle aus sich öffnendes Land. Falk stieg aus, und beschloß ein wenig zwischen lichten Laubwäldern und Feldern spazieren zu gehen. Er könnte später ja wieder am gleichen Busstop einsteigen. Die Sonne schien, es war aber noch kälter als am Vortag. Er zog die Schultern ein wenig hoch, als er über einen Feldweg in der Nähe des Grand Rivers schritt. Der schlängelnde Verlauf des Flusses grenzte das Stadtgebiet faktisch nach Osten ab. Es war ganz still, weit und breit kein Mensch zu sehen. Da nahm er auf einmal ein Summen wahr, erst schwach und undeutlich, dann im Näherkommen immer lauter werdend. Er schaute nach oben, und erblickte einen Doppeldecker mit blauem Rumpf und breiten gelben Flügeln. Das Flugzeug war so niedrig, daß er unschwer den Piloten sehen konnte, als es fast direkt über ihn hinwegbrauste. Er schaute der weiter sinkenden Maschine wie verzaubert nach, bis sie aus seiner Sicht verschwand. Offensichtlich befand sie sich im Landeanflug auf einen nahegelegenen Flugplatz. Der Kopfschmerz war völlig verschwunden, wie er erleichtert feststellte. Er verspürte jedoch keine Lust mehr, weiterzugehen und kehrte zum Ort der Haltestelle zurück, wo er in den Bus auf der Gegenseite einstieg und zum Zentrum fuhr, von dort aus wieder in sein Viertel. Das Bild vom majestätisch vorbeischwebenden Flugzeug wich dabei nicht aus seinem Kopf.

Im Laden an der Ecke wollte er noch etwas für den Abend kaufen, stellte aber an der Kasse fest, daß er kein Bargeld mehr hatte. Seine deutschen Karten funktionierten auch nicht. Die hinter ihm Anstehenden murrten. Da erinnerte er sich an den 100-Dollar-Schein in seiner Tasche. Sollte er, oder sollte er nicht? Das Gemurre wurde lauter. Er zog die Geldnote hervor, was mit „Na, endlich"- Rufen kommentiert wurde. Er würde einen neuen Schein besorgen und diesen Linda zurückgeben.

Falk ging diesmal zielstrebig zu seinem Appartement zurück, als er den Einkauf einordnete, war es ihm auf merkwürdige Weise so, als sei dies der Beginn einer längeren Einrichtung. Er versuchte die Empfindung zu verwerfen, es gelang halbwegs, dafür kam ihm wieder Lindas Geldschein in den Sinn. Die Banken hatten bereits geschlossen, so daß er keinen seiner Traveler-Schecks mehr einlösen konnte. Irgendwo, nicht zu weit entfernt an der University Avenue, hatte er aber einen Bankautomaten gesehen. Manche von ihnen sollten angeblich auch deutsche Scheckkarten akzeptieren. So machte er sich wieder auf den Weg, doch der nämliche Automat gehörte nicht zur erwünschten Kategorie.
Die Dämmerung hatte den Grad erreicht, daß es nur noch Momente bis zur Nachtdunkelheit waren. Doch daran lag es nicht, daß Falk nicht direkt in die Sunview Street zurückfand, sondern wieder die Parallele hinaufschritt. Er schaute durch die Fenster in die erleuchteten Wohnungen. In jeder andere Schicksale, andere Geschichten, dachte er. Ohne sich dessen wirklich bewußt geworden zu sein, hatte er dann das ihm bekannte Haus erreicht. Licht strahlte aus der Küche. Linda war zu Hause.

Geldschein dabei oder nicht, er wollte nur kurz anklopfen, und ihr sagen, daß sie den Betrag selbstverständlich zurückbekäme. Jetzt kam Linda an den Herd, gab irgendetwas in einen Topf, nippte dann an einem Weinglas. Sie war wirklich eine sehr attraktive Frau, dies wurde durch die fesche Schürze, die sie umgebunden hatte, eher unterstrichen als gemindert. Falk faßte sich ein Herz, ging zum Haus und klingelte. Es blieb für ein paar Augenblicke still, das Flurlicht wurde nicht angeschaltet. Vielleicht spähte sie erst, wer da an der Tür stand. Diese wurde mit einem Mal aufgerissen. „Falk! Quelle surprise!" War sie eine Frankokanadierin? Ein entsprechender Akzent war ihm zuvor gar nicht aufgefallen. „Ah, tu es Quebequoise?" „Entre, entre, mon cher! - Nein, nein, aber wir Kanadier sind doch alle bilingual. Offiziell jedenfalls." „Kompliment!" „Ach Quatsch, mit meinem Französisch ist es nicht weit her. Jedenfalls nicht mit der Sprache." Sie lachte, und ihre weißen Zähne blitzten. „Hast Du Hunger? Ich mache gerade Pasta. Fettucini Alfredo. Dazu ein kleiner Bordeaux. Was sagst Du?" Sowohl der aus der Küche strömende Geruch als auch Lindas funkelnder Blick wirkten extrem einladend. „Eigentlich wollte ich nur vorbeikommen, um zu sagen, daß ich das mit dem Geld nicht okay fand. Ich werde es dir morgen wiedergeben." „Nicht okay, nicht okay, haha!" Sie lachte. „Come on, Studenten brauchen immer Geld. Wenn das nicht so wäre, könntest Du es mir ja gleich zurückgeben!" Falk schaute verschämt zu Boden. Er wollte die Geschichte mit dem Supermarkt erzählen, fand aber, daß dies wohl auch nicht überzeugen würde. „Du bekommst es wieder." „Na, wenn Du meinst. - So, jetzt komm' erst mal rein!" Sie beugte sich vor und langte mit dem Arm hinter ihn, um die Haustür zuzuschieben. Dabei drückte sie ihm einen schnellen Kuß auf den Mund. „Jetzt essen wir erst mal. Komm' in die gute Stube!" Während sie in die Küche ging, nahm sie die Schürze ab und warf sie in eine Ecke. Flugs war ein zweites Glas hervorgeholt und eingeschenkt. „Na, wie war dein Tag?"

Es hatte einfach hervorragend geschmeckt. Dies betraf die Pasta wie den Rotwein, der nach Beendigung des Mahls stilvoll in frischen Gläsern im Wohnzimmer weiter eingenommen wurde. Linda hatte Kerzen angezündet, und die roten, samtartigen Vorhänge zugezogen. Irgendein vermutlich kanadischer Rocker sang mit rauher Stimme wehmütige Balladen. Sie drehte den CD-Spieler etwas leiser und setzte sich wieder neben Falk. „Du bist mir doch nicht wirklich böse, oder?" Sie machte einen Schmollmund, und sah ihn gespielt schuldbewußt an. Nein, er war ihr nicht mehr böse. Sie schlug die Arme um seinen Hals, und bald hatte sie sich seiner bemächtigt. „Du brauchst überhaupt kein schlechtes Gewissen zu haben." Ihr Atem ging heftig. „Du kannst kommen, wann Du willst, Du kannst gehen wann Du willst. - Es sei denn, es wäre jemand anders da!" Falk schrak kurz zusammen, faßte sich aber sofort. Klar, daß man bei einem solchen Szenario nicht von alleiniger Verfügungsgewalt ausgehen konnte. Apropos Verfügungsgewalt: wenn es überhaupt darum ging, dann lag die eigentlich wie beim letzten Mal wieder bei Linda. Nachdem sie aus der rauschhaften Vereinigung ihrer Körper wieder zu sich gekommen waren, nahm sie ihn bei der Hand, führte ihn ins Schlafzimmer und zog ihn ins Bett. Auf dem Rücken liegend umschloß sie ihn mit ihren Armen, legte seinen Kopf zwischen ihre großen und weichen Brüste. Als sie seine Haare zärtlich zurückstrich, sanken seine Lider. Wie schön das war, so an ihrem warmen Busen. Er genoß, wie ihre Hände über sein Gesicht streichelten. Ihre Haut roch nach Jasmin, und er fragte sich, ob das ihr natürlicher Geruch war, oder ihr Parfüm. Er fühlte sich geborgen wie ein Baby. Zufrieden seufzte er, und bald war er eingeschlafen.

Irgendwann wachte er auf. Draußen war es noch nicht wirklich hell, auf der Anzeige des Weckers sah er, daß es früher Morgen war. Linda schlief tief und fest. Er betrachtete ihr Gesicht. An den Augen entdeckte er jetzt leichte Krähenfüße, die jedoch ihre Ausstrahlung nicht schmälerten. So angenehm es bei ihr war, hatte er jetzt das Verlangen, allein zu sein. Außerdem wollte er keinesfalls riskieren, nicht erreichbar zu sein, wenn die Universität bei ihm anrufen würde. Falk wollte sich nicht davonstehlen, und gab sich deswegen keine Mühe, besonders geräuschlos zu sein. Linda aber hatte einen gesunden Schlaf; nun, beim Rotwein hatte sie auch etwas kräftiger zugelangt als er. Er nahm ein Blatt Papier aus dem Drucker in ihrem Arbeitszimmer, das türlos an den Schlafraum anschloß, und dankte ihr mit einer romantisch formulierten Zeile für den schönen Abend.

In seinem Appartement angekommen duschte er ausgiebig. Er empfand den Wechsel zwischen intensivem bedingungslosen Sex und dem anschließenden Geborgenheitsgefühl in Lindas Armen als höchst sonderbar. Dennoch hatte er beides genossen. Er dachte an ihr vermutliches Alter, und wurde sich leicht erschreckt bewußt, daß sie theoretisch seine Mutter hätte sein können. Doch gelang es ihm, dies zu verwerfen. Mitarbeiter von Escort-

Agenturen beglückten ja auch ältere Damen ohne einem ödipalen Komplex zu unterliegen. Wie er bloß nun wieder darauf kam? Gleichwohl ging ihm Linda nicht aus dem Sinn. Überrascht stellte er fest, daß das Geborgenheitsgefühl ihm ebenso wichtig gewesen war wie der Sex. Vielleicht gar wichtiger. Er überlegte, ob er als Kind, und wenn, für welche Zeit, er wohl so am Busen seiner Mutter gelegen hatte. Ob er überhaupt gestillt worden war? Ob sie ihm auch so über den Kopf gestrichen hatte? Er dachte an die strenge hochgewachsene Frau, der es immer schwer gefallen war, jemanden in den Arm zu nehmen. Ihre Selbstbezogenheit war stets mit einer gewissen abweisenden Art einhergegangen. Er trocknete sich ab und föhnte seine Haare, die naß noch sehr viel länger schienen. Ein Friseur war ihnen geraume Zeit schon nicht mehr begegnet. Er legte sich noch einen Moment aufs Bett und starrte die Decke an. Dann machte er Kaffee.
Gegen 10:30 Uhr, er hatte sein Frühstück noch nicht ganz beendet, klingelte das Telefon. „Guten Morgen. Mike Berenstein hier." Obwohl er einen Anruf ja erwartete, war Falk so perplex, daß er fast vergessen hätte, zurückzugrüßen. „Ja, wie geht es Ihnen heute? Es ist ja mal wieder ein wunderbarer Tag!" Der Chair hätte von außerordentlicher Grausamkeit sein müssen, wenn er ihm nun eine Absage erteilt hätte. Er war es nicht, und er gratulierte im Namen der ganzen Fakultät. Falk schaltete sehr langsam, fast wie in Zeitlupe. So dankte er freundlich, befürchtete aber bald, daß er nicht enthusiastisch genug gewirkt hätte. Man verabredete sich zur Klärung der technischen Angelegenheiten.
Falk war völlig verwirrt. Seine Bewerbung in Kitchener hatte fast etwas von einem Spiel gehabt. Er hätte gar nicht ernsthaft geglaubt, daß man sich für ihn entscheiden würde, obwohl er durchaus gewisse Hoffnungen hegte. Nun würde die Sache ernst. Was würde eine solche Verpflichtung bedeuten? Er dachte zuerst an Bernhard. Er konnte den Hund ja nicht endlos bei Hans lassen. Er müßte auf jeden Fall erstmal wieder zurück nach Deutschland. Aber das war ja auch sowieso vorgesehen. Dann dachte er wieder an Mathilde, doch dieses Mal wollte ein schlechtes Gewissen nicht wirklich aufkommen. Wie war es nur möglich gewesen, daß er sich ihrer beim Zusammensein mit Linda jeweils nicht einmal für eine Sekunde erinnert hatte? Selbst jetzt gelang es ihm kaum, sich zu schämen. Fast fühlte er sich schuldlos, so als sei ein Naturereignis über ihn gekommen, vergleichbar einem Sturm. Wenn sich die Sache auch sicher nicht ganz so einfach verhielt, so gelang es ihm doch, sein Verhältnis zu Mathilde und die Vorfälle mit Linda im Kopf

derart voneinander zu trennen, als ginge es hier um zwei Welten, die absolut nichts miteinander zu tun hatten. Auch Arthur kam ihm in den Sinn, und er wunderte sich, wie fern ihm die Suche nach dem Freund geworden war. Mit Schrecken registrierte er, daß sie im Grunde gar keine Rolle mehr für ihn spielte. Das letzte Mal hatte es eine gedankliche Verbindung zu ihm gegeben, als er ihn vermeintlich in der ungarischen Puszta gesehen hatte. In der ungarischen Puszta - das war ja alles schlichtweg unmöglich! Ein sonderbares Hirngespinst, was sonst? Er mußte vorübergehend bewußtlos geworden sein, nachdem er in den Brunnen gefallen war. Hoffentlich wurde er nicht wahnsinnig! Alles drehte sich in seinem Kopf, er legte sich angezogen wieder aufs Bett und fiel in einen tiefen Schlaf.

Nach etwa zwei Stunden wachte er wieder auf, sich deutlich besser fühlend. Er beschloß, die Ausfälle als einmalig zu bewerten, und weitere dieser Art jedenfalls nicht zu fürchten. In aller Ruhe ging er zum Sekretariat des Departments, um die notwendigen Formalitäten für seine Beschäftigung zu erledigen. Er schätzte sich glücklich wegen seiner Entscheidung, ein paar freie Tage bis zu seinem Rückflug eingeplant zu haben. Es hätte ja sehr gut sein können, daß dies sein erster und letzter Aufenthalt in Kanada gewesen wäre. So hatte er ein wenig Zeit, seinen Wohn- und Arbeitsort für die nahe Zukunft sowie dessen Umfeld etwas näher kennenzulernen. Er fuhr zunächst noch einmal ins Zentrum. Als der Bus bei einem großen Department-Store hielt, stieg er aus. „Potztausend!" entfuhr es ihm. Da spielte doch vor dem Eingang tatsächlich die gleiche Indio-Band, die er zuvor - unter anderem - in Marburg gesehen hatte. Es gab keinen Zweifel. Die Musiker trugen exakt die gleiche bunte Kleidung. Der Panflöten-Spieler zwinkerte ihm zu, dann pustete er die ersten Töne von ‚El Condor Pasa'. Falk wandte sich auf dem Absatz um, und versuchte der Musik zu entkommen. Dabei führte ihn sein Weg zufällig an der Stadtbücherei vorbei. Die würde man bei längerem Aufenthalt sicher auch häufiger nutzen. Warum nicht schon gleich jetzt Mitglied werden? Er trat durch die Türen unter der modernen, wellenförmig geschwungenen Glasfassade in das Gebäude, ging zur Information. Erst als ihn die freundliche Bibliothekarin fragte, ob er nach etwas Bestimmten suche, wurde ihm klar, warum er gekommen war. „Ja, die Abteilung mit Luftfahrt und Flugzeugen." Er schaute ein paar der großen Bildbände durch, und brauchte nicht lange, bis er fündig geworden war. Bei dem Flugzeug, das über ihn hinweggeschwebt war, handelte es sich eindeutig um eine Boeing Stearman. Auf einem Photo sah man sie in denselben Farben, mit blauem Rumpf und breiten gelben Flügeln. Der Doppeldecker aus den 30er Jahren war zunächst Ausbildungsflugzeug für einen Teil der amerikanischen Streitkräfte gewesen, nach dem Zweiten Weltkrieg wurden die Maschinen auf dem freien Markt verkauft und dienten in der Landwirtschaft oder, und bis heute eben, als Sportflugzeuge.

Erst allmählich wurde ihm die Bedeutung der Zusage Berensteins und seiner Kollegen klar. Auf der einen Seite war dies natürlich ein wunderbarer Erfolg, er kam aber mit Konsequenzen. So bitter es für Mathilde und auch für ihn selbst war, würde sie warten müssen. Sie war zumindest bereits darauf vorbereitet. Den Hund konnte er unmöglich so lange bei Hans lassen. Was tun? Ob er ihn bei seiner erneuten Einreise einfach mitnahm? Das mußte natürlich noch mit den Hausbesitzern geklärt werden. Sicher gab es auch irgendwelche Quarantäne-Vorschriften für Kanada. Jetzt mußte er, seit langem zum ersten Mal, doch wieder recht intensiv an Arthur denken. Wie es dem Armen wohl gehen mochte? Vielleicht lebte er längst nicht mehr. Falk schrak zusammen. Und wenn doch, würde er nicht sein Gelöbnis brechen? Sein Auftrag war die Suche in Deutschland. Doch halt? Konnte man das ganze nicht auch so sehen, daß die Suche zwar in Deutschland begonnen werden, aber bei Erfolglosigkeit nicht zwangsläufig nur dort fortgeführt werden mußte? Eigentlich war doch nur der Startort festgelegt worden, und unter Umständen wollte es das Schicksal, daß er jetzt an einer ganz anderen Ecke weitersuchen sollte. So ganz war er ja von vornherein nicht mit der Losvergabe einverstanden gewesen. Wer wußte mit Sicherheit zu sagen, daß ‚Amerika' nicht doch seine eigentliche Bestimmung war? Auch mußte die Annahme der Freunde, daß die Bezeichnung wohl Synonym für die Vereinigten Staaten sei, nicht unbedingt richtig sein. Geographisch war Kanada Teil des amerikanischen Kontinents. Ein Lächeln flog über sein Gesicht. Die Vorfreude auf seinen Aufenthalt begann zu überwiegen, die durchaus vorhandenen Herausforderungen und kleinen Sorgen würde er schon in dem Griff bekommen. Im Hinblick auf den Verbleib Arthurs nahm er sich vor, auf jeden Fall wieder mit offeneren Augen durch die Welt gehen.

Mitten in der Nacht schellte das Telefon. Schlaftrunken tastete er nach dem Apparat. Am anderen Ende der Leitung war Sigune, diesmal hatte sie die Zeitverschiebung vergessen. Völlig aufgeregt berichtete sie davon, daß Allan Backwater auf Jannifers Band aufmerksam geworden sei, und diese allen Ernstes zu einer Party eingeladen habe. Und mehr noch: damit sie sich richtig gut fühle, sollte sie gleich ihre besten Freunde mitbringen. Über die Kosten brauche man sich keine Sorgen zu machen, er bezahle die Flüge und Hotel. Jannifer habe gar nicht gewußt, daß Falk gerade in Kanada sei. Die Party wäre in zehn Tagen. Von Toronto aus sei es ja ein Katzensprung nach New York. Falk versuchte ihr klarzumachen, daß sein Rückflug nach Deutschland aber schon in einer Woche sei, richtig träte er dann erst im neuen Jahr in Kitchener an. Sigune meinte, er könne doch seinen Rückflug umbuchen. Das sei bestimmt streßfreier, wäre inklusive der Strecke zwischen Toronto und New York sicher auch billiger als ein kompletter neuer Flug. In jedem Falle dem berühmten Musiker sicher zu vermitteln. Sie selbst sei auch eingeladen, sie würde sich so sehr freuen. Am meisten natürlich für Jannifer. Wäre ja eine Riesenchance für ihre Musikerinnen-Karriere. Er solle sich mal direkt bei ihr melden, die Nummer habe er ja. Als er endlich einigermaßen zu sich gekommen war, hatte sie schon aufgelegt.

Sigune hatte natürlich recht gehabt. Nach kurzer Überlegung hatte er den Rückflug verschoben und dann den Flug nach New York so gebucht, daß er dort fünf Tage Aufenthalt haben würde. In Kitchener würde er noch lange genug sein. Dort hatte er allzu viel nicht mehr unternommen. Einmal war er jenseits der nördlichen Stadtgrenzen ein wenig übers Land gekreuzt, hatte dabei den Farmer's Market in St. Jacobs besucht, wo noch Alt-Mennoniten mit Pferdegespannen herumfuhren. Das zog Touristen an, und so waren die meisten Läden auf diese Klientel ausgerichtet. Die meisten Städtchen der Gegend waren fein hergerichtet und erhielten sich ihren Charme, nicht selten einen irgendwie viktorianischen. Elora, an der gleichnamigen eindrucksvollen Schlucht, gefiel ihm besonders gut.
Und er hatte sich den Flughafen von Kitchener angesehen. Nach der Boeing Stearman zwar vergeblich suchend, hatten ihn doch auch die anderen kleinen und mittelgroßen Flugzeuge in ihren Bann gezogen, wie sie dort starteten, landeten oder auf den Taxiways herumkurvten. Piloten checkten ihre Maschinen und führten Startvorbereitungen durch. In der Luft lag ein leichter Treibstoffgeruch, der ihn jedoch überhaupt nicht störte. Irgend-

wann hatte ihn ein schlanker junger Mann angesprochen, der sich ihm wegen des Lärms der Motoren und Propeller unbemerkt genähert hatte. Er trug ein kurzärmeliges weißes Hemd, dazu eine Krawatte im gleichen Dunkelblau wie seine Hose. „Ganz schön spannend, nicht wahr?" Falk nickte. Sein Gegenüber schob seine goldgerahmte Sonnenbrille zurecht und lächelte. „Und ein Riesenspaß. Bist Du schon mal in einem kleineren Flugzeug geflogen?" Falk schüttelte den Kopf. „Na, dann wird's aber Zeit!" Der junge Mann stellte sich als einer der Lehrer der am Platz beheimateten Flugschule vor. Sie hätten sehr günstige Probeflüge, er würde sehen, daß er darauf aber auch noch einmal einen Rabatt von 10% für ihn bekäme. Falk hatte zwar ein mulmiges Gefühl gehabt, jedoch keinesfalls als Memme dastehen wollen. Und so bald eingewilligt. Nach Durchführung der Checks war es losgegangen, und zu seiner Überraschung hatte Falk links einsteigen und sich auf den Sitz des Flugzeugführers setzen dürfen, der Lehrer hatte neben ihm Platz genommen. Gottlob gab es dort ein zweites Steuer und einen zweiten Satz Pedalen. Schon die Fahrt zur Startbahn und das Abheben waren ein Ereignis gewesen, der anschließende kurze Flug über Stadt und Umland aber ein unbeschreibliches Erlebnis. Tom, so der Name des Fluglehrers, hatte ihn selbst ein wenig steuern lassen. Wahrscheinlich sollte man so Blut lecken. Dummerweise funktionierte das wohl, zumindest bei ihm.

Er wisse ja, wo der Flugplatz liege. Wenn er es sich überlege, das Fliegen zu erlernen, so solle er ihm einen Anruf geben. Tom gab ihm einen Prospekt, drückte ihm noch seine Visitenkarte in die Hand und verabschiedete sich dann zwinkernd, ‚da warte jetzt gerade einer seiner Schüler auf ihn'.

Falk hatte sich im Shop des Flugplatzes noch ein Buch über die Grundlagen der Luftfahrt geholt, in dem er jetzt blätterte. Sah alles faszinierend aus, schien aber auch erschlagend. Physikalische Gegebenheiten, Navigation, Meteorologie, Funkverkehr und vieles mehr. Da würde ein Buch sicher nicht ausreichen. Er sah sich die Broschüre der Flugschule durch. Bodenunterricht und Flugstunden, das war ganz schön zeitintensiv. Und auch nicht gerade billig. Er seufzte und klappte die Unterlagen zu. Der Grund seines Kommens nach Kitchener war ein anderer. Das Erlernen der Fliegerei war ein schöner Traum, der allerdings soeben entwich. Wieder im Bus blätterte er lustlos im ‚Toronto Star', der größten kanadischen Zeitung, steckte sie aber bald in die Tasche vor seinem Sitz. Er lehnte sich zurück, um ein wenig die Augen zu schließen.

30. Im Kraken

Irgendwie war alles sehr schnell gegangen. Vielleicht zu schnell. Für Kevin war das natürlich etwas anderes, er flog offensichtlich regelmäßig zwischen den beiden größten Städten Amerikas hin und her. Für den Neuankömmling in Amerika jedoch konnten New York Los Angeles nicht diametraler entgegengesetzt sein. Ein Glück, so hatte Lance befunden, daß er nachts in der Stadt angekommen war. Diesem lag eine gewisse Symbolkraft inne, denn in der nächsten Zeit würde sich sein aktives Leben vorwiegend in der Dunkelheit abspielen. Mit einem Mal war er in Manhattan, und damit - ungeachtet der Ausmaße der Halbinsel - im gleichen Stadtteil wie Jannifer. Eigentlich hätte er seine Ankunft ankündigen sollen. Doch irgendwie war ihm die Zeit davongelaufen. War sie das wirklich? Einerseits ja, andererseits hätte er aber auch gar nicht gewußt, was er hätte sagen sollen. Die wenigen Wochen in Amerika hatten ihn emotional ordentlich durcheinander geschüttelt. Aus der Fülle der Eindrücke stachen auf der negativen Seite besonders der Überfall hervor, auf der positiven, wenngleich gefühlsmäßig völlig verwirrend, das Erlebnis in Malibu. Dazu kam das merkwürdige Erlebnis im Kenneth Hahn Park, und nicht zuletzt die Begegnung mit Fetan. Dieser hatte ihn inständig angefleht, ihn nicht in Los Angeles zurückzulassen, sondern ihn mitzunehmen. Lance hatte versucht ihm zu erklären, daß dies angesichts der aktuellen Flugsicherheitsvorschriften wohl ein unmögliches Unterfangen sei. Fetan hatte ihn aber schließlich überzeugen können, sich einfach an seinem Bauch anzukrallen. In ein Tuch eingewickelt unter dem Hemd würde er den Kontrolleuren als nichts anderes als ein gewisser Bauchansatz vorkommen. Schließlich seien Metalldetektoren keine Röntgengeräte. Er müsse nur sicherstellen, daß keinerlei Metall an seinem Körper sei, um zu vermeiden, daß man abgetastet werden würde. So hatte er sich schließlich breitschlagen lassen, und das merkwürdige sprechende Reptil mit sich genommen. Erst beim Einwickeln in das Tuch hatte er festgestellt, daß die Bauchunterseite der Eidechse von einem glänzenden Blau war. Natürlich hatte er auch Doktor Watermans Wundersalbe eingesteckt. Zum Glück war der Flieger nicht vollbesetzt gewesen, so daß Kevin und er einen Platz zwischen sich frei hatten. Die Eidechse war gleichsam wie in einer Todesstarre. Während des ganzen Fluges schien sie sich so gut wie überhaupt nicht zu bewegen. Man hatte im Flugzeug wenig geredet, zum Club hatte Kevin lediglich erzählt, daß dieser im Meatpacking District läge.

Schlachthaus- und Fleischverpackungsareal sei in den letzten Jahren eine ziemlich hippe Gegend geworden. Einzelheiten zum Club teilte er indes nicht mit, das würde Lance ja dann schon alles sehen, wenn er erst einmal da sei. Die erste Zeit könne er bei ihm wohnen, es sei viel Platz in seiner Wohnung. Dann würde man ein einfaches und gutes Hotel finden. Wider Erwarten der Normaltouristen gäbe es solche durchaus.
Man sah Filme und nahm einen Snack zu sich, beides mußte bezahlt werden. Selbst auf sechs Stunden langen Flügen gab es bei den US Airlines immer nur ein Tütchen Erdnüsse.
Es war eine ziemliche Herausforderung gewesen, Fetan vor Kevin zu verbergen. Doch im eigenen Interesse spielte die Eidechse tapfer mit, und klammerte sich so unauffällig wie möglich an den Bauch ihres Beschützers.

Kevin's Appartement an der Mercer Street in Soho war von schlichter Eleganz. Man hätte von Neuer Armut sprechen können, wenn nicht die wenigen Einrichtungsgegenstände, Sofas, Tische, Eßgruppen und dergleichen samt und sonders von finnischen Topdesignern geschaffen gewesen wären. Lediglich das kleine Gästezimmer, in dem er untergebracht war, war mit älteren dunklen Holzmöbeln ausgestattet. Unter dem Bett hatte er, von der Tür her nicht sichtbar, mit Handtüchern ein Lager für Fetan gebaut. Die Wunde heilte gut, Doktor Watermans Salbe bewirkte im wahrsten Sinne des Wortes Wunder. Tatsächlich begann wohl ein neuer Schwanz zu wachsen, der allerdings erst die Form eines kleinen Stummels annahm.

‚The Kraken' hatte Lance völlig überrascht. Er war von einem normalen Rockclub ausgegangen, eventuell auch von einer Bar, in der sich ein durchschnittliches städtisches Publikum aufhalten würde, selbst einen hohen Anteil von Yuppies hätte er toleriert. Indes war das einem langgestreckten dunklen Fleischverpackungsgebäude gegenüber liegende Lokal ein Anlaufpunkt für offensichtlich die schrägsten Bevölkerungsgruppen, die New York zu bieten hatte. Der Laden war ganz in einem Gothic-Interieur gehalten, und erstreckte sich über zwei Stockwerke. Oben gab es Bartische und Barecken, daneben einen großen Saal, in dem Konzerte stattfanden. Im unteren Stockwerk war eine Diskothek untergebracht. Die DJ's wechselten regelmäßig, wie es dieser Tage ja üblich war, in fast ähnlich häufiger Frequenz wie die Bands im oberen Stockwerk. Es gab allerdings einen Hausdiscjockey, der bereits in deutlich fortgeschrittenem Alter war, und immer dann auflegte, wenn kein Gast-DJ auftrat. Man erzählte sich, er sei einmal Bassistin in einer hippen 70er Jahre-Band gewesen. Richtig, Bassistin. Ähnlich wie er waren übrigens viele Gäste des ‚Kraken' nicht in ihrem eigentlichen Geschlecht zur Welt gekommen, und hatten nach oft Jahre bis Jahrzehnte langem Leiden ihr äußeres Aussehen an das innere Wesen adaptiert. Die ersten Abende als Barkeeper waren für Lance sehr hart gewesen. Noch nie in seinem Leben hatte er unter solch streßreichen Bedingungen arbeiten müssen. Doch die Arbeit wurde ihm dadurch erleichtert, daß männliche wie weibliche wie zwischen den Geschlechtern stehende Gäste ebenso tolerant und freundlich, wie sie im wesentlichen mit sich selbst umgingen, auch mit ihm verfuhren. Zum anderen hatte Kevin in einem Punkt recht: die Mengen an Trinkgeld, die er jeden Abend steuerfrei mit sich nehmen konnte, waren unglaublich. Nach ein paar Tagen hatte Kevin für ihn, und auch hier bestätigte sich dessen Einschätzung, ein einfaches aber ordentliches Hotel an der Bleecker Street ein paar Blocks südlich des Washington Square gefunden. Die Laken seien aus Baumwolle und würden täglich gewechselt, hatte sich Kevin lobend über dieses Hotel geäußert. Lance hatte das Personal auf seine Eidechse hingewiesen, und nachdem er sich mit ein paar Dollarscheinen erkenntlich gezeigt hatte, störte sich niemand an der Anwesenheit des Tieres in seinem Zimmer. Was man in diesem Hotel alles erlebte - da konnte einen der Aufenthalt eines Reptils nicht aus der Fassung bringen. Man habe schon ganz andere Tiere in den Räumen vorgefunden. Obgleich ihn sein Herrchen vor dem Lärm und der Unruhe im ‚Kraken' schützen wollte, bestand Fetan darauf, mit ihm kommen zu dürfen. Er habe ein Empfinden für gefährliche Situationen, von dem Lance nur träumen könne. Insofern sei es eine kluge Entscheidung von ihm, ihn in eine Gegend mitzunehmen, die bestimmt nicht als eine der sichersten der Stadt gelten würde. In einer merkwürdig gegenteiligen Empfindung, die sich vielleicht als natürlicher Schutz und auch als Trotzreaktion langsam auf das Überfallserlebnis in Watts aufbaute, hatte er abwiegeln wollen. Doch Fetan ließ nicht locker. Es könne ja sein wie es wolle, aber im Ernstfalle wolle er es sich nach seiner Rettung durch ihn nicht vorwerfen lassen, seinen Meister vor unter Umständen nahender Gefahr nicht gewarnt zu haben. Endlich hatte Lance sich überreden lassen, und die Eidechse für einen Abend mit in den Club genommen. Zum Glück war dieser außergewöhnlich ruhig verlaufen. Fetan traute dem Braten trotzdem nicht, hatte aber nun keine Chance mehr, als Lance sich weigerte, ihn jede Nacht vor seinem Bauch herzutragen oder irgendwo verstecken zu müssen. Im Bar-Bereich sei das ohnehin so gut wie unmöglich. Murrend mußte Fetan also zurückstecken.

Einstweilen sah Lance die größten Gefahren in den zwar nicht allabendlich, jedoch relativ häufig vorkommenden Eifersuchtsdramen, die sich im ‚Kraken' abspielten. Kevin hatte ihm geraten, sich in keinem Fall mit irgendeinem der Gäste intensiver zu beschäftigen beziehungsweise sich entsprechend einzulassen. Er sollte nie einen Zweifel daran lassen, daß seine ganze Aufmerksamkeit nur der Ausgabe von Getränken gewidmet sei. Nach Möglichkeit auf Anfrage auch angeben, daß er fest liiert sei und es keine Chance gäbe. Das sei auch das Beste in Bezug auf die Behörden, die doch in gewisser Unregelmäßigkeit immer wieder die Bars und Clubs kontrollierten. Professionalität sei der Garant fürs Überleben im Geschäft.

31. Der Besuch

Endlich hatte sich Lance ein Herz gefaßt und wollte Jannifer anrufen. Nachdem er bereits eine Woche in New York war, befürchtete er, schon den richtigen Zeitpunkt verpaßt zu haben. Wenn er daran dachte, wurde ihm abwechselnd heiß und kalt, und seine Hände wurden feucht. Na, vielleicht besser spät als gar nicht. Immerhin waren bis jetzt in der Voicemail seines Handys ja auch keine Eingänge von ihr zu verzeichnen. Die Arbeit im ‚Kraken' war schließlich auch unerwartet anstrengend, noch nie zuvor hatte er zudem nachts gearbeitet. Dennoch war dies natürlich keine Ausrede, warum er sich noch nicht bei ihr gemeldet hatte. Da half es auch nichts, daß die Erlebnisse in dem Nachtclub für ihn zum Teil sehr verwirrend waren. So war zum Beispiel die Geschlechterzugehörigkeit der Besucher nicht immer zweifelsfrei zu identifizieren. Ein nahezu täglich auftauchender Stammgast schien sich ein wenig in ihn verguckt zu haben. Sie hieß Cherry, hatte lange dunkelbraune Haare, ein sehr weiches Gesicht und wunderbare dunkle Augen. Sie hatte eine sehr liebe und gleichwohl offene Art, konnte sehr gut zuhören, und wenn sie von sich selbst erzählte, sprach sie mit sanfter leiser Stimme. Er mußte zugeben, daß ihm erst am dritten Abend klar geworden war, daß Cherry ein Mann war, oder zumindest einmal einer gewesen war. Er war jedoch überrascht, wie wenig ihn das störte. Mit Cherrys menschlichen Qualitäten hatte ihr Geschlecht ja nun einmal nichts zu tun. Über die Möglichkeit einer Beziehung hatte er jedoch nicht im entferntesten nachgedacht. Sie schien halt wirklich ein guter Kumpel zu sein. So wenig er sicher war, daß sie mehr von ihm wollte, so sehr war Kevin vom Gegenteil überzeugt. Scheinbar im Scherz hatte er ihm noch einmal eindeutig klar gemacht, daß Beziehungen zwischen Barpersonal und Kunden nicht toleriert würden. Da war aus seiner Sicht aber nun wirklich nichts zu befürchten.

Lance wählte also Jannifers Nummer, und war völlig überrascht, daß das Besetztzeichen erklang. Natürlich hatte er nicht davon ausgehen können, daß ihr Telefon die ganze Zeit unbenutzt blieb in Erwartung seines irgendwann einmal eingehenden Anrufs. Und doch erschrak er jetzt, weil er sich ausmalte, daß es außer ihm einen anderen Mann von Bedeutung in ihrem Leben geben könnte, und just dieser die Leitung blockierte. Tatsächlich rief ein wichtiger Mann in ihrem Leben an, nämlich ihr Vater. Aus ganz an deren Gründen wie Lance war auch jener von schlechtem Gewissen getrieben. Längst hatte er sich mit seiner Tochter in New York treffen wollen. Die ständigen wichtigen Geschäftstermine waren kein wirkliches Gegenargument. Daraus bestand ja sein ganzes Leben. Und er verfügte über ein paar hervorragende Mitarbeiter, die ihn durchaus bei dem ein oder anderen Medien-Deal hätten vertreten können. Eine Frage des Geldes war es schon gar nicht. Er gestand sich ein, daß er, ganz Geschäftsmann, auf eine Gelegenheit gewartet hatte, die ihn beruflich nach New York City geführt hätte, und er so das Angenehme mit dem Nützlichen hätte verbinden können. Diese Gelegenheit hatte sich nun aber über viele Wochen nicht ergeben, und so hatte er beschlossen, ausschließlich an die Ostküste zu fliegen, um ein Wochenende mit seiner Tochter zu verbringen. Er wollte sich einfach mal ausgiebig mit ihr unterhalten, vielleicht eine Broadway-Show besuchen, und auf jeden Fall in feinen Restaurants dinieren. Er war darum bemüht, frohgemut so zu wirken, als sei dies die natürlichste Sache der Welt. Natürlich war ihm mulmig zu Mute, denn er ahnte zumindest, welch ungeheuren Braßt Jannifer auf ihn haben mußte. Diese war in einer nicht einfachen Situation. Auf der einen Seite hatte sie ihrem Vater bis heute nicht verziehen, daß er sie, wie sie es empfunden hatte, im Stich gelassen hatte. Den erratischen Gemütszuständen ihrer Mutter ausgesetzt, die zwar sehr liebevoll war, aber dennoch nicht selten an der schwierigen Situation als Alleinerziehende verzweifelt war. Jannifer war jedoch Realistin genug, zu erkennen, daß der Aufenthalt in New York mit den großen Optionen, die sich sowohl im Metropolitan Museum als auch plötzlich und unerwartet im Bereich ihrer Musikkarriere abzeichneten, ohne die hilfreiche Unterstützung ihres Vaters unmöglich gewesen wäre. So war auch sie um Freundlichkeit bemüht, und ohne große Umschweife einigte man sich gleich auf das unmittelbar bevorstehende Wochenende. Jannifer wollte sich gar nicht ausmalen, wie schwierig es unter Umständen sein könnte, diese Zeit so eng mit dem Vater zu verbringen, den sie viele Jahre nicht mehr gesehen hatte.

Lance war durch das Besetztzeichen entmutigt worden, und zwar so sehr, daß er keinen neuen Versuch wagte. Er wußte ja, wo sie wohnte und beschloß, am kommenden Freitag nach dem Prinzip ‚Versuch und Irrtum' einfach mit einem Blumenstrauß in der Hand vor ihrer Tür aufzutauchen. Dann wäre sie entweder da, und irgendetwas würde sich dann schon spontan entwickeln, oder aber er legte den Strauß vor ihrer Tür mit einer dazu gekauften Karte ab. Je mehr er darüber nachdachte, desto besser hielt er die Idee. So würde man am schnellsten Klarheit über die Dinge bekommen. Konversationen am Telefon könnten sich lang hinziehen, mit Ausreden könnte sie versuchen, ein Treffen abzubiegen. Dann wüßte er immer noch nicht, wo er dran wäre. Er hatte das starke Bedürfnis, den Zustand der Ungewißheit zu beenden. Man müßte das ganze einfach auf sich zukommen lassen. Entweder löste sich die Sache harmonisch, oder es krachte eben ein wenig. Wäre sie jedoch gar nicht da, und eventuell mit einem neuen Liebhaber unterwegs, so würde sie bei der Rückkehr den Blumenstrauß und seinen Kartengruß finden, und bekäme so zumindest ein diebisch schlechtes Gewissen. Er schüttelte sich, ging ans Fenster und schaute auf die Kreuzung. Ja, so war es am besten.

Wie geplant machte er sich am frühen Freitagabend auf zum Hotel Excellent. In einem Blumengeschäft hatte er sich einen Strauß zusammenstellen lassen, in dem sowohl rote als auch orange getönte Rosen vertreten waren. Ein Strauß mit nur roten Rosen hätte übertrieben und verlogen wirken können angesichts der arg zurückgefahrenen Kommunikation und der seit seiner Ankunft in der Stadt verstrichenen Zeit. Schon zuvor hatte er eine Karte mit einem Meermotiv besorgt, in der er in wenigen, aber seiner Meinung nach romantisch effektiv formulierten Sätzen ihre Beziehung beschwor. Die Karte war jedoch nur für den Fall gedacht, daß sie eben nicht zu Hause wäre. Ohne sich an der Rezeption zu melden, ging er gleich zu den Fahrstühlen und fuhr herauf in den 19. Stock. Am Ausgang des Fahrstuhls mußte er nach rechts gehen, dann wieder nach links. Was er dann sah, verschlug ihm den Atem. Vor ihrer Tür stand ein anderer Mann, der ebenfalls einen großen Blumenstrauß in der Hand hatte. Er erkannte ihn. Jannifers Vater.

„Nein, so etwas! Was für ein Zufall! Mein Schwiegersohn in spe!" Jannifers Vater zwinkerte amüsiert. Den letzten Satz mußte er nicht ernst meinen. „Meine Tochter hat mir gar nicht gesagt, daß Sie auch kommen…" Lance wäre am liebsten senkrecht in den Boden gefahren. „Guten Abend, Herr Schiffer-Nagy! - Wußte sie auch überhaupt nicht, ich hatte zufällig frei und wollte sie überraschen." Da ging die Tür zum Zimmer auf. Jannifer begriff für einen Moment gar nicht, daß sie zwei Besucher hatte. Sie trat einen Schritt zurück, sah ihren Vater mit großen Augen an, dann herüber zu Lance. Als nächstes entglitt ihr die Cola-Flasche, die sie in der Hand hielt. Sie schwankte leicht, stützte sich am Garderobentischchen. „Das ist ja fein ausgedacht! Jahrelang habe ich dich nicht gesehen, und jetzt traust Du dich wohl nicht, allein zu kommen!" Der Vater schaute verdutzt rein. „Aber mein liebes Kind!" Er trat vorsichtig auf sie zu. „Ich bin nicht dein liebes Kind!" Jannifer wich zurück, warf Lance dabei einen schnellen feurig-wütenden Blick zu. „Wir haben uns gerade erst vor der Zimmertür getroffen. Lance wollte dich überraschen, und wußte wohl nicht, daß ich kam." Lance nickte. Er verwünschte seine Entscheidung. Hätte er doch auf Fetan gehört! Wie immer bei schwierigen Planungen war er laut deklamierend auf und ab gegangen. Die Eidechse hatte abgeraten. Sein Gefühl, daß die Sterne an diesem Abend besonders günstig stünden, nicht geteilt. „Ich glaub', ich geh' dann mal besser!" Die Tochter war dem Vater mittlerweile doch in die Arme gesunken, schlug jedoch mehrmals mit der rechten Faust gegen seine Schulter. Lance legte seine Blumen auf die Schwelle und bewegte sich in Richtung des Fahrstuhls. „Halt, bleib', wohin denn so schnell?" Jannifer war emotional völlig überfordert. Sie kam hinter ihm hergelaufen, er drehte sich um, sie prallten fast zusammen. Sie drückten sich kräftig und klopften sich gegenseitig auf den Rücken, küßten ihre Wangen, wie es alte Freunde tun, die sich lange nicht mehr gesehen haben. Dann ließen sie etwas locker, lehnten sich an den Armen haltend etwas zurück, und erst jetzt trafen sich ihre Blicke richtig. Sie drückten immer noch große Wertschätzung aus, waren aber voller Fragen und Befürchtungen, konnten gleichzeitig ein eigenes schlechtes Gewissen nicht verbergen. Sie küßten sich auf die Lippen, es war mehr so, als müßten sie es eher irgendeiner Konvention halber tun, als daß sie wirklich das Verlangen danach gehabt hätten. „Vielleicht bin ich es eher, der gehen sollte." Jannifers Vater war ihnen in den Gang gefolgt, und beide waren dankbar, ihn als Grund für die ausbleibende Leidenschaft deuten zu können. „Nein, es ist alles meine Schuld! Ich war so im Streß, daß ich einfach vergessen habe, Lance zu sagen, daß wir beide heute verabredet waren." „Ja, konnte sie ja auch gar nicht wissen. Ich hätt' ja eigentlich heute arbeiten müssen. Hab' aber letzte Woche soviel geschuftet, daß ich froh war, tauschen zu können. - Also, ich hau' dann mal ab. Für mich ist es ja viel leichter, Jannifer zu sehen!" Jetzt lächelte Jannifer, und auch Lance mußte etwas grinsen. „So ein Problem ist es für mich auch nicht. New York ist ja nicht aus der Welt, und ich bin wegen eines neuen Großkunden demnächst vermutlich ohnehin öfter hier." Jannifers Vater war jetzt bemüht, den Abend noch halbwegs zu retten. „So, ich schlage vor, wir gehen jetzt zu dritt

was essen, und morgen hat Jannifer mich dann für sich allein."
Herr Schiffer-Nagy hatte einen Tisch für zwei bei einem feinen Italiener am Lincoln Square reserviert. Undenkbar, im völlig überfüllten Restaurant an einen größeren Tisch zu wechseln. Durch Zustecken einer 10-Dollar-Note brachte der Kellner dann wenigstens von irgendwo her einen dritten Stuhl. Man saß nun recht eng beisammen, aber niemand fühlte sich in seiner Haut dabei richtig wohl. So merkwürdig die unverhoffte Konstellation war, so sehr besaß sie auch ihre Vorteile. Die Anwesenheit des jeweils anderen Mannes entschuldigte eine beruhigende Distanz aller untereinander. Vorwurf und Selbstvorwurf, die Unfähigkeit mit plötzlicher Nähe umzugehen, die erlebte Verletzung hätten ein erstes Treffen Jannifers mit ihrem Vater nach der langen Zeit der Trennung auf eine harte Probe gestellt. Obwohl ganz anders gelagerte Gründe, wäre allerdings auch ein Abend allein mit Lance zum Scheitern verurteilt gewesen. Was immer sich jetzt entwickeln oder nicht entwickeln mochte, bei erlesenen Speisen und gepflegtem Wein fand eine allmähliche Entspannung statt. Man tauschte sich über die jüngsten Erlebnisse und Entwicklungen aus, und bewegte sich dabei auf angenehme Art nur an der Oberfläche. Die Einladung der ‚Männer, die zum Frühstück bleiben' zu voraussichtlich mehreren Club-Auftritten in Amerika, insbesondere aber zur musikalischen Gestaltung von Allan Backwaters Geburtstagsparty war willkommenes Thema, um ein Dreieck der Peinlichkeiten zu vermeiden. Lance und Jannifer taten so, als hätten sie regelmäßig im Austausch gestanden, und sich seit seiner Ankunft in New York ständig gesehen. Die spürbare Distanz zwischen beiden führte Jannifers Vater auf seine Anwesenheit zurück. Er war seinerseits dankbar, daß Lance mit am Tisch saß. Trotz seiner äußerlich souveränen Art fühlte er sich hilflos im Hinblick auf den richtigen Umgang mit seiner Tochter.
Ein Taxi brachte sie zu ihren Unterkünften zurück, zuerst wurde Jannifers Vater in einer nobleren Herberge in der Nähe des Times Square abgesetzt. Schneller als gedacht, waren sie dann bei Lance' Wohnung. Sie schauten sich tief in die Augen, hielten ihre Hände, küßten sich wieder auf die Lippen. Er wollte fragen, ob sie mit hochkommen wollte, brachte aber nichts hervor. „Ich bin furchtbar müde. Der Wein ist mir auch nicht so bekommen..." Jannifer klang wenig überzeugend. „Auf bald dann!" Lance öffnete die Tür und stieg aus. „Auf bald! - Du bist nicht böse, oder?" Er stutzte. „Nein... wir telefonieren." „Klar, wir telefonieren!" Er schlug die Tür zu, und das Taxi brauste davon.

32. Wiedersehen in New York

Die Zeit mit den ‚Rittern der Höheren Ordnung' hatte ihm gut getan. Die gepflegten Umgangsformen untereinander und die geregelten Tagesabläufe schufen einen Rahmen, den er sich selbst nicht hatte geben können. Die Schaukämpfe verlangten höchste geistige Konzentration bei gleichzeitig vollem körperlichem Einsatz. Abends wurde meist gut und ausgiebig gegessen, am Wein nicht gespart. Entsprechend schlief man tief, morgens ging man kurz in die besuchten Städte, und begann dann bald mit dem Training für die Show. Am besten hatte es ihm in Madrid gefallen, wo sie sich mehrere Tage aufgehalten hatten. Eric schätzte, daß er sich völlig treiben lassen konnte. Für alles war gesorgt: Bus, Unterkunft, Essen, Trinken. Er mußte sich um nichts kümmern. Dazu gab es noch Geld, nicht viel, aber es war wie Urlaub mit gutem Taschengeld.

Das ganze hatte eine kathartische Wirkung. Er konnte Mercedes für die Anregung nicht dankbar genug sein. Obwohl die Suche nach Arthur einerseits und nach Ásta andererseits weiterhin sein Denken bestimmten, fühlte er sich doch befreit von der Last der vielfältigen Eindrücke der jüngeren Vergangenheit. Zum ersten Mal gelang es ihm, seine Gedanken zu ordnen. Der gesamte Arthur-Komplex hatte mehr und mehr etwas Surreales bekommen. Eine Suche nach dem Freund war systematisch und gezielt nicht möglich. Man konnte nur hoffen, durch Zufall auf Spuren zu stoßen. Vielleicht würde man ihn nie finden. So hart sich das anhörte, konnte dies irgendwann keine Bedeutung mehr haben. Für ihn nicht und die anderen nicht. Ásta dagegen war konkret und real. Sie hatte ihm einen Hinweis gegeben, den er noch nicht hatte entschlüsseln können. Obwohl sie objektiv kaum weniger faßbar war als Arthur, schien es ihm, als könnte er sie doch leichter wiederfinden. Er mußte einfach intensiver nachdenken.

Als es an die Vorbereitungen für die Fahrt nach Portugal gehen sollte, hatte er einen inneren Widerstand gespürt. Immer klarer war ihm geworden, daß es sich um eine Auszeit handelte, die nicht ewig weitergehen konnte. Fast schmerzte es ihn, daß sich aus guten Bekanntschaften Freundschaften zu entwickeln begannen. Er wollte dies nicht zulassen, um sich selbst zu schützen. Jetzt lag die Aufgabe vor ihm, sich von den ‚Rittern der Höheren Ordnung' zu trennen. Nägelkauend suchte er nach einer Entschuldigung, ihm wollte aber keine einfallen. Als er das nächste Mal mit seiner Schwester telefonierte, teilte sie ihm mit, daß soeben Signe aus Köln angerufen habe. Er solle sich umgehend melden, es ginge um eine Einladung nach New York. Sofort setzte er sich mit ihr in Verbindung und erfuhr, daß die ‚Männer, die zum Frühstück bleiben' auf der Geburtstagsparty von Allan Backwater spielen würden. In einer noblen Geste ermögliche der Star auch die Teilnahme der engsten Freunde der Musikerinnen. Eric müsse möglichst sofort reisen, am besten von Madrid aus, denn der Geburtstag von Allan Backwater stünde unmittelbar bevor. Sie selbst flöge auch am nächsten Tag. Eric war überrascht, wie ruhig er diese Neuigkeiten aufnahm. Vielleicht, weil er nun ein gutes Argument für seinen Abschied hatte. Und war nicht Åstas Vater aus Amerika gekommen? Es mochte sein, daß sich hier ein Kreis schloß. Er hielt es für keine schlechte Idee, nach seinem Kurz-Aufenthalt in New York wieder nach Norwegen zu reisen.

Auch wenn die ‚Ritter der Höheren Ordnung' nicht wirklich davon ausgegangen waren, Eric als ständiges Mitglied gewonnen zu haben, schockierte der plötzliche Ausstieg doch. Andererseits gab es viel Verständnis für seine Situation. Eine Gelegenheit, die man sich auch nicht entgehen lassen wollte. Man hoffe aber doch, sich recht bald wiederzusehen für erneute gemeinsame Unternehmungen. So einen wackeren Landsknecht hätten sie noch nie dabei gehabt, und er sei ihnen jederzeit wieder willkommen. Noch mehr als die Trennung von der Truppe schmerzte ihn, daß er nicht noch einmal bei Mercedes vorbeischauen konnte, um sich von ihr und Carlos V. zuverabschieden. Außerdem hatte er sein Vorhaben noch nicht umgesetzt, den Freund seiner Schwester auf Tauglichkeit zu überprüfen. Da gab es momentan keine Hilfe. War wahrscheinlich sowieso zu spanisch gedacht. Einstweilen wünschte er, daß Mercedes diesmal die richtige Wahl getroffen habe. Es war ein unglaubliches Gefühl, 24 Stunden nach seinem Gespräch mit Signe in der Iberia nach JFK zu sitzen. Aber irgendwie war das Ungewöhnliche zuletzt ja schon fast das Normale geworden. Er quälte sich zwar angesichts seiner Körpergröße ein wenig im viel zu engen Economy-Sitz, war ansonsten aber voller Spannung und positiver Stimmung. Auch für ihn war es die erste Reise in die Neue Welt.

Signe, Eric und Falk flogen zwar alle am selben Tag in New York ein, jedoch zu unterschiedlichen Zeiten. Falk landete zudem noch nicht auf JFK, sondern auf dem Flughafen La Guardia. Daher hatte Jannifer bereits

vorab über Sigune vermitteln lassen, wie sie seinerzeit selbst mit dem Super Shuttle nach Manhattan zu fahren. Genauso hatten es die Mitglieder der ‚Männer, die zum Frühstück bleiben', die schon seit zwei Tagen für die Auftrittsvorbereitungen in der Stadt waren, auch gemacht.
Die Wiedersehensfreude der Musikerinnen war groß gewesen. Squid hatte Jannifer förmlich zu Brei gequetscht. Im Leben hatte sie nicht daran geglaubt, daß es der Gitarristin gelingen würde, einen Gig in Amerika klarzumachen. Doch das unter Abschiedstränen gestammelte Gelöbnis war Wirklichkeit geworden, und wie! Sie waren nicht nur zu irgendeinem Konzert eingeladen, sondern zur musikalischen Gestaltung der Geburtstagsparty von Allan Backwater in New York auserkoren worden. Zumindest einen Auftritt in der Stadt gäbe es noch dazu, und wenn alles glatt ginge, Anfang des nächsten Jahres eine kleine Club-Tour. Trotz des Transatlantikflugs, trotz der zahllosen Eindrücke eines ersten Aufenthalts in New York, trotz der Hektik der Vorbereitungen waren alle in bester Laune. Jack hatte freundlicherweise das ‚Ultra Violet Velvet' zur Verfügung gestellt, und auch seine Kontakte bei der Anmietung der Instrumente spielen lassen. Das Zusammenspiel der jungen Frauen war besser denn je. Squid schrie sich die Seele aus dem Leib, aus The Rip's Keyboards schienen die Klangkaskaden wie von selbst herauszutreten, Jannifers Stratocaster-Kopie sang und sägte. Angelas Bassläufe wummerten im sicheren Einklang mit dem Schlagzeug. Sophie wurde nur noch ‚Ginger' genannt.

Lance hatte für alle in einem Hotel in Tribeca gebucht, ganz in der Nähe seines eigenen. Dort wollten die Freunde am frühen Abend dann alle zusammentreffen, tagsüber probte Jannifer noch mit der Band in Jacks Club.
Sie hatten sich seit dem gemeinsamen Abendessen mit ihrem Vater nicht mehr getroffen, nur noch einmal telefoniert. Das Gespräch war zäh gewesen, hatte sich nur an der Oberfläche bewegt. Sie hatte erzählt, was sie am darauffolgenden Tag noch mit ihrem Vater unternommen hatte. Ein weitgehend touristisches Programm, sehr viel näher sei man sich nicht gekommen. Aber was wäre auch schon zu erwarten gewesen? Jedenfalls habe man die Zeit in halbwegs positiver Stimmung verbracht. Mal sehen, was sich da noch entwickele.
‚Mal sehen, was sich da noch entwickelt', hatte auch Lance gedacht. Er selbst berichtete von seinem Job im ‚Kraken' und ging auf die Erlebnisse in Kalifornien kaum ein. Sie fragte auch nicht danach. Manche Frauen

mochten verbergen können, wenn sie fremdgingen. Jannifer gehörte wohl nicht dazu. Ihre ebenso unsicher wie kühl distanziert klingende Stimme ließ es für Lance außer Frage stehen, daß es einen anderen Mann in ihrem Leben geben mußte. ‚Fremdgehen' war allerdings nur unter der Voraussetzung möglich, daß man überhaupt noch zusammen war. Und dies war vermutlich gar nicht mehr der Fall.

Ihrerseits war es für Jannifer anhand seiner gestelzten Formulierungen, gedehnten Worte und dem Bemühen, Kalifornien nicht zu erwähnen, ebenfalls ein Leichtes, Untreue zu vermuten.

Indes vermied Lance das Thema Los Angeles nicht nur wegen seines Erlebnisses in Malibu. Es war auch Teil einer Verdrängungsstrategie in Bezug auf den Überfall in Watts. Die Geschichte mit dem Pechnebel war auch kaum wiederzugeben. Von Fetan ganz zu schweigen. Damit sie ihn nicht für übergeschnappt halten würde, müßte er ihr die Eidechse zeigen. Das aber war gänzlich ausgeschlossen.

Beide waren zufrieden damit, sich erst am Tage des Eintreffens der anderen Freunde in New York wiederzusehen. Eine leichte Traurigkeit schwang in ihren Stimmen mit, bevor sie auflegten.

Keiner der Freunde hatte etwas an dem kleinen Hotel auszusetzen. Weder die Schlichtheit der Räume störte, noch das Fehlen einer Bar. Sie waren in New York, das war die Hauptsache. Daneben war hilfreich, daß sie allesamt so gut wie über keine Hotelerfahrung verfügten. Im sogenannten Lobbybereich gegenüber der Rezeption standen ein paar alte Sessel, die aus den späten 40er Jahren stammen mochten und vermutlich zur Originalausstattung gehörten. Hier war es, wo man sich ab halb sieben nacheinander einfand. Es gab ein großes Hallo, das mit jedem eintreffenden Freund lauter wurde. Man fiel sich in die Arme, scherzte, lachte. Signe wurde ausdrücklich gedankt für die gut erfüllte Relaisaufgabe.

Lance hatte von einem Liquor-Store in der Nähe eine Flasche Sekt mitgebracht, nachdem er zunächst vergeblich in einen Eckladen danach gesucht hatte. Anders als in Kalifornien gab es den in New York nicht im Supermarkt. Noch immer konnte er sich nicht daran gewöhnen, daß die Deutschland-gleichen Verhältnisse im Westküstenstaat offenbar eine völlige Ausnahme innerhalb der USA darstellten. Nun wurde erst einmal mit Pappbechern angestoßen. Munter erzählte man von der Reise, erwähnte auch das ein oder andere Erlebnis seit dem Aufbruch von Münster. Die ein-

schneidenden Ereignisse, die jedem auf je unterschiedliche Art begegnet waren hatten, blieben jedoch außen vor. Dafür war jetzt nicht der richtige Zeitpunkt. Lance ließ es sich aber nicht nehmen, nach Hinweisen auf Arthur zu fragen. Er wußte nicht, daß er der einzige innerhalb der Gruppe war, der nicht zu irgendeinem Zeitpunkt eine erscheinungsartige Sichtung des Entführten gehabt hatte. Eric dachte an Jotunheimen und schüttelte den Kopf. Falk kam der Reiter aus der ihm mittlerweile völlig unglaublich vorkommenden Ungarn-Episode in den Sinn. Lediglich Jannifer wagte sich anzudeuten, daß sie Arthur eventuell hier in einem Rock-Club gesehen habe. Sie sei sich jedoch keinesfalls sicher. Diese Bemerkung führte zu allgemeiner Erheiterung, und Jannifer verwünschte sich, daß sie ihr Gefühl und ihre Eindrücke so weitergegeben hatte. Sie wußte ja nicht, daß die anderen viel Absurderes zu erzählen gehabt hätten, sich indes aber nicht trauten, ihre eigenen Erlebnisse preiszugeben. Vielleicht lag dies auch an der Anwesenheit von Signe, die zwar von allen sehr geschätzt wurde, zu der, Jannifer einmal ausgenommen, aber doch nicht die gleiche Vertrautheit bestand.
Bald wollte man losziehen, denn einmal in New York, sollte auch etwas erlebt werden. Etwas typisch New York-mäßiges wurde gewünscht, und da sich Hunger und Durst meldeten, am besten ein ausgefallenes Restaurant. Jannifer, auf die sich alle Augen richteten, hatte plötzlich eine Idee. „Na, dann kommt mal mit!" Sie winkte zwei Taxis heran und flüsterte den Fahrern den Zielort zu. Als die Freunde ausstiegen, brauchten sie einige Zeit, bis sie begriffen, daß sie nicht vor irgendeinem der zahllosen Hochhäuser standen. „Mensch, das ist ja das Empire State Building!" Falk hatte den Kopf in den Nacken gelegt und starrte in die Höhe. „Nicht schlecht - aber gibt's denn hier was zu futtern?" Eric runzelte besorgt die Stirn. Jannifer beruhigte: „Ja, da oben ist ein schickes Restaurant mit super Ausblick." „Wahrscheinlich: ‚Zum alten King Kong.'" „Nee, das ist bestimmt was Pubartiges, also ‚King Kong and the White Lady'!" Die Männer prusteten los, Jannifer spielte etwas beleidigt. „Ihr Blödmänner! Da ist doch der berühmte Rainbow-Room!" „Ach, Du warst schon mal hier?" Jannifer schüttelte den Kopf. „Ich noch nicht...meine Kollegin Ashanti hat mir davon erzählt. Ihr Onkel aus Nigeria geht bei seinen New York - Aufenthalten wohl immer dahin. Aber selber war sie wohl auch noch nicht da." Die Messingtüren des Fahrstuhls öffneten sich, und sie stiegen ein. „Good luck", rief ihnen ein uniformierter Wachmann grinsend hinterher. Oben ausgestiegen, erfuhren sie gleich warum. Während Frauen ohne Umschweife eingelassen wurden,

gab es bei den Männern Kleidungskontrolle. Eine Krawattenpflicht war es nicht, an der sie scheiterten. Bei Falk und Eric war es das fehlende Jackett, bei Lance der Jeansstoff seiner Hose. Da nützte es nichts, daß sie für ihre Verhältnisse bestens gekleidet und gestylt waren. „Sir, this is not a Jeans!" rief Lance verärgert dem Türwart entgegen. „This is denim, Sir!" blieb jener hart. Fassungslos sahen die Freunde zu, wie ein älterer Amerikaner mit einem grellbunt-karierten Hemd und einem ausgeschlissenen Cord-Jackett mühelos an ihnen vorbei ins Restaurant schreiten durfte. Sicher ein Gast vom platten Land, der gar nicht begriff, daß er soeben unbeanstandet eine Kontrolle passiert hatte. Lance lieh Falk und Eric, der allerdings so aussah, als habe er sich noch einmal in seinen Kommunionsanzug gezwängt, nacheinander sein Jackett, so daß beide mit den Frauen wenigstens einmal kurz den Rainbow Room betreten und für Momente die wunderbare Aussicht auf das Lichtermeer Manhattans genießen konnten. Er würde noch später Gelegenheit dazu erhalten. Wieder unten angekommen, hielten sie Ausschau nach einem anderen Restaurant, fanden jedoch nirgendwo einen Tisch für fünf Personen, beziehungsweise hätten endlos lange Wartezeiten in Kauf nehmen müssen. Nicht nur wegen des einsetzenden Regens war daran natürlich nicht zu denken. Schließlich landeten sie in einem Pub, der Teil einer Franchise-Kette war. Nach ein paar Bier war die Wut verflogen. Man orderte Fish & Chips oder Hamburger, deren Gewaltigkeit verblüffte. „Gar nicht so schlecht, auch wenn der Laden nicht ‚King Kong and the White Lady' heißt." Man lachte, und ließ es sich schmecken. Die Besucher stellten Überlegungen an, was sie in der Zeit ihres Aufenthaltes alles erkunden oder sehen wollten.

Für den nächsten Tag, oder besser Abend, stand das Programm ja bereits fest: Allan Backwaters Geburtstagsparty. Tagsüber käme man schon zurecht, Jannifer solle sich keine Sorgen machen, und sich voll auf ihre Vorbereitungen konzentrieren. Man hätte ja noch später genügend Zeit, sich ihrer sicher exquisiten Führung anzuschließen. Morgen könne man ja erst mal shoppen. Bei den ‚Europäern', wie Eric und Sigune von Lance genannt wurden, machte sich allmählich der Jetlag bemerkbar. Sie bewegten sich schwer, manchmal fiel ihnen der Kopf ruckartig nach hinten oder vorn. Sekundenschlaf. Wahrscheinlich lag es daran, daß Falk, der sich zunächst darüber gewundert hatte, von Lance nicht in einer Gruppe mit ihnen gesehen wurde. Man be-schloß, es für den ersten Abend gut sein zu lassen und brach auf. Da Jannifers Hotel im Nordwesten lag, das der Besucher wie die Unterkunft von Lance aber südlich, war es nur logisch, daß man sich von ihr trennte. Die Begleitung durch den vergleichsweise ortskundigen Lance wurde von den Neuankömmlingen sehr begrüßt, die Anwesenheit des Halbamerikaners verlieh eine gewisse Sicherheit. Lance und Jannifer dagegen waren insgeheim nur froh, nicht wieder einer Abschiedsszene am Taxi ausgesetzt zu sein.

Nachdem Lance ‚die Europäer' und Falk am Hotel abgesetzt hatte, nannte er dem Fahrer die Adresse seiner Wohnung. Doch als sie sich dieser langsam näherten, korrigierte er das Ziel. Er hatte noch keine Lust, sich zurückzuziehen. Er war innerlich zu aufgewühlt. In ihrer ganzen New York - Aufgeregtheit war keinem der anreisenden Freunde die Distanz zwischen ihm und Jannifer aufgefallen. Er selbst hatte das ganze dagegen als ziemlich belastend empfunden. Die noch vor kurzem so große Liebe schien in unendliche Ferne entrückt.

Im Augenblick half nur Ablenkung, und die hoffte er im ‚Kraken' zu finden. Er lehnte den Kopf an die regenbetropfte Scheibe und starrte hinaus. Neonreklamen reflektierten verzerrt vom nassen Asphalt. Als das Taxi am Anfang des Meatpacking Districts um eine nur schwach beleuchtete Ecke bog, schrak er auf. Stand da nicht auf dem Sidewalk ein bekanntes schwarzes Motorrad? Mit der Farbe konnte er sich zwar täuschen, nachts sahen ja vielleicht alle schwarz aus. Aber obwohl er es nur Sekundenbruchteile gesehen hatte, war er sicher, daß es sich um das gleiche Kennzeichen handelte. Wenn ihm seine Sinne keinen Streich spielten, hatte darauf eindeutig ‚Rroazz' gestanden. Er wandte den Kopf, wischte sich über die Augen. Ein anderes Taxi fuhr dicht hinterher, die Scheinwerfer blendeten ihn. „Können Sie noch mal kurz zurück?" Der auf seinem Handy telefonierende Fahrer schaute ihn im Rückspiegel an, verstand ihn wohl nicht. Als er es bei der dritten Wiederholung zu kapieren schien, schüttelte er den Kopf. Er habe gerade eine große Strecke hereinbekommen. Da waren sie am ‚Kraken', Lance warf dem Fahrer das Geld hin, sprang aus dem Wagen und hoffte, das nächste Taxi hielte auch. Es fuhr jedoch weiter. Eine Moment war es still, bis auf den nur dumpf aus dem ‚Kraken' herausdringenden Lärm. Dann hörte man das laute Aufröhren eines Motorrads, das sich nach dem Start schnell entfernte. Lance blieb noch einen Moment unschlüssig stehen, dann zog er die Schultern hoch und wandte sich zum Eingang des Clubs. Der Türsteher ließ ihn ein, und sogleich hielt er nach Kevin Ausschau. Vergeblich. „Ist Kevin da?" fragte er Kim, einen Kellner an der Theke, den er bei seinen Schichten bislang nur ein paarmal gesehen hatte. „Nein, der ist eben weg. Noch gar nicht solange her." „Wie lange denn?" „Mann, keine Ahnung. Bist Du heute nur Gast, oder willst Du mitmachen?" Lance antwortete nicht, und zapfte sich stattdessen einen Pint Bostoner Lagers, das er anschließend in einem Zug leerte. „Okay, ich mach' mit!"

Das Natürlichste der Welt wäre es gewesen, wenn nun alle Freunde nach der langen Zeit der Trennung zusammen losgezogen wären, um bei der ersten Erkundung der Stadt ihre Erlebnisse und Erfahrungen der jüngeren Vergangenheit auszutauschen. Jannifer war indes bereits entschuldigt, und Lance hatte auf seinem Anrufbeantworter die Nachricht hinterlassen, daß er doch noch zur Arbeit gerufen worden sei und von dieser erst um halb fünf morgens zurückgekehrt wäre. Er bitte um Verständnis, müsse aber schlafen, um am Abend fit zu sein.

So machten sich Falk, Eric und Sigune nach dem Frühstück allein auf den Weg. Vorher hatte ihnen der Rezeptionist noch die Nachricht übergeben, daß sie am Abend vom Hotel abgeholt würden. Immerhin brauchte man sich darum also schon mal keine Sorgen zu machen.

An der nächsten Metro-Station erstanden sie einen Tagespass, bewegten sich aber dennoch zunächst zu Fuß um den Washington Square, gingen in verschiedene Geschäfte, vor allem in Medienläden stöberten sie nach CD-Angeboten. Die Suche nach abgepreisten DVDs hatten Sigune und Eric schnell enttäuscht aufgegeben, nachdem ihnen Falk von der von Deutschland verschiedenen Fernsehnorm berichtet hatte. Sie liefen noch etwas nach Norden, an einem Straßenstand kaufte Eric kopierte Drehbücher von ‚Chinatown' und ‚Citizen Kane'. Er hätte liebend gern noch mehr Scripte zu von ihm geschätzten Filmen erworben, sah aber Transportprobleme voraus. Dann stiegen sie aber doch in die Subway. Zunächst steuerten sie den Times Square an, nach dessen Umrundung sie eine Kleinigkeit aßen. Danach fuhren sie zum Central Park. Man beschloß, die Kultur links, oder besser rechts liegen zu lassen und lieber spazierenzugehen. Ins Metropolitan Museum konnte man auch noch nächste Woche, wenn Jannifer wieder da wäre. Die Sonne strahlte, nichts erinnerte mehr an den nächtlichen Regen. Dennoch lag ein erster frischer Zug des Herbstes in der Luft. Natürlich hatte man von der Größe des Central Parks gehört, und irgendwo auch Luftbilder gesehen. Dennoch war man von den Ausmaßen überrascht.

Der Spaziergang spielte sich im Grunde genommen nur im unteren Viertel des Parks ab. „Ich habe mich auf meiner Reise nach Norwegen verliebt", brach Eric die unziemliche Oberflächlichkeit ihrer Gespräche. Zu dritt ging das jetzt, in der größeren Gruppe hätte er sich das Bekenntnis nicht getraut. „Na, das ist doch super, erzähl' mal!" Sigune freute sich ernsthaft für Eric. „Leider nicht ganz so super...." Eric erzählte eine Geschichte von einer vergeblichen Suche nach Arthur, bei der er Åsta kennengelernt und schon am nächsten Tag wieder verloren hatte. Und wie er immer unglücklicher würde, weil er nicht wüßte, wie er sie wiederfinden könne. Falk nickte und schwieg. Er dachte an Mathilde und fragte sich, ob sie nicht vielleicht die Liebe seines Lebens sei, ohne daß ihm das so richtig klar geworden wäre. Sigune dagegen nahm intensiven Anteil. Sie wußte wahrlich, was es bedeutete, einen Menschen zu verlieren, den man über alles geliebt hatte. „Du warst ja schon lange mit Xian zusammen, als das Unglück passierte", meinte Falk, wissend, daß er mit der Nennung des Namens eine alte Wunde bei ihr aufreißen könnte. Sigune war jedoch dankbar. Das Totschweigen der Sache und sogar des Namens ihres Geliebten war erheblich schlimmer. Vielleicht war es gerade ein Zeichen der Freundschaft, behutsam, aber auch konkret über die Dinge zu reden, die einen verletzt hatten. „Ob man sich einen Tag kannte oder viele, macht in der Liebe keinen Unterschied. Sein Herz verliert man meist an einem einzigen Tag, und oft ist es der erste. Das war bei mir genauso." Eric nickte dankbar. „Wenn wir alle angestrengt überlegen, fällt uns vielleicht irgendetwas ein, wie wir dir helfen können", meinte Sigune. Sie hatten sich einem kleinen abgegrenzten Areal genähert, das unmittelbar vom Central Parkway West abging. Falk las von einer Tafel: ‚Strawberry Fields'. „Mann, das hat bestimmt mit John Lennon zu tun!" rief Eric. „Wurde der hier nicht ganz in der Nähe erschossen?" „Richtig. Von einem wahnsinnigen Fan!" Sie schauten über die Straße auf das dort befindliche groß und unheimlich wirkende Doppelturm-Gebäude. „Dort hat er ja wohl gewohnt!" Eine Wolke zog vor die Sonne und verdüsterte die Atmosphäre. Sie setzten sich und nahmen einen Schluck aus ihren Wasserflaschen. „Gut, daß wir - noch - keine Fans haben", meinte Falk schließlich, um die Stimmung ein wenig aufzulockern. Die anderen nickten still. Sigune und Eric räumten ein, daß ihnen der Jetlag doch zu schaffen machte. Falk gab sich völlig verständnisvoll. Dabei war er selbst hundemüde und nur dankbar, daß die Freunde das Fanal zum Aufbruch gaben.
Den Rückweg zum Hotel unterbrachen sie nur noch durch den Besuch

eines der großen Buchgeschäfte. Falk und Sigune gingen zielstrebig zur Reiseabteilung, um in Führern und Stadtplänen zu stöbern. Eric war nur zögerlich gefolgt, er wollte die Stadt aus sich heraus, durch den Zufall erleben, und nicht, wie er es empfand, durch vorgekaute Vorgaben. So ließ er die beiden allein und strich ziellos über die Flure. Da fiel ihm auf einem Regalende, wie zu seiner Bewerbung quergestellt, ein großformatiges Buch über Zeichensprache auf. Er nahm es heraus, las etwas in der Einführung, und stellte bald fest, daß er überhaupt keine Vorstellung davon hatte, wie Zeichensprache überhaupt angelegt war und funktionierte. Nie hatte er darüber nachgedacht, daß die Verständigung Gehörloser nicht weltweit einheitlich war, sondern sich in Anlehnung an die Sprache ihrer jeweiligen Länder spezifischer Grammatiken und Ausdrucksweisen bediente. Nichtsdestotrotz hatten sich ja zum Beispiel die Indianer über verschiedene Sprachgruppen hinweg mit einer Zeichensprache einigermaßen verständigen können. Vielleicht aber auch wirklich nur einigermaßen, denn sonst hätte es vermutlich nicht so viele Kriege und Scharmützel untereinander gegeben. Die amerikanische Zeichensprache hatte nur wenige Symbole der Ureinwohner übernommen, fußte dagegen nicht unwesentlich auf dem Sprachcode der Einwohner von Martha's Vineyard. Auf dieser Insel im Atlantik vor Rhode Island hatte es, genetisch bedingt, in früheren Zeiten eine enorm hohe Taubstummen-Quote gegeben. Grund genug, das Zeichensystem zu erlernen nicht nur für Geschäftsleute, sondern für die gesamte hörende Bevölkerung. Über gut zweihundert Jahre hinweg hatten es sämtliche Bewohner von Martha's Vineyard neben Englisch als Zweitsprache erlernt und verwendet. Ähnlich wie das Englische an sich ab dem Sieg William the Conquerors über Harold IV. einen massiven Import aus dem Französischen unterworfen war, war die französische Zeichensprache im frühen 19. Jahrhundert ein wichtiger Einfluß für das amerikanische System geworden. Eric nahm das Buch und ging wieder zur Reiseabteilung, wo sich Falk und Sigune gerade für einen New York-Reiseführer entschieden hatten. Ohne die Auswahl in Frage stellen zu wollen, glitt sein Blick kurz auf die Fülle der ausgestellten Titel des Regals, wanderte nach links und blieb auf einem Band über Martha's Vineyard haften. Er ergriff es ohne zu zögern, und sie gingen zur Kasse. „Wieso kaufst Du das denn?" wollte Falk wissen. „Ástas Vater kommt ja aus Amerika. Vielleicht ist er von da." Eric erklärte den anderen die mögliche Verbindung, auf die er soeben gestoßen war, und daß er das Buch über Zeichensprache kaufen würde in der Hoffnung, sich besser mit Åsta verständigen zu können. „Du glaubst also fest daran, sie wiederzusehen?" Sigune sah ihn prüfend an. Ja, er war sich sicher. Aufgeben würde er jedenfalls nicht.

Wieder im Hotel warf man sich aufs Bett, nachdem man den Rezeptionisten um einen Weckruf am frühen Abend gebeten hatte. Das Taxi sollte um sieben Uhr kommen, und die Freunde direkt zur Party von Allan Backwater bringen.
Als sie heruntergerufen wurden, wunderten sie sich, das gar kein ‚Yellow Cab' vor der Tür stand. Dort befand sich allerdings eine riesige schwarze Stretch-Limousine, die sich vermutlich in die Gegend verirrt hatte. Vor einem Hotel wie diesem hielten gewöhnlich solche Fahrdienste nicht, und Eric, der sie zuerst erblickt hatte, ging von einem Irrtum aus. Der Portier bekräftigte allerdings, daß es sich um ihren Abholdienst handelte. So stiegen sie ein und nahmen auf den gegenüberliegenden Bänken im hinteren Teil des zumindest für New York überlangen Luxusgefährts Platz. Es war wieder dunkel, und zumal sie sich angeregt unterhielten, hatten sie keinerlei Ahnung, wohin sie gebracht wurden. Da sie aber nirgendwo Wasser überquerten, glaubten sie, daß sie immer noch in Manhattan waren, vermutlich irgendwo auf der Upper West Side. Richtig, man konnte dies nun auch anhand der Straßenschilder bestätigen.
Als sie vor einer residenzartigen Unterkunft hielten, stürzten sofort Bedienstete auf das Fahrzeug zu, um die Türen zu öffnen. Allan Backwater wollte wahrscheinlich nur vermeiden, daß bei seiner Geburtstagsparty Leute in nicht standesgemäßen Autos vorfuhren. Ein paar Kameras blitzen, Sigune wurde gefragt, wer ihr Partner sei, und wer ihr Kleid entworfen hatte. Sie blickte schüchtern, aber dennoch mit einer gewissen Finesse zur Seite und hauchte: „Mon Secret!" Ein paar Fotografen holten Blocks hervor, um sich dies, auf welche Weise auch immer, zu notieren. Obwohl zum ersten Mal damit konfrontiert hatten sie den Eindruck, daß es sich bei den Presseleuten irgendwie nur um die kleineren Brüder derer aus Los Angeles handelte. Weitere Wagen trafen ein, und die drei wurden ebenso freundlich wie bestimmt in einen auffällig großen Raum geschoben. Dieser Saal in seiner ebenso luxuriösen wie praktischen Anlage überraschte mit seiner Ausstattung und Einrichtung. Ein DJ legte auf, die Musik groovte. Man war fast fertig damit, das Büffet aufzubauen. Zum Ende des Raumes hin war eine Lichttraverse aufgebaut, Techniker führten die letzten Checks

durch, während sich eine Band bereits zum Endproben anschickte. Jannifers Band. Die ‚Männer, die zum Frühstück bleiben' eben. Die Party begann fließend, eine Kurzansprache sollte erst sehr viel später gehalten werden. Allan Backwater war bereits ein paar Mal an ihnen vorbeigelaufen, hatte das ein oder andere Technische mit seinen jeweiligen Experten besprochen, bis sie sich ein Herz faßten, und sich ihm als die deutschen Freunde Jannifers vorstellten. Allan Backwater gab sich sehr offen und wünschte allerseits eine gute Party. Die schien es in der Tat zu geben. Es wurde immer voller. Die Freunde sahen verschiedene Stars aus der Film-, Musik- und Sportwelt, wußten jedoch nicht, wie sie auf diese Leute zugehen sollten, und genossen erst mal nur das Flair eines solchen Events. Für kurze Zeit waren sich Eric, Falk und Sigune etwas verloren vorgekommen und froh, wenigstens sich zu kennen. Doch da bahnte sich schon Lance den Weg zu ihnen, sich tausendfach für seine Absenz am Nachmittag entschuldigend. Er stellte ihnen Kevin vor, und dieser führte dann einen Rundgang an, der dem Zweck diente, andere Bekannte zu erspähen. Tatsächlich stieß man auf Count Litewell, Lance ließ Kevin den anderen von dessen Konzert in L.A. berichten. Er selbst fühlte sich etwas unwohl, weil er wieder Fetan an seinem Bauch herumtragen mußte. Dieser hatte unter großem Gezeter darauf bestanden, mitzukommen. Heute röche nun aber wirklich irgendetwas sehr nach Gefahr, und unmöglich könne er untätig zurückbleiben. Genervt hatte Lance schließlich nachgegeben.

Am Büffet war nicht gespart worden. Da die Gäste sich sofort ausgiebig den wunderbaren Speisen und erlesenen Getränken gewidmet hatten, war der Geräuschpegel deutlich angestiegen. Allan Backwater hatte das vorausgesehen, und um die Aufmerksamkeit der Geladenen nun für die Bühne zu gewinnen, The Rip angewiesen, Aaron Coplands ‚Fanfare for the Common Man' mit voller Dröhnung vom Synthesizer in den Saal zu geben. Dem folgte eine dreifache Kadenz, nicht unüblich dem deutschen Karneval, und spätestens hier war die Party unterbrochen und alles wandte sich zur Bühne. Diese bestand gleichsam aus Licht. Ihren Hintergrund bildeten zehn parallele etwa 60 Zentimeter breite blaue Strahlen. Von den Seiten und von vorn kamen diagonal dazu jeweils halb so breite Lichtbahnen in Pink. Ein den Freunden unbekannter Talkshow-Host hielt eine Mini-Laudatio, ehe der Meister selbst, stilsicher in den gleichen Farben wie das Bühnenlicht gekleidet, ans Mikrophon trat. Er wünschte kurz allen eine gute Party, und rief dann: „Männer, die zum Fruschtuck blaibn! Why do they always disappear anyways?" Die Menge lachte. „Experience with me the new Fraulein-Wunder - these girls from good old Germany rock!" schrie Allan Backwater, bevor er sich umdrehte, und den wie aus dem Nichts plötzlich dort stehenden Musikerinnen mit einer auffordernden Geste das Signal zum Start gab. Mit dem ging es los, das fetzige Riff von ‚Du Arsch hast 'ne andere' fegte durch den Raum. Squid stieg voll ein:

Meinst Du denn, ich wär' bekloppt
Tomaten auf den Augen
Die blonden Haare auf dem Rücksitz
Sind nicht von deiner Mama
Und meine, die sind kürzer
Und vor allem schwarz!
Du Arsch!
Du Arsch hast 'ne Andere

Die meisten der Anwesenden verstanden vermutlich kein Wort, aber schnell hatte sich herumgesprochen, was der Kehrreim bedeutete. ‚Du Arsch' und ‚Du Arsch hast 'ne Andere' wurde bald begeistert aufgenommen und aus vollem Halse mitgesungen.
Neben Lance stand ein besonders cool aussehender Mann, der den Eindruck erweckte, er kenne die Musik schon. Er ging jedenfalls voll mit, und griff bei Jannifers Soli jeweils zur Luftgitarre. „Look at her!" Er zeigte auf sie. „Isn't she a genius?" Lance nickte. „She sure is!" Ihm fiel sofort auf, daß Jannifer ihre Haare feuerrot gefärbt hatte, offenbar eigens für den Auftritt. Es folgten noch ein paar rockige Nummern, danach als Abschluß die eher elegische Instrumentalnummer ‚Die Szene ist Amerika'. Die Menge johlte, applaudierte, schrie nach einer Zugabe. Squid trat wieder ans Mikro. „We can't play forever, after all we want to celebrate Allan's birthday. But we have one more for you. It is very special - we just finished it today!" Und schon sehr amerikanisch setzte sie nach: "For you!" Allan Backwater sprang von der Seite auf die Bühne, ergriff mit der linken Hand das Mikrophon, und legte den rechten Arm um Squids Schulter. „Men who stay for Breakfast! They got it all! Let's hope they're here to stay! - You're the highlight of my party. You make me feel I actually turned younger." Er küßte sie auf die Wangen und sprang wieder davon. Squid verneigte sich und nannte den

Titel der Zugabe: „The Priest who lost his Faith".

Der Priester, der seinen Glauben verliert
Die Mutter, die aus Not zur Hure wird

Der Spieler, der das Tor verfehlt
Der Schüler, der sich sinnlos quält
Der Soldat, der beim ersten Einsatz fällt

Der Bauer, der den Mais manipuliert
Der seinen Kühen Schafe serviert

Der Liebende, der seine Liebe betrügt
Der Polizist, der hehlt und stiehlt
Der Arzt, der selbst dem Krebs unterliegt

Der Taucher, der sich verliert im Tiefenrausch
Der Pfleger, der die Spritzen vertauscht

Der Schauspieler, der seinen Text vergißt
Der Dichter, bei dem keine Tinte fließt
Die Oma, die das falsche Grab gießt

Der Anwalt, der das Recht verdreht
Der Richter, der ein Verbrechen begeht
Der Freund, der den besten Freund verrät

Unter tosendem Applaus gingen die Frauen von der Bühne, und gewannen besondere Sympathien, indem sie dabei ins Publikum lächelten und winkten. Der Rock-Typ neben Lance stieß ihn an. „Du, aus denen wird was. Ganz großartig!" Lance nickte. „Das ist übrigens Jack. Ihm gehört der Laden, wo die Mädchen geprobt haben". Jack beugte sich vor, sie schüttelten die Hände. „Ich kenn' die Band aus Deutschland. Echt spitze", meinte Lance leicht triumphierend.

Bald waren die Mädchen aus der Dusche zurück und trugen jetzt plastikartige Anzüge in pink-blau. Eine Idee von Allan Backwater, damit man sie nach der Show leichter identifizieren und ansprechen konnte. Zu ihrem Besten also. Gleichwie die Mädchen dies etwas bescheuert fanden, sahen sie den guten Willen des Altmeisters und hätten auch gar nicht gewagt, seinem Wunsch zu widersprechen. Jetzt hatte er Squid und Jannifer untergehakt und strebte mit ihnen durch den Raum, Angela, The Rip und Ginger folgten.

Dann schritt ein untersetzter Mann im weißen Anzug und einer roten Nelke im Knopfloch auf die Gruppe zu. „Hallo, meine Damen. Gratulation! Darf ich mich vorstellen?" „Ja, Erkan, darfst Du", lachte Allan Backwater. „Also, Erkan Etiz heiße ich. Der Produzent...", sagte er in fließendem Deutsch. Er lauerte einen Moment, offenbar auf eine überschwengliche Reaktion wartend. „Sehr erfreut, Sie kennenzulernen!" Die ‚Männer, die zum Frühstück bleiben' hatten keine Ahnung, einem der wichtigsten und erfolgreichsten Musikproduzenten der letzten zwanzig Jahre gegenüberzustehen. Das freundliche Lächeln der jungen Frauen versöhnte ihn. Vielleicht war es ja nur deutsche Zurückhaltung, daß es keine übertriebene Reaktion gegeben hatte. Vielleicht sogar besser so. „Mädels, ihr seid spitze! - Eigenständiger Sound, super Gesang, alle können ihr Instrument spielen. Nicht zu leicht, nicht zu düster, vor allem groovt das ganze." Die Mädchen dankten höflich. „Mal nicht so bescheiden", meinte Allan Backwater. „Ihr seid ein echter Kracher. Auf euch würd' ich Geld setzen." Erkan Etiz grinste verschmitzt. „Ihr seid ja noch in der Stadt. Macht einen Termin mit meinem Büro aus. Montagnachmittag, oder nein, besser Dienstag, da sollte ich da sein." Er steckte Squid seine Karte zu, die diese keck in den Ausschnitt steckte. Sie hätte allerdings auch nicht gewußt, wohin sonst.

Viele der Gäste sprachen nun die einzelnen Musikerinnen an, so daß sich der Pulk um Allan Backwater verbreiterte. Dieser zog sich daraus kurz mit Erkan Etiz zurück, man steckte intensiv die Köpfe zusammen. Dann wollten natürlich viele dem Gastgeber ihre Aufwartung machen, und Allan Backwater genoß die Aufmerksamkeit. Jannifer nutzte nun die Gelegenheit, sich zu entfernen. Sie war besorgt, daß ihre in der Garderobe zurückgelassene Handtasche abhanden kommen könnte. Wer wußte schon, wer sich da alles auf der Party herumtrieb? Am Zugang zum behelfsmäßig eingerichteten Umkleidebereich zogen gerade zwei wenig vertrauenerweckende Männer eine Spur Kokain. „Super Gitarre, Mädchen!" riefen sie. Jannifer dankte, sah sie aber nicht an. Die Tasche war noch da, der Inhalt auch. Sie warf sie sich

über die Schulter und ging zurück. Da klingelte ihr Handy. Es war Ashanti, völlig außer Atem. „Ich habe gerade einen sehr merkwürdigen Anruf erhalten. Soll dich sofort kontaktieren. Es geht um einen gewissen Arthur. Ihr sollt sofort zu den Cloisters kommen!" Jannifers Knie wurden weich. „Wo bist Du denn jetzt?" „Zu Hause. Aber ich nehm' ein Taxi und komm' auch dahin. Kenn' mich ja besser aus da. Hab' außerdem noch einen Schlüssel für einen Seiteneingang. Wer weiß, ob man das brauchen kann."
Als Jannifer in den Saal zurückkam, sah sie Lance und Curtis in ein angeregtes Gespräch vertieft. Ihr Magen zog sich zusammen. Und doch gab es keine Chance. Sie ging zielstrebig auf Lance zu und sagte: „Komm' mal bitte mit!" Curtis schaute sie verdutzt an. „Na, kennst Du mich nicht mehr?" „Natürlich." Sie lächelte gequält und zog Lance an der Hand davon. „Es gibt irgendetwas mit Arthur!" Schnell trommelten sie die anderen zusammen. Jannifer bat Squid, sie bei Allan Backwater und Erkan Etiz mit einer Notlüge zu entschuldigen. Dann entfernten sich die Freunde so rasch und unauffällig wie möglich. Außer Curtis, der ihnen nachstarrte, bis sie verschwunden waren, nahm allerdings niemand wirklich Notiz davon.

33. Der Kampf bei den Cloisters

In der halbkreisartigen Zufahrt vor dem Aufgang zu Allan Backwaters Anwesen stand eine lange Reihe schwarzer Stretch-Limousinen. Einzelne Chauffeure standen in kleinen Grüppchen zusammen und unterhielten sich, andere saßen hinter dem Steuer, lasen oder dösten vor sich hin. Sowie die Freunde die Limos sahen, wurde ihnen schlagartig bewußt, das optimale Transportmittel gleich vor der Tür zu haben. Ein Taxi um diese Zeit in dieser Gegend am Freitagabend zu bekommen, hätte ewig dauern können. Außerdem bräuchten sie zwei, denn sie waren zu fünft. „Schon so früh wieder los?" fragte einer Fahrer, dessen Wagen offensichtlich der erste in der Reihe war. „Wir müssen noch weiter. Ein Freund ist überraschend in der Stadt." Jannifer traf genau den zwar nicht unfreundlichen, aber doch recht bestimmenden Ton, den die Chauffeure der Reichen und Schönen bestens kannten. „Okay, dann mal reingeklettert!" Der Mann hielt den Freunden den Schlag auf, und dankend stiegen alle rasch ein. „Wo soll's denn hingehen?" „Zu den Cloisters." „Na, sind die nicht zu um diese Zeit?" „Für uns nicht. Sonderveranstaltung!" Der Chauffeur sagte nichts mehr. Lance stieß Jannifer in die Seite. Er war besorgt, daß sie zu dreist auftrat. Besser, man hielt den Ball flach. Die anderen nickten. Sie rückten zusammen. Wieso man Ashanti angerufen hatte? Woher hatte man ihre Nummer? Offensichtlich waren alle Bewegungen Jannifers beobachtet worden. Von den Entführern? Sollte man jetzt die Polizei einschalten? Das New York Police Department? Wer sollte ihnen, den Ausländern, diese Geschichte glauben? In einer Freitagnacht, im Anschluß an eine Party bei einem Rockstar? Sie würden sich lächerlich machen. Außerdem gelte ja die Warnung der Kidnapper nach wie vor. Die Einschaltung der Behörden könnte unmittelbar lebensbedrohlich für Arthur werden. Warum nur wollte man sie jetzt treffen, mitten in der Nacht? Allen war extrem unbehaglich zumute. Sie hatten Angst. Die Limousine war schon halb durch Harlem, aber jeder Ampelstopp machte sie nervöser, kostete er doch unter Umständen wertvolle Zeit. Man sorgte sich um die völlig unbeteiligte Ashanti. Doch jetzt fuhr der Chauffeur vom Broadway über die West 125 Street auf den Hudson Parkway, und nun ging es schnell voran.

„Was war das mit der Arthur-Erscheinung in der Rock-Bar?" flüsterte Lance. „Ich hab' ihn nicht genau gesehen, das Gesicht, mein' ich. Aber die Figur, und die Haare, das hätt' er echt sein können. Er war in Begleitung eines riesenhaften Kerls. Ich glaub', ein Ägypter." „Ja, und??" „Er war plötzlich verschwunden. Der Ägypter war noch da, den hab' ich sogar gefragt, aber..." Jannifer erinnerte sich, wie dieser in heillose Panik verfallen war. Weil er sie nicht gesehen hatte. Unmöglich konnte sie den anderen aber jetzt erklären, daß sie vorübergehend unsichtbar gewesen war. Man würde sie für völlig übergeschnappt halten. „...da kam nichts bei raus!" Die anderen schauten sie mit bohrenden Blicken an. „Wie gesagt, ich kann mich auch getäuscht haben." „Na, vielleicht aber auch nicht. Wann war das denn?" Jannifer räumte ein, daß sie sogar zweimal gemeint hatte, ihn im ‚Ultra Violet Velvet' gesehen zu haben. Zuletzt vor vielleicht einer Woche. Niemand kritisierte sie, daß sie den anderen nichts davon gesagt hatte. Eric dachte an seine Arthur-Sichtung bei den Riesen unter dem Gletscher. Falk an den Reiter an der Spitze des Heerzugs in Ungarn. Wenn ihre eigenen Erscheinungen ihnen auch ungleich absurder, irrealer vorkamen, so hatten sie doch, jeder für sich, vollstes Verständnis dafür, daß Jannifer sie nicht mit einer bloßen Annahme hatte verrückt machen wollen. Diese Annahme schien sich indes aber jetzt als richtig zu erweisen. „Wenn es Arthur aber war, warum lief er dann frei in dem Club herum?" Sigune runzelte die Stirn. „Ich weiß es nicht. Bei dieser Entführung war von vorneherein alles anders als bei anderen Entführungen." Mittlerweile waren sie längst in Washington Heights, als Jannifer rechts über ihnen die Anlage der Cloisters erkannte. „Hey, wir sind schon zu weit!" schrie sie zum Fahrer. „Sachte, sachte", entgegnete der, „hier kommt erst die Ausfahrt. Riverside Drive." Diesen fuhr er herunter, dann rechts wieder auf den Broadway, so daß sie den Fort Tryon Park halb umrundet hatten, als er in die Auffahrt zu den Cloisters einbog. Einige Laternen waren eingeschaltet, auch vor dem Haupteingang, wo Ashanti schon wartete. „Hm, das sieht ja merkwürdig aus", sagte der Chauffeur. „Ein kleiner Event eben, soll nicht zu auffällig sein." Jannifer versuchte, überzeugend zu wirken. Der Fahrer zog eine Braue schräg hoch. „Sagen Sie, brauchen Sie mich noch? Für ein angemessenes Trinkgeld warte ich gern auf Sie. Warten ist ja ohnehin wichtiger Teil meines Berufsbildes." Er grinste. Falk wollte ihm schon etwas zustecken, doch Jannifer hielt seine Hand zurück. „Immer erst nach erledigtem Service. Hinterher ist der weg, mit deinem Trinkgeld", flüsterte sie ihm ins Ohr. Sie stiegen aus, und der Chauffeur stellte den Wagen einfach in der Vorfahrt zum Haupteingang ab. Es war nicht zu befürchten, daß noch viele andere Fahrzeuge kämen. Einstweilen sah er nur zwei andere, dunkle Fahrzeuge, in großem

Abstand entlang der Straße zu den Cloisters geparkt. Ein bißchen suspekt kam ihm das ganze schon vor, aber die jungen Leute in seiner Limo machten einen solch braven Eindruck, daß er nicht von kriminellen Aktivitäten ausging. Selbst als die junge Schwarze, die da vor dem Haupteingang stand, die Gruppe nicht durch diesen hineinließ, sondern sie offensichtlich zu einer Seitentür führte. Er lehnte sich zurück, und schloß die Augen.

Ashanti hieß sie über die wuchtige zwischen Steinpfeilern hängende Begrenzungskette des Driveways steigen, führte sie ein kleines Stück an der Ostseite des Gebäudes hinunter, wo dann eine Steintreppe anstieg. Sie öffnete die dort befindliche Tür, die sie in einen kleinen Arkadengang brachte. Diesen gingen sie in entgegensetzter Richtung zurück und kamen ins Hauptfoyer. „Am Haupteingang hat ein Zettel geklebt, hier!" Sie zeigte ein Stück Papier, das keinen Zweifel an seiner Urheberschaft zuließ. ‚An Arthur Freunde: Boppard Raum' stand darauf. Falk und Eric sahen sich an. „Boppard-Raum?" „Ja, den gibt es hier tatsächlich. Muß eine große Stadt mit viel Kunst in Deutschland sein", sagte Ashanti. „Der liegt hinter der spätgotischen Halle. Und die ist gleich hier." Sie wollte um die Ecke in wiederum entgegengesetzter Richtung spähen, doch Eric hielt sie zurück und schob sich selbst vorsichtig vor. Während verschiedene Teile der Anlage über Notbeleuchtung verfügten, war die spätgotische Halle dunkel. Der dahinter liegende Boppard-Raum war von einem schwachen, merkwürdig bunten Licht erhellt. Er lauschte, den anderen mußte nicht bedeutet werden, still zu sein. „Nichts zu sehen." Mit klopfendem Herzen folgten sie Eric. Das bunte Licht rührte von sechs Kirchenfenstern her, durch die der Schein des Vollmondes fiel. „Glasmalerei aus dem Karmeliterkloster zu Boppard", flüsterte Ashanti. Sie ließ vorsichtig den Strahl einer Taschenlampe durch den Raum gleiten, die sie unter dem Rezeptionstisch im Foyer hervorgeholt hatte. Die Freunde erschraken, als er über drei Frauenbüsten fuhr, die ungemein lebendig wirkten. Dann leuchtete Ashanti auf einen in der Mitte des Saals stehenden Holzkarren, hinter dem ein kleines Ablagetischchen stand. Darauf lag ein Umschlag. Adressiert an: ‚Arthur Freunde'. „Wird das jetzt eine Schnitzeljagd?!" zischte Lance. Jannifer blickte ihn erbost an und legte den Zeigefinger über die Lippen. Eric öffnete das nicht zugeklebte Couvert und zog eine Karte heraus, auf die etwas unbeholfen eine längliche Kiste gemalt war. Darunter war zu lesen: ‚Draußen, im alten Garten.' „Wahrscheinlich der Cuxa-Garten", meinte Jannifer. „Es gibt vier Gärten, aber das ist der größte", meinte Ashanti. Ihr schien das kleine Abenteuer

richtig Spaß zu machen, und sie fühlte sich in ihrer Rolle als Kennerin der Cloisters sichtlich wohl. Den anderen war eher unbehaglich zumute. Wer wußte, was einem bevorstand? Und keinesfalls wollten sie das völlig unbeteiligte Mädchen in eine Sache hineinziehen, von deren Hintergründen und möglichen Ausmaßen sie keinerlei Ahnung besaß. „Wir gehen durch die Tapisseriensäle. Wenn wir an der Tür beim zweiten hinausgehen, wären wir im Notfall am schnellsten auf der Westterrasse." Die anderen willigten ein.
So geräuschlos wie möglich öffnete Ashanti die Tür in den Kreuzgang. Eric und Falk steckten vorsichtig die Köpfe heraus und schauten angestrengt in das Areal. Das silbrige Mondlicht warf gespenstische Schatten, sie konnten jedoch keine Bewegung ausmachen. Der Brunnen im Zentrum plätscherte, ansonsten schien alles still. Die beiden wagten sich heraus und schritten die Wege ab. Lance, Sigune und Jannifer umrundeten den Kreuzgang, während Ashanti in der geöffneten Tür stehenblieb um einen möglichen Rückzug in das Gebäude zu sichern. Als Eric den Kopf zu ihr drehte, meinte er für den Bruchteil einer Sekunde etwas, oder jemanden auf dem Dach gesehen zu haben. Er erschrak, war sich aber nicht sicher, ob er sich getäuscht hatte. Ein leichter Wind war aufgekommen, die Zweige schaukelten, und formten sich bewegende Schatten auf dem Gemäuer. Von einer länglichen Kiste war nichts zu sehen. „Könnte etwas anderes mit ‚alter Garten', gemeint sein?" flüsterte Falk zu Ashanti. „Hm, vor der Südmauer ist ein völlig verwilderter Garten." Sie führte die beiden am Nordwestende des Cuxa-Kreuzgangs durch das Pontaut-Kapitelhaus hinaus auf die Westterrasse. Dort deutete sie nach Süden: „Klettert hier herunter und geht am Gebäude entlang. Am Ende ist gleich links der Garten. - Ich warte hier!" Eric und Falk waren bald am vor der Südfront befindlichen Garten angelangt. Eine halbhohe Hecke trennte diesen vom Park ab, er war für Normalbesucher nicht einsehbar. Im Abstand von vielleicht 18 Metern standen hier drei Laternen, die Gebäudewand und Garten in ihr gelbliches Licht tauchten. Eric entfuhr ein leiser Pfiff der Überraschung. Am Fuß der mittleren Laterne lag eine längliche Holzkiste. Sie blieben einen Moment ganz still stehen, und schlichen dann, sich in alle Richtungen umschauend, darauf zu. In den Riegeln befand sich kein Schloß, und so gingen sie gleich daran, den Deckel zu heben. Was sie sahen, verschlug ihnen den Atem. In der Kiste lagen Erics Landsknechts-Schwert, Falks Wilkinson-Säbel, ein Degen und ein Florett. Es war keine Zeit, darüber nachzudenken, wie ihre Hieb- und Stichwaffen hierhin

gekommen waren, und wer dies veranlaßt hatte. Ohne zu reden wußten Eric und Falk, daß sie womöglich die ganze Zeit beobachtet worden waren. Und man ihnen hier offensichtlich eine Falle gestellt hatte. Eric ergriff seinen Beidhänder und den Degen, Falk seinen Säbel und das Florett. Sie mußten so schnell wie möglich zu den anderen zurück.

Signe hatte Ashantis Position an der Tür zum Tapisserien-Saal übernommen, während Jannifer und Lance zum Pontaut-Kapitelhaus gefolgt waren. Plötzlich krümmte er sich vor Schmerz, denn Fetan hatte seine Krallen fest zusammengedrückt und seinen kochendheißen Atem auf seinen Bauch gestoßen. „Gefahr!" drang es gedämpft aus seinem Hemd. „Was hast Du gesagt?" fragte Jannifer verblüfft. „Nichts, ich hab' zu mir selbst gesprochen." Mit dem waren Ashanti, Eric und Falk zurück. „Was ist das denn, mein Florett!" entfuhr es Jannifer erstaunt. „Und mein Degen!" Lance schüttelte den Kopf, als er auch die Waffen der Freunde sah. Da hörten sie das rutschende Geräusch eines Dachziegels, der über die Dachrinne fiel und dann am Boden zerbarst. „Schnell, Ashanti, hier stimmt etwas nicht. Geh' mit Signe, versteckt euch!" Es paßte Ashanti überhaupt nicht, daß sie gerade jetzt gehen sollte, wo es spannend wurde. Allerdings war sie ja auch völlig unbewaffnet. Sie sah hinüber zur erstarrten Signe, und ihr Verantwortungsgefühl gewann. Schnell lief sie zu ihr, und zog sie in das Gebäude. Verstecke kannte sie einige. Wenn sie sie nur rechtzeitig erreichte.

Kaum waren die beiden hinter der Tür verschwunden, erklang eine unnatürlich wirkende Stimme, vielleicht verstärkt oder vom Tonband. „Dann zeigt mal, wie ihr für mich einsteht!" Die Freunde sahen sich entsetzt an. Arthur! Als nächstes hörten sie ein surrendes Geräusch, und von allen vier Ecken des Daches über dem Cuxa-Garten seilte sich eine schwarz vermummte Gestalt ab. „Zusammenbleiben!" schrie Eric, und sie stellten sich mit dem Rücken zum Brunnen nebeneinander. Schon sprangen die Vermummten mit gezogenen Waffen auf sie zu, suchten sich ihren Gegner offensichtlich genau aus. Einer hatte einen Säbel, und ging direkt auf Falk los. Schon schlugen die Klingen aufeinander. Ein anderer, mit Degen, engagierte Lance. Fetan hatte sich noch fester in seinen Bauch gekrallt, und dieser Schmerz machte eigentümlicherweise seinen Kopf völlig klar, so daß er die ersten Schläge sicher parieren konnte. Die Klarheit sagte ihm aber auch schonungslos, daß er von allen wohl die geringste Chance hatte. Seit ewigen Zeiten hatte er keinen Degen mehr in der Hand gehabt, gegen einen geübten Kämpfer würde er nicht lange bestehen können.

Bei der enganliegenden schwarzen Kleidung konnte Jannifer sehen, daß es sich bei der sich ihr mit einem Florett nähernden Gestalt um eine Frau handelte. Alle Gegner waren etwa gleich groß, nur Eric wurde von einem relativ kleinen Mann angegriffen, der auch kein Landsknechts-Schwert, sondern ein japanisches Katana schwang. Der Platz um den Brunnen war zu klein, und um nicht zwischen Erics Beidhänder und das Samurai-Schwert zu geraten, wich Jannifer zur Seite aus, und sprang auf die Arkaden am Kreuzgang, von denen herunter sie mit ihrer Verfolgerin focht. ‚Wie Zorro', dachte sie. Spaß hätte das machen können, wenn es nicht tödlicher Ernst gewesen wäre. Ihre Kontrahentin traf mit einem Hieb ihren linken Unterschenkel, ein glühender Schmerz war das, es schien aber nicht zu schlimm zu sein. Sich mit allen Sinnen auf das Duell konzentrierend, gewahrte sie doch, wie Lance vor seinem Gegner zurückwich in Richtung Westterrasse. Während sie sich trotz des Treffers sicher fühlte, war sie besorgt um ihn. Scheinbar ebenfalls unter Druck geratend, ließ sie sich zurückdrängen, wobei sie sich auf den Ausgang zubewegte. Falk teilte kraftvoll aus, er hoffte, keinen ebenbürtigen Gegner vor sich zu haben. Die schwarze Gestalt konnte seine Hiebe nur mit Mühen parieren. Er wußte jedoch, daß er nicht übermütig werden durfte und jede Blöße vermeiden mußte. Für Eric stellte sich die Lage kompliziert dar. Zwar verfügte er mit dem riesigen Schwert über eine große Reichweite, und ein Treffer wäre für seinen Gegner desaströs geworden, jedoch riß ihn das Momentum seiner schweren Waffe jeweils zu sehr mit. Nur eine Frage der Zeit, bis der wendige kleine Mann von der Seite her einen Treffer landen konnte. Das Gartenareal war zu dessen Vorteil. Wenn er eine Chance haben konnte, dann nur auf einer freien Fläche. Sich mehr aufs Parieren als auf eigene Streiche konzentrierend wich daher auch er zur Westterrasse. Einzig Falk und sein Gegner waren noch im Cuxa-Garten verblieben. Falk gewann eindeutig die Oberhand, er begann regelrecht, seinen Angreifer rund um den Kreuzgang zu scheuchen.

Draußen hatte ihre Gegnerin doch wieder mehr aufdrehen können, und so mußte Jannifer einstweilen Lance seinem Schicksal überlassen. Noch hielt dieser sich tapfer, doch es schien ihr nur eine Frage kurzer Zeit, bis er unterliegen würde. Ihr eigener Zweikampf setzte sich mittlerweile im verwilderten Garten unter den Laternen an der Südfront fort.
Zeitgleich hatten Eric und sein Herausforderer die Westterrasse erreicht, und mit der größeren Bewegungsfreiheit stellte sich wieder ein Gleichgewicht her. Dennoch fürchtete er seinen Gegner, der blitzschnell seine Posi-

tionen und Angriffswinkel änderte. Am nördlichen Ende der Terrasse, von der ein Gang zuerst rechts und wieder links auf dem Bollwerk entlangführte, strauchelte Lance nach einer unglücklichen Riposte, fiel auf den Rücken und verlor seinen Degen. Im Nu war sein Gegner über ihm, zog einen Dolch von der Seite und zischte etwas in einer ihm unbekannten Sprache. Wahrscheinlich wollte er ihn aufschlitzen. „Nein!" schrie Lance gellend, doch in dem Moment, wo sich der Mann über ihn beugte, schoß Fetan aus dem Hemd hervor und stieß ihm feuerartig heiße Luft in die Augen, um sich dann in seiner Nase zu verbeißen. Mit einem Aufschrei des Entsetzens ließ der Angreifer ab, taumelte zurück, riß sich das Tier aus dem Gesicht, das sofort wieder zu Lance lief. Jener sah, wie sein Gegner schon wieder den Degen ergriff, er selbst hatte auch den seinigen wieder in der Hand. Er konnte sich gerade noch zur Seite rollen, um einen tödlichen Stoß zu vermeiden. „Spring!" keuchte Fetan. „Wohin denn, in den Tod?" „Da steht ein Baum, in den hinab!" Er hatte sich kaum hochgerappelt, als der Angreifer schon wieder auf ihn zuraste. So sprang er über die Brüstung in den Baum, und durch die Äste brechend stürzte er zu Boden. Da krachte es wieder, tatsächlich sprang sein Gegner hinterher. Er lief nun nach Norden, unter dem Bollwerk her. Bei ein paar dunklen Felsen, an denen tagsüber wahrscheinlich verträumte Romantiker oder verliebte Pärchen saßen und auf den Hudson schauten, hatte ihn sein Verfolger erreicht. Lance drehte sich um und schrie ihn an: „Das reicht jetzt, Du Arschloch, was willst Du von mir?!" Sein Gegner war darüber so überrascht, daß er einen Moment innehielt. Diesen winzigen Augenblick der Unentschlossenheit nutzte Lance, faßte ebenso schnell wie todesmutig die den Degen haltende Hand des Gegners und riß diesen an sich vorbei. Der Vermummte stürzte lautlos über den Felsen, und schlug auf dem etwa sieben Meter darunter liegenden asphaltierten Gehweg auf. Lance schaute ihm nach, der Mann lag regungslos, in merkwürdig gekrümmter Form. Eine dunkle Lache breitete sich unter seinem Kopf aus.

Indes hatte Falk seinen Widersacher in höchste Bedrängnis gebracht. Dieser konnte sich kaum mehr gegen die auf ihn niederprasselnden Hiebe schützen. Nach einem gewaltigen Streich verlor er einfach seinen Säbel, hielt schützend die Arme über den vermummten Kopf und winselte: „Grazia, per favore, per amor di Dio!" Es wäre ein leichtes gewesen, den hoch erhobenen Arm mit dem Säbel niedersausen zu lassen. Doch die in Todesangst gestammelten Worte berührten ihn, auch wenn er sie nicht ganz ver-

stand. So führte er stattdessen den Griff in einem schnellen Rechtsbogen und schlug ihn mit dem Knauf gegen die Schläfe des Mannes, der sofort bewußtlos zu Boden sackte.
Jannifer und ihre Gegnerin fochten inzwischen unter den Bäumen vor dem Südostende der Cloisters. Beiden waren die Arme erlahmt, nun war es die Frage, wer von ihnen zuerst so ermüden würde, daß die andere eine sich öffnende Blöße nutzen konnte. Da gelang es Jannifer mit einer großen Kraftanstrengung, ihre Klinge mehrere Male kreisförmig um die ihrer Angreiferin sausen zu lassen, ihr das Florett dabei gleichsam zu entreißen und hoch hinauf in die Äste schießen zu lassen, wo es hängenblieb. Mit einem wütenden Aufschrei sah ihre Gegnerin ihrer Waffe nach. Sie lief gegen den Baum und tatsächlich einige Meter an ihm empor, im verzweifelten Versuch, des Floretts wieder habhaft zu werden. Dann stürzte sie wie reifer Apfel herab, schüttelte sich unter Flüchen, und rannte in die Nacht davon. Mochte sein, daß sie sich eine andere Waffe besorgte, erst galt es jetzt den Freunden, vor allem Lance beizustehen. Sie kletterte wieder hoch zur Westterrasse, als es unter ihr raschelte. Erschreckt drehte sie sich um, sah dann aber, daß es sich um Lance handelte. „Lance! Du hast gesiegt!" „Ja", antwortete der tonlos. Sie freute sich unendlich, daß ihm nichts zugestoßen war. „Schnell zu den anderen!"
Falk erreichte die Terrasse gerade um zu sehen, wie Eric nach einem rechten Diagonalschlag leicht schwankte, sein Gegner dies ausnutzte, förmlich über die Klingenspitze hinweg sprang und ihm sein Samurai-Schwert von schräg unten voll durchs Gesicht zog. Sofort blutüberströmt, aber ohne einen Schrei von sich zu geben, hielt Eric den Beidhänder senkrecht vor sich, in der Hoffnung, sich vor weiteren Treffern schützen zu können. Indem waren auch Lance und Jannifer über der Mauer und stolperten auf den Getroffenen zu, um ihn zu verteidigen. Da raste Falk mit einem gellenden Schrei, den Säbel weit vor sich streckend, auf den Angreifer zu. Dieser wendete sich ihm sofort mit seitlich über dem Kopf erhobenen Schwert zu. Jeder Kampfexperte hätte vermuten müssen, daß der Vermummte Falk im letzten Moment ausgewichen wäre, um ihm dann von hinten in Kopf oder Hals zu schlagen. Doch dazu kam es nicht. Sekundenbruchteile, bevor sie auf einer Höhe waren, knallte ein Schuß. Der Angreifer mit dem Katana drehte sich völlig verblüfft einmal um sich selbst und stürzte zu Boden. Als er aufschlug, war er bereits tot.
Am Nordende der Terrasse standen fünf Männer, vier in dunkelblauer Uni-

form, einer in Jeans und Lederjacke. Die Freunde glaubten ihren Augen nicht zu trauen. „Hans, Du???" „Ja, wohl gerade noch rechtzeitig." „Mein Gott, Eric ist schwer verletzt! Wir brauchen einen Notarzt!" schrie Jannifer. Hans wandte sich zu den Uniformierten und sprach sie auf Russisch an. Polizisten waren das wohl nicht. Falk verstand das Wort ‚Ambulanz', doch die Uniformierten schüttelten den Kopf und redeten auf Hans ein. „Gibt es ein Auto, ihre wollen die nicht hergeben?" Jannifer sagte: „Ja, da steht die Limo in der Zufahrt!" Egal, wie das auch immer aussehen würde, Erics Leben und Gesundheit hatte Vorrang. Immerhin trugen Hans' Begleiter, die dieser als Mitarbeiter eines privaten Wachdienstes vorstellte, den schweren jungen Mann zum Fahrzeug. Dessen Tür stand auf, vom Chauffeur keine Spur. Auf dem Fahrersitz war etwas Blut. „Oh Gott", entfuhr es Lance. Es raschelte, alle drehten sich erschreckt um, doch es waren nur Ashanti und Sigune, die sich Arm in Arm, zitternd vor Verstörung, der Gruppe näherten. Man legte Eric auf eine der Bänke im hinteren Teil des Wagens, Jannifer hielt seinen Kopf. „Die fahren euch jetzt zum nächsten Krankenhaus." Hans hielt einen Moment inne, um den nächsten Teil der auf Russisch gegebenen Anweisungen des Chefs der Wachmänner zu übersetzen. „Am besten, es geht nur einer mit ihm rein. Noch besser, wenn der Amerikaner ist." Lance nickte. Ihr seid aus dem Nichts attackiert worden, ein Auto hat euch mitgenommen, und ist gleich weitergefahren. Und jetzt los!" Er schlug die Tür zu, und der Wachmann am Steuer raste los. Hans wandte sich zu den anderen. „Die Männer räumen hier schnell auf, und dann bringen wir euch zum Hotel. Oder dahin, wo ihr wohnt. Einer bleibt bei euch. Hast Du den Schlüssel zu den Cloisters?" Ashanti schaute ihn groß an. „Mitkommen!" Er verschwand mit ihr und zwei Männern, der dritte baute sich mit gezückter Pistole neben den anderen auf. Nicht bald darauf hielten zwei Wagen in der Auffahrt. Hans stieg aus und winkte die anderen heran. „So, das wäre erledigt. Die beiden sind beseitigt." „Und der Mann im Kreuzgang?" „Da war keiner, tut uns leid!" Zwei waren also entkommen. Falk fragte sich, ob er seine Entscheidung bereuen sollte. Vielleicht trotz allem nicht. Einzelne, aber schwere Tropfen fielen auf die Autodächer. Hans sah nach oben. „Das wird feste regnen heute nacht. Gut so!" Die Motoren wurden angelassen, Sigune stieg zu Ashanti, und Falk nahm im anderen Wagen hinter Hans Platz. Als die Wagen anfuhren, drehte er die Scheibe herunter und schaute hinaus. Da war es ihm, als hörte er ein lautes Gelächter, ein Hohnlachen, das sich immer weiter steigerte. Er schloß das Fenster und preßte die Hände an die Ohren. Dann erinnerte er sich. Dieses Lachen hatte er schon einmal gehört.

Eric stammelte leise und unverständlich vor sich hin. „Schsch!" sagte Jannifer beruhigend. „Alles wird gut." Sie wagte gar nicht, ihn anzusehen. Eine klaffende Wunde zog sich quer über seine rechte Wange bis hin zum linken Auge, das als solches gar nicht mehr erkennbar war. Sie schaute zu Lance, dessen Gesicht von Entsetzen gezeichnet war. „Ich hab' Hans natürlich auch eingeladen. In dem ganzen Streß hab' ich gar nicht mehr an ihn gedacht. Hat sich auch nie gemeldet…" Da waren sie ganz in der Nähe der hell erstrahlten Notaufnahme eines Krankenhauses. Der Wachmann am Steuer stoppte. „Columbia Presbyterian Medical Center. Ich halte hier, wegen möglicher Kameras", sagte er. Er half Jannifer und Lance, Eric vorsichtig auf die Straße zu legen. „Sagt, ihr wolltet zur ‚Blue Bell Tavern'. Das ist eine bekannte Musikkneipe ganz in der Nähe. Habt euch verlaufen, und dann fiel euch der Wahnsinnige an." Dann schob er Jannifer wieder in den Wagen. Das ganze Oberteil ihres blau-pinken Anzugs war voll Blut, und so reichte ihr Lance seine noch halbwegs saubere Jacke. Sie sah ihn dankbar an, dann brauste die Limousine davon. „Hilfe!" schrie Lance. „Hilfe!!"

34. Ausblicke

Erics Verletzung, obgleich äußerlich furchtbar, war Dank der umgehenden Versorgung nicht lebensbedrohlich geworden. Die Klinge hatte zwar den Schädelknochen tief eingeschnitten, das Gehirn war aber unversehrt geblieben. Leider konnte man das von seinem linken Auge nicht sagen. Es war nicht zu retten gewesen. Die erfahrenen Spezialisten vom Edward Harkness Eye Institute waren machtlos, im wesentlichen kümmerte sich jetzt der Bereich ‚Gesichtsplastik and Rekonstruktive Chirurgie' um ihn. Natürlich hatte sich sofort die Frage nach der Kostenübernahme gestellt. Die Freunde, die Eric regelmäßig schichtweise besuchten, hatten in seinen Unterlagen eine Auslands-Kranken- und Unfallversicherung gefunden, die schon vor der Reise nach Norwegen beim ADAC abgeschlossen worden war. Zum Glück hatte Eric vor Spanien Station in Deutschland gemacht, so daß er noch unter die Spanne jeweils 45 geschützter Tage pro Auslandsaufenthalt fiel. Der Automobilclub reagierte insgesamt großzügig und unbürokratisch, über eine Rückführung nach Deutschland wurde aber nicht nur wegen der hohen Kosten, sondern auch wegen der von den Ärzten konstatierten Reiseunfähigkeit nicht diskutiert.

In der ersten Zeit war Eric gar nicht ansprechbar gewesen. Er stand permanent unter stärksten Schmerzmitteln. Als ihm der Verlust seines Auges klargeworden war, hatte er mit Apathie reagiert. So hatte auch die Polizei, die automatisch vom Krankenhaus eingeschaltet worden war, aus ihm nichts herausbekommen. Er könne sich an nichts erinnern.

Umso mehr wurde Lance gegrillt, und das von der Mordkommission des NYPD, da man das ganze als versuchten Mord klassifiziert hatte. Dieser blieb jedoch standhaft, und wiederholte gebetsmühlenartig die vom Wachmann empfohlene Geschichte. Man habe die ‚Blue Bell Tavern' besuchen wollen und sich dabei verlaufen. Plötzlich sei aus dem nichts ein schwarz vermummter Wahnsinniger hervorgesprungen und habe sie attackiert. Eric habe ihn konfrontiert, und dafür mit einem Auge bezahlt. Sofort nach dem Streich sei der Unbekannte wieder ins Dunkle entsprungen. Als er sich über Eric gebeugt habe, hätte ein Auto gehalten, und sie zum Krankenhaus gebracht. Die Beamten hatten ihre Zweifel an der Geschichte. Wieso der Hieb von unten geführt worden sei? Wer sie da zum Krankenhaus gebracht habe? In was für einem Auto? Schließlich ließen sie ab, und schrieben Lance' Erinnerungslücken seinem Schockzustand zu. Eric konnte es sich zumindest in der Hinsicht einfach machen. Er erinnerte sich weiterhin einfach an nichts. Geplanter Besuch einer Musikkneipe? Das würde wohl stimmen. Mehr war aber aus ihm nicht herauszubekommen. Die New York Times griff den Überfall auf, jedoch nur im hinteren Teil und nicht in großer Aufmachung. Ein harmloser Besucher der Stadt, der aus heiterem Himmel von einem noch flüchtigen Täter mit einem Samurai-Schwert schwer verletzt wurde, war keine gute Nachricht für Touristen. Das wäre allerdings kein Gegengrund für die Times gewesen. Es dominierten halt aktuelle politische Themen. Von der Stretch-Limousine, die in der Nähe des Battery-Parks gefunden worden war, und dem fehlenden Chauffeur konnte man zunächst gar nichts lesen. Dazu kam erst eine Notiz, als noch ein zweiter Limo-Fahrer verschwunden war.

Von Hans erfuhren die Freunde, daß es sich bei jenem offensichtlich um den Mann gehandelt haben mußte, der ihm den Hinweis auf die Cloisters gegeben hatte. Er selbst war vermutlich nur wenige Minuten nachdem die anderen losgefahren waren bei Allan Backwaters Party erschienen. Nach vergeblicher Suche hatte er dem nächsten Fahrer in der Reihe die Gruppe beschrieben. Und dieser hatte ihm von einem aufgeregten Aufbruch berichtet, man sei scheinbar in großer Sorge gewesen. Dies wiederum hatte Hans veranlasst, einen in New York lebenden und dort als Wachmann tätigen Verwandten um Hilfestellung zu bitten. Der habe sich nicht lumpen lassen und gleich drei Kollegen mitgebracht. Der Rest sei ihnen ja bekannt. Außer, daß man neben den Chauffeuren, mit deren Verbleib sie nichts zu tun hätten, sicher auch von den getöteten Angreifern keine Spur mehr finden würde. Bedenklich sei es natürlich, daß die anderen beiden entkommen wären. Man müsse auf der Hut sein.

Nach der Mitteilung der Ärzte, daß für Eric keine Lebensgefahr bestünde und dieser aufgrund der starken Schmerzmittel tief schlafen würde, war man am Abend des folgenden Tags in dem kleinen Hotel in Tribeca zusammengekommen. Der Schock saß allen in den Knochen. Es wurde nur leise, langsam, und vor allem wenig gesprochen. Was für ein Spiel trieben Arthurs Entführer nur mit ihnen? Hatte man bislang der Suche, wenn auch ungern zugegeben, hier und da durchaus positive Aspekte abgewinnen können, so war nun klar, daß das ganze nichts anderes als tödlicher Ernst war. Wie genau und wie lange mußte man sie beobachtet haben, um sogar von ihren

Fechtwaffen zu wissen? Wer hatte sie wann und wie aus ihren Wohnungen in Deutschland geholt und hierher transportiert?
Wurde Arthur in New York festgehalten? Hatten sich alle seine Freunde durch die Einladung zur Party Allan Backwaters ebenso zufällig wie überraschend seinem Aufenthaltsort genähert? Der Kampf bei den Cloisters schien kurzfristig arrangiert worden zu sein. Warum wollte man aber die Suchenden aus dem Wege räumen? Ihr Auftrag war es, Arthur zu finden. Dies würde seine Befreiung bedeuten. Vielleicht hatten die Entführer ihre Meinung geändert. Wieso sollte man ohnehin Verbrechern, vielleicht gar Terroristen vertrauen, die nicht davor zurückschreckten, ihrem Gefangenen mal eben einen Finger abzuschneiden? Lance gab zu bedenken, daß nirgendwo etwas dazu gestanden hätte, was mit den Suchenden nach einem möglichen Auffinden Arthurs geschehen würde. Dieser würde zwar angeblich befreit, aber seine Retter? Schon jetzt war Eric schwer verletzt, er hätte genauso gut tot sein können. Auch sie saßen nur noch zusammen aufgrund ihrer Fechtkünste und glücklicher Umstände beim Kampf. Zwei Chauffeure waren dagegen höchstvermutlich ermordet worden. „Was für ein perfides Spiel!" rief Jannifer. Sie war immer überzeugter, daß es Arthur war, den sie im ‚Ultra Violet Velvet' gesehen hatte. Dies ließ sich aber kaum zusammenbringen mit den Geschehnissen der letzten Nacht.

Obgleich sich alle sicher waren, daß die Stimme Arthurs vor dem Kampf vom Tonband kam, waren die Freunde über die gemachte Aussage entsetzt. Auf der einen Seite hätten die Entführer Arthur natürlich zwingen können, diesen Satz zu sprechen. Andererseits klang das ganze unangenehm selbstherrlich. Falk zögerte lange, bis er sich traute, seinen Eindruck von dem höhnischen Gelächter beim Verlassen der Cloisters wiederzugeben. Er räumte ein, daß unter dem Eindruck der traumatischen Vorfälle seine Sinne irritiert gewesen sein mochten, und er sich das ganze nur eingebildet haben konnte.
Man konnte es drehen und wenden wie man wollte. Es war nicht schlüssig nachzuweisen, daß sich Arthur nicht weiterhin in der Gewalt der Entführer befand, und sein Leben auf dem Spiel stand. Im Zweifel mußte man also weiter für den Freund einstehen. Doch obgleich sie jetzt dem Ort seiner Gefangenhaltung so nah sein mochten wie nie zuvor, verspürten sie weniger Lust denn je, ihren Auftrag zu erfüllen.
Jannifer fühlte sich unsäglich schlecht. Sie hatte ein schlechtes Gewis-

sen, den Termin mit Erkan Etiz wahrzunehmen und sich einer möglichen Karriereanbahnung zu widmen, während Eric schwerverletzt im Krankenhaus lag. Sie wurde jedoch von den anderen ermuntert, wenn nicht gedrängt, diese einmalige Gelegenheit im Leben auf keinen Fall zu verpassen. Den ‚Männern, die zum Frühstück bleiben' war sofort aufgefallen, daß etwas nicht mit ihrer Gitarristin stimmte. Als der Produzent ihnen am Dienstag einen Vertrag angeboten hatte, waren ihre Bandkolleginnen regelrecht in euphorische Stimmung geraten. Sie hatte zwar auch gelächelt, aber insgesamt bedrückt gewirkt. Die jungen Frauen hatten keine Ahnung von den Gesetzmäßigkeiten des Geschäfts. Vielleicht war Jannifer eher als den anderen klar, daß es für sie wenig vorteilhafte Konditionen waren, die Erkan Etiz mit ihnen vereinbaren wollte. Auf der anderen Seite konnten sie kaum irgendwelche Forderungen stellen. Das ganze sollte schon nicht zu ihrem Schaden sein. Jannifer wollte auch nicht die Spielverderberin sein, als sie schon zwei Tage später unterzeichneten und im Rainbow-Room mit Champagner anstießen. Diesmal war weit und breit kein Türkontrolleur zu sehen. Er hätte vermutlich allen den Eintritt verwehren müssen. „Es ist halt alles ein bißchen viel im Augenblick. Der Record-Deal hier, und gleichzeitig bietet mir das Metropolitan Museum einen bezahlten Job an. Dann besucht mich plötzlich mein Vater, den ich acht Jahre nicht mehr gesehen habe." „Du armes Ding!" Angela kniete sich neben sie, Squid rutschte näher heran und legte ihr den Arm um die Schulter. „Und mit Lance ist auch Schluß!" „Ja, wieso das denn? Ihr wart doch ein Herz und eine Seele…Sicher hat der Arsch 'ne andere!" meinte The Rip. Alle lachten. Zunächst auch Jannifer, doch dann verwandelte sich ihr Lachen in Heulen. „Weiß ich nicht. -Nee, der Arsch bin ich. Ich hab' 'nen anderen…" Sie schniefte in ein Papiertaschentuch, das ihr Ginger hinhielt. „Hör' mal, ist doch gut! Kann ja jedem mal passieren." Squid strich ihr die Haare aus der Stirn. „Sieht der neue denn wenigstens genauso gut aus?" „Oder besser?" Alle lachten wieder, und auch Jannifer lächelte, wenngleich etwas gequält. „Komm', darauf einen kräftigen Schluck von diesem Sekt, wie hieß er noch gleich?" Ginger nahm die ‚Moet & Chandon'- Flasche und schüttete nach. Jannifer seufzte befreit auf. Ihre Stimmungslage war auch ohne die Nacht bei den Cloisters hinreichend erklärt.

Falk hatte von allen am besten die Nerven behalten. Er fragte sich selbst, wieso das so war. Hatte er seit ihrem Abschied von Münster mehr durch gemacht als die anderen? Die Zeit seitdem schien ihm extrem angefüllt mit Erlebnissen und Erfahrungen, die ihn trotz - oder wegen - mancher Tiefen vielleicht abgehärtet hatten. Leider gehörte zu diesen Erfahrungen auch die, jemanden getötet zu haben. Darauf hätte er liebend gern verzichten können. Auch wenn sein Gegner in den Cloisters entkommen war, war er daher immer noch froh, wenigstens diesen verschont zu haben. Nicht das Blut eines Wehrlosen vergossen zu haben, auch wenn ihm dieser zuvor nach dem Leben getrachtet hatte. Vielleicht war es dieses Gefühl, das ihm besondere Kraft gab. Wäre nur nicht die schreckliche Verletzung Erics, hätte er sich sogar einigermaßen gut fühlen können.

Auf seine besorgte Nachfrage hin hatte ihm Hans mitgeteilt, daß es Bernhard prächtig gehe. Er habe den Hund in die Hände seiner Schwester gegeben, die, im gleichen Haushalt aufgewachsen wie er, selbstredend auch mit Vierbeinern umzugehen wisse. Bernhard habe sich notgedrungen in die Lage gefügt, Versprechungen nicht nur seiner, sondern vor allem Falks baldiger Rückkehr hätten schließlich zu besserer Stimmung geführt. Das Tier sei ja wirklich sehr intelligent. ‚Ja, aber nicht so, wie Du meinst, daß ich dumm bin', dachte Falk im Stillen. Aber er hatte dem Kumpel längst verziehen. Wahrscheinlich hätte er ähnlich gehandelt, sogar ohne eine Schwester, die sich mit Hunden auskannte. Außerdem wußte er nicht, ob er Hans sein Leben verdankte. Ganz sicher war er sich nicht, ob er Erics Gegner hätte überwältigen können.

Hans hatte ihn nach Brighton Beach eingeladen, wo er bei einem Verwandten wohnte. Nein, nicht bei dem Wachmann, bei einem anderen. Er hatte wohl viele Verwandte. Als Falk nach ihm lange vorkommender Fahrzeit aus dem Q-Train ausstieg, meinte er, nicht nur New York, sondern Amerika verlassen zu haben. Das sah eher nach einer Mischung aus St. Petersburg, Odessa und Samara aus. Es wurde auch nur noch russisch gesprochen, wenngleich in einigen Geschäften Schilder mit der Aufschrift ‚We speak English too' hingen. Sie gingen in eine Wodka-Bar, die ‚Zar Nikolaus der Zweite' hieß. Hans wurde wie ein Stammgast begrüßt. „Los Väterchen, bring' uns vom Kasachen!" Der Wirt stellte eine Flasche und zwei Gläser auf den Tisch, aus denen normalerweise Tafelwasser getrunken wurde. Falk konnte sich später weder an den Abend noch an die Rückfahrt erinnern. Aber am folgenden Tag fühlte er sich eigentümlich klar im Kopf.

Es war ihm unmöglich, sich jetzt weiter um Arthur zu kümmern. Erstmal war er jetzt selbst an der Reihe. Er würde zurück nach Deutschland fliegen, den Hund holen, und bald wieder nach Kanada reisen. Mathilde würde er nicht aufsuchen, um nicht nach kurzer Wiedersehensfreude erneutes Abschiedsleid über sie zu bringen. Er verwünschte sich, weil er das feine, wunderbare Wesen so sehr seiner Einsamkeit überließ. Für ihre Liebe und Hingabe war er ihr dankbar, sich gleichzeitig aber unsicher, ob er sie wirklich in gleicher Weise erwidern könnte. Was dazu ein gemeinsames Leben mit ihr bedeuten würde. Die Sache mit Linda machte das ganze nicht einfacher. Hier war noch eine Menge Selbsterforschung nötig. Kanada konnte trotz seiner Aufgabe dort eine Auszeit bedeuten, derer er dringend bedurfte.

Sigune war hingegen diejenige, die am meisten verstört war. Von den Freunden ins Vertrauen gesetzt, hatte sie bislang lediglich Relaisstation gespielt, die jeweils neuen Adressen und Aufenthaltsorte weitergegeben. Die Einladung nach New York war eine Traumreise gewesen, aus heiterem Himmel ihr zugefallen. Ja, der Himmel war heiter geworden. Endlich hatten die dunklen Wolken hellem Licht Platz gemacht. Zum ersten Mal seit langer Zeit hatte sie sich wirklich auf etwas gefreut. Doch kaum in New York angekommen, war aus dem Traum schon ein Alptraum geworden. Am schlimmsten hatte sie ihre Hilflosigkeit empfunden. Während die anderen sich den Angreifern aus dem Nichts stellen mußten, und dabei nicht nur um ihr eigenes Leben kämpften, sondern auch noch das ihre beschützten, hatte sie nur untätig zusehen können. Und selbst dies nur im übertragenen Sinne. Sie war gerade gut genug gewesen, sich zu verstecken. Okay, sie wußte, daß Falk, Lance, Jannifer und der arme Eric nicht so dachten. Aber ihr war auch klar, daß sie nicht wirklich zum engen Kreis der Freunde Arthurs zählte. Irgendwie zählte sie zu überhaupt keinem engen Freundeskreis. In ihrer Kindheit und Jugend waren es ihre Eltern gewesen, die der Anbahnung jedweder intensiven Beziehung entgegenstanden. Später im Studium hatte es sich einfach nicht ergeben. Vielleicht auch nicht einfach, sondern begründet. Einzig mit Jannifer verband sie ein freundschaftliches Verhältnis. Aber auch dies war wohl nicht überzubewerten. Xian war die erste Person in ihrem Leben, die ihr Geborgenheit und Halt gegeben hatte. Die ihr einen Wunsch von den Augen ablesen konnte, noch bevor sie ihn geäußert hatte. Der Mann, der sie bedingungslos liebte. So sehr liebte, daß er aus nichtigem Grund für sie in den Tod gegangen war. Noch schlimmer: den sie aus nichtigem Grund in den Tod geschickt hatte. Sie versuchte sich zu beruhigen, daß es ja ein Unglücksfall gewesen war. Immer wieder hatte man ihr das gesagt, immer wieder hatte sie auch selbst versucht, das zu glauben, sich damit zu beruhigen. Allein, es war ihr nicht gelungen.

Ashanti ging ihr durch den Sinn. Das war eine Gute. Rührend hatte die sich bemüht, sie zu verstecken. Man hatte sich schließlich gemeinsam hinter einen Altar gekauert. Als sie dem Klirren der Klingen und dem Geschrei draußen lauschten, hatte Ashanti ihre zitternde Hand gehalten. Niemand hatte die Minuten gezählt vom Beginn des Kampfes bis zum Aufbruch mit den Wachleuten um Hans. Objektiv mochten das nur zwanzig Minuten gewesen sein, vielleicht eine halbe Stunde. Ihr selbst war die Zeit wie eine Ewigkeit vorgekommen, und für sich selbst wenig verwunderlich, hatte sie ein sehr warmes Gefühl für das schwarze Mädchen entwickelt. Ashanti war ihr wie eine große Schwester vorgekommen, wie die Schwester, die sie nie gehabt hatte. Zu gern hätte sie sie wieder getroffen, eben nicht nur, weil sie die einzige war, die ihr Ohnmachtserlebnis geteilt hatte. Doch Ashanti schien spurlos verschwunden. Noch bevor man sich jedoch größere Sorgen machen mußte, teilte Jannifer mit, sie habe einen Anruf von ihr erhalten. Ashanti sei von den Vorfällen an den Cloisters tief entsetzt, insbesondere das Bild des schwerverletzten Eric ginge ihr nicht aus dem Kopf. An eine Fortsetzung des Praktikums, das zum Glück ohnehin in zehn Tagen geendet hätte, sei nicht zu denken. Keine zehn Pferde brächten sie mehr in die Nähe des Fort Tryon Parks. Sie müsse erst mal Abstand bekommen, und habe daher beschlossen, ihren Onkel in Nigeria zu besuchen. Der ständig mit der Verbringung seiner Millionen ins Ausland beschäftigte Prinz sei ja bekanntlich knauserig, würde ihr aber aus Mitleid das Flugticket ersetzen. Den Schlüssel zur Seitentür hatte sie in einem Umschlag im ‚Excellent' für Jannifer abgegeben. Jannifer sollte ihn ihrer Praktikumsleiterin übergeben, und Ashanti unter Verweis auf eine wichtige Familienangelegenheit in Nigeria entschuldigen. Sie hoffte, trotz des Abbruchs noch eine Bestätigung zu erhalten. Wenn nicht, sei es auch egal. Es war genau das eingetreten, was man vor der Abfahrt von Allen Backwaters Anwesen befürchtet hatte: die arme Ashanti war so sehr von den Vorfällen betroffen, daß diese ihr Leben ändern würden. Und vielleicht nicht zum Guten.

Mit kurzen Unterbrechungen hatte es seit der vergangenen Freitagnacht geregnet, Manhattan präsentierte sich grau in grau. Sigune verließ ihr Hotelzimmer nur selten, lag lange einfach auf dem Bett und grübelte. Sie fühlte sich allein und wollte zurück. In Köln wäre sie auch allein, aber es wäre etwas anderes. Abends checkte sie ihre e-mail an einem Computer im Rezeptionsbereich. Zwischen Belanglosigkeiten und Spams entdeckte sie die Post eines Absenders mit chinesisch klingendem Namen. Sie hatte den Finger schon an der Löschtaste, als sie sich doch entschied, die Nachricht zu öffnen. Ihr entfuhr ein kleiner Aufschrei. Was sie las, war eine Mitteilung von Ze Ren, dem Bruder Xians. Dieser hatte ihn ein paar Mal erwähnt. Geschwister waren heute in den städtischen Gegenden Chinas Mangelware, aber die beiden waren noch vor Einführung der Ein-Kind-Politik geboren worden. Den Bruder hatte sie, wie auch den Rest der Familie, nie kennengelernt. Nach dem Bekanntwerden der Todesumstände hatte sie nie mehr etwas von der Verwandtschaft gehört. Ze Ren kündigte an, er werde sich in der kommenden Woche aus beruflichen Gründen in Deutschland aufhalten. Es sei ihm Ehre und Freude, wenn ihn die Freundin seines leider so früh dahingegangenen Bruders empfangen könne. Dieser habe immer nur Gutes von ihr erzählt, vielleicht könne sie ihm etwas aus seiner letzten Lebenszeit erzählen. Sigune hatte nichts für Xian tun können, und bei aller Anteilnahme wußte niemand, wie sehr sie darunter bis heute litt. Vielleicht bot sich jetzt eine Gelegenheit. Ihren Rückflug konnte sie auf den Nachmittag des nächsten Tages legen. Sie rief noch bei Jannifer an, um sich zu verabschieden, und um einen Gruß an die anderen zu bitten. Doch Jannifer war gerade unterwegs zur Vertragsunterzeichnung. Ob sie später zurückrufen könne? „Ja, natürlich", hatte Sigune geantwortet.

Eric war geschlagen. Und dies in jederlei Hinsicht. Er konnte gar nicht begreifen, daß ausgerechnet er als einziger im Zweikampf unterlegen war. Keiner seine Freunde hatte zuletzt auch nur annähernd so viel Zeit mit seiner Waffe verbracht wie er, niemand ein so intensives Training mitgemacht wie er bei den ‚Rittern der Höheren Ordnung'. Ein Gegner gleicher Statur und Bewaffnung hätte ihn niemals besiegen können. Es mußte wohl so kommen, daß ihn jemand zu Fall brachte, der ihm in allem als das Gegenteil seiner Selbst erschienen war. Fast tat es ihm leid, daß der Mann erschossen worden war. Mit dem Schwert hätte ihn vielleicht niemand überwinden können. Andererseits war der Getötete sicher kein Ausbund an Ritterlichkeit, sondern offenbar ein gedungener Mordbube. Und da hieß es letztendlich ‚lieber er als ich'.
Der Hieb durchs Gesicht würde eine ansehnliche Narbe bedeuten. Viel schlimmer war natürlich der Verlust eines Auges. Er dachte an den durch das Glasauge bedingten starren Silberblick der Einäugigen. Damit dürfte er

dann jetzt auch leben. Schöne Aussichten waren das. Vielleicht würde er eher mit einer Augenklappe vorlieb nehmen. Könnte vielleicht sogar ganz cool aussehen. Irgendwie war es doch gut, daß je nach Überzeugung der Schöpfer oder die Natur, nach seiner vielleicht auch beide zusammen, Mensch und Tier mit zwei Augen ausgestattet hatten. Auch wenn ihm das nicht ganz gelingen wollte, versuchte er sich mit dem Spruch zu trösten, daß unter den Blinden der Einäugige König sei.

Meistens wurde er von einer vielleicht vierzigjährigen Krankenschwester koreanischer Herkunft betreut. Issul war eine rechte Frohnatur, und das mußte man vielleicht auch sein, um auf einer solchen Station zu arbeiten. Morgens schmettere sie immer ein kräftiges „Anniyong Haseyo", und fügte stets an „This means ‚Hello' or ‚Good Day' in my language." Sie hoffte immer, die Patienten würden ihr irgendwann die Grußform entgegnen. Doch die meisten, selbst wenn sie sich bemühten, hatten große Probleme damit. Beherrschte es einer endlich mal, war er meist am nächsten Tag schon entlassen. Zu Eric hatte sie rasch ein besonders gutes Verhältnis entwickelt, nachdem er den Gruß nicht nur perfekt aussprechen konnte, sondern sich noch nach dem Wort für ‚Good-bye' erkundigt hatte. Als er auch noch mit „Kamsa Hamnida" dankte und statt „großartig" zu sagen mit „kunsahan" lobte, waren ihm große Essensportionen, heimlich zugesteckte Zweitjoghurte und anderes mehr sicher. Viel wichtiger als dies war ihm jedoch die zusätzliche Zeit, die Issul mit ihm verbrachte. Als sie ihn nach seiner Freundin fragte, durchzuckte es ihn. Immer wieder hatte er sich mit Schrecken ausgemalt, wie Åsta reagieren würde, wenn sie ihn je wiedersähe. Die Verletzung machte ihn noch mutloser. Nur sein Naturell verhinderte, daß er ganz aufgab, sie finden zu wollen. Die Chancen standen denkbar schlecht, und wurden durch seine neue Lage nicht einfacher. Eines Nachmittags, als er besonders niedergeschlagen wirkte, hatte sich Issul auf den Bettrand gesetzt, seine Hand gehalten, und ihn mit besorgtem Blick angeschaut. Da war es aus ihm herausgebrochen, und er hatte ihr die ganze Geschichte erzählt. Wie er die Liebe seines Lebens an einem Tag kennengelernt und am nächsten wieder verloren habe. „Hat sie dir denn kein Zeichen hinterlassen?" Eric beschrieb die Symbole auf der Heckscheibe seines Volvos.

„Na, Wellenlinie: da tippe ich mal auf Wasser. Irgendein Wasser liegt da zwischen euch. Gibt es Inseln in Norwegen?" „Zahllose." Er dachte an die vielen kleinen Schäreninseln vor der Küste. Dann wieder an die beiden Hauptsymbole, das Herz und die Pfoten. Auffällig an den Pfoten war gewesen, daß die Zehen relativ weit voneinander und vor allem vom Ballen standen. Das mochte künstlerische Freiheit sein, ebenso wie das Fehlen von Krallenspitzen. Aber wer malte schon so detailliert im Tau einer Autoscheibe? Könne man nie wissen. Tierspuren würden sie halt interessieren. Überhaupt Tiere draußen in der Natur. Im Urlaub ginge sie ja bevorzugt in Nationalparks wandern. Issul wechselte den Verband, der schon erheblich kleiner geworden war, und überprüfte die Medikamente.

„Das Herz steht natürlich für ‚love', keine Frage!" dachte sie laut. Selbst gedankenverloren entwich Eric nur eine Millisekunde später das Wort „Pfoten". Der Zusammenklang schlug ein wie ein Blitz: „Lov-pfoten." Natürlich! Wieso war er bei all seinen Deutsch-, Englisch- und Norwegischkombinationen nicht darauf gekommen? Die Lofoten. Durch Wasser vom Festland getrennte Inseln! Er richtete sich abrupt auf und schlug die Arme um die zierliche Pflegerin. „Issul, das ist es! Das ist des Rätsels Lösung!" Bringe mir bitte morgen irgendwie, irgendwas über Norwegen zu lesen mit. Über die Lofoten!" Er versicherte ihr, er würde es ihr hoch belohnen. Aller Schmerz, alle Niedergeschlagenheit waren mit einem Mal wie weggeblasen. Fast hätte er sogar vergessen, daß er nur noch ein Auge hatte.

Als sie das Zimmer verlassen hatte, bekam er ein schlechtes Gewissen. Wo sollte die arme Frau, gut beschäftigt genug, und jeden Morgen von New Jersey hereinfahrend, ein Buch über Norwegen finden? Er hätte genauso gut seine Freunde anrufen können, aber das war ihm in der spontanen Freude nicht in den Sinn gekommen. Jetzt rief er aber im Hotel an, um Falk, in dessen Zimmer sein Koffer Aufnahme gefunden hatte, um das Mitbringen des Buchs über Zeichensprache zu bitten. Beim nächsten Besuch. Den sagte jener gerne schon für den nächsten Vormittag zu. Als er kam, freute er sich mit Eric über die Lösung des Rätsels auf der Heckscheibe. Gleichwohl wirkte er dabei etwas bedruckst, und kam auf Nachfrage damit heraus, daß er schon in Kürze nach Deutschland zurückreisen müsse. Um den längeren Aufenthalt in Kanada vorzubereiten. Das ginge schon in Ordnung, er sei ja nicht blind. Von dem einen Auge und der Narbe abgesehen außerdem voll auf dem Wege der Besserung. Falk senkte den Blick. Sigune habe bereits in einer dringenden Angelegenheit zurückfliegen müssen. Und ein schlechtes Gewissen gehabt, sich nicht persönlich von ihm verabschieden zu können. Am Telefon sei sie nicht durchgekommen. Er solle aber schön grüßen. Auch das ginge in Ordnung. Die Freunde hätten ihm wunderbar beigestanden, als es am nötigsten gewesen sei. Und jetzt würde er von neuer Lebenskraft durchströmt. Vielleicht würde man sich ja noch Ende des Jahres in Münster sehen. Bevor Falk wieder nach Kanada, und er bald nach Norwegen ginge. Wär' doch klar, daß sich jeder auch um sein eigenes Leben kümmern müßte! Und einstweilen wären ja noch Jannifer und Lance in der Stadt. Eric warf die Decke zur Seite, schwang seine Beine herum und stand auf, wie zum Beweis seiner zurückkehrenden Stärke. Sie umarmten sich. „Bis bald!" „På gjensyn!" Falk stutze. Ja, Eric würde wohl bald wieder nach Norwegen fahren.

Issul hatte am folgenden Tag frei gehabt. Als sie am übernächsten zurückkam, hatte sie tatsächlich ein Buch über Norwegen mitgebracht, einen etwas abgegriffenen Reiseführer älteren Datums. „Leider hatte ich keine Zeit, in ein Buchgeschäft zu gehen. Aber ich habe meinen großen Bruder Jong-Il gefragt. Wohnt gleich bei mir um die Ecke, ein kluger Kopf und vielbereist. War schon in vielen Ländern. Zumindest hat er von überall Führer." „Wie lange kann ich das denn leihen?" „Na, bis wir dich hier rausschmeißen. So lange also nicht mehr!" Sie lachte, und ging zum nächsten Zimmer. Eric warf sich sofort aufs Bett und begann zu lesen. Kaum hatte er das Kapitel über die Lofoten herangeblättert, verschlug ihm eine neue Entdeckung den Atem. Den südlichsten Teil des Archipels bildete die Insel Moskenesøy. Und deren südlichster Ort wiederum hieß: Å.

Im Fischerdorf, dessen Name etymologisch wohl soviel wie Bach bedeutete, gingen einige Männer zwar noch der althergebrachten Tätigkeit nach, es war auch noch wichtiger Platz für das Trocknen des berühmten Stockfischs. Dennoch schien sich Å zum Museumsort gewandelt zu haben, der hier, am Ende der Europastrasse 10, im wesentlichen vom Tourismus lebte.

Als Åsta offenbar noch einmal zum Campingplatz zurückgekehrt war, hatte sie keinen Gruß mit ihrem abgekürzten Namen hinterlassen wollen, sondern ihren Wohnort angegeben! Zumindest hoffte er, daß das so war. Er hätte auch weiter nach ihr gesucht, wenn auf dem Schild ‚Trondheim' oder gar „New York' gestanden hätte, auch wenn der eine Fall Jahre, der andere Jahrzehnte und vielleicht völlig vergeblichen Einsatz bedeutet hätte. Aber Å mit seinen einhundert Einwohnern, da könnte er Åsta innerhalb kürzester Zeit ausfindig gemacht haben. Wenn sie bloß nur noch da wäre!

Lance und Jannifer hatten Eric gemeinsam vom Krankenhaus abgeholt. Auf dem Weg dorthin hatten sie noch einen großen Strauß Blumen und einen Führer über Säugetiere in Nordamerika besorgen müssen. Einen guten. Jannifer hatte sich für den aus der Audubon-Reihe entschieden. Issul hatte sich riesig über Erics Geschenk gefreut. Sie räumte zwar ein, mehrere Führer aus der Reihe zu besitzen, und auch den über Säugetiere zu kennen. Allerdings nur eine sehr alte Ausgabe, von ihrem großen Bruder Jong-Il. Am Ende weinte sie ein bißchen, und trocknete ihre Tränen mit einem Papiertuch. Eric sei schon ein besonderer Patient, den sie noch gern weiterbehalten hätte. Aber wenn er denn meine, unbedingt gehen zu müssen, ja, dann könne sie wohl auch nichts dagegen machen. Er müsse ihr versprechen, nie wieder zurückzukommen.

Erics Flug ging zwar erst am nächsten Tag, aber die beiden wollten, daß er sich noch wieder ein wenig an das Leben außerhalb des Krankenhauses akklimatisierte. Zu Unternehmungen war es gleichwohl zu früh, zumal der Entlassene durch sein Handicap, wie er es selbst nannte, schnell ermüdete. So blieb man in Jannifers Zimmer im ‚Excellent', wo Falk noch vor seiner eigenen Abreise schon Erics Koffer vorbeigebracht hatte. Lance kaufte Bier im Corner-Store und brachte Pizza von ‚Ray's' mit.

Wie zuvor war Arthur und die Suche nach ihm mit keinem Wort mehr erwähnt worden. Obwohl es zunächst offensichtlich geschienen war, daß die Freunde ihm hier in New York extrem nahe gekommen waren, verschwand diese Sicherheit mit zunehmendem Abstand von den Vorfällen bei den Cloisters. Alles hatte von den Entführern inszeniert sein können. Hatte Arthur Stimme wirklich so selbstherrlich geklungen? Wer wußte, wo und unter welchen Umständen es zur Bandaufnahme gekommen war. Was man vielleicht aus ihm herausgepreßt hatte. Sehr gut möglich, daß er ganz woanders festgehalten wurde. Die Nerven aller, was Wunder, waren in jener Nacht völlig überspannt gewesen.
Dennoch verspürte niemand mehr Lust, der Sache weiter nachzugehen. Zumindest im Augenblick nicht. Man wollte kein Aufsehen erregen, zum Schutz des Entführten, aber auch zur eigenen Sicherheit. Unter allen Umständen sollte eine weitere Befragung durch das NYPD vermieden werden. Es wäre nur eine Frage der Zeit gewesen, bis die Beamten nicht nur auf die anderen Freunde, sondern auch auf den tatsächlichen Tathergang gekommen wären. Falls man sich Ende des Jahres in Münster treffe, könne man

ja noch einmal in der Peterstraße vorbeischauen. Wohl war keinem bei dem Gedanken.

Auf der Fahrt zum Flughafen, auf der er ihn am nächsten Tag begleitete, fragte Lance, was Eric denn so beruflich mit seiner Zukunft plane. „Keine Ahnung. Sehe ja jetzt aus wie eine halbe Justitia. Vielleicht also weitermachen Richtung Richteramt." Lance zog eine Augenbraue hoch. „Na, wohl eher nicht. Das entscheide ich nach meiner Reise zu den Lofoten. Wahrscheinlich läuft's doch auf irgendeinen Kanzleijob hinaus. Internationales Recht eben bevorzugt. Am liebsten was mit Film. Aber da sind die Chancen leider sehr beschränkt." „Na, einen Vorteil hast Du ja: Behinderte werden bei gleicher Eignung bevorzugt eingestellt!" Was zur Ermunterung gedacht war, ging völlig daneben. Lance hatte seine liebe Mühe, Eric wieder aus seiner Schmollreaktion herauszuholen. Dies, und damit gelang dann doch noch ein herzlicher Abschied, nachdem er die freundliche Dame am Lufthansa-Schalter erfolgreich um ein freies Upgrade für den Freund ersucht hatte.

In den folgenden Tagen regnete es viel in New York. Lance begann sich unwohl zu fühlen.
Er vermißte die Sonne Südkaliforniens, und hier war er nicht allein. Fetan, dessen Schwanz schon wieder eine beachtliche Länge erreicht hatte und der gesundheitlich fast wieder ganz hergestellt schien, fing an zu schwächeln. Die feuchte Kälte zöge in seine Knochen, er bräuchte Wärme. Lance wußte, daß die Antwort auf diese Forderung keine Heizlampe aus der Zoohandlung sein konnte. So sehr er von der Halbwelt des ‚Kraken' fasziniert war, so spürte er doch, daß dies auf Dauer kein Platz für ihn war. Auch wenn es erfreulich war, wie das Trinkgeld sprudelte, eigentlich brauchte er gar nicht soviel zum leben. Zumal er noch über weit mehr als die Hälfte seiner Schecksumme verfügte. Mit Cherry hatte Kevin überdies richtig vermutet: sie wollte doch mehr von ihm. Lance fand sie schön, und wahnsinnig aufregend. Und doch war er sich über seine Gefühle nicht im Klaren. Das lag weniger an der Frage, ob Cherry nun eine Frau oder ein Mann war. Und auch nicht an seinem zweifelhaften Erlebnis in Malibu. Er hatte emotional einfach noch keinen Abstand von Jannifer gefunden. Es war ihm, als sei sie immer noch seine Freundin. Nur war sie zur Zeit unerreichbar für ihn, so als sei sie auf eine längere Reise gegangen. Und dies, obgleich er sie fast täglich sah.

Kevin nahm es ihm nicht übel, daß er die Tätigkeit im Club beenden wolle. Er hätte ja auch gar nicht mehr als eine vorübergehende Hilfestellung von ihm erbeten. Natürlich hätte er sich vorstellen könne, daß Lance da noch aufgestiegen wäre, unter Umständen sei irgendwann sogar an eine gewisse Form der Teilhaberschaft zu denken gewesen. Lance überlegte kurz, ob dies wirklich ernst gemeint war.

Im Augenblick liefe ohnehin alles sehr gut, war Kevin fortgefahren. Mit dem ja auch erst kürzlich angestellten Kim sei er sehr zufrieden. Da könne man den Laden ruhig mal wieder ein paar Tage allein lassen. Mit anderen Worten: man könne ja gemeinsam zurückreisen. Und dann vielleicht den Fischtrip angehen. Der sei ja wie vereinbart nur aufgeschoben, und nicht aufgehoben. Dann beugte er sich vor und flüsterte in Lance' Ohr: „Jetzt, wo Du nicht mehr für mich arbeitest, ist es mir egal, was Du mit Cherry machst. Laß' dich doch einfach von ihr mitnehmen. Den Spaß würd' ich mir nicht entgehen lassen!" „Wenn sie sich wirklich ein wenig in mich verliebt hat, und ich glaube, daß das so ist, dann möchte ich kein Abenteuer auf ihre Kosten. Ich will ihr nicht wehtun." Kevin verdrehte die Augen, nickte dann aber gespielt zustimmend. „Recht hast Du!"

Die Wunde am linken Unterschenkel hatte Jannifer vor den Freunden verbergen können. Nur das Bündchen der enganliegenden Leggins hatte verhindert, dass im Columbia Presbyterian Medical Center an der Seite Erics auch ihr Blut sichtbar geworden wäre. Der Schnitt, der sich vom Schienenbein in den Muskel zog, war zum Glück nicht allzu tief. Einer möglichen Entzündung hatte sie mit einem Antibiotikum vorgebeugt und verspürte bereits deutliche Besserung.

Irgendwie war es Jannifer selber so, als habe sie eine Reise angetreten, von sich selbst und ihrer Vergangenheit. Eine Zukunft mit vielen Herausforderungen lag vor ihr. Eine vorübergehende richtige Beschäftigung im Metropolitan Museum, aus der sich vielleicht mehr entwickeln konnte. Dazu der Vertrag der ‚Männer, die zum Frühstück bleiben' mit Erkan Etiz. Aufnahmen für eine CD und ein Video waren geplant. Ihre ganze Energie würde gebraucht werden, um diesen Balanceakt zu meistern. Im Dezember würde sie kurz nach Deutschland fliegen, um ihre Mutter zu besuchen. Vor allem aber um ihr Studium formal abzuschließen, nachdem man ihr das wenig überraschende Ergebnis ihrer Magisterarbeit mitgeteilt hatte.

Obwohl sie Curtis eigentlich hatte glauben wollen, fehlte ihr letztendlich doch die Kraft dazu. Im Anschluß an eine Probe vor dem Auftritt bei Allan Backwater hatte er plötzlich im ‚Ultra Violet Velvet' gestanden, wo sie ihm nicht ausweichen konnte. Er hatte noch einmal behauptet, die Asiatin in seiner Begleitung kürzlich, mit der sie ihn gesehen oder von der man ihr jedenfalls erzählt habe, wirklich nur seine Managerin sei. Die Beziehung zu ihr eben rein platonisch wäre. Er beschwöre dies. Vielleicht könne Azumi ja sogar für die ‚Männer, die zum Frühstück bleiben' tätig werden. Falls Erkan Etiz niemand anders vorgesehen habe. Jannifer hatte zwar freundlich gelächelt, ihn aber immer noch vorwurfsvoll angesehen. Langsam den Kopf geschüttelt, aber nichts erwidert. Was, wenn er sie belog? Und die zierliche, in weiß gekleidete Japanerin mit den langen schwarzen Haaren eine Geliebte war? Eine wie sie selbst, eine vielleicht von vielen? Die Coolness, die Curtis an den Tag gelegt, und zu der sie sich so sehr hingezogen gefühlt hatte, war zwar nicht völlig verpufft. Doch seine Selbstsicherheit hatte offenbar einen starken Einbruch erlitten.

Es schmerzte sie jedes Mal, wenn sie Lance sah. Sie hatte auf der einen Seite ein schlechtes Gewissen, weil sie ihn betrogen hatte. Und selbst, wenn er sich auch einen Fehltritt geleistet haben sollte, fühlte sie sich schuldig an seinem offensichtlich unglücklichen Zustand. Sie konnte sich selbst nicht erklären, was passiert war. Vielleicht wollte sie es auch gar nicht, um die Auseinandersetzung mit sich selbst und ihrer Vergangenheit zu vermeiden. Als Lance angerufen hatte, um seine Abreise von New York anzukündigen und sich von ihr zu verabschieden, hatte sie sich mit ihm in einem Restaurant verabreden wollen. Doch Lance hatte sich stattdessen gewünscht, sie irgendwo im Freien zu treffen. Jannifer willigte ein, obwohl es draußen bereits empfindlich kalt war. Immerhin gab es seit ein paar Tagen überwiegend Sonne und blauen Himmel.

Lance hatte Brooklyn Heights vorgeschlagen, man könnte ja am Nachmittag etwas am East River spazierengehen. Jannifer erreichte den Treffpunkt an der U-Bahn-Station kurz nach ihm. Sie drückten sich, und tauschten einen Wangenkuß aus. Als sie an den Quays entlanggingen, bot ihr Lance den Arm, und Jannifer hakte sich ein. Irgendwo war eine Bank. Sie setzten sich, ohne ihre Arme loszulassen, und schauten auf die Skyline Manhattans. Die Sonne hatte bereits zu sinken begonnen, gerade erreichten ihre Strahl en die Spitzen der höchsten Gebäude und tauchten diese in ein goldenes Licht. „Schön!" sagte Jannifer. „Ja, sehr schön." stimmte Lance zu. „Ein eisiger Wind ist das aber…" Jannifer wischte sich mit dem Handschuh im Auge. Lance nickte, nahm ein Papiertaschentuch und schneuzte sich. Eine Weile saßen sie so. Dann umfaßte Jannifer ihn auf einmal mit ihren weichen Armen, preßte ihn an sich, legte den Kopf über ihn. Auch er umarmte sie, drückte sein gesenktes Haupt an ihre Brust, so als wolle er Trost und Schutz bei ihr finden. Ihr feuerrotes Haar floß in langen Strähnen über beide, das von zunehmender Dunkelheit umgebene Paar gleichsam vereinend.

Ende des Ersten Buches

Demnächst im Buchhandel:

Der Sturz in den Strom

Der Doppelweg. Zweites Buch